Hora de partir

Hora de partir

JODI PICOULT

Traducción de Camila Batlles Vinn

Umbriel Editores

Argentina • Chile • Colombia • España
Estados Unidos • México • Perú • Uruguay • Venezuela

Título original: *Leaving Time*
Editor original: Ballantine Books, an Imprint of Random House, a division of Random House LLC, a Penguin Random House Company, New York.
Traducción: Camila Batlles Vinn

1.ª edición Febrero 2016

Ésta es una obra de ficción. Todos los acontecimientos y diálogos, y todos los personajes, son fruto de la imaginación de la autora. Por lo demás, todo parecido con cualquier persona, viva o muerta, es puramente fortuito.

Aribau, 142, pral. – 08036 Barcelona
www.umbrieleditores.com

ISBN: 978-84-92915-69-9
E–ISBN: 978-84-9944-890-9
Depósito legal: B-19.544-2015

Fotocomposición: Ediciones Urano, S.A.U.
Impreso por Romanyà Valls, S.A. – Verdaguer, 1 – 08786 Capellades (Barcelona)

Impreso en España – *Printed in Spain*

PARA JOAN COLLISON

Una amiga fiel recorrerá contigo centenares de kilómetros a pie aunque llueva, nieve o granice.

PRÓLOGO

JENNA

Algunas personas creían que existía un cementerio de elefantes, un lugar al que los elefantes viejos y enfermos acudían para morir. Se separaban de sus manadas y avanzaban pesadamente a través del polvoriento paisaje, como los titanes de la mitología griega sobre los que leíamos en primero de secundaria. La leyenda sostenía que ese lugar se encontraba en Arabia Saudí; que constituía la fuente de una fuerza sobrenatural; que contenía un libro de encantamientos para propiciar la paz en el mundo.

Los exploradores que iban en busca del cementerio seguían a elefantes moribundos durante semanas, pero comprobaban que habían estado dando vueltas para regresar siempre al punto de partida. Algunos de estos viajeros desaparecían para siempre. Otros no recordaban lo que habían visto, y ninguno de los que afirmaban haber hallado el cementerio era capaz de localizarlo de nuevo.

El motivo es bien simple: el cementerio de elefantes es un mito.

Es verdad que algunos investigadores han hallado grupos de elefantes que habían muerto en la misma zona, a lo largo de un breve espacio de tiempo. Mi madre, Alice, habría dicho que seguro que existía una razón lógica que explicara la existencia de una zona donde había muerto un numeroso grupo de elefantes, que bien habían perecido al mismo tiempo por falta de comida o de agua, o bien habían sido abatidos por cazadores de marfil. Incluso es posible que los fuertes vientos africanos hubieran arrastrado los huesos diseminados, amontonándolos en un mismo lugar. *Jenna,* me habría dicho mi madre, *hay una explicación para todo lo que ves.*

Gran parte de la información sobre elefantes y la muerte no es una fábula sino ciencia pura y dura. Mi madre también me habría dicho eso. Nos habríamos sentado juntas a los pies del gigantesco roble a cuya sombra le gustaba cobijarse a *Maura*, observando cómo la elefanta cogía bellotas con la trompa y las arrojaba. Mi madre puntuaba cada lanzamiento como un juez olímpico: *8,5…, 7,9. ¡Uy! Un 10 redondo.*

Yo quizá la habría escuchado. Pero quizás habría cerrado los ojos, tratando de memorizar el olor del aerosol antiinsectos que se desprendía de la piel de mi madre, o la forma en que me trenzaba el pelo con gesto distraído, sujetando el extremo de la trenza con un tallo verde de hierba.

Es posible que yo deseara que existiera realmente un cementerio de elefantes, pero no sólo de elefantes. Porque entonces habría podido encontrarla.

ALICE

Cuando yo tenía nueve años —antes de hacerme adulta y convertirme en científica— creía saberlo todo, o al menos quería saberlo todo, y por lo que a mí respectaba no había ninguna diferencia entre ambas cosas. A esa edad, estaba obsesionada con los animales. Sabía que un grupo de tigres, por reducido que fuera, constituía una manada. Sabía que los delfines eran carnívoros. Sabía que las jirafas tenían cuatro estómagos y que los músculos de las patas de una langosta eran mil veces más poderosos que el mismo peso de músculo humano. Sabía que los osos polares blancos tenían la piel negra debajo del pelo, y que las medusas carecían de cerebro. Sabía todos esos datos por las tarjetas de animales publicadas mensualmente por Time-Life que me había regalado por mi cumpleaños mi seudopadrastro, quien se había marchado hacía un año y ahora residía en San Francisco con su mejor amigo, Frank, al que mi madre llamaba «la otra» cuando creía que yo no la oía.

Todos los meses llegaban nuevas tarjetas por correo, hasta que un día, en octubre de 1977, llegó la última: la tarjeta sobre elefantes. No sabría decirte por qué eran mis animales favoritos. Quizá fuera por mi habitación, con su gruesa alfombra verde jungla y el papel pintado con unos paquidermos bailando alegremente sobre las paredes. Quizá fuera porque la primera película que vi, de pequeña, fue *Dumbo*. O quizá porque el forro de seda del abrigo de piel de mi madre, que ella había heredado de la suya, estaba confeccionado con un sari indio estampado con elefantes.

Esa tarjeta Time-Life me enseñó la información básica sobre los elefantes. Eran los animales terrestres de mayor tamaño del planeta, algunos pesaban más de seis toneladas. Comían entre ciento cuarenta y ciento ochenta kilos de comida al día. Sus gestaciones duraban más que las de cualquier mamífero terrestre: veintidós meses. Vivían en manadas reproductoras, encabezadas por una matriarca, a menudo la más vieja del grupo. Ella era la que decidía adónde iba el grupo cada día, cuándo debían descansar, dónde comían y dónde bebían. Las crías de elefantes eran criadas y protegidas por todas sus parientas hembras de la manada, y viajaban con ellas, pero cuando los machos tenían unos trece años, se marchaban, prefiriendo a veces moverse solos y a veces unirse a otro grupo formado únicamente por machos.

Pero esos datos los conocía todo el mundo. Yo, sin embargo, estaba obsesionada con esos animales y profundicé más, tratando de averiguar cuanto pudiera en la biblioteca del colegio y por medio de mis profesores y de los libros. De modo que podría decirte también que los elefantes pueden sufrir quemaduras de sol, motivo por el cual arrojan tierra sobre sus lomos y se revuelcan en el barro. Su pariente vivo más cercano era el damán, un animal diminuto y peludo semejante a una cobaya. Yo sabía que al igual que un bebé humano se chupa el pulgar para tranquilizarse, una cría de elefante a veces se chupa la trompa. Sabía que en 1916, en Erwin, Tennessee, una elefanta llamada *Mary* había sido juzgada y ahorcada por asesinato.

Al echar la vista atrás, estoy segura de que mi madre se cansó de oírme hablar sobre elefantes. Quizá fuera por eso que, un sábado por la mañana, me despertó antes del amanecer y me dijo que íbamos a emprender una aventura. No había ningún parque zoológico cerca de donde vivíamos, en Connecticut, pero en el Forest Park Zoo de Springfield, Massachusetts, había una elefanta de carne y hueso, y nosotras íbamos a verla.

Decir que yo estaba eufórica ante la perspectiva es poco. Asedié a mi madre con chistes sobre elefantes durante horas.

¿Qué criatura es muy hermosa, de color gris y calza zapatos de cristal? Cenicielefanta.

¿Por qué tienen los elefantes tantas arrugas? Porque no caben sobre una tabla de planchar.

¿Cómo te bajas de un elefante? No lo haces. Te bajas de un ganso.

¿Por qué tienen trompa los elefantes? Porque tendrían un aspecto muy raro si tuvieran una guantera.

Cuando llegamos al zoológico, eché a correr por los senderos hasta que me detuve ante *Morganetta*, la elefanta.

Que no era en absoluto como me había imaginado.

No se parecía en nada al majestuoso animal que aparecía en mi tarjeta Time-Life, ni en los libros que había estudiado. Para empezar, estaba encadenada a un gigantesco bloque de hormigón en el centro del recinto donde vivía, de modo que no podía alejarse mucho en ninguna dirección. Los grilletes le habían producido llagas en las patas traseras. Era tuerta, y se negaba a mirarme con el ojo que tenía. Yo era tan sólo otra persona que había venido a contemplarla en su prisión.

A mi madre también le impresionó el estado del animal. Habló con un empleado del zoológico, que le informó que *Morganetta* había participado en desfiles locales y había competido contra estudiantes en el juego de tira y afloja en un colegio cercano, pero que en su vejez se había vuelto violenta e imprevisible. Atacaba a visitantes con la trompa si éstos se acercaban demasiado a su jaula. Le había roto la muñeca a uno de sus cuidadores.

Yo me eché a llorar.

Mi madre me llevó de nuevo al coche y emprendimos el trayecto de regreso a casa de cuatro horas, aunque no habíamos estado ni diez minutos en el zoológico.

—¿No podemos ayudarla? —pregunté.

Así fue como, a mis nueve añitos, me convertí en defensora de los elefantes. Después de una visita a la biblioteca, me senté a la mesa de nuestra cocina y escribí al alcalde de Springfield, Massachusetts, pidiéndole que concediera a *Morganetta* más espacio y libertad.

El alcalde no sólo me contestó, sino que envió su respuesta a *The Boston Globe*, que la publicó, y al cabo de unos días un periodista llamó a casa para escribir un artículo sobre la niña de nueve años que había convencido al alcalde para que trasladara a *Morganetta* al recinto de los búfalos, mucho más grande, en el zoológico. A mí me concedieron un galardón especial de Ciudadana Comprometida en una asamblea de mi escuela primaria. Me invitaron a que regresara al zoológico para asistir a la importante inauguración y para que cortara la cinta roja con el alcalde. Los reporteros no cesaban de disparar sus flashes, cegándome, mientras *Morganetta* se movía a nuestras espaldas. Esta vez, me miró con su ojo sano. Y comprendí, con toda certeza, que seguía sintiéndose desdichada. Las cosas que le habían sucedido —las cadenas y los grilletes, la jaula y las palizas, quizás incluso el recuerdo del momento en que la habían sacado de África— seguían estando presentes en el recinto de los búfalos, llenando todo el espacio adicional que le habían concedido.

En honor a la verdad, debo decir que el alcalde Dimauro trató de hacerle la vida más agradable a *Morganetta*. En 1979, a raíz de la muerte del oso polar que residía en Forest Park, el zoológico cerró y *Morganetta* fue trasladada al de Los Ángeles. Su hogar allí era mucho más grande. Tenía una piscina, juguetes y la compañía de dos elefantas de edad avanzada.

De haber sabido entonces lo que ahora sé, le habría dicho al alcalde que el hecho de colocar juntos a unos elefantes no significa que se harán amigos. Los elefantes tienen unas personalidades tan singulares como los humanos, y del mismo modo que no daríamos por sentado que dos seres humanos elegidos al azar se harán íntimos amigos, no tenemos por qué suponer que dos elefantes se harán amigos por el mero hecho de ser elefantes. *Morganetta* siguió hundiéndose en la depresión, perdiendo peso y salud. Aproximadamente un año después de haber llegado al zoológico de Los Ángeles, la encontraron muerta en el fondo de la piscina del recinto.

La moraleja de esta historia es que a veces, por más que tratemos de remediar algo, nuestros esfuerzos son tan baldíos como tratar de contener la marea con un colador.

La moraleja de esta historia es que, por más que lo intentemos, por más que lo deseemos…, algunas historias no tienen un final feliz.

PRIMERA PARTE

¿Cómo explicar mi heroica reverencia? Me siento como si un niño
travieso hubiera inflado mi cuerpo.

Antaño yo era del tamaño de un halcón, de un león, antaño no era
el elefante que soy ahora.

Me cuelga el pellejo, y mi amo me regaña cuando un número no
me sale bien. Estuve toda la noche ensayando

en mi carpa, por lo que estaba medio dormido. La gente me
asocia con la tristeza y, a veces, con la

racionalidad. Randall Jarrell me comparó con Wallace Stevens, el
poeta estadounidense. Lo veo en los complejos tercetos,

pero creo que me parezco más a Eliot, un hombre de Europa, un
hombre culto. Cualquiera que sea tan ceremonioso sufre

crisis. Me disgustan los espectaculares experimentos de equilibrio,
el número en la cuerda floja y los conos.

Los elefantes somos imágenes de humildad, como cuando
emprendemos nuestras melancólicas migraciones para morir.

¿Sabías que a los elefantes nos enseñaron a escribir el alfabeto
griego con nuestros cascos?

Cansados de sufrir, nos tumbamos sobre nuestro gigantesco lomo,
lanzando hierba al cielo, a modo de distracción, no como una
oración.

No es humildad lo que ves en nuestro largo y último viaje: es
procrastinación. Mi pesado cuerpo me duele cuando me
tumbo.

DAN CHIASSON, «El elefante».

JENNA

En lo tocante a la memoria, soy una profesional. Puede que sólo tenga trece años, pero he estudiado el tema como otras niñas de mi edad devoran revistas de moda. Existe el tipo de memoria que tienes con respecto al mundo, como saber que las estufas se calientan y que si no te pones zapatos cuando sales en invierno, los pies se te helarán. Existe el tipo de memoria que adquieres a través de los sentidos, como por ejemplo que si miras el sol entrecierras los ojos y que los gusanos no son el bocado más apetecible. Existen las fechas que recuerdas de la clase de historia y que repescas durante los exámenes finales, porque son importantes (según me han dicho) en el esquema global del universo. Y existen los detalles personales que recuerdas, como los picos en el gráfico de tu vida, que a la única persona que le importan es a ti. El año pasado en el colegio mi profesora de ciencias me dejó que hiciera un estudio independiente sobre la memoria. La mayoría de mis profesores me permiten hacer estudios independientes, porque saben que en clase me aburro y, francamente, creo que temen que sepa más que ellos aunque no quieran reconocerlo.

Mi primer recuerdo tiene los bordes blancos, como una foto tomada con un flash demasiado potente. Mi madre sostiene un palito con algodón de azúcar. Mi madre se lleva el dedo a los labios —*Éste es nuestro secreto*— y arranca un pedacito. Cuando me lo acerca a los labios, el azúcar se disuelve. Enrosco la lengua alrededor de su dedo y lo chupo con fuerza. *Iswidi*, dice mi madre. *Dulce*. Esto no es mi biberón, no conozco ese sabor, pero está muy rico. Mi madre se inclina sobre mí y me besa en la frente. *Uswidi,* dice. *Dulce amorcito*.

Yo no debo de tener más de nueve meses.

Esto es bastante asombroso, porque los primeros recuerdos de la mayoría de los niños son de cuando tenían entre dos y cinco años. Lo cual no significa que los bebés sean unos pequeños amnésicos: tienen recuerdos de mucho antes de que aprendan a hablar, pero, curiosamente, no pueden acceder a ellos cuando empiezan a hablar. Puede que el motivo de que yo recuerde el episodio del algodón de azúcar sea porque mi madre hablaba el xosa, que no es nuestro idioma sino una lengua que aprendió cuando trabajaba en su doctorado en Sudáfrica. O quizás el motivo de que yo tenga una memoria de acceso aleatorio sea una compensación de mi cerebro, porque no recuerdo lo que anhelo recordar con desesperación: los detalles de la noche en que desapareció mi madre.

Mi madre era una científica, y durante cierto tiempo estudió la memoria. Formaba parte de su trabajo sobre el estrés postraumático y los elefantes. ¿Conoces el viejo dicho de que los elefantes nunca olvidan? Bueno, pues es verdad. Si quieres una prueba, podría facilitarte todos los datos que recopiló mi madre. Los he memorizado prácticamente todos. Sus hallazgos oficiales que publicó decían que la memoria está vinculada a una emoción muy fuerte, y que los momentos negativos son como garabatos escritos con un rotulador indeleble en la pared del cerebro. Pero existe una línea muy delgada entre un momento negativo y uno traumático. Los momentos negativos son recordados. Los traumáticos son olvidados, o están tan desvirtuados que resultan irreconocibles, o se convierten en la inmensa laguna en blanco que tengo en la cabeza cuando trato de recordar esa noche.

Esto es lo que sé:

1. Yo tenía tres años.

2. Encontraron a mi madre en los terrenos de la reserva, inconsciente, aproximadamente a un kilómetro y medio al sur de un cadáver. Esto era lo que decían los informes policiales. Trasladaron a mi madre a un hospital.

3. Yo no figuro en los informes policiales. Más tarde, mi abuela me llevó a vivir a su casa, porque mi padre no conseguía superar el trauma de la muerte de una cuidadora de las

elefantas y una esposa que estaba inconsciente debido al golpe que había recibido.

4. Antes del amanecer, mi madre recobró el conocimiento y desapareció del hospital sin que ningún empleado la viera marcharse.

5. Jamás volví a verla.

A veces imagino mi vida como dos vagones de tren unidos en el momento de la desaparición de mi madre, pero cuando trato de averiguar de qué forma están conectados se produce un ruido chirriante en la vía que me deja grogui. Sé que yo era una niña con el pelo rubio rojizo, que correteaba por todas partes como un animalito salvaje mientras mi madre no dejaba de tomar notas sobre las elefantas. Ahora soy una chica demasiado seria para su edad y demasiado inteligente para su bien. Sin embargo, pese a mis impresionantes conocimientos sobre estadísticas científicas, soy un desastre en lo tocante a hechos referentes a la vida real, como saber que Wanelo es una página web y no una nueva banda musical. Si segundo de secundaria es un microcosmo de la jerarquía social del adolescente humano (y para mi madre sin duda lo sería), poder recitar las cincuenta manadas de elefantes identificadas en el Tuli Block de Botsuana no puede compararse con identificar a los miembros de One Direction.

No es que yo no encaje en la escuela por ser la única niña que no tiene madre. Hay muchas niñas que no tienen padres, y niñas que no hablan de sus padres, o niñas cuyos padres viven ahora con otros cónyuges y otros hijos. Pero la verdad es que no tengo amigas en el colegio. Me siento a un extremo de la mesa del comedor, y como lo que mi abuela me ha puesto en la mochila, mientras las niñas guay —que se hacen llamar nada menos que Carámbanos—, comentan que cuando sean mayores trabajarán para OPI y se inventan nombres de laca de uñas basadas en películas famosas: Los caballeros lo prefieren magenta; Algunos hombres fucsias… Yo trato de intervenir en la conversación un par de veces, pero cuando lo hago, me miran como si apestara, arrugan la nariz y siguen charlando entre ellas. Pero no creas que me duele que no me hagan caso. Supongo que tengo cosas más importantes en la cabeza.

Los recuerdos de la otra cara de la desaparición de mi madre son también confusos. Puedo hablarte de mi nueva habitación en casa de mi abuela, en la que había una cama para una niña mayor, la primera que tuve. En la mesilla de noche había una pequeña cesta de mimbre que contenía, inexplicablemente, unos sobrecitos rosas de Sweet'N Low, un edulcorante, aunque no había una cafetera eléctrica. Cada noche, incluso antes de que aprendiera a contar, echaba un vistazo a la cesta para asegurarme de que seguían todos allí. Aún lo hago.

Puedo hablarte de cuando visitaba a mi padre, al principio. Las habitaciones en Hartwick House olían a amoníaco y a pipí, e incluso cuando mi abuela insistía en que hablara con él y yo me subía a la cama, temblando ante la idea de estar tan cerca de alguien a quien reconocía pero a quien no conocía en absoluto, él no se movía ni decía una palabra. Puedo describir cómo se le saltaban las lágrimas como si se tratara de un fenómeno natural y previsible, como cuando se forman gotas de vaho en una lata de refresco en un día caluroso.

Recuerdo las pesadillas que yo tenía, que en realidad no eran pesadillas, sino que me despertaba de un sueño profundo debido a los sonoros barritos de *Maura*. Incluso cuando mi abuela entraba apresuradamente en mi habitación y me explicaba que las elefantas matriarcas vivían ahora a centenares de kilómetros, en una nueva reserva en Tennessee, yo tenía la persistente sensación de que *Maura* trataba de decirme algo, y que de haber hablado su lengua tan bien como mi madre, la habría entendido.

Lo único que me queda de mi madre son sus trabajos de investigación. Los releo una y otra vez porque sé que un día las palabras se reordenarán en una página para indicarme dónde se encuentra. Ella me enseñó, incluso en su ausencia, que toda ciencia rigurosa empieza con una hipótesis, que no es sino una intuición envuelta en una complicada jerga. Ésta es mi corazonada: mi madre jamás me habría abandonado voluntariamente.

Y voy a demostrarlo, aunque sea lo último que haga en esta vida.

Cuando me despierto, *Gertie* está tumbada sobre mis pies, como una gigantesca manta perruna. Se mueve nerviosa, persiguiendo algo que sólo ve en sueños.

Sé lo que eso significa.

Trato de levantarme de la cama sin despertarla, pero la perra se incorpora de un salto y se pone a ladrar a la puerta cerrada de mi habitación.

—Tranquila —le digo, hundiendo los dedos en el espeso pelaje de su cuello. Ella me lame la mejilla pero no se tranquiliza. Tiene los ojos clavados en la puerta de la habitación, como si pudiera ver lo que hay al otro lado.

Lo cual, teniendo en cuenta lo que he planeado para hoy, resulta bastante irónico.

Gertie salta de la cama, meneando la cola y golpeando con ella la pared. Abro la puerta y la perra baja corriendo la escalera, para que mi abuela la saque afuera y le dé de comer y empiece a prepararme el desayuno.

Gertie vino a casa de mi abuela un año después que yo. Antes había vivido en la reserva y era muy amiga de una elefanta llamada *Syrah*. Pasaba todos los días con ella; y cuando la perra enfermó *Syrah* no se separó de su lado, acariciando su cuerpo suavemente con la trompa. No era la primera historia de una estrecha amistad entre un perro y un elefante, pero fue una historia legendaria, recogida en libros infantiles y difundida en los informativos. Un famoso fotógrafo incluso tomó unas fotografías para un calendario sobre amistades insólitas entre animales, y convirtió a *Gertie* en Miss Julio. Cuando la reserva cerró y enviaron a *Syrah* a otro lugar, *Gertie* se quedó tan abandonada como yo. Durante meses, nadie sabía qué había sido de ella. Y un buen día, cuando sonó el timbre de la puerta y mi abuela fue a abrir, un funcionario de la protectora de animales le preguntó si conocía a esa perra, a la que habían encontrado en nuestro barrio. Aún llevaba puesto el collar, con su nombre grabado. *Gertie* estaba en los huesos y cubierta de picaduras de pulgas, pero empezó a lamerme la cara. Mi abuela dejó que se quedara, seguramente porque pensó que me ayudaría a aclimatarme a mi nuevo hogar.

Para ser sincera, debo decir que no dio resultado. Siempre fui una niña solitaria, y nunca me sentí integrada aquí. Soy como esas mujeres que leen a Jane Austen de forma obsesiva confiando en que el día menos pensado aparezca el señor Darcy. O como los que gustan de recrear la c.a. guerra de secesión, que se increpan unos a otros en campos de batalla convertidos en estadios de béisbol y bancos de parques. Soy la princesa en una torre de marfil, salvo que cada ladrillo está hecho de historia y yo misma he construido esta prisión.

En el colegio tenía una amiga, que parecía entender mi situación. Chatham Clarke era la única persona a la que le hablé de mi madre y mi propósito de dar con ella. Chatham vivía con su tía, porque su madre era drogadicta y estaba en la cárcel; y no conocía a su padre. «Es admirable —me dijo Chatham— las ganas que tienes de ver a tu madre.» Cuando le pregunté a qué venía eso, me contó que un día su tía la había llevado a la prisión donde cumplía condena su madre; le había puesto un vestido de volantes y unos zapatos negros que relucían como espejos. Pero su madre era una persona gris y apática, con los ojos apagados y la dentadura podrida debido a la metadona, y Chatham me explicó que aunque su madre le dijo que deseaba abrazarla, ella nunca se había alegrado tanto de algo como de ese muro de plástico que las separaba en el cubículo de visitas. No volvió a poner los pies allí.

Chatham era útil en muchos aspectos; me acompañó a comprarme mi primer sujetador, porque a mi abuela no se le había ocurrido cubrir unos pechos inexistentes y (como decía Chatham) ninguna chica de más de diez años que tuvieras que cambiarse en el vestuario de un colegio debía enseñar las «domingas». Me pasaba notas en clase de inglés, unos burdos dibujos con palotes de nuestra profesora, que se echaba demasiada loción autobronceadora y olía a gatos. Me tomaba del brazo cuando caminábamos por los pasillos del colegio, y como te dirá cualquier científico que estudia los animales salvajes, cuando de sobrevivir se trata en un entorno hostil, más vale estar acompañado que solo.

Una mañana Chatham dejó de venir a la escuela. Cuando llamé a su casa, no contestó nadie. Cuando me acerqué allí en mi bici me encontré un letrero que decía EN VENTA. Me pareció increíble que Chatham se hubiera marchado sin decir nada, y más sabiendo lo afectada que estaba yo por la desaparición de mi madre, pero al cabo de dos semanas sin saber nada de ella, me costó defenderla ante mí misma. Cuando empecé a dejar de hacer los deberes y a suspender los exámenes, lo cual era impropio en mí, la orientadora del colegio me llamó a su despacho. La señora Sugarman tenía mil años y unos títeres en su despacho, deduzco que para que las niñas que estaban demasiado traumatizadas para pronunciar la palabra «vagina» pudieran montar un numerito con los títeres y mostrar dónde las habían tocado indecorosamente. En cualquier caso, no creo que la señora Sugarman pudiera aconsejarme en ningún sentido, y menos ayudarme a superar el dolor de una amistad rota. Cuando me preguntó qué pensaba que le había ocurrido a Chatham, respondí que suponía que la habían raptado. Que Me Había Abandonado.

No sería la primera vez.

La señora Sugarman no volvió a llamarme a su despacho, y si antes en el colegio todo el mundo me había tomado por un bicho raro, a partir de entonces pensaron que estaba loca de atar.

A mi abuela le extrañó la desaparición de Chatham. «¿Sin decirte nada? —me preguntó un día a la hora de cenar—. Ésa no es forma de comportarse con una amiga.» Yo no sabía cómo explicarle que durante el tiempo en que Chatham había sido mi compinche, yo había previsto que esto podía suceder. Cuando alguien te abandona, siempre piensas que puede volver a ocurrir. Al cabo del tiempo dejas de intimar con las personas para que no se conviertan en importantes para ti, porque así no te das cuenta cuando desaparecen de tu mundo. Sé que suena muy deprimente viniendo de una niña de trece años, pero es preferible a tener que reconocer que el denominador común debes ser tú.

Quizá no pueda modificar mi futuro, pero estoy decidida a tratar de descifrar mi pasado.

De modo que he ideado un ritual matutino. Algunas personas beben café y leen el periódico; otras miran su Facebook; y otras se planchan el pelo o hacen cien abdominales. Yo me visto y luego me siento delante de mi ordenador. Paso mucho tiempo navegando por Internet, principalmente por www.NamUs.gov, la página web oficial del Departamento de Justicia sobre personas desaparecidas y no identificadas. Consulto rápidamente la base de datos de Personas no identificadas, para comprobar si algún médico forense ha subido nueva información sobre una mujer no identificada que han hallado muerta. Luego consulto la base de datos de Personas no reclamadas, por si han añadido algún nombre a la lista de personas que han muerto sin parientes cercanos. Por último, entro en la base de datos de Personas desaparecidas y voy directamente a la información sobre mi madre.

Situación: Desaparecida

Primer nombre de pila: Alice

Segundo nombre de pila: Kingston

Apellido: Metcalf

Apodo / Alias: Ninguno

Fecha en que fue vista con vida por última vez: 16 de julio de 2004, a las 11.45 de la noche

Edad cuando fue vista con vida por última vez: 36 años

Edad en la actualidad: 46 años

Raza: Blanca

Sexo: Mujer

Estatura: Un metro sesenta y seis centímetros

Peso: Cincuenta y seis kilos, setecientos gramos

Ciudad: Boone

Estado: Nueva Hampshire

Circunstancias: Alice Metcalf era una naturalista e investigadora en la Reserva de Elefantes de Nueva Inglaterra. Fue hallada inconsciente el 16 de julio de 2004, aproximadamente a las diez de la noche, a un kilómetro y medio al sur de donde se encontraba el cadáver de una empleada de la reserva que había sido pisoteada por una elefanta. Después de ser ingresada en el Mercy United Hospital en Boone Heights, Nueva Hampshire, Alice recobró el conocimiento aproximadamente a las once de la noche. Fue vista por última vez por una enfermera que le tomó sus constantes vitales a las once cuarenta y cinco de la noche.

No ha cambiado absolutamente nada en el perfil. Lo sé porque lo he escrito yo.

Hay otra página sobre el color del cabello de mi madre (era pelirroja) y el color de los ojos (verde), sobre si tenía alguna cicatriz o defecto físico o tatuaje o prótesis que pudiera servir para identificarla (no). Hay una página referente a la ropa que llevaba cuando desapareció, pero eso lo he dejado en blanco porque lo ignoro. Hay una página en blanco sobre posibles métodos de transporte, otra sobre sus datos dentales y otra sobre una muestra de su ADN. También hay una fotografía de ella, que escaneé de la única foto suya que hay en casa que mi abuela no haya guardado en el desván, un primer plano de mi madre sosteniéndome en brazos, delante de *Maura*, la elefanta.

También hay una página para los contactos policiales. Uno de ellos, Donny Boylan, está jubilado, se ha mudado a Florida y padece la enfermedad de Alzheimer (te asombraría lo que puedes averiguar en Google). El otro, Virgil Stanhope, figura en un boletín de la policía por haber sido ascendido a detective durante una ceremonia celebrada el 13 de octubre de 2004. Sé, por mis pesquisas digitales, que ya no trabaja en el Departamento de Policía de Boone. Aparte de eso, parece haber desaparecido de la faz de la Tierra.

No es un hecho tan insólito como puedas creer.

Hay familias enteras cuyos hogares fueron abandonados con el televisor encendido, la tetera hirviendo y juguetes diseminados por el suelo; familias cuyas camionetas fueron halladas en aparcamientos desiertos o en el fondo de un lago en la vecindad, y sin embargo jamás encontraron sus cadáveres. Hay jóvenes universitarias que desaparecieron después de dar a un extraño su número de teléfono anotado en la servilleta de un bar. Hay abuelos que fueron a dar un paseo por el bosque y nadie ha vuelto a verlos. Hay bebés a quienes sus padres besan al acostarlos y desaparecen de sus cunas antes del amanecer. Hay madres que hacen la lista de la compra, se montan en el coche y no regresan jamás del supermercado.

—¡Jenna! —La voz de mi abuela me interrumpe—. ¡Esto no es un restaurante!

Cierro el ordenador y salgo de mi habitación. Pero retrocedo sobre mis pasos, abro el cajón de mi ropa interior y saco un delicado fular azul que está al fondo. No pega con mis shorts vaqueros y mi camiseta, pero me lo pongo alrededor del cuello, bajo apresuradamente la escalera y me siento en un taburete frente a la encimera.

—Como si no tuviera otra cosa que hacer que estar pendiente

de ti todo el día... —dice mi abuela, de espaldas a mí mientras da la vuelta a una tortita en la sartén.

Mi abuela no es la típica abuela que vemos en televisión, una beatífica ancianita con el pelo blanco. Trabaja como controladora de estacionamientos en la oficina local de aparcamientos públicos, y puedo contar con los dedos de una mano las veces que la he visto sonreír.

Me gustaría hablar con ella sobre mi madre. A fin de cuentas ella tiene todos los recuerdos que yo no tengo, porque vivió con mi madre durante dieciocho años, mientras que yo sólo viví tres. Me gustaría tener el tipo de abuela que me enseñara fotografías de mi madre ausente cuando yo era pequeña, o que le preparara un pastel para su cumpleaños, en lugar de animarme a que encerrara mis sentimientos en una cajita.

Eso no significa que no la quiera. Viene a oírme cantar en los conciertos del coro de la escuela, y me prepara comida vegetariana aunque a ella le gusta la carne; me deja ver películas para mayores de dieciocho años porque dice que no hay nada en ellas que no veré en los pasillos del instituto entre clase y clase. Quiero mucho a mi abuela. Pero no es mi madre.

La mentira que he contado hoy a mi abuela es que voy a hacer de canguro para el hijo de uno de mis profesores favoritos, el señor Allen, que me daba clase de matemáticas en primero de secundaria. El niño se llama Carter, pero yo lo llamo Anticonceptivo, porque es el mejor argumento contra la procreación. Es el bebé menos atractivo que he visto jamás. Tiene un cabezón enorme, y cuando me mira, estoy segura de que me lee el pensamiento.

Mi abuela se vuelve, sosteniendo la tortita en una espátula, y se queda de piedra al ver el fular que llevo alrededor del cuello. Es verdad que no pega ni con cola con mi atuendo, pero ése no es el motivo por el que mi abuela frunce los labios. Menea la cabeza en un silencioso gesto de reproche y echa la tortita en mi plato, golpeándolo con la espátula.

—Me apetecía ponerme este accesorio —miento.

A mi abuela no le gusta hablar de mi madre. Si yo me siento vacía por dentro porque desapareció, mi abuela está llena a reventar de ira. No perdona a mi madre por haberse marchado —suponiendo que fue eso lo que sucedió—, y no acepta la alternativa, que no regresará nunca porque ha muerto.

—Carter —dice mi abuela, cambiando hábilmente de tema—. ¿El crío que parece una berenjena?

—No todo él. Sólo su frente —aclaro—. La última vez que le hice de canguro se pasó tres horas berreando.

—Llévate tapones para los oídos —me aconseja mi abuela—. ¿Vendrás a cenar?

—No lo sé. Pero nos veremos más tarde.

Le digo esto cada vez que se marcha. Se lo digo porque es lo que necesitamos escuchar las dos. Mi abuela deja la sartén en el fregadero y coge su bolso.

—No olvides sacar a *Gertie* antes de irte —me dice, procurando no mirar el fular de mi madre cuando pasa junto a mí.

Empecé a buscar afanosamente a mi madre a los once años. Antes, la echaba de menos pero no sabía qué hacer al respecto. Mi abuela no quería hablar del tema, y mi padre nunca había denunciado —que yo supiera— la desaparición de mi madre porque cuando sucedió él estaba ingresado en un centro psiquiátrico en estado catatónico. Yo traté de hablar varias veces con él del tema, pero dado que desencadenaba una nueva crisis, dejé de hacerlo.

Un día, en la consulta del dentista, leí un artículo en la revista *People* sobre un niño de dieciséis años que había logrado que la policía reabriera el caso del asesinato de su madre, que no estaba resuelto, y que el asesino fuera juzgado y condenado. Empecé a pensar que lo que me faltaba en dinero y recursos podía suplirlo con mi determinación, y esa misma tarde decidí intentarlo. Yo sabía que mis pesquisas podían ser inútiles, pero lo cierto era que nadie había logrado encontrar a mi madre. Claro está que nadie se lo había propuesto con tanto ahínco como yo.

En general, las personas a las que me dirigí me despachaban sin más contemplaciones o se compadecían de mí. El departamento de policía de Boone se negó a ayudarme, porque (a) yo era una menor que trabajaba sin el consentimiento de mi tutora; (b) el caso de mi madre estaba cerrado por falta de pruebas diez años después de su desaparición; y (c) por lo que a ellos respectaba, el asesinato citado más arriba había quedado resuelto, considerándolo una muerte por accidente. La Reserva de Elefantes de Nueva Inglaterra se había disuelto, y la única persona que podía facilitarme más detalles sobre la muerte de la cuidadora —esto es, mi padre— ni siquiera era capaz de decirme su nombre ni qué hora era, y menos contarme los pormenores del incidente que había provocado su brote psicótico.

Así que decidí ocuparme yo misma del asunto. Traté de contratar a un detective privado pero no tardé en averiguar que no trabajaban gratis en ciertos casos, como algunos abogados. Entonces empecé a hacer de canguro para los hijos de mis profesores, con el propósito de ahorrar el dinero suficiente al final del verano para conseguir que alguien se interesara en el caso. Luego decidí convertirme en mi propia (y mejor) investigadora.

Prácticamente todos los portales en Internet para buscar a personas desaparecidas cuestan dinero y requieren una tarjeta de crédito, y yo no tenía ni lo uno ni lo otro. Pero adquirí un libro titulado *¿De modo que quieres ser un investigador privado?* en una subasta de objetos de segunda mano con fines benéficos organizada por una iglesia, y me pasé varios días memorizando la información contenida en un capítulo: «Cómo encontrar a quienes se han perdido».

Según el libro, existen dos tipos de personas desaparecidas:

1. Personas que en realidad no han desaparecido sino que tienen una vida y unos amigos entre los que no te incluyes tú. Esta categoría comprende a exnovios y la compañera de cuarto en la universidad a los que has perdido el rastro.

2. Personas que en realidad no han desaparecido pero no quieren que las localicen. Por ejemplo, padres que no pasan la pensión a sus exesposas y testigos en juicios contra la mafia.

3. Todas las demás. Como fugitivos y niños, cuyas fotos son difundidas en tetrabriks de leche, que han sido secuestrados por psicópatas en furgonetas de color blanco sin ventanas.

El motivo de que investigadores privados logren encontrar a alguien reside en que mucha gente sabe exactamente dónde está esa persona desaparecida. El problema es que tú no eres una de ellas. De modo que tienes que dar con alguien que lo sea.

Las personas que desaparecen tienen sus razones para hacerlo. Quizás hayan cometido un fraude contra su compañía de seguros o se ocultan de la policía. Quizás hayan decidido comenzar de cero. Quizás estén endeudadas hasta las cejas. Quizás escondan un secreto que no quieren que nadie averigüe. Según el libro *¿De modo que quieres ser un investigador privado?*, la primera pregunta que debes hacerte es: ¿desea esa persona que la encuentren?

Reconozco que no sé si quiero oír la respuesta a esa pregunta. Si mi madre se marchó de forma voluntaria, quizá bastaría con que supiera que sigo buscándola —que supiera que, al cabo de una década, no la he olvidado— para que regresara junto a mí. A veces pienso que me resultaría más fácil averiguar si mi madre murió hace diez años que si está sana y salva y no quiere volver.

El libro decía que localizar a personas que han desaparecido es como hacer un crucigrama. Dispones de todas las pistas, y tratas de descifrarlas para resolver el problema. La recopilación de datos es el arma del investigador privado, y los datos son tus amigos. Nombre, fecha de nacimiento, número de la Seguridad Social, amigos, conocidos y parientes. Estudios, fechas del servicio militar, historial ocupacional. Cuanto más lejos lances tu red, más probabilidades tienes de pescar a alguien que mantuvo una conversación con la persona desaparecida sobre adónde quería ir de vacaciones, o cuál era el trabajo de sus sueños.

¿Qué haces con estos datos? Bueno, empiezas utilizándolos para descartar cosas. La primera búsqueda que hice en Internet, a los once años, fue entrar en la base de datos del Registro de Muertes de la Seguridad Social y buscar el nombre de mi madre.

Comprobé que no figuraba como difunta, pero eso no me indicaba lo suficiente. Podía estar viva, o podía vivir bajo otra identidad. Podía estar viva y no identificada, ser una mujer anónima.

Tampoco figuraba en Facebook, Twitter, Classmates.com o la red de alumnas de Vassar, su universidad. Por otra parte, mi madre estaba siempre tan atareada con su trabajo y sus elefantas, que imagino que no tenía mucho tiempo para esas distracciones.

En las guías telefónicas online encontré a trescientas sesenta y siete Alice Metcalfs. Cada semana llamaba a dos o tres, para que a mi abuela no le diera un patatús cuando viera el coste de las llamadas de larga distancia en la factura del teléfono. Dejaba un montón de mensajes. Había una anciana encantadora en Montana que quería rezar por mi madre, y otra mujer que trabajaba como productora en una nueva emisora informativa en Los Ángeles que me prometió presentar el tema a su jefe como una historia de interés humano, pero ninguna de las personas a las que llamé era mi madre.

El libro ofrecía otros consejos: consultar las bases de datos de prisiones, registros de marcas comerciales, incluso los archivos de la genealogía de la Iglesia de Jesucristo de los Santos de los Últimos Días. Cuando busqué en estos sitios, no obtuve ningún resultado. Cuando busqué «Alice Metcalf» en Google, obtuve demasiados, más de un millón seiscientos mil. De modo que limité mi búsqueda a «Alice Kingston Metcalf Duelo en los Elefantes», y obtuve un listado de todas sus investigaciones científicas, la mayoría de las cuales había realizado antes de 2004.

En la página decimosexta de mi búsqueda en Google, sin embargo, había un artículo en un blog de psicología online sobre el duelo en los animales. Después de leer los tres primeros párrafos, hallé una cita de Alice Metcalf que decía: «Es egoísta pensar que los seres humanos tenemos el monopolio del dolor. Existen numerosas pruebas que indican que los elefantes sufren por la muerte de un ser querido». Era una cita breve, muy corriente en muchos aspectos, algo que mi madre había dicho centenares de veces en otras revistas y publicaciones científicas.

Pero esta entrada en el blog estaba fechada en 2006.

Dos años después de que mi madre hubiera desaparecido.

Aunque llevo un año buscando en Internet, no he encontrado aún prueba alguna de la existencia de ella. No sé si la fecha del artículo online era una errata, si la cita correspondía a una fecha anterior o si mi madre —que todo indica que estaba viva en 2006— sigue viva.

Sólo sé que encontré ese artículo, lo cual es un pimer paso.

A fin de no dejar piedra por remover, no he restringido mi búsqueda a los consejos que ofrece *¿De modo que quieres ser un investigador privado?* He colgado los datos de mi madre en Listservs. En cierta ocasión, durante un carnaval, me ofrecí como conejillo de Indias para un hipnotista frente a una multitud que devoraba perritos calientes y aros de cebollas, confiando en que éste liberara los recuerdos que estaban atrapados en mi interior, pero lo único que me dijo el hipnotista fue que en una vida anterior yo había sido una fregona en el palacio de un duque. Asistí a un seminario gratuito en la biblioteca sobre la lucidez de los sueños, pensando que podría transferir algunas de esas técnicas a mi mente, empecinadamente cerrada, pero resultó que aconsejaban que escribieras tus sueños en un diario y poco más.

Hoy, por primera vez, voy a consultar a una vidente.

Hay varias razones por las que no lo había hecho hasta ahora. En primer lugar, no tenía dinero suficiente. Segundo, no tenía ni idea de dónde encontrar un vidente de confianza. Tercero, no era un recurso muy científico, y si mi madre, in absentia, me había enseñado algo, era a confiar en los hechos y los datos puros y duros. Pero hace dos días, mientras revisaba los diarios de mi madre, de uno de ellos cayó un punto de libro.

En realidad no era un punto de libro. Era un dólar, con una figura de papiroflexia en forma de elefante.

De pronto, recordé a mi madre con sus manos volando sobre el billete de dólar, doblándolo, girándolo y doblándolo de nuevo, hasta que dejé de berrear y miré, como hipnotizada, el diminuto juguete que ella me había confeccionado.

Toqué el pequeño elefante como temiendo que se evaporara en una nube de humo. Entonces mis ojos se posaron en la página abierta del diario, un párrafo que de golpe destacaba como si estuviera escrito con letras de neón:

> Mis colegas siempre me miran extrañados cuando les digo que los mejores científicos entienden que un dos o un tres por ciento de lo que estudian no es cuantificable; puede tratarse de magia, de alienígenas o de unas variantes aleatorias, nada de lo cual cabe descartar. Si queremos ser

honestos como científicos, debemos reconocer que hay algunas cosas que no podemos comprender.

Yo interpreté eso como una señal.

Cualquier otra persona hubiera preferido contemplar una obra de arte doblada que la hoja de papel original, pero yo no. Yo tenía que empezar desde el principio. De modo que pasé horas desdoblando con cuidado la obra de mi madre, fingiendo que aún sentía el calor de sus dedos sobre el billete de dólar. Procedí paso a paso, como si llevara a cabo una operación quirúrgica, hasta que aprendí a doblar de nuevo el dólar como ella; hasta que tuve una pequeña manada de seis diminutos y flamantes elefantes verdes marchando sobre mi mesa. Seguí practicando todo el día, para asegurarme de que no había olvidado cómo hacerlo, y cada vez que lo lograba sentía una profunda satisfacción. Esa noche me dormí imaginando un momento dramático, al estilo de «la película de la semana», cuando hallaba por fin a mi madre desaparecida y ella no sabía quién era yo, hasta que confeccioné un elefante con un billete de dólar ante sus ojos. Entonces me abrazó. Y ya no me soltó.

Es increíble la cantidad de videntes que figuran en las páginas amarillas locales. Espíritus guía de la New Age, Consejos paranormales de Laurel, Sacerdotisa pagana lee el tarot, Lecturas por Kate Kimmel, Renace El Fénix: consejos sobre amor, riqueza, prosperidad.

Visiones clarividentes por Serenity, Cumberland Street, Boone.

Serenity no tenía un anuncio muy grande, un número de teléfono al que podías llamar gratuitamente o un apellido, pero su consulta estaba a poca distancia en bicicleta de mi casa, y era la única que prometía hacer una lectura por el módico precio de diez dólares.

Cumberland Street está en una zona de la ciudad que mi abuela siempre me dice que debo evitar. Consiste básicamente en un callejón en el que hay una tienda de comestibles en estado ruinoso, con la puerta y las ventanas cubiertas con tablas, y un bar de mala muerte. En la acera hay dos letreros de madera, uno anunciando chupitos a dos dólares antes de las cinco de la tarde, y otro que dice: TAROT, 10$, 14R.

¿Qué significa 14R? ¿La edad mínima requerida? ¿Una talla de sujetador?

No me gusta dejar mi bici en la calle, porque no puedo asegurarla con un candado —no tengo que hacerlo en la escuela, en la calle Mayor ni en ninguno de los sitios que suelo frecuentar—, de modo que la meto en el portal situado a la izquierda de la entrada del bar y la subo por la escalera, que apesta a cerveza y a sudor. Al llegar arriba veo un pequeño recibidor. Una puerta que pone 14R con una placa que dice: LECTURAS POR SERENITY.

Las paredes del recibidor están tapizadas con un tejido de pana que se cae a pedazos. En el techo florecen unas manchas amarillas, y el ambiente huele a popurrí, un olor demasiado intenso para mi gusto. En un rincón hay una desvencijada mesita apoyada sobre una guía telefónica para que no se caiga. En ella hay un cuenco de cerámica con unas tarjetas de visita: SERENITY JONES, VIDENTE.

En el pequeño recibidor apenas cabemos mi bicicleta y yo. La giro en un semicírculo, tratando de apoyarla contra la pared.

Al otro lado de la puerta interior oigo las voces tenues de dos mujeres. No sé si llamar, para informar a Serenity de que estoy aquí. Entonces pienso que si es una buena profesional, ya debe de saberlo.

Por si acaso, toso. En voz alta.

Con la bici apoyada contra mi cadera, oprimo la oreja contra la puerta.

Está angustiada porque debe tomar una decisión muy importante.

Oigo una exclamación ahogada, una segunda voz.

¿Cómo lo sabe?

Tiene serias dudas sobre si lo que decida sea lo que más le conviene.

De nuevo la otra voz:

Ha sido muy duro, sin Bert.

Ahora está aquí. Y quiere que sepa que debe seguir los dictados de su corazón.

Se produce una pausa.

Eso no me suena a Bert.

Claro. Es otra persona que vela por usted.

¿Mi tía Louise?

¡Sí! Dice que usted siempre fue su sobrina preferida.

No puedo evitarlo; suelto un bufido. *¡Inteligente táctica, Serenity!*, pienso.

Quizá me ha oído reírme, porque la conversación cesa de pronto al otro lado de la puerta. Me acerco más para oír mejor, y al hacerlo tropiezo con mi bici. Cuando trato de recobrar el equilibrio, piso el fular de mi madre, que se ha desenrollado. La bicicleta y yo caemos sobre la mesita, derribando el cuenco, que se estrella contra el suelo.

La puerta se abre bruscamente. Yo alzo la vista desde el suelo, agachada junto a mi bici, mientras trato de recoger los pedazos del cuenco.

—¿Qué pasa aquí?

Serenity Jones es alta, con el pelo de color rosa como algodón de azúcar, recogido en lo alto de la cabeza. Lleva los labios pintados del mismo color que el pelo. Tengo la extraña sensación de que la he visto antes.

—¿Es usted Serenity?

—¿Y tú quién eres?

—¿No debería saberlo?

—Soy clarividente, no omnisciente. Si fuera omnisciente esto sería Park Avenue y yo tendría el dinero en una cuenta en las islas Caimán. —Su voz suena gastada, como un sofá con los muelles rotos. Entonces se fija en los trozos de cerámica que sostengo en la mano—. ¡No me fastidies! ¡Era el cuenco de adivinación de mi abuela!

No tengo ni idea de qué es un cuenco de adivinación. Sólo sé que me he metido en un lío.

—Lo siento. Ha sido sin querer…

—¿Tienes idea de lo antiguo que es ese objeto? ¡Es una reliquia de familia! Da gracias al niño Jesús de que mi abuela no esté viva para contemplar este desastre. —Serenity me arrebata los pedazos de la mano, tratando de juntarlos como por arte de magia.

—Puedo tratar de recomponerlo…

—A menos que seas maga, no creo que lo consigas. Mi madre y

mi abuela deben de estar revolviéndose en sus tumbas, y todo porque tienes el cerebro de un mosquito.

—Si es tan valioso, ¿por qué lo deja en la entrada?

—¿Cómo se te ocurre meter una bicicleta en un espacio del tamaño de un armario?

—Temí que si la dejaba en el pasillo me la robarían —comento, levantándome—. Le pagaré por el cuenco.

—Bonita, el dinero que hayas obtenido vendiendo galletitas de exploradora no cubre el coste de una antigüedad de 1858.

—No vendo galletas de exploradora —le informo—. He venido para que me haga una lectura.

Serenity se queda de piedra.

—No trabajo con menores de edad.

¿No puede o no quiere?

—Soy mayor de lo que aparento. —Es verdad. Todo el mundo cree que estoy aún en primaria en vez de segundo de secundaria.

La mujer que estaba dentro, a quien Serenity le hacía una lectura, aparece de pronto en la puerta.

—¿Está bien, Serenity?

La vidente da un traspié y tropieza con mi bicicleta.

—Perfectamente —responde. Me mira sonriendo con tirantez—. No puedo ayudarte.

—¿Cómo dice? —pregunta la clienta.

—No me refiero a usted, señora Langham —contesta Serenity. Luego se vuelve hacia mí y murmura—: Si no te vas enseguida, llamaré a la policía y te denunciaré.

Puede que la señora Langham no quiera tener tratos con una vidente que maltrata a los niños; quizá no quiera estar presente cuando aparezca la policía. Sea por el motivo que sea, mira a Serenity como si fuera a decir algo, pero al cabo de unos instantes pasa ante nosotras y baja apresuradamente la escalera.

—Genial —murmura Serenity—. Ahora me debes una reliquia de familia de un valor incalculable y los diez dólares que acabo de perder.

—Le pagaré el doble —suelto de sopetón. Tengo sesenta y ocho dólares. Es el dinero que he ganado este año haciendo de canguro, y lo había ahorrado para pagar al investigador privado.

No estoy convencida de que Serenity sea la solución, pero estoy dispuesta a pagar veinte dólares para averiguarlo.

Sus ojos chispean cuando se lo digo.

—Por ti —dice—, haré una excepción. —Abre la puerta del todo, mostrando una sala de estar normal, con un sofá, una mesita de café y un televisor. Se parece a la casa de mi abuela, lo cual resulta un tanto decepcionante. Nada en ella indica que sea la consulta de una vidente—. ¿Tienes algún problema? —pregunta.

—Supongo que esperaba una bola de cristal y una cortina de abalorios.

—Para esas cosas tienes que pagar más.

La miro, porque no estoy segura de si me está tomando el pelo. Serenity se sienta pesadamente en el sofá y me invita a hacerlo en una silla.

—¿Cómo te llamas?

—Jenna Metcalf.

—De acuerdo, Jenna —dice, suspirando—. Acabemos con esto de una vez. —Me entrega un libro y me dice que escriba mi nombre, mi dirección y mi número de teléfono.

—¿Por qué?

—Por si necesito comunicarme contigo más tarde. En caso de que un espíritu tenga un mensaje para ti o algo.

Yo creo que es porque quiere enviarme publicidad ofreciéndome un descuento del veinte por ciento en mi próxima consulta, pero tomo el libro encuadernado en piel y firmo. Las manos me sudan. Ahora que estoy aquí, empiezo a tener dudas sobre mi decisión. El peor escenario posible es que Serenity Jones resulte ser una embaucadora, otro punto muerto en el misterio de mi madre.

No. El peor escenario es que Serenity Jones resulte ser una vidente de gran talento y yo averigüe una de dos cosas: que mi madre me abandonó voluntariamente, o que está muerta.

Serenity empieza a barajar las cartas del tarot.

—Lo que voy a decirte durante esta lectura quizá no tenga sentido para ti en estos momentos. Pero recuerda la información, porque un día quizás oigas algo y comprendas lo que los espíritus trataban de transmitirte hoy. —Lo dice con el tono en que las azafatas de vuelo te explican cómo ponerte y quitarte el cinturón de seguridad de tu asiento. Luego me pasa la baraja de cartas, para que la corte en tres montoncitos—. Bueno, ¿qué quieres saber? ¿Quién está enamorado de ti? ¿Si vas a obtener un sobresaliente en inglés? ¿En qué universidad debes presentar tu solicitud de ingreso?

—Esas cosas no me interesan. —Le devuelvo la baraja, sin cortarla—. Mi madre desapareció hace diez años —digo—. Quiero que me ayude a encontrarla.

Hay un pasaje en los diarios de campo de mi madre, en los que anotaba los hallazgos de sus investigaciones, que conozco de memoria. A veces, cuando me aburro en clase, lo escribo en mi cuaderno, tratando de imitar los bucles de su letra.

Es de la época en que trabajaba en Botsuana, cuando hacía su posdoctorado estudiando el duelo en los elefantes en el Tuli Block, y describe la muerte de un elefante en la sabana. Era la cría de una elefanta de quince años llamada *Kagiso.* Ésta había parido poco después del amanecer, y la cría había nacido muerta o había muerto al poco del alumbramiento. Según las notas de mi madre, no era un hecho insólito en una elefanta que paría por primera vez. Lo insólito fue la reacción de *Kagiso.*

MARTES
09.45 Kagiso *está junto a su cría a plena luz del día, en un claro. Le acaricia la cabeza con la trompa. La cría no se ha movido desde las 06.35.*
11.52 Kagiso *amenaza a* Aviwe *y a* Cokisa *cuando las otras hembras se acercan a examinar el cuerpo del elefantito.*
15.15 Kagiso *continúa de pie junto al cadáver. Toca al pequeño con su trompa. Trata de levantarlo.*

MIÉRCOLES
06.36 Estoy preocupada por Kagiso*, que no se ha acercado a la charca a beber.*
10.42 Kagiso *arroja con las patas unas hojas sobre el cadáver de su cría. Parte unas ramas para cubrirla con ellas.*
15.46 Hace un calor bestial. Kagiso *se acerca a la charca y regresa para permanecer junto a su cría.*

JUEVES
06.56 Se acercan tres leonas, que se disponen a dar cuenta de los restos del elefantito. Kagiso *las ataca, y las leonas huyen hacia el este.* Kagiso *se coloca junto al cadáver de su cría, barritando.*
08.20 La elefanta sigue barritando.
11.13 Kagiso *no se separa del cadáver de su cría.*
21.02 Las tres leonas devoran los restos de la cría. Kagiso *ha desaparecido.*

Al final de la página, mi madre había escrito esto:

Kagiso *abandona el cadáver de su cría después de velarlo durante tres días.*
Existen numerosos estudios documentados sobre el hecho de que un elefante de menos de dos años no sobrevive si se queda huérfano. Todavía no hay nada publicado sobre lo que le sucede a una madre que pierde a su cría.

Por la época en que mi madre escribió esto, no sabía que estaba embarazada de mí.

—No hago lecturas sobre personas desaparecidas —afirma Serenity, con un tono que no admite réplica.

—No trabaja con niños, no trabaja con personas desaparecidas … —digo, enumerando las negativas de la vidente con los dedos—. ¿Qué hace exactamente?

Ella me mira achicando los ojos.

—¿Quieres que te ayude a alinearte con tu energía? No hay problema. ¿Una consulta de tarot? De acuerdo. ¿Comunicarte con alguien que ha muerto? Aquí me tienes. —Se inclina hacia delante para darme a entender con toda claridad que he topado con un muro de ladrillo—. Pero no me dedico a personas desaparecidas.

—Es una vidente.

—Existen distintos videntes y distintas técnicas —responde—. Precognición, lectura del aura, espíritus canalizadores, telepatía. El mero hecho de conocerlas no significa que las domine.

—Mi madre desapareció hace diez años —continúo, como si Serenity no hubiera dicho nada. Me pregunto si debo contarle que una elefanta pateó a una empleada de la reserva, o el hecho de que trasladaran a mi madre al hospital, pero decido no hacerlo. No quiero facilitarle las respuestas—. Yo tenía tres.

—La mayoría de las personas desaparecen porque quieren —asevera Serenity.

—Pero no todas —replico—. Ella no me abandonó. Estoy segura. —Después de dudar unos instantes, me quito el fular de mi madre y se lo ofrezco—. Era de ella. Quizá la ayude a…

Serenity ni siquiera lo toca.

—No he dicho que no *pueda* encontrarla. He dicho que *me niego* a hacerlo.

De todas las formas en que imaginé que se desarrollaría este encuentro, ésta no era una de ellas.

—¿Por qué? —pregunto, sorprendida—. ¿Por qué no quiere ayudarme si puede hacerlo?

—¡Porque no soy la Madre Teresa! —me espeta. Se ha puesto roja como un tomate; me pregunto si ha visto su inminente muerte provocada por una subida de tensión—. Disculpa —dice, y desaparece por un pasillo. Al cabo de un momento, oigo el chorro de un grifo.

Pasan cinco minutos. Diez. Me levanto y empiezo a pasearme por la sala de estar. En la repisa de la chimenea hay unas fotos de Serenity con George y Barbara Bush, con Cher, con el tipo de *Zoolander*. No lo entiendo. ¿Por qué una persona que se codea con celebridades se gana la vida haciendo lecturas por diez dólares en el Este de Ningún Sitio, en Nueva Hampshire?

Cuando oigo la cadena del retrete, me apresuro a sentarme de nuevo en el sofá, como si no me hubiera movido de allí. Serenity regresa habiendo recobrado la compostura. Su flequillo de color rosa está húmedo, como si se hubiera lavado la cara.

—Hoy no voy a cobrarte por el tiempo que te he dedicado —me comunica, y yo suelto un bufido—. Lamento sinceramente lo de tu madre. Quizás otra persona pueda decirte lo que deseas oír.

—¿Como quién?

—No tengo la menor idea. Los videntes no solemos reunirnos

en el Café Paranormal los miércoles por la noche. —Serenity se acerca a la puerta y la abre, invitándome a marcharme—. Si me entero de alguien que se dedica a estas cosas, me pondré en contacto contigo.

Sospecho que es mentira, que lo dice para echarme de su sala de estar. Salgo al recibidor y tomo mi bici, que está en el suelo.

—Aunque no quiera ayudarme a encontrar a mi madre —digo—, ¿puede decirme al menos si está muerta?

No puedo creer que haya preguntado eso hasta que las palabras quedan suspendidas en el aire entre nosotras, como cortinas que nos impiden vernos con claridad. Durante unos segundos se me ocurre coger mi bici y salir corriendo antes de oír su respuesta.

Serenity se estremece como si yo hubiera disparado contra ella con una pistola eléctrica.

—No está muerta.

Cuando cierra la puerta en mis narices, me pregunto si esto también es mentira.

En lugar de regresar a casa, me dirijo en bicicleta hacia las afueras de Boone y tomo por un camino de tierra de casi cinco kilómetros que conduce a la entrada del Parque Natural Stark, así llamado por el general de la Guerra de Independencia que acuñó el lema del estado: «Vive en libertad o muere». Pero hace diez años, antes de que se convirtiera en el Parque Natural Stark, era la Reserva de Elefantes de Nueva Inglaterra, fundada por mi padre, Thomas Metcalf. En aquel entonces la reserva ocupaba más de ochocientas hectáreas, con un perímetro de ochenta hectáreas entre la reserva y la residencia particular más cercana. Ahora, más de la mitad del terreno ha sido destinado a un centro comercial, un Costco, y una urbanización. El resto sigue siendo una zona protegida por el Estado.

Aparco mi bicicleta y camino veinte minutos. Paso frente al bosque de abedules y el lago, ahora descuidado y cubierto de hierbajos, donde las elefantas acudían todos los días a beber. Por fin llego a mi lugar favorito, a los pies de un gigantesco roble con los brazos retorcidos como una bruja. Aunque en esta época gran parte del bosque está sembrado de musgo y helechos, el suelo a los pies de este árbol siempre ha estado tapizado por unos hongos de color violeta vivo. Es un paraje donde les gustaría vivir a las hadas, si existieran.

Los hongos se llaman *Laccaria amethystina.* Lo miré en Internet. Supuse que era lo que habría hecho mi madre, si los hubiera visto.

Me siento entre los hongos. Temo que al hacerlo aplaste sus sombreros, pero éstos ceden ante mi peso. Acaricio la parte inferior de uno, con sus estrías como pliegues de acordeón. Tiene un tacto aterciopelado y al mismo tiempo musculoso, como la punta de la trompa de un elefante.

Éste era el lugar donde *Maura* había enterrado a su cría, el único elefante que había nacido en la reserva. Yo era demasiado pequeña para acordarme, pero lo he leído en los diarios de mi madre. *Maura* llegó a la reserva preñada, aunque el zoológico que la había enviado no lo sabía. La elefanta parió casi quince meses después de llegar aquí, y el elefantito nació muerto. *Maura* lo transportó hasta los pies del roble y lo cubrió con ramas y agujas de pino. La primavera siguiente florecieron allí unos maravillosos hongos de color violeta, donde los restos del pequeño elefante habían sido enterrados por los empleados de la reserva.

Saco mi teléfono móvil del bolsillo. Lo único positivo de haber vendido la mitad de los terrenos de la reserva es que han construido una gigantesca torre repetidora no lejos de donde me encuentro, y el servicio probablemente es mejor aquí que en el resto de Nueva Hampshire. Abro un navegador y tecleo: «Serenity Jones vidente».

Lo primero que leo sobre ella es la entrada en Wikipedia. *Serenity Jones (nacida el 1 de noviembre de 1966), es una vidente y médium estadounidense. Ha aparecido en numerosas ocasiones en* Good Morning America*, y tenía su propio programa televisivo, llamado* ¡Serenity!*, en el que hacía lecturas improvisadas para el público y también lecturas individualizadas para algunos asistentes, aunque su especialidad eran los casos de personas desaparecidas.*

¿Los casos de personas desaparecidas? ¿Es una broma?

Colaboró con varios departamentos de policía y el FBI, y afirma-

ba haber acertado en el ochenta y ocho por ciento de los casos. Sin embargo, su errónea predicción sobre el secuestro del hijo del senador John McCoy fue ampliamente difundida por los medios y la familia presentó cargos contra ella. Jones no ha vuelto a aparecer en público desde 2007.

¿Es posible que una célebre médium —por más que hubiera caído en la deshonra— desapareciera de la faz de la Tierra y reapareciera al cabo de una década cerca de Boone, Nueva Hampshire? Por supuesto. Si alguien busca un lugar donde vivir discretamente, sin llamar la atención, éste es mi ciudad natal, donde lo más emocionante que ocurre a lo largo del año es el torneo de Bingo de Boñigas de Vaca que se celebra el Cuatro de Julio.

Leo una lista de las predicciones públicas de Serenity.

En 1999, Jones dijo a Thea Katanopoulis que su hijo Adam, que había desaparecido hacía siete años, estaba vivo. En 2001 Adam fue localizado, trabajando a bordo de un buque de la marina mercante frente a las costas de África.

Jones predijo acertadamente la absolución de O.J. Simpson y el gran terremoto de 1989.

En 1998, Jones dijo que las siguientes elecciones presidenciales serían postergadas. Aunque las elecciones de 2000 se celebraron cuando estaba establecido, los resultados oficiales no fueron publicados hasta al cabo de treinta y seis días.

En 1998, Jones dijo a la madre de Kerry Rashid, una estudiante universitaria que había desaparecido, que su hija había muerto apuñalada y que las pruebas de ADN exonerarían al hombre que sería acusado del crimen. En 2004, Orlando Ickes fue puesto en libertad como consecuencia del Innocence Project y su antiguo compañero de cuarto fue acusado del crimen.

En 2001, Jones dijo a la policía que encontrarían el cadáver de Chandra Levy en una zona densamente arbolada, en una pendiente. Al año siguiente fue localizada en Rock Creek Park, Maryland, en una empinada cuesta. Asimismo predijo que Thomas Quintanos IV, un bombero neoyorquino que había sido declarado muerto a raíz del atentado del 11 de septiembre contra las Torres Gemelas estaba vivo, y cinco días más tarde fue rescatado entre los escombros.

En 2001, en su programa televisivo, Jones condujo a la policía, en directo, a Pensacola, Florida, a casa del cartero Earlen O' Doule, donde descubrieron un cuarto secreto en el sótano y hallaron a Justine Fawker, a la que creían muerta, una joven que había sido secuestrada hacía ocho años, cuando tenía once.

En 2003, en su programa televisivo, Jones informó al senador John McCoy y a su esposa de que su hijo, que había sido secuestrado, estaba vivo y se encontraba en una terminal de autocares en Ocala, Florida. La policía localizó allí los restos del chico, en estado de descomposición.

A partir de entonces, las cosas habían ido de mal en peor para Serenity Jones.

En diciembre de 2003, Jones dijo a la viuda de un miembro de las fuerzas especiales Navy SEAL que daría a luz un varón sano y robusto. Catorce días más tarde la mujer sufrió un aborto y perdió la criatura.

En enero de 2004, Jones dijo a Yolanda Rawls de Orem, Utah, que a su hija, Velvet, de cinco años, que había desaparecido, le habían lavado el cerebro y vivía con una familia de mormones, desencadenando una ola de protestas en Salt Lake City. Seis meses más tarde el compañero de Yolanda confesó haber asesinado a la niña y condujo a la policía a la fosa donde había enterrado el cadáver, cerca del vertedero local.

En febrero de 2004, Jones predijo que hallarían los restos de Jimmy Hoffa en los muros de cemento de un sótano antiaéreo construido por la familia Rockefeller en Woodstock, Vermont. Su predicción resultó ser falsa.

En marzo de 2004, Jones afirmó que Audrey Seiler, una estudiante de la Universidad de Wisconsin-Madison que había desaparecido, había sido víctima de un asesino en serie y que hallarían un cuchillo con muestras de su ADN. La policía descubrió que Seiler había fingido su secuestro con el propósito de llamar la atención de su novio.

En mayo de 2007, Jones predijo que Madeleine McCann, la niña que había desaparecido cuando estaba de vacaciones con sus padres en Portugal, sería hallada en agosto. El caso sigue sin resolverse.

Desde entonces Jones no ha hecho ninguna predicción pública. Por lo visto, la que desapareció fue ella.

No es de extrañar que no «trabaje con niños».

De acuerdo, cometió un error garrafal en público con el caso McCoy, pero cabe decir en su defensa que acertó a medias: encontraron al chico, aunque no estaba vivo. Fue mala suerte que, después de una larga lista de éxitos, su primer fracaso fuera el hijo de un político superfamoso.

Hay fotos de Serenity en la fiesta de los Grammys con Snoop Dogg y en la Cena de los Corresponsales de Prensa en la Casa Blanca con George W. Bush. Hay otra fotografía de ella en la sección de Árbitro de la Moda en *US Weekly*, luciendo un vestido adornado con unos lacitos de seda cosidos sobre las tetas.

Hago clic en el icono de YouTube y tecleo el nombre de Serenity y el senador. Al cabo de unos instantes aparece un vídeo mostrando a Serenity en un plató de un programa televisivo, con su peinado semejante a una bola de helado rosa, luciendo un traje pantalón rosa un par de tonos más oscuro. Frente a ella, en un sofá de color púrpura, está sentado el senador McCoy, un tipo con un maxilar que podría utilizarse para calcular ángulos rectos, y unas pocas canas plateadas, perfectas, en las sienes. Su esposa está sentada junto a él, sosteniendo su mano.

No estoy muy puesta en política, pero en el colegio estudiamos al senador McCoy como ejemplo de político fracasado. Se había preparado para presentarse como candidato a las presidenciales, frecuentaba a los Kennedy en Hyannisport y había pronunciado un importante discurso sentando las bases de su programa en la Convención Demócrata Nacional. Pero su hijo de siete años fue raptado del patio de recreo de su escuela privada.

En el vídeo, Serenity se inclina hacia el político y dice: «Senador McCoy, tengo una *visión*».

La cámara enfoca a un coro de góspel en el plató. «¡Una visión!», cantan a modo de acompañamiento musical.

«Una visión de su hijito… —Serenity hace una pausa—. Sano y salvo.»

La esposa del senador se abraza a su marido y rompe a llorar.

Me pregunto si Serenity eligió al senador aposta; si había tenido realmente una visión del niño o sólo quería provocar un bombazo en los medios de comunicación.

A continuación el vídeo muestra la terminal de autocares en

Ocala. Vemos a Serenity entrando en el edificio junto con los McCoy, dirigiéndose como en un trance zombi hacia unas taquillas junto a los lavabos de hombres. Vemos a la esposa del senador McCoy gritar: «¿Henry?», mientras Serenity dice a un policía que abra la taquilla número 341. Allí hay una maleta manchada, que el policía saca de la taquilla, mientras los demás se apartan apresuradamente debido al hedor que emana del cadáver metido en ella.

Durante unos momentos, la cámara se pone a girar de un lado a otro y las escenas son borrosas. Al cabo de unos instantes el cámara recobra la serenidad y nos muestra a Serenity vomitando, a Ginny McCoy desmayada y al senador McCoy, el niño bonito del Partido Demócrata, gritando al cámara que deje de filmar y asestándole un puñetazo porque éste no le hace caso.

Serenity Jones no sólo ha caído en desgracia, sino que se ha estrellado y quemado. Los McCoy se querellaron contra ella, aunque las partes llegaron a un acuerdo. Posteriormente el senador McCoy fue arrestado en dos ocasiones por conducir bebido, dimitió de su cargo en el Senado y se recluyó en un centro para curarse de su «agotamiento nervioso». Su esposa murió un año más tarde a causa de una sobredosis de somníferos. Y Serenity pasó a ser, discreta y rápidamente, invisible.

La mujer que había cometido un fallo espectacular con los McCoy era la misma mujer que había localizado a docenas de jóvenes que habían desaparecido. También era la Serenity Jones que ahora residía en el sector más sórdido de la ciudad y no tenía un centavo. Pero ¿había perdido su habilidad de encontrar a personas desaparecidas, o había sido siempre un montaje? ¿Era realmente una médium o simplemente había tenido suerte?

Yo creo que el talento paranormal es como montar en bicicleta. Basta con volver a intentarlo para recuperar esa capacidad.

De modo que, aunque estoy segura de que Serenity Jones no quiere volver a verme por su casa, también sé que encontrar a mi madre es justamente el incentivo que necesita.

ALICE

Todos hemos oído alguna vez la frase: «Tiene la memoria de un elefante». Resulta que no es un tópico sino pura ciencia.

En cierta ocasión vi a una elefanta asiática en Tailandia, a la que habían enseñado a hacer un número circense. A los escolares que llevaban para que la conocieran en la reserva donde la elefanta vivía en cautividad, les decían que se pusieran en fila. Luego les pedían que se quitaran los zapatos, que eran colocados en un montón. A continuación el *mahout* que trabajaba con la elefanta le ordenaba que devolviera los zapatos a los niños. El animal obedecía, rebuscando con su trompa entre el montón de zapatos y arrojando sobre el regazo de cada niño o niña los que le pertenecían.

En Botsuana, vi a una elefanta atacar un helicóptero tres veces; en el aparato viajaba un veterinario que iba a dispararle un dardo tranquilizante para realizar un estudio. En la reserva, tuvimos que solicitar que los helicópteros medicalizados no sobrevolaran cierta zona, porque al verlos los elefantes se agrupaban. Los únicos helicópteros que algunos de esos animales habían visto en su vida eran los aparatos desde los cuales los guardabosques del parque habían disparado dardos de succinicolina contra sus familias hacía cincuenta años, con motivo de una matanza selectiva.

Hay anécdotas de elefantes que han presenciado la muerte de un miembro de su manada a manos de un cazador furtivo de marfil, y posteriormente habían atacado un poblado de noche, en busca del individuo que había empuñado el rifle.

En el ecosistema de Amboseli, en Kenia, hay dos tribus que han mantenido contacto históricamente con los elefantes: los masái, que visten prendas de color rojo y utilizan lanzas para cazarlos, y los kamba, que son agricultores y jamás han cazado elefantes. Un estudio indicaba que los elefantes mostraban mayor temor cuando detectaban el olor de las prendas que habían llevado los masái que las que habían llevado los kamba. Se agrupaban, alejándose rápidamente del olor, y tardaban más en tranquilizarse después de identificar el olor de los masái.

Cabe decir que en este estudio, los elefantes no veían nunca las prendas. Se guiaban única y exclusivamente por las pistas olfativas, que podían atribuirse a la dieta y a las secreciones feromonales de cada tribu (los masái consumen más alimentos animales que los kamba; los poblados de los kamba emanan un fuerte olor a ganado). Un dato interesante es que los elefantes son capaces de descifrar con precisión y fiabilidad quién es amigo y quién enemigo. Comparemos esto con los humanos, que seguimos transitando por callejones oscuros de noche, nos dejamos engañar por la perspectiva de ganar una fortuna mediante operaciones fraudulentas de inversión y compramos limones a vendedores de coches de segunda mano.

Teniendo en cuenta estos ejemplos, creo que la cuestión no estriba en si los elefantes son capaces de recordar. Quizá debamos preguntarnos: *¿qué es lo que no olvidan?*

SERENITY

Yo tenía ocho años cuando me di cuenta de que el mundo estaba lleno de personas que nadie más podía ver. Había un niño que se colaba debajo de las barras trepadoras en el patio de mi colegio, durante el recreo, para mirar debajo de mi falda cuando me colgaba de las barras. Había una vieja negra que olía a lirios, que se sentaba en el borde de mi cama y me cantaba hasta que me quedaba dormida. A veces, cuando mi madre y yo caminábamos por la calle, me sentía como un salmón nadando a contracorriente: me resultaba muy difícil no chocar con los centenares de personas que venían hacia mí.

La bisabuela de mi madre era una iroquesa de pura cepa que practicaba el chamanismo, y la madre de mi padre leía hojas de té para sus colegas de trabajo cuando hacían una pausa para fumarse un pitillo en la fábrica de galletas en la que trabajaba. Mis padres no habían heredado ninguna de esas habilidades, pero mi madre tiene un montón de anécdotas de cuando yo era una niña de corta edad que demuestran que ya poseía el Don. Por ejemplo, le decía que tía Jeannie estaba al teléfono y al cabo de cinco segundos éste sonaba. O insistía en ponerme mis botas de goma para ir a la guardería, aunque hacía un día soleado, y al cabo de un rato empezaba a diluviar. Mis amigos imaginarios no siempre eran niños sino también soldados de la Guerra de Secesión y matronas victorianas, y, una vez, un esclavo fugitivo llamado Spider que tenía el cuello cubierto de llagas debido a la cuerda que llevaba alrededor de él. Los otros niños en la escuela me consideraban un bicho raro y me evitaban, hasta el punto de que mis padres decidieron mudarse de Nueva York a NuevaHampshire. El primer día en que asistí a clase de segundo de primaria, antes de llevarme a la escuela mis padres me advirtieron: «Serenity, si no quieres que te hagan daño, tienes que ocultar tu Don».

Y eso hice. Cuando entré en el aula y me senté junto a una niña, me abstuve de dirigirle la palabra hasta que lo hizo otra alumna, para asegurarme de que yo no era la única que podía verla. Cuando mi profesora, la señora DeCamp, cogió una pluma que yo sabía que iba a estallarle y ponerle la blusa perdida de tinta, me mordí el labio y esperé a que ocurriera en lugar de prevenirla. Cuando el jerbo que había en la clase se escapó y tuve una visión del animal correteando sobre la mesa de la directora, aparté el pensamiento de mi mente hasta que oí los gritos que provenían del despacho de ésta.

Hice amistades, tal como me habían dicho mis padres. Una era una niña llamada Maureen, que me invitó a su casa a jugar con su colección de muñecas Polly Pocket y me contó secretos, como que su hermano mayor escondía los números de *Playboy* debajo del colchón y que su madre tenía una caja de zapatos llena de dinero oculta detrás de un panel movible en su armario. Así que puedes imaginarte cómo me sentí el día en que Maureen y yo estábamos sentadas en los columpios del patio de recreo y me retó a ver cuál de las dos lográbamos saltar más lejos de los columpios, y tuve una breve visión de Maureen postrada en el suelo y las luces de una ambulancia al fondo.

Yo quería decirle que no debíamos saltar de los columpios, pero al mismo tiempo quería conservar a mi mejor amiga, que no sabía nada de mi Don. De modo que no dije nada, y cuando Maureen contó hasta tres y salió volando por el aire, me quedé sentada en mi columpio y cerré los ojos para no verla caer con una pierna atrapada debajo de ella, que se partió en dos.

Mis padres me habían dicho que si no ocultaba mi clarividencia me harían daño. Pero era preferible que me hicieran daño a que se lo hiciera yo a los demás. A partir de ese día, me juré que siempre que mi Don me advirtiera de un peligro lo diría, al margen de lo que me costara.

En este caso me costó la amistad de Maureen, que me dijo que yo era una friki y se hizo amiga de otras chicas más populares que yo.

A medida que me hice mayor comprendí que no toda la gente que me hablaba estaba viva. A veces, hablaba con alguien y veía, periféricamente, a un espíritu aparecer detrás de esa persona. Adquirí la costumbre de no prestar atención, del mismo modo que uno repara en los rostros de los centenares de personas que se cruzan a diario en tu camino sin tomar nota de sus rasgos. Advertí a mi madre que revisara los frenos de su coche antes de que se encendiera la luz en el salpicadero indicando que algo iba mal; felicité a nuestra vecina por estar embarazada una semana antes de que el médico le comunicara que esperaba un bebé. Transmitía cualquier información que recibía sin quitar ni añadir nada y sin valorar si debía transmitirla o no.

Sin embargo, mi Don no lo abarcaba todo. Cuando tenía doce años, la tienda de repuestos de automóvil que tenía mi padre se quemó por completo. Dos meses más tarde, mi padre se suicidó, dejando a mi madre una nota de disculpa que no tenía pies ni cabeza, una foto de él vestido con un traje de noche y una montaña de deudas de juego. Yo no había previsto ninguna de esas cosas, y he perdido la cuenta de las veces que me han preguntado por qué no lo hice. Te aseguro que nadie desea averiguar la respuesta más que yo. Pero tampoco soy capaz de adivinar los números de la lotería ni aconsejarte qué acciones debes comprar. No sabía lo que iba a ocurrirle a mi padre, y años más tarde, tampoco fui capaz de prever el derrame cerebral que sufrió mi madre. Soy una vidente, no el condenado Mago de Oz. He repasado esos hechos en mi mente en numerosas ocasiones, preguntándome si se me escapó alguna señal, o si alguien en el otro lado trató de comunicarse conmigo y no lo logró, o si estaba demasiado atareada con mis deberes de francés para percatarme. Pero con los años he llegado a comprender que quizás hay cosas que no debo saber, y por otra parte, tampoco tengo ganas de contemplar todo el paisaje del futuro. Suponiendo que pudiera hacerlo, ¿qué sentido tendría vivir?

Mi madre y yo nos mudamos a Connecticut, donde ella se empleó como camarera en un hotel y yo me vestí de negro y empecé a hacer mis pinitos con lo oculto y sobreviví al instituto. No fue hasta que asistí a la universidad cuando empecé a disfrutar de mi Don. Aprendí yo misma a leer las cartas del tarot y hacía lecturas para mis compañeras de cuarto. Me suscribí a la revista *Fate.* En lugar de los libros de texto, leía sobre Nostradamus y Edgar Cayce. Lucía bufandas guatemaltecas y faldas de gasa y quemaba incienso en mi habitación de la residencia universitaria. Conocí a otra estudiante, Shanae, que se sentía atraída por lo oculto. A diferencia de mí, no podía comunicarse con los muertos, pero era empática y cuando su compañera de cuarto tenía la menstruación a ella le daban unos retortijones empáticos. Intentamos practicar juntas la cristalomancia. Colocábamos unas velas encendidas ante nosotras, nos sentábamos delante de un espejo y lo mirábamos el tiempo suficiente para contemplar nuestras vidas pasadas. Shanae provenía de una larga estirpe de clarividentes, y fue ella quien me dijo que debía pedir a mis espíritus guía que se presentaran; que sus tías y su abuela, que eran médiums, tenían unos espíritus guía en el otro lado. Así fue como conocí formalmente a Lucinda, la vieja negra que me cantaba de pequeña para que me durmiera; y a Desmond, un tipo gay, parlanchín y descarado. Me acompañaban a todas horas, como unas mascotas que dormían a mis pies y se despertaban, atentos, en cuanto pronunciaba sus nombres. A partir de entonces, hablaba constantemente con mis espíritus guía, valiéndome de ellos para que me ayudaran a conectar con el más allá, bien conduciéndome a él o conduciendo a otros a mí.

Desmond y Lucinda eran unos magníficos canguros. Me dejaban explorar el plano paranormal —en el que daba mis primeros pasos— procurando que no me lastimara. Se aseguraban de que no me topara con demonios, unos espíritus que nunca habían sido humanos. Impedían que hiciera preguntas cuyas respuestas no me convenía conocer. Me enseñaron a controlar mi Don, en lugar de que éste me controlara a mí, estableciendo unos límites. Imagina cómo te sentirías si el teléfono te despertara cada cinco minutos, durante toda la noche. Eso es lo que sucede con los espíritus, si no fijas unos parámetros. También me explicaron que una cosa era querer compartir mis predicciones con otros, y otra muy distinta hacer una lectura a alguien sin que esa persona te lo pida. A mí me lo han hecho otros videntes, y te aseguro que es como cuando alguien registra el cajón de tu ropa interior cuando no estás en casa, o estar en un ascensor, sin poder salir, cuando otra persona invade tu espacio personal.

En verano hacía lecturas a cinco dólares en el Old Orchard Beach, en Maine. Luego, cuando me gradué, encontré clientes a través del boca a boca, mientras me ganaba el sustento haciendo diversos trabajos esporádicos. Yo tenía veintiocho años, trabajaba como camarera en un restaurante, cuando el candidato a gobernador de Maine entró para hacerse unas fotos con su familia. Mientras los reporteros disparaban sus flashes sobre él y su esposa, sentados ante unos platos llenos de tortitas de arándanos, que eran nuestra especialidad, su hijita se sentó en un taburete en el mostrador. «Es aburrido, ¿verdad?», le pregunté, y la niña asintió con la cabeza. No debía de tener más de siete años. «¿Te apetece una taza de chocolate caliente?» Cuando su mano rozó la mía para tomar la taza, sentí la descarga «negra» más fuerte que he sentido jamás; no sé expresarlo de otra forma.

Esta niña no me había dado permiso para que la leyera, y mis espíritus guía me lo transmitían alto y claro, diciéndome que no tenía derecho a intervenir. Pero vi a su madre al otro lado del local, sonriendo y saludando a las cámaras, sin saber lo que yo sabía. Cuando la esposa del candidato se dirigió al lavabo de mujeres, la seguí. Ella me ofreció la mano, pensando que yo era otra votante a quien debía seducir.

—Esto le parecerá una locura —dije—, pero tiene que llevar a su hija para que le hagan una prueba de leucemia.

La sonrisa se borró de los labios de la mujer.

—¿Le ha hablado Annie sobre sus dolores de crecimiento? Lamento que la haya molestado, y agradezco que se preocupe por ella, pero su pediatra dice que no es nada preocupante.

Tras estas palabras, la mujer dio media vuelta y se alejó.

Te lo advertí, me dijo Desmond en silencio con un tonillo despectivo cuando, al cabo de unos momentos, el candidato se marchó acompañado de su séquito y su familia. Durante unos instantes miré la taza medio vacía que había dejado la niña, antes de verter su contenido en un recipiente de plástico. *Eso es lo más duro, cariño*, me dijo Lucinda. *Saber lo que sabes y no poder hacer nada al respecto.*

Una semana más tarde, la esposa del candidato regresó al restaurante, sola, vestida con unos vaqueros en lugar de un costoso traje de chaqueta rojo de lana. Se dirigió hacia mí, que estaba limpiando una mesa en un reservado.

—Han comprobado que Annie padece cáncer —murmuró—.

Aún no había pasado a su sangre. Les pedí que le hicieran un análisis de la médula ósea. Pero gracias a que se halla en los primeros estadios... —La mujer rompió a llorar—. Tiene muchas probabilidades de sobrevivir. ¿Cómo lo sabía usted? —me preguntó, agarrándome del brazo.

Eso pudo haber sido el fin de la historia, una buena acción de una vidente, la oportunidad de decirle al impertinente de Desmond «te lo advertí», pero la esposa del candidato resultó ser la hermana del productor del programa televisivo *Cleo!* Estados Unidos adoraba a Cleo, una presentadora de televisión que dirigía un programa de entrevistas, que había crecido en un barrio de viviendas de protección oficial en Washington Heights y ahora era una de las mujeres más conocidas del planeta. Cuando Cleo leía un libro, todas las mujeres estadounidenses la imitaban. Cuando decía que iba a regalar unos albornoces de algodón orgánico para Navidad, la página web de la compañía se inundaba de pedidos. Cuando hacía una entrevista a un candidato, éste ganaba las elecciones. Y cuando me invitó a su programa para que le hiciera una lectura, mi vida cambió de la noche a la mañana.

Conté a Cleo cosas que cualquier idiota podía adivinar: que su éxito aumentaría, que ese año figuraría en la lista Forbes de las mujeres más ricas del mundo, que su nueva productora lanzaría una película ganadora de un Oscar. Pero de pronto se me ocurrió algo, y como ella me había dado permiso, lo solté, aunque debí pensarlo dos veces.

—Tu hija te está buscando.

La mejor amiga de Cleo, que intervenía en el programa, dijo:

—Cleo no tiene ninguna hija.

Era cierto; Cleo estaba soltera y nunca se la había relacionado con nadie en Hollywood. Pero sus ojos se llenaron de lágrimas.

—Sí, tengo una hija —confesó.

Fue uno de los bombazos periodísticos del año: Cleo reconoció que había sido violada cuando tenía dieciséis años y enviada a un convento en Puerto Rico, donde había nacido la niña, que había sido dada en adopción. Cleo emprendió públicamente la búsqueda de su hija, que ahora tenía treinta y un años, y ambas celebraron su emotivo encuentro en directo, en televisión. La popularidad de

Cleo subió como la espuma, su productora me convirtió de una camarera de restaurante en una vidente famosa, concediéndome mi propio programa televisivo.

Yo tenía una conexión especial con los niños. Los departamentos de policía me invitaban a ir a bosques donde habían encontrado cadáveres de niños, para ver si podía descubrir algo sobre el asesino. Entraba en los hogares de niños que habían sido secuestrados, tratando de intuir alguna pista que pudiera seguir la policía. Visitaba escenarios de crímenes con botas de goma que me obligaban a ponerme manchadas de sangre, tratando de visualizar lo ocurrido. Preguntaba a Desmond y a Lucinda si el niño o la niña había pasado ya al otro lado. A diferencia de los embaucadores que fingían ser videntes y llamaban a la policía ofreciendo información falsa para adquirir fama, yo esperaba siempre a que la policía me llamara a mí. A veces los casos que seguía en mi programa eran recientes; a veces habían sido cerrados hacía años. Mi índice de aciertos era espectacular, pero a los siete años yo ya sabía que no fingía. Al mismo tiempo, empecé a dormir con una pistola calibre 38 debajo de la almohada, e hice instalar en mi vivienda un complicado sistema de alarma. Contraté a un guardaespaldas llamado Felix, un cruce entre un frigorífico Sub-Zero y un pit bull. El hecho de utilizar mi Don para ayudar a quienes habían perdido a un ser querido me convertía en un blanco fácil; los delincuentes que sabían que yo podía denunciarlos podían localizarme sin mayores dificultades.

Con todo, también tenía mis detractores. Los escépticos decían que era una embaucadora que estafaba a la gente. Bueno, es cierto que hay falsos videntes que engañan a las personas. A esos embaucadores que sólo pretenden estafar a la gente yo los llamo «hechiceros de las marismas». Al igual que hay abogados honrados y picapleitos sin escrúpulos, médicos prestigiosos y matasanos, existen buenos videntes y charlatanes. Otra crítica, más insólita, provenía de quienes me echaban en cara que utilizara el Don que me había dado Dios para ganar dinero. Les pido perdón por negarme a prescindir de mis dos hábitos favoritos: comer y tener un techo bajo el que cobijarme. A nadie se le ocurriría criticar a Serena Williams o a Adele por ganarse la vida con su talento. Por regla general no hacía caso de lo que decían sobre mí en la prensa. Meterte en debates con quienes te odian es como tratar de enderezar los cuadros en el *Titanic.* ¿De qué sirve?

Sí, tenía mis detractores, pero también tenía numerosos fans. Gracias a ellos, podía permitirme ciertos placeres que ofrece la vida: sábanas de Frette, un bungalow en Malibú, Moët & Chandon, el teléfono móvil de Jennifer Aniston en mi agenda... De repente no sólo me dedicaba a hacer lecturas, sino que escrutaba los índices de audiencia. Dejé de hacer caso a Desmond cuando decía que me había convertido en una meretriz de los medios. A mi modo de ver, seguía ayudando a la gente. ¿Acaso no merecía algo a cambio?

Cuando el hijo del senador McCoy fue secuestrado durante las elecciones de otoño, comprendí que tenía la oportunidad de convertirme en la vidente más famosa de la historia. A fin de cuentas, ¿qué mejor publicidad para mi Don que un político que probablemente iba a ser presidente? Tuve visiones de McCoy creando un Departamento de Asuntos Paranormales, dirigido por mí; de la elegante finca urbana que adquiriría en Georgetown. Sólo tenía que convencerlo —a un hombre que vivía constantemente ante los ojos de la opinión pública— de que él también podía obtener algo de mí, aparte del desdén de sus electores.

McCoy había empleado todos los recursos a su alcance para organizar una búsqueda a escala nacional de su hijo, pero sin éxito. Yo sabía que las probabilidades de que el senador acudiera a mi programa de televisión y me permitiera hacer una lectura en directo eran más que remotas. De modo que utilicé las armas que tenía en mi propio arsenal: me puse en contacto con la esposa del gobernador de Maine, cuya hija se había curado. Ignoro lo que ésta dijo a la esposa del senador McCoy, pero lo cierto es que dio resultado, porque los colaboradores del senador llamaron a los míos; y el resto, como suele decirse, es historia.

Cuando yo era pequeña y no sabía distinguir entre un espíritu y un ser vivo, daba por sentado que todo el mundo tenía algo que decirme. Cuando me hice famosa, conocía muy bien la diferencia entre los dos mundos, pero estaba demasiado distraída para prestar atención.

No debí dejar que la fama se me subiera a la cabeza. No debí suponer que mis espíritus guía acudirían siempre que los invocara. Ese día, en mi programa de televisión, cuando dije a los McCoy que había tenido una visión de su hijito, sano y salvo, mentí.

No había tenido una visión de su hijo. Lo único que había visto era otro premio Emmy.

Estaba acostumbrada a que Lucinda y Desmond me cubrieran las espaldas, de modo que cuando los McCoy se sentaron frente a mí y la cámara empezó a grabar, esperé a que ellos me revelaran algo sobre el secuestro. Fue Lucinda la que me metió Ocala en la cabeza. Desmond le dijo que mantuviera la boca cerrada, y a partir de ahí, no dijeron nada más. De modo que improvisé, y dije a los McCoy lo que ellos —y todo Estados Unidos— deseaban oír.

Ya sabemos cómo acabó todo.

A raíz del escándalo, me retiré del mundanal ruido. No encendía la televisión ni la radio, sabiendo que mis detractores estarían regodeándose con mi desdicha. No quería hablar con mis productores ni con Cleo. Me sentía humillada y, peor aún, había lastimado a unos padres que estaban hundidos. Les había ofrecido la posibilidad de la esperanza, y ésta les había sido arrebatada.

Culpé a Desmond de lo ocurrido. Y cuando el maldito espíritu volvió a presentarse ante mí, le dije que cogiera a Lucinda y se largara con ella, porque no quería volver a hablar con ellos.

Ten cuidado con lo que deseas.

Al cabo de un tiempo, otro escándalo vino a sustituir al que yo había organizado, y regresé a mi programa televisivo. Pero mis espíritus guía me habían obedecido, y me encontré sola. Seguí haciendo predicciones paranormales, pero todas resultaron fallidas. Perdí la confianza en mí misma, y acabé perdiéndolo todo.

Aparte de trabajar como camarera en un restaurante, no sabía hacer nada que no fuera predicciones paranormales. De modo que me encontré en la situación de aquellos a quienes tiempo atrás había despreciado. Me convertí en una hechicera de las marismas, montando mi mesa en ferias rurales y pegando folletos en tablones de anuncios locales, confiando en atraer a algún cliente desesperado.

Hace más de una década que no tengo un auténtico y electrizante pensamiento clarividente, pero he conseguido arreglármelas, gracias a personas como la señora Langham, que acude todas las semanas para tratar de comunicarse con su difunto marido, Bert. La razón de que siga viniendo a mi consulta se debe a que, por lo visto, tengo tanta habilidad para hacer lecturas ficticias como tenía antes para hacer lecturas auténticas. Se denomina lectura en frío, y se basa en el lenguaje corporal, las pistas visuales y el simple arte de sonsacar información al cliente. La premisa básica es que las personas que acuden a una vidente están muy motivadas para que ésta les haga una lectura acertada, sobre todo si desean comunicarse con alguien que ha muerto. Anhelan obtener información tanto como yo suministrársela. Por ese motivo, una buena lectura en frío dice más sobre el cliente que sobre la hechicera de las marismas que la lleva a cabo. Yo puedo recitar una larga lista de incongruencias: *una tía, la primavera, algo relacionado con agua, un sonido sibilante, Sarah o quizá Sally, ¿algo relacionado con la cultura?, ¿libros?, ¿escritura?* Existen muchas probabilidades de que mi cliente reaccione a algo que he mencionado, tratando desesperadamente de encontrarle algún sentido. El único poder sobrenatural que opera en ese momento es la capacidad de la persona media de ver algún significado en los detalles aleatorios. Somos una raza que ve a la Virgen María en el tocón de un árbol, que es capaz de hallar a Dios en un arcoíris, que oye *Paulhamuerto* cuando suena un disco de los Beatles al revés. La intrincada mente capaz de encontrar sentido en lo absurdo es la mente humana capaz de creer a un falso vidente.

¿Cómo me lo montaba? Los buenos hechiceros de las marismas son excelentes detectives. Presto atención a la forma en que las cosas que digo afectan a mi cliente: una dilatación de las pupilas, el instante en que contiene el aliento. Siembro pistas con las palabras que elijo. Por ejemplo, a la señora Langham le digo: «Hoy estará presente un recuerdo en el que usted piensa...», y le hablo sobre una festividad, que resulta ser *exactamente* lo que ella estaba pensando. La mujer empieza a darle vueltas a la palabra «presente», de modo que, tanto si es consciente de ello como si no, yo la he inducido a pensar en un momento en que recibió un regalo, lo cual significa que recuerda un cumpleaños, o quizá Navidad. Y así, sin mayores problemas, le he leído el pensamiento.

Tomo nota de pequeños gestos de decepción cuando digo algo que no tiene ningún sentido para ella, de modo que me apresuro a dar marcha atrás y cambiar de rumbo. Me fijo en cómo va vestida y cómo habla, y deduzco la forma en que ha sido educada. Hago preguntas, y la mayor parte de las veces mi clienta me facilita la respuesta que busco.

Percibo una B... ¿El nombre de su abuelo empieza por esa letra?

No... ¿Podría ser una P? Mi abuelo se llamaba Paul.

¡Bingo!

Cuando no obtengo suficiente información de mi clienta, tengo dos opciones. Puedo ir a lo «positivo», inventarme un mensaje de una persona difunta que cualquiera en su sano juicio desearía oír, como *su abuelo quiere que sepa que está en paz, y desea que usted también lo esté*. O puedo «venderle una moto», con un comentario aplicable al noventa y nueve por ciento de la población pero que sé que mi clienta interpretará de forma personal. *Su abuelo sabe que usted procura ser prudente en las decisiones que toma, pero cree que a veces se precipita en sus juicios*. Luego me repanchigo en la silla y dejo que mi clienta me proporcione más información con que actuar. Te sorprendería la necesidad que siente la gente de llenar las lagunas en la conversación.

¿Me convierte eso en una estafadora? Depende de cómo lo mires. Yo prefiero considerarme una darwinista: me adapto con el fin de sobrevivir.

Hoy, sin embargo, ha sido un desastre total. He perdido a una buena clienta, el cuenco de adivinaciones de mi abuela y mi compostura —todo en una hora— gracias a una mocosa larguirucha y su oxidada bicicleta. Jenna Metcalf no era, como dijo, mayor de lo que aparentaba —probablemente cree todavía en las hadas—, pero era tan potente como un gigantesco agujero negro, succionándome y precipitándome de nuevo en la pesadilla del escándalo McCoy. «No trabajo con personas desaparecidas», le advertí, y lo dije en serio. Una cosa es fingir un mensaje de un marido difunto, y otra muy distinta dar falsas esperanzas a alguien que necesita poner fin a su tormento. ¿Sabes qué consigues con esto? Vivir encima de un garito en una ciudad de mierda en NH, e ir todos los jueves a cobrar el subsidio de desempleo.

Me gusta ser un fraude. Es más prudente inventarse lo que los clientes desean oír. De esa forma no les hago daño, ni tampoco a mí misma, cuando trato de comunicarme con el otro mundo y no obtengo respuesta, sino sólo un apabullante sentimiento de frustración. En cierto sentido, creo que habría sido preferible no haber tenido un Don. Así, no habría sabido lo que me perdía.

Y de pronto aparece alguien que es imposible que recuerde lo que ha perdido.

No sé qué tenía Jenna Metcalf que me alteró de esa forma. Quizá fueron sus ojos, de un pálido verde mar debajo de su flequillo pelirrojo, unos ojos sobrenaturales, insólitos. Quizá fue el hecho de que se había mordido las cutículas hasta la raíz. O quizá fue la forma en que pareció encogerse, como Alicia en el País de las Maravillas, cuando le dije que no la ayudaría. Es la única explicación que se me ocurre sobre por qué le respondí cuando me preguntó si su madre estaba muerta.

En ese momento deseé recuperar mis habilidades clarividentes con tal desesperación que lo intenté; lo intenté con un afán al que había renunciado hacía años, porque la decepción es como estrellarse contra un muro de ladrillo.

Cerré los ojos y traté de reconstruir el puente entre mis espíritus guía y yo, para oír algo, un susurro, una risa burlona, un suspiro.

Pero sólo oí silencio.

De modo que hice por Jenna Metcalf lo que me juré que no volvería a hacer. Abrí la puerta a esa posibilidad, sabiendo que ella se apresuraría a tomar ese pequeño rayo de sol que le ofrecía. Le dije que su madre no estaba muerta.

Cuando en realidad quería decir: no tengo ni idea.

Cuando Jenna Metcalf se marcha, me tomo un Xanax. Si algo justifica echar mano de un ansiolítico es una niña que no sólo me ha recordado el pasado sino que me ha asestado un mazazo brutal. A las tres, estoy tumbada en mi sofá, maravillosamente inconsciente.

Debo decirte que hace años que no sueño. Soñar es lo más parecido que tenemos los seres humanos a alcanzar el plano paranormal; es el momento en que la mente baja la guardia y los muros son lo bastante delgados para que podamos atisbar el otro lado. Por ese motivo, después de dormir, muchas personas aseguran haber recibido la visita de una persona que ha muerto. Pero yo no, no desde que Desmond y Lucinda se fueron.

Hoy, sin embargo, cuando me quedo dormida mi mente se convierte en un calidoscopio de colores. Veo una bandera, ondeando en mi campo visual, pero de repente caigo en la cuenta de que no es una bandera, sino un fular azul, enrollado alrededor del cuello de una mujer cuyo rostro no alcanzo a ver. Yace boca arriba junto a un arce, inmóvil, y un elefante la pisotea. Bien pensado, me doy cuenta de que el animal no la pisotea, sino que procura no pisarla, alzando una de sus patas traseras y moviéndola sobre el cuerpo de la mujer sin tocarla. Cuando el elefante extiende la trompa y tira del fular, la mujer no se mueve. La trompa del elefante le acaricia la mejilla, el cuello, la frente, antes de arrebatarle el fular, que el viento se lleva como un rumor.

El elefante extiende la trompa hacia abajo para tomar un objeto de cuero que no logro identificar, medio oculto debajo de la cadera de la mujer. ¿Un libro? ¿La funda del carné de identidad? Me asombra la destreza del animal, que consigue abrirlo. Luego apoya de nuevo la trompa en el pecho de la mujer, casi como un estetoscopio, antes de encaminarse en silencio hacia el bosque.

Me despierto sobresaltada, desorientada y sorprendida de estar pensando en elefantes, extrañada de la tormenta que sigue bullendo en mi mente. Pero no son truenos, sino alguien que llama a mi puerta con insistencia.

Cuando me levanto para ir a abrir, ya sé quién es.

—Antes de que me eche la bronca, le diré que no he venido para convencerla de que busque a mi madre —anuncia Jenna Metcalf, entrando en mi apartamento sin mayores problemas—. Me he dejado algo. Algo muy importante…

Cierro la puerta, poniendo los ojos en blanco al ver esa ridícula bicicleta aparcada de nuevo en mi recibidor. Jenna mira alrededor del cuarto de estar donde estuvimos sentadas hace unas horas, agachándose para mirar debajo de la mesita de café y debajo de las sillas.

—De haber encontrado algo me habría puesto en contacto contigo…

—Lo dudo —replica ella. Abre los cajones donde guardo mis sellos, mi tesoro oculto de Oreos y mis menús de comida para llevar.

—Haz el favor de no tocar mis cosas.

Pero Jenna no me hace caso y mete la mano entre los cojines del sofá.

—Sabía que estaba aquí —dice con evidente alivio cuando saca el fular de seda azul que he visto en mi sueño y se lo enrolla alrededor del cuello.

Al verlo, tridimensional y tan cerca que puedo tocarlo, comprendo que no estoy chiflada, sino que había incorporado en mi inconsciente el fular que llevaba la niña. Pero en ese sueño hay otra información que no tiene sentido: las finas arrugas en la piel del elefante, la coreografía que ejecuta con su trompa. Aparte de otra cosa de la que no me había percatado hasta este momento: el elefante había comprobado si la mujer respiraba. El animal se había marchado no porque la mujer hubiera dejado de respirar, sino porque aún respiraba.

No sé cómo he llegado a esta conclusión, pero el caso es que lo sé.

Siempre he definido así lo paranormal: no puedo comprenderlo, no puedo explicarlo, no puedo negarlo.

Es imposible nacer vidente y no creer en el poder de los signos. A veces pierdes un vuelo debido al tráfico, y el avión se estrella en el Atlántico. A veces es una rosa que crece en un jardín lleno de hierbajos. O a veces es la niña a la que has echado con cajas destempladas, que te persigue en sueños.

—Siento haberla molestado —dice Jenna.

Cuando abre la puerta para marcharse me oigo decir su nombre.

—Jenna. Esto seguramente es un disparate. Pero —digo—, ¿trabajaba tu madre en un circo o algo parecido? ¿En un zoológico? No sé por qué, pero ¿los elefantes tienen una importancia especial?

No he tenido un auténtico pensamiento clarividente desde hace siete años. ¡Siete años! Me digo que es casualidad, suerte o consecuencia de la comida mexicana que tomé en el almuerzo.

Cuando la niña se vuelve, su rostro trasluce una expresión de asombro y admiración a partes iguales.

En ese momento sé que estaba destinada a dar conmigo.

Y que yo voy a encontrar a su madre.

ALICE

No hay duda de que los elefantes saben lo que representa la muerte. Quizá no la imaginan como nosotros; quizá no imaginen la vida en el más allá como nos enseñan nuestras doctrinas religiosas. Para ellos, el duelo es más sencillo, más limpio. Pero tiene que ver con una pérdida.

A los elefantes no les interesan los huesos de otros animales muertos, sólo los de otros elefantes. Aunque se tropiecen con el cadáver de otro elefante que ha muerto hace tiempo, se agrupan y se tensan. Se aproximan en grupo a los restos del animal, y acarician los huesos con lo que sólo puedo describir como reverencia. Acarician al elefante muerto, tocando todo su cuerpo con sus trompas y sus patas traseras. Lo olfatean. A veces toman un colmillo o un hueso y lo transportan durante un rato. Apoyan la pata sobre el diminuto fragmento de marfil y lo restriegan suavemente contra el suelo.

El naturalista George Adamson escribió que en cierta ocasión, en la década de 1940, tuvo que disparar contra un elefante macho que había irrumpido en los jardines del gobierno en Kenia. Dio la carne a los lugareños y transportó el resto del cadáver a un lugar situado a un kilómetro del pueblo. Esa noche, los elefantes descubrieron los restos del animal. Tomaron el omóplato y el fémur y transportaron los huesos de nuevo al lugar donde el elefante había sido abatido de un disparo. De hecho, todos los grandes investigadores de elefantes han documentado los rituales de muerte: Iain Douglas-Hamilton, Joyce Poole, Karen McComb, Lucy Baker, Cynthia Moss, Anthony Hall-Martin.

Y yo.

Una vez vi a una manada de elefantes caminando por la reserva natural de Botsuana, cuando de pronto *Bontle*, la matriarca, cayó al suelo. Cuando los otros elefantes vieron que estaba en apuros, trataron de levantarla con sus colmillos, para ayudarla a ponerse en pie. En vista de que eso no daba resultado algunos de los machos más jóvenes se montaron en *Bontle*, tratando de nuevo de reanimarla. Su cría, *Kgosi*, que en esa época tenía unos cuatro años, introdujo la trompa en su boca, que es como los jóvenes elefantes saludan a sus madres. La manada no cesaba de barritar y el pequeño elefante emitía unos sonidos semejantes a alaridos, pero al cabo de un rato guardaron silencio. En ese momento comprendí que *Bontle* había muerto.

Algunos elefantes se dirigieron hacia el bosque y recogieron hojas y ramas, que transportaron para cubrir a *Bontle*. Otros arrojaron tierra sobre su cadáver. La manada permaneció junto al cadáver de *Bontle* durante dos días y medio, en actitud solemne, alejándose sólo para ir en busca de agua y comida y regresando luego junto a la elefanta que había muerto. Años más tarde, cuando sus huesos se habían blanqueado y diseminado, y su gigantesco cráneo había quedado atrapado en el recodo de un río seco, cada vez que la manada pasaba por ese lugar se detenía y guardaba silencio durante unos minutos. Hace poco vi a *Kgosi* —que ahora es un joven macho de ocho años— acercarse al cráneo y meter la trompa en el orificio que antes era la boca de *Bontle*. Estaba claro que esos huesos tenían un significado general para él. Pero si lo hubieras visto, creo que habrías pensado lo mismo que yo: que sabía que tiempo atrás esos huesos habían sido su madre.

JENNA

—Cuéntamelo otra vez —le pido.

Serenity pone los ojos en blanco. Llevamos una hora sentadas en su sala de estar mientras ella me relata los detalles de un sueño de diez segundos que ha tenido sobre mi madre. Me consta que es mi madre debido al fular azul, el elefante y…, bueno, porque cuando deseas creer desesperadamente que algo es verdad, puedes convencerte de lo que sea.

Es verdad que Serenity pudo haber mirado mi nombre en Google en cuanto salí de su casa, y haberse inventado un estrambótico sueño sobre un paquidermo. Pero si buscas «Jenna Metcalf» en Google no verás ninguna mención de mi madre hasta al cabo de tres páginas, y en todo caso se trata de un artículo que sólo se refiere a mí como su hija de tres años. Hay muchas otras Jenna Metcalf que han hecho cosas importantes en sus vidas, y la desaparición de mi madre ocurrió hace mucho tiempo. Además, Serenity no sabía que yo iba a volver en busca del fular que me había dejado en su casa.

A menos que *sí* lo supiera, lo cual demostraría que es una auténtica vidente.

—Mira —dice Serenity—, no puedo contarte más detalles que los que ya te he contado.

—Pero mi madre respiraba.

—La *mujer* con la que soñé respiraba.

—¿De forma entrecortada? ¿Emitía algún sonido?

—No. Yacía inmóvil en el suelo. Fue sólo… una sensación que tuve.

—No está muerta —murmuro, más para mí misma que para Serenity, porque me gusta la forma en que las palabras me llenan de burbujas, como si mi sangre fuera un líquido gaseoso. Sé que debería estar enfadada o disgustada por tener esa prueba, por endeble que sea, de que mi madre quizás esté viva (y que me ha abandonado durante la última década), pero me siento demasiado feliz pensando que si juego bien mis cartas, volveré a verla.

Luego puedo odiarla o preguntarme por qué no vino a buscarme.

O puedo arrojarme en sus brazos y proponerle que empecemos de cero.

De pronto, abro los ojos como platos.

—Tu sueño es una nueva prueba. Si cuentas a la policía lo que me has dicho a mí, abrirán de nuevo el caso de mi madre.

—Cielo, ningún detective en este país se tomará en serio el sueño de una vidente y lo considerará una prueba formal. Es como pedir al fiscal del distrito que llame al Conejito de Pascua como testigo.

—Pero ¿y si ocurrió realmente? ¿Y si lo que soñaste fuera un fragmento del pasado que se ha introducido en tu cabeza?

—La información que obtenemos los videntes no funciona así. En cierta ocasión tuve una clienta cuya abuela había muerto. Su abuela era una presencia muy potente, que me mostró la Gran Muralla, la plaza de Tiananmen, al presidente Mao, unas galletitas de la suerte. Parecía como si hiciera todo lo posible para hacerme decir la palabra «China». De modo que pregunté a mi clienta si su abuela había visitado China, o si era aficionada al *feng shui* o algo por el estilo. Mi clienta dijo que no, y que eso no tenía ningún sentido. Entonces su abuela me mostró una rosa. Cuando se lo conté a mi clienta, ésta dijo: *Mi abuela prefería las flores silvestres*. De modo que pensé, China..., una rosa. China..., una rosa. Y entonces mi clienta me miró y dijo: *Bueno, cuando murió, heredé su vajilla de porcelana china, que tiene un dibujo de rosas*. No tengo ni idea de por qué su abuela me mostró unos rollitos de primavera en lugar de una salsera con el dibujo de una rosa. Pero a eso me refiero, un elefante puede ser o no un elefante. Podría estar allí y significar otra cosa.

Yo la miro, confundida.

—Pero me has dicho dos veces que mi madre no está muerta.

Serenity vacila unos instantes.

—Verás, no puedo decir que tenga un historial de aciertos impecable.

Yo me encojo de hombros.

—El que te hayas equivocado una vez no significa que vuelvas a hacerlo.

Ella se dispone a decir algo, pero se contiene.

—Antes, cuando te dedicabas a buscar a personas desaparecidas, ¿cómo te lo montabas? —le pregunto.

—Tomaba una prenda de la persona, o un juguete si se trataba de un niño. Luego iba a dar un paseo con la policía, tratando de reproducir los últimos minutos en que esa persona había sido vista —responde Serenity—. Y a veces recibía… algo.

—¿Como qué?

—Un flash que percibo, de un letrero en la calle o un paisaje, o la marca de un coche, e incluso una vez una pecera que resultó estar en la habitación donde el secuestrador había encerrado al niño. Pero… —Serenity se rebulle en el sofá, nerviosa—. Mis arterias clarividentes se han endurecido un poco.

No entiendo cómo una vidente podía perderse, si, como dice Serenity, la información que recibe puede ser un claro indicio o significar todo lo contrario. A mí me parece la mayor red de seguridad profesional que pueda existir. Vale, quizás el elefante que Serenity vio en su sueño sea una metáfora de un gigantesco obstáculo al que se enfrentó mi madre; pero como diría Freud, quizá sea realmente un elefante. Sólo hay una forma de averiguarlo.

—¿Tienes coche?

—Sí… ¿Qué? ¿Por qué lo preguntas?

Me levanto y atravieso la sala de estar, colocándome el fular alrededor del cuello. Luego abro uno de los cajones que registré al llegar, en el que había visto las llaves de un coche. Se las arrojo a Serenity, me encamino hacia la puerta y salgo del apartamento. Aunque yo no sea vidente, sé que a ella le intriga demasiado el significado de ese sueño como para no seguirme.

Serenity conduce un Volkswagen Escarabajo de la década de 1980, que se ha oxidado formando un dibujo como de encaje detrás de la puerta del copiloto. Mi bici está plegada en el asiento posterior. Dirijo a Serenity por carreteras secundarias y autovías estatales, extraviándonos sólo en dos ocasiones, porque en bicicleta puedes cortar por unos callejones en los que no puedes entrar en coche. Cuando llegamos a la Reserva Estatal Stark, comprobamos que no hay más coches en el aparcamiento.

—¿Quieres hacer el favor de decirme por qué me has traído hasta aquí? —me pregunta Serenity.

—Esto era antes una reserva de elefantes —le explico.

Ella mira a través de la ventanilla como si esperara ver un elefante.

—¿Aquí? ¿En Nueva Hampshire?

Asiento con la cabeza.

—Mi padre era un experto en conductismo animal. Fundó este lugar, antes de conocer a mi madre. Todo el mundo piensa que esos animales viven en sitios supercálidos como Tailandia y África, pero pueden aclimatarse al frío e incluso a la nieve. Cuando nací, mi padre tenía aquí siete elefantas que había rescatado de zoológicos y circos.

—¿Dónde están ahora?

—Cuando cerraron este lugar, la Reserva de Elefantes de Tennessee las acogió a todas. —Miro la valla metálica situada donde arranca el sendero—. Vendieron los terrenos al Estado. En aquella época yo era muy pequeña y no lo recuerdo. —Abro la puerta del copiloto y me bajo del coche, volviéndome para asegurarme de que Serenity me sigue—. Tenemos que recorrer el resto del camino a pie.

Serenity mira sus chanclas con estampado de leopardo y el sendero cubierto de maleza.

—¿Adónde vamos?

—Dímelo tú.

Serenity tarda unos instantes en comprender lo que le pido que haga.

—No —dice—. ¡Ni hablar! —Da media vuelta y se dirige de nuevo hacia el coche.

Yo la agarro del brazo.

—Me dijiste que hacía años que no tenías un sueño. Pero has

soñado con mi madre. No te cuesta nada comprobar si recibes algún flash que indique algo, ¿no?

—Al cabo de diez años un caso no está sólo cerrado, sino que las pistas han desaparecido. Aquí no queda nada de lo que existía en la época en que desapareció tu madre.

—Yo estoy aquí.

Serenity me mira cabreada.

—Sé que lo último que quieres es demostrar que tu sueño no significaba nada —insisto—. Pero es como ganar la lotería. Si no compras un número, nunca tendrás oportunidad de hacerlo.

—Yo compro un puñetero número de lotería cada semana, y jamás me ha tocado —masculla Serenity, pero pasa por encima de la valla metálica y echa a andar por el sendero cubierto de maleza.

Caminamos un rato en silencio, mientras los insectos revolotean sobre nuestras cabezas y el verano susurra a nuestro alrededor. Serenity avanza apartando la maleza con la mano; de pronto se detiene, arranca una hoja y la olfatea antes de seguir adelante.

—¿Qué es lo que buscamos? —murmuro.

—Te lo diré cuando lo sepa.

—Hemos llegado casi al final de la antigua reserva…

—¿Quieres que me concentre o no? —me interrumpe Serenity.

Guardo silencio unos minutos. Pero hay algo que no ha dejado de darme vueltas en la cabeza durante todo el trayecto en coche; es como si tuviera un hueso atascado en la garganta.

—Oye, Serenity —digo—, si mi madre no estuviera viva y tú lo supieras…, ¿me mentirías asegurándome que lo estaba?

Ella se para y se vuelve, en jarras.

—Mira, bonita, no te conozco lo bastante para estimarte y menos para proteger tu tierno corazón adolescente. Ignoro por qué no consigo comunicarme con tu madre. Quizá sea porque está viva, no muerta. O quizá se deba, como te he dicho, a que he perdido práctica. Pero te prometo que si siento que tu madre es un espíritu o un fantasma, te diré la verdad.

—¿Un espíritu o un fantasma?

—Son dos cosas distintas. Puedes dar las gracias a Hollywood por hacer que todo el mundo piense que son lo mismo. —Serenity se vuelve para mirarme—. Cuando el cuerpo expira, se acabó. Elvis ha abandonado el edificio. Pero el alma sigue intacta. Si has llevado una vida como Dios manda y no te arrepientes de demasiadas cosas, quizá sigas vagando por la Tierra un tiempo, pero antes o después llevarás a cabo la transición.

—¿La transición?

—Dejarás este mundo. Te irás al cielo. O como quieras llamarlo. Si consigues completar ese proceso, te conviertes en un espíritu. Pero pongamos que en esta vida te has portado como una gilipollas y que cuando san Pedro o Jesús o Alá te juzgue lo más seguro es que vayas al infierno o a otro sitio terrorífico en el más allá. O quizás estás furiosa porque has muerto muy joven, o ni siquiera te das cuenta de que estás muerta. Sea cual sea el motivo, quizá decidas que no estás preparada para abandonar todavía este mundo. El problema es que estás muerta. Eso no tiene vuelta de hoja. De modo que te quedas aquí, en el limbo, como un fantasma.

Echamos a andar de nuevo, juntas, a través de los espesos matorrales.

—De modo que si mi madre es un espíritu, significa que… ¿se ha ido a otro lugar?

—Exacto.

—Y si es un fantasma, ¿dónde está?

—Aquí. Forma parte de este mundo, pero no está en la parte donde estás tú. —Serenity menea la cabeza—. A ver cómo te lo explico… —murmura, luego chasquea los dedos—. Una vez vi un documental sobre los animadores de Disney. Cada Pato Donald o Goofy está formado por múltiples capas transparentes con diversas líneas y colores superpuestos. En el caso de los fantasmas es lo mismo. Forman otra capa, que se halla sobre nuestro mundo.

—¿Cómo sabes todo esto? —pregunto.

—Es lo que me han contado —responde Serenity—. Por lo que he podido deducir, constituye la punta del iceberg.

Miro a mi alrededor, tratando de ver a esos fantasmas que deben de rondar por los bordes de mi visión periférica. Trato de sentir la presencia de mi madre. Quizá no sería tan terrible si estuviera muerta y siguiera junto a mí.

—¿Crees que me daría cuenta si mi madre fuera un fantasma y tratara de hablarme?

—¿No te ha ocurrido nunca que suena el teléfono y cuando lo coges no oyes nada? Podría ser un espíritu que trata de decirte algo. Los espíritus son energía, de modo que la forma más sencilla para ellos de atraer tu atención es manipulando la energía. Líneas telefónicas, fallos en el ordenador, luces que se encienden y se apagan.

—¿Es así como se comunican contigo?

Serenity duda unos momentos.

—En mi caso es como cuando me puse por primera vez unas lentes de contacto. No lograba acostumbrarme, porque era consciente de que llevaba en los ojos unos objetos extraños que no tenían que estar allí. Me resultaban incómodas, no formaban parte de mí. Así es como me siento cuando recibo información del otro lado. Es como un pensamiento tardío, salvo que no se me ha ocurrido a mí.

—¿Como si no pudieras evitar oírlo? —pregunto—. ¿Como una canción que no puedes dejar de tatarear?

—Supongo que sí.

—Yo tenía la sensación de que veía a mi madre continuamente —digo, bajito—. Estaba en un lugar lleno de gente y soltaba la mano de mi abuela para echar a correr hacia ella, pero nunca la alcanzaba.

Serenity me mira perpleja.

—Quizá seas vidente.

—O puede que el hecho de perder a alguien o encontrar a alguien tenga los mismos síntomas —apunto.

De pronto, Serenity se para en seco.

—Siento algo —dice con gesto dramático.

Miro a mi alrededor, pero lo único que veo es un montoncillo de hierba alta, unos cuantos árboles y un enjambre de delicadas mariposas monarcas revoloteando sobre nuestras cabezas.

—Las visiones son como metáforas —me explica Serenity.

—Lo cual es bastante irónico, porque es un símil —digo.

—¿Qué?

—Da lo mismo. —Me quito el fular azul del cuello—. ¿No te ayudaría tener esto en la mano?

Se lo paso, pero ella retrocede como si fuera a contagiarle la peste. En ese instante suelto sin querer el fular y una ráfaga de viento se lo lleva, elevándolo hacia el cielo como un diminuto tornado.

—¡No! —grito, y echo a correr para recuperarlo. El fular se agita en el aire, como burlándose de mí, transportado por el viento, pero sin dejar que lo alcance. Al cabo de unos minutos, se queda enganchado en las ramas de un árbol, a unos seis metros del suelo. Me agarro a un asidero en el tronco y trato de trepar por el árbol, pero la corteza carece de nudos para que apoye los pies en ellos. Frustrada, caigo al suelo con los ojos llenos de lágrimas.

Conservo muy pocas cosas de mi madre.

—Yo te ayudaré.

Veo a Serenity acuclillada junto a mí, con las manos enlazadas para ayudarme a encaramarme al árbol.

Mientras trepo me araño la mejilla y los brazos, las uñas se me parten cuando las clavo en la corteza. Pero consigo llegar lo bastante alto como para alcanzar un primer asidero formado por ramas. Hurgo en él con la mano y toco tierra y ramas, el nido abandonado de un intrépido pájaro.

Tiro del fular que ha quedado atrapado hasta que consigo liberarlo. Una lluvia de hojas y ramas cae sobre Serenity y yo. Y otro objeto más duro me golpea en la frente cuando cae al suelo.

—¿Qué diablos es eso? —pregunto, enrollándome de nuevo el fular de mi madre al cuello y sujetando sus extremos con firmeza.

Serenity se mira las palmas de las manos, atónita. Me entrega el objeto que ha caído del árbol.

Es un billetero de cuero negro, cuarteado, cuyo contenido está intacto: treinta y tres dólares. Una MasterCard antigua con esos diagramas circulares de Venn. Y un carné de conducir de Nueva Hampshire, expedido a nombre de Alice K. Metcalf.

Es una prueba pura y dura, que me quema el bolsillo de mi pantalón corto. Con esto, puedo demostrar que la desaparición de mi madre quizá no fuera voluntaria. ¿Hasta dónde pudo haber llegado sin dinero y sin tarjetas de crédito?

—¿Sabes lo que esto significa? —pregunto a Serenity, que apenas ha despegado los labios mientras nos dirigíamos hacia donde había dejado el coche para regresar a la ciudad—. La policía puede tratar de localizarla.

Serenity me mira.

—Han pasado diez años. No es tan fácil.

—Claro que sí. Una nueva prueba equivale a la reapertura del caso. Sin más.

—Crees que eso es lo que quieres —dice ella—. Pero quizá te lleves una sorpresa.

—¿Estás de broma? Es lo que he soñado desde…, desde hace un montón de tiempo.

Ella frunce los labios.

—Cada vez que yo hacía a mis espíritus guía preguntas sobre cómo era su mundo, me dejaban muy claro que había cosas que yo no debía saber. Yo creía que lo hacían para proteger un importante secreto cósmico sobre el más allá…, pero al cabo de un tiempo comprendí que era para protegerme a mí.

—Si no intento encontrarla —digo—, durante el resto de mi vida me preguntaré qué habría sucedido si lo hubiera hecho.

Serenity se detiene en un semáforo.

—Y si la encuentras…

—Querrás decir *cuando* la encuentre… —la corrijo.

—Cuando la encuentres —dice Serenity—, ¿le preguntarás por qué no regresó a por ti al cabo de tantos años? —Yo no respondo y ella vuelve la cabeza—. Sólo digo que si quieres respuestas, más vale que estés preparada para oírlas.

Me doy cuenta de que vamos a pasar de largo la comisaría.

—Eh —digo, y Serenity frena bruscamente—. Tenemos que entrar ahí y explicarles lo que hemos encontrado.

Serenity se detiene junto al bordillo.

—Yo no tengo que hacer nada. Te he relatado mi visión. Incluso te he llevado en coche al parque estatal. Y me alegro de que hayas conseguido lo que buscabas. Pero personalmente no necesito ni quiero tener nada que ver con la policía.

—¿Y ya está? —le pregunto, pasmada—. ¿Arrojas una información en la vida de una persona como si fuera una granada y te largas antes de que estalle?

—No mates al mensajero.

No sé por qué me sorprendo. No conozco a Serenity Jones, y no tengo por qué suponer que va a ayudarme. Pero estoy cansada de que las personas de mi vida me abandonen, y ella será otra más. De modo que hago lo que suelo hacer cuando presiento que corro el peligro de que vuelvan a abandonarme. Soy yo la que se marcha antes.

—No me extraña que la gente te odie —le suelto.

Ella vuelve la cabeza bruscamente y me mira.

—Gracias por la *visión*. —Me bajo del coche y saco mi bicicleta del asiento posterior—. Que te vaya bien.

Cierro de un portazo, aparco la bici y subo los escalones de granito de la comisaría. Me acerco a la operadora que está en la garita de cristal. Tiene pocos años más que yo, parece recién salida del instituto, lleva un holgado polo con el logotipo de la policía en el pecho y los ojos perfilados con lápiz negro. En la pantalla del ordenador detrás de ella veo que ha estado mirando su página de Facebook.

Carraspeo para aclararme la garganta, y sé que puede oírme porque hay una pequeña rendija en el cristal que nos separa.

—Hola —saludo, pero ella sigue tecleando en el ordenador.

Doy unos golpecitos en el cristal con los nudillos y se vuelve hacia mí. Agito la mano para llamar su atención.

En esto suena el teléfono, y la chica se vuelve de espaldas a mí para atender la llamada, como si yo no importara en absoluto.

Son los jóvenes como ella los que dan a mi generación mala fama.

Una segunda operadora se acerca a mí. Es una mujer de mediana edad, baja y rechoncha, con forma de manzana, con el pelo rubio rizado con la permanente. Lleva una placa que dice POLLY.

—¿Puedo ayudarte?

—Sí —respondo, ofreciéndole mi sonrisa más madura, porque ¿qué adulto va a tomarse en serio a una niña de trece años cuando le dice que quiere denunciar una desaparición que ocurrió hace una década?—. Quiero hablar con un detective.

—¿De qué se trata?

—Es algo complicado —digo—. Hace diez años una empleada de la reserva de elefantes murió de forma violenta, y Virgil Stanhope investigó el caso y yo… necesito hablar con él.

Polly frunce los labios.

—¿Cómo te llamas, guapa?

—Jenna. Jenna Metcalf.

La operadora se quita el micro que lleva sujeto a la cabeza y entra en una habitación al fondo que no alcanzo a ver.

Examino la pared de personas desaparecidas y padres que no pasan la pensión a sus exesposas. Si hubieran pegado ahí el rostro de mi madre hace diez años, ¿estaría yo ahora aquí?

Polly reaparece en el lado del mundo de cristal donde estoy yo, a través de una puerta con una cerradura de combinación y un botón en el pomo. Me conduce hacia unas sillas y me indica que me siente.

—Recuerdo el caso —dice.

—¿Conoce al detective Stanhope? Sé que ya no trabaja aquí, pero quizá pueda decirme dónde se encuentra…

—No creo que puedas ponerte en contacto con él —dice Polly, apoyando suavemente la mano en mi brazo—. Virgil Stanhope murió.

La residencia donde mi padre ha vivido desde que Ocurrió Todo está a un par de kilómetros de la casa de mi abuela, pero no voy allí a menudo. Es deprimente, porque (a) siempre huele a orines y (b) hay unos recortables de cartón de copos de nieve, artilugios pirotécnicos o calabazas de Halloween pegados en las ventanas del edificio, como si éste alojara a párvulos en lugar de a enfermos psiquiátricos.

La residencia se llama Hartwick House, lo cual me recuerda un drama de la cadena PBS en lugar de la triste realidad de unos zombis atiborrados de fármacos mirando el programa de recetas de cocina de Food Network en el salón comunitario mientras los celadores les llevan unos vasitos de plástico con píldoras para tenerlos sedados, o pacientes ladeados sobre los brazos de sus sillas de ruedas, a los que les colocan unos saquitos de arena para sostenerlos, amodorrados debido a los efectos de la terapia electroconvulsivante que les administran. Por lo general, cuando voy allí, no siento temor, sólo me siento tremendamente deprimida de que mi padre, que en los círculos conservacionistas era considerado poco menos que un salvador, no pudiera salvarse él mismo.

Una vez me llevé un susto de muerte en Hartwick House. Estaba jugando a las damas con mi padre en la sala de estar cuando una adolescente con el pelo largo y grasiento entró por la puerta de doble hoja esgrimiendo un cuchillo de cocina. No tengo ni idea de dónde lo sacó; en Hartwick House está prohibido cualquier objeto que pueda considerarse un arma —incluso cordones de zapatos—, o se guarda a buen recaudo, rodeado de más medidas de seguridad que la prisión de Rikers Island. Sea como fuere, la chica logró burlar el sistema de seguridad e irrumpió en la sala con sus ojos enloquecidos fijos en mi rostro. Acto seguido lanzó el cuchillo, que salió volando por el aire hacia mí.

Por suerte logré esquivarlo. Me escondí, aterrorizada, debajo de la mesa. Me cubrí la cabeza con los brazos e intenté desaparecer mientras unos fornidos celadores reducían a la chica y la sedaban, antes de llevarla de regreso a su habitación.

Supuse que alguna enfermera se acercaría para asegurarse de que estuviera bien, pero estaban todas ocupadas con los otros pacientes, que gritaban presos de un ataque de pánico. Yo seguía temblando cuando por fin hice acopio del suficiente valor para asomar la cabeza y sentarme de nuevo en mi silla.

Mi padre no gritó ni tampoco fue víctima de un ataque de pánico. Movió ficha al tiempo que decía «dama» como si no hubiera sucedido nada de particular.

Tardé un rato en comprender que en su mundo —fuera el que fuese—, nunca sucedía nada malo. Y que no podía enfadarme con él por no haber temido que yo acabara trinchada como un pavo del día de Acción de Gracias por la joven psicópata. No puedes culpar a alguien por no darse cuenta de que su realidad no es la misma que la tuya.

Hoy, cuando llego a Hartwick House, compruebo que mi padre no está en la sala de estar. Lo encuentro en su habitación, sentado frente a la ventana. En las manos sostiene un arcoíris formado por hilos de bordar, llenos de nudos, y pienso por enésima vez en esas brillantes terapias que constituyen un infierno para los pacientes. Cuando entro mi padre alza la vista y me mira, pero no se altera, lo cual es una buena señal: hoy no está nervioso. Decido aprovechar esta circunstancia para abordar el tema de mi madre.

Me arrodillo ante él y apoyo las manos en las suyas para que deje de retorcer los hilos y enredarlos más.

—Papá —digo, mientras ensarto el hilo naranja a través de los bucles de otros colores y lo deposito sobre su rodilla izquierda—. ¿Qué crees que ocurriría si encontráramos a mamá?

Él no me contesta.

Deshago el nudo de un hilo rojo laca.

—¿Y si ella fuera la única razón de que estemos hundidos?

Dejo que mis manos sujeten las suyas, que sostienen otros dos hilos de bordar.

—¿Por qué dejaste que se fuera? —murmuro, sosteniendo su mirada—. ¿Por qué no dijiste nunca a la policía que había desaparecido?

Mi padre sufrió una crisis nerviosa, desde luego, pero durante los diez últimos años también ha tenido momentos de lucidez. Quizá nadie se lo hubiera tomado en serio si hubiera dicho que mi madre había desaparecido. O quizá sí.

Entonces quizás habrían reabierto el caso por tratarse de una persona desaparecida. Entonces yo no tendría que empezar de cero, tratando de conseguir que la policía investigue una desaparición que ni siquiera saben que se produjo hace diez años, cuando ocurrió.

De pronto mi padre cambia de expresión. La frustración se funde como la espuma cuando el mar rompe en la playa, y sus ojos se iluminan. Son del mismo color que los míos, un verde demasiado intenso que inquieta a la gente.

—¿Alice? —dice—. ¿Sabes hacer esto? —pregunta, mostrándome el puñado de hilos.

—No soy Alice —respondo.

Él sacude la cabeza, confundido.

Me muerdo el labio, deshago los nudos de los hilos y tejo con ellos una pulsera, una sencilla serie de nudos que cualquier chaval que va de campamento sabe hacer de memoria. Mientras trabajo, las manos de mi padre revolotean sobre las mías como un colibrí. Cuando termino, desprendo la colorida pulsera del imperdible sujeto al pantalón de mi padre y se la coloco alrededor de la muñeca.

Mi padre la contempla con admiración.

—Estas cosas siempre se te dieron muy bien —dice, mirándome sonriendo.

Entonces comprendo por qué mi padre no denunció la desaparición de mi madre. Para él quizá no había desaparecido. Siempre podía hallarla en mi rostro, en mi voz, en mi presencia.

Ojalá fuera tan sencillo para mí.

Cuando llego a casa, mi abuela está mirando *La Rueda de la Fortuna* en la televisión, gritando las respuestas antes que los concursantes y aconsejando a Vanna White sobre su indumentaria.

—Ese cinturón hace que parezcas una zorra —asevera. Luego me ve en la puerta del cuarto de estar.

—¿Cómo te ha ido hoy? —pregunta.

Dudo unos momentos antes de caer en la cuenta de que me pregunta sobre mi trabajo de canguro, que, por supuesto, no he hecho.

—Bien —miento.

—En la nevera hay unas vieiras rellenas, si te apetecen —dice, y sigue mirando la televisión—. ¡Prueba con una *F*, estúpida! —grita.

Yo aprovecho que está distraída para subir corriendo la escalera seguida por *Gertie.* La perra hace un nido en mi cama con las almohadas y gira varias veces sobre sí misma antes de instalarse cómodamente.

Saco del bolsillo el puñado de billetes que llevo y tomo uno de dólar. Empiezo a doblarlo automáticamente en forma de un elefante, pero no me sale y estrujo el billete y lo arrojo al suelo. No dejo de ver las manos de mi padre tratando de hacer unos nudos con los hilos de bordar, irritado consigo mismo.

Uno de los detectives que investigaron la reserva de elefantes tiene la enfermedad de Alzheimer. El otro está muerto. Pero puede que eso no signifique el fin del camino. Tengo que hallar el medio de que los actuales detectives comprendan que el departamento de policía la cagó hace diez años, que debieron considerar a mi madre una persona desaparecida.

Eso me granjeará numerosos amigos.

Conecto mi ordenador portátil, que se enciende con una nota musical. Tecleo mi contraseña y abro un buscador. «Virgil Stanhope», tecleo. «Muerte».

El primer artículo que aparece en la pantalla es una reseña sobre la ceremonia en la que iban a ascenderlo a detective. Hay una foto de él, rubio, peinado con la raya al lado, una sonrisa ancha y dentuda y una nuez en la garganta que parece el pomo de una puerta. Tiene un aspecto bobalicón, joven, pero supongo que es porque hace diez años lo era.

Abro otra ventana, entro en una base de datos pública (que me cuesta cuarenta y nueve dólares con noventa y cinco centavos al año, para que te enteres), y encuentro la reseña sobre la muerte de Virgil Stanhope. Trágicamente, está fechada el mismo día de la ceremonia en que fue ascendido a detective. Me pregunto si obtuvo su placa y se mató en un accidente de coche al regresar a casa o, peor aún, cuando se dirigía hacia allí. Una vida interrumpida.

Sé por experiencia lo que eso significa.

Cliqueo sobre el link, pero no se abre. En vez, aparece una página diciendo que es un error del servidor.

Vuelvo a mi primera búsqueda y leo las descripciones que aparecen en el artículo hasta que encuentro una que hace que se me erice el vello del cogote.

«Investigaciones Stanhope», leo. *Busca el futuro en el pasado.*

Es un eslogan estúpido. Pero abro la página y una nueva ventana.

Investigador titulado. Investigaciones sobre disputas domésticas y relaciones conyugales. Servicios de vigilancia. Tramitación de fianzas. Búsqueda de personas desaparecidas. Investigaciones sobre custodia de los hijos. Investigaciones sobre muertes accidentales. Personas desaparecidas.

En la parte superior hay otro botón: Sobre nosotros.

Vic Stanhope es un investigador privado titulado, exagente y exdetective policial. Está licenciado en justicia criminal y ciencias forenses por la Universidad de New Haven. Pertenece a la Asociación Internacional de Investigadores de Incendios Provocados, la Asociación Nacional de Agentes para la Tramitación de Fianzas y la Asociación Nacional de Investigadores Profesionales.

Podría ser una coincidencia..., si no fuera por la pequeña foto del señor Stanhope.

Es verdad que parece mayor. Y es verdad que luce ese corte casi al rape que adoptan los hombres que empiezan a perder el pelo y quieren imitar a Bruce Willis y mostrar un aspecto superduro. Pero su nuez sigue estando en primer plano y en el centro de la foto, inconfundible.

Supongo que Vic y Virgil podrían ser gemelos. Sin embargo... Tomo mi teléfono móvil y marco el número que aparece en pantalla.

Al cabo de tres tonos, oigo que alguien coge el teléfono al otro lado del hilo. Parece que se le cae de las manos y después de diversos sonidos y palabrotas, lo recupera.

—¿Sí?

—¿Es usted el señor Stanhope? —murmuro.

—Sí —responde la voz con tono hosco.

—¿Virgil Stanhope?

Se produce una pausa.

—Ya no —contesta mi interlocutor con voz pastosa. Y cuelga.

El pulso se me dispara. O Virgil Stanhope ha regresado de entre los muertos o no estaba muerto.

Quizá sólo quería que la gente pensara que estaba muerto, para poder desaparecer.

En tal caso, es la persona idónea para buscar a mi madre.

ALICE

Cualquiera que haya visto a unos elefantes encontrarse con los huesos de otro congénere reconoce la tarjeta de visita del duelo: el profundo silencio, el gesto de bajar la trompa y las orejas, las tímidas caricias, la tristeza que parece envolver a la manada como un sudario cuando se encuentran con los restos de uno de su especie. Pero existen dudas de si los elefantes son capaces de distinguir los huesos de unos elefantes que conocían bien de otros que no conocían.

Algunos estudios llevados a cabo por colegas míos en Amboseli, Kenia, donde tienen más de dos mil doscientos elefantes a los que reconocen individualmente, son muy interesantes. Estudiando las manadas de una en una, los investigadores les mostraron varios objetos clave: un pequeño fragmento de marfil, el cráneo de un elefante y un trozo de madera. Realizaron este experimento como lo harían en un laboratorio, esmerándose en la presentación de los objetos y tomando nota de las reacciones de los elefantes para comprobar cuánto tiempo permanecían junto a cada artículo. Sin duda, el pequeño fragmento de marfil fue el objeto que intrigó más a los elefantes, seguido por el cráneo y, finalmente, el trozo de madera. Acariciaron el marfil, lo tomaron con su trompa, lo transportaron y lo movieron con sus patas traseras.

Luego los investigadores mostraron a las familias el cráneo de un elefante, el de un rinoceronte y el de un búfalo de agua. En el caso de estos objetos, el cráneo de elefante fue el objeto que despertó más interés entre la manada.

Por último, los investigadores se centraron en tres manadas que hacía unos años habían sufrido la muerte de su hembra líder. Mostraron a las familias de elefantes los cráneos de las tres matriarcas.

Parece lógico que los elefantes mostraran más interés en el cráneo que pertenecía a la matriarca de su manada. A fin de cuentas, las otras partes del experimento controlado demuestran con claridad que los elefantes son capaces de manifestar preferencias, en lugar de examinar de forma aleatoria los objetos picados por una curiosidad general.

Teniendo en cuenta los ejemplos que yo misma había presenciado en Botsuana de unos elefantes que se mostraban profundamente conmovidos por la muerte de uno de los suyos, y capaces de recordar esa muerte años más tarde, lo lógico sería que rindieran homenaje a su hembra líder.

Pero no fue así. Los elefantes de Amboseli se sentían igualmente atraídos por los tres cráneos. Quizás habían conocido y vivido e incluso sentido profundamente la muerte de un determinado elefante, pero esa conducta no se reflejaba en estos resultados.

Aunque el estudio demuestra que los elefantes se sienten fascinados por los huesos de otros elefantes, algunos sostendrían que también demuestra que el hecho de que un elefante experimente dolor por la muerte de un individuo es una falacia. Algunos dirían también que si los elefantes no hacían distinciones entre los cráneos, el hecho de que uno de ellos perteneciera a su madre carecía de importancia.

Pero quizá signifique que todas las madres son importantes.

VIRGIL

Todo policía tiene un fallo en su historial, un caso que no logró resolver.

Para algunos, se convierte en una leyenda, la historia que relatan en todas las fiestas navideñas del departamento y después de beberse varias cervezas con los amigos. Es la pista que no vieron aunque estaba ante sus narices, el expediente al que se resistían a dar carpetazo, el caso que nunca se cerró. Es la pesadilla que siguen teniendo de vez en cuando, de la que se despiertan sudando y sobresaltados.

Para el resto de nosotros, es la pesadilla que seguimos viviendo.

Es el semblante que vemos detrás de nosotros en el espejo. Es la persona al otro lado del hilo telefónico, cuando oímos ese misterioso silencio en el aire. Es el hecho de tener siempre a alguien junto a nosotros, incluso cuando estamos solos.

Es saber, cada segundo del día, que hemos fracasado.

Donny Boylan, el detective con el que yo trabajaba en esa época, me contó una vez que en su caso fue una llamada referente a una disputa doméstica. No arrestó al marido porque era el reputado dueño de una empresa al que todo el mundo conocía y apreciaba. Donny creyó que bastaría con una amonestación. Tres horas después de que Donny abandonara la casa, la esposa del tipo apareció muerta. De un tiro en la cabeza. Se llamaba Amanda, y estaba embarazada de seis meses.

Donny decía que era su fantasma, el caso que le había perseguido durante años. Mi fantasma se llama Alice Metcalf. Ella no murió, como Amanda, que yo sepa. Desapareció, junto con la verdad sobre lo que sucedió hace diez años.

A veces, cuando me despierto después de una borrachera, tengo que frotarme los ojos porque estoy seguro de que Alice está al otro lado de mi mesa, donde se sientan los clientes cuando me piden que tome fotografías de sus esposas en situación comprometida con otro hombre, o que localice a un padre que no pasa la pensión a su exmujer. Yo trabajo solo, a menos que contemos a Jack Daniel's como empleado. Mi despacho tiene el tamaño de un armario ropero y huele a comida china para llevar y a líquido para limpiar alfombras. Duermo más noches en el sofá que tengo aquí que en mi apartamento, pero para mis clientes soy Vic Stanhope, investigador privado profesional.

Hasta que me despierto con la cabeza a punto de estallar y la lengua como un felpudo, una botella vacía junto a mí y Alice mirándome. *Y un cuerno*, me dice.

—Este asunto… —me dijo Donny Boyle, hace diez años, ingiriendo otra pastilla contra el ardor de estómago—. ¿No pudo haber ocurrido dentro de dos semanas?

Donny contaba los días que faltaban para jubilarse. Mientras yo lo escuchaba atentamente, me recitó una letanía de cosas que no necesitaba: el papeleo que le endosaba su jefe, los semáforos, tener que entrenar a un novato como yo, la ola de calor que agravaba su eccema. Tampoco necesitaba una llamada a las siete de la mañana de la Reserva de Elefantes de Nueva Inglaterra, informando de la muerte de una empleada.

La víctima era una mujer de cuarenta y cuatro años que llevaba mucho tiempo trabajando en la reserva.

—¿Tienes idea del follón que se va a organizar? —me preguntó—. ¿Recuerdas lo que ocurrió hace tres años cuando abrieron la reserva?

Me acordaba perfectamente. Acababa de incorporarme al departamento de policía. Un gran número de ciudadanos habían protestado por la llegada de elefantes «malvados», que habían sido arrojados de sus respectivos zoológicos y circos por comportarse de forma violenta. Todos los días los editoriales en la prensa criticaban a la comisión planificadora por permitir que Thomas Metcalf construyera la reserva, si bien con dos vallas concéntricas para mantener a los ciudadanos a salvo de los animales.

O viceversa.

Todos los días, durante los tres primeros meses de la existencia de la reserva, nos enviaban a unos cuantos policías para poner paz a las puertas de la reserva, donde se concentraban las protestas. El temor de los ciudadanos resultó ser infundado. Los animales se aclimataron rápidamente y los ciudadanos se acostumbraron a tener la reserva cerca, sin que hubiera ningún incidente. Hasta que se produjo esa llamada a las siete de la mañana.

Nosotros esperábamos en un pequeño despacho. Había siete estantes, los cuales contenían unas carpetas etiquetadas con los nombres de las elefantas: *Maura, Wanda, Syrah, Lilly, Olive, Dionne* y *Hester*. Había un montón de papeles en la mesa, varios libros de cuentas, tres tazas de café medio vacías y un pisapapeles en forma de corazón humano. Había facturas de medicamentos, de calabazas, de manzanas. Yo emití un silbido al ver a cuánto ascendía la factura del heno.

—Joder —dije—. Con ese dinero podría comprarme un coche.

Donny no estaba satisfecho, pero Donny nunca estaba satisfecho.

—¿Por qué tardan tanto? —preguntó. Llevábamos casi dos horas esperando, mientras los empleados de la reserva trataban de acorralar a las siete elefantas y conducirlas al establo. Hasta que no lo consiguieran, la UDG, nuestra unidad de delitos graves, no podía proceder a recoger pruebas dentro del recinto.

—¿Has visto alguna vez a alguien que ha sido pisoteado por un elefante? —pregunté.

—¿Y tú no cierras nunca la boca? —replicó Donny.

Yo estaba examinando unas extrañas marcas en la pared, como jeroglíficos o algo parecido, cuando un hombre irrumpió en el despacho. Estaba visiblemente alterado, nervioso, mirándonos con ojos desesperados detrás de sus gafas.

—No puedo creer que haya sucedido esto —confesó—. Es una pesadilla.

Donny se levantó.

—Usted debe de ser Thomas Metcalf.

—Sí —respondió el hombre con gesto distraído—. Lamento que tengan que permanecer aquí tanto tiempo. Ha sido muy complicado tratar de encerrar a las elefantas. Están muy nerviosas. Hemos metido a seis en el establo, pero la séptima no se acerca lo suficiente para que podamos atraerla con comida. Hemos instalado una valla eléctrica temporal para que puedan entrar en el otro extremo del recinto... —Metcalf nos condujo fuera del pequeño edificio; en el exterior lucía un sol tan intenso que el mundo parecía una foto sobreexpuesta.

—¿Saben cómo entró la víctima en el recinto? —preguntó Donny.

Metcalf lo miró pestañeando.

—¿Nevvie? Ha trabajado aquí desde que abrimos. Lleva más de veinte años cuidando de elefantes. Se ocupa de la contabilidad y cuida de los animales por las noches. —Metcalf vaciló unos instantes—. Mejor dicho, lo hacía. —De pronto se detuvo y se cubrió la cara con las manos—. ¡Dios santo! Yo tengo la culpa de lo ocurrido.

Donny me miró.

—¿Por qué lo dice? —quiso saber.

—Las elefantas sienten la tensión. Debieron de ponerse nerviosas.

—¿Debido a la cuidadora?

Antes de que Metcalf pudiera responder, se oyó un berrido tan fuerte que me sobresalté. Provenía del otro lado de la valla. Las hojas de los árboles se agitaron.

—¿No es un tanto descabellado suponer que un animal del tamaño de un elefante pueda acercarse a alguien sigilosamente y por sorpresa? —planteé.

Metcalf se volvió hacia mí.

—¿Ha presenciado alguna vez una estampida de elefantes? —Cuando negué con la cabeza, sonrió con amargura—. Espero que no la presencie nunca.

Donny y yo encabezamos el equipo de investigadores de la UDG, y caminamos durante cinco minutos hasta que llegamos a una pequeña cuesta. Cuando alcanzamos la cima, vi a un hombre sentado junto al cadáver. El hombre era gigantesco, con los hombros anchos como una mesa de banquetes, lo bastante fornido para cometer un crimen. Tenía los ojos enrojecidos e hinchados. Era negro, y la víctima era de raza blanca. El hombre medía más de dos metros, y sin duda era lo bastante fuerte para reducir a una persona más menuda. Ésos fueron los detalles que observé en esos momentos, como detective novato que era. El hombre sostenía la cabeza de la víctima sobre sus rodillas.

La mujer tenía el cráneo aplastado. Su camiseta estaba hecha jirones, pero alguien la había cubierto con una sudadera, por pudor. Tenía la pierna izquierda torcida en un ángulo anómalo, y la piel cubierta de moratones.

Me alejé unos metros mientras el forense se acuclillaba junto al cadáver para realizar su trabajo. No necesitaba que un médico me dijera que la mujer estaba muerta.

—Éste es Gideon Cartwright —dijo Metcalf—. Fue él quien halló a su suegra… —Pero no terminó la frase.

Era difícil calcular la edad del hombre, pero aparentaba unos diez años menos que la víctima. Lo que significaba que la hija de la víctima —su esposa— debía de ser bastante más joven que él.

—Soy el detective Boylan. —Donny se arrodilló junto al hombre—. ¿Estaba usted presente cuando sucedió esto?

—No. Ella era la cuidadora nocturna; anoche estaba aquí sola —respondió con voz entrecortada—. Debió ocurrirme a mí.

—¿Trabaja también aquí? —preguntó Donny.

Los drones de la UDG sobrevolaban la zona como un enjambre de abejas. Fotografiaban el cadáver y trataban de delimitar la zona de sus investigaciones. El problema era que el escenario del crimen estaba en el exterior y no había unos límites claros. ¿Quién sabía hasta dónde había sido perseguida la mujer por la elefanta que la había atacado? ¿Quién sabía si había algunas pistas que pudieran indicar el momento de su muerte? Había un hoyo profundo a unos veinte metros de donde nos encontrábamos, y observé unas huellas humanas en el borde. Quizás había algunas pruebas indiciarias atrapadas en las ramas de los árboles. Pero principalmente había hojas y hierba y tierra y excrementos de elefante y moscas y naturaleza. Cualquiera sabía si algo de eso era importante con respecto al escenario del crimen, y qué no tenía relevancia alguna.

El forense ordenó a dos de sus agentes que metieran el cadáver en una bolsa de plástico y se acercó a nosotros.

—Deduzco que la víctima murió pisoteada por un animal, ¿no?

—Es evidente que fue pisoteada. Pero no sé si ésa fue la causa de la muerte. Tiene el cráneo partido en dos. Pudo haber ocurrido antes de que el animal la pisoteara, o a consecuencia de ello.

Me percaté, demasiado tarde, de que Gideon estaba pendiente de cada palabra.

—No, no, no —gritó de pronto Metcalf—. No pueden colocar eso allí. Es un peligro para las elefantas —dijo, señalando la cinta amarilla que los investigadores de la UDG instalaban alrededor de un vasto rectángulo para delimitar la escena del crimen.

Donny lo miró extrañado.

—Las elefantas no pueden volver aquí de momento.

—¿Cómo dice? No les he autorizado a asumir el control de la finca. Es un hábitat natural protegido…

—Y una mujer ha muerto en él de forma violenta.

—Fue un accidente —dijo Metcalf—. No permitiré que alteren la rutina diaria de las elefantas que viven aquí…

—Lamentablemente, doctor Metcalf, eso no depende de usted.

Metcalf crispó un músculo en el maxilar.

—¿Cuánto tiempo tardarán?

Vi que Donny empezaba a perder la paciencia.

—Lo ignoro. Pero, entretanto, el teniente Stanhope y yo tenemos que hablar con todas las personas que tengan contacto con las elefantas.

—Somos cuatro. Gideon, Nevvie, yo y Alice. Mi esposa. —Esas últimas palabras iban dirigidas a Gideon.

—¿Dónde está Alice? —inquirió Donny.

Metcalf miró a Gideon.

—Supuse que estaba contigo.

El rostro de Gideon denotaba un profundo dolor.

—No la he visto desde anoche.

—Yo tampoco. —Metcalf palideció—. Si Alice se ha marchado, ¿quién está con mi hija?

Estoy seguro de que mi actual casera, Abigail Chivers, tiene doscientos años, más o menos. En serio, tú también lo pensarías si la conocieras. Siempre la he visto con un vestido negro y un broche en el cuello, el pelo blanco recogido en un moño, y los delgados labios apretados cuando asoma la cabeza en mi despacho y empieza a abrir y cerrar cajones. Descarga un golpe en mi mesa con su bastón, a pocos centímetros de mi cabeza.

—Victor —dice—, huelo la mano del diablo.

—¿De veras? —Levanto la cabeza de mi mesa y me paso la lengua por los dientes, que están sucios—. Yo lo único que huelo es licor barato.

—No consentiré nada ilegal…

—Hace un siglo que no es ilegal, Abby —contesto, suspirando. Hemos tenido esta disputa docenas de veces. ¿He mencionado que además de ser abstemia, Abigail parece sufrir también demencia senil y tan pronto me llama presidente Lincoln como Victor? Por supuesto, esto también me beneficia. Como cuando me dice que me he retrasado en el pago del alquiler y yo miento e insisto en que ya le he pagado este mes.

Para ser una anciana, Abigail es muy ágil. Golpea con su bastón los cojines del sofá e incluso mira dentro del microondas.

—¿Dónde está?

—¿A qué te refieres? —pregunto, haciéndome el tonto.

—Lágrimas de Satanás. Vinagre de cebada. Trinque.

Yo le ofrezco mi sonrisa más cándida.

—¿Me crees capaz de semejante cosa?

—No me mientas, Victor —me advierte Abigail.

—Te juro por Dios que no hay ninguna botella de licor en esta habitación —digo, haciéndome la señal de la cruz sobre el pecho.

Me levanto y me encamino trastabillando al pequeño baño contiguo a mi despacho. Es lo bastante grande para contener un retrete, un lavabo y una aspiradora. Cierro la puerta a mi espalda, hago pis y luego levanto la tapa de la cisterna del retrete. Saco la botella que abrí anoche, bebo un largo y saludable trago de whisky y, al instante, mi persistente dolor de cabeza empieza a disiparse.

Dejo de nuevo la botella en su escondrijo, tiro de la cadena y abro la puerta. Abby sigue allí. No le he mentido, sólo he manipulado un poco la verdad. Es lo que me enseñaron hace una eternidad, cuando estudiaba para ser detective.

—Bien, ¿dónde estábamos? —pregunto, y en ese momento suena el teléfono.

—Bebiendo —dice la anciana con tono acusador.

—Abby, me dejas de piedra —respondo con afabilidad—. No me imaginaba que fueras aficionada a la bebida. —La conduzco hacia la puerta mientras el teléfono sigue sonando—. ¿Qué te parece si terminamos esta conversación más tarde? Mientras nos tomamos una copita, ¿eh? —La saco fuera de la habitación sin hacer caso de sus protestas y me apresuro a coger el teléfono, que por poco se me cae de la mano—. ¿Sí? —gruño a través del auricular.

—¿Es usted el señor Stanhope?

Pese al rápido lingotazo de whisky, un dolor sordo me atenaza las sienes.

—Sí.

—¿Virgil Stanhope?

Cuando transcurrió un año, luego dos y luego cinco, empecé a comprender que lo que Donny me había dicho era cierto: cuando un policía tiene un fantasma, ese fantasma ha venido para quedarse. Yo no podía librarme de Alice Metcalf. De modo que me libré de Virgil Stanhope. Pensé, estúpidamente, que si partía de cero, podría comenzar de nuevo libre de todo sentimiento de culpa y preguntas. Mi padre había sido un veterano de guerra, alcalde de una pequeña población y, en términos generales, un hombre cabal y honrado. Yo tomé prestado su nombre, confiando en que se me pegarían algunas de sus cualidades. Pensé que quizá me convertiría en el tipo de persona en quien la gente confía, en lugar de un tipo que la había jodido.

Hasta este momento, nadie había cuestionado mi identidad.

—Ya no —murmuro, y cuelgo bruscamente. Estoy en el centro de mi despacho, presionándome las sienes, que no dejan de dolerme, pero sigo escuchando su voz. La oigo incluso cuando entro en el baño y saco de nuevo la botella de whisky de la cisterna del retrete, incluso cuando apuro su contenido hasta la última gota.

Nunca había oído hablar a Alice Metcalf. Cuando la encontré estaba inconsciente, cuando fui a verla al hospital seguía inconsciente y luego desapareció. Pero en mi imaginación, cuando está sentada frente a mí, reprochándome mi conducta, suena exactamente como la voz que acabo de oír al otro lado del hilo telefónico.

Nos habían enviado a la reserva porque alguien había llamado a la policía informando de una muerte que, en un primer momento, no era sospechosa. De hecho, esa mañana, hace diez años, no había motivos para suponer que Alice Metcalf o su hija habían desaparecido. Podían haber ido a comprar al supermercado, ajenas a cuanto había ocurrido en la reserva. Podían haber ido al parque local. Habíamos llamado al teléfono móvil de Alice, pero según nos había dicho Thomas, nunca se acordaba de llevarlo encima. Y debido a la naturaleza de su trabajo, el estudio de la cognición en los elefantes, con frecuencia desaparecía durante horas en el otro extremo de la finca para observar a los animales, llevándose a menudo —para disgusto de su marido— a su hija de tres años.

Yo confiaba en que apareciera con una taza de café, tras una visita a primeras horas de la mañana a Dunkin Donuts, mientras su hijita devoraba un *bagel*. El último lugar en el que deseaba que estuvieran era la reserva, dado que la séptima elefanta aún no había sido localizada.

Me negaba a creer lo que quizá les había sucedido.

Al cabo de cuatro horas de haber iniciado la investigación, los investigadores de la UDG habían recogido diez cajas de pruebas indiciarias: cáscaras de calabaza y hierbas secas, hojas ennegrecidas debido a lo que podía ser excrementos secos o sangre reseca. Mientras los agentes trabajaban en el escenario del crimen, nosotros acompañamos el cadáver de Nevvie hasta la puerta principal de la reserva con Gideon. Éste se movía con lentitud; su voz sonaba hueca como un tambor. Como policía, yo había asistido a suficientes tragedias para saber que el hombre o estaba sinceramente afectado por la muerte de su suegra o merecía un Oscar.

—Mis condolencias —dijo Donny—. Imagino que esto debe de ser muy duro para usted.

Gideon asintió, enjugándose los ojos. Parecía un hombre que había vivido un infierno.

—¿Cuánto tiempo lleva trabajando aquí? —le preguntó Donny.

—Desde que la reserva abrió. Y antes, con un circo en el Sur. Allí conocí a mi esposa. Nevvie fue quien me consiguió mi primer trabajo. —Su voz se quebró al mencionar el nombre de la mujer que había muerto.

—¿Ha observado alguna vez una conducta agresiva en los elefantes?

—Por supuesto —afirmó Gideon—. En el circo. Aquí rara vez. Un leve golpe con la trompa cuando un cuidador las sobresalta. Un día, una de nuestras chicas se asustó al oír un teléfono móvil que sonaba como un órgano de tubos. Dicen que los elefantes no olvidan nunca. Es verdad. Pero no siempre en sentido positivo.

—¿De modo que es posible que algo asustara a una de... las chicas, y que ésta atacara a su suegra?

Gideon fijó la vista en el suelo.

—Supongo que sí.

—No parece muy convencido —comenté.

—Nevvie sabía manejar a los elefantes —contestó Gideon—. No era una estúpida novata. Esto ha sido... mala suerte.

—¿Qué me dice de Alice? —pregunté.

—¿A qué se refiere?

—¿Sabe manejar a los elefantes?

—Alice conoce a los elefantes mejor que nadie.

—¿La vio anoche?

Gideon miró a Donny y luego a mí.

—¿En confianza? —respondió—. Vino a verme para pedirme ayuda.

—¿Debido a que la reserva tenía problemas?

—No, debido a Thomas. Cuando la reserva empezó a perder dinero, Thomas cambió. Tiene unos cambios de humor tremendos. Últimamente se pasa el día encerrado en su estudio, y anoche Alice estaba asustada.

«Asustada.» Esa palabra era una señal de alarma.

Tuve la sensación de que Gideon no nos lo había dicho todo. Lo cual no me sorprendió; era lógico que no quisiera revelar los problemas domésticos de su jefe si quería conservar su empleo.

—¿Le dijo Alice algo más? —inquirió Donny.

—Dijo que quería llevarse a Jenna a un lugar donde estuviera a salvo.

—Al parecer confía en usted —comentó Donny—. ¿A su esposa no le molesta?

—Mi esposa ha muerto —respondió Gideon—. Nevvie es la única familia que tengo..., que tenía.

Cuando nos dirigíamos hacia el inmenso establo me detuve. Dentro del recinto había cinco elefantas, agrupadas, moviéndose de un lado a otro como nubarrones. Sus barritos hacían temblar la tierra debajo de nuestros pies. Tuve la extraña sensación de que entendían cada palabra que decíamos.

Eso me hizo pensar en Thomas Metcalf.

Donny se volvió hacia Gideon.

—¿Se le ocurre alguien que quisiera lastimar a Nevvie? Me refiero a un ser humano.

—Los elefantes son animales salvajes. No son nuestras mascotas. Pudo haber ocurrido cualquier cosa. —Gideon extendió la mano hacia los barrotes de metal de la valla cuando una de las elefantas metió la trompa a través de ellos. El animal le olfateó los dedos, tras lo cual tomó una piedra y me la arrojó a la cabeza.

Donny se rió.

—Fíjate, Virg. Está claro que no le has caído bien.

—Tengo que darles de comer. —Gideon entró en el recinto y las elefantas empezaron a barritar de gozo.

Donny se encogió de hombros y siguió andando. Me pregunté si yo era el único que se había percatado de que Gideon no había respondido a su pregunta.

—Vete, Abby —grito; al menos, eso creo, porque mi lengua parece ser diez veces demasiado grande para mi boca—. Ya te lo he dicho, no estoy bebiendo.

Esto es, técnicamente, cierto. No estoy bebiendo. Estoy bebido.

Pero mi casera sigue aporreando la puerta, o quizás utilice una taladradora. En cualquier caso, no para, de modo que me levanto del suelo, donde supongo que perdí el conocimiento, y abro la puerta de mi despacho.

Me cuesta ver con claridad, pero es evidente que la persona que está ante mí no es Abby. Mide un metro y medio de estatura, lleva una mochila y un fular azul alrededor del cuello que hace que parezca Isadora Duncan o el Hombre de Hielo o algo parecido.

—Señor Stanhope —dice—. ¿*Virgil* Stanhope?

En la mesa de trabajo de Thomas Metcalf había un montón de papeles cubiertos de pequeños símbolos y números, como una especie de código. También había en ellos un diagrama, semejante a una araña octogonal con patas y brazos articulados. Aunque yo había suspendido el curso en el instituto, me pareció que era química. En cuanto entramos, Metcalf se apresuró a enrollar los papeles. Estaba sudando, aunque fuera no hacía mucho calor.

—Han desaparecido —dijo, muy alterado.

—Haremos cuanto esté en nuestra mano por encontrarlas…

—No, no. Me refiero a mis notas.

A esas alturas de mi carrera yo no había estado presente en muchos escenarios de crímenes, pero me chocó que un tipo cuya esposa e hija habían desaparecido pareciera menos preocupado por ellas que por unos papeles.

Donny miró el montón de papeles en la mesa.

—¿No son ésas sus notas?

—Está claro que no —le espetó Metcalf—. Me refiero a los folios que *no* están aquí.

Los papeles contenían una extraña secuencia de números y letras. Podía haber sido un programa informático; podía haber sido un código satánico. Era el tipo de inscripciones que yo había visto antes en la pared. Donny me miró y arqueó las cejas.

—La mayoría de los hombres estarían muy preocupados por la desaparición de su esposa y su hija, teniendo en cuenta que anoche una elefanta mató a una persona.

Metcalf siguió examinando el montón de papeles y de libros en su mesa, moviéndolos de izquierda a derecha mientras los catalogaba mentalmente.

—Por eso dije a mi mujer mil veces que no trajera a Jenna al recinto…

—¿Jenna? —repitió Donny.

—Mi hija.

Donny dudó unos instantes.

—Usted y su esposa discutían a menudo, ¿no es así?

—¿Quién se lo ha dicho? —replicó Metcalf con desdén.

—Gideon. Dijo que anoche hizo usted que Alice se disgustara.

—¿Que *yo* hice que se *disgustara*? —contestó Thomas.

Yo avancé un paso, tal como habíamos quedado Donny y yo.

—¿Le importa que utilice el baño?

Metcalf me indicó un pequeño cuarto al fondo del pasillo. Dentro había un artículo de prensa, viejo y amarillento, en un marco roto, referente a la reserva. Había una fotografía de Thomas y de una mujer embarazada, sonriendo a la cámara, con un elefante a sus espaldas.

Al abrir el botiquín vi tiritas, Neosporin, Bactine. Advil. Había tres frascos de fármacos con receta médica, adquiridos recientemente, con el nombre de Thomas en las etiquetas: Prozac, Abilify, Zoloft. Antidepresivos.

Si lo que Gideon había dicho sobre los cambios de humor de Metcalf era cierto, era lógico que el médico le hubiera recetado esos medicamentos.

Tiré de la cadena para disimular, y cuando regresé al despacho Metcalf estaba paseándose por la habitación como un tigre enjaulado.

—No pretendo decirle lo que debe hacer, detective —dijo—, pero yo soy el perjudicado en este caso, no el culpable. Mi mujer se ha fugado con mi hija y el trabajo de toda mi vida. ¿No debería estar buscándola, en lugar de asediarme a preguntas?

Me acerqué a él.

—¿Por qué iba su esposa a robarle sus trabajos de investigación?

Metcalf se sentó pesadamente en la silla detrás de su mesa.

—Porque ya lo había hecho. En multitud de ocasiones. No es la primera vez que entra sin permiso en mi despacho para robarme las notas. —Metcalf desenrolló el largo rollo de papeles que había en la mesa—. Esto no debe salir de esta habitación, caballeros…, pero estoy a punto de descubrir algo revolucionario en el campo de la memoria. Está demostrado que los recuerdos son elásticos antes de ser codificados por la amígdala, pero mis estudios confirman que cada vez que evocamos un recuerdo, éste regresa a ese estado mudable. Eso indica que puede producirse una pérdida de memoria después de haber recuperado un recuerdo, si existe un obstáculo farmacológico que altera la síntesis de proteínas en la amígdala... Imaginen que pudiéramos borrar los recuerdos traumáticos con agentes químicos años después del evento. Eso modificaría por completo la forma en que tratamos el estrés postraumático. Y haría que el trabajo conductual de Alice sobre el duelo pareciese una conjetura en lugar de ciencia.

Donny se volvió para mirarme. *Está chiflado,* dijo moviendo los labios en silencio.

—¿Y su hija, doctor Metcalf? ¿Dónde se encontraba cuando usted sorprendió a su esposa en su despacho?

—Dormida —respondió Metcalf con voz entrecortada. Se volvió de espaldas a Donny y se aclaró la garganta—. Está meridianamente claro que el único lugar donde no está mi esposa es en este despacho..., lo cual me lleva a preguntarles, ¿por qué están todavía aquí?

—Agente Stanhope —dijo Donny con tono afable—, diga a los investigadores de la UDG que vayan terminando, mientras yo hago unas preguntas más al doctor Metcalf.

Asentí con la cabeza, pensando que Donny Boylan era el hijo de perra más desgraciado en la policía. Habíamos venido a certificar la muerte de una mujer que había sido pisoteada por una elefanta, y en lugar de ello habíamos descubierto una disputa doméstica entre un tipo desquiciado y su esposa, una disputa que pudo o no haber derivado en la desaparición de dos personas y quizás incluso en un homicidio. Me dirigí hacia la zona del escenario del crimen, donde los investigadores seguían catalogando objetos inútiles, cuando de pronto se me erizó el vello de la nuca.

Cuando me volví, vi a la séptima elefanta observándome desde el otro lado de una valla eléctrica portátil de aspecto bastante precario.

De cerca, me pareció un animal descomunal. Tenía las orejas pegadas a la cabeza y la trompa rozaba el suelo. En su huesuda frente crecía un puñado de pelos. Sus ojos, de color castaño, denotaban tristeza. Barritó y yo retrocedí apresuradamente, aunque nos separaba una valla.

La elefanta emitió un segundo barrito, esta vez más fuerte, y se alejó. De pronto se detuvo, después de avanzar unos pasos, y se volvió para mirarme. Repitió la maniobra otras dos veces.

Era casi como si esperara que yo la siguiera.

Al ver que no me movía, la elefanta regresó e introdujo delicadamente la trompa entre los barrotes eléctricos de la valla. Sentí el cálido aliento que exhalaba por el extremo de su trompa; percibí el olor a heno y a polvo. Contuve el aliento, y ella me tocó la mejilla, una caricia suave como un susurro.

Esta vez, cuando empezó a moverse, la seguí, manteniendo la valla entre nosotros, hasta que la elefanta giró bruscamente y empezó a alejarse de mí. Se dirigió hacia un valle, y momentos antes de desaparecer de mi vista, se volvió de nuevo para mirarme.

Cuando iba al instituto, mis compañeros y yo solíamos tomar por un atajo que cruzaba prados donde pastaban vacas. Estaban protegidos por vallas eléctricas. Nosotros dábamos un salto, agarrábamos la alambrada y nos plantábamos al otro lado. Siempre y cuando soltáramos la alambrada antes de que nuestros pies tocaran el suelo, no recibiríamos una descarga eléctrica.

Eché a correr y salté la valla. En el último momento, mi zapato se quedó atascado en la tierra y recibí una descarga en la mano que la dejó adormecida. Me caí, rodando por el suelo, pero me incorporé rápidamente y corrí hacia el lugar donde había desaparecido la elefanta.

A unos cuatrocientos metros, encontré a la elefanta junto al cuerpo de una mujer.

—Joder —murmuré, y la elefanta barritó. Cuando avancé un paso, alargó la trompa y me golpeó en el hombro, derribándome al suelo. Yo no tenía duda de que era una advertencia, que de haber querido, el animal podía haberme asestado un porrazo que me lanzara a la otra punta de la reserva.

—Tranquila, chica —dije en voz baja, sosteniendo su mirada—. Sé que quieres cuidar de ella. Yo también quiero cuidar de ella. Pero tienes que dejar que me acerque un poco más. Te prometo no hacerle daño.

Mientras yo seguía hablando, la elefanta relajó su postura. Movió las orejas hacia delante; apoyó la trompa sobre el pecho de la mujer. Con una delicadeza que yo jamás habría imaginado en un animal tan gigantesco, la elefanta levantó sus inmensas patas y se apartó del cuerpo de la mujer.

En ese momento lo comprendí; comprendí por qué Metcalf había fundado la reserva y por qué Gideon no quería culpar a esos animales de haber matado a su suegra. Comprendí por qué Thomas trataba de descifrar el cerebro de esos animales. Había algo que yo no lograba identificar, algo que no era sólo una complejidad, o una conexión, sino una *igualdad*, como si en ese momento la elefante y yo estuviéramos del mismo lado.

Miré a la elefanta y asentí con la cabeza, y juro que el animal hizo lo propio.

Quizá fuera un ingenuo, quizá fuera un idiota, pero me arrodillé junto a la elefanta, lo bastante cerca como para que ésta me aplastara de haber querido, y toqué el pulso de la mujer. Tenía sangre reseca en la cabeza y el rostro; tenía la cara hinchada y amoratada. No reaccionaba a ningún estímulo…, y estaba viva.

—Gracias —dije a la elefanta, porque estaba claro, al menos para mí, que había estado protegiendo a la mujer. Alcé la vista, pero el animal había desaparecido, desvaneciéndose en silencio en la arboleda más allá del pequeño valle.

Tomé a la mujer en brazos y eché a andar apresuradamente hacia el lugar donde estaban los investigadores de la UDG. A pesar de lo que había afirmado Thomas Metcalf, Alice no se había fugado con su hija, ni con sus preciados trabajos de investigación. Estaba allí.

En cierta ocasión, por la época en que empalmaba una borrachera tras otra, tuve una alucinación de que jugaba al póquer con Papá Noel y un unicornio que no dejaba de hacer trampas. De repente unos mafiosos rusos irrumpieron en la habitación y empezaron a golpear a Papá Noel. Yo huí, trepando por la escalera de incendios antes de que me propinaran también una paliza. El unicornio estaba junto a mí, y cuando alcancé el tejado del edificio me dijo que saltara y volara. En aquel momento recobré el conocimiento porque mi teléfono móvil empezó a sonar, cuando ya tenía una pierna sobre el borde del tejado, como si fuera un maldito Peter Pan. *Me he salvado de milagro*, pensé. Esa mañana vacié todas las botellas de licor en el fregadero.

Permanecí sobrio tres días.

Durante ese tiempo una nueva clienta me pidió que consiguiera unas fotografías de su marido en situación comprometida, porque creía que le era infiel con otra mujer. Me explicó que los fines de semana su marido desaparecía durante horas, diciendo que iba a la ferretería, y nunca regresaba con ningún objeto que hubiera comprado allí. Borraba los mensajes en su móvil. Según me dijo la mujer, ya no era el hombre con quien se había casado.

Un sábado seguí al tipo hasta nada menos que el zoológico. Iba acompañado de una mujer, en efecto, que resultó tener aproximadamente cuatro años. La niña se acercó corriendo a la valla del recinto de los elefantes. De inmediato pensé en los animales que había visto en la reserva, paseando con toda libertad por la inmensa finca, no encerrados en un pequeño redil de hormigón. El elefante se balanceaba de un lado a otro como si se moviera al ritmo de una música que nosotros no alcanzábamos a oír.

—Mira, papá —dijo la niña—, ¡está bailando!

—Una vez vi a una elefanta pelar una naranja —comenté, recordando una visita que había hecho a la reserva a raíz de la muerte de la cuidadora. Era una de las cosas que hacía *Olive*, restregar la pequeña fruta contra el suelo con su gigantesca pata delantera hasta que se partía; luego le quitaba delicadamente la piel con la trompa. Miré al hombre (el marido de mi clienta) y lo saludé con la cabeza. Sabía que el matrimonio no tenía hijos.

—Qué niña tan guapa —comenté.

—Sí —respondió él. Detecté en su voz el asombro que uno siente cuando averigua que va a tener un hijo, no cuando la criatura tiene ya cuatro años. A menos, claro está, que acabe de descubrir que es su padre.

Tuve que regresar a casa e informar a mi clienta de que su marido no le era infiel con otra mujer, pero tenía una vida que ella desconocía.

No es de extrañar que esa noche soñara que hallaba el cuerpo inconsciente de Alice Metcalf, y la promesa que había hecho a la elefanta, que no había cumplido. *Prometo cuidar de ella*.

En ese momento concluyó mi etapa sobria.

No recuerdo todos los detalles sobre las aproximadamente ocho horas después de que encontré a Alice Metcalf, porque ocurrieron muchas cosas en poco tiempo. Fue trasladada en ambulancia al hospital local, inconsciente todavía. Ordené a los técnicos sanitarios que la acompañaron que nos llamaran en cuanto recobrara el conocimiento. Pedimos a los policías de las poblaciones vecinas que nos ayudaran a registrar toda la reserva de elefantes, porque no sabíamos si la hija de Alice Metcalf seguía allí. Sobre las nueve de la noche, pasamos por el hospital, pero nos informaron de que Alice Metcalf seguía inconsciente.

Yo opinaba que debíamos arrestar a Thomas como sospechoso. Donny dijo que era imposible, puesto que no nos constaba que se hubiera cometido un crimen. Dijo que teníamos que esperar a que Alice se despertara y nos explicara lo sucedido, y si Thomas tenía algo que ver con el golpe que había recibido en la cabeza, la desaparición de la niña o la muerte de Nevvie.

Cuando estábamos en el hospital esperando a que Alice recobrara el conocimiento nos llamó Gideon, aterrorizado. Veinte minutos más tarde, lo acompañamos al recinto de la reserva, iluminando la oscuridad con nuestras linternas, donde encontramos a Thomas Metcalf descalzo y en bata, tratando de colocar unas cadenas alrededor de las patas delanteras de una elefanta. El animal no cesaba de moverse, tratando de soltarse; un perro ladraba y mordía a Thomas para impedir que consiguiera su propósito. Metcalf le propinó una patada en las costillas, y el perro se alejó gimiendo.

—El tranquilizante tardará sólo unos minutos en surtir efecto…

—No sé qué diablos pretende Metcalf —dijo Gideon—, pero aquí no encadenamos a las elefantas.

Las elefantas no cesaban de barritar, provocando un violento terremoto que sacudía la tierra bajo mis pies y me trepaba por las piernas.

—Tienen que llevárselo de aquí —murmuró Gideon—, antes de que lastime a la elefanta.

O que la elefanta le lastime a él, pensé.

Tardamos una hora en convencer a Thomas para que abandonara el recinto. Y otros treinta minutos para que Gideon se acercara al aterrorizado animal lo suficiente para quitarle los grilletes. Esposamos a Metcalf, lo cual me pareció oportuno, y lo llevamos al hospital psiquiátrico situado a unos cien kilómetros al sur de Boone. Durante el trayecto estuvimos un rato sin cobertura para los móviles, motivo por el cual no recibí el mensaje de que Alice Metcalf se había despertado hasta una hora más tarde.

Para entonces, hacía dieciséis horas que habíamos acudido a la reserva.

—Mañana —dijo Donny—, la interrogaremos a primera hora de la mañana. Ninguno estamos en condiciones de hacerlo ahora.

Y así comenzó el mayor error de mi vida.

En cierto momento, entre medianoche y las seis de la mañana, Alice abandonó de motu proprio el hospital Mercy y desapareció de la faz de la Tierra.

—Señor Stanhope —dice la voz femenina—. ¿*Virgil* Stanhope?

Cuando abro la puerta, la niña pronuncia la palabra como una acusación, como si el hecho de llamarme Virgil equivaliera a tener una enfermedad de transmisión sexual. Mis defensas se activan de inmediato. No soy Virgil y hace mucho tiempo que no lo soy.

—Te equivocas de persona.

—¿No se ha preguntado nunca qué fue de Alice Metcalf?

Observo el rostro de la niña más detenidamente, aunque la veo algo borrosa debido a la cantidad de alcohol que he ingerido. Luego entrecierro los ojos. Ésta debe de ser otra alucinación.

—Vete de aquí —le ordeno, arrastrando las palabras.

—No hasta que reconozca que es el tipo que hace diez años dejó a mi madre, inconsciente, en un hospital.

Los efectos etílicos se me pasan al instante, y me doy cuenta de quién está ante mí. No es Alice, no es otra alucinación.

—Jenna. Eres su hija.

La luz que ilumina el rostro de la niña me produce el mismo efecto que algunos cuadros que se ven en las iglesias, que cuando los contemplas se te desgarra el corazón.

—¿Le habló ella de mí?

Alice Metcalf no me dijo nada, por supuesto. Cuando regresé al hospital para tomarle declaración, la mañana siguiente a que una elefanta pateó y mató a la cuidadora, ella ya se había marchado. Lo único que pudo decirme la enfermera fue que Alice había firmado su alta hospitalaria y había mencionado a alguien llamado Jenna.

Donny lo interpretó como prueba de que la historia de Gideon era cierta, que Alice Metcalf se había fugado con su hija tal como había planeado. Teniendo en cuenta que su marido estaba como una cabra, parecía un final feliz. En aquel entonces, a Donny le faltaban dos semanas para jubilarse y yo sabía que quería dejar resuelto el papeleo que tenía en su mesa de despacho, incluyendo la muerte de la cuidadora en la Reserva de Elefantes de Nueva Inglaterra.

—Fue un accidente, Virgil —me dijo, tajante, cuando insistí en que debíamos investigar el caso más a fondo—. Alice Metcalf no es sospechosa de un delito. Ni siquiera es una persona desaparecida, hasta que alguien denuncie su desaparición.

Pero nadie lo hizo. Y cuando traté de hacerlo yo, Donny me lo impidió, diciendo que si sabía lo que me convenía dejaría correr el asunto. Cuando discutí con él, insistiendo en que era una decisión errónea, Donny bajó la voz.

—No la he tomado yo —replicó con tono enigmático.

Durante una década, hubo aspectos de ese caso que no me cuadraban.

Sin embargo, diez años más tarde, he aquí la prueba de que Donny Boylan tenía razón.

—Joder —exclamo, frotándome las sienes—, es increíble. —Abro la puerta del todo y Jenna entra en la habitación, arrugando la nariz ante los envases estrujados de comida para llevar que hay diseminados por el suelo y la peste a humo. Con mano temblorosa, saco un cigarrillo del bolsillo de la pechera de mi camisa y lo enciendo.

—Esas cosas lo matarán.

—Cuanto antes mejor —mascullo, dando una larga calada al

cigarrillo para llenarme los pulmones de nicotina. A veces es lo único que me mantiene vivo un día más.

Jenna deposita un billete de veinte dólares en la mesa.

—Bueno, trate de resistir un poco más —dice—. Al menos el tiempo suficiente para que yo lo contrate.

Yo suelto una carcajada.

—Guárdate tus ahorrillos, guapa. Si has perdido a tu perro, pega unos carteles. Si un tipo te ha dejado por otra chica que está más buena que tú, métete unos rellenos en el sujetador y dale celos. A propósito, este consejo es gratis, porque yo soy así.

La niña me mira sin pestañear.

—Lo contrato para que termine el trabajo que empezó.

—¿Qué?

—Tiene que encontrar a mi madre —responde.

Hay algo que jamás he revelado sobre ese caso.

Los días siguientes a la muerte acaecida en la reserva de Nueva Inglaterra fueron, como puedes imaginar, una pesadilla para la policía. Con Thomas Metcalf en un estado aletargado debido a la medicación que le administraban en el centro psiquiátrico, y su esposa desaparecida, el único cuidador que quedaba era Gideon. La reserva estaba en bancarrota y llena de deudas, todas las grietas en sus cimientos eran ahora del dominio público. No había comida para las elefantas, no había heno. La propiedad iba a ser embargada por el banco, pero para que esto pudiera llevarse a cabo sus residentes —las dieciséis toneladas de elefantas— tenían que ser recolocadas.

No es fácil encontrar un hogar para siete elefantas, pero Gideon había crecido en Tennessee y conocía un lugar en Hohenwald llamado La Reserva de Elefantes. Las personas que lo regentaban comprendieron que se trataba de una emergencia y accedieron a hacer cuanto pudieran por los animales de Nueva Hampshire. Convinieron en alojar a las elefantas en su establo de cuarentena hasta que construyeran uno nuevo para ellas.

Esa semana llegó un nuevo caso a mi mesa. Una joven de diecisiete años que trabajaba de canguro había causado graves lesiones cerebrales a un bebé de seis meses. Yo me esforcé en tratar de conseguir que la chica —una animadora rubia con una dentadura perfecta— confesara haber zarandeado a la criatura. Fue por ese motivo por el que, el día de la fiesta para celebrar que Donny se jubilaba, me hallaba sentado a mi mesa cuando se recibió el informe forense de la autopsia que habían practicado a Nevvie Ruehl.

Yo ya sabía lo que decía, que la muerte de la cuidadora había sido accidental, causada por las graves heridas que había sufrido cuando la elefanta la había pisoteado. No obstante, leí el texto, tomando nota del peso del corazón de la víctima, del cerebro, del hígado. En la última página había una lista de los objetos que habían hallado junto al cadáver.

Uno de los objetos era un pelo de color rojo.

Tomé el informe y bajé apresuradamente a la sala donde se celebraba la fiesta. Donny, tocado con un divertido gorro, se disponía a soplar las velas de una tarta que tenía la forma del hoyo dieciocho en un campo de golf.

—Donny —murmuré—, tenemos que hablar.

—¿Ahora?

Lo conduje hacia el pasillo.

—Mira.

Le entregué el informe del forense y lo observé mientras leía los resultados.

—¿Me has sacado de mi fiesta de despedida para decirme lo que ya sé? Ya te lo he dicho, Virg. Déjalo estar.

—Ese pelo rojo —dije— no pertenece a la víctima. Era rubia. Lo que significa que pudo haberse producido un forcejeo.

—O que alguien reutilizó una bolsa para restos humanos.

—Estoy seguro de que Alice Metcalf es pelirroja.

—Como seis millones de personas en Estados Unidos. Y aunque perteneciera a Alice Metcalf, ¿qué importa? Ambas mujeres se conocían; es lógico que una prueba indiciaria se transfiriera de una a la otra debido al contacto que tenían. Lo cual sólo significa que, en cierto momento, estuvieron lo bastante juntas para que eso sucediera. Primer curso de medicina forense.

Donny me miró achicando los ojos.

—Voy a darte un consejo. Ningún detective quiere estar a cargo de una población que está soliviantada. Hace dos días la mayoría de los ciudadanos de Boone arrojaban piedras manifestándose contra la posibilidad de que unas elefantas enloquecidas se escaparan de la reserva y los mataran mientras dormían. Ahora todo el mundo ha vuelto a calmarse, porque las elefantas van a ser trasladadas a otro lugar. Alice Metcalf seguramente está en Miami, inscribiendo a su hija en una guardería bajo un nombre falso. Si empiezas a decir que este caso quizá no sea una muerte accidental sino un asesinato, provocarás otro ataque de pánico. Cuando oigas el sonido de cascos, Virgil, lo más probable es que sea un caballo, no una cebra. La gente quiere policías que les resuelvan problemas, no policías que los busquen donde no los hay. ¿Quieres ser detective? Deja de ser Superman y compórtate como Mary Poppins.

Donny me dio una palmada en la espalda y se dirigió hacia la sala donde se celebraba la fiesta.

—¿A qué te referías —le grité— cuando dijiste que la decisión no dependía de ti?

Donny se detuvo en seco, miró el grupo de colegas que estaban celebrando su jubilación, me tomó del brazo y me condujo en sentido opuesto, donde nadie pudiera oírnos.

—¿No te has preguntado nunca por qué los medios no se lanzaron como locos sobre la noticia? Esto es Nueva Hampshire. Aquí nunca sucede nada. Todo lo que huela a un posible homicidio es tan irresistible como la cocaína. A menos —añadió Donny bajando la voz—, que unas personas mucho más poderosas que tú y que yo les ordenen que dejen de hurgar en el asunto.

Por esa época yo aún creía en la justicia, en el sistema.

—¿Me estás diciendo que el jefe está de acuerdo con eso?

—Es año de elecciones, Virg. El gobernador no puede ganar un segundo mandato con la promesa electoral de delincuencia cero si la opinión pública cree que un asesino anda suelto en Boone. —Donny suspiró antes de continuar—: El gobernador es el tipo que incrementó el presupuesto de seguridad pública para que te contrataran a ti. Para que pudieras proteger a la comunidad sin tener que elegir entre un incremento acorde con el coste de la vida y un chaleco antibalas. —Me miró directamente a los ojos—. De pronto, hacer lo correcto ya no te parece tan blanco y negro, ¿eh?

Observé a Donny alejarse, pero no me uní a él y a los colegas en la fiesta. Regresé a mi mesa y desprendí la última página del informe forense de la grapa que la sujetaba. Doblé la página en cuatro y me la guardé en el bolsillo de la chaqueta.

Archivé el resto del informe forense en el expediente del caso cerrado de Nevvie Ruehl y me puse a examinar las pruebas del caso del bebé que había sufrido graves lesiones cerebrales. Dos días más tarde, Donny se jubiló oficialmente, y yo conseguí que la joven animadora confesara.

Me enteré de que las elefantas se habían aclimatado bien en Tennessee. Los terrenos de la reserva fueron vendidos, la mitad al Estado como zona protegida y la otra mitad a una promotora inmobiliaria. Después de que se saldaran todas las deudas, el resto de los fondos fueron administrados por un abogado para pagar por los cuidados que recibía Thomas Metcalf en el centro psiquiátrico. Su mujer no regresó para reclamar una parte de esos fondos.

Seis meses más tarde, me ascendieron a detective. La mañana de la ceremonia, me puse uno de mis mejores trajes y tomé, del cajón de la mesilla de noche, la página doblada del informe forense. La guardé en el bolsillo de la pechera.

Necesitaba recordarme que no era un héroe.

—¿Tu madre ha vuelto a desaparecer? —pregunto.

—¿Cómo que otra vez? —replica Jenna. Se sienta en la silla frente a mi mesa, con las piernas cruzadas.

Al menos ese detalle consigue traspasar la bruma que tengo en el cerebro. Apago el cigarrillo en una taza de café rancio.

—¿No se fugó contigo?

—Más bien no —responde Jenna—, puesto que hace diez años que no la veo.

—Un momento —digo, sacudiendo la cabeza—. ¿Qué?

—Usted fue una de las últimas personas que vio a mi madre viva —me explica Jenna—. La dejó en el hospital, y cuando desapareció usted ni siquiera hizo lo que cualquier policía con dos dedos de frente habría hecho: tratar de localizarla.

—No tenía motivos para tratar de localizarla. Tu madre firmó su alta del hospital. Como hacen muchas personas adultas todos los días…

—Tenía una lesión en la cabeza…

—En el hospital no hubieran permitido que se fuera si hubieran pensado que no estaba en condiciones de hacerlo, de lo contrario habrían violado la HIPAA.* Dado que no se opusieron a que tu madre abandonara el hospital, y no se nos informó de que hubiera habido algún problema, supusimos que tu madre estaba bien y que se había fugado contigo.

—Entonces ¿por qué no la acusaron de haberme raptado?

Yo me encojo de hombros.

—Tu padre no denunció oficialmente su desaparición.

—Supongo que estaba demasiado ocupado sometiéndose a sesiones de electrochoques como parte de su terapia.

—Si no estabas con tu madre, ¿quién se ha ocupado de ti estos años?

—Mi abuela.

De modo que allí era donde Alice había ocultado a la niña.

—¿Y por qué no denunció tu abuela la desaparición de tu madre?

La niña se sonroja.

—Yo era demasiado pequeña para acordarme, pero mi abuela dice que acudió a la policía una semana después de la desaparición de mi madre. Deduzco que no hicieron nada al respecto.

¿Era eso cierto? Yo no recordaba que nadie hubiera presentado formalmente una denuncia de la desaparición de Alice Metcalf. Pero es posible que yo no atendiera a esa mujer. Quizá la atendió Donny. No me sorprendería que éste no hubiera hecho caso cuando la madre de Alice Metcalf le pidió ayuda, o que hubiera arrojado a la papelera los documentos para que yo no los encontrara por casualidad, porque sabía que habría insistido en reabrir e investigar el caso.

---

* Health Insurance Portability and Accountability Act. Una ley promulgada por el Congreso de Estados Unidos referente a la salud y seguro de enfermedad. *(N. de la T.)*

—Debió tratar de localizarla —dice Jenna—. Pero no lo hizo. De modo que me lo debe.

—¿Por qué estás tan segura de que tu madre puede ser localizada?

—No está muerta —responde la niña mirándome a los ojos—. Yo lo sabría. Lo *sentiría.*

Si me hubieran pagado cien dólares cada vez que había oído decir eso a alguien que confiaba en que le diéramos buenas noticias sobre una persona desaparecida, pero en vez de ello le habíamos informado que habíamos encontrado su cadáver, bebería whisky Macallan en lugar de Jack Daniel's. No obstante, pregunto:

—¿Es posible que tu madre no regresara porque no quería? Muchas personas deciden reinventarse.

—¿Como usted? —suelta la niña, sosteniendo mi mirada—. *¿Victor?*

—De acuerdo —confieso—. Cuando tu vida es un desastre, a veces es más sencillo comenzar de cero.

—Mi madre no decidió convertirse en otra persona —insiste Jenna—. Le gustaba ser quien era. Y no me habría abandonado.

Yo no conocía a Alice Metcalf. Pero sé que hay dos formas de vivir: la de Jenna, cuando te aferras con todas tus fuerzas a lo que tienes para no perderlo; o la mía, cuando te alejas de todo y de todas las personas que te importan antes de que ellas te abandonen a ti. En ambos casos, la decepción está garantizada.

Es posible que Alice supiera que su matrimonio había fracasado, que era cuestión de tiempo antes de que perjudicara también a su hija. Quizás había decidido, como yo, cortar por lo sano antes de que su vida empeorara.

Me paso una mano por el pelo.

—Mira, a nadie le gusta que le digan que quizá sea la razón de que su madre se largara. Pero te aconsejo que abandones el asunto. Archívalo en el cajón destinado a guardar en él todo lo que no es justo, como el hecho de que las Kardashian se hayan hecho famosas, que la gente guapa obtenga mejor trato en los restaurantes y que un chaval que no tiene ni idea de patinar acabe formando parte del equipo de hockey de la universidad porque su padre es el entrenador.

Jenna asiente con la cabeza pero responde:

—¿Y si le dijera que tengo pruebas de que mi madre no se marchó voluntariamente?

Puedes devolver tu placa de detective, pero no siempre puedes librarte de tus instintos. Siento que se me eriza el vello de los brazos.

—¿A qué te refieres?

La niña mete la mano en su mochila y saca un billetero. Un billetero de cuero, manchado de barro, desteñido y cuarteado, que me entrega.

—Contraté a una vidente y encontramos esto.

—No fastidies —exclamo. Los efectos de mi resaca se hacen notar de nuevo—. ¿Una vidente?

—Antes de que diga que es una embaucadora, lo cierto es que encontró un objeto que todo su equipo de investigadores del escenario del crimen no consiguieron hallar. —Me observa mientras abro la billetera y examino las tarjetas de crédito y el permiso de conducir—. Estaba en la copa de un árbol, en los terrenos de la reserva —explica Jenna—. Cerca de donde mi madre fue hallada inconsciente…

—¿Cómo sabes dónde fue hallada inconsciente? —pregunto, intrigado.

—Me lo dijo Serenity. La vidente.

—Ah, vale, porque pensé que quizá tenías una fuente menos fiable.

—Estaba oculto debajo de un montón de ramas y hojas —continúa Jenna, pasando por alto mi comentario—. Los pájaros habían construido nidos allí. —Me arrebata el billetero de las manos y saca del compartimento de plástico, que está roto, la única foto que es aún remotamente visible. Está desteñida y arrugada, pero hasta yo veo las encías desdentadas de un risueño bebé.

—Ésa soy yo —dice Jenna—. Si mi madre fuera a abandonar a su hija para siempre…, ¿no conservaría al menos una foto de ella?

—Hace tiempo que dejé de tratar de comprender por qué los humanos hacen lo que hacen. En cuanto al billetero, no demuestra nada. Puede que se le cayera a tu madre cuando corría…

—¿Y se elevó cinco metros por arte de magia y quedó enganchado en un árbol? —Jenna sacude la cabeza—. ¿Quién lo puso allí? ¿Y por qué?

De inmediato pienso: *Gideon Cartwright*.

No tengo motivos para sospechar de él; no sé por qué se me ocurre su nombre. Que yo sepa, se fue a Tennessee con las elefantas y sigue viviendo allí, feliz y contento.

Sin embargo, fue a Gideon a quien Alice confió supuestamente que su matrimonio había fracasado. Y fue la suegra de Gideon quien murió asesinada.

Lo cual me lleva a mi siguiente reflexión.

¿Y si la muerte de Nevvie Ruehl no hubiera sido un accidente, como me hizo creer Donny Boylan? ¿Y si fue Alice quien mató a Nevvie, ocultó su billetero en el árbol para fingir que había sido víctima de un secuestro o asesinato y huyó antes de que pudiéramos considerarla sospechosa?

Miro a Jenna. *Ten cuidado con lo que deseas, guapa*.

Si yo tuviera aún conciencia, quizá sintiera remordimientos al acceder a ayudar a una niña a encontrar a su madre, teniendo en cuenta que quizá suponga acusarla de homicidio. Claro está que puedo no decir nada y dejar que la niña crea que se trata sólo de hallar a una persona desaparecida, no una posible asesina. Además, quizá le haga un favor. Sé por experiencia lo que unos cabos sueltos pueden hacerle a una persona. Cuanto antes conozca la verdad, sea la que sea, antes podrá seguir adelante con su futuro.

—Señorita Metcalf —digo, ofreciéndole la mano—, se ha agenciado un investigador privado.

ALICE

He estudiado a fondo la memoria, y la mejor analogía que he encontrado para explicar su mecanismo es ésta: piensa que el cerebro es el despacho central de tu cuerpo. Cada experiencia que vives un día cualquiera constituye una carpeta arrojada sobre una mesa para archivarla como futura referencia. La asistente administrativa que viene por las noches, mientras duermes, para poner orden en el desbarajuste que hay en tu bandeja de entrada es la parte del cerebro llamado hipocampo.

El hipocampo toma todas esas carpetas y las archiva en lugares que tienen sentido. ¿Esta experiencia es una disputa con tu marido? Genial, la colocaremos con otras que se produjeron el año pasado. ¿Esta experiencia es un recuerdo de un espectáculo de fuegos artificiales? La colocaremos junto a una fiesta del Cuatro de Julio a la que asististe hace tiempo. El hipocampo procura archivar cada recuerdo donde haya tantos incidentes relacionados con él como sea posible, porque es la forma más fácil de recuperarlos.

Sin embargo, a veces no consigues recordar una experiencia. Pongamos que asistes a un partido de béisbol y alguien te dice más tarde que dos filas más atrás de donde estabas sentada había una mujer con un vestido amarillo, llorando, pero tú no la recuerdas. Sólo existen dos escenarios en que esto sea posible. O el incidente nunca fue archivado, porque tú estabas pendiente del bateador y no prestaste atención a la mujer que lloraba, o el hipocampo se equivocó y codificó el recuerdo en un lugar que no le correspondía. Esa mujer que lloraba desconsolada la vinculas a tu profesora de la guardería, quien también solía llevar un vestido amarillo, que es un lugar donde no lo hallarías jamás.

¿No te ha ocurrido nunca que a veces tienes un sueño sobre alguien de tu pasado a quien apenas recuerdas y cuyo nombre no consigues recordar aunque tu vida dependiera de ello? Significa que has accedido a ese sendero por chiripa, y has encontrado un tesoro oculto.

Las cosas que haces de forma rutinaria —cosas que se consolidan repetidamente por el hipocampo— forman unas magníficas conexiones. Los taxistas de Londres han demostrado tener un hipocampo muy grande, porque tienen que procesar una gran cantidad de información espacial. Sin embargo, no sabemos si nacen con un hipocampo más grande de lo habitual, o si dicho órgano aumenta a medida que es puesto a prueba, como cuando ejercitas un músculo.

Asimismo, hay personas que no pueden olvidar. Las personas que sufren un trastorno de estrés postraumático quizá tengan un hipocampo más pequeño que la media de la gente. Algunos científicos creen que los corticoides —las hormonas del estrés— pueden atrofiar el hipocampo y provocar alteraciones de memoria.

Los elefantes, por otro lado, tienen un hipocampo muy desarrollado. Se dice que los elefantes no olvidan nunca, y yo estoy convencida de ello. En Kenia, en Amboseli, los investigadores reprodujeron grabaciones de llamadas de contacto de larga distancia en un experimento que indica que las elefantas adultas son capaces de reconocer a más de un centenar de individuos. Cuando las llamadas provenían de una manada con la que estaban asociadas, las elefantas utilizadas en el experimento respondían emitiendo también llamadas de contacto. Cuando las vocalizaciones provenían de una manada a la que no conocían, se agrupaban y retrocedían.

Durante este experimento se produjo una respuesta insólita. Una de las elefantas más viejas cuyas vocalizaciones habían grabado murió. Reprodujeron su llamada de contacto tres meses después de su muerte, y de nuevo veintitrés meses más tarde. En ambos casos, su familia respondió emitiendo llamadas de contacto y se aproximaron al altavoz, lo que indica no sólo capacidad de procesar información y memoria, sino pensamiento abstracto. La familia de la elefanta muerta no sólo recordaba su voz, sino que en el momento en que se aproximaron al altavoz estoy segura de que confiaban en encontrarla.

Conforme una elefanta envejece, su memoria mejora. A fin de

cuentas, su familia depende de ella para obtener información. Es un archivo andante que toma las decisiones con respecto a la manada: ¿es peligroso este lugar? ¿Dónde comeremos? ¿Dónde beberemos? ¿Dónde encontraremos agua? Una matriarca puede conocer rutas migratorias que la manada no ha utilizado nunca —ni tampoco ella—, pero que han sido transmitidas a lo largo de generaciones y codificadas en un recuerdo.

Pero mi anécdota favorita sobre la memoria de los elefantes proviene de Pilanesberg, donde llevé a cabo parte de mi trabajo doctoral. En la década de 1990, con el fin de controlar la población de elefantes en Sudáfrica, hubo numerosas matanzas selectivas, durante las cuales los guardabosques disparaban contra los individuos adultos de las manadas y trasladaban a las crías a lugares donde necesitaban elefantes. Por desgracia, los jóvenes elefantes estaban traumatizados y no se comportaban como se esperaba de ellos. En Pilanesberg, un grupo de jóvenes elefantes que habían sido recolocados no sabían comportarse como una manada normal. Necesitaban matriarcas, alguien que los guiara. De modo que un adiestrador estadounidense llamado Randall Moore envió a Pilanesberg a dos elefantas adultas que, años atrás, habían sido trasladadas a Estados Unidos después de quedarse huérfanas a raíz de una matanza selectiva en el Parque Nacional Kruger.

Los jóvenes elefantes se encariñaron de inmediato con *Notch* y *Felicia*, los nombres que pusimos a las madres adoptivas. Se formaron dos manadas, y transcurrieron doce años. Posteriormente, en un trágico accidente, *Felicia* fue atacada por un hipopótamo, que la mordió. El veterinario de la reserva tenía que limpiar y curar la herida repetidas veces mientras cicatrizaba, pero no podía anestesiar a *Felicia* cada vez. Sólo se puede disparar un dardo de anestesia a un elefante tres veces al mes, de lo contrario el fármaco M99 se acumula en el organismo y puede ser peligroso. La salud de *Felicia* corría peligro, y si moría, la manada se hallaría de nuevo en una situación comprometida.

Entonces pensamos en la memoria de los elefantes.

El adiestrador que había trabajado con esas dos hembras hacía más de una década no las había visto desde que éstas se hallaban en la reserva. Randall aceptó encantado venir a Pilanesberg para echarnos una mano. Localizamos a las dos manadas, que se habían unido debido a la herida que había sufrido la vieja hembra.

—Allí están mis chicas —exclamó Randall, entusiasmado, cuando el jeep se detuvo frente a la manada—. *Owala* —dijo, llamando a una de ellas—. ¡*Durga!*

Para nosotros, esas elefantas eran *Felicia* y *Notch*. Pero al oír la voz de Randall las dos majestuosas hembras se volvieron, y éste hizo lo que nadie era capaz de hacer con la frágil y asustadiza manada de Pilanesberg: se bajó del jeep y echó a andar hacia ellas.

He trabajado durante doce años con elefantes en el medio silvestre. Hay algunas manadas a las que te puedes acercar a pie, porque están acostumbradas a los investigadores y sus vehículos y confían en nosotros; no obstante, no es algo que yo haría sin analizar muy bien la situación. Pero esta manada no estaba familiarizada con humanos; ni siquiera era una manada estable. De hecho, los elefantes más jóvenes comenzaron de inmediato a alejarse de Randall, identificándolo con una de las bestias de dos patas que habían matado a sus madres. No obstante, las dos matriarcas se aproximaron. *Durga* (*Notch*) se acercó a Randall. Extendió la trompa y la enroscó delicadamente alrededor de su brazo. Luego se volvió hacia sus jóvenes y nerviosos hijos adoptivos, que seguían resollando y protestando en lo alto de una loma. La elefanta se volvió de nuevo hacia Randall, emitió un barrito, y se alejó para reunirse con sus crías.

Randall dejó que se fuera. Luego se volvió hacia la otra matriarca y dijo suavemente:

—*Owala*… arrodíllate.

La elefanta que nosotros llamábamos *Felicia* avanzó unos pasos, se arrodilló y dejó que Randall se montara en su lomo. Aunque hacía doce años que el animal no había tenido un contacto directo con humanos, no sólo recordaba a ese hombre como su adiestardor sino todas las órdenes que él le había dado. Sin necesidad de administrarle anestesia, la elefanta obedeció cuando Randall le ordenó que se quedara quieta, que levantara la pata, que se volviera…, unas órdenes que permitieron al veterinario de la reserva eliminar el pus de la zona infectada, limpiar la herida y administrar a *Felicia* una inyección de antibiótico.

Mucho después de que la elefanta se curara de su infección, después de que Randall hubiera regresado para adiestrar a animales circenses, *Felicia* retomó su papel de líder de su familia adoptiva en Pilanesberg. Para cualquier investigador, para cualquier persona, era una elefanta salvaje.

Pero en alguna parte de su memoria, de alguna forma, también recordaba lo que había sido antes.

JENNA

Tengo otro recuerdo de mi madre relacionado con una conversación que había anotado en su diario. Es una página escrita a mano, unos retazos de diálogo que por algún motivo ella no quería olvidar. Quizás es porque lo recuerdo con tanta claridad que puedo evocar lo que mi madre había escrito como si estuviera viendo una película.

Mi madre está tendida en el suelo con la cabeza apoyada en las rodillas de mi padre. Conversan mientras yo me entretengo arrancando las flores de unas margaritas silvestres. No presto atención a lo que dicen, pero una parte de mi cerebro debe de estar tomando nota de todo, de forma que incluso oigo el zumbido de los mosquitos y las palabras que pronuncian mis padres. Sus voces se elevan y descienden súbitamente como la cola de una cometa.

ÉL: Tienes que reconocer, Alice, que algunos animales saben que existe la pareja perfecta.
ELLA: Tonterías. Esto es una tontería. Demuéstrame que existe la monogamia en el mundo natural, sin influencias medioambientales.
ÉL: Los cisnes.
ELLA: Demasiado fácil. ¡Y no es verdad! Una cuarta parte de los cisnes negros son infieles a sus parejas.
ÉL: Los lobos.
ELLA: Algunos se aparean con otro lobo si su pareja es expulsada de la manada o no puede procrear. Es circunstancial, no amor verdadero.
ÉL: No debí enamorarme de una científica. Tu concepto de un corazón de San Valentín probablemente tiene una aorta.
ELLA: ¿Es un crimen ser biológicamente riguroso?

Mi madre se incorpora e inmoviliza a mi padre contra el suelo, de forma que él yace ahora debajo de ella y la melena de mi madre le roza la cara. Parece como si estuvieran peleándose, pero ambos sonríen.

ELLA: ¿Sabías que si pillan a un buitre siendo infiel a su pareja es atacado por otros buitres?
ÉL: ¿Pretendes atemorizarme?
ELLA: No, es para que lo sepas.
ÉL: Los gibones.
ELLA: Anda ya. Todo el mundo sabe que los gibones son infieles.

Él se vuelve de pronto, colocándose sobre ella y mirándola fijamente.

ÉL: Los topillos de pradera.
ELLA: Sólo debido a la oxitocina y vasopresina que secretan sus cerebros. No es amor. Es una relación química.

Ella sonríe lentamente.

ELLA: Ahora que lo pienso... Existe una especie que es completamente monógama. El rape macho, que es una décima parte del tamaño de la chica de sus sueños, sigue su olor, le clava sus afilados dientes y se acopla a ella hasta que su piel se funde con la suya y el cuerpo de la hembra absorbe el del macho. Permanecen emparejados de por vida. Pero es una vida muy corta, si eres el macho en la relación.
ÉL: Yo me fundiría contigo.

La besa.

ÉL: En los labios.

Cuando se ríen, suena como confeti.

ELLA: De acuerdo, si con esto consigo que te calles de una vez por todas.

Ambos guardan silencio un rato. Yo apoyo la palma de la mano sobre el suelo. He visto a *Maura* levantar una pata trasera unos centímetros sobre el suelo, moviéndola lentamente de un lado a otro como si la moviera sobre un canto rodado invisible. Mi madre dice que cuando hace eso puede oír a las otras elefantas, que hablan aunque nosotros no las oigamos. Me pregunto si eso es lo que están haciendo ahora mis padres: hablar sin emitir ningún sonido.

Cuando mi padre habla de nuevo, suena como la cuerda de una guitarra tan tensa, que no se sabe si es música o si está llorando.

ÉL: ¿Sabes cómo elige un pingüino a su pareja? Busca un canto rodado perfecto y se lo da a la hembra que le gusta.

Mi padre ofrece a mi madre un guijarro. Ella lo toma.

La mayor parte de los diarios de mi madre de su época en Botsuana están repletos de datos: los nombres y los movimientos de las familias de elefantes que atravesaban el Tuli Block; las fechas en que los machos estaban en *musth** y las hembras parían; notas tomadas cada hora sobre el comportamiento de los animales a los que no les importa que los estén observando. Leo cada entrada, pero en vez de ver elefantes, imagino la mano que escribió esas notas. ¿Tenía mi madre los dedos entumecidos? ¿Un callo donde el lápiz presionaba la piel? Trato de unir las pistas de mi madre de la misma forma que ella barajaba una y otra vez sus observaciones de los elefantes, tratando de obtener una visión de conjunto a partir de los detalles más nimios. Me pregunto si a ella le resultaba tan frustrante como a mí obtener unos retazos de información sin descifrar nunca todo el misterio. Supongo que la labor de un científico es llenar las lagunas. Yo, sin embargo, cuando miro un rompecabezas sólo veo la pieza que falta.

Empiezo a pensar que a Virgil le ocurre lo mismo, y reconozco que no sé muy bien qué dice eso de nosotros.

---

* Estado periódico en los elefantes machos que se caracteriza por una conducta altamente agresiva, acompañada por un marcado incremento de las hormonas reproductoras. (*N. de la T.*)

Cuando Virgil dice que acepta el trabajo que le ofrezco, no sé si fiarme de él. Es difícil creer a un tipo que tiene una resaca tan monumental que cuando se pone la chaqueta parece que le dé un ataque de apoplejía. Supongo que lo mejor que puedo hacer es asegurarme de que recuerde esta conversación, lo cual significa sacarlo de su despacho y mantenerlo sobrio.

—¿Qué le parece si hablamos mientras nos tomamos un café? —propongo—. Al venir pasé frente a una cafetería.

Virgil coge las llaves del coche, pero si piensa que voy a dejar que conduzca está muy equivocado.

—Está bebido —digo—. Conduciré yo.

Él se encoge de hombros, mostrándose de acuerdo hasta que salimos del portal y me acerco para quitar el candado a mi bici.

—¿Qué carajo es eso?

—Si no lo sabe, debe de estar más borracho de lo que imaginé —respondo, montándome en la bici.

—Cuando dijiste que conducirías tú —farfulla Virgil—, supuse que tenías coche.

—Tengo trece años —arguyo, señalando el manillar.

—¿Es una broma? ¿En qué año estamos, 1972?

—Si quiere, puede correr —replico—, pero con la jaqueca que imagino que tiene, yo optaría por subirme a la bicicleta.

Y así es como llegamos a la cafetería, Virgil sentado en mi *mountain bike*, con las piernas extendidas a ambos lados, y yo erguida y pedaleando.

Nos sentamos en un reservado.

—¿Cómo no se les ocurrió imprimir unos *flyers*? —pregunto.

—¿Qué?

—Unos *flyers*. Con el rostro de mi madre. ¿Cómo es que a nadie se le ocurrió montar un centro de operaciones en una destartalada sala de conferencias de un Holiday Inn, con unos teléfonos para atender las llamadas de personas que creían conocer el paradero de mi madre?

—Ya te lo he dicho —contesta Virgil—. Tu madre nunca fue una persona desaparecida.

Yo lo miro sin decir nada.

—De acuerdo, rectifico: si tu abuela presentó una denuncia de su desaparición, se traspapeló.

—¿Me está diciendo que crecí sin madre debido a un error humano?

—Estoy diciendo que yo cumplí con mi deber. Otros quizá no cumplieron con el suyo. —Virgil me mira—. Me llamaron para que fuera a la reserva de elefantes porque allí había un cadáver. Dictaminaron que fue un accidente. Caso cerrado. Cuando eres policía, no te dedicas a organizar follones, sino a resolver problemas.

—De modo que básicamente reconoce que le dio pereza tratar de localizar a una de las testigos del caso, la cual había desaparecido.

Virgil me mira con gesto hosco.

—No, supuse que tu madre se había marchado por voluntad propia, porque nadie me informó de lo contrario. Supuse que estaba contigo. —Virgil me mira achicando los ojos—. ¿Dónde estabas cuando la policía encontró a tu madre?

—No lo sé. A veces me dejaba con Nevvie durante el día, pero no por las noches. Sólo recuerdo que al cabo de unos días fui a casa de mi abuela.

—Bien, empezaré por hablar con ella.

Me apresuro a negar con la cabeza.

—De eso nada. Si averigua que estoy haciendo esto, me matará.

—¿No quiere saber lo que le ocurrió a su hija?

—Es complicado —respondo—. Creo que le duele hurgar en el tema. Pertenece a una generación que se limita a mantener el tipo o lo que hacen los soldados cuando las cosas se ponen feas y fingen que no pasa nada. Cuando yo lloraba al pensar en mi madre, mi abuela trataba de distraerme con comida, juguetes o con *Gertie*, mi perra. Un día, cuando le pregunté por ella, respondió: *se ha ido*. Pero lo dijo de una forma que fue como una cuchillada. De modo que aprendí a no volver a preguntárselo.

—¿Por qué has tardado tanto en decidirte a buscar a tu madre? Al cabo de diez años un caso no sólo está frío, sino que se ha convertido en un erial ártico.

Una camarera pasa junto a nuestra mesa y le hago una seña para captar su atención, porque Virgil necesita café si quiero que me sea útil. Pero la camarera no me ve.

—Es lo que sucede cuando eres pequeña —digo—. Nadie te toma en serio. La gente ni te ve. Suponiendo que se me hubiera ocurrido adónde ir cuando tenía ocho o diez años..., aunque se me hubiera ocurrido presentarme en la comisaría..., aunque usted no hubiera dejado su trabajo y el sargento en recepción le hubiera dicho que había una niña que quería reabrir un caso cerrado... ¿Qué hubiera hecho usted? ¿Habría dejado que me plantara delante de su mesa y le contara lo ocurrido mientras usted sonreía y asentía sin prestarme atención? ¿O habría contado a sus colegas que se había presentado una niña que quería jugar a los detectives?

Otra camarera sale de la cocina y durante unos segundos se oye el sonido de la freidora, golpes y otros ruidos. Ésta, al menos, se acerca a nuestra mesa.

—Café —digo. La camarera mira a Virgil, da un respingo y se marcha—. Es como el viejo dicho —explico a Virgil—. Si nadie te oye, quizá no estés hablando.

La camarera nos trae dos tazas de café. Virgil me pasa el azúcar aunque no se lo he pedido. Lo miro a los ojos y, durante un momento, consigo ver algo a través de la bruma etílica, y no sé si lo que veo me tranquiliza o me aterroriza.

—Te escucho —me dice.

La lista de lo que recuerdo sobre mi madre es bochornosamente corta.

Recuerdo el momento cuando me daba algodón de azúcar: *Uswidi, Iswidi.*

La conversación sobre tener la misma pareja toda la vida.

La imagen que tengo de ella riendo cuando *Maura* extiende la trompa sobre una valla y le suelta la coleta. Mi madre es pelirroja. No tiene el pelo rubio rojizo ni anaranjado, sino del color de alguien que se está abrasando por dentro.

(Vale, quizás el motivo de que recuerde ese incidente es porque he visto una foto que alguien tomó en ese preciso momento. Pero el olor de su pelo —a canela y azúcar— es un recuerdo real que no tiene nada que ver con una fotografía. A veces, cuando la echo de menos, me como una torrija, para cerrar los ojos y aspirar el aroma.)

La voz de mi madre, cuando estaba disgustada, rielaba como

un espejismo debido al calor del asfalto en verano. Me abrazaba y me decía que todo iría bien, aunque era ella la que se había puesto a llorar.

A veces me despertaba en plena noche y la veía observándome mientras yo dormía.

Nunca llevaba anillos. Pero tenía un collar que jamás se quitaba.

Solía cantar en la ducha.

Me llevaba en el quad* a observar a las elefantas, aunque mi padre no quería porque decía que era peligroso que yo estuviera en el recinto. Yo iba sentada en su regazo, y ella se inclinaba sobre mí y me susurraba al oído: *Éste es nuestro secreto.*

Las dos teníamos unas deportivas de color rosa idénticas.

Mi madre sabía doblar un billete de un dólar en forma de elefante.

En lugar de leerme un cuento por las noches, me contaba historias: que había visto a una elefanta liberar a una cría de rinoceronte que se había quedado atascada en el barro; que una niña cuya mejor amiga era una elefanta huérfana se había marchado de su hogar para estudiar en la universidad y cuando había regresado al cabo de unos años, la elefanta le había rodeado el cuello con su trompa y la había estrechado contra sí.

Recuerdo a mi madre dibujando, trazando gigantescas figuras en forma de G que representaban las orejas de las elefantas, que luego señalaba con muescas o cortes para ayudarla a identificar a cada una de ellas. Describía la forma en que se comportaban: Syrah *extiende la trompa y quita una bolsa de plástico que cuelga del colmillo de* Lilly*; dado que las elefantas suelen llevar plantas y hojas enganchadas en los colmillos, eso indica que son conscientes de la presencia de objetos extraños y los eliminan de los colmillos de sus compañeras…* Incluso a un tema tan sutil como la empatía mi madre le daba un tratamiento académico. Formaba parte de su intento de lograr que sus colegas la tomaran en serio: no para antropomorfizar a las elefantas, sino para estudiar su conducta desde el punto de vista clínico y, a partir de él, extrapolar los datos.

Yo repaso los datos que recuerdo sobre mi madre, y supongo que su conducta. Hago lo contrario de lo que debe hacer un científico.

---

* Moto de cuatro ruedas todoterreno.

A veces no puedo evitar pensar: *Si mi madre me viera ahora, ¿se llevaría una decepción?*

Virgil examina el billetero de mi madre. Es tan frágil que el cuero empieza a partirse en sus manos. Al verlo, siento una punzada de dolor en el pecho, como si la perdiera de nuevo.

—Esto no significa necesariamente que tu madre fuera secuestrada o asesinada —dice Virgil—. Pudo haber perdido el billetero la noche que perdió el conocimiento.

Yo enlazo las manos sobre la mesa.

—Mire, sé lo que piensa, que fue mi madre quien puso el billetero en el árbol, para poder desaparecer. Pero es bastante difícil trepar a un árbol y ocultar un billetero cuando estás inconsciente.

—Si eso era lo que pretendía, ¿por qué no lo dejó en algún lugar donde alguien pudiera encontrarlo?

—¿Y luego qué? ¿Se golpea en la cabeza con una piedra? Si mi madre hubiera querido desaparecer, habría huido simplemente.

Virgil duda unos momentos.

—Puede que hubiera unas circunstancias atenuantes.

—¿Por ejemplo?

—Tu madre no fue la única persona que resultó herida esa noche.

De pronto comprendo lo que Virgil me está dando a entender. Es posible que mi madre tratara de fingir que había sido víctima de un delito cuando, en realidad, había sido la autora. Noto que tengo la boca seca. De todos los tipos de mujer que he imaginado que es mi madre durante la última década, «asesina» no es uno de ellos.

—Si creía que mi madre era una asesina, ¿por qué no trató de localizarla cuando desapareció?

Virgil está a punto de contestar a mi pregunta, pero guarda silencio. *He dado en el blanco*, pienso.

—La muerte fue considerada un accidente. Pero encontramos un pelo rojo en el escenario del crimen.

—Eso es como decir que encontraron a una tía buena en la película *El soltero*. Mi madre no era la única persona pelirroja en Boone, Nueva Hampshire.

—Encontramos el pelo dentro de la bolsa que contenía el cadáver.

—Ya, y les pareció (a) una chapuza y (b) sospechoso. Veo la serie de televisión *Ley y orden: Unidad de Víctimas Especiales*. Eso sólo significa que mi madre y la víctima tenían estrecho contacto. Lo cual probablemente sucedía diez veces al día.

—O quizá signifique que el pelo se transfirió de una mujer a otra durante un altercado físico.

—¿Cómo murió Nevvie Ruehl? —pregunto—. ¿El forense dijo que la causa era homicidio?

Virgil niega con la cabeza.

—Dictaminó que era un accidente, causado por los traumatismos sufridos al ser pisoteada por la elefanta.

—No recuerdo muchas cosas sobre mi madre, pero sé que no pesaba dos toneladas —digo—. De modo que imaginemos un escenario distinto. ¿Y si fue Nevvie quien agredió a mi madre? ¿Y si una de las elefantas presenció la escena y atacó a Nevvie como represalia?

—¿Los elefantes hacen eso?

Yo no estaba segura. Pero recordé haber leído en los diarios de mi madre que los elefantes son rencorosos, que pueden esperar años para vengarse de alguien que les ha hecho daño o ha lastimado a alguien a quien ellos estimaban.

—Además —añade él—, me has dicho que tu madre te dejaba al cuidado de Nevvie Ruehl. Dudo que hubiera permitido que Nevvie te hiciera de canguro si pensara que esa mujer era peligrosa.

—Yo dudo que mi madre hubiera permitido que Nevvie me hiciera de canguro si quería asesinarla —apunto—. Mi madre no la mató. No tiene sentido que lo hiciera. Esa noche había una docena de policías en la reserva; es muy posible que uno de ellos fuera pelirrojo. Usted no sabe si ese pelo pertenecía a mi madre.

Virgil asiente con la cabeza.

—Pero sé cómo averiguarlo.

Recuerdo otra cosa: mis padres están dentro, peleándose. *¿Por qué lo interpretas como algo personal?*, acusa mi padre a mi madre. *Crees que todo se centra en ti.*

Yo estoy sentada en el suelo, llorando, pero nadie parece oírme. No me muevo, porque fue precisamente porque me había movido que se produjo ese altercado. En lugar de quedarme sentadita en la manta y jugar con los juguetes que mi madre había traído al recinto de las elefantas, se me había ocurrido perseguir a una mariposa amarilla que volaba formando una línea de puntos. Mi madre estaba de espaldas a mí, tomando nota de sus observaciones. En ese momento, mi padre había pasado en coche y me había visto bajar por la cuesta, siguiendo a la mariposa..., que se dirigía hacia donde estaban las elefantas.

Esto es una reserva, no la sabana, replica mi madre. *Cualquiera diría que la niña se interpuso entre una madre y su cría. Las elefantas están acostumbradas a las personas.*

¡No están acostumbradas a niñas de corta edad!, grita mi padre.

De pronto siento que me rodean los cálidos brazos de una mujer. Huele a polvo y a limas, y su regazo es el lugar más mullido que conozco.

—Están enfadados —murmuro.

—Están asustados —me corrige ella—. Suena igual.

Luego me canta al oído, y lo único que oigo es su voz.

Virgil tiene un plan, pero quiere ir a un lugar que está demasiado lejos para ir en mi bici, y sigo negándome a montarme en el coche con él. Cuando salimos de la cafetería, acordamos que me reuniré con él en su despacho a la mañana siguiente. El sol comienza a declinar, meciéndose sobre una nube como si ésta fuera una hamaca.

—¿Cómo sé que mañana no estará también como una cuba? —pregunto.

—Trae un alcoholímetro —sugiere Virgil secamente—. Nos veremos a las once.

—Las once no es la mañana.

—Para mí sí —contesta, y echa a andar por la calle hacia su despacho.

Cuando llego a casa, mi abuela está en la cocina. *Gertie,* tumbada delante del frigorífico, golpea el suelo dos veces con la cola, pero no se levanta para acercarse a saludarme. Cuando yo era pequeña, mi perra solía echarse sobre mí, casi derribándome, cuando yo regresaba del cuarto de baño, loca de alegría de volverme a ver. Me pregunto si cuando te haces mayor, dejas de echar de menos a las personas que quieres. Quizás el proceso de hacerte mayor consiste en centrarte en lo que tienes, en lugar de en lo que no tienes.

Oigo un sonido semejante a pasos arriba. Cuando era pequeña estaba segura de que la casa de mi abuela estaba encantada; siempre oía ruidos extraños. Mi abuela me aseguraba que eran las cañerías, que estaban oxidadas, o la casa, que se asentaba. A mí me extrañaba que un objeto de ladrillo y mortero se asentara, cuando yo aún no había conseguido hacerlo.

—Bueno —dice mi abuela—, ¿cómo lo has encontrado?

Durante un segundo me quedo de piedra, pensando en si ha hecho que me siguieran. Sería irónico que mi abuela hiciera que un detective me siga mientras yo trato de localizar a mi madre con un investigador privado.

—Pues… un poco pachucho —respondo.

—Espero que no te haya contagiado lo que tiene.

No es probable, pienso, a menos que las borracheras sean contagiosas.

—Ya sé que sientes gran admiración por Chad Allen, pero aunque sea un excelente profesor, es un padre irresponsable. ¿A quién se le ocurre dejar a un bebé solo durante dos días? —farfulla mi abuela.

¿A quién se le ocurre dejar a su hijita sola durante diez años?

Estoy tan absorta pensando en mi madre que tardo una fracción de segundo en recordar que mi abuela sigue pensando que he ido a hacer de canguro a Carter, el hijo del señor Allen, un chaval de aspecto friki con una cabeza como la de un alienígena, que mi abuela cree que está resfriado. Mañana lo utilizaré también como excusa, cuando vaya a encontrarme con Virgil.

—No estaba solo. Me tenía a mí.

Sigo a mi abuela hasta el comedor, deteniéndome antes para coger dos vasos limpios y sacar el tetrabrik de zumo de naranja del frigorífico. Me esfuerzo en comer un par de bocados de los palitos de pescado, masticando metódicamente, antes de esconder el resto debajo del puré de patata. No tengo hambre.

—¿Qué te pasa? —pregunta mi abuela.

—Nada.

—Me he pasado una hora preparándote la cena, lo menos que puedes hacer es comértela —dice.

—¿Cómo es que no organizaron una búsqueda para dar con su paradero? —suelto de sopetón, tras lo cual me tapo la boca con la servilleta, como si pudiera tragarme las palabras.

Ninguna de las dos tenemos ganas de fingir que mi abuela no sabe a quién me refiero. Guarda silencio un rato.

—El hecho de que no lo recuerdes, Jenna, no significa que no sucediera.

—No sucedió nada —digo—. Nada en absoluto durante diez años. ¿Acaso no te importa? Es tu hija.

Mi abuela se levanta y vacía su plato —que está casi lleno— en el cubo de basura de la cocina.

De repente me siento como me sentí ese día de pequeña, cuando perseguí a la mariposa por una pendiente que conducía donde estaban las elefantas, y me di cuenta de que había cometido un error táctico colosal.

Durante todos estos años pensé que mi abuela no quería hablar sobre lo que le había sucedido a mi madre porque era demasiado duro para ella. Ahora me pregunto si guardó silencio cuando ocurrió porque sería demasiado duro para *mí*.

Antes de que mi abuela abra la boca, sé lo que va a decir. Y no quiero oírlo. Subo la escalera corriendo, seguida por *Gertie*, cierro la puerta de mi habitación de un portazo y sepulto la cara en el pelo del cuello de mi perra.

Dos minutos más tarde se abre la puerta. No levanto la vista, pero la siento allí.

—Dilo —murmuro—. Está muerta, ¿verdad?

Mi abuela se sienta en la cama.

—No es tan sencillo.

—Claro que sí. —De pronto rompo a llorar aunque no quiero hacerlo—. O está muerta o no lo está.

Pero aunque me encaro con mi abuela, sé que no es tan sencillo. La lógica dice que si hubiera estado en lo cierto —si mi madre no me hubiera abandonado voluntariamente— ya habría venido a buscarme. Lo cual, como es obvio, no ha hecho,

No es preciso ser un genio para darse cuenta.

Sin embargo, si mi madre estuviera muerta, ¿no lo sabría yo? Me refiero a que una oye ese tipo de historias continuamente. ¿No sentiría que una parte de mí había muerto?

Y una vocecilla en mi interior pregunta: *¿Y no es así?*

—Cuando tu madre era pequeña, cada vez que yo le decía que hiciera algo, ella hacía lo contrario —dice mi abuela—. Le pedí que se pusiera un vestido para su graduación en el instituto, pero se presentó con unos vaqueros cortados a medio muslo. Me enseñaba unos peinados en una revista y me preguntaba cuál me gustaba más, luego escogía el que no me gustaba a mí. Le sugerí que estudiara primatología en Harvard, pero ella decidió irse a estudiar a los elefantes en África. —Mi abuela me mira—. Era la persona más inteligente que he conocido jamás. Lo suficiente para engañar a cualquier policía. De modo que si estaba viva, y se había fugado, yo sabía que no lograría hacer que volviera a casa. Si su rostro aparecía impreso en los tetrabriks de leche e instalaba una línea telefónica para que la gente que la hubiera visto pudiera llamarme, sólo conseguiría que ella se fuera más lejos, más deprisa.

Me pregunto si eso es cierto. Si mi madre ha estado jugando a un juego. O si mi abuela se ha estado engañando.

—Me dijiste que fuiste a la policía para denunciar su desaparición. ¿Qué ocurrió?

Mi abuela toma el fular de mi madre del respaldo de la silla de mi mesa.

—Te dije que fui a denunciar su desaparición —responde—. De hecho, fui tres veces. Pero no pasé de la puerta.

Yo la miro, estupefacta.

—¿Qué? ¡No me lo habías dicho!

—Ahora eres mayor. Mereces saber lo que sucedió. —Mi abuela suspira—. Yo quería respuestas. Al menos, eso creía. Y sabía que tú también las querrías cuando fueras mayor. Pero no tuve valor para entrar en la comisaría. Temía saber lo que pudiera encontrar la policía. —Me mira antes de continuar—: No sé qué habría sido peor. Averiguar que Alice estaba muerta y no podía regresar a casa, o averiguar que estaba viva y no *quería* regresar. Nada de lo que me dijeran sería una buena noticia. Eso no podía tener un final feliz. En cualquier caso tú y yo nos quedaríamos solas, y pensé que cuanto antes cerrásemos ese capítulo, antes podríamos comenzar de nuevo.

Pienso en lo que Virgil ha insinuado esta tarde, la tercera opción que a mi abuela no se le ha ocurrido: que quizá mi madre no había huido de nosotros, sino del cargo de asesinato. Supongo que no es lo que una madre desea oír sobre su hija.

No considero a mi abuela una anciana, pero cuando se levanta de la cama, aparenta la edad que tiene. Se mueve despacio, como si le doliera todo el cuerpo, y se detiene en la puerta, a contraluz.

—Sé lo que buscas en tu ordenador. Sé que nunca has dejado de preguntarte qué ocurrió. —Su voz es tan tenue como el haz de luz que rodea su cuerpo—. Quizá seas más valiente que yo.

Hay una entrada en los diarios de mi madre que parece un punto de inflexión, un momento en el que, de no haber tomado otro rumbo, quizá se habría convertido en una persona totalmente distinta.

Quizá seguiría aquí.

Tenía treinta y un años y trabajaba en Botsuana en su tesis posdoctoral. Hay una vaga referencia a una mala noticia que había recibido de casa, y había pedido permiso para ausentarse unos días. Cuando regresó, se volcó de nuevo en su trabajo, documentando el efecto de los recuerdos traumáticos en los elefantes. Un día encontró a un joven macho que se había enganchado la trompa en una trampa de alambre.

Supongo que no era un hecho insólito. Por lo que he leído en los diarios de mi madre, la carne de animales salvajes era un alimento de primera necesidad para algunos aldeanos, y en ocasiones esa necesidad derivaba en un negocio. Pero a veces en las trampas destinadas a los impalas quedaban atrapados otros animales: cebras, hienas y, un día, un elefante de trece años llamado *Kenosi*.

A su edad, *Kenosi* ya no formaba parte de la manada de crías de su madre. Aunque ésta, una elefanta llamada *Lorato*, seguía siendo la matriarca, *Kenosi* se había marchado con otros jóvenes machos, los cuales formaban una manada itinerante de elefantes adolescentes y solteros. Cuando entraba en celo, *Kenosi* se peleaba medio en broma con sus compañeros, como los estúpidos chicos de mi colegio que fingen pelearse entre sí frente a las chicas para llamar la atención. Pero al igual que en los adolescentes humanos, este comportamiento se debía simplemente a los cambios hormonales, y otros machos mayores y resabiados podían eclipsarlos sin grandes problemas. Esto ocurría también en la comunidad de elefantes, cuando los machos mayores derrotaban a los jóvenes que estaban en *musth*, lo cual era biológicamente perfecto, dado que éstos no estaban preparados para reproducirse hasta haber cumplido aproximadamente treinta años.

Pero *Kenosi* no podría aparearse nunca con una afortunada hembra, porque la trampa le había destrozado la trompa, y un elefante sin trompa no puede sobrevivir.

Al ver la herida que tenía *Kenosi* mi madre comprendió de inmediato que iba a sufrir una muerte lenta y dolorosa. De modo que dejó a un lado su trabajo y regresó al campamento para llamar al Departamento de Flora y Fauna Silvestres, la agencia gubernamental que estaba autorizada a sacrificar a un animal enfermo o herido. Pero Roger Wilkins, el funcionario asignado a la reserva de animales, llevaba poco tiempo allí.

—No doy abasto —informó a mi madre—. Deje que la naturaleza siga su curso.

La labor de un investigador es hacer justamente eso: respetar la naturaleza, no manipularla. Pero aunque esos animales fueran salvajes, eran los elefantes de mi madre. Y no estaba dispuesta a permanecer cruzada de brazos mientras un elefante sufría.

Se produce una interrupción en el diario de mi madre. Cambia el lápiz por un bolígrafo negro, y hay toda una página llena de líneas en blanco. Esto es lo que imagino que sucedió durante esa interrupción:

Entro en la oficina principal en el campamento, donde mi jefe está sentado con un pequeño ventilador moviendo el aire viciado. «Hola, Alice —dice—. Bienvenida de nuevo a la reserva. Si necesitas tomarte más días para…»

Me apresuro a interrumpirle. No he venido por este motivo. Le cuento lo que le ha ocurrido a Kenosi*, y la respuesta del gilipollas de Wilkins.*

«El sistema no es perfecto», *reconoce mi jefe, y como no me conoce muy bien, piensa que me iré sin rechistar.*

«Si no levantas ahora mismo el teléfono —*lo amenazo*—, lo haré yo. Pero llamaré a *The New York Times*, a la BBC y al *National Geographic*. Llamaré al World Wildlife Fund, a Joyce Poole, a Cynthia Moss y a Dame Daphne Sheldrick. Haré que un montón de personas solidarias y amantes de los animales protesten por lo ocurrido en Botsuana. Y por lo que a ti respecta, haré que llueva tanta mierda sobre este campamento que los fondos para financiar estos estudios de investigación sobre los elefantes se secarán antes de que se ponga el sol. De modo que o levantas tú el teléfono, o lo haré yo.»

Bueno, esto es lo que imagino que habría dicho mi madre. Pero cuando mi madre escribe de nuevo en su diario, es un detallado relato de cómo Wilkins llegó con una mochila y mirando a mi madre con inquina. La acompañó en el jeep, con gesto hosco, sosteniendo su rifle, mientras ella localizaba a *Kenosi* y a sus compañeros. Yo sabía, por haber leído los diarios de mi madre, que los Land Rovers no se aproximaban a menos de diez metros de las manadas de machos, porque eran demasiado imprevisibles. Pero antes de que mi madre pudiera explicárselo, Wilkins apuntó su rifle dispuesto a disparar.

«*¡No!*», gritó mi madre, sujetando el cañón del rifle y apuntándolo al cielo. Acto seguido pisó el acelerador, avanzando con el Land Rover hacia la manada a fin de ahuyentar en primer lugar a los jóvenes machos. Luego se detuvo, miró a Wilkins y dijo: *Ahora ya puede disparar.*

Y éste disparó a la mandíbula de *Kenosi*.

El cráneo de un elefante es un laberinto de huesos, destinados a proteger el cerebro, que está situado en una cavidad detrás de esa infraestructura. No puedes matar a un elefante disparándole a la mandíbula o la frente, porque aunque la bala cause graves daños, no alcanzará el cerebro. Si quieres sacrificar a un elefante sin hacerle sufrir, tienes que dispararle detrás de la oreja.

Mi madre escribió que *Kenosi* se puso a barritar enloquecido de dolor, sufriendo más que antes. Ella soltó una sarta de palabrotas que jamás había dicho en su vida, en varios idiomas. Mientras sopesaba la posibilidad de arrebatarle el rifle a Wilkins y disparar contra él, sucedió algo asombroso.

Lorato, la matriarca —madre de *Kenosi*—, bajó apresuradamente la colina hacia el lugar donde se hallaba su hijo, tambaleándose y sangrando. El único obstáculo que se interponía en su camino era el vehículo de mi madre.

Ésta sabía lo peligroso que era interponerse entre una elefanta y su cría, aunque ésta tuviera trece años. De modo que reculó con el Land Rover, apartándose del camino de *Kenosi* y de *Lorato*.

Pero antes de que la matriarca pudiera alcanzar a su hijo, Wilkins disparó de nuevo, y esta vez dio en la diana.

Lorato se detuvo en seco. Esto es lo que escribió mi madre en su diario:

Lorato *extendió la trompa sobre* Kenosi, *acariciando su cuerpo desde la cola hasta la trompa, prestando especial atención al punto donde la trampa de alambre le había lesionado. Pasó por encima del gigantesco cuerpo del joven macho, colocándose como lo haría cualquier madre para proteger a su hijo. Empezó a secretar un líquido de sus glándulas temporales, un líquido oscuro que se deslizaba por ambos lados de su cabeza. Incluso cuando la manada de machos se alejó, incluso cuando la manada de* Lorato *se reunió con ella y los elefantes acariciaron el cuerpo de* Kenosi *con sus trompas, la matriarca no se movió. El sol se puso, la luna salió, y ella seguía allí, incapaz de abandonar a su hijo.*

¿Cómo te despides de un hijo?

Esa noche se produjo una lluvia de meteoritos. Tuve la impresión de que hasta el cielo lloraba.

Dos páginas más adelante en el diario de mi madre, ésta había recobrado la compostura lo suficiente como para describir lo sucedido con la objetividad de una científica.

Hoy he presenciado dos cosas que jamás pensé que vería.

En primer lugar, lo positivo: debido a la conducta de Wilkins, los investigadores de la reserva han obtenido autorización para practicar la eutanasia a uno de nuestros elefantes en caso necesario.

Segundo, lo negativo: una elefanta, cuya cría hacía mucho que había dejado de ser un bebé, se apresuró a regresar junto a él cuando éste agonizaba.

Una madre siempre es una madre.

Eso fue lo que mi madre escribió en la parte inferior de la página.

Lo que no escribió fue que ése fue el día en que decidió circunscribir sus estudios sobre el trauma en los elefantes a los efectos del dolor y el duelo cuando pierden a un miembro de su manada.

A diferencia de mi madre, yo no creo que lo que le ocurrió a *Kenosi* fuera una tragedia. Cuando leo el relato, me siento como si estuviera llena de las chispas de esa lluvia de meteoritos a la que se refiere mi madre.

A fin de cuentas, lo último que vio *Kenosi*, antes de cerrar los ojos para siempre, fue a su madre que había regresado junto a él.

A la mañana siguiente, me pregunto si ha llegado el momento de hablarle a mi abuela sobre Virgil.

—¿Tú qué opinas? —pregunto a *Gertie*. Desde luego, sería más cómodo para mí que mi abuela me llevara en coche al despacho de Virgil en lugar de tener que atravesar la ciudad en bicicleta. Hasta ahora, lo único que he conseguido con mi búsqueda es un dolor en los músculos de las pantorrillas comparable al de las bailarinas de ballet.

Mi perra golpea con su cola el suelo.

—Da un golpe para decir sí y dos para decir no —le ordeno, y *Gertie* me mira ladeando la cabeza. Oigo a mi abuela llamarme —por segunda vez— y bajo apresuradamente la escalera. Cuando entro en la cocina la veo junto a la encimera, vertiendo unos cereales en mi bol de desayuno.

—Me he quedado dormida. Hoy no hay tiempo para que comas algo caliente. Aunque no sé por qué no puedes prepararte tú misma el desayuno si ya tienes trece años —rezonga mi abuela—. He visto peces de colores con más aptitudes para sobrevivir que tú. —Me pasa un tetrabrik de leche y desenchufa su teléfono móvil del cargador—. Saca la basura de reciclaje antes de ir a hacer de canguro para ese niño. Y por lo que más quieras, cepíllate el pelo antes de salir. Parece como si un bicho hubiera construido su nido en él.

Ésta no es la misma mujer que vino anoche a mi habitación con sus defensas bajas. No es la misma mujer que me confesó que a ella también le atormenta pensar en mi madre.

Rebusca en su bolso.

—¿Dónde habré dejado las llaves del coche? Te juro que tengo los tres primeros síntomas de la enfermedad de Alzheimer…

—Abuela… lo que dijiste anoche… —Me aclaro la garganta—. Que yo era muy valiente por haber decidido buscar a mamá…

Ella mueve la cabeza, un gesto tan leve que si yo no estuviera mirándola fijamente, no me habría percatado.

—Cenaremos a las seis —anuncia, con un tono que indica con toda claridad que la conversación ha concluido, antes de que yo haya tenido ocasión de iniciarla.

Para mi sorpresa, Virgil parece sentirse tan cómodo en la comisaría como un vegetariano en un festival de barbacoas. No quiere utilizar la puerta principal, de modo que entramos por la puerta trasera detrás de un agente al que alguien le abre desde dentro. No se detiene a charlar con el sargento en recepción ni con las operadoras. No me propone enseñarme la comisaría: *Aquí estaba mi taquilla; aquí guardaba los donuts*. Yo tenía la impresión de que había dejado su trabajo de forma voluntaria, pero empiezo a pensar que quizás hizo algo y lo despidieron. Lo único que sé es que hay algo que no me ha dicho.

—¿Ves a ese tipo? —me pregunta Virgil, conduciéndome hasta un recodo en el pasillo para mostrarme a un hombre sentado a la mesa en la sala de efectos y pruebas materiales—. Se llama Ralph.

—Parece que tenga mil años.

—Parecía que tenía mil años cuando yo trabajaba aquí —dice

Virgil—. Los compañeros decíamos que se había convertido en un fósil como los objetos que custodia.

Virgil respira hondo y echa a andar por el pasillo. La sala de efectos y pruebas materiales tiene una puerta dividida horizontalmente, con la parte superior abierta.

—¡Hola, Ralph! Hace mucho que no nos vemos.

Ralph se mueve como si estuviera debajo del agua. Su cintura se gira, seguida de los hombros y por último la cabeza. Visto de cerca, tiene tantas arrugas como los elefantes en las fotos que mi madre pegaba en sus diarios. Sus ojos son pálidos como jalea de manzana y parecen tener la misma consistencia.

—Vaya —exclama Ralph, tan lentamente que suena como «baaaahíaa»—. Según dicen, un día entraste en la sala de efectos y pruebas materiales en busca de algo para resolver un caso cerrado y no volviste a salir.

—Si no me equivoco, fue Mark Twain quien dijo «la noticia de mi muerte se ha exagerado mucho».

—En cualquier caso, supongo que si te pregunto dónde has estado, no me lo dirás —contesta Ralph.

—En efecto. Y te agradecería que no dijeras a nadie que he estado aquí. Me pongo nervioso cuando la gente me hace demasiadas preguntas.

Virgil saca del bolsillo un bizcocho relleno de crema, hecho puré, y lo deposita en el mostrador entre Ralph y nosotros.

—¿De qué año es eso? —murmuro.

—Estas cosas contienen suficientes conservantes para que duren hasta 2050 —responde Virgil, también en voz baja—. Además, Ralph no puede leer la letra pequeña de la fecha de caducidad.

Al ver el bizcocho, el rostro de Ralph se ilumina. En su boca se dibuja una sonrisa, lo cual provoca una reacción en cadena que me recuerda un vídeo que vi en YouTube de la implosión de un edificio.

—Te has acordado de mi debilidad, Virgil —dice. Luego me mira y pregunta—: ¿Quién es tu compi?

—Mi pareja de tenis. —Virgil se inclina sobre la parte inferior de la puerta—. Verás, Ralph, necesito echar un vistazo a uno de mis antiguos casos.

—Ya no estás en nómina…

—Apenas estaba en nómina cuando estaba en nómina. Anda, colega, no te pido información sobre una investigación en curso. Así tendrás más espacio para moverte.

Ralph se encoge de hombros.

—Supongo que no hay nada de malo, puesto que el caso está cerrado…

Virgil abre la puerta y entra.

—No es necesario que te levantes. Conozco el camino.

Yo lo sigo por un pasillo largo y estrecho. Las paredes a ambos lados están cubiertas por unas estanterías metálicas llenas de cajas de cartón. Virgil mueve los labios en silencio mientras lee las etiquetas de las cajas archivadoras, ordenadas según el número y la fecha del caso.

—Está más adelante —murmura—. Esta sección sólo se remonta a 2006.

Al cabo de unos minutos se detiene y empieza trepar como un mono por las estanterías. Saca una de las cajas y me la arroja a los brazos. Es más ligera de lo que yo suponía. La deposito en el suelo para que Virgil me pase otras tres cajas.

—¿Sólo hay éstas? —pregunto—. Me dijiste que os llevasteis una tonelada de pruebas de la reserva de elefantes.

—Y así es. Pero el caso quedó resuelto. Sólo conservamos los objetos que estaban relacionados con las personas. Cosas como tierra, plantas pisoteadas y desperdicios que resultaron no ser importantes fueron destruidas.

—Si alguien ya ha examinado esto, ¿por qué volvemos a hacerlo nosotros?

—Porque puedes mirar una cosa doce veces y no ver nada. La miras por decimotercera vez y de golpe ves lo que andabas buscando con toda claridad.

Virgil levanta la tapa de la primera caja. Contiene unas bolsas de papel cerradas con cinta adhesiva. En la cinta adhesiva y en las bolsas está escrito NO.

—¿No? —pregunto—. ¿Qué hay en esas bolsas?

Virgil menea la cabeza.

—Significa Nigel O'Neill. Era el policía que se encargó de recoger las pruebas esa noche. El protocolo requiere que el agente escriba en la bolsa y la cinta sus iniciales y la fecha en que recogió las pruebas, para que nadie pueda cuestionar la cadena de custodia de las pruebas ante un tribunal.

Virgil señala otras inscripciones en la bolsa: el número correspondiente al contenido, y la descripción de los objetos: CORDÓN DE ZAPATO, RECIBO. OTRA: PRENDAS DE LA VÍCTIMA, CAMISA, PANTALÓN CORTO.

—Abre esa bolsa —le pido.

—¿Por qué?

—Dicen que un determinado objeto puede estimular la memoria. Quiero averiguar si es cierto.

—En este caso la víctima no era tu madre —me recuerda Virgil.

Que yo sepa, eso está aún por demostrar. Pero Virgil abre la bolsa de papel, toma unos guantes de una caja en la estantería y saca un pantalón corto de color caqui y un polo, tieso y hecho jirones, con el logotipo de la Reserva de Elefantes de Nueva Inglaterra bordado en el lado izquierdo del pecho.

—¿Y bien? —dice.

—¿Eso es sangre? —pregunto.

—No, es zumo de frambuesa reseco. Si quieres ser detective, compórtate como tal.

La mancha me ha dejado helada.

—Parece el uniforme que llevaban todos en la reserva.

Virgil sigue examinando el contenido de la caja.

—Aquí está —dice, sacando una bolsa tan plana que pienso que no debe de contener nada. La etiqueta pone N.º 859, UN PELO DENTRO DE LA BOLSA DE RESTOS HUMANOS. Virgil se guarda la bolsa en el bolsillo. Luego toma otras dos cajas y las lleva hacia la entrada, volviéndose para decirme:

—Haz algo útil.

Yo le sigo, portando las otras cajas. Estoy segura de que ha cogido las más ligeras aposta. Las que llevo yo parecen estar llenas de piedras. Cuando llegamos a la entrada, Ralph, que estaba dormitando, levanta la cabeza y declara:

—Me alegro de haberte visto, Virgil.

—No me has visto —responde éste, señalando con el dedo.

—¿Qué es lo que no he visto? —pregunta Ralph.

Salimos por la misma puerta trasera de la comisaría y llevamos las cajas hasta la camioneta de Virgil. Al fin consigue colocarlas en el asiento posterior, que está lleno de envases de comida, estuches de viejos cedés, servilletas de papel, camisetas y botellas vacías. Yo me instalo en el asiento del copiloto.

—¿Y ahora qué?

—Ahora tenemos que ir a convencer a los del laboratorio para que hagan un análisis de ADN mitocondrial.

No sé lo que es eso, pero suena a algo que formaría parte de una investigación a fondo. Estoy impresionada. Miro a Virgil, de quien debo decir que como no está como una cuba tiene un aspecto bastante presentable. Se ha duchado y afeitado y huele a pinos del bosque en lugar de a ginebra rancia.

—¿Por qué te fuiste?

Él se vuelve hacia mí.

—Porque ya hemos conseguido lo que queríamos.

—Me refiero del departamento de policía. ¿No querías ser detective?

—Por lo visto no tanto como tú —responde él.

—Creo que merezco saber qué voy a obtener por mi dinero.

Virgil suelta un bufido.

—Una ganga.

Da marcha atrás a demasiada velocidad y una de las cajas se vuelca y las bolsas que contiene se desparraman sobre el asiento y el suelo. Yo me desabrocho el cinturón de seguridad y me vuelvo para recogerlas.

—Es difícil distinguir entre las pruebas y las porquerías que tienes aquí —observo. La cinta adhesiva se ha desprendido de una de las bolsas marrones de papel, y las pruebas que contiene han caído en un nido de envases de palitos de pescado de McDonald's—. ¡Qué barbaridad! ¿Quién puede comerse quince palitos de pescado?

—No me los comí todos de una vez —contesta Virgil.

Pero yo apenas lo escucho, porque sostengo en la mano una prueba que se había caído de una bolsa. Me inclino hacia delante para examinar la diminuta zapatilla deportiva rosa Converse.

Luego miro mis pies.

He tenido zapatillas de color rosa Converse desde que tengo uso de razón. E incluso antes. Son mi debilidad, la única prenda que le pido a mi abuela que me compre.

Las llevo puestas en todas las fotografías en las que aparezco de niña: apoyada contra unos ositos de peluche, sentada en una manta con unas gigantescas gafas de sol sobre la nariz; cepillándome los dientes ante el lavabo, desnuda a excepción de las deportivas. Mi madre tenía también un par de deportivas de color rosa, viejas y gastadas, que conservaba de su época universitaria. No íbamos vestidas iguales ni llevábamos el mismo corte de pelo; no probábamos a maquillarnos delante del espejo. Pero en ese pequeño detalle, éramos idénticas.

Todavía me pongo mis deportivas rosas, prácticamente todos los días. Son como un amuleto de buena suerte, o quizás una superstición. Si yo no me he quitado las mías, quizá… Bueno, ya me entiendes.

Tengo el paladar reseco como el desierto.

—Esta zapatilla era mía.

Virgil me mira.

—¿Estás segura?

Asiento con la cabeza.

—¿No correteabas descalza por la reserva cuando estabas con tu madre?

Niego con la cabeza. Era una norma; nadie podía entrar en los recintos sin ir calzado.

—No era como un campo de golf —digo—. Había hierba, arbustos y maleza. Podías tropezar y caerte en los hoyos que cavaban las elefantas. —Doy la vuelta a la pequeña zapatilla que sostengo en la mano—. Yo estaba allí esa noche. Y sigo sin saber qué sucedió.

¿Me había levantado de la cama y había entrado en los recintos de las elefantas? ¿Había salido mi madre en mi busca?

¿Soy yo el motivo de que se marchara?

De pronto irrumpe en mi mente algo referente a las investigaciones de mi madre. *Los momentos negativos son recordados. Los traumáticos son olvidados.*

El semblante de Virgil es inescrutable.

—Tu padre nos dijo que dormías —afirma.

—Bueno, pero no me acosté con las zapatillas. Alguien me las puso y ató los cordones.

—Alguien —repite Virgil.

Anoche soñé con mi padre. Avanzaba sigilosamente a través de la alta hierba cerca del estanque en el recinto de la reserva, llamándome. *¡Jenna! ¡Sal de tu escondite!*

Allí estábamos seguros, porque las dos elefantas africanas estaban dentro del establo mientras un empleado les examinaba las patas. Yo sabía que en ese juego «casa» era el muro del establo. Sabía que mi padre siempre ganaba, porque corría más deprisa que yo. Pero esa vez no dejaría que me ganara.

Puedo verte, Bichito, dijo, llamándome por el mote que me había puesto.

Yo sabía que mentía, porque empezó a alejarse del lugar donde me había escondido.

Me había escondido en un hoyo excavado en la orilla del estanque, como hacían las elefantas cuando mi madre y yo observábamos cómo jugaban, rociándose unas a otras con agua con sus trompas o revolcándose como luchadores en el barro para refrescarse la piel, abrasada por el sol.

Esperé a que mi padre pasara frente al enorme árbol donde Nevvie y Gideon dejaban la comida para los animales: cubos de heno, calabazas y sandías enteras. Lo suficiente para alimentar a una pequeña familia, o a un solo elefante. En cuanto mi padre se colocó a su sombra, salí del hoyo junto al estanque y eché a correr.

No fue fácil. Tenía la ropa cubierta de tierra; el pelo, lleno de barro, me colgaba por la espalda. Mis deportivas rosas también estaban manchadas con el barro del estanque. Pero sabía que iba a ganar, y una risa de gozo se escapó de mis labios, como el sonido del helio al escapar del cuello de un globo.

Era cuanto necesitaba mi padre. Al oírme, se volvió y echó a correr hacia mí, confiando en interceptarme antes de que yo pudiera apoyar mis manitas manchadas de barro en el muro de hierro ondulado del establo.

Quizás habría logrado alcanzarme si *Maura,* que estaba a la sombra del árbol, no se hubiera acercado apresuradamente emitiendo unos barritos tan fuertes que me detuve en seco. La elefanta alzó la trompa y golpeó a mi padre en la cara. Éste cayó al suelo, tapándose el ojo derecho, que se le hinchó al cabo de unos segundos. *Maura* empezó a moverse, nerviosa, entre nosotros, y mi padre rodó por el suelo para apartarse a fin de que el animal no lo pisoteara.

—*Maura* —dijo mi padre, resollando—, no pasa nada, tranquila…

La elefanta emitió otro barrito, un trompetazo que resonó en mis oídos.

—No te muevas, Jenna —me ordenó mi padre sin alterarse. Luego bajó la voz y añadió—: ¿Quién diablos ha dejado que la elefanta saliera del establo?

Yo me eché a llorar. No sabía si tenía miedo por lo que pudiera pasarme a mí o a mi padre. Pero las veces que mi madre y yo habíamos observado a *Maura*, jamás la habíamos visto comportarse de forma tan agresiva.

De pronto la puerta corredera del establo se abrió deslizándose sobre el grueso riel y apareció mi madre en la gigantesca entrada. Miró a mi padre, a mí y a *Maura*.

—¿Qué le has hecho?

—Pero ¿qué dices? Estábamos jugando al escondite.

—¿Tú y la elefanta? —Mientras hablaba, mi madre se interpuso lentamente entre *Maura* y mi padre, para que pudiera levantarse sin que el animal lo atacara.

—No, mujer. Jenna y yo, hasta que *Maura* apareció de repente y me golpeó —explicó mi padre restregándose la cara.

—Debió de pensar que ibas a hacerle daño a Jenna —apuntó mi madre, frunciendo el ceño—. ¿Cómo se te ocurrió jugar al escondite con la niña en el recinto de *Maura*?

—Porque supuse que estaba dentro del establo mientras le examinabais las patas.

—No, sólo se las examinábamos a *Hester*.

—No según la nota que Gideon escribió en la pizarra blanca…

—*Maura* no quería entrar.

—¿Cómo iba yo a adivinarlo?

Mi madre emitió unos sonidos tranquilizadores hasta que *Mau-*

ra se alejó unos metros, sin dejar de observar a mi padre con gesto receloso.

—Esa elefanta odia a todo el mundo menos a ti —mascculló mi padre.

—No es verdad. Al parecer, Jenna le cae bien. —*Maura* barritó, mientras se encaminaba hacia la arboleda para comer, y mi madre me tomó en brazos. Olía a melón cantalupo, la golosina que debió de darle a *Hester* en el establo mientras Gideon y Nevvie le lavaban las plantas de los pies, se las limpiaban y curaban cualquier grieta que tuviera—. Para alguien que me echa una bronca cada vez que traigo a Jenna al recinto, has elegido un lugar muy poco apropiado para jugar con ella.

—Supuse que no habría ninguna elefanta en este… ¡Maldita sea! Déjalo estar. Siempre llevo las de perder. —Mi padre se puso la mano en la cabeza esbozando una mueca de dolor.

—Deja que te examine el ojo —dijo mi madre.

—Tengo una reunión con un inversor dentro de media hora. Iba a explicarle que no presenta ningún riesgo tener una reserva en un área poblada. Y ahora tendré que largarle el discurso con el ojo amoratado que me ha puesto la elefanta.

Mi madre me sentó en su cadera y tocó el rostro de mi padre, palpándolo con delicadeza. Esos momentos, cuando los tres ofrecíamos la imagen de una tarta antes de que alguien se comiera una porción, eran los más felices para mí. Casi lograban borrar los otros momentos.

—Podría haber sido peor —comentó mi madre, apoyándose contra mi padre.

Yo vi, *sentí*, que éste se ablandaba. Era el tipo de observaciones que mi madre me señalaba durante sus trabajos de campo: el leve movimiento del cuerpo, el relajamiento de los hombros, que indicaba que ya no existía un muro invisible de temor.

—¿De veras? —murmuró mi padre—. ¿En qué sentido?

Mi madre lo miró sonriendo.

—Pude haberte golpeado yo —respondió.

Llevo diez minutos sentada a la mesa de exploración, observando las tácticas de apareamiento entre el Macho Fundamentalmente Alcohólico y Perdedor y la Hembra Madurita y Entrada En Carnes Ávida de Sexo.

Éstas son mis notas de campo científicas:

El Macho se muestra nervioso, enjaulado. Se sienta, balanceando el pie sin cesar, luego se levanta y empieza a pasearse de un lado a otro. Hoy se ha esmerado en ofrecer un aspecto presentable, sabiendo que iba a ver a la Hembra, que acaba de entrar en la habitación.

Lleva una bata blanca de laboratorio y un maquillaje excesivo. Huele como los sobrecitos de muestras de perfume pegados en las páginas de las revistas, un olor tan abrumador que siento deseos de arrojar la revista al otro lado de la habitación, aunque me quede sin averiguar las diez cosas que los hombres quieren en la cama o ¡qué enfurece a Jennifer Lawrence! Es una mujer rubia de bote con las raíces oscuras, y alguien debería decirle que la falda tubo no le hace ningún favor a su trasero.

El Macho toma la iniciativa. Utiliza sus hoyuelos como arma.

—Caramba, Lulu, hace un montón de tiempo que no nos vemos.

La Hembra rechaza sus insinuaciones.

—¿Y quién tiene la culpa, Victor?

—Lo sé, lo sé. Anda, pégame si quieres.

Se produce un sutil pero evidente cambio en la presión atmosférica.

—¿Es una promesa?

Dientes. Muchos dientes.

—Ojo, no empieces algo que no puedas rematar —advierte el Macho.

—No recuerdo que eso representara nunca un problema para nosotros. ¿Y tú?

Yo los observo desde donde estoy sentada, poniendo los ojos en blanco. O éste es el mejor argumento en favor de la contracepción desde la Octimamá…,* o estas tonterías funcionan realmente entre un hombre y una mujer. Pienso que probablemente no empezaré a salir con chicos hasta que me llegue la menopausia.

Los sentidos de la Hembra están más aguzados que los del Ma-

* Una mujer estadounidense que acaparó la atención internacional cuando dio a luz a octillizos. (*N. de la T.*)

cho; capta mi desdén desde el otro lado de la habitación. Toca al Macho en el hombro al tiempo que me señala con la cabeza.

—No sabía que tuvieras hijos.

—¿Hijos? —Virgil me mira como si fuera un bichejo que ha aplastado con la suela del zapato—. Esa niña no es mi hija. De hecho, es la razón por la que he venido.

Tío, hasta yo me doy cuenta de que acabas de meter la pata. La Hembra frunce sus pintarrajeados labios.

—En tal caso, vayamos al grano.

Virgil sonríe, y observo que la Hembra empieza a derretirse.

—Eso es justamente lo que me gustaría hacer contigo, Tallulah —dice—. Pero primero tengo que ocuparme de mi clienta.

En ese momento suena el teléfono móvil de la Hembra, que mira el número que aparece en la pantalla.

—¡La madre que…! —exclama, suspirando—. Dame cinco minutos.

Sale apresuradamente de la sala de exploración y Virgil se sienta a la mesa de metal junto a mí.

—No tienes idea del favor que me debes —comenta, pasándose la mano por la cara.

Lo miro sorprendida.

—¿De modo que esa tía no te gusta?

—¿Tallulah? ¡Dios, no! Era mi higienista dental hasta que lo dejó y se convirtió en técnica de laboratorio especializada en ADN. Cada vez que la veo la recuerdo limpiándome el sarro de los dientes. Preferiría salir con un pepino de mar.

—Cuando comen vomitan sus estómagos —apunto.

Virgil medita en ello.

—He llevado a Tallulah a cenar. Insisto, prefiero salir con un pepino de mar.

—Entonces, ¿por qué te comportas como si quisieras tirártela?

Virgil me mira con ojos como platos.

—No me creo que hayas dicho eso.

—Echar un polvo con ella —digo, sonriendo—. Hacer ñaca-ñaca.

—¡Como sois los críos hoy en día! —murmura Virgil.

—Échale la culpa a mi falta de educación. No tuve padres que me guiaran.

—¿Y yo te parezco repugnante porque me tomo una copa de vez en cuando?

—(a) Yo creo que te pasas el día bebiendo, y (b) si quieres que entremos en detalles, lo que me parece repugnante es que le tomes el pelo a Tallulah, que piensa que vas a pedirle el teléfono.

—Me estoy sacrificando por ti, niña —contesta Virgil—. ¿Quieres averiguar si la persona que dejó un pelo debajo del cadáver de Nevvie Ruehl era tu madre? En tal caso, tenemos dos opciones. Podemos tratar de convencer a alguien del departamento de policía para que mande que hagan el análisis en el laboratorio estatal, cosa que no harán porque el caso está cerrado y tienen una lista de espera de un año…, o podemos tratar de conseguir que lo hagan en un laboratorio privado. —Virgil me mira—. Gratis.

—Caray, te agradezco que te sacrifiques por mí —digo, abriendo mucho los ojos y mirándolo con fingida inocencia—. Envíame la factura de los condones. Ya tengo bastantes problemas sin tener que preocuparme de que esa mujer te cace diciéndote que la has dejado preñada.

Virgil me mira con gesto hosco.

—No pienso acostarme con Tallulah. Ni siquiera voy a salir con ella. Sólo dejaré que piense que voy a hacerlo. Y gracias a eso, te tomará una muestra de saliva para analizarla enseguida, como un favor.

Lo miro, impresionada por su plan. Quizá resulte ser un buen investigador privado, dado que es tan astuto.

—Cuando vuelva esa mujer —le aconsejo— dile: «Puede que yo no sea Pedro Picapiedra, pero quiero que tú seas mi Vilma».

Virgil sonríe satisfecho.

—Gracias. Si necesito ayuda, ya te lo diré.

La puerta se abre de nuevo, Virgil salta de la mesa y yo sepulto la cara entre las manos y rompo a llorar. Mejor dicho, finjo llorar.

—¡Cielo santo! —exclama la Hembra—. ¿Qué ha pasado?

Virgil parece tan desconcertado como ella.

—Pero ¿qué carajo te ocurre? —me pregunta.

Yo empiezo a hipar e intensifico mis sollozos.

—Quiero encontrar a mi ma… madre. —Miro a Tallulah con los ojos anegados en lágrimas—. No sé adónde acudir.

Virgil me sigue el juego, rodeándome los hombros con el brazo.

—Su madre desapareció hace varios años. El caso está cerrado. Apenas tenemos nada en que apoyarnos.

El rostro de Tallulah se suaviza, lo cual hace que se parezca menos a Boba Fett.

—Pobrecita —comenta, y mira a Virgil con embeleso—. Y tú..., quieres ayudarla. Eres un pedazo de pan, Vic.

—Necesitamos que tomes una muestra de saliva de la niña. Tengo un pelo que quizá perteneciera a su madre, y quiero que hagas un análisis de ADN mitocondrial para comprobarlo. Al menos, tendremos un punto de partida. —Virgil alza la vista—. Por favor, Lulu, ayuda a un viejo... amigo.

—No eres tan viejo —responde ella, melosa—. Y eres la única persona que permito que me llame Lulu. ¿Has traído el pelo?

Virgil le entrega la bolsa que tomó de la sala de bienes y pruebas materiales.

—Genial. Nos pondremos con la secuenciación de la niña enseguida. —Tallulah se vuelve y saca de un armario un paquete envuelto en papel. Estoy segura de que es una aguja, las cuales me dan pánico, y me echo a temblar. Virgil me mira murmurando «no exageres».

Pero enseguida se da cuenta de que estoy aterrorizada porque los dientes me castañetean. No puedo apartar la vista de los dedos de Tallulah mientras rompe el envoltorio estéril.

Virgil me aprieta la mano.

No recuerdo la última vez que alguien sostuvo mi mano. Quizá fuera mi abuela, al cruzar la calle hace mil años. Pero eso fue por obligación, no compasión. Esto es diferente.

Dejo de temblar.

—Tranquila —dice Tallulah—. Es un palito, sólo que un poco más grande. —Se pone unos guantes de goma y una mascarilla y me ordena que abra la boca—. Voy a frotar el palito en el interior de tu mejilla. No te dolerá nada.

Al cabo de diez segundos, saca el palito y lo guarda en un pequeño vial, en el que pega una etiqueta. Luego repite la operación.

—¿Cuánto tiempo tardarás en darnos los resultados? —pregunta Virgil.

—Unos días, si remuevo cielo y tierra para agilizarlo.

—No sé cómo darte las gracias.

—Yo sí. —Tallulah desliza sus dedos sobre el brazo de Virgil—. Estoy libre a la hora de comer.

—Virgil no —suelto de sopetón—. Me dijiste que tenías una cita con el médico, ¿recuerdas?

Tallulah se inclina hacia Virgil y le susurra al oído, aunque —por desgracia para ella— capto todo lo que dice.

—Aún conservo mi bata de higienista, por si quieres que juguemos a los médicos.

—Si llegas tarde a la cita con el médico, Victor —interrumpo—, no te renovará la receta de Viagra. —Me levanto de un salto de la mesa, agarró a Virgil del brazo y me lo llevo.

Cuando doblamos la esquina en el pasillo, Virgil y yo rompemos a reír como locos y temo que nos dé algo antes de que abandonemos el edificio. Cuando salimos a la soleada calle, nos apoyamos en el muro de ladrillo de los Laboratorios Genzymatron, tratando de recobrar el resuello.

—No sé si matarte o darte las gracias —dice Virgil.

Yo lo miró de refilón.

—Bueno..., estoy libre a la hora de comer —respondo, imitando el tono sensual de Tallulah.

Esto nos provoca otro ataque de hilaridad.

De repente, cuando dejamos de reírnos, ambos recordamos al mismo tiempo por qué hemos ido allí, y que ninguno de los dos tenemos motivos para reírnos.

—¿Y ahora qué?

—Esperaremos.

—¿Toda una semana? Debe de haber algo que puedas hacer...

Virgil me mira.

—Dijiste que tu madre tenía unos diarios.

—Sí. ¿Y qué?

—Quizá contengan algo importante.

—Los he leído un millón de veces —contesto—. Son sus estudios sobre elefantes.

—Quizá mencione en ellos a sus colegas. O algún problema que tuvo con ellos.

Me deslizo contra el muro de ladrillo y me siento en la acera de cemento.

—Sigues pensando que mi madre es una asesina…

Virgil se acuclilla junto a mí.

—Mi deber es sospechar de todos.

—En realidad —digo—, *era* tu deber. Tu deber ahora es localizar a una persona desaparecida.

—Y luego ¿qué? —contesta Virgil.

Yo lo miro fijamente.

—¿Serías capaz? ¿Serías capaz de localizar a mi madre y arrebatármela de nuevo?

—Mira —Virgil suspira—, no es demasiado tarde. Puedes despedirme y te juro que me olvidaré de tu madre y de los crímenes que pueda haber cometido o no.

—Ya no eres policía —le recuerdo. Pienso en lo nervioso que se puso en la comisaría, en su insistencia en entrar por la puerta trasera en lugar de por la puerta principal, en que no saludó a sus colegas—. ¿Por qué dejaste de ser policía?

Él menea la cabeza y de pronto se encierra en sí mismo.

—Eso no te incumbe.

Inopinadamente, todo cambia. Parece imposible que hace unos minutos estuviéramos riéndonos a carcajada limpia. Virgil está a un palmo de mí pero es como si estuviera en Marte.

Debí suponerlo. A Virgil yo no le intereso, sólo le interesa resolver este caso. Me siento violenta y echo a andar, en silencio, hacia su camioneta. El hecho de haber contratado a Virgil para averiguar los secretos de mi madre no me da derecho a averiguar los suyos.

—Mira, Jenna…

—Lo entiendo —le interrumpo—. Esto es una transacción comercial, nada más.

Virgil duda unos instantes.

—¿Te interesan las citas literarias?

—No.

—¿Y una cita conmigo?

Yo lo fulmino con la mirada.

—Soy un poco joven para ti, capullo.

—No pretendo ligar contigo. Es la táctica que utilicé con Tallulah, cuando me hacía la limpieza de dientes y le pedí que saliera conmigo. —Virgil hace una pausa—. En mi defensa, debo decir que estaba siempre borracho.

—¿Eso es una defensa?

—¿Se te ocurre una excusa mejor?

Virgil sonríe, y de pronto vuelve a ser el de antes, y lo que yo le haya dicho para disgustarlo ya no se interpone entre nosotros.

—Vale —digo, tratando de asumir un tono despreocupado—. Es la peor táctica para ligarse a alguien que he oído en mi vida.

—Viniendo de ti, es decir mucho.

Miro a Virgil y sonrío.

—Gracias —contesto.

Te confieso que a veces mi memoria es borrosa. Cosas que atribuyo a una pesadilla pueden haber sucedido en realidad. Cosas que creo saber con certeza pueden cambiar con el tiempo.

Por ejemplo, el sueño que tuve anoche sobre mi padre jugando conmigo al escondite, que estoy bastante segura de que no fue un sueño sino la realidad.

O el recuerdo que tengo de mis padres hablando sobre animales que toman una pareja para toda la vida. Aunque es verdad que recuerdo cada palabra, las voces son menos nítidas.

Es mi madre, desde luego. Y debe de ser mi padre.

Aunque, a veces, cuando veo su rostro, no lo es.

ALICE

En Botsuana las abuelas dicen a sus nietos que si quieres avanzar rápidamente, debes ir solo. Si quieres llegar lejos, debes ir en grupo. Esto es cierto en el caso de los aldeanos que he conocido. Pero quizá te sorprenda saber que también lo es en el de los elefantes.

A menudo vemos a elefantes confraternizar con otros individuos de sus manadas restregándose contra ellos, acariciándolos con la trompa, introduciendo la trompa en la boca de un amigo cuando éste sufre una experiencia estresante. Pero en Amboseli, los investigadores Bates, Lee, Njiraini, Poole y otros decidieron demostrar científicamente que los elefantes son capaces de empatía. Describieron momentos en que los elefantes parecían reconocer el sufrimiento de otro elefante o que éste se hallaba en peligro, y se apresuraban a poner remedio: colaborando con otros elefantes, protegiendo a una joven cría que no podía cuidar de sí misma, haciendo de canguro para la cría de otra elefanta o dándole de mamar; ayudando al elefante que se había quedado atrapado en algún sitio o se había caído, o quitándole un objeto extraño, como una lanza o una trampa de alambre, que tenía clavado.

Yo no tuve oportunidad de realizar un estudio de esta magnitud en Amboseli, pero tengo mis propias pruebas anecdóticas sobre la capacidad de empatía de los elefantes. En la reserva había un macho al que pusimos el nombre de *Stumpy** porque, de joven, había perdido gran parte de su trompa al caer en una trampa de alambre en forma de lazo. No podía arrancar ramas o enrollar briznas de hierba con la trompa como si fueran espaguetis, por lo que las partía con las uñas de los dedos de los pies para metérselas en la boca. Durante buena parte de su vida, incluso cuando era joven, su ma-

* *Stump*: muñón. (*N. de la T.*)

nada le había dado de comer. He visto elefantes idear un plan para hacer que una cría subiera por un empinado terraplén junto a un río. El plan consistía en una serie de maniobras coordinadas, nivelando el terraplén para que fuera menos empinado, mientras otros elefantes conducían a la cría desde el agua, y otros la ayudaban a salir del agua. Pero algunos sostendrían que existe una ventaja evolutiva en mantener a *Stumpy* y a esa cría vivos.

Aunque la situación es más interesante cuando no existe una ventaja evolutiva en una conducta empática. Cuando estuve en Pilanesberg, observé a una elefanta toparse con una cría de rinoceronte que se había quedado atascada en el lodo de una charca. Los rinocerontes estaban muy alterados, lo cual puso nerviosa a la elefanta, que no cesaba de barritar. De alguna manera, logró convencer a los rinocerontes de que estaba acostumbrada a hacer eso, para que se apartaran y le permitieran socorrer al pequeño rinoceronte. Ahora bien, en la gran esfera ecológica de las cosas, a la elefanta no le beneficiaba rescatar al pequeño rinoceronte. No obstante, se acercó a él y consiguió sacarlo del lodo levantándolo con su trompa, aunque la madre del rinoceronte trataba de atacarla cada vez que lo intentaba. La elefanta arriesgó su vida por el hijo de otra especie. En Botsuana, vi a una matriarca encontrarse a una leona que estaba tumbada junto a la senda de los elefantes mientras sus cachorros jugaban en ella. Por regla general, cuando un elefante se topa con un león no dudará en atacarlo, porque ese animal representa una amenaza para él. Pero la matriarca esperó pacientemente a que la leona recogiera a sus cachorros y se marchara. Es cierto que los cachorros de león no representaban un peligro para la elefanta, pero algún día podían representarlo. En ese momento, sin embargo, eran tan sólo los bebés de otra madre.

Con todo, la empatía tiene sus límites. Aunque las crías de elefante son atendidas y alimentadas por todas las hembras de la manada, si la madre biológica muere, la cría por lo general también lo hace. Un elefantito huérfano que aún no está destetado no se separa del cadáver de su madre. Al cabo de unos días la manada tiene que tomar la decisión de permanecer junto al angustiado elefantito y arriesgarse a no poder alimentar a sus propias crías o llegar a una charca para beber, o marcharse, aceptando la muerte segura de la cría como un daño colateral. Es muy triste observar esta situación. Yo he asistido a lo que parece una ceremonia de despedida, durante la cual la manada toca al elefantito, barritando para expresar su consternación, y por fin se marchan, dejando que el elefantito muera de hambre.

Sin embargo, en cierta ocasión vi en la sabana algo muy distinto. Me tropecé con una cría de elefante que se había quedado rezagada junto a una charca. Ignoro las circunstancias, si su madre había muerto o si el pequeño se había desorientado y alejado de la manada. En cualquier caso, de pronto apareció otra manada de elefantes en el preciso momento en que se acercó una hiena en sentido contrario. El elefantito era una presa muy apetecible para la hiena, desprotegido y suculento. No obstante, la matriarca de la otra manada tenía también una cría, algo mayor que el elefantito abandonado. Al ver que la hiena trataba de llevárselo, la elefanta la ahuyentó. El pequeño corrió hacia ella para que le diera de mamar, pero la elefanta lo apartó y siguió su camino.

Debo decir que este comportamiento es normal en el mundo animal. Desde un punto de vista darwinista, ¿por qué iba la elefanta a limitar los recursos de una cría con su misma dotación genética amamantando a un elefantito de otra manada? Aunque existen casos de adopción dentro de las manadas, la mayoría de alomadres (hembras que hacen de madres a hijos de otras hembras) no amamantan a una cría huérfana; no hay suficiente leche para alimentar a otras crías sin comprometer el bienestar de sus hijos biológicos. Por lo demás, ese elefante no estaba emparentado con esta manada; la matriarca no tenía ningún vínculo biológico con el elefantito huérfano.

El pequeño, al encontrarse solo, emitió el alarido más angustioso y desgarrador.

La matriarca, que se había alejado unos cien metros, se detuvo en seco, se volvió y echó a correr hacia él. Fue impresionante y aterrador, pero el elefantito no se movió.

La matriarca lo agarró con su trompa, lo colocó en el «corralito» entre sus gigantescas patas y echó a andar con él. Durante los cinco años siguientes, cada vez que yo veía a ese elefantito comprobaba que seguía formando parte de su nueva familia,

Estoy convencida de que las elefantas sienten una empatía especial por las madres y los hijos, los suyos o los de otras madres. Esa relación parece contener un significado especial y un conocimiento agridulce: una elefanta parece comprender que si pierdes a tu cría, sufres.

SERENITY

Mi madre, que no había querido que yo mostrara mi Don, vivió lo suficiente para ver que el mundo me aclamaba como una vidente de gran éxito. La llevé al plató de mi programa televisivo en Los Ángeles, para que conociera a su estrella de culebrones preferida, la protagonista de *Sombras oscuras*, que acudió a mi programa para que yo le hiciera una lectura. Adquirí para ella un pequeño bungalow cerca de mi casa en Malibú, con espacio suficiente para que tuviera una huerta con hortalizas y naranjos. La llevé a estrenos cinematográficos y galas de entregas de premios y de compras en Rodeo Drive. Joyas, coches, vacaciones —yo podía darle lo que ella quisiera—, pero no pude predecir el cáncer que acabó con su vida.

Vi cómo mi madre se consumía, hasta que murió. Al morir pesaba treinta y cinco kilos y parecía como si una fuerte ráfaga de viento pudiera partirla en dos. Yo había perdido a mi padre hacía unos años, pero eso era distinto. Yo era la mejor actriz del mundo, capaz de engañar al público para que creyeran que era una mujer feliz, rica y exitosa, cuando lo cierto era que sabía que había perdido una parte fundamental de mi persona.

La muerte de mi madre me convirtió en una mejor vidente. Ahora comprendía, de forma visceral, que la gente se aferraba a los hilos que les ofrecía, con el fin de llenar el vacío que les había dejado la muerte de un ser querido. Me miraba en el espejo de mi camerino, en los estudios, y rogaba a mi madre que se comunicara conmigo. Traté de llegar a un pacto con Desmond y Lucinda para que me mostraran *algo*. Era una vidente, maldita fuera. Merecía recibir una señal, saber que mi madre, estuviera donde estuviese en el otro lado, estaba bien.

Durante tres años, recibí mensajes de centenares de espíritus tratando de contactar con los seres queridos aquí en la Tierra…, pero ni una sílaba de mi madre.

Un buen día, me monté en mi Mercedes para regresar a casa y cuando arrojé el bolso en el asiento del copiloto, aterrizó en el regazo de mi madre.

Lo primero que pensé fue: *He sufrido un ictus.*

Saqué la lengua. Había leído en un mail viral que la forma de diagnosticar un ictus era comprobar si podías sacar la lengua, o quizá fuera que la lengua te colgaba por un ángulo de la boca. No lo recuerdo.

Me toqué la boca para comprobar si la tenía torcida.

—¿Puedo decir una simple frase? —pregunté en voz alta. *Pues claro, idiota*, pensé. *Acabas de hacerlo.*

Juro por lo más sagrado que era una afamada vidente, con una larga lista de clientes, pero cuando vi a mi madre sentada allí, estuve segura de que me moría.

Mi madre se limitó a mirarme, sonriendo, sin decir una palabra.

Es un golpe de calor, pensé, sin apartar los ojos de ella, pero no hacía tanto calor como para eso.

Entonces parpadeé. Y ella desapareció.

Más tarde, pensé en muchas cosas. Que si hubiera estado circulando por la 101, probablemente habría causado una colisión múltiple. Que habría dado todo cuanto poseía a cambio de volver a oírla hablar una vez más.

Que no tenía el mismo aspecto que cuando murió, débil, frágil, en los huesos. Era la madre que recordaba de mi infancia, lo bastante fuerte para llevarme en brazos cuando yo estaba enferma y regañarme cuando me portaba mal.

No he vuelto a ver a mi madre, aunque no he dejado de intentarlo. Pero ese día aprendí algo. Creo que vivimos muchas veces y nos reencarnamos también muchas, y que un espíritu es el compendio de todas las vidas en las que ha existido esa alma. Pero cuando un espíritu se acerca a un médium, regresa con una determinada personalidad, una determinada forma. Yo creía que los espíritus se manifestaban de cierta manera para que la persona viva pudiera reconocerlos. Pero después de que se me apareciera mi madre, comprendí que regresan de la forma en que desean ser recordados.

Puede que al leer esto sientas cierto escepticismo. Es lógico. Los escépticos mantienen a las hechiceras de las marismas a raya; o eso pensaba yo, antes de que me convirtiera en una. Si no has tenido nunca una experiencia personal con lo paranormal, te aconsejo que pongas en tela de juicio todo lo que te digan.

Esto es lo que yo habría dicho a un escéptico, de haber acudido uno a mi consulta el día en que vi a mi madre en el asiento del copiloto. No era una figura translúcida ni resplandeciente ni de un blanco lechoso. Me pareció tan consistente como el tipo que tomó mi tíquet del aparcamiento, cuando salí al cabo de unos minutos. Era como si yo hubiera tratado con Photoshop un recuerdo de mi madre, haciendo que su imagen cobrara vida, un truco mecánico, como los vídeos en que el difunto Nat King Cole canta con su hija. No cabía duda, mi madre era tan real como el volante que yo sujetaba con manos trémulas.

Pero la duda suele proliferar como la adelfilla. Una vez que arraiga, es prácticamente imposible erradicarla. Han pasado varios años desde que un espíritu acudiera a mí en busca de ayuda. Si en este momento un escéptico me preguntara: *¿A quién crees que engañas?,* supongo que respondería: *A ti desde luego no*, *y a mí misma tampoco*.

La chica del Genius Bar, que se supone que debe ayudarme, tiene el don de gentes de María Antonieta. Enciende mi vetusto MacBook con un gruñido y desliza los dedos sobre el teclado sin apenas rozarlo. Evita todo contacto visual.

—¿Qué le pasa? —pregunta.

Para empezar, soy una vidente profesional sin ninguna conexión con el mundo de los espíritus; debo dos meses de alquiler; anoche me quedé despierta hasta las tres de la mañana mirando el maratón de *Dancing Moms*, y la única forma de que hoy pudiera entrar en este pantalón fue poniéndome una faja.

Ah, y mi ordenador está estropeado.

—Cuando trato de imprimir algo —digo—, no ocurre nada.

—¿A qué se refiere con que «no ocurre nada»?

Yo la miro.

—¿A qué se refiere la gente cuando dice eso?

—¿La pantalla se vuelve negra? ¿No sale nada de la impresora? ¿Recibe un mensaje de error?

Tengo una teoría sobre la Generación Y, esos veinteañeros narcisistas. No quieren esperar su turno. No quieren esforzarse en prosperar en su carrera o profesión. Lo quieren todo ahora; es más, están convencidos de que se lo merecen. Yo creo que esos jóvenes son soldados que murieron en Vietnam, que se han reencarnado. Si lo analizas, verás que los tiempos coinciden. Esos chicos siguen cabreados por haber muerto en una guerra en la que no creían. El hecho de mostrarse groseros es otra forma de decir: *Tengo veinticinco años y que te den.*

—Eh, LBJ —digo bajito—, ¿a cuántos jóvenes has matado hoy?

La chica no se inmuta.

—Haz el amor y no la guerra —apostillo.

La técnica informática me mira como si me hubiera vuelto loca.

—¿Tiene el síndrome de Tourette?

—Soy vidente. Sé lo que eras antes.

—¡Jesús!

—No, él no —la corrijo.

Deduzco que si murió en Vietnam en su vida pasada, debía de ser un varón. El espíritu es asexuado. (De hecho, algunos de los mejores médiums que he conocido eran gais, y pienso que se debe a ese equilibrio que poseen entre lo masculino y lo femenino. Pero me he desviado del tema). Hace tiempo tuve una clienta muy famosa —una cantante de R&B—, que había muerto en un campo de concentración en una existencia anterior. Su ex actual era un soldado de las SS que la había matado de un tiro por esa época, y la misión de mi clienta en esta vida era sobrevivirle. Por desgracia, en esta vida, él le propinaba unas palizas brutales cuando se emborrachaba, y apuesto lo que quieras a que, cuando ella muera, regresará en otra encarnación que coincida con la de él. En eso consiste la vida humana, en rehacer lo que sea preciso, en procurar enmendar viejos errores…, o te harán regresar de nuevo para que vuelvas a intentarlo.

La técnica informática abre un nuevo menú con sólo pulsar un par de teclas.

—Tiene un montón de documentos pendientes de imprimir —dice, y me pregunto si me juzgará por imprimir el resumen semanal de *The Real Housewives of New Jersey,* un *reality* televisivo, publicado en *Entertainment Weekly*—. Quizá sea ése el problema. —La chica pulsa unos botones y la pantalla se vuelve negra—. Vaya —murmura, arrugando el ceño.

Hasta yo sé que cuando un técnico informático arruga el ceño significa malas noticias.

De repente la impresora del establecimiento, que está en una mesa junto a nosotras, emite un zumbido y se pone en marcha. Empieza a escupir hojas a toda velocidad, cubiertas de arriba abajo con unas X. Las hojas se amontonan y caen al suelo, mientras me apresuro a recogerlas. Las examino perpleja, pero son un galimatías sin sentido. Cuento diez folios, veinte, cincuenta.

La supervisora de la técnica se acerca mientras la joven hace desesperados intentos por impedir que mi ordenador siga imprimiendo.

—¿Cuál es el problema?

Una de las hojas sale disparada de la impresora y aterriza en mis manos. Está también repleta de signos que no significan nada, excepto un pequeño rectángulo en el centro, donde las X dan paso a unos corazones.

La técnica informática parece a punto de romper a llorar.

—No sé cómo solucionarlo.

En medio de los corazones hay una palabra reconocible: JENNA.

Caray.

—Yo sí —digo.

No hay nada más frustrante que recibir una señal y no saber adónde apunta. Así es como me siento cuando llego a casa, me abro al universo y me sirvo una taza humeante de Nada. Tiempo atrás, Desmond o Lucinda o mis dos espíritus guía me habrían ayudado a interpretar en qué sentido el hecho de que el nombre de esa niña estropeara mi ordenador estaba conectado con el mundo de los espíritus. Las experiencias paranormales no son más que energía que se manifiesta en cierta forma: una linterna que se enciende cuando no has oprimido el botón; una visión durante una tormenta; el teléfono móvil que suena y cuando respondes no hay nadie. Un torrente de energía pulsaba a través de las redes para enviarme un mensaje, pero no sabía quién me lo enviaba.

No me apetece ponerme en contacto con Jenna, porque estoy segura de que no me ha perdonado por haberla abandonado a la puerta de la comisaría. Pero no puedo negar que hay algo en esa niña que hace que me sienta más como una vidente de lo que me he sentido en siete años. ¿Y si Desmond y Lucinda me envían esto como una prueba, para comprobar cómo reacciono, antes de volver a ser mis espíritus guía?

En cualquier caso, no puedo arriesgarme a cabrear a quienquiera que me ha enviado esta señal, por si mi futuro depende de ello.

Por suerte, tengo la información de contacto de Jenna. Ese libro en el que pido a nuevos clientes que anoten sus señas y número de teléfono cuando acuden para que les haga una lectura. Les digo que es por si se me aparece un espíritu con un mensaje urgente, pero en realidad es para poder invitarlos a visitar mi página de Facebook.

Jenna ha escrito el número de un móvil, de modo que la llamo.

—Si esto es una especie de encuesta de servicio al cliente, puntuando el uno como una soberana chorrada y el cinco como el Ritz Carlton de las experiencias paranormales, te doy un dos, pero sólo porque encontraste el billetero de mi madre. De no ser por eso, te daría un cuatro negativo. ¿Qué clase de persona abandona a una niña de trece años, sola, a la puerta de una comisaría?

—Sinceramente, si lo piensas —contesto—, ¿qué mejor lugar para abandonar a una niña de trece años? Pero tú no eres como otras niñas de trece años.

—No conseguirás convencerme con halagos —replica Jenna—. ¿Qué quieres?

—Al parecer, alguien en el otro lado piensa que no te estoy ayudando.

Jenna guarda silencio unos segundos mientras asimila lo que acabo de decir.

—¿Quién?

—Eso no está del todo claro —respondo.

—Me has mentido —me acusa Jenna—. ¿Mi madre ha muerto?

—No te he mentido. No estoy segura de que sea tu madre. Ni siquiera sé si es una mujer. Sólo sentí que tenía que ponerme en contacto contigo.

—¿Cómo?

Podría haberle contado lo de la impresora, pero no quiero asustarla.

—Cuando un espíritu quiere hablar, es como el hipo. Aunque lo intentes no puedes dejar de hipar. Puedes eliminar los hipidos, pero eso no significa que no te haya dado un ataque de hipo. ¿Entiendes?

Lo que no le digo es que yo solía recibir este tipo de mensajes tan a menudo, que acabé hastiada. Me aburrían. No comprendía por qué la gente daba tanta importancia al tema; formaba parte de mí, del mismo modo que tenía el pelo rosa y conservaba todas las muelas del juicio. Pero ésa es la actitud que adoptas cuando no te das cuenta de que en el momento menos pensado, puedes perder esa habilidad. Ahora mataría por recibir esos hipidos paranormales.

—De acuerdo —dice Jenna—. ¿Qué hacemos ahora?

—No lo sé. Se me ocurre que quizá debamos regresar al lugar donde encontramos el billetero.

—¿Crees que puede haber más pruebas?

De pronto oigo otra voz al fondo. La voz de un hombre.

—¿Unas pruebas? —repite éste—. ¿Con quién hablas?

—Serenity —declara Jenna—, quiero presentarte a alguien que creo que debes conocer.

Quizás haya perdido mi Don, pero eso no quita para que comprenda, en cuanto echo un vistazo a Virgil Stanhope, que va a serle tan útil a Jenna como una puerta con mosquitera en un submarino. Tiene un aspecto disoluto y distraído, como una exestrella de fútbol americano colegial que durante los veinte últimos años se ha dedicado a escabechar sus órganos.

—Serenity —dice Jenna—, te presento a Virgil. Era el detective que estaba de guardia el día en que desapareció mi madre.

Virgil mira mi mano tendida y la estrecha sin ganas.

—Vámonos, Jenna —decide—. Esto es una pérdida de tiempo…

—Hay que intentarlo todo —insiste la niña.

Yo me planto frente a Virgil.

—Señor Stanhope, a lo largo de mi carrera la policía me ha pedido que acudiera a una docena de escenarios de crímenes. He estado en sitios donde tenías que ponerte botas porque el suelo estaba sembrado de sesos humanos. He ido a casas donde habían secuestrado a niños y he conducido a la policía al bosque donde se encontraban.

Él arquea una ceja.

—¿Ha declarado alguna vez ante un tribunal?

Yo me sonrojo.

—No.

—Ya lo suponía.

Jenna se coloca frente a él.

—Si no podéis jugar juntos, nos tomaremos un tiempo muerto —dice. Luego se vuelve hacia mí—. Bueno, ¿cuál es el plan?

¿Un *plan*? No tengo ningún plan. Confío en que si recorro ese terreno baldío las suficientes veces, tendré una revelación. La primera en siete años.

De pronto pasa un hombre hablando por el móvil.

—¿Os habéis fijado en él? —murmuro.

Jenna y Virgil se miran y luego me miran a mí.

—Sí.

—Vaya. —Observo al tipo montarse en su Honda y partir, sin dejar de hablar por el móvil. Me llevo un chasco al comprobar que es una persona viva. Tiempo atrás, en el vestíbulo de un hotel atestado de gente, de las cincuenta personas que veía la mitad eran espíritus. No arrastraban cadenas ni sostenían sus cabezas decapitadas, sino que hablaban por el móvil, o trataban de parar un taxi, o tomaban un caramelo de menta de la bandeja en la entrada del restaurante. Cosas normales y corrientes.

Virgil pone los ojos en blanco, y Jenna le da un codazo en la barriga.

—¿Ves algún espíritu en estos momentos? —me pregunta.

Miro a mi alrededor, como si pudiera verlos.

—Es probable. Se acoplan a personas, lugares, objetos… Y también pueden moverse a sus anchas.

—Como los pollos —apunta Virgil—. ¿No le parece extraño que con todos los homicidios que vi cuando era policía, no viera nunca a un fantasma merodeando alrededor de un cadáver?

—En absoluto —respondo—. ¿Por qué iban a mostrarse ante usted, cuando se resiste con todas sus fuerzas a verlos? Sería como si un heterosexual entrara en un bar de gais confiando en ligarse a una mujer.

—¿Qué? No soy gay.

—Yo no he dicho… Déjelo estar.

Pese al hecho de que ese hombre es un neandertal, Jenna parece fascinada por él.

—Digamos que hay un fantasma acoplado a mí. ¿Me observaría mientras me ducho?

—Lo dudo. Antes de convertirse en fantasmas estaban vivos, conocen el concepto de privacidad.

—Entonces, ¿qué tiene de divertido ser un fantasma? —murmura Virgil. Pasamos sobre la cadena situada a la entrada y entramos, de común acuerdo, en la reserva.

—No he dicho que fuera divertido. La mayoría de los fantasmas que he conocido no eran felices. Sienten que han dejado algo sin terminar. O estaban tan ocupados mirando a través de agujeros gloriosos en su vida pasada, que tienen que ponerse las pilas antes de seguir adelante.

—¿Pretende decirme que el mirón al que han arrestado en el lavabo de una gasolinera adquiere automáticamente una conciencia en el más allá? Muy oportuno, ¿no?

Yo me vuelvo.

—A veces hay un conflicto entre el cuerpo y el alma. Esa fricción es el libre albedrío. El mirón probablemente no vino a la Tierra para espiar a la gente en el lavabo de una gasolinera, pero mientras estaba aquí el ego, el narcisismo o lo que fuera se apoderó de él. De modo que aunque su alma le dijera que no debía mirar a través de ese orificio, su cuerpo decía: *Que te den*. —Sigo avanzando a través de la alta hierba, desprendiendo un tallo que se ha quedado enganchado en los flecos de mi poncho—. Es como lo que les sucede a los drogadictos. O a los alcohólicos.

De repente Virgil da media vuelta.

—Yo iré por allí.

—En realidad —digo, señalando en sentido contrario—, tengo la sensación de que debemos ir por allí. —No es cierto que tenga esa sensación. Pero Virgil me cae tan mal que si dice «negro», yo diré «blanco». Ya me ha juzgado y condenado a la horca, lo cual me hace suponer que sabe quién soy y recuerda lo del hijo del senador McCoy. De hecho, si no estuviera convencida de que hay un motivo por el que debo estar junto a Jenna en este momento, daría media vuelta para coger mi coche y volver a casa.

—Oye, Serenity —dice Jenna, que ha tenido el sentido común de seguirme a mí—. ¿Lo que has dicho sobre el cuerpo y el alma se aplica a todas las personas que hacen algo malo?

Me vuelvo hacia ella.

—Algo me dice que no es una pregunta filosófica.

—Virgil cree que mi madre desapareció porque fue ella quien mató a la cuidadora en la reserva.

—Pensé que había sido un accidente.

—Eso fue lo que dijo la policía. Pero supongo que había algunas preguntas a las que Virgil no obtuvo respuesta, y mi madre se largó antes de que él pudiera hacérselas. —Jenna menea la cabeza—. El informe del forense decía que la causa de la muerte era el trauma sufrido por la víctima al ser pisoteada por la elefanta. Pero ¿y si el trauma hubiera estado causado por una persona y la elefanta hubiera pisoteado a la cuidadora después de que hubiera muerto? ¿Crees que es posible distinguir la diferencia?

Yo no lo sabía; era una pregunta para Virgil, suponiendo que volviéramos a encontrarnos con él en el bosque. Pero no me habría sorprendido que una mujer que amaba tanto a los elefantes como la madre de Jenna hubiera conseguido que uno de sus animales tratara de encubrir su delito. Ese Puente de Arcoíris al que se refieren siempre los amantes de los animales existe. Algunos de los que habían logrado atravesarlo me habían dicho que la persona que les aguardaba al otro lado en realidad no era una persona sino un perro, un caballo o incluso una tarántula que el difunto tenía como mascota.

Suponiendo que la muerte de la cuidadora en la reserva no fuera un accidente —que Alice estuviera viva y se hubiera fugado—, eso explicaría por qué yo había tenido la clara sensación de que era un espíritu que trataba de comunicarse con su hija. Por otra parte, ése no era el único motivo.

—¿Sigues queriendo encontrar a tu madre aunque signifique averiguar que ha cometido un asesinato?

—Sí. Porque al menos así sabré que está viva. —Jenna se sienta en la hierba, que le llega casi a la coronilla—. Dijiste que me lo dirías si supieras que estaba muerta. Y aún no me has dicho que esté muerta.

—La verdad es que no he vuelto a saber nada de su espíritu —respondo. No aclaro que quizá no se deba a que su madre está viva sino a que soy un desastre como vidente.

Jenna arranca unos tallos de hierba y los coloca sobre sus rodillas.

—¿No te cabrea que personas como Virgil piensen que estás loca? —pregunta.

—Me han llamado cosas peores. Además, ninguno de los dos sabrá quién tenía razón hasta que estemos muertos.

Jenna medita al respecto:

—Mi profesor de mates, el señor Allen, dice que cuando eres un punto, lo único que ves es un punto. Cuando eres una línea, sólo ves la línea y el punto. Cuando eres tridimensional, ves las tres dimensiones y las líneas y los puntos. El hecho de que no podamos ver una cuarta dimensión no significa que no exista. Sólo que no la hemos alcanzado todavía.

—Eres una niña muy inteligente —le digo.

Jenna baja la cabeza.

—Esos fantasmas que veías antes, ¿cuánto tiempo se quedaban?

—Depende. Una vez que consiguen resolver el problema, suelen seguir adelante.

Entiendo lo que me pregunta, y por qué. Es el único mito sobre el más allá que odio desmontar. Las personas piensan que cuando mueran se reunirán con sus seres queridos para toda la eternidad. Déjame decirte que no es así. El más allá no es sólo una continuación de esta vida. Tú y tu llorado esposo no seguiréis donde lo dejasteis, haciendo el crucigrama en la mesa de la cocina o discutiendo sobre quién se ha terminado la leche. En algunos casos quizá sea posible. Pero lo más probable es que tu esposo haya seguido adelante, que su alma haya alcanzado otro nivel. O quizá seas tú la que ha evolucionado más espiritualmente, y te adelantes mientras él sigue buscando la forma de dejar esta vida atrás.

Cuando mis clientes venían a verme, lo único que querían oír de un ser querido que había muerto era *Cuando llegues aquí te estaré esperando.*

Nueve de cada diez veces, lo que oían era *No volverás a verme.*

La niña parece más pequeña, como si se hubiera encogido.

—Jenna —miento—, si tu madre estuviera muerta, yo lo sabría.

Yo pensaba que iría al infierno porque me ganaba la vida embaucando a personas que seguían pensando que yo tenía un Don. Pero está claro que me he ganado un asiento de primera fila en el show de Lucifer, haciendo que esta niña crea en mí cuando ni yo misma creo en mí.

—Eh, ¿habéis terminado vuestro pícnic, o tengo que seguir buscando una aguja en un pajar? Rectifico —dice Virgil—, una aguja no. Una aguja es algo *útil.*

Se detiene junto a nosotras, en jarras, con cara de pocos amigos.

Quizá yo no deba estar aquí sólo para Jenna. Quizá deba estar aquí para ayudar también a Virgil Stanhope.

Me levanto y trato de alejar el tsunami de negatividad que destila este hombre.

—Puede que si se abriera a la posibilidad encontrara algo inesperado.

—Gracias, Gandhi, pero prefiero manejar datos fehacientes, no sandeces paranormales.

—Esas sandeces paranormales me valieron tres Emmys —le informo—. ¿No cree que todos tenemos algo de videntes? ¿No ha pensado nunca en un amigo que hace mucho que no ve, y éste le llama por teléfono? ¿Sin más?

—No —contesta Virgil, tajante.

—Ah, claro. Usted no tiene amigos. ¿Y esa vez que conducía con el GPS conectado y de pronto pensó, *Giraré a la izquierda*, y el GPS le indicó que hiciera justamente eso?

Virgil suelta una carcajada.

—¿De modo que ser vidente es una cuestión de probabilidades? Tienes el cincuenta por ciento de posibilidades de tener razón.

—¿No ha oído nunca una voz interior? ¿No ha tenido nunca una corazonada? ¿Una intuición?

Virgil sonríe.

—¿Quiere saber lo que mi intuición me dice en estos momentos?

—Se acabó —digo a Jenna, alzando las manos—. No sé qué te hizo pensar que yo era la persona adecuada para…

—Reconozco este lugar. —Virgil echa a andar de pronto a través de los altos tallos de hierba seguido por Jenna y por mí—. Aquí había un árbol gigantesco, pero fue abatido por un rayo, ¿lo veis? Y allí hay un estanque —comenta, señalando. Trata de orientarse girando unas cuantas veces, antes de avanzar unos cien metros hacia el norte. Allí empieza a moverse en círculos concéntricos cada vez más amplios, pisando con cautela hasta que la tierra se hunde debajo de su zapato. Entonces se agacha, con gesto triunfal, y aparta ramas desprendidas de los árboles y esponjoso musgo, mostrando un profundo hoyo—. Aquí encontramos el cadáver.

—Que había sido pisoteado por la elefanta —apostilla Jenna.

Yo retrocedo un paso, porque no quiero inmiscuirme en este drama, y entonces me fijo en un objeto, semienterrado en el montón de musgo que Virgil ha pisado. Me agacho y tomo una cadena, con el cierre intacto, de la que pende un pequeño colgante: un guijarro, pulido hasta hacer que reluzca.

Otra señal. *Te oigo*, pienso, dirigiéndome a quienquiera que esté al otro lado de ese muro de silencio, sosteniendo el collar en el valle de la palma de mi mano.

—Mirad esto. Quizá perteneciera a la víctima.

Jenna palidece.

—Era de mi madre. No se lo quitaba nunca.

Cuando me topo con un descreído —y déjame que te diga, cielo, que parece que los atraiga como el néctar a las abejas—, saco a colación a Thomas Edison. No hay una persona en este planeta que no diría que fue el paradigma de un científico; que su mente matemática le permitió crear el fonógrafo, la bombilla eléctrica, la cámara y el proyector de cine. Sabemos que era un librepensador que sostenía que no existía un ser supremo. Sabemos que poseía mil noventa y tres patentes. También sabemos que antes de morir, estaba trabajando en el invento de una máquina para hablar con los muertos.

El auge de la revolución industrial coincidió con el auge del movimiento espiritista. El hecho de que Edison apoyara esos inventos mecánicos en el mundo físico no significa que no se sintiera también fascinado por lo metafísico. Si los médiums lo conseguían mediante una sesión, pensaba, una máquina calibrada con el máximo rigor sin duda podría comunicarse con quienes se hallaban al otro lado.

Edison apenas hablaba sobre el invento en el que estaba trabajando. Quizá temía que le robaran su idea; quizás aún no se había decidido por un diseño específico. Contó a la revista *Scientific American* que la máquina sería «semejante a una válvula», indicando que, con un pequeño esfuerzo por parte del otro lado, alguien podría tropezar con un cable, hacer que repicara una campana, obtener alguna prueba.

¿Es preciso que te diga que Edison creía en el más allá? Bueno, aunque según dicen afirmaba que la vida no era destruible, nunca regresó para confirmármelo personalmente.

Pero también es posible que quisiera aplicar el cerebro de un científico a un ámbito difícil de cuantificar. Y no menos posible que tratara de justificar lo que yo solía hacer para ganarme la vida, presentando pruebas puras y duras.

También me consta que Edison creía que el momento entre estar despierto y estar dormido era un velo, y que era en ese momento cuando estábamos más conectados con nuestro yo superior. Colocaba bandejas de horno en el suelo junto a cada brazo de la poltrona en la que solía echar un sueñecito. Se sentaba en ella, sosteniendo un voluminoso cojinete de bolas en cada mano, y se quedaba adormilado, hasta que una bola caía en una bandeja de metal. Edison escribía lo que veía, pensaba e imaginaba en ese momento. Llegó a ser un maestro a la hora de mantener ese estado de duermevela.

Quizá trataba de canalizar su creatividad. O quizá trataba de canalizar a… los espíritus.

A la muerte de Edison, no hallaron ningún prototipo ni papeles que indicaran que había empezado a trabajar en su máquina para hablar con los muertos. Supongo que a las personas encargadas de administrar su patrimonio les avergonzaba sus inclinaciones espiritistas, o no querían que ése fuera el recuerdo que quedara del gran científico.

No obstante, yo creo que el que se rió el último fue Thomas Edison, porque en su casa en Fort Myers, Florida, hay una estatua de él de tamaño natural en el aparcamiento. Y en la mano sostiene un cojinete de bolas.

Siento una presencia masculina.

Aunque, para ser sincera, puede que sea el principio de una jaqueca.

—Claro que sientes la presencia de un hombre —dice Virgil, estrujando el envoltorio de aluminio que contenía su perrito caliente con chile. Nunca he visto a un ser humano comer como lo hace este hombre. Los términos que se me ocurren son calamar gigante y aspiradora industrial—. ¿Quién sino iba a darle a una tía un collar?

—¿Siempre eres tan grosero?

Me coge una de mis patatas fritas.

—Para ti, haré una excepción especial.

—¿Aún tienes hambre? —pregunto—. ¿Qué te parece si te sirvo una humeante bandeja de *Ya te lo dije*?

Virgil me mira con gesto desabrido.

—¿Por qué? ¿Porque te tropezaste con una alhaja?

—¿Y tú qué has encontrado? —El chico con la cara llena de granos en el remolque de chapa de metal ondulado que nos ha vendido los perritos calientes no pierde detalle de nuestra conversación—. ¿Qué pasa? —le grito—. ¿No has visto nunca discutir a dos personas?

—Probablemente no ha visto nunca a una persona con el pelo rosa —murmura Virgil.

—Al menos, aún conservo el pelo —replico.

Ese comentario le duele. Se pasa la mano por su cabeza casi rapada.

—Es lo que mola —aduce.

—Si tú lo dices… —Cuando miro de refilón veo que el joven vendedor de perritos calientes sigue sin quitarnos ojo. En parte quiero pensar que se siente fascinado por el espectáculo de la Aspiradora Humana zampándose el resto de mi almuerzo, pero en el fondo pienso que quizá me ha reconocido como la celebridad que era tiempo atrás—. ¿No tienes que llenar unos botes de kétchup? —le espeto, y el joven se apresura a apartarse de la ventana.

Estamos sentados en un parque, al sol, comiéndonos los perritos calientes que compré yo cuando Virgil se dio cuenta de que no llevaba un centavo encima.

—Fue mi padre —dice Jenna, con la boca llena de su perrito caliente de tofu. Se ha puesto el collar, que cuelga sobre su camiseta—. Él se lo regaló a mi madre. Yo estaba presente. Lo recuerdo.

—Genial. Recuerdas que tu madre recibió una cadena con un guijarro pero no lo que ocurrió la noche que desapareció —comenta Virgil.

—Sostenlo en la mano, Jenna —le indico—. Cuando me llamaban para resolver un secuestro, recibía las mejores pistas cuando sostenía algo que había pertenecido al niño o la niña que había desaparecido.

—Dicho por una sabuesa —observa Virgil.

—¿Qué has dicho?

Él me mira con gesto inocente.

—La hembra de un sabueso. ¿No es así como siguen la pista de algo?

No le hago caso. Observo a Jenna sostener el collar en el puño y cerrar los ojos.

—Nada —dice al cabo de un momento.

—Ya te vendrá —le prometo—. Cuando menos te lo esperes. Tienes una gran habilidad natural. Seguro que recordarás algo importante mientras te lavas los dientes esta noche.

Esto no era necesariamente cierto, por supuesto. Llevo años esperando, y estoy tan seca como un bar en Salt Lake City.

—Ella no es la única a quien convendría que algo estimulara su memoria —apunta Virgil, pensando en voz alta—. Quizás el tipo que dio el collar a Alice podría decirnos algo.

Jenna levanta la cabeza y lo mira.

—¿Mi padre? Si ni siquiera recuerda mi nombre…

Yo le doy una palmadita en el brazo.

—No debemos avergonzarnos de los pecados de nuestros padres. Mi padre era un travesti.

—¿Qué tiene eso de malo? —pregunta Jenna.

—Nada. Pero era un pésimo travesti.

—Mi padre está en un centro psiquiátrico —comenta Jenna.

—Ya —digo, mirando a Virgil.

—Que yo sepa —tercia éste—, nadie regresó para hablar con tu padre cuando tu madre desapareció. Quizá merezca la pena.

He hecho suficientes lecturas en frío para saber cuándo una persona no está siendo del todo transparente. Y en este momento, Virgil Stanhope miente como un bellaco. No sé qué se lleva entre manos, o qué espera conseguir de Thomas Metcalf, pero no dejaré que Jenna vaya sola con él.

Aunque juré que no volvería a poner los pies en una institución psiquiátrica.

Después del incidente con el senador, caí en una depresión. Ingería gran cantidad de vodka y pastillas. Mi agente en aquel entonces me sugirió que me tomara unas vacaciones, refiriéndose a que me recluyera una temporadita en un centro psiquiátrico. Era un lugar increíblemente discreto, al que acudían muchas celebridades para *ponerse en forma,* que según la jerga hollywoodiense significa *hacerte un lavado de estómago*, *desintoxicarte del alcohol* o *someterte a terapia de electrochoques*. Permanecí ingresada treinta días. Los suficientes para llegar a la conclusión de que jamás volvería a caer tan bajo

Mi compañera de cuarto era una atractiva joven, hija de un famoso artista de hip-hop. Gita se había afeitado la cabeza y tenía una hilera de piercings en la columna vertebral, unidos por una cadenita de platino. Yo me preguntaba cómo podía dormir tumbada de espaldas. Hablaba con personas que para ella eran reales. Cuando una de esas personas imaginarias trató de atacarla con un cuchillo, según me contó, ella cruzó la calle precipitadamente y fue arrollada por un taxi. Le diagnosticaron esquizofrenia paranoide. Por la época en que yo compartía el cuarto con ella, Gita creía que estaba siendo controlada por unos alienígenas a través de teléfonos móviles. Cada vez que alguien trataba de enviarle un mensaje de texto, se ponía frenética.

Una noche, Gita empezó a mecerse de un lado a otro en la cama, diciendo:

—Caerá un rayo sobre mí. Caerá un rayo sobre mí.

Era una noche estival, sin una nube en el cielo, pero ella no dejaba de repetir esa letanía. Siguió así hasta que, al cabo de una hora, cuando estalló una tormenta en la zona, se puso a gritar y a arrancarse la piel. Una enfermera entró en la habitación, para tratar de calmarla.

—Cariño —le dijo—, los truenos y relámpagos caen fuera. Aquí estás a salvo.

Gita se volvió hacia ella, y en ese momento vi en sus ojos una claridad sorprendente.

—Tú no sabes nada —murmuró.

En esto estallaron unos truenos, y el cristal de la ventana se partió. Un luminoso arco producido por un rayo penetró en la habitación, quemó la alfombra e hizo un agujero del tamaño de un puño en el colchón junto a Gita, que empezó a mecerse de un lado a otro con más violencia.

—Te dije que un rayo caería sobre mí —repetía sin cesar—. Te dije que un rayo caería sobre mí.

Te cuento esta historia a modo de explicación. Las personas que definimos como locas tal vez estén más cuerdas que tú y que yo.

—Mi padre no nos será útil —insiste Jenna—. No vale la pena que lo intentemos.

De nuevo, mi destreza a la hora de hacer una lectura en frío me indica que la forma en que Jenna mira hacia la izquierda, la forma en que se muerde las uñas, significa que también miente. ¿Por qué?

—Jenna —le pido—, ¿por qué no te acercas al coche y compruebas si me he dejado las gafas de sol en él?

Ella se levanta, más que dispuesta a huir de esta conversación.

—De acuerdo —digo, esperando a que Virgil sostenga mi mirada—, no sé qué te propones, pero no me fío de ti.

—Excelente. El sentimiento es mutuo.

—¿Qué es lo que no le has dicho a Jenna?

Él duda unos instantes, sin saber si puede o no confiar en mí.

—La noche en que la cuidadora fue hallada muerta, Thomas Metcalf se mostraba nervioso, inquieto. Quizá fuera porque su mujer y su hija habían desaparecido. O porque empezaba a dar muestras de una crisis nerviosa. Pero quizá fuera porque le remordía la conciencia.

Yo me repanchigo en mi silla y cruzo los brazos.

—Crees que Thomas es sospechoso. Crees que Alice es sospechosa. Tengo la impresión de que crees que todo el mundo es culpable, excepto tú, de decir que la muerte había sido un accidente.

Virgil alza la vista y me mira.

—¿Crees que Thomas Metcalf maltrataba a su mujer?

—Es un buen motivo para fugarse —respondo, pensando en voz alta—. De modo que quieres hablar con él para tratar de hacerlo reaccionar.

Virgil se encoge de hombros, lo que me confirma que tengo razón.

—¿Has pensado en el daño que puedes causar a Jenna? Ella piensa que su madre la abandonó. ¿Quieres quitarle sus gafas rosadas y demostrarle que su padre también es un cabrón?

Virgil se rebulle en la silla.

—Debió pensarlo antes de contratarme.

—Eres un imbécil.

—Me pagan para investigar.

—Entonces deberías estar en otro grupo impositivo. —Lo miro fijamente—. Los dos sabemos que no te harás rico con este caso. ¿Qué vas a sacar de él?

—La verdad.

—¿Por Jenna? —pregunto—. ¿O porque hace diez años te dio demasiada pereza averiguarla?

Virgil crispa un músculo en el maxilar. Durante un segundo pienso que me he pasado, que va a levantarse y marcharse. Pero antes de que pueda hacerlo, Jenna reaparece.

—No he encontrado tus gafas de sol —dice. Aún sostiene el guijarro que cuelga de la cadena alrededor de su cuello.

Sé que algunos neurólogos piensan que los niños autistas tienen las sinapsis cerebrales tan juntas y emiten unos impulsos nerviosos tan seguidos, que les producen una hipersensibilidad sensorial; que una de las razones por las que los niños comprendidos en este espectro se mecen continuamente y muestran conductas de autoestimulación es con el fin de centrarse e impedir que un torrente de sensaciones los bombardeen de golpe. Yo creo que la clarividencia no es muy diferente. Probablemente, tampoco la enfermedad mental. Una vez pregunté a Gita por sus amigos imaginarios. *¿Imaginarios?,* repitió, como si la loca fuera yo por no verlos. Lo curioso es que comprendí a qué se refería, porque yo también había pasado por eso. Si observas a alguien hablando con una persona que tú no puedes ver, es posible que se trate de esquizofrenia paranoide. Pero quizás esa persona sea vidente. El hecho de que tú no puedas ver a la otra parte de la conversación no significa que no sea real.

Ése es otro motivo por el que no me apetece visitar a Thomas Metcalf en el centro psiquiátrico. No quiero verme cara a cara con personas que no pueden controlar un don natural que yo poseía antes.

—¿Sabes cómo llegar a la institución psiquiátrica? —pregunta Virgil.

—En serio —insiste Jenna—, no es una buena idea visitar a mi padre. No siempre reacciona bien ante personas que no conoce.

—¿No dijiste que a veces ni siquiera te reconoce a ti? En tal caso, podríamos ser viejos amigos suyos de los que no se acuerda.

Observo a Jenna tratando de asimilar la lógica de Virgil, tratando de decidir si debe proteger a su padre o aprovecharse de la debilidad de sus defensas.

—Tiene razón —digo.

Virgil y Jenna me miran pasmados.

—¿Estás de acuerdo con él? —pregunta Jenna.

Yo asiento con la cabeza.

—Si tu padre tiene algo que aportar sobre los motivos que indujeron a tu madre a marcharse esa noche, quizá nos muestre la dirección que debemos tomar.

—La decisión depende de ti —afirma Virgil con tono neutro.

Al cabo de unos momentos, Jenna comenta:

—La verdad es que no deja de hablar de mi madre. De cómo se conocieron. Del aspecto que ella tenía. De cuándo se dio cuenta de que iba a pedirle que se casara con él. —La niña se muerde el labio inferior—. La razón por la que dije que no quería ir al psiquiátrico es porque no quería compartir esas cosas con vosotros. Ni con *nadie*. Es la única conexión que tengo con mi padre. Él es la única persona que la añora tanto como yo.

Cuando el universo te llama, no le haces esperar. Hay un motivo por el que regreso siempre junto a esta niña. O es debido a su fuerza gravitatoria o porque es un sumidero que acabará succionándome.

—Cielo —digo, ofreciéndole mi sonrisa más radiante—, me chifla una buena historia de amor.

ALICE

La matriarca había muerto.

Era *Mmaabo*, que se había quedado rezagada y avanzaba tras su manada, con movimientos torpes y trabajosos, antes de doblar las patas delanteras y desplomarse. Yo llevaba treinta y seis horas despierta, observando. Había visto cómo la manada de *Mmaabo,* en especial su hija *Onalenna*, que era su compañera más íntima, había tratado de levantarla con los colmillos, consiguiendo que se incorporara, pero al cabo de un rato *Mmaabo* había sucumbido. La trompa de la matriarca se había extendido hacia *Onalenna* por última vez antes de caer al suelo, desmadejada. Cómo *Onalenna* y los otros miembros de la manada habían emitido unos angustiados barritos, tratando de levantar a la matriarca con sus trompas y sus cuerpos, empujando y tirando del cadáver de *Mmaabo*.

Al cabo de seis horas, la manada había abandonado el cadáver. Pero casi de inmediato había aparecido otra elefanta. Supuse que era un miembro de la manada de *Mmaabo* que se había quedado rezagada, pero entonces reconocí un corte que tenía en la oreja izquierda en forma de triángulo y los pecosos pies de *Sethunya*, la matriarca de otra manada más reducida. *Sethunya* y *Mmaabo* no estaban emparentadas, pero cuando *Sethunya* se aproximó al cadáver, guardó también silencio y sus movimientos se hicieron más cautelosos. Agachó la cabeza y bajó las orejas. Tocó el cuerpo de *Mmaabo* con la trompa. Levantó su pata izquierda delantera y la sostuvo unos momentos sobre el cadáver. Luego se colocó sobre él, apoyando sus patas delanteras y sus patas traseras a cada lado del cuerpo de la elefanta. Entonces empezó a mecerse de un lado a otro. Cronometré sus movimientos durante seis minutos. Era como si ejecutara un baile, aunque no sonaba ninguna música. Un canto fúnebre en silencio.

¿Qué significaba? ¿Por qué una elefanta que no estaba emparentada con *Mmaabo* se mostraba tan profundamente afectada por su muerte?

Habían pasado dos meses desde la muerte de *Kenosi*, el joven elefante que había caído en una trampa, dos meses desde que yo había delimitado oficialmente el objeto de mi trabajo posdoctoral. A diferencia de otros colegas que trabajaban en la reserva y estudiaban los hábitos migratorios de los elefantes del Tuli Block y el efecto que ello tenía sobre el ecosistema; o los efectos de la sequía sobre el índice de reproducción de los elefantes; o el *musth* y la estacionalidad reproductora en los machos, mi ciencia era cognitiva. No podía medirse con un dispositivo de localización geográfica; no estaba en el ADN. Por más veces que hubiera observado a unos elefantes tocar el cráneo de otro elefante, o regresar al lugar donde un exmiembro de la manada había muerto, en cuanto interpretara eso como una manifestación de duelo, habría cruzado una línea que los investigadores que estudiamos a los animales no debemos cruzar. Atribuiría emociones a una criatura que no era humana.

Si alguien me hubiera pedido que defendiera el trabajo que hacía aquí, le habría dicho lo siguiente: cuanto más complejo es el comportamiento, más rigurosa y complicada es la ciencia detrás del mismo. Matemáticas, química, eso es lo fácil, unos modelos cerrados con respuestas específicas. Para comprender el comportamiento —el humano o el de los elefantes— debemos utilizar sistemas infinitamente más complejos, lo que explica por qué la ciencia detrás de ellos tiene que ser necesariamente más complicada.

Pero nadie me había pedido que lo hiciera. Estoy segura de que mi jefe, Grant, pensó que era una fase por la que yo pasaba, y que antes o después regresaría a la ciencia, en lugar de la cognición en los elefantes.

No era la primera vez que veía morir a un elefante, pero era la primera vez desde que había modificado el rumbo de mis investigaciones. Quería tomar nota de cada detalle. Quería asegurarme de que no descartaba nada por considerarlo demasiado prosaico; cualquier acción que yo observara era luego imprescindible para estudiar la forma en que los elefantes lloran la pérdida de un ser querido. Así pues, me quedé allí, sacrificando el sueño. Tomé nota de qué elefantes acudían a visitar el cadáver identificándolos por sus colmillos, el pelo de la cola, las marcas en sus cuerpos, y a veces incluso las venas en sus orejas, que tenían unos diseños tan singulares como nuestras impresiones dactilares. Catalogué el tiempo que pasaban tocando a *Mmaabo*, qué partes de su cuerpo exploraban. Anoté cuándo se alejaban del cuerpo, y si regresaban. Catalogué los otros animales —unos impalas y una jirafa— que pasaron por las inmediaciones, sin saber que una matriarca había muerto. Pero principalmente, me quedé porque quería averiguar si *Onalenna* regresaría.

Tardó casi diez horas en regresar, y cuando lo hizo, había oscurecido y su manada se hallaba muy lejos. La elefanta permaneció junto al cadáver de su madre mientras caía la noche, inmediata como una guillotina. De vez en cuando emitía unos barritos de angustia, a los que respondían otros sonidos procedentes del nordeste, como si *Onalenna* necesitara comunicarse con sus hermanas, y recordarles que seguía aquí.

Onalenna no se había movido desde hacía una hora, lo que probablemente explica por qué me sobresalté al ver que se acercaba un Land Rover, horadando con sus faros la oscuridad. *Onalenna* también se sobresaltó, y se apartó del cadáver de su madre, agitando las orejas al sentirse amenazada.

—Por fin doy contigo —me dijo Anya, aproximándose con el vehículo. Era una colega que investigaba también a los elefantes, estudiando los cambios en las rutas migratorias debido a la caza furtiva—. No has respondido a las llamadas que te hemos hecho al walkie-talkie.

—Bajé el volumen. No quería molestarla —dije, señalando a la elefanta, que no cesaba de moverse, nerviosa.

—Grant quiere que regreses al campamento.

—¿Ahora? —A mi jefe no le había hecho ninguna gracia mi decisión de centrarme en el duelo de los elefantes. Últimamente apenas me dirigía la palabra. ¿Significaba esto que me había perdonado?

Anya miró el cadáver de *Mmaabo*.

—¿Cuándo ocurrió?

—Hace casi veinticuatro horas.

—¿Se lo has comunicado a los guardabosques?

Negué con la cabeza. Pensaba hacerlo, por supuesto. Los guardabosques vendrían y cortarían los colmillos de *Mmaabo*, para evitar que aparecieran los cazadores furtivos en busca del marfil. Pero pensé que la manada merecía disponer de un tiempo para manifestar su duelo, al menos unas horas más.

—¿Cuándo quieres que le diga a Grant que regresarás? —me preguntó Anya.

—Pronto —respondí.

El vehículo de Anya se adentró en el matorral, convirtiéndose en una mota de luz en la lejana oscuridad, como una luciérnaga. *Onalenna* emitió un barrito e introdujo la trompa en la boca de su madre.

Antes de que yo pudiera tomar nota de ese comportamiento, apareció una hiena. El reflector que yo había colocado sobre la escena iluminó los relucientes y blancos incisivos de la bestia cuando abrió sus fauces. *Onalenna* barritó. Alargó la trompa, que parecía estar demasiado lejos de la hiena para lastimarla. Pero los elefantes africanos tienen aproximadamente un palmo adicional de trompa, que despliegan, como un acordeón, para golpearte cuando menos te lo esperas. *Onalenna* golpeó a la hiena con tal violencia, que ésta se alejó del cadáver de *Mmaabo* gimiendo.

Onalenna volvió su gigantesca cabeza hacia mí. Secretaba un líquido gris oscuro de sus glándulas temporales.

—Tienes que despedirte de ella —dije en voz alta, pero no sé a quién de nosotras dos trataba de convencer.

Me desperté sobresaltada al sentir el sol en mi rostro, las primeras luces del día. Lo primero que pensé fue que Grant me mataría. Lo segundo fue que *Onalenna* se había ido. En su lugar había dos leonas, despedazando los cuartos traseros de *Mmaabo*. En lo alto, un buitre surcaba el cielo dibujando un ocho, esperando su turno.

Yo no quería regresar al campamento; quería sentarme junto al cadáver de *Mmaabo* para ver si otros elefantes acudirían para presentarle sus respetos.

Quería ir en busca de *Onalenna* para ver qué hacía, cómo se comportaba su manada, quién era la nueva matriarca.

Quería averiguar si la elefanta había abandonado el duelo por la muerte de su madre, o si aún la añoraba. Quería averiguar cuánto tiempo tardaría en recuperarse de su pérdida.

Grant había decidido castigarme, lisa y llanamente.

De todos los colegas que mi jefe podía haber elegido para hacer de canguro a un gilipollas de Nueva Inglaterra que iba a venir a pasar una semana en la reserva, me había elegido a mí.

—Escucha, Grant —dije—, no todos los días perdemos a una matriarca. Tienes que reconocer que es un evento muy importante para mis investigaciones.

Él alzó la vista de su mesa.

—Dentro de una semana la elefanta seguirá muerta.

Si mis investigaciones no podían convencer a Grant, quizá lo hiciera mi agenda.

—Pero hoy tengo que ir a recoger a Owen —repuse. Owen era el veterinario de la reserva, e íbamos a colocar un collar de rastreo a una matriarca para un nuevo estudio que estaba llevando a cabo un equipo de investigadores de la Universidad de Zululandia. Dicho de otro modo: *Estoy ocupada.*

Grant me miró.

—¡Estupendo! —exclamó—. Estoy seguro de que a ese tipo le encantará ver cómo le colocáis el collar de rastreo.

De modo que me encontré sentada a la entrada de la reserva natural, esperando la llegada de Thomas Metcalf, de Boone, Nueva Hampshire.

Siempre era problemático cuando venía alguna visita. A veces se trataba de peces gordos que financiaban un collar para monitorizar a los animales con un GPS, los cuales manifestaban su deseo de acudir con sus mujeres y sus colegas de trabajo para representar la versión políticamente correcta del Gran Cazador Blanco; en lugar de matar elefantes, observaban cómo el veterinario disparaba un dardo tranquilizante al animal para poder colocarle el collar de rastreo, y luego brindaban por su magnanimidad con unos gin–tonics. Otras era un adiestrador de un zoológico o un circo, que casi siempre resultaba ser un idiota. El último tipo al que había tenido que pasear en mi Land Rover durante dos días era un guarda del Zoológico de Filadelfia, y cuando vimos a un elefante macho de seis años secretando de sus glándulas temporales, insistió en que la cría estaba en *musth*. Por más que traté de convencerlo de que estaba equivocado (un macho de seis años no puede entrar en *musth*), él seguía en sus trece.

Reconozco que cuando vi a Thomas Metcalf bajarse del taxi africano (una experiencia en sí misma, si no la has vivido nunca), no tenía el aspecto que yo había imaginado. Tenía aproximadamente mi edad y llevaba unas gafas pequeñas y redondas que se empañaron en cuanto entraron en contacto con la humedad del ambiente, de modo que no conseguía dar con el asa de su maleta. Me miró de arriba abajo, desde mi coleta medio deshecha a mis deportivas Converse de color rosa.

—¿Eres George? —preguntó.

—¿Tengo aspecto de llamarme George?

George era uno de mis colegas, un estudiante que ninguno de nosotros creíamos que terminaría su doctorado. En otras palabras, el blanco de todas las bromas, es decir, hasta que yo empecé a estudiar el duelo en los elefantes.

—No…, quiero decir, lo siento. Esperaba a otra persona.

—Lamento decepcionarte —dije—. Me llamo Alice. Bienvenido al Tuli Block septentrional.

Lo conduje al Land Rover y empezamos a circular por los serpenteantes y polvorientos senderos que atravesaban la reserva. Durante el trayecto, le recité el discurso que endilgábamos a todos los visitantes.

—Los primeros elefantes de los que tenemos constancia aquí datan de setecientos años después de Cristo. A finales del siglo diecinueve les fueron entregados rifles a los jefes locales, lo que afectó dramáticamente a la población de elefantes. Cuando llegaron los Grandes Cazadores Blancos, los elefantes casi se habían extinguido. No fue hasta que se fundó la reserva natural cuando el número aumentó. Nuestros investigadores efectúan trabajo de campo siete días a la semana —dije—. Aunque todos llevamos a cabo distintos proyectos de investigación, también nos ocupamos de monitorizar a los animales: observar a las manadas reproductoras y con qué otras manadas tienen contacto, identificar a los individuos de cada manada, tomar nota de sus actividades y su hábitat, determinar la zona en que se mueven, revisar el censo una vez al mes, consignar los nacimientos y las defunciones, las épocas de celo y *musth,* recopilar datos sobre los elefantes machos, el índice de precipitaciones...

—¿Cuántos elefantes tenéis aquí?

—Unos mil cuatrocientos —respondí—. Aparte de los leopardos, leones, guepardos...

—Es impresionante. Yo tengo seis elefantas, y es difícil distinguir quién es quién si estás con ellas todos los días.

Yo me había criado en Nueva Inglaterra, y sabía que las probabilidades de que allí hubiera elefantes salvajes eran tan altas como que a mí me creciera otro brazo. Lo que significaba que Metcalf o bien regentaba un zoológico o un circo, ninguno de los cuales contaba con mi aprobación. Cuando los adiestradores dicen que los comportamientos que enseñan a los elefantes son cosas que también hacen en el medio silvestre, mienten. En el medio silvestre, los elefantes no se alzan sobre sus patas traseras ni caminan agarrados a las colas de sus compañeros ni bailan alrededor de una pista. En el medio silvestre, los elefantes están siempre a pocos metros de otro elefante. Se tocan y restriegan unos con otros con sus trompas continuamente, comprobando que todo va bien. La relación entre los humanos y los elefantes en cautividad se basa en la explotación de éstos.

Aparte de la inquina que me inspiraba Thomas Metcalf debido al castigo que me había infligido mi jefe, ahora me caía mal por principio.

—¿Y tú a qué te dedicas aquí? —me preguntó de sopetón.

Dios me libre de los turistas.

—Soy la vendedora local de cosméticos Mary Kay.

—Me refería a tus trabajos de investigación.

Lo miré de refilón. No tenía motivos para ponerme a la defensiva con un hombre al que había conocido hacía un minuto, un hombre cuyos conocimientos sobre los elefantes eran mucho menos exhaustivos que los míos. Sin embargo, estaba tan habituada a que la gente me mirara con escepticismo cuando comentaba mi nuevo proyecto de investigación, que me había acostumbrado a no hablar de él.

Una cascada de cuernos y cascos lanzados a la carrera a través del sendero me ahorró tener que responder. Sujeté el volante con firmeza y frené en el último momento.

—No te muevas —dije.

—¡Son increíbles! —exclamó Thomas, y yo me abstuve de poner los ojos en blanco.

Cuando vives aquí, dejas de conceder importancia a esas cosas. Para los turistas, todo representa una novedad, todo es digno de ser observado con detenimiento, todo constituye una aventura. Sí, eso es una jirafa. Sí, es extraordinaria. Pero no después de haberla visto setecientas veces.

—¿Son antílopes?

—Impalas. Nosotros los llamamos McDonald's.

Thomas señaló los cuartos traseros de un animal, que estaba pastando.

—¿Debido a las marcas?

Los impalas tienen dos rayas negras en sus patas traseras, y otra en su pequeña cola, formando un diseño parecido al célebre Arco Dorado. Pero el mote se debe a que son la comida preferida de los depredadores en la sabana.

—Porque más de un millón han sido víctimas de los depredadores.

Hay una diferencia entre la idea romántica de África y la realidad. Los turistas que vienen para participar en safaris confiando en asistir a la caza de un animal, y que luego, con suerte, ven a una leona abatir a su presa, suelen enmudecer y cambiar de color, impresionados por el espectáculo. Observé que Thomas había palidecido.

—Bueno, Toto —dije—, hazte a la idea de que ya no estás en Nueva Hampshire.

Mientras esperábamos en el campamento principal a que llegara Owen, el veterinario de la reserva, expliqué a Thomas las reglas de un safari.

—No te bajes del vehículo. No te pongas de pie dentro de él. Los animales nos ven como una entidad de gran tamaño, y si te alejas de ese perfil, tendrás problemas.

—Lamento haberos hecho esperar. Fuimos a recolocar a un rinoceronte y tuvimos más contratiempos de los que supuse.

Owen Dunkirk se acercó apresuradamente, portando su maletín y su rifle. Era un hombre alto y corpulento que prefería disparar los dardos tranquilizantes desde un vehículo que desde un helicóptero. Solíamos llevarnos bien, hasta que me centré en otro tipo de trabajo de campo. Owen pertenecía a la vieja escuela; creía en las pruebas y las estadísticas. Mi decisión le chocó tanto como si le hubiera dicho que iba a utilizar mi beca de investigación para estudiar el vudú o demostrar la existencia de los unicornios.

—Thomas —dije—, éste es Owen, nuestro veterinario. Owen, éste es Thomas Metcalf. Ha venido a pasar unos días.

—¿Estás segura de que estás dispuesta a hacer esto, Alice? —me preguntó Owen—. Quizás hayas olvidado cómo colocar un collar de rastreo a un animal, dado que ahora te dedicas a escribir panegíricos sobre los elefantes.

Yo pasé por alto su pulla y el gesto de extrañeza con que me miró Thomas Metcalf.

—Estoy segura de que puedo hacerlo con los ojos cerrados —le contesté—. Que es más de lo que tú puedes decir. ¿No fuiste tú quien erró el tiro la última vez? ¿Una diana del tamaño de… un elefante?

Anya se montó con nosotros en el Land Rover. Cuando íbamos a colocar un collar de rastreo a un elefante, necesitábamos dos investigadores y tres vehículos, a fin de controlar a la manada mientras nosotros realizábamos nuestra tarea. Los otros dos Land Rovers eran conducidos por guardabosques, uno de los cuales había estado siguiendo ese día a la manada de *Tebogo*.

Colocar un collar de rastreo es un arte, no una ciencia. No me gusta hacerlo durante una sequía, o en verano, cuando la temperatura es demasiado elevada. La temperatura de los elefantes sube tan rápidamente que es preciso monitorizarla cuando caen abatidos por el dardo. La operación consiste en que el veterinario se coloque a unos veinte metros de la elefanta, para dispararle el dardo con seguridad. Cuando la matriarca cae, se desencadena el pánico, motivo por el cual conviene ir acompañado de unos guardabosques experimentados que sepan controlar a una manada, y no de novatos como Thomas Metcalf, capaz de cometer alguna imprudencia.

Cuando alcanzamos el vehículo de Bashi, miré a mi alrededor, satisfecha. Era el paraje ideal para la tarea que íbamos a llevar a cabo: llano y extenso, de forma que si la elefanta echaba a correr, no se lastimaría.

—¿Estás listo, Owen? —pregunté.

Éste asintió, cargando el M99 en su rifle de dardos.

—¿Anya? Colócate en la parte posterior y yo me situaré delante. ¿Bashi? ¿Elvis? Tenemos que conducir a la manada hacia el sur —dije—. De acuerdo, cuando cuente tres.

—Un momento. —Thomas apoyó la mano en mi brazo—. ¿Qué quieres que haga yo?

—Quédate en el coche y procura que no te maten.

Después, me olvidé de Thomas Metcalf. Owen disparó el dardo, que aterrizó en el centro del trasero de *Tebogo*. La elefanta se asustó y chilló, volviendo la cabeza. No se arrancó la banderita, ni tampoco lo hizo otro elefante, como sucede a veces.

Pero la angustia del animal era contagiosa. La manada se agrupó, colocándose alrededor de la elefanta, algunos de cara a nosotros para protegerla, otros tratando de tocarla. Los retumbos sacudían el suelo, y todos los elefantes empezaron a secretar un líquido aceitoso que corría por sus mejillas. *Tebogo* avanzó unos pasos, meneó la cabeza y al cabo de unos segundos el M99 hizo su efecto. Bajó la trompa, que estaba flácida, agachó la cabeza, se bamboleó y empezó a desplomarse.

Era el momento en que nosotros teníamos que actuar sin dilación. Si no conseguíamos alejar a la manada de la matriarca que había caído, podían lastimarla al tratar de hacer que se incorporara —empujándola con los colmillos—, o impidiéndonos que nos acercáramos lo suficiente para reanimar a *Tebogo* con un antídoto. Podía caer sobre una rama; podía caer sobre su trompa. Lo importante era no mostrar temor. Si la manada venía a por nosotros y retrocedíamos, lo perderíamos todo, inclusive a la matriarca.

—¡Ahora! —grité, y Bashi y Elvis pusieron sus vehículos en marcha. Empezaron a dar palmas y a gritar, persiguiendo a la manada, dispersando a los elefantes para que nosotros pudiéramos acercarnos a la matriarca. Cuando los otros elefantes se alejaron lo bastante de nosotros, Owen y Anya saltaron de sus vehículos, dejando que los guardabosques se ocuparan de controlar a la inquieta manada.

Disponíamos sólo de diez minutos. De inmediato me aseguré de que *Tebogo* yacía completamente de costado, y que en el terreno debajo de ella no hubiera nada que pudiera hacerle daño. Le coloqué la oreja sobre el ojo para impedir que le entrara tierra y que el sol la deslumbrara. Ella me miró, y vi el terror en su mirada.

—Tranquila —dije. Quería acariciarla, pero sabía que no debía hacerlo. *Tebogo* no estaba dormida, era consciente de cada sonido, de cada roce de mi mano, de cada olor. Por consiguiente, debía procurar tocarla lo menos posible.

Inserté una pequeña rama entre los dos dedos de su trompa, para que permaneciera abierta; un elefante no puede respirar por la boca y si la abertura de la trompa queda bloqueada se asfixia. *Tebogo* resopló un poco cuando vertí agua sobre su oreja y sobre su cuerpo, a fin de refrescarla. Luego le puse el collar alrededor de su grueso cuello, colocando el receptor sobre la elefanta y sujetándoselo debajo de la barbilla. Ajusté el trinquete en el pasador, dejando un espacio de dos manos entre la barbilla del animal y el contrapeso, y limé los bordes metálicos. Anya trabajaba a marchas forzadas, tomando una muestra de sangre y un pequeño fragmento de piel de la oreja de *Tebogo* y unos pelos de su cola para el ADN, midiendo sus pies y su temperatura, sus colmillos y la altura del pie a la escápula. Owen la examinó por encima, comprobando si la elefanta tenía alguna lesión y si respiraba con normalidad. Por último, inspeccionamos el collar para asegurarnos de que el GPS funcionaba correctamente y emitía los correspondientes pitidos.

Toda la operación nos había llevado nueve minutos y treinta y cuatro segundos.

—Ya está —anuncié.

Anya recogió todo el material que habíamos llevado para colocar el collar a la elefanta y lo transportó de nuevo al vehículo.

Bashi y Elvis partieron mientras Owen se agachaba de nuevo junto a *Tebogo*.

—Tranquila, bonita —dijo, inyectándole el antídoto en la oreja derecha, directamente al torrente sanguíneo.

No nos marchamos hasta habernos asegurado de que la elefanta estaba bien. Al cabo de tres minutos, *Tebogo* se incorporó, sacudiendo su gigantesca cabeza, barritando para llamar a su manada. El collar parecía estar bien colocado cuando fue a reunirse con sus compañeros en medio de un frenesí de murmullos y barritos, tocándose unos a otros y orinando.

Yo tenía calor, estaba sudorosa y despeinada. Tenía la cara manchada de tierra y baba de la elefanta en mi camiseta. Y me había olvidado de Thomas Metcalf hasta que oí su voz.

—¿Qué contiene el dardo, Owen? —preguntó—. ¿Eme noventa y nueve?

—Sí —respondió el veterinario.

—He leído que basta una pequeña gota para matar a un ser humano.

—Cierto.

—¿De modo que la elefanta a la que disparaste el dardo no estaba dormida, sólo paralizada?

El veterinario asintió con la cabeza.

—Durante unos minutos. Pero como has podido comprobar, está ilesa.

—En nuestra reserva —dijo Thomas—, tenemos una elefanta asiática llamada *Wanda*. Estaba en el zoológico de Gainesville en 1981, cuando se produjeron las inundaciones en Texas. La mayoría de los animales murieron, pero al cabo de veinticuatro horas alguien vio la trompa de la elefanta asomando en el agua en una zona inundada. El animal permaneció sumergido en el agua durante prácticamente dos días, antes de que el nivel descendiera lo suficiente para poder rescatarla. A partir de esa experiencia, las tormentas la aterrorizaban. No dejaba que los cuidadores la bañaran. Evitaba pisar un charco de agua. Esta situación duró años.

—Yo no equipararía los diez minutos que ha permanecido sedada la elefanta con cuarenta y ocho horas de trauma —replicó Owen, visiblemente irritado.

Thomas se encogió de hombros.

—Pero, claro está, tú no eres un elefante —apuntó.

Mientras Anya conducía el Land Rover de regreso al campamento, por senderos llenos de baches, yo miré varias veces de refilón a Thomas Metcalf. Casi parecía haber insinuado que los elefantes tenían la capacidad de pensar, sentir, experimentar rencor y perdonar. Todo lo cual se aproximaba peligrosamente a mis creencias, las creencias por las cuales la gente se reía de mí.

Durante el trayecto de veinte minutos de regreso al campamento, le oí hablar a Owen sobre la Reserva de Elefantes de Nueva Inglaterra. Pese a lo que yo había supuesto, Metcalf no era un domador de circo ni el director de un zoológico. Hablaba sobre sus elefantas como si fueran su familia. Hablaba de ellas como… como yo hablaba de mis elefantes. Dirigía una reserva que acogía a animales que habían vivido en cautividad para que vivieran el resto de sus vidas en paz. Había venido a África para averiguar si era posible que esa experiencia se asemejara a la forma en que las elefantas vivían en el medio silvestre, sin tener que devolverlas a África o Asia.

Yo no había conocido nunca a nadie como él.

Cuando llegamos al campamento, Owen y Anya se dirigieron hacia el laboratorio de investigación para consignar los datos de *Tebogo*. Thomas se quedó a mi lado, con las manos enfundadas en los bolsillos.

—Oye, no tienes que molestarte —dijo.

—¿Perdón?

—Lo entiendo. No es necesario que te ocupes de mí. No te gusta hacer el numerito que sueles hacer para los visitantes. Lo has dejado muy claro.

Mi grosería me había delatado, y noté que me sonrojaba.

—Lo siento —me disculpé—. No eres como había supuesto.

Thomas me miró unos momentos, el tiempo suficiente para cambiar la dirección del viento para el resto de mi vida. Luego sonrió lentamente.

—¿Esperabas a George?

—¿Qué fue de ella? —pregunté más tarde a Thomas, cuando nos dirigíamos en el Land Rover hacia la reserva, solos—. Me refiero a *Wanda*.

—Tardamos dos años en conseguirlo, y yo tenía casi siempre la ropa empapada, pero ahora se pasa el día bañándose en el estanque de la reserva.

Cuando Thomas me contó eso, decidí llevarlo a cierto lugar. Reduje la marcha del vehículo, y circulamos por la arena del lecho de un río seco, hasta que localicé lo que buscaba. Las huellas de los elefantes parecen diagramas de Venn; la impresión de la pata delantera se superpone a la trasera. Estas huellas eran recientes, unos círculos lisos, relucientes, que aún no estaban cubiertos de polvo. De habérmelo propuesto, seguramente habría podido descifrar a qué individuo pertenecían esas huellas, prestando atención a las marcas. Multiplicando la circunferencia de la pata trasera por 5,5 obtendría la estatura de la elefanta. Sabía que era una hembra, porque ésa era una manada reproductora, y había múltiples huellas, en lugar de una única línea trazada por un macho.

No estábamos muy lejos del cadáver de *Mmaabo*. Me pregunté si esa manada se había tropezado con ella, y qué habían hecho.

Después de apartar ese pensamiento de mi mente, puse el vehículo en marcha y seguí las huellas.

—No he conocido a nadie que dirigiera una reserva de elefantes.

—Y yo no he conocido a nadie capaz de colocar un collar rastreador a una elefanta. Supongo que estamos empatados.

—¿Por qué decidiste fundar la reserva?

—En 1903, había una elefanta en Coney Island llamada *Topsy*. Había contribuido a la construcción del parque temático, dejaba que la gente la montara y realizaba números circenses. Un día, su domador le arrojó un cigarrillo encendido en la boca. La elefanta lo mató, lo cual no es de extrañar, y las autoridades dictaminaron que era peligrosa. Los dueños de *Topsy* querían sacrificarla, de modo que recurrieron a Thomas Edison, quien por aquel entonces trataba de demostrar los peligros de la corriente alterna. Colocó unos cables a la elefanta, y ésta murió al cabo de unos segundos. —Thomas me miró—. Asistieron mil quinientas personas al espectáculo, incluido mi bisabuelo.

—¿De modo que la reserva es una especie de legado?

—No. Yo no recordé esa historia hasta que un verano, cuando

estudiaba en la universidad, trabajé en un zoológico. Acababan de recibir a una elefanta, *Lucille*. Su llegada causó un gran revuelo, porque los elefantes siempre atraen a un público muy numeroso. Confiaban en sanear con ella las cuentas del zoológico, que estaba lleno de deudas. Me contrataron como asistente del cuidador principal, que tenía mucha experiencia con elefantes de circo. —Thomas se volvió para contemplar los matorrales—. ¿Sabías que no es preciso tocar siguiera a un elefante con un gancho para conseguir que haga lo que quieres? Basta con que lo acerques a su oreja, y el animal se apresura a alejarse de la amenaza del dolor, porque sabe lo que le espera. Huelga decir que cometí el grave error de decir que los elefantes eran conscientes de los malos tratos que les infligíamos. Me despidieron.

—Yo he restringido el objeto de mi trabajo de campo a la forma en que los elefantes lloran a sus seres queridos.

Thomas me miró.

—Lo hacen mejor que las personas.

Pisé el freno y nos detuvimos.

—Mis colegas te dirían que estás equivocado. No, se reirían de ti. Como se ríen de mí.

—¿Por qué?

—Para su trabajo, pueden utilizar collares rastreadores, mediciones y datos experimentales. Lo que un científico interpreta como cognición otro lo interpreta como condicionamiento, en el que no hay un pensamiento consciente. —Me volví hacia él—. Pero pongamos que yo lograra demostrarlo. ¿Imaginas las implicaciones que tendría en la gestión de una reserva natural? Como dijiste a Owen, ¿es ético disparar un dardo cargado con Eme noventa y nueve a una elefanta que es consciente de lo que le haces? Especialmente si antecede a un tiro en la cabeza, como cuando realizamos una matanza selectiva de una manada. Y si no debemos hacer eso, ¿cómo podemos controlar las poblaciones de elefantes?

Thomas me miró, fascinado.

—¿Ese collar que le pusiste a la elefanta mide las hormonas? ¿Los niveles de estrés? ¿Si está enferma? ¿Cómo predices una muerte, para saber a qué elefante debes colocar el collar?

—No podemos predecir la muerte. Ese collar es para el proyecto en el que trabajaban otras personas. Quieren averiguar el radio de acción de un elefante.

—O sea, la zona por la que el elefante necesita moverse —comentó Thomas con una carcajada—. Es una broma, ¿no?

—No.

—¿En serio? ¿Cómo puede nadie pensar que ese estudio de investigación es más importante que lo que haces tú? —preguntó Thomas, meneando la cabeza—. *Wanda*, la elefanta que estuvo a punto de ahogarse, tiene la trompa parcialmente paralizada, y cuando vino a la reserva necesitaba una mantita como los bebés para sentirse segura, por decirlo así. Adoptó la costumbre de arrastrar un neumático a todas partes. Al cabo de un tiempo, hizo buenas migas con *Lilly* y ya no necesitó el neumático porque tenía una amiga. Pero cuando *Lilly* murió, *Wanda* se quedó muy afectada por la pérdida. Cuando enterramos a *Lilly, Wanda* llevó su neumático al lugar donde la habíamos enterrado y lo depositó sobre el montón de tierra. Parecía casi como si le rindiera tributo. O quizá pensó que *Lilly* necesitaba algo que la reconfortara.

Yo no había oído nada tan conmovedor en mi vida. Quería preguntar a Thomas si las elefantas de la reserva permanecían junto al cadáver de quienes consideraban su familia. Quería preguntarle si el comportamiento de *Wanda* era la excepción a la regla.

—¿Me permites que te muestre algo?

En ese momento tomé una decisión. Giré el vehículo y dimos un rodeo, describiendo un círculo cada vez más ancho, hasta que llegamos al lugar donde se hallaba el cadáver de *Mmaabo*. Yo sabía que a Grant le daría un ataque si averiguaba que había llevado a un visitante a ver los restos de un elefante; una de las razones por la que comunicábamos a los guardabosques la muerte de un animal era para que éstos evitaran que los turistas vieran un cadáver descompuesto. Cuando llegamos, comprobamos que los carroñeros habían despedazado a la elefanta; las moscas revoloteaban sobre sus restos. Sin embargo, *Onalenna* y otros tres elefantes montaban guardia no lejos de allí, en silencio.

—Se llamaba *Mmaabo* —dije—. Era la matriarca de una manada compuesta por unos veinte elefantes. Murió ayer.

—¿Quiénes son los otros elefantes que están ahí?

—Su hija y otros tres de la manada. Lloran la muerte de *Mmaabo* —afirmé a la defensiva—. Aunque no logre nunca demostrarlo.

—Podrías medirlo —dijo Thomas, meditando en lo que yo acababa de decir—. Hay investigadores que han trabajado con babuinos en Botsuana para medir los niveles de estrés. Estoy seguro de que las muestras fecales mostraban un incremento de los glucocorticoides, los marcadores de estrés, cuando uno de los babuinos del grupo fue atacado por un depredador y murió, y esos marcadores eran más pronunciados en los babuinos que estaban socialmente vinculados con el que había muerto. De modo que si puedes obtener material fecal de los elefantes (que parece bastante abundante) y demostrar estadísticamente un aumento de cortisol…

—Quizá funcione como en el caso de los humanos, haciendo que se dispare la oxitocina —añadí, rematando la frase—. Lo cual sería una razón biológica para que los elefantes busquen consuelo entre sí después de la muerte de un miembro de la manada. Una explicación científica del duelo. —Miré a Thomas, asombrada—. Creo que no he conocido nunca a nadie tan apasionado por los elefantes como yo.

—Siempre hay una primera vez —murmuró Thomas.

—Tú no diriges sólo una reserva de elefantes.

Él agachó la cabeza, turbado.

—Me licencié en neurobiología.

—Yo también —apunté.

Los dos nos miramos, modificando nuestras expectativas. Observé que Thomas tenía los ojos verdes, y un anillo de color naranja alrededor de cada iris. Cuando sonreía, me sentía como si me hubieran disparado un dardo de M99, como si estuviera prisionera de mi cuerpo.

Los sonidos de los elefantes nos interrumpieron.

—Ah —exclamé, volviéndome—. Puntual como un reloj.

—¿A qué te refieres?

—Ya lo verás. —Metí la primera y empezamos a subir por una empinada cuesta—. Cuando te acercas a unos elefantes salvajes —le expliqué en voz baja—, lo haces como querrías que lo hiciera tu peor enemigo. ¿Te sentirías cómodo si alguien se acercara por detrás y te sorprendiera? ¿O se interpusiera entre tu hijo y tú?

Al alcanzar la meseta giré en un amplio círculo y me acerqué al borde de la cima para mostrar a Thomas una manada reproductora bañándose en una charca. Había tres crías montadas una sobre otra en un charco de lodo; la primera salió de debajo de sus primas lanzando un chorro de agua con la trompa. Incluso sus madres chapoteaban y se revolcaban en el lodo.

—Ésa es la matriarca —dije, señalando a *Boipelo*—. Y ésa es *Akanyang,* la que tiene la oreja doblada. Es la madre de *Dineo*. *Dineo* es la más descarada del grupo, siempre está poniéndole la zancadilla a su hermano, que es el que está allí. —Presenté a Thomas a cada uno de los elefantes por sus nombres, terminando con *Kagiso*—. Calculo que *Kagiso* parirá dentro de un mes —dije—. Su primera cría.

—Nuestras chicas pasan todo el día jugando en el agua —me contó Thomas, sonriendo de gozo—. Supuse que habían aprendido a hacerlo en los zoológicos donde habían vivido, para distraerse. Imagino que, en el medio silvestre, siempre es una cuestión de vida o muerte.

—En efecto —respondí—. Pero el juego forma parte de la vida. He visto a una matriarca bajar deslizándose por una empinada cuesta, sentada, para divertirse. —Me recliné hacia atrás, apoyando las deportivas en el salpicadero, mientras Thomas observaba los juegos de los elefantes. Una de las crías empezó a revolcarse en el lodo, apartando a su hermano menor, que soltó un barrito de indignación. En ese momento, la madre emitió un barrito, como diciendo: *Portaos bien*.

—Esto es justamente lo que he venido a ver aquí —confesó Thomas en voz baja.

Yo lo miré.

—¿Una charca a la que acuden a beber los elefantes?

Él meneó la cabeza.

—Cuando nos envían a una elefanta a la reserva, suele estar en muy mal estado. Nosotros procuramos que se reponga. Pero nunca sabes si lo has conseguido, a menos que sepas qué aspecto tenía cuando estaba bien. —Thomas se volvió hacia mí—. Tienes suerte de poder contemplar esto todos los días.

No le dije que también había visto a crías de elefantes que se habían quedado huérfanas debido a las matanzas selectivas, y sequías tan graves que la piel sobre los huesos de las caderas de los elefantes estaba tensada como la tela de un bastidor. No le dije que, durante la estación seca, las manadas se separaban para no tener que competir entre sí para repartirse los limitados recursos. No le hablé de la muerte brutal de *Kenosi*.

—Yo te he contado la historia de mi vida —dijo Thomas—, pero tú no me has dicho qué te ha traído a Botsuana.

—Dicen que las personas que trabajan con animales lo hacen porque no se sienten a gusto con otras personas.

—Después de conocerte —repuso Thomas secamente—, me abstengo de hacer un comentario.

Casi todos los elefantes habían salido del agua, y subían por la empinada cuesta para espolvorear tierra sobre sus lomos y dirigirse hacia donde los condujera la matriarca. La última hembra empujó a su bebé por el lomo, ayudándolo a subir la cuesta antes de hacerlo ella. Se movían a un ritmo sincopado, silencioso; siempre he pensado que los elefantes caminan como si oyeran una música que los demás no alcanzamos a oír. Y a juzgar por la forma en que menean las caderas, diría que el artista es Barry White.

—Trabajo con elefantes porque es como observar a la gente en un café —expliqué a Thomas—. Son divertidos. Conmovedores. Ingeniosos. Inteligentes. Podría seguir todo el día. Tienen muchos rasgos nuestros. Cuando observas a una manada ves a los bebés poniendo a prueba sus límites, a las madres cuidando de ellos, a chicas adolescentes que empiezan a salir de su caparazón, a chicos adolescentes pavoneándose. No me pasaría todo el día observando a leones, pero me pasaría toda la vida contemplando esto.

—Creo que yo también —convino Thomas, pero cuando me volví hacia él no miraba a los elefantes. Me miraba a mí.

En el campamento teníamos costumbre de no dejar que nuestros invitados se pasearan solos por el campamento principal. A la hora de cenar, los guardabosques o los investigadores iban a recoger a los invitados a sus cabañas y los conducían a la luz de una linterna al comedor. No lo hacíamos por cortesía, sino por motivos prácticos. Yo había visto a más de un turista entrar en pánico cuando un jabalí verrugoso se cruzaba de repente en su camino.

Cuando fui a recoger a Thomas para llevarlo a cenar, la puerta de su cabaña estaba entornada. Llamé con los nudillos y la abrí. Percibí el olor a jabón que había utilizado para ducharse. El ventilador giraba sobre la cama, pero hacía un calor insoportable. Thomas estaba sentado a su mesa de trabajo, vestido con un pantalón corto de color caqui y una camiseta blanca, el pelo húmedo, recién afeitado. Movía las manos con rapidez y eficiencia sobre lo que parecía un pequeño rectángulo de papel.

—Un segundo —pidió, sin levantar la vista.

Yo aguardé, con los pulgares introducidos en las presillas de mi pantalón, balanceándome sobre los tacones de mis botas.

—Ten —dijo Thomas, volviéndose—. Es para ti. —Tomó mi mano y me dio un diminuto elefante que había confeccionado con un billete de un dólar estadounidense.

Durante los días sucesivos, empecé a ver mi hogar de adopción a través de los ojos de Thomas: el cuarzo que relucía en la tierra como un puñado de diamantes que hubieran sido arrojados fuera. La sinfonía de los pájaros, agrupados según los timbres de voz sobre las ramas de un mopani, dirigidos desde lejos por un cercopiteco verde. Los avestruces correteando como ancianas sobre tacones altos, agitando sus plumas.

Hablamos de todo, desde la caza furtiva en el Círculo de Tuli hasta los recuerdos residuales de los elefantes y su relación con el trastorno de estrés postraumático. Le puse cintas que había grabado de los cantos del *musth* y el celo, y nos preguntamos si quizás existían otros cantos que hubieran sido transmitidos de una generación a otra, en frecuencias tan bajas que no alcanzábamos a oírlas, para enseñar a los elefantes la historia que acumulaban misteriosamente; qué zonas eran peligrosas y cuáles seguras, dónde podían encontrar agua, cuál era la ruta más directa de un hábitat a otro. Thomas me explicó los trámites requeridos para transportar a la reserva desde un circo o un zoológico a una elefanta que había sido declarada peligrosa, que la tuberculosis era un problema creciente entre los elefantes en cautividad. Me habló de *Olive*, que había actuado en televisión y en parques temáticos, la cual un día rompió sus cadenas y mató a un zoólogo que trataba de capturarla. De *Lilly*, que se fracturó una pata en un circo y nunca había vuelto a soldarse. Tenían también una elefanta africana —*Hester*—, que se había quedado huérfana a consecuencia de una matanza selectiva en Zimbabue, y había actuado en un circo durante casi veinte años antes de que el domador decidiera jubilarla. Thomas me contó que estaba en negociaciones para llevar a la reserva a otra elefanta llamada *Maura*, que confiaba en que fuera una compañera para *Hester*.

Yo le expliqué que los elefantes salvajes matan con sus patas delanteras, arrodillándose para aplastar a sus víctimas. Utilizan sus patas traseras, más sensibles, para acariciar el cuerpo de un elefante que ha caído, como si intuyeran algo que nosotros no alcanzamos a comprender. Le dije que en cierta ocasión había transportado la quijada de un elefante macho al campamento para estudiarla, y que esa noche *Kefentse,* un elefante aún no adulto, irrumpió en el campamento, tomó la quijada de mi porche y la devolvió al lugar donde había muerto su amigo. Le conté que, al año de haber llegado yo a la reserva, un turista japonés que se había alejado del campamento había sido atacado por un elefante y había muerto. Cuando fuimos a rescatar su cadáver, hallamos al elefante junto al turista, velándolo.

La noche antes de que Thomas volara de regreso a casa, lo llevé a un lugar al que no había llevado nunca a nadie. En la cima de la colina había un gigantesco baobab. Los nativos creen que cuando el Creador llamó a todos los animales para que lo ayudaran a plantar los árboles, la hiena llegó tarde. El Creador le asignó el baobab, y el animal se enfadó tanto, que lo plantó boca abajo, dándole ese aspecto extraño que tiene, como si sus raíces arañaran el cielo en lugar de estar bajo tierra. A los elefantes les gusta comer la corteza del baobab, y colocarse a su sombra. Los viejos huesos de un elefante llamado *Mothusi* habían sido diseminados cerca de ese árbol.

Observé que Thomas enmudecía al darse cuenta de lo que contemplaba. Los huesos relucían bajo el sol abrasador.

—¿Son…?

—Sí. —Aparqué el Land Rover y me apeé, animándolo a que me siguiera. A esa hora del día, la zona era segura. Thomas se paseó con cautela entre los restos de *Mothusi*, tomando la larga curva de una costilla, tocando con las yemas de los dedos el laberíntico centro de una articulación de cadera partida—. *Mothusi* murió en 1998 —le informé—. Pero su manada sigue acudiendo a visitar sus restos. Permanecen en silencio, en actitud meditativa. Como haríamos nosotros, si fuéramos a visitar la tumba de alguien. —Me agaché, recogí dos vértebras y las uní.

Los carroñeros se habían llevado algunos de los huesos, y en el campamento conservábamos el cráneo de *Mothusi*. Los huesos restantes estaban tan blancos que parecían desgarrones en el tejido de la Tierra. Sin pararnos a pensar en lo que hacíamos, Thomas y yo empezamos a recogerlos, hasta que formaron una colección a nuestros pies. Yo tomé un largo y pesado fémur, arrastrándolo no sin esfuerzo. Nos movíamos en silencio, creando un rompecabezas más misterioso que la vida.

Cuando terminamos, Thomas tomó una rama y dibujó una silueta alrededor del esqueleto del elefante.

—Ya está —dijo, retrocediendo—. Hemos hecho en una hora lo que la Naturaleza tardó cuarenta millones de años en crear.

Nos envolvía una paz semejante a un edredón de algodón. El sol empezaba a declinar, rielando a través de una nube.

—Podrías regresar conmigo —propuso Thomas—. En la reserva, tendrías numerosas ocasiones de observar el duelo. Y tu familia en Estados Unidos debe de echarte de menos.

Sentí una punzada en el pecho.

—No puedo.

—¿Por qué?

—Vi a una cría de elefante morir de un disparo delante de su madre. No era muy pequeña, sino casi adulta. Su madre no la abandonó hasta al cabo de varios días. Cuando contemplé eso, sentí que algo cambiaba en mí. —Miré a Thomas—. El duelo no tiene ningún beneficio biológico. De hecho, en el medio silvestre, puede ser muy peligroso permanecer durante días velando el cadáver de un miembro de la manada o renunciar a comer. Mientras observaba a esa matriarca, no puedo afirmar que veía un comportamiento condicionado. Eso era dolor, puro y duro.

—Aún estás afectada por la muerte de ese elefantito —dijo Thomas.

—Supongo que sí.

—¿Qué ha sido de su madre?

No respondí. Había visto a *Lorato* en los meses siguientes a la muerte de *Kenosi*. Estaba ocupada con sus crías más jóvenes; había vuelto a asumir el papel de matriarca. Había dejado atrás ese momento de un modo que yo no había podido hacer.

—Mi padre murió el año pasado —dijo Thomas—. Aún lo busco entre la multitud.

—Lo siento.

Él se encogió de hombros.

—Creo que el dolor por la pérdida de un ser querido es como un sofá horrible. No desaparece nunca. Puedes redecorar la estancia, tratar de adornarlo con un pañito bordado, colocarlo en un rincón de la habitación, pero en última instancia tienes que aprender a vivir con él.

De alguna manera, pensé, los elefantes habían llevado el duelo a un nuevo nivel. No torcían el gesto cada vez que entraban en la habitación y veían ese sofá. Decían: *¿Recuerdas los numerosos y buenos ratos que compartimos aquí?* Y se sentaban en él, un ratito, antes de seguir adelante.

Quizá rompí a llorar, no lo recuerdo. Thomas estaba tan cerca que olí el jabón en su piel. Vi las chispas de color naranja en sus ojos.

—¿A quién has perdido tú, Alice?

Me quedé de piedra. No habíamos ido allí para hablar de mí. No dejaría que lo convirtiera en algo personal.

—¿Por eso tratas de alejar a la gente? —murmuró Thomas—. ¿Para que no puedan acercarse lo suficiente para lastimarte cuando se marchan?

Ese extraño al que acababa de conocer me conocía mejor que toda la gente con la que me relacionaba en África. Me conocía mejor que yo misma. Lo que yo estaba investigando no era la forma en que los elefantes resuelven la pérdida de un ser querido, sino el motivo de que no puedan hacerlo los humanos.

Y como no quería desprenderme de mi dolor, porque no sabía cómo hacerlo, abracé a Thomas Metcalf. Lo besé a la sombra del baobab, con sus raíces hacia arriba, al aire, con su corteza que aunque la cortes cien veces siempre se regenera.

JENNA

Las paredes de la institución donde vive mi padre están pintadas de color púrpura. Me recuerdan a *Barney*, el gigantesco y espeluznante dinosaurio, pero al parecer un afamado psicólogo escribió una disertación doctoral sobre el color que favorece la curación, y el púrpura encabezaba la lista.

Cuando entramos, la enfermera de servicio mira a Serenity, lo cual supongo que tiene sentido porque parecemos formar una unidad familiar aunque disfuncional.

—¿En qué puedo ayudarla?

—He venido a ver a mi padre —contesto.

—Thomas Metcalf —añade Serenity.

Conozco a varias enfermeras que trabajan aquí; a ésta no la he visto nunca, motivo por el cual ella no me reconoce. Me acerca una carpeta sujetapapeles sobre el mostrador para que la firme, pero antes de hacerlo, oigo la voz de mi padre gritando desde el pasillo.

—¿Papá? —digo.

La enfermera parece aburrida.

—¿Nombre? —pregunta.

—Firma tú y reúnete conmigo en la habitación 124 —le pido a Serenity, y echo a correr por el pasillo. Virgil me sigue.

—Serenity Jones —la oigo decir, y abro la puerta de la habitación de mi padre.

Está forcejeando con dos fornidos celadores que lo sujetan.

—¡Por el amor de Dios, soltadme! —grita, y entonces me ve—. ¡Alice! ¡Diles quién soy!

Hay una radio rota que parece como si alguien la hubiera arrojado al otro lado de la habitación; sus cables y transistores están diseminados por el suelo como la autopsia de un robot. La papelera está volcada, y hay un montón de vasitos de cartón aplastados, restos enmarañados de cinta adhesiva y mondas de naranja. Mi padre sostiene en la mano una caja de cereales. Se aferra a ella como si fuera un órgano vital.

Virgil mira a mi padre. Imagino lo que ve: un hombre con el pelo canoso y revuelto y un aspecto bastante dejado, flaco, feroz y completamente majareta.

—¿Cree que eres Alice? —me pregunta Virgil en voz baja.

—Thomas —le hablo con dulzura, avanzando hacia él—, estoy segura de que estos caballeros lo comprenderán si te calmas.

—¿Cómo quieres que me calme cuando tratan de robarme mis trabajos de investigación?

Serenity entra en la habitación, deteniéndose en seco al ver el forcejeo entre mi padre y los celadores.

—¿Qué pasa?

El celador rubio con un corte al cepillo alza la vista.

—Se puso un poco nervioso cuando íbamos a tirar a la papelera la caja de cereales vacía.

—Si dejas de resistirte, Thomas, estoy segura de que dejarán que conserves tus… trabajos de investigación —le comento.

Para mi sorpresa, mi padre deja de forcejear. Los celadores lo sueltan de inmediato, y mi padre se deja caer en la butaca, estrechando contra su pecho esa estúpida caja de cereales.

—Estoy bien —murmura.

—Los cereales de chocolate me chiflan —susurra Virgil.

Serenity lo fulmina con la mirada.

—Muchas gracias —dice a los celadores, que se apresuran a recoger los desperdicios sembrados por el suelo.

—No hay problema, señora —responde uno, mientras el otro da una palmadita a mi padre en la cabeza.

—Tómatelo con calma, colega —le aconseja.

Mi padre espera a que hayan salido y entonces se levanta y me agarra del brazo.

—¡Alice, no puedes imaginarte lo que he descubierto! —De repente se fija en Virgil y Serenity, que están detrás de mí—. ¿Quiénes son estas personas?

—Unos amigos míos —respondo.

Eso parece convencerlo.

—Mira esto. —Mi padre señala la caja. Hay un colorido dibujo de algo que podría ser una tortuga o un pepino con patas, con un bocadillo que dice: ¿SABÍAS QUE…?

… ¿Los cocodrilos no pueden sacar la lengua?

… ¿Las abejas tienen pelos en los ojos para poder recoger el polen?

… ¿Anjana, *una chimpancé acogida en una protectora de Carolina del Sur, ha criado a unos cachorros de tigre blancos, leopardo y león alimentándolos con biberón, y juega con sus crías?*

… ¿Koshik, *un elefante, dice correctamente seis palabras en coreano?*

—Por supuesto, no *dice* seis palabras —apunta mi padre—. Imita a sus cuidadores. Esta mañana busqué en Google el ensayo científico, cuando la imbécil de Louise dejó por fin el ordenador, porque había pasado al siguiente nivel de Candy Crush. Lo más fascinante es que al parecer ese elefante ha aprendido a comunicarse por motivos sociales. Lo tenían apartado de los otros elefantes, y la única interacción social que tenía era con los cuidadores humanos. ¿Te das cuenta de lo que eso significa?

Miro a Serenity y me encojo de hombros.

—No, ¿qué significa?

—Verás, si existen pruebas documentadas de que un elefante ha aprendido a imitar el lenguaje humano, ¿te imaginas las implicaciones con respecto a lo que pensamos sobre la «teoría de la mente» de los elefantes?

—Hablando de teorías… —tercia Virgil.

—¿A qué se dedica? —le pregunta mi padre.

—Virgil se dedica a… trabajos de rescate —improviso—. A Serenity le interesa la comunicación.

Mi padre parece animarse.

—Ah, ¿eso de los medios…?

—Sí —responde Serenity.

Mi padre la mira desconcertado unos momentos pero luego prosigue:

—La teoría de la mente aborda dos conceptos fundamentales: que sabes que eres un ser único, con tus propios pensamientos, sentimientos e intenciones, lo cual se aplica también a otros seres, y que éstos no saben lo que tú piensas y a la inversa hasta que aprendéis a comunicaros. La ventaja evolutiva de predecir el comportamiento de otros basado en eso es, desde luego, enorme. Por ejemplo, puedes fingir que estás herido, y si los demás no saben que finges, te traerán comida y cuidarán de ti y no tendrás que esforzarte en nada. Los humanos no nacemos con esta habilidad, la desarrollamos. Ahora bien, sabemos que para que exista la teoría de la mente, los humanos tenemos que utilizar las neuronas espejo del cerebro. Y sabemos que estas neuronas se activan cuando la tarea comporta comprender a otros a través de la imitación, y cuando adquirimos un lenguaje. Si *Koshik,* el elefante, es capaz de eso, ¿no cabría pensar que las otras facultades que las neuronas espejo nos aportan a los humanos (por ejemplo, la empatía) están también presentes en los elefantes?

Cuando le oigo hablar, pienso en lo increíblemente inteligente que debía de ser antes. Y el motivo de que mi madre se enamorara de él.

Eso me recuerda por qué estamos aquí.

Mi padre se vuelve hacia mí.

—Tenemos que ponernos en contacto con los autores de este ensayo —dice con gesto pensativo—. Alice, ¿te imaginas lo que eso puede representar para mis investigaciones?

Mi padre extiende los brazos, y noto que Virgil se tensa, y me abraza, alzándome y haciéndome girar en círculos.

Sé que mi padre piensa que soy mi madre. Y sé que es alucinante. Pero a veces es agradable sentir que mi padre me abraza, aunque sea por motivos equivocados.

Por fin me deposita en el suelo, y reconozco que hace mucho tiempo que no lo veía tan animado.

—Doctor Metcalf —dice Virgil—, sé que esto es muy importante para usted, pero quiero que responda a unas preguntas sobre la noche en que desapareció su esposa.

Mi padre crispa el músculo de la mandíbula.

—¿A qué se refiere? Mi esposa está aquí.

—Ésta no es Alice —afirma Virgil—. Es su hija, Jenna.

Mi padre menea la cabeza.

—Mi hija es una niña. Mire, no sé qué se trae entre manos, pero…

—No lo pongas nervioso —le advierte Serenity—. No sacarás nada de él si está alterado.

—¿De mí? —pregunta mi padre, alzando la voz—. ¿Ha venido para robarme también mis trabajos de investigación? —Avanza hacia Virgil, pero éste me agarra la mano y hace que me coloque entre ellos, de modo que mi padre no puede evitar verme.

—Mire su cara —le ordena Virgil—. ¡Mírela!

Mi padre tarda cinco segundos en reaccionar. Te juro que esos cinco segundos se me hicieron eternos. Me quedo inmóvil, observando cómo se le dilatan las fosas nasales cada vez que respira, y la forma en que la nuez sube y baja por la escalera de su garganta.

—¿Jenna? —murmura mi padre.

Durante una fracción de segundo, mientras me mira, sé que no ve a mi madre. Que yo soy —¿cómo lo ha expresado?— un ser único, con mis propios pensamientos, sentimientos e intenciones. Que *existo*.

Mi padre me estrecha de nuevo contra sí, pero esta vez es distinto, un gesto protector, maravillado, tierno, como si pudiera defenderme contra el resto del mundo, lo cual, irónicamente, es lo que he hecho yo por él. Sus manos se extienden sobre mi espalda como alas.

—Doctor Metcalf —dice Virgil—, a propósito de su esposa…

Mi padre me aparta un poco y mira hacia donde suena la voz de Virgil. Eso basta para romper la hebra de cristal que nos ha unido durante unos momentos. Cuando se vuelve de nuevo hacia mí, sé que no me ve. De hecho, no mira mi rostro.

Tiene los ojos fijos en el pequeño guijarro que cuelga de una cadena alrededor de mi cuello.

Lentamente, toma el colgante con los dedos. Lo gira a un lado y a otro de manera que la mica emite pequeños destellos.

—Mi esposa —repite.

De improviso agarra la cadena y me la arranca del cuello. El collar cae al suelo, a nuestros pies, al tiempo que mi padre me asesta un bofetón tan fuerte, que me arroja al otro lado de la habitación.

—Maldita zorra —me espeta.

ALICE

Tengo una anécdota que no es mía sino que me la contó Owen, el veterinario de la reserva natural. Hace años, unos investigadores dispararon dardos en una zona comunitaria. Su objetivo era una hembra, a la que dispararon un dardo de M99 desde un vehículo. El animal cayó, como era de prever. Pero la manada se agrupó en torno a la hembra, impidiendo a los guardabosques que los dispersaran. Dado que los investigadores no podían aproximarse a la elefanta para colocarle el collar rastreador, esperaron un rato a ver qué ocurría.

Se formaron dos círculos concéntricos alrededor de la hembra que había caído. Los elefantes del círculo exterior se colocaron de espaldas a ella, de cara al vehículo, impasibles. Pero había un círculo interior, detrás de ellos, que los investigadores no alcanzaban a ver, porque se lo impedían los descomunales cuerpos de la primera línea. Oían murmullos, y movimiento, y el chasquido de ramas al partirse. De pronto, la manada se alejó. La elefanta a la que habían disparado el dardo tranquilizante yacía de costado, cubierta con ramas y un enorme montón de tierra.

Después de parir, la madre espolvorea tierra sobre su cría, para enmascarar el olor a sangre, que atrae a los depredadores. Pero esta elefanta no estaba manchada de sangre. He oído decir también que la razón por la que los elefantes cubren un cadáver es para ocultar el olor a muerte, pero no lo creo. Los elefantes tienen un olfato muy fino, es imposible que hubieran confundido a una elefanta que había recibido un dardo tranquilizante con una que había muerto.

Por supuesto, he visto elefantes espolvorear y cubrir con tierra a compañeros muertos o crías que no habían sobrevivido. A menudo parece ser un comportamiento reservado a las muertes inesperadas o violentas. Y el animal muerto no tiene que ser necesariamente un elefante. Un investigador que vino a la reserva desde Tailandia contaba la historia de un elefante macho asiático que pertenecía a una empresa organizadora de safaris cuyos participantes montaban a lomos de elefantes. Había matado al *mahout* que lo había adiestrado y cuidado durante quince años. Ahora bien, el elefante estaba en *musth,* que en hindi significa «locura». Durante el *musth*, las hormonas prevalecen sobre el cerebro. Sin embargo, después del ataque el elefante permaneció en silencio y retrocedió, como si supiera que había hecho algo malo. Más interesante aún fue el comportamiento de las elefantas, que cubrieron al *mahout* con tierra y ramas.

La semana antes de que partiera para siempre de Botsuana, había estado trabajando muchas horas. Había observado a *Kagiso* con su hijo muerto; había escrito notas desde la muerte de *Mmaabo*. Un día muy caluroso, me bajé del jeep para estirar las piernas y me tumbé a la sombra de un baobab, donde había estado por última vez con Thomas.

No tengo un sueño ligero. No cometo imprudencias, como apearme del Land Rover en lugares poblados de elefantes. Ni siquiera recuerdo haber cerrado los ojos. Pero cuando me desperté, el bloc de notas y el lápiz estaban en el suelo y tenía la boca y los ojos llenos de tierra. Tenía unas hojas en el pelo y un montón de ramas sobre mí.

Cuando me desperté los elefantes que me habían cubierto habían desaparecido, lo cual probablemente fue una suerte. Podrían haberme matado o enterrado viva. No puedo explicar el sueño profundo y comatoso en el que había caído, la imprudencia que había cometido, salvo que yo no era yo. Era más que yo.

Siempre he pensado que era irónico que los elefantes que me encontraron hubieran supuesto que estaba muerta, cuando en realidad estaba llena de vida. Estaba embarazada de unas diez semanas, para ser precisa.

SERENITY

Una vez, durante mi programa televisivo, acudió un médico que habló sobre la fuerza histérica, los momentos de vida o muerte cuando la gente hace cosas extraordinarias, como levantar un coche de encima de un ser querido. El denominador común era una situación de intenso estrés que dispara la adrenalina, que a su vez lleva a alguien a trascender los límites de lo que sus músculos son capaces de hacer.

Ese día yo tenía siete invitados. Angela Cavallo, que había levantado un Chevy Impala 1964 de encima de su hijo, Tony; Lydia Angyiou, que había forcejeado con un oso polar en Québec, el cual iba a atacar a su hijo de siete años durante un partido de hockey sobre un lago helado; y DeeDee y Dominique Proulx, unas gemelas de doce años que habían levantado un tractor que había volcado en una empinada cuesta y había caído sobre su abuelo. «Fue increíble —me dijo DeeDee—. Más tarde regresamos y tratamos de mover el tractor, pero no conseguimos moverlo un centímetro.»

Es justamente en lo que pienso cuando Thomas Metcalf abofetea a Jenna. Yo observaba el espectáculo cuando, de repente, aparto a Thomas de un empujón y me lanzo, desafiando la ley de la gravedad, para que Jenna aterrice en mis brazos. Ella levanta la vista, me mira, tan sorprendida por encontrarse en mis brazos como yo.

—Ya te tengo —digo con orgullo, y me doy cuenta de que lo he dicho en serio, en todas las interpretaciones que queramos darle.

No soy madre, pero quizá deba serlo ahora para esta niña.

Virgil, por su parte, propina a Thomas un bofetón tan contundente que éste cae de nuevo en su butaca. Al oír el tumulto, una enfermera y uno de los celadores irrumpen en la habitación.

—Sujétalo —ordena la enfermera, y Virgil se aparta mientras el celador sujeta a Thomas. La enfermera nos mira a Jenna y a mí, postradas en el suelo.

—¿Están bien?

—Sí —respondo, mientras las dos nos levantamos.

La verdad es que no estoy bien, y la niña tampoco. Se frota la mejilla en la que su padre la ha abofeteado, y yo noto que voy a vomitar. ¿Has sentido alguna vez que el aire era demasiado pesado o te ha entrado un frío inexplicable? Se llama intuición somática. Tiempo atrás yo era una excelente empática; entraba en una habitación como si metiera el dedo gordo del pie en el agua de la bañera para comprobar la energía que emanaba, si era positiva o negativa, si se había cometido un crimen allí o si las paredes estaban impregnadas de una tristeza que se adhería a ellas como capas de pintura. El caso es que percibo una extraña sensación que gira en torno a Thomas Metcalf.

Jenna se esfuerza en recobrar la compostura, pero tiene los ojos nublados por las lágrimas. Virgil, que está al otro lado de la habitación, se aparta de la pared, visiblemente agitado. Crispa la mandíbula con tal fuerza, que me doy cuenta de que se está conteniendo para no soltar una andanada de improperios contra Thomas Metcalf. Al cabo de unos segundos, sale de la habitación como un tornado.

Me vuelvo hacia Jenna. Ella mira a su padre como si no lo hubiera visto nunca, y quizá sea verdad, en cierto sentido.

—¿Qué quieres hacer? —murmuro.

La enfermera nos mira.

—Lo mantendremos sedado un rato. Quizá sería preferible que volvieran más tarde.

Mi pregunta no iba dirigida a ella, pero da lo mismo. Lo ocurrido quizás haga que a Jenna le resulte más fácil dejar a su padre, que aún no se ha disculpado. La tomo del brazo, estrechándola contra mí, y la saco de la habitación. En cuanto cruzamos el umbral, respiro aliviada.

En el pasillo no hay rastro de Virgil, ni tampoco en el vestíbulo. Pasamos frente a otros pacientes, que miran a Jenna con curiosidad. Los cuidadores tienen el detalle de fingir que no ven cómo trata de reprimir las lágrimas, y que tiene la mejilla enrojecida e hinchada.

Virgil está fuera, paseándose de un lado a otro junto a mi coche. Al vernos, dice:

—No debimos venir.

Toma a Jenna por el mentón y hace que vuelva la cara para inspeccionar los daños.

—Se te va a poner el ojo a la funerala.

—Genial —contesta Jenna, alicaída—. A ver cómo se lo explico a mi abuela.

—Dile la verdad —le aconsejo—. Tu padre no está en sus cabales. No me extraña que te haya propinado un puñetazo…

—Yo ya lo sabía antes de que viniéramos —tercia Virgil—. Sabía que Metcalf era un hombre violento.

Jenna y yo nos volvemos hacia él.

—¿Qué? —pregunta la niña—. Mi padre no es violento.

Virgil arquea una ceja.

—Lo *era* —repite—. Algunos de los tipos más psicópatas que he conocido maltrataban a sus mujeres. En público son encantadores, en privado se comportan como unos energúmenos. Durante la investigación sospechamos que tu padre maltrataba a tu madre. Nos los comentó otro empleado de la reserva. Es evidente que tu padre te confundió hace un rato con Alice. Lo cual significa…

—Que mi madre quizás huyó para protegerse —dice Jenna—. Es posible que no tuviera nada que ver con la muerte de Nevvie Ruehl.

En esto suena el teléfono móvil de Virgil. Él atiende la llamada, inclinándose hacia delante para que no oigamos lo que dice. Asiente con la cabeza y se aleja unos pasos.

Jenna me mira.

—Pero eso no explica por qué mi madre se marchó ni por qué no regresó a buscarme.

De repente pienso: *Está atrapada aquí.*

Aún no sé si Alice Metcalf ha muerto, pero se comporta como un espíritu que continúa en la Tierra, como un fantasma que teme que la juzguen por su conducta cuando vivía.

En ese momento regresa Virgil, evitando que yo tenga que responder a Jenna.

—Mis padres eran felices en su matrimonio —afirma Jenna, dirigiéndose a Virgil.

—Uno no llama «maldita zorra» al amor de su vida —le contesta él con franqueza—. La llamada era de Tallulah, del laboratorio. El ADN mitocondrial de tu muestra de saliva coincide con el pelo que contenía la bolsa. Tu madre era la pelirroja que estuvo en estrecho contacto con Nevvie Ruehl antes de que ésta muriera.

Para mi sorpresa, Jenna parece más contrariada que disgustada por esta información.

—¿En qué quedamos? ¿La persona que asesinó brutalmente a Nevvie es mi padre o mi madre? Porque me estás mareando con tus teorías.

Virgil examina el ojo amoratado de Jenna.

—Es posible que Thomas tratara de atacar a Alice y ella se refugiara en el recinto de las elefantas para escapar. Nevvie estaba allí, haciendo lo que tenía que hacer esa noche. Se interpuso entre ambos, y Thomas la mató. El hecho de sentirte culpable por haber cometido un asesinato basta para que pierdas tu sentido de la realidad y acabes en un psiquiátrico…

—Ya —replica Jenna con tono sarcástico—. Y luego mi padre ordenó a la elefanta que se paseara sobre el cuerpo de Nevvie para que pareciese que había muerto pisoteada. Porque las elefantas están adiestradas para hacer eso.

—Estaba oscuro. La elefanta pudo haber pisoteado el cuerpo sin querer…

—¿Veinte o treinta veces? Yo también he leído el informe del forense. Además, no tienes ninguna prueba de que mi padre estuviera en el recinto de las elefantas.

—Aún no —responde Virgil.

Si la habitación de Thomas Metcalf me había producido náuseas, estar entre estos dos hace que sienta como si la cabeza me fuera a estallar.

—Es una lástima que Nevvie haya muerto —digo alegremente—. Sería un recurso estupendo.

Jenna avanza un paso hacia Virgil.

—¿Sabes lo que pienso?

—Qué más da. Porque los dos sabemos lo que vas a decirme…

—Pienso que estás obsesionado con acusar a todo el mundo de

lo ocurrido esa noche para no reconocer que tú tienes la culpa de que fracasara la investigación.

—Y yo creo que eres una mocosa consentida que no tiene las agallas de abrir la caja de Pandora y ver qué hay en su interior.

—¿Sabes qué te digo? —le espeta Jenna—. Que estás despedido.

—¿Sabes qué te digo? —contesta Virgil—. Que me largo.

—Vale.

—De acuerdo.

Jenna da media vuelta y echa a correr.

—¿Qué quieres que haga? —me pregunta Virgil—. Le dije que encontraría a su madre. No dije que le gustarían los resultados. Dios, esa niña me saca de quicio.

—Lo sé.

—Su madre probablemente se marchó porque no podía soportarla más. —Virgil tuerce el gesto—. No lo digo en serio. Jenna tiene razón. Si me hubiera fiado de mis instintos hace diez años, ahora no estaríamos aquí.

—La cuestión es, ¿lo estaría Alice Metcalf?

Ambos reflexionamos sobre eso unos momentos. Luego Virgil se vuelve hacia mí.

—Uno de nosotros debería ir en su busca. Y al decir uno de nosotros, me refiero a ti.

Saco las llaves del bolso y abro la puerta del coche.

—Yo solía filtrar la información que recibía de los espíritus. Si creía que podía resultar doloroso para mi cliente, o disgustarle, omitía el mensaje en mi lectura. Fingía no haberlo oído. Pero con el tiempo comprendí que yo no era quién para valorar la información que recibía. Mi misión era transmitirla.

Virgil me mira con gesto receloso.

—No sé si estás de acuerdo conmigo.

Me siento al volante, arranco y bajo la ventanilla.

—Sólo digo que no tienes que ser el ventrílocuo. Tú eres el muñeco.

—Te morías de ganas de decirme eso a la cara.

—Pues sí —confieso—. Lo que trato de decirte es que dejes de preocuparte sobre adónde conduce esto, no trates de controlar el rumbo. Sigue simplemente el desarrollo de los acontecimientos.

Virgil mira hacia donde echó a correr Jenna.

—No sé si Alice es una víctima que se fugó para salvar la vida, o una asesina que mató a una persona. Pero la noche que llamaron para que fuéramos a la reserva, Thomas dijo que Alice le había robado sus trabajos de investigación. Estaba muy alterado, como hoy.

—¿Crees que trató de matarla por eso?

—No —responde Virgil—. Creo que fue porque ella estaba liada con otro.

ALICE

Nunca he visto a una madre más entregada que una elefanta.

Supongo que si las mujeres estuviéramos dos años embarazadas, la inversión en tiempo y esfuerzos haría que fuéramos mejores madres. Un bebé elefante jamás es reprendido por su madre. Por revoltoso que sea, aunque le quite la comida de la boca, aunque camine despacio o se quede atascado en el barro, la paciencia de su madre es inagotable. Los bebés son lo más preciado en la vida de una elefanta.

La protección de las crías recae en toda la manada. Se agrupan, con los bebés caminando en el centro. Si se cruzan con uno de nuestros vehículos, la madre coloca a la cría al otro lado, para protegerla con su cuerpo. Si la madre tiene otra hija, de entre seis y doce años, colocan al pequeño entre ellas. Con frecuencia, la hermana se acerca al vehículo, sacudiendo la cabeza con gesto amenazante, como diciendo: *No te atrevas a lastimar a mi hermanito.* Al mediodía, cuando llega el momento de la siesta, los bebés duermen debajo de los gigantescos cuerpos de sus madres, porque son más susceptibles de sufrir quemaduras de sol.

El término utilizado para describir la forma en que un elefante es criado en la manada es «cuidados alomaternales», una expresión equiparable al concepto de «todo el pueblo debe colaborar en la crianza de un niño». Como todo, existe una razón biológica para permitir que tus hermanas y tus tías ayuden a tu madre. Cuando tienes que alimentarte con ciento cincuenta kilos de comida al día y tienes un bebé al que le encanta explorar, no puedes correr tras él continuamente y obtener el alimento que necesitas para amamantarlo. Por lo demás, los cuidados alomaternales permiten a las jóvenes elefantas aprender a cuidar de un bebé, protegerlo y concederle el tiempo y espacio necesarios para que explore sin que corra peligro alguno.

Por tanto, puede decirse que, teóricamente, un elefante tiene muchas madres. No obstante, existe un vínculo especial e inviolable entre la cría y su madre biológica.

En el medio silvestre, un elefante de menos de dos años no sobrevive sin su madre.

En el medio silvestre, la misión de una madre es enseñar a su hija lo que debe saber para que, el día de mañana, se convierta ella misma en madre.

En el medio silvestre, una madre y una hija permanecen juntas hasta que una de ellas muere.

JENNA

Voy caminando por la carretera estatal cuando oigo a mi espalda los neumáticos de un coche sobre la grava. Es Serenity, por supuesto. Se detiene junto a mí y abre la puerta del copiloto.

—Al menos deja que te lleve a casa —me pide.

Miro dentro del coche. La buena noticia es que Virgil no está en él. Pero eso no significa que tenga ganas de mantener una conversación de tú a tú con Serenity, durante la cual tratará de convencerme de que Virgil no hace sino cumplir con su deber. O peor aún, que quizá tenga razón.

—Me gusta caminar —contesto.

Aparecen unas luces parpadeantes y un coche de policía se detiene detrás de Serenity.

—Genial —exclama, suspirando. Luego se vuelve hacia mí y me espeta—: Súbete de una puñetera vez al coche, Jenna.

El policía es lo bastante joven para tener aún granos en la cara, y luce un corte de pelo al cepillo tan cuidado como el hoyo dieciocho de un campo de golf.

—¿Tiene algún problema, señora? —pregunta.

—Sí —digo yo, al tiempo que Serenity responde:

—No.

—No pasa nada —añado.

Serenity aprieta los dientes.

—Súbete al coche, tesoro.

El policía arruga el entrecejo.

—Perdón, ¿cómo dice?

Yo emito un sonoro suspiro y me monto en el VW.

—De todos modos, gracias —dice Serenity. Pone el intermitente izquierdo y se incorpora al tráfico, circulando a unos diez kilómetros por hora.

—A este paso, ya habría llegado a casa caminando —murmuro entre dientes.

Echo un vistazo al montón de trastos que tiene en el coche: coleteros, envoltorios de chicle, recibos de Dunkin Donuts. Un folleto anunciando rebajas en Jo-Ann, una firma de productos de artesanía, aunque me consta que Serenity no es nada habilidosa. Media barrita de cereales. Dieciséis centavos y un billete de dólar.

Tomo el billete de dólar distraídamente y empiezo a doblarlo en forma de un elefante.

Serenity me mira mientras doblo el billete, le doy la vuelta y lo presiono.

—¿Dónde aprendiste a hacer eso?

—Me enseñó mi madre.

—¿De modo que eras un bebé superdotado?

—Me enseñó in absentia. —Me vuelvo hacia ella—. Te sorprendería lo mucho que puedes aprender de alguien que te ha decepcionado por completo.

—¿Cómo está tu ojo? —pregunta Serenity, y casi me echo a reír pensando que es una transición perfecta.

—Me duele. —Coloco el elefante terminado en el pequeño espacio junto a los mandos de la radio. Luego me hundo en el asiento, apoyando los zapatos en el salpicadero. Serenity le ha puesto al volante una funda de felpa azul que se supone que parece un monstruo, y del retrovisor cuelga un recargado crucifijo. Ambos objetos están tan alejados en la escala de las creencias como es humanamente posible, lo cual hace que me plantee: ¿puede una persona creer en dos conceptos que, a primera vista, se anulan mutuamente?

¿Podemos culpar a mi madre y a mi padre por lo que sucedió hace diez años?

¿Es posible que mi madre me abandonara pero me siga queriendo?

Miro a Serenity, con su pelo de un intenso color rosa y su ajustada chaqueta con estampado de leopardo, la cual hace que parezca una salchicha humana. Canta una canción de Nicki Minaj, sin tener idea de la letra, aunque la radio no está encendida. Es fácil burlarse de alguien como ella, pero me gusta que no se disculpe cuando suelta una palabrota delante de mí; o cuando alguien en un ascensor la mira por el maquillaje que lleva (una mezcla entre geisha y payaso); ni siquiera cuando cometió un error garrafal que le costó su carrera. Quizá no sea muy feliz, pero se siente feliz de *existir*. Que es más de lo que puedo decir de mí misma.

—¿Puedo hacerte una pregunta? —digo.

—Claro, bonita.

—¿Qué sentido tiene la vida?

—Caray, niña. Eso no es una pregunta. Eso es una filosofía. Una pregunta es: *Oye, Serenity, ¿podemos pasarnos por un McDonald's?*

No dejaré que me conteste con evasivas. Una persona que se pasa la vida hablando con espíritus no puede limitarse a charlar sobre el tiempo y el béisbol.

—¿No se lo has preguntado nunca a nadie?

Ella suspira.

—Desmond y Lucinda, mis espíritus guía, decían que lo único que nos pide el universo son dos cosas: que no hagamos daño intencionadamente, ni a nosotros ni a otros, y que seamos felices. Decían que los humanos lo complicamos todo demasiado. Pensé que me estaban vacilando. Yo creo que debe de haber algo más que eso. Pero si lo hay, supongo que no debo de descubrirlo todavía.

—¿Y si el sentido de mi vida consiste en averiguar cuál era el sentido de la vida de mi madre? —pregunto—. ¿Y si es lo único que puede hacerme feliz?

—¿Estás segura de eso?

Como no quiero responder, enciendo la radio. Hemos llegado a las afueras de la ciudad, y Serenity me deja junto al aparcamiento de bicis donde he dejado la mía.

—¿Quieres venir a cenar, Jenna? Preparo una comida china para llevar para chuparse los dedos.

—Gracias, pero no —contesto—. Me espera mi abuela.

Espero que se marche, para que no vea que no voy a casa.

Tardo otra media hora en ir en bici a la reserva, y veinte minutos de caminata a través de la maleza hasta llegar al lugar donde crecen los hongos de color violeta. La mejilla aún me duele cuando me tumbo en la frondosa hierba y escucho al viento jugando a través de las ramas de los árboles. Es la hora de la frontera entre el día y la noche.

Es probable que sufra una conmoción cerebral, porque al rato me quedo dormida. Cuando me despierto ha oscurecido y no llevo un faro en mi bicicleta, y mi abuela me castigará sin salir unos días por haber llegado tarde a cenar. Pero ha merecido la pena, porque he soñado con mi madre.

En mi sueño, yo era muy pequeña e iba a la guardería. Mi madre había insistido en llevarme porque no era normal que una niña de tres años se relacionara sólo con adultos investigadores de la conducta animal y unas elefantas. Un día nos llevaron a los de mi clase a una excursión para conocer a *Maura*; después, los otros niños habían dibujado unos animales con formas extrañas que las profesoras habían admirado entusiasmadas, por más que fueran biológicamente inexactos. *¡Es tan gris...! ¡Qué detalle tan creativo dibujarla con dos trompas...! ¡Te felicito!* Mis dibujos de la elefanta no sólo eran rigurosos sino detallados, incluyendo el corte en la oreja de *Maura*, tal como hacía mi madre cuando la dibujaba; dibujé los pelos rizados que tenía en la cola, cuando los demás niños de mi clase no se habían fijado en ellos. Yo sabía exactamente cuántas uñas tenía *Maura* en cada pie (tres en las patas traseras y cuatro en las delanteras). Mis profesoras, la señorita Kate y la señorita Harriet, dijeron que era una pequeña Audobon, aunque en aquel entonces yo no sabía qué era eso.

Por lo demás, yo era un misterio para ellas: no veía la televisión, de modo que no sabía quiénes eran los Wiggles. No distinguía a una princesa Disney de otra. Mis profesoras no solían dar importancia al hecho de que me criara en un ambiente tan distinto del de los demás niños; a fin de cuentas, aquello era una guardería, no el instituto. Pero un día, antes de las vacaciones, nos entregaron unas hojas de color blanco y nos pidieron que hiciéramos un dibujo de nuestra familia. Luego confeccionaríamos un marco, lo pintaríamos con espray dorado y enmarcaríamos el dibujo como obsequio.

Los otros niños se pusieron enseguida a dibujar. Había familias de todo tipo: Logan vivía con su madre, solo. Yasmina tenía dos padres. Sly tenía un hermano pequeño, y dos hermanos mayores de una madre que no era la suya. Había diversas combinaciones de hermanos, pero estaba claro que si había personas adicionales en la familia, eran niños.

Yo me dibujé a mí misma con tres madres y dos padres.

Estaba mi padre, que llevaba gafas. Mi madre, con su vistosa coleta pelirroja. Gideon, Grace y Nevvie, vestidos con un pantalón corto de color caqui y un polo rojo, que era el uniforme de la reserva.

La señorita Kate se sentó junto a mí.

—¿Quiénes son estas personas, Jenna? ¿Tus abuelos?

—No —respondí, señalando las figuras en el dibujo—. Ésta es mi madre y éste mi padre.

Cuando mi madre vino a recogerme una de las profesoras la llevó aparte.

—Doctora Metcalf —dijo la señorita Harriet—, Jenna parece tener problemas para identificar a su familia inmediata.

Mostró a mi madre el dibujo.

—A mí me parece natural —contestó mi madre—. Los cinco adultos cuidamos de Jenna.

—Ése no es el problema —insistió la señorita Harriet.

Entonces comentó a mi madre que yo tenía una pésima letra y que mis intentos de etiquetar a estas personas eran desastrosos. Estaba mamá, que sostenía una de mis manos, y papá, que sostenía la otra. Excepto que papá no era el hombre que yo había dibujado con gafas, sino que estaba en un rincón, casi fuera de la página.

Mi pequeña y feliz unidad familiar o era una fantasía mía o la aguda observación de una niña de tres años que veía más de lo que uno habría supuesto.

Quiero encontrar a mi madre antes de que lo haga Virgil. Quizá pueda evitar que la arresten; quizá pueda prevenirla. Quizás esta vez podamos fugarnos las dos. Es verdad que tengo que competir con un investigador privado que se gana la vida descifrando misterios. Pero yo sé una cosa que él no sabe.

El sueño que tuve a los pies del árbol hizo que afloraran algunas cosas que supongo que he sabido siempre. Sé quién dio a mi madre ese collar. Sé por qué mis padres discutían con frecuencia. Sé quién habría deseado que fuera mi padre en esa época.

Ahora lo único que tengo que hacer es localizar a Gideon.

SEGUNDA PARTE

«Los hijos son las anclas que atan a las madres a la vida.»

Sófocles, *Fedra*, fragmento 612

ALICE

En el medio silvestre, a menudo no nos dábamos cuenta de que una elefanta estaba preñada hasta que estaba a punto de parir. Las glándulas mamarias se hinchan aproximadamente a los veintiún meses, pero antes de eso, a menos que le hiciéramos un análisis sanguíneo o hubiéramos visto a un macho aparearse con una determinada hembra casi dos años antes, era muy difícil predecir un parto inminente.

Kagiso tenía quince años, y hacía poco que nos habíamos percatado de que iba a tener una cría. Todos los días, mis colegas trataban de localizarla, para comprobar si ya había parido. Para ellos, era un buen trabajo de campo. Pero para mí, era una razón para levantarme de la cama.

Aún no sabía que estaba embarazada. Lo único que sabía era que me sentía más cansada y apática que de costumbre debido al calor. Los trabajos de investigación que antes me motivaban ahora me parecían rutinarios. Si observaba algo que me llamaba la atención durante mi trabajo de campo, lo primero que pensaba era: *¿Qué opinaría Thomas de esto?*

Había tratado de convencerme de que mi interés por él obedecía únicamente al hecho de que era mi primer colega que no se había burlado de mis investigaciones. Cuando Thomas se marchó, tuve la sensación de que había sido un romance estival, una baratija que podía sacar y examinar el resto de mi vida, del mismo modo que conservaba una concha que había recogido en la playa durante unas vacaciones o la entrada del primer musical al que había asistido en Broadway. Aunque hubiera querido comprobar si ese precario armazón de una aventura de una noche era capaz de soportar el peso de una relación seria, no era práctico. Él vivía en otro continente, ambos teníamos nuestros respectivos trabajos de investigación.

Pero, como había apuntado Thomas de pasada, no era como si uno de nosotros se dedicara a estudiar a los elefantes y el otro a los pingüinos. Y debido al trauma de una vida pasada en cautividad, a menudo se producían más muertes y rituales de duelo que observar en las reservas de elefantes que en la sabana. La oportunidad de continuar con mis investigaciones no se limitaba al Tuli Block.

Cuando Thomas partió para Nueva Hampshire, nos comunicábamos a través del código secreto de artículos científicos. Yo le envié unas detalladas notas sobre la manada de *Mmaabo*, la cual seguía visitando los huesos de la matriarca al cabo de un mes de su muerte. Thomas contestó enviándome la descripción de la muerte de una de sus elefantas, añadiendo que tres de sus compañeras habían permanecido junto al pesebre del establo donde ésta se había desplomado, ofreciendo una serenata a su cadáver durante horas. Lo que yo quería decir realmente cuando escribí *Quizás esto te interese* era *Te echo de menos*. Lo que él quería decir cuando escribió *El otro día pensé en ti* era *No dejo de pensar en ti*.

Era casi como si se hubiera producido un desgarro en el tejido del que yo estaba hecha, y él fuera el único hilo de colores que podía repararlo.

Una mañana, cuando seguía el rastro de *Kagiso,* me di cuenta de que la elefanta ya no estaba con su manada. Empecé a buscarla por las inmediaciones y la encontré a un kilómetro de distancia. Al mirar por mis prismáticos vi un pequeño cuerpo a sus pies, y corrí hacia un lugar elevado desde el que observar mejor lo que ocurría.

A diferencia de la mayoría de las elefantas que paren en el medio silvestre, *Kagiso* estaba sola. Su manada no estaba presente, celebrando el evento con una cacofonía de barritos y un revuelo de arrumacos y caricias, como una reunión familiar en que las tías de avanzada edad se apresuran a pellizcar las mejillas de la criatura recién nacida. *Kagiso* tampoco lo celebraba. Empujaba con la pata a la cría que yacía a sus pies, inmóvil, tratando de que se incorporara. Extendió la trompa hacia abajo para agarrar la del bebé, pero se le escurría.

Yo había presenciado partos en los que la cría era muy débil y le temblaban las patas, cuando tardaba más de la media hora habitual en ponerse de pie y echar a andar tambaleándose junto a su madre. Achiqué los ojos, tratando de ver si el pecho del bebé se movía a medida que respiraba. Pero no tenía más que fijarme en *Kagiso*, cabizbaja, la boca curvada hacia abajo, las orejas caídas. Todo en ella denotaba abatimiento. Ella lo sabía, aunque yo no.

De repente me acordé de *Lorato*, bajando la cuesta como una furia para proteger a su hijo adulto que había sido abatido de un disparo.

Si eres madre, tienes que tener a alguien de quien cuidar.

Si ese alguien te es arrebatado, ya sea una cría recién nacida o un individuo lo bastante mayor para tener hijos, ¿puedes seguir considerándote una madre?

Al mirar a *Kagiso*, comprendí que no sólo había perdido a su cría. Se había perdido a sí misma. Y aunque yo me ganaba la vida estudiando el duelo en los elefantes, aunque había asistido a muchas muertes en el medio silvestre y había tomado nota de ellas de forma desapasionada, como debe hacer un observador, en esos momentos me vine abajo y rompí a llorar.

La Naturaleza es cruel. Los investigadores no debemos inmiscuirnos, porque el reino animal es muy capaz de resolver sus problemas sin nuestra intromisión. Pero me pregunté si las cosas habrían sido distintas de haber monitorizado nosotros a *Kagiso* hace meses, aunque sabía que no era probable que hubiéramos averiguado con la suficiente antelación que iba a tener un bebé.

Por otra parte, yo no tenía excusa.

No caí en la cuenta de que no me había venido la regla hasta que no pude abrocharme el pantalón corto y tuve que sujetarlo con un imperdible. Después de la muerte de la cría de *Kagiso*, después de haber pasado cinco días tomando nota de su duelo, salí de la reserva y me dirigí a Polokwane para adquirir una prueba de embarazo en la farmacia. Me senté en el lavabo de un restaurante especializado en pollo con salsa piri-piri, contemplando la pequeña línea rosa, y me eché a llorar.

Cuando regresé al campamento, había recobrado la compostura. Hablé con Grant y le pedí permiso para ausentarme tres semanas. Luego dejé a Thomas un mensaje de voz en su móvil, aceptando su ofrecimiento de ir a visitar la Reserva de Elefantes de Nueva Inglaterra. Thomas tardó menos de veinte minutos en llamarme. Tenía mil preguntas: ¿No me importaba alojarme en la reserva? ¿Cuánto tiempo podía quedarme? ¿Quería que fuera a recogerme al aeropuerto Logan? Yo le di toda la información que me pedía, omitiendo un detalle muy importante. Que estaba embarazada.

¿Hice bien en ocultárselo? No. Atribúyelo al hecho de que estaba todos los días inmersa en una sociedad matriarcal, o a la cobardía: sólo quería observar a Thomas más de cerca antes de permitirle reclamar la propiedad parcial de esa criatura. En ese momento yo no sabía siquiera si iba a tenerla. Y en caso de hacerlo, estaba claro que criaría a mi hijo o hija en África, sola. No creía que una noche de amor a los pies de un baobab diera a Thomas necesariamente derecho a voto.

Bajé del avión en Boston cansada y desaliñada, hice cola en el control de pasaportes y recogí mi equipaje. Cuando la puerta me arrojó a la terminal de llegada, vi enseguida a Thomas. Estaba junto a la barandilla, emparedado entre dos chóferes con uniforme negro. En la mano sostenía una planta con las raíces hacia arriba, como el ramo de una bruja.

Rodeé la barrera y me dirigí hacia él arrastrando mi maleta.

—¿Les traes flores muertas a todas las chicas que vienes a recoger al aeropuerto? —pregunté.

Thomas agitó la planta, vertiendo un poco de tierra en el suelo, sobre mis deportivas.

—Es lo más parecido a un baobab que pude conseguir —dijo—. La florista no sabía de qué le hablaba, de modo que tuve que improvisar.

Traté de no interpretarlo como un signo de que él también confiaba en que pudiéramos reanudar nuestra relación donde la habíamos dejado, que lo nuestro era algo más que un simple devaneo. Pese a sentir unas burbujas de esperanza en mi interior, decidí hacerme la tonta.

—¿Por qué querías traerme un baobab?

—Porque en el coche no cabía un elefante —respondió Thomas, sonriendo.

Los médicos te dirán que era médicamente imposible, que yo estaba aún de pocos meses. Pero en ese momento sentí el aleteo de mariposa de nuestro bebé, como si la electricidad entre Thomas y yo produjera una combustión que le infundía vida.

Durante el largo trayecto hasta Nueva Hampshire, hablamos sobre mis estudios: el comportamiento de la manada de *Mmaabo* después de su muerte; lo doloroso que había sido observar el duelo de *Kagiso* a raíz de la muerte de su cría. Thomas me contó, entusiasmado, que yo asistiría a la llegada de la séptima elefanta a su reserva: una elefanta africana llamada *Maura*.

No hablamos sobre lo que había sucedido entre nosotros a los pies del baobab.

Tampoco hablamos de que yo le había echado de menos en los momentos más impensados, como cuando veía a dos jóvenes machos dando patadas a una bola de excrementos como si fueran unas estrellas de fútbol, y yo quería compartir esos instantes con alguien que los apreciara. O que a veces me despertaba sintiéndolo en mi piel, como si sus huellas dactilares hubieran dejado una cicatriz.

De hecho, aparte de la planta que me había traído al aeropuerto, Thomas no había hecho ninguna alusión a nuestra relación salvo como la de unos colegas científicos. Tanto es así, que empecé a preguntarme si no había soñado la noche que habíamos pasado juntos; si ese bebé no era producto de mi imaginación.

Cuando llegamos a la reserva, era de noche y yo apenas podía mantener los ojos abiertos. Me quedé en el coche mientras Thomas abría la verja electrónica y una segunda verja interior.

—A las elefantas les gusta demostrar la fuerza que tienen. A veces, cuando levantamos una valla, una elefanta la derriba para que sepamos que es capaz de hacerlo. —Thomas se volvió hacia mí—. Cuando abrimos la reserva recibimos un montón de llamadas telefónicas de vecinos informándonos de que había una elefanta en su jardín.

—¿Qué ocurre cuando se escapan?

—Siempre conseguimos capturarlas —respondió Thomas—.

Viven aquí precisamente para que no las golpeen o castiguen cuando se escapan, como sucedería si estuvieran en un zoológico o un circo. Es como con un niño pequeño. Por más que te saque de tus casillas con sus travesuras, no puedes dejar de quererlo.

Al oírle mencionar a un niño pequeño crucé los brazos sobre el vientre.

—¿Piensas alguna vez en ello? —le pregunté—. ¿En tener una familia?

—Ya tengo una —contestó Thomas—. Nevvie, Gideon y Grace. Mañana los conocerás.

Sentí como si me hubieran clavado una lanza en el pecho. ¿Se me había ocurrido preguntarle si estaba casado? ¿Cómo pude haber sido tan estúpida?

—No podría dirigir este lugar sin ellos —continuó Thomas, ajeno a la crisis interna que sufría la ocupante del asiento del copiloto—. Nevvie trabajó durante veinte años en un circo en el Sur, como domadora de elefantes. Gideon era su aprendiz. Está casado con Grace.

Lentamente, empecé a descifrar la relación que unía a Thomas con esas personas. Y que ninguna de ellas parecía ser su esposa o un hijo o hija de él.

—¿Tienen hijos?

—No, a Dios gracias —respondió Thomas—. Las pólizas de seguros me cuestan una fortuna. No quiero ni pensar en lo que me costaría si tuviéramos a un crío correteando por la reserva.

Era la respuesta adecuada, sin duda. Habría sido absurdo criar a un niño en un parque natural, al igual que habría sido una locura criarlo en una reserva de elefantes. Por definición, los animales que Thomas acogía eran elefantas «problemáticas», que habían matado a sus domadores o se habían comportado de forma que había inducido a los directores del zoológico o del circo a deshacerse de ellas. Pero su respuesta hizo que me sintiera como si Thomas hubiera suspendido el examen, un examen al que no sabía que yo le había sometido.

Estaba demasiado oscuro para ver nada dentro del recinto, pero cuando atravesamos otra elevada valla, bajé la ventanilla del coche para aspirar el olor familiar, a polvo y a hierba, de las elefantas. A lo lejos oí un barrito que sonaba como si tronara.

—Esa es *Syrah* —dijo Thomas—. Nuestro comité de bienvenida.

Se detuvo frente a su vivienda y sacó mi equipaje del coche. Era una casa de tamaño reducido, consistente en una sala de estar, una pequeña cocina, un dormitorio y un despacho no mayor que un armario ropero. No tenía un cuarto de invitados, pero Thomas tampoco colocó mi abollada maleta en su dormitorio. Se quedó plantado en el centro de su casa, turbado, ajustándose las gafas sobre la nariz.

—Hogar, dulce hogar.

De pronto me pregunté qué diantres hacía yo allí. Apenas conocía a Thomas Metcalf. Podía ser un psicópata. Podía ser un asesino en serie.

Podía ser muchas cosas, pero lo cierto es que era el padre de la criatura.

—Bueno —comenté, turbada—. Ha sido un día muy largo. ¿Te importa que me dé una ducha?

Comprobé, sorprendida, que el cuarto de baño de Thomas estaba patológicamente ordenado. Su cepillo de dientes estaba en un cajón, paralelo al tubo de pasta dentífrica. Su neceser estaba impecable. Los frascos de pastillas en el botiquín estaban organizados de forma alfabética. Abrí el grifo y dejé correr el agua hasta que la habitación se inundó de vapor, hasta que me coloqué delante del espejo como un fantasma, tratando de ver en él mi futuro. Me duché debajo de un chorro de agua casi ardiendo, hasta que mi piel adquirió un color rosa vivo, hasta que se me ocurriera la mejor forma de acortar mi estancia, porque estaba claro que había sido un error ir allí. No sé qué había imaginado: ¿que Thomas estaba a trece mil kilómetros, suspirando por mí? ¿Que confiaba en su fuero interno que yo atravesaría medio mundo para reanudar nuestra relación? Estaba claro que las hormonas que circulaban por mi organismo me producían alucinaciones.

Cuando salí de la ducha envuelta en una toalla, tras pasarme un peine por el pelo y dejando huellas húmedas en el suelo de tarima, Thomas estaba colocando unas sábanas y unas mantas en el sofá. Si yo necesitaba una prueba más clara de que lo que había sucedido en África no había sido un comienzo sino un error, la tenía ante mis narices.

—Ah, gracias —dije, sintiendo que alguna cosa se rompía dentro de mí.

—Yo dormiré aquí —anunció Thomas, evitando mi mirada—. Tú puedes dormir en la cama.

—De acuerdo, si es lo que quieres… —respondí, notando que me sonrojaba.

Debes tener presente que en África todo induce al romanticismo. Contemplas una puesta de sol y crees haber visto la mano de Dios. Observas el lento caminar de una leona y te olvidas de respirar. Te maravillas al ver el trípode de una jirafa inclinado sobre una charca. En África, las alas de los pájaros tienen unos tonos azules iridiscentes que no se ven en ningún otro lugar. En África, bajo el intenso calor del mediodía, ves cómo se forman ampollas en la atmósfera. Cuando estás en África, te sientes primordial, como si te mecieras en la cuna del mundo. En un escenario semejante, no es de extrañar que los recuerdos sean de color rosa.

—Tú eres mi invitada —afirmó Thomas, educadamente—. Haré lo que quieras.

¿Qué era lo que quería yo?

Podía haber dormido sola en el sofá. O podía haberle contado a Thomas que esperaba un niño. En lugar de ello, me acerqué a él, dejando que la toalla que me envolvía cayera al suelo.

Durante unos momentos, Thomas se limitó a mirarme. Luego deslizó un dedo sobre la curva desde mi cuello a mi hombro.

En cierta ocasión, cuando era una estudiante universitaria, me bañé una noche en la bahía bioluminiscente de Puerto Rico. Cada vez que movía los brazos o las piernas, caía una lluvia de chispas iridiscentes, como si yo creara estrellas fugaces. Así me sentí cuando Thomas me tocó, como si hubiera tragado luz. Empezamos a dar tumbos por la habitación, chocando contra los muebles y las paredes; no llegamos al sofá. Más tarde, permanecí tendida en sus brazos sobre el tosco suelo de madera.

—Me dijiste que *Syrah* constituía el comité de bienvenida.

Thomas se rió.

—Puedo ir a buscarla, si quieres.

—No es necesario. Estoy bien.

—No te subestimes. Estás fabulosamente bien.

Me volví entre sus brazos.

—Pensé que no querrías hacer esto.

—Yo pensé que *tú* no querrías hacerlo —repuso Thomas—. No quería hacerme ilusiones, pensando que lo que había sucedido antes volvería a suceder. —Enroscó los dedos en mi cabello—. ¿En qué piensas?

En esos momentos yo pensaba: que los gorilas mienten para evitar que les echen la culpa de algo. Que los chimpancés engañan. Y que los monos se instalan en la copa de un árbol, fingiendo que hay peligro aunque no lo haya. Pero los elefantes no mienten. Un elefante jamás finge ser lo que no es.

Y lo que dije fue:

—Me preguntaba si lo haremos alguna vez en una cama.

Una mentira piadosa. ¿Qué importa una más?

Con frecuencia la tierra en Sudáfrica está cuarteada, sus talones y codos agrietados por la sequía, sus valles rojos debido al sol. En comparación con ella, esta reserva era un exuberante Jardín del Edén: colinas verdes y campos húmedos, musculosos robles en flor, con los brazos en cuarta posición, como en el ballet. Y, por supuesto, las elefantas.

Había cinco elefantas asiáticas, una africana, y otra africana a punto de llegar. A diferencia del medio silvestre, allí los vínculos sociales no estaban formados por la genética. Las manadas se reducían a dos o tres elefantas, que habían decidido por propia iniciativa pasearse juntas por la reserva. Algunas, me explicó Thomas, no se llevaban bien entre sí; otras preferían andar solas, y otras no se alejaban más de diez metros de las compañeras que habían elegido.

Me sorprendió que la filosofía de la reserva se pareciese a la de los investigadores que realizábamos trabajos de campo. Por más que quisiéramos apresurarnos a intervenir para salvar a un elefante gravemente herido, no lo haríamos porque eso habría alterado el equilibrio natural. Seguíamos el ejemplo de los elefantes, y nos considerábamos afortunados de poder observarlos sin intrometernos. Por lo demás, Thomas y sus empleados querían conceder a las elefantas jubiladas tanta libertad como fuera posible, en lugar de controlar cada uno de sus movimientos. No gozarían en su vejez de la libertad que ofrece el medio silvestre, pero allí estarían bien. Las elefantas que vivían en esa reserva habían vivido buena parte de su vida encadenadas, golpeadas y obligadas a aprender determinados comportamientos mediante el uso de ganchos. Thomas creía en el contacto libre —él y sus empleados entraban en el recinto para dar de comer a las elefantas y tratarlas médicamente en caso necesario—, pero la modificación del comportamiento sólo se realizaba mediante premios y estímulos positivos.

Thomas me llevó en un quad a enseñarme la reserva, para que me orientara. Yo iba sentada detrás de él, rodeándole la cintura con mis brazos y con la mejilla oprimida contra su cálida espalda. Las vallas estaban diseñadas con unas aberturas lo bastante grandes para que los vehículos pasaran a través de ellas, pero demasiado pequeñas para que las elefantas pudieran escapar. Había recintos separados para las elefantas asiáticas y las africanas, cada uno con su establo, aunque en esos momentos, *Hester* era la única elefanta africana que había allí. Los establos consistían en unos gigantescos hangares, tan limpios que casi podías comer en el suelo. Habían instalado calefactores en el suelo de hormigón para mantener las patas de los animales calientes en invierno, y en las puertas colgaban pesadas tiras de cuero, como las largas lenguas de tejido de un túnel de lavado, que mantenían el calor dentro del establo en invierno pero permitían que las elefantas salieran y entraran cuando quisieran. Cada establo disponía de mecanismos de riego automáticos.

—Debe de costar una fortuna mantener esto —murmuré.

—Ciento treinta y tres mil dólares —respondió Thomas.

—¿Al año?

—Por cada elefanta —contestó, riendo—. Ojalá fuera al año. Invertí todo el dinero que tenía en comprar estos terrenos, cuando vi que estaban en venta. Y dejamos que *Syrah* se vendiera ella misma, invitando a todos los vecinos y a la prensa a ver lo que nos proponíamos hacer. Conseguimos donativos, pero eso es una gota en un cubo de agua. Sólo el alimento cuesta unos cinco mil dólares por elefanta.

Mis elefantes en Tuli habían sufrido años de sequía, durante los cuales podías observar los nudos de macramé en sus columnas vertebrales y los surcos de sus costillas debajo de la piel; Sudáfrica era distinta de Kenia y Tanzania, donde los elefantes siempre me parecían relativamente gordos y felices. Pero al menos mis elefantes disponían de comida. Los terrenos de esa reserva eran inmensos y verdes, pero nunca habría suficientes matorrales y vegetación para alimentar a las elefantas que vivían allí; y éstas no podían darse el lujo de recorrer centenares de kilómetros por las sendas de elefantes en busca de más comida, ni tenían una matriarca que las condujera.

—¿Qué es eso? —pregunté, señalando lo que parecía un barril de aceitunas, sujeto con unas correas a la reja de acero del establo.

—Un juguete —me explicó Thomas—. En la parte inferior hay un orificio, y dentro una pelota llena de golosinas. *Dionne* tiene que meter la trompa y mover la pelota para sacarlas.

En ese preciso instante, como si Thomas la hubiera llamado, la elefanta apareció por entre las correas movibles de la puerta del establo. Era pequeña y moteada, con pelos en la coronilla. Sus orejas eran diminutas, comparadas con las de los elefantes africanos a los que yo estaba acostumbrada, y de forma irregular. Las protuberancias óseas sobre sus ojos eran muy pronunciadas, como un risco encapuchado. Sus ojos eran grandes y castaños, enmarcados por unas pestañas tan espesas que habrían hecho suspirar a cualquier modelo, y estaban fijos en mí, la extraña. Sentí como si el animal tratara, intensamente, de contarme una historia, pero yo no hablaba su lengua. De repente sacudió la cabeza, el mismo gesto desafiante que yo estaba acostumbrada a ver en la reserva natural cuando invadíamos sin darnos cuenta el espacio de una manada. Eso me hizo sonreír, porque sus pequeñas orejas no tenían el mismo factor amenazador.

—¿Los elefantes asiáticos también hacen eso?

—No. Pero *Dionne* se crió en el zoológico de Filadelfia con elefantes africanos, por lo que tiene una actitud algo más agresiva que la de la mayoría de las otras elefantas asiáticas. ¿Verdad, bonita? —dijo Thomas, alargando el brazo para que el animal pudiera olfatearlo con su trompa. Thomas le ofreció un plátano que sacó de no sé dónde, y la elefanta lo tomó delicadamente de su mano y se lo metió en un lado de la boca.

—No sabía que fuera prudente tener a elefantes africanos y asiáticos juntos —observé.

—No lo es. *Dionne* resultó lesionada durante un altercado con otras elefantas, y a partir de entonces los empleados del zoológico la mantuvieron separada de sus compañeras. Pero no disponían de espacio suficiente, de modo que nos la enviaron aquí.

En esto sonó su teléfono móvil. Thomas se volvió de espaldas a *Dionne* y a mí para atender la llamada.

—Sí, soy el doctor Metcalf —respondió. Tapó el teléfono con la mano, se volvió y me comunicó, moviendo los labios en silencio—: Es la nueva elefanta.

Yo le indiqué que no se preocupara por mí y me acerqué a *Dionne*. En África, incluso con las manadas que estaban acostumbradas a verme, nunca olvidaba que estos animales son salvajes. Extendí la mano con cautela, como habría hecho para acariciar a un perro callejero.

Yo sabía que Dionne podía olerme desde donde se hallaba, al otro lado del establo. Probablemente habría podido olerme desde fuera del establo. Alzó la trompa en una ese, girando la punta como un periscopio, con los dedos juntos. Luego los insertó a través de la reja del establo. Yo me quedé muy quieta, dejando que me rozara el hombro, el brazo y la cara; leyéndome mediante el tacto. Cada vez que el animal exhalaba yo percibía el olor a heno y a plátano.

—Encantada de conocerte —dije bajito, y ella deslizó la trompa por mi brazo hasta apoyarla en la palma de mi mano.

De pronto hizo una pedorreta, y yo solté una carcajada.

—Le ha caído bien —aseveró una voz.

Al volverme vi a una joven a mi espalda, rubia, con el pelo muy corto y la tez pálida, tan delicada que lo primero que pensé fue en una burbuja a punto de estallar. Lo segundo que pensé fue que esa mujer era demasiado menuda para llevar a cabo las pesadas tareas que requiere el cuidado de unos elefantes. Parecía muy joven, frágil como el vidrio soplado a mano.

—Usted debe de ser la doctora Kingston —aventuró.

—Llámame Alice, por favor. Y tú eres... ¿Grace?

Dionne empezó a barritar.

—Sí, ya sé que no te presto atención —dijo Grace, dándole una palmadita en la frente—. Su desayuno estará listo dentro de poco, majestad.

Thomas entró en el establo.

—Lo siento. Tengo que pasarme por el despacho. Se trata del transporte de *Maura*...

—No te preocupes por mí, de veras. Ya soy mayorcita y estoy acostumbrada a estar rodeada de elefantes. Me siento en mi elemento. —Miré a Grace—. Si quieres, puedo echarte una mano.

Ésta se encogió de hombros.

—Por mí encantada.

Si vio a Thomas darme un apresurado beso antes de marcharse y echar a andar cuesta arriba, no hizo ningún comentario al respecto.

Si yo había pensado que Grace era débil, enseguida comprobé que estaba equivocada. Durante la hora que pasé con ella, me explicó en qué consistía su jornada: daban de comer a las elefantas dos veces al día, a las ocho de la mañana y a las cuatro de la tarde. Grace se encargaba de escoger las frutas y hortalizas y de preparar las comidas de cada elefanta. Barría los establos, los fregaba con una máquina a presión y regaba los árboles. Su madre, Nevvie, se ocupaba de reponer el grano para las elefantas y recoger los restos de comida que quedaban en los campos, que eran enviados al campo de compost; también se ocupaba del huerto en el que cultivaban frutas y hortalizas para las elefantas y sus cuidadores, así como del trabajo administrativo de la reserva. Gideon se ocupaba del mantenimiento de las vallas y las zonas ajardinadas; de la caldera, las herramientas y los quads; cortaba el césped; amontonaba el heno; acarreaba las cajas de frutas y hortalizas y administraba a las elefantas los cuidados sanitarios rudimentarios. Los tres se repartían la tarea de entrenar a los animales y las guardias nocturnas. Ésa era una jornada normal, durante la cual no se presentaba ninguna complicación ni ninguna de las elefantas requería una atención especial.

Mientras ayudaba a Grace a organizar el desayuno de las elefantas en la cocina del establo, pensé —de nuevo— que mi trabajo en el parque natural era mucho más sencillo. Lo único que tenía que hacer era estar al pie del cañón, tomar notas y analizar datos; y, de vez en cuando, ayudar a un guardabosques o al veterinario a disparar un dardo tranquilizante a un elefante o a administrar una medicación a un animal que se había herido. No me encargaba de *dirigir* el parque natural. Y menos de financiarlo.

Grace me contó que nunca había pensado en irse a vivir tan al norte. Se había criado en Georgia y no soportaba el frío. Pero Gideon trabajaba para su madre, y cuando Thomas les pidió que le ayudaran a poner en marcha la reserva, Grace fue como colaboradora sin voz ni voto.

—¿De modo que no trabajabas en el circo? —pregunté.

Grace echó unas patatas en unos cubos individuales.

—Quería ser maestra de primaria.

—En New Hampshire también hay escuelas.

Grace me miró.

—Ya —dijo.

Tuve la impresión de que allí había una historia, una historia que yo no comprendía, como mi silenciosa conversación con *Dionne.* ¿Había llegado Grace a la reserva acompañando a su madre o a su marido? Hacía bien su trabajo, pero muchas personas hacen bien su trabajo sin que les guste lo que hacen.

Grace trabajaba con una rapidez y eficiencia increíbles; estoy segura de que más que una ayuda yo era un estorbo. La comida consistía en cebollas, boniatos, coles, brócoli, zanahorias y cereales. Algunas elefantas necesitaban que les añadieran vitamina E o Cosequin a sus dietas; otras necesitaban suplementos nutricionales: manzanas que contenían medicamentos y estaban recubiertas de mantequilla de cacahuete. Colocamos los cubos en la parte posterior del quad y fuimos en busca de las elefantas para que desayunaran.

Seguimos el rastro de excrementos, ramas partidas y huellas en los charcos de barro para localizar a las elefantas, que se habían trasladado de lugar la noche anterior. Si por la mañana hacía más fresco, como en esos momentos, probablemente se habían trasladado a una zona más elevada.

Las primeras que localizamos fueron *Dionne*, que había abandonado el establo cuando habíamos entrado para preparar la comida, y *Olive*, su mejor amiga. *Olive* era más grande, aunque *Dionne* era más alta. Las orejas de *Olive* formaban delicados pliegues, como cortinas de terciopelo. Las elefantas estaban lo bastante cerca como para tocarse, y tenían sus trompas enroscadas una en la otra, como unas jóvenes cogidas de la mano.

Yo contuve la respiración, sin darme cuenta hasta que vi que Grace me miraba.

—Te pareces a Gideon y a mi madre —comentó—. Lo lleváis en la sangre.

Supuse que las elefantas estaban acostumbradas al vehículo, pero me asombró que pudiéramos aproximarnos tanto a ellas mientras Grace sacaba dos cubos de comida y los depositaba en el suelo, a unos veinte pasos de distancia uno de otro. *Dionne* tomó de inmediato una calabaza confitera y la engulló entera. *Olive* picó de aquí y de allá, acompañando cada bocado de verduras con un poco de paja para limpiarse el paladar.

Nosotras proseguimos con nuestra tarea de ir en busca de las otras elefantas. Grace me presentó a cada una por su nombre; yo tomé nota de cuál tenía un corte en una oreja, cuál caminaba renqueando un poco debido a una vieja lesión, cuáles se mostraban más ariscas y cuáles más amigables. Se congregaban en grupos de dos y de tres, recordándome a las damas de los Sombreros Rojos que había visto un día en Johannesburgo, celebrando la bienaventuranza de la vejez.

Cuando llegamos al recinto de la elefanta africana me percaté de que Grace había reducido la marcha del quad y se detuvo ante la puerta.

—No me gusta entrar ahí —confesó—. Por lo general lo hace Gideon. *Hester* es muy agresiva.

Comprendí por qué se sentía así. Al cabo de un momento, *Hester* salió apresuradamente del bosque, sacudiendo la cabeza y agitando sus enormes orejas. Emitía unos barritos tan sonoros que se me erizó el vello en los brazos. De inmediato, sonreí. *Eso* era lo que yo conocía. *Eso* era a lo que estaba acostumbrada.

—Si quieres, lo haré yo —dije.

Por la expresión de Grace parecía como si le hubiera propuesto sacrificar a una cabra con mis manos.

—El doctor Metcalf me matará.

—Confía en mí —mentí—. Cuando conoces a un elefante africano, es como si los conocieras a todos.

Antes de que Grace pudiera detenerme, salté del quad y transporté el cubo de comida de *Hester* a través de la abertura en la valla. La elefanta alzó la trompa y barritó. Luego tomó una rama y trató de golpearme con ella.

—Has errado el tiro —dije, poniéndome en jarras, y regresé junto a la moto para coger la bala de heno.

La lista de motivos por los que jamás debí hacer eso es interminable. No conocía a la elefanta ni sabía cómo reaccionaba ante extraños. Thomas no me había dado permiso para hacerlo. Y en mi estado no debía acarrear balas de heno ni exponerme a ningún peligro, si quería tener a esa criatura.

Pero también sabía que no debía mostrar temor, de modo que cuando *Hester* echó a correr hacia mí mientras yo transportaba el heno, levantando con sus patas una nube de polvo, me mantuve firme.

De pronto oí un sonoro bramido y sentí que me levantaban en volandas y me sacaban del recinto a través de la abertura en la valla.

—¡Joder! —exclamó un hombre—. ¿Tiene tendencias suicidas?

Al oír la voz, *Hester* levantó la cabeza y se inclinó sobre su comida, como si unos momentos antes no hubiera tratado de matarme del susto. Yo me revolví, tratando de liberarme de ese extraño que me sujetaba con mano de hierro y miraba confundido a Grace, que estaba montada en el quad.

—¿Quién es usted? —me preguntó.

—Alice —respondí, secamente—. Encantada de conocerlo. ¿Quiere hacer el favor de depositarme en el suelo?

El hombre obedeció.

—¿Es usted idiota? Esta elefanta es africana.

—Soy todo menos idiota. Estoy haciendo mi posdoctorado. Y estudio a los elefantes africanos.

El hombre medía dos metros de estatura, tenía la piel del color del café y unos ojos inquietantes, tan negros que sentí que perdía el equilibrio.

—No ha estudiado a *Hester* —dijo, en voz tan baja que comprendí que no lo había dicho para que yo lo oyera.

Era unos diez años mayor que su mujer, que supuse que tenía veintipocos. El hombre se dirigió hacia el quad, en el que estaba sentada Grace.

—¿Por qué no me llamaste por radio?

—Al ver que no venías a buscar el cubo de *Hester* supuse que estabas liado. —Grace se alzó de puntillas y rodeó el cuello de Gideon con sus brazos.

Mientras Gideon abrazaba a Grace, no dejó de mirarme sobre el hombro de ésta, como tratando de descifrar si yo estaba loca. La sostenía a unos centímetros del suelo. No era más que una discrepancia de estatura, pero parecía como si Grace colgara sobre el borde de un precipicio.

Cuando entré en el despacho principal, Thomas había desaparecido. Se había marchado a la ciudad para ultimar los preparativos para la llegada del tractor con remolque que traería a la nueva elefanta a la reserva. Apenas me fijé en los preparativos. Me paseé por la reserva como si realizara un trabajo de campo, aprendiendo lo que no podía aprender en el medio silvestre.

No había tenido mucho contacto con elefantas asiáticas, de modo que me senté y las observé un rato. Hay un viejo chiste que dice: ¿qué diferencia hay entre un elefante africano y uno asiático? Cinco mil kilómetros. Pero eran diferentes, más tranquilas que los elefantes africanos a los que yo estaba acostumbrada, más frías, menos expresivas. Pensé en las burdas generalizaciones que hacemos sobre los humanos pertenecientes a esas dos culturas, y que los elefantes se les asemejaban: en Asia, la gente evita mirarte a los ojos, porque se considera una descortesía. En África, alzan la cabeza con gesto orgulloso y te miran directamente a los ojos, no de forma agresiva sino porque en esa cultura es aceptable.

Syrah acababa de meterse en el estanque, chapoteando en él y rociando a sus amigas con agua. Las elefantas emitían un coro de animados gritos y barritos, mientras una de ellas se deslizaba por la cuesta hacia el agua.

—Parece como si estuvieran chismorreando, ¿verdad? —comentó una voz a mi espalda—. Siempre confío en que no estén hablando de mí.

La mujer tenía uno de esos rostros que hace que sea difícil adivinar su edad: era rubia, con el pelo recogido en una trenza, pero su piel era lo bastante tersa para provocarme envidia. Tenía los hombros anchos y los brazos musculosos. Recordé que mi madre solía decir que si querías adivinar la edad de una actriz, por muchos liftings que se hubiera hecho en la cara, no tenías más que fijarte en sus manos. Las de esa mujer estaban arrugadas, ajadas, y sostenían varias bolsas de basura.

—Deje que la ayude —me brindé, tomando algunas de las bolsas, que contenían cáscaras de calabaza y la piel de media sandía. La seguí, arrojé las bolsas en un cubo de basura y me limpié las manos con la parte inferior de mi camiseta.

—Usted debe de ser Nevvie —dije.

—Y usted Alice Kingston.

A nuestras espaldas, las elefantas seguían chapoteando en el agua, jugando. Sus vocalizaciones tenían un sonido musical comparadas con las de los elefantes africanos que yo conocía bien.

—Éstas son unas chismosas —aseveró Nevvie—. No dejan de parlotear. Si *Wanda* baja una cuesta y desaparece para ir a comer y reaparece a los cinco minutos, las otras dos la reciben como si se hubiera ausentado dos años.

—¿Sabía que en la película *Parque Jurásico* utilizaron el sonido de un elefante africano para el Tiranosaurio Rex? —pregunté.

Nevvie negó con la cabeza.

—Y yo me consideraba una experta…

—Y seguro que lo es —afirmé—. Trabajaba en un circo, ¿no?

Ella asintió.

—Suelo decir que cuando Thomas Metcalf rescató a su primera elefanta, también me rescató a mí.

Yo deseaba que me hablara más sobre Thomas. Quería saber si era buena persona, si había salvado a alguien del abismo, si podía confiar en él. Quería que tuviera todas las cualidades que cualquier mujer desea que tenga el hombre que elige como padre de sus hijos.

—La primera elefanta que conocí se llamaba *Wimpy*. Pertenecía a los dueños de un circo que venía cada verano a la pequeña población de Georgia donde me crié. Era maravillosa. Más lista que el hambre, le encantaba jugar, le encantaban las personas. A lo largo de los años tuvo dos crías, que formaban también parte del circo, y ella las adoraba y se sentía orgullosa de ellas.

Nada de esto me sorprendió, pues hacía tiempo que había aprendido que las madres elefantas son mejores que las humanas.

—*Wimpy* fue el motivo que me indujo a trabajar con animales. Fue por ella por lo que me puse a trabajar como aprendiza en un zoológico cuando era una adolescente, y más tarde, cuando terminé el instituto, conseguí trabajo como adiestradora. Era un circo propiedad de otra familia, en Tennessee. Empecé desde abajo, trabajando con los perros, luego pasé a los ponis y por último trabajé con la elefanta, *Ursula*. Estuve con ellos quince años. —Nevvie cruzó los brazos—. Pero el circo quebró y lo liquidaron, y yo conseguí trabajo con el Bastion Brothers Traveling Show of Wonders. El circo tenía dos elefantes a los que les habían colgado la etiqueta de peligrosos. Decidí que lo comprobaría por mí misma cuando los conociera. Imagínese la sorpresa que me llevé cuando me presentaron a los animales y me di cuenta de que uno de ellos era *Wimpy*, la elefanta que había visto de niña, la cual había sido vendida a los hermanos Bastion.

Nevvie sacudió la cabeza y prosiguió:

—Jamás la habría reconocido. Estaba encadenada. Apática. No la habría identificado como la elefanta que conocía aunque la hubiera estado observando todo el día. El segundo era su hijo. Estaba encerrado en una jaula de alambre electrificado frente al remolque de *Wimpy*. En las puntas de los colmillos llevaba unas pequeñas fundas metálicas que yo no había visto jamás. Resultó que el pequeño quería estar con su madre, y no cesaba de derribar la valla de alambre electrificado para llegar a ella. De modo que a uno de los hermanos Bastion se le había ocurrido la solución: colocarle esas fundas en los colmillos, conectadas a una placa metálica en la boca. Cada vez que el elefante trataba de derribar el alambre electrificado con sus colmillos para acercarse a su madre, recibía una descarga que le hacía quejarse de dolor. *Wimpy* no podía evitar oír y ver el sufrimiento de su hijo. —Nevvie alzó la vista y me miró—. Un elefante no puede suicidarse. Pero estoy segura de que *Wimpy* hizo todo lo posible por conseguirlo.

En el medio silvestre, una elefanta no se separa de su hijo macho hasta que éste tiene trece años. Estar separada artificialmente de su hijito, obligada a contemplar su sufrimiento e incapaz de hacer nada al respecto... Pensé en *Lorato*, bajando la cuesta a la carrera para permanecer junto al cadáver de *Kenosi*. Pensé en el duelo en los elefantes, y que una pérdida no siempre era sinónimo de una muerte. Antes de darme cuenta de lo que hacía, crucé los brazos sobre el vientre.

—Recé para que ocurriera un milagro, y un día apareció Thomas Metcalf. Los hermanos Bastardos querían deshacerse de *Wimpy*, porque pensaban que de todos modos no tardaría en morir y como tenían a su hijo, ya no la necesitaban. Thomas vendió su coche para alquilar un remolque y transportar a *Wimpy* al norte. Fue la primera elefanta que llegó a la reserva.

—Pensé que era *Syrah*.

—En cierto sentido, así es —respondió Nevvie—. Porque *Wimpy* murió dos días después de llegar aquí. Era demasiado tarde para ella. Quiero pensar que cuando murió, al menos sabía que estaba a salvo.

—¿Qué fue de su bebé?

—No teníamos los recursos para acoger aquí a un elefante macho.

—Pero supongo que le habrán seguido la pista.

—La cría es ahora un macho adulto, que estará en algún lugar —contestó Nevvie—. El sistema no es perfecto. Pero hacemos lo que podemos.

Miré a *Wanda*, que introducía la pata delicadamente en el estanque, mientras *Syrah* hacía burbujas debajo del agua. Mientras yo observaba la escena, *Wanda* se sumergió en el agua, golpeando la superficie con la trompa y levantando un enorme chorro.

—Thomas debe de saberlo —dijo Nevvie al cabo de un momento.

—¿El qué?

Su rostro era sereno, impenetrable.

—Lo del bebé —respondió. A continuación tomó el cubo que contenía cáscaras y restos de comida y echó a andar cuesta arriba hacia el huerto, como si se hubiera referido únicamente a los elefantes.

La llegada de *Maura*, la nueva elefanta, se había adelantado una semana, provocando un tornado de preparativos en la reserva. Yo ayudaba en lo que podía, tratando de colaborar para que el recinto africano estuviera listo para acoger a su segunda ocupante. Dado el trajín de última hora, me sorprendió encontrarme a Gideon en el establo asiático, haciéndole la pedicura a *Wanda*.

Estaba sentado frente al pesebre, y la pata posterior derecha de la elefanta asomaba a través de la trampilla abierta en la reja de acero, apoyada en una viga. Gideon canturreaba mientras eliminaba los callos y las cutículas de la pata del animal con un bisturí X-Acto. Para ser un hombre tan fornido, pensé, era increíblemente delicado.

—No dejes de informarme cuando *Wanda* elija el color de laca que prefiere —comenté, entrando en el establo y acercándome a él, confiando en entablar una conversación que borrase las desafortunadas circunstancias en que nos habíamos conocido.

—Las enfermedades relacionadas con las extremidades inferiores matan a la mitad de los elefantes en cautividad —dijo Gideon—. Dolor de las articulaciones, artrosis, osteomielitis. Prueba a permanecer de pie sobre un suelo de hormigón durante sesenta años.

Yo me agaché junto a él.

—De modo que les administráis cuidados preventivos.

—Limamos las grietas. Para impedir que se les introduzcan guijarros en los pies. Les aplicamos pediluvios de sidra de manzana para aliviar los abscesos. —Gideon señaló el pesebre con el mentón, para que me fijara en que *Wanda* tenía la pata izquierda delantera sumergida en una voluminosa palangana de goma—. A una de nuestras chicas incluso le pusimos unas gigantescas sandalias fabricadas por Teva, con la suela de goma, para aliviarle el dolor.

Nunca me habría imaginado que eso era un problema serio para los elefantes, pero los que yo conocía tenían la ventaja de moverse en un terreno escabroso que beneficiaba a sus pies. Disponían de un espacio ilimitado para ejercitar sus entumecidas articulaciones.

—Está muy tranquila —dije—. Parece como si la hubieras hipnotizado.

Gideon pasó por alto el cumplido.

—No siempre se ha comportado de esta forma. Cuando llegó, no paraba quieta. Se bebía un cubo lleno de agua y cuando te acercabas al establo, te rociaba con la trompa. Te arrojaba ramas. —Gideon se volvió hacia mí—. Como *Hester*. Pero con menos puntería.

Sentí que me sonrojaba.

—Sí, lamento lo ocurrido.

—Grace debió prevenirte. Conoce a las elefantas.

—Tu mujer no tuvo la culpa.

En el semblante de Gideon se pintó un gesto de... ¿Pesar? ¿Irritación? No lo conocía lo suficientemente bien para interpretar su expresión. En ese momento, *Wanda* apartó la pata. Introdujo la trompa a través de las barras del pesebre y volcó el cuenco de agua que estaba junto a Gideon, poniéndolo perdido. El hombre suspiró, enderezó el cuenco y ordenó:

—¡Dame la pata!

Wanda levantó de nuevo la pata para que terminara de hacerle la pedicura.

—Le gusta ponernos a prueba —declaró Gideon—. Supongo que siempre ha tenido ese carácter. Pero donde estaba antes, cuando se comportaba de esta forma la golpeaban. Cuando llegó aquí, aporreaba las barras, armando un ruido infernal, como si nos retara a que la castigáramos. Nosotros la animábamos a que siguiera metiendo ruido.

Gideon dio una palmada en la pata de *Wanda* y ésta la metió de nuevo en el pesebre. Luego sacó la otra del pediluvio de sidra, levantó la palangana con la trompa, arrojó el líquido por el desagüe y se la entregó a Gideon.

Yo me eché reír, asombrada.

—Parece haberse convertido en un modelo de educación.

—No del todo. Hace un año me fracturó la pierna. Un día que yo le estaba curando la pata trasera, me picó un avispón. Alcé la cabeza bruscamente y di a *Wanda* una palmada en el trasero, y supongo que la asusté. Sacó la trompa a través de las barras y me golpeó contra ellas una y otra vez, con alevosía. El doctor Metcalf y mi suegra consiguieron por fin que me soltara para que pudieran curarme las heridas —dijo Gideon—. Tenía el fémur roto por tres sitios.

—Pero tú la perdonaste.

—Ella no tuvo la culpa —respondió secamente—. No puede evitar lo que le han hecho. En realidad, es increíble que permita que nos acerquemos lo suficiente para tocarla. —Mientras hablaba, observé cómo le indicaba a *Wanda* que le ofreciera su otra pata delantera—. Es asombroso lo que están dispuestas a perdonar.

Asentí con la cabeza, pero pensé en Grace, que quería ser maestra y había terminado limpiando excrementos de elefantes del suelo de los establos. Me pregunté si esas elefantas, que estaban acostumbradas a estar encerradas en jaulas, recordaban a la persona que las había metido en ellas.

Observé a Gideon dar una palmadita en la pata de *Wanda*, y ésta la retiró a través de la abertura en la reja y apoyó la gruesa almohadilla del pie en el suelo del establo, para comprobar si los cuidados del hombre le habían aliviado las molestias. Entonces pensé —por enésima vez—, que perdonar y olvidar no son mutuamente excluyentes.

Cuando llegó *Maura*, aparcaron el remolque dentro del recinto africano. No había rastro de *Hester*. Había estado paciendo en el extremo norte de la finca; el remolque estaba aparcado en el extremo sur. Durante cuatro horas, Grace, Nevvie y Gideon habían tratado de conseguir que *Maura* saliera del remolque, sobornándola con sandía, manzanas y heno. Habían tocado la pandereta, confiando en que el sonido le picara la curiosidad. Habían puesto música clásica que sonaba en unos altavoces portátiles y, cuando esto había fallado, habían pasado a música rock.

—¿Ha ocurrido esto en otras ocasiones? —pregunté en voz baja a Thomas, que estaba a mi lado.

Parecía agotado. Estaba ojeroso y no había comido como Dios manda desde hacía dos días, cuando le habían comunicado que *Maura* estaba en camino.

—Hemos tenido momentos dramáticos. Cuando *Olive* llegó aquí, transportada por el domador que había tenido en el circo, salió del remolque y le golpeó dos veces antes de dirigirse hacia el bosque. Debo decir que ese tipo era un gilipollas. *Olive* hizo lo que nos habría gustado hacer a todos. Pero las otras elefantas sentían demasiada curiosidad o tenían los músculos demasiado entumecidos para permanecer en el remolque mucho rato.

La noche amenazaba tormenta; el cielo estaba cubierto con unas nubes teñidas de rojo. No tardaría en anochecer y la temperatura bajaría; si íbamos a quedarnos allí, esperando a que la elefanta abandonara el remolque, necesitábamos linternas, reflectores y mantas. Supuse que ése era el plan de Thomas; era lo que yo habría hecho —lo que hacía cuando observaba una transición en el medio silvestre—, no una transición de cautividad a una reserva, sino un nacimiento o una muerte.

—Gideon —dijo Thomas, disponiéndose a indicarle lo que debía hacer, cuando de pronto oímos un murmullo entre los árboles.

Yo me había sorprendido centenares de veces al comprobar lo sigilosa y rápidamente que los elefantes se movían en los matorrales, por lo que no debió de sorprenderme la aparición de *Hester*. Se movía casi con demasiada celeridad para un animal de su envergadura, con paso ligero y excitada al ver el gigantesco y extraño objeto de metal que había en su recinto. Thomas me había dicho que las elefantas se excitaban al ver un buldózer que contrataban para excavar la tierra o arreglar las zonas ajardinadas; les intrigaban los objetos más grandes que ellas.

Hester empezó a moverse de un lado a otro frente a la rampa del remolque. Emitió un murmullo a modo de saludo. Eso continuó durante unos diez segundos. En vista de que no obtenía respuesta, soltó un breve barrito.

En el interior del remolque se oyó también un murmullo.

Thomas me tomó la mano.

Maura descendió la rampa del remolque con cautela, su cuerpo a contraluz, y se detuvo a mitad de la rampa. *Hester* dejó de pasearse de un lado a otro. Sus murmullos dieron paso a un sonoro barrito, y de nuevo a unos murmullos, la misma cacofonía de alegría que oía yo cuando los elefantes que se habían separado de la manada volvían a reunirse.

Hester levantó la cabeza y agitó las orejas rápidamente. *Maura* orinó y empezó a secretar un líquido de sus glándulas temporales. Alargó la trompa hacia *Hester*, aunque sin moverse de la rampa. Ambas elefantas siguieron emitiendo murmullos mientras *Hester* apoyaba las dos patas delanteras en la rampa y volvía la cabeza a fin de acercar su maltrecha oreja a *Maura*, para que ésta se la tocara. Parecía como si le contara la historia de su vida. *Mira lo que me han hecho. Mira cómo he sobrevivido.*

Al contemplar esta escena, rompí a llorar. Sentí que Thomas me rodeaba con el brazo mientras *Hester* enroscaba por fin su trompa alrededor de la de *Maura*. Al cabo de unos instantes la soltó y retrocedió frente a la rampa, mientras *Maura* bajaba con precaución por ella.

—Imagínate lo que debe de ser formar parte de un circo itinerante —observó Thomas con voz entrecortada—. Ésta es la última vez que tendrá que salir de un remolque.

Las dos elefantas se dirigieron, balanceándose al unísono, hacia los árboles. Caminaban tan juntas que parecían una gigantesca criatura mítica, y conforme la noche las envolvía en su manto, me esforcé en distinguirlas de la espesura en la que desaparecieron.

—Bueno, *Maura* —murmuró Nevvie—. Bienvenida a tu hogar definitivo.

Podría ofrecer numerosas explicaciones de la decisión que tomé en ese momento: las elefantas de esa reserva me necesitaban más que los elefantes del parque natural; empezaba a pensar que el trabajo en torno al cual había dirigido mis esfuerzos no estaba limitado por fronteras geológicas; el hombre que sostenía mi mano se había emocionado hasta las lágrimas, como yo, al contemplar la llegada de la elefanta rescatada. Pero ninguna de ellas era la verdadera razón.

Cuando decidí ir a Botsuana, fui en pos de conocimientos, fama, la posibilidad de aportar algo a mi campo de especialización. Pero ahora que mis circunstancias habían cambiado, mis razones para permanecer en esa reserva también habían cambiado. Desde hacía ya tiempo no extendía los brazos para abrazar mi trabajo, sino para apartar los pensamientos que me aterrorizaban. Ya no corría hacia mi futuro. Corría para alejarme de todo lo demás.

Un hogar definitivo. Era lo que deseaba. Lo que deseaba para mi bebé.

Estaba tan oscuro que —al igual que las elefantas— no veía con claridad y tuve que utilizar mis otros sentidos. Tomé el rostro de Thomas entre mis manos, aspiré su olor y apoyé la frente en la suya.

—Thomas —murmuré—, tengo que decirte algo.

VIRGIL

La pista me la dio ese estúpido guijarro.

En cuanto Thomas Metcalf lo vio, se puso hecho una furia. De acuerdo, no era un dechado de cordura, pero en cuanto se fijó en ese collar sus ojos mostraban una claridad que no había estado allí cuando entramos en la habitación.

A menudo la furia hace que aflore la persona auténtica.

Ahora, sentado en mi despacho, me meto otro Tums en la boca —creo que es el décimo, aunque no llevo la cuenta—, porque no consigo librarme de una presión efervescente que siento en el pecho. Lo achaco al ardor de estómago que me ha producido la comida basura que compramos en el puesto de perritos calientes. Pero se me ocurre la fugaz idea de que quizá no se trate de un problema gástrico. Quizá sea pura y simple intuición. Una corazonada nerviosa. Que no he tenido en muchísimo tiempo.

Mi despacho está lleno a rebosar de pruebas. Frente a cada caja que me he llevado de la comisaría hay varias bolsas de papel colocadas de costado, abiertas, con su contenido cuidadosamente dispuesto en un semicírculo debajo de ellas: un organigrama del delito, un árbol genealógico criminal. Piso con cuidado, procurando no aplastar una hoja seca con una mancha de sangre ennegrecida, o pasar por alto una bolsita de papel que contiene una fibra.

En ese momento me alegro de mi incompetencia. Nuestra sala de efectos y pruebas materiales contenía un material que podía o debía haber sido devuelto a sus dueños, pero no se hizo bien porque el policía investigador no informó al agente que custodiaba las pruebas de que esos objetos podían ser destruidos o devueltos, o porque el agente que custodiaba las pruebas no intervino en las investigaciones y no se enteró de ello. Después de que la muerte de Nevvie Ruehl fuera declarada un accidente, mi compañero se jubiló y yo olvidé o decidí en mi subconsciente no comunicar a Ralph que podía deshacerse de las cajas. Puede que en mi fuero interno pensara que Gideon podía entablar un pleito civil contra la reserva. O puede que en mi fuero interno me preguntara sobre el papel desempeñado por Gideon esa noche. Fuera cual fuese la razón, sabía que tendría que volver a examinar el contenido de esas cajas.

Es verdad que, si queremos ponernos técnicos, yo había sido despedido y apartado de ese caso. Pero Jenna Metcalf es una niña de trece años que probablemente ha cambiado de opinión seis veces esta mañana antes de decidirse a comer cereales para desayunar. Me arrojó unas palabras como un puñado de lodo, y ahora que se han secado, puedo sacudírmelas de encima.

También es verdad que no estoy seguro de que la muerte de Nevvie Ruehl estuviera causada por Thomas o su esposa, Alice. Supongo que también podría descartar a Gideon. Si estaba liado con Alice, su suegra no debía de sentirse muy feliz al respecto. El caso es que no creo que la víctima muriera debido a que una elefanta la pisoteara, aunque hace diez años lo pensé. Pero si quiero averiguar quién es el asesino, primero tengo que tener pruebas de que fue un asesinato.

Gracias a Tallulah y al laboratorio, sé que el pelo que hallaron en el cuerpo de la víctima pertenece a Alice Metcalf. Pero ¿encontró ésta el cadáver de Nevvie después de que la elefanta la pisoteara y se dejó ese pelo antes de salir huyendo? ¿O fue ella el motivo de que hallaran un cadáver? ¿Es posible que la transferencia del pelo fuera algo totalmente inocente, tal como Jenna desea creer? ¿Dos mujeres que se habían visto y habían tenido estrecho contacto esa mañana en el despacho de la reserva, sin que ninguna sospechara que al final del día una de ellas habría muerto?

La clave, por supuesto, reside en Alice. Si yo pudiera dar con ella, obtendría las respuestas que busco. Lo único que sé sobre ella es que se fugó. Las personas que se fugan o quieren alcanzar algo o quieren ocultar algo. En este caso, desconozco si se trata de lo primero o de lo segundo. Pero sea como fuere, ¿por qué no se llevó a su hija?

Me fastidia reconocer que Serenity pueda tener razón en algo, pero sería mucho más fácil que Nevvie Ruehl estuviera aún viva para contarme lo que sucedió esa noche. «Los muertos no hablan», farfullo en voz alta.

—¿Cómo dices?

Abigail, mi casera, me da un susto de muerte. Aparece de pronto en la puerta, arrugando el ceño al ver la parafernalia diseminada por el despacho.

—Joder, Abby, no me des estos sustos.

—¿Es necesario que digas esa palabrota?

—¿Joder? —repito—. No sé qué tienes en contra de ella. Puede ser un verbo, un adjetivo, un sustantivo…, es muy versátil. —La miro sonriendo de oreja a oreja.

Abby da un respingo al contemplar la colección de trastos esparcidos por el suelo.

—Te recuerdo que cada inquilino es responsable de la basura que acumula.

—Esto no es basura. Es trabajo.

Abigail achica los ojos.

—Parece un laboratorio de cristales de motileno.

—En primera lugar, es metileno…

Abigail se lleva las manos al cuello.

—¡Lo sabía…!

—¡No! —digo—. Confía en mí, ¿vale? Esto no tiene nada que ver con un laboratorio de cristales de metileno. Son pruebas de un caso.

Abigail se pone en jarras.

—Ya has utilizado esa excusa en otras ocasiones.

Yo la miro pestañeando. Entonces lo recuerdo. Una vez, hace poco, durante una fase en que empalmaba una borrachera con otra y llevaba una semana encerrado en mi despacho, sucio y apestoso, Abigail había venido a investigar qué sucedía. Al entrar me había encontrado desplomado sobre mi mesa, inconsciente, y el lugar parecía como si se hubiera producido un atentado con bomba. Yo le había dicho que los objetos desperdigados por el suelo eran pruebas recogidas por la unidad de delitos graves.

Aunque, seamos serios, ¿cuándo fue la última vez que viste a la UDG recoger bolsas vacías de palomitas para microondas y viejos números de *Playboy*?

—¿Has bebido, Victor?

—No —respondo, y en ese momento me doy cuenta, pasmado, de que hace dos días que ni siquiera pienso en ello. No me apetece un trago. No lo *necesito.* Jenna Metcalf no sólo ha encendido una chispa de motivación en mí: ha conseguido que me mantenga sobrio, que deje el alcohol en seco, como no lo habían conseguido en tres centros de rehabilitación.

Abigail avanza un paso y se detiene entre las bolsas de las pruebas, a escasos centímetros de mí. Se alza de puntillas como si fuera a darme un beso, pero en lugar de ello me olfatea el aliento.

—Vaya —dice—, vivir para ver. —Retrocede unos pasos con cuidado hasta alcanzar de nuevo la puerta—. Te equivocas, ¿sabes? Claro que los muertos pueden hablar. Mi difunto esposo y yo tenemos un código, como ese escapista, el judío…

—¿Houdini?

—Ése. Me va a dejar un mensaje, que sólo yo sabré interpretar, si consigue hallar la forma de regresar del más allá.

—¿Tú crees en esas zarandajas, Abby? Jamás lo habría imaginado. —Alzo la vista y la miro—. ¿Cuánto hace que murió?

—Veintidós años.

—Deja que lo adivine. Habláis constantemente.

Abigail duda unos instantes.

—De no ser por él, te habría echado hace años.

—¿Te dijo él que no lo hicieras?

—Bueno, no exactamente —contesta Abigail—. También era un Victor, ¿comprendes? —Acto seguido sale y cierra la puerta tras ella.

—Menos mal que no sabe que me llamo Virgil —murmuro, y me agacho junto a una bolsa de papel que aún no he abierto.

Contiene el polo rojo y el pantalón corto que llevaba Nevvie Ruehl cuando murió. El mismo uniforme que Gideon Cartwright llevaba esa noche, y Thomas Metcalf.

Abby tiene razón: los muertos pueden hablar.

Tomo un viejo periódico de una pila detrás de mi mesa y lo extiendo sobre el secante. A continuación saco con cuidado el polo rojo y el pantalón corto de la bolsa y los extiendo sobre el periódico. Hay unas manchas en el tejido, deduzco que de sangre y de barro. En algunos sitios las prendas están destrozadas, a consecuencia del ataque de la elefanta. Saco una lupa del cajón de mi mesa y me pongo a investigar cada desgarrón. Examino los bordes, para comprobar si la rotura fue producida por un cuchillo o si se debe a otras causas. Me paso una hora haciendo esto, y pierdo la cuenta de los agujeros que he examinado.

La tercera vez que examino la camiseta veo un desgarrón en el que no había reparado antes. Porque no es una rotura en el tejido, sino en una costura, como si se hubieran soltado los puntos de la sisa, donde se unen el hombro y la manga izquierda. Mide unos pocos centímetros de diámetro; más que una rotura, es el típico desgarro que se produce cuando te enganchas una prenda con algo.

Enganchada en la costura hay una uña en forma de medialuna.

Veo la imagen en mi imaginación: un forcejeo, alguien que agarra a Nevvie por la pechera de su camiseta.

El laboratorio nos dirá si la uña se corresponde con el ADN de Alice. En caso contrario, podemos obtener una muestra del ADN de Thomas. Y si la uña no se corresponde con ninguno de los dos, quizá pertenezca a Gideon Cartwright.

Guardo la uña en un sobre. Doblo la prenda con cuidado y la meto de nuevo en la bolsa. Entonces me fijo en otro sobre, que contiene un papelito rectangular junto con unas fotografías de una huella dactilar. El pequeño trozo de papel había sido humedecido con ninhidrina, un producto químico que produce esas estrías púrpuras de una huella dactilar. Ésta había sido cotejada con la huella del pulgar izquierdo de Nevvie Ruehl, que el forense tomó en la morgue. El dato no me sorprende; cualquier recibo que encontraran en el bolsillo de su pantalón corto tendría sus huellas dactilares.

Saco el pequeño rectángulo de papel del sobre. El producto químico se ha desteñido, dejando un color lavanda pálido. Puedo pedir al laboratorio que vuelva a analizarlo, por si aparecen más huellas dactilares, pero a estas alturas probablemente no sean concluyentes.

Cuando guardo de nuevo el papel en el sobre veo que pone FRUTAS Y VERDURAS GORDON. Y la fecha y hora, la mañana antes de que muriera Nevvie Ruehl. Yo no sabía qué cuidador había recogido el encargo de comida. Pero es posible que los empleados del mayorista se acuerden de los empleados de la reserva.

Si Thomas fue el motivo de que Alice Metcalf se fugara, para localizarla quizá baste con averiguar dónde pensaba refugiarse.

Todo indicaba que Alice Metcalf había desaparecido de la faz de la Tierra. ¿Se había marchado con ella Gideon Cartwright?

No había pensado en llamar a Serenity. Ocurrió casi sin darme cuenta.

Yo sostenía el teléfono y, al cabo de un segundo, respondió ella al otro lado del hilo telefónico. Ni siquiera recuerdo haber marcado su número, y no había bebido una gota de alcohol.

Lo que quería preguntarle cuando oí su voz fue: *¿Sabes algo de Jenna?*

No sé por qué me preocupaba por esa niña. Debí dejar que se largara como una mocosa consentida a la que le da una rabieta.

Pero lo cierto es que no había pegado ojo en toda la noche.

Creo que es porque cuando Jenna entró por primera vez en mi despacho, con esa voz que me perseguía en sueños, fue como si me arrancaran una tirita tan bruscamente que mi herida había vuelto a sangrar. Es posible que Jenna tenga razón en una cosa: la culpa de esto la tengo yo, porque fui demasiado estúpido para enfrentarme a Donny Boylan hace diez años cuando decidió ocultar una discrepancia en las pruebas. Pero se equivoca en otra cosa: esto no se refiere a ella, a encontrar a su madre. Se refiere a mí, a encontrarme a mí mismo.

El problema es que no es algo que se me dé muy bien.

De modo que ahí estaba, sosteniendo el teléfono, y antes de que pudiera darme cuenta pedí a Serenity Jones, la presunta vidente venida a menos, que me acompañara en una misión de búsqueda de pruebas al establecimiento del mayorista Gordon. No fue hasta que ella accedió, con un entusiasmo propio de una participante en un concurso televisivo, a pasar a recogerme y ser mi compañera de facto, cuando comprendí por qué había recurrido a ella. No fue porque pensaba que podía ayudarme en mi investigación. Fue porque Serenity sabe cómo te sientes cuando no puedes vivir contigo mismo si no tratas de enmendar el error que cometiste.

En estos momentos, una hora más tarde, estamos sentados en su pequeño coche semejante a una lata de sardinas, dirigiéndonos hacia la periferia de Boone, donde el mayorista Gordon tiene su negocio de frutas y verduras desde que yo tengo uso de razón. Es un establecimiento donde venden mangos en pleno invierno, cuando todo el mundo se muere por un mango y el único lugar donde los cultivan es Chile o Paraguay. Sus fresones de verano tienen el tamaño de la cabeza de un recién nacido.

Cuando alargo la mano para encender la radio, porque no sé qué decir, veo un pequeño elefante de papel doblado y metido en el rincón.

—Lo hizo ella —me informa Serenity. No tiene que pronunciar el nombre de Jenna para que yo entienda a quién se refiere.

El papelito se me escurre entre los dedos, como una canica. Después de describir un arco perfecto cae dentro del gigantesco bolso púrpura de Serenity, que está abierto en la consola entre nosotros como el bolso mágico de Mary Poppins.

—¿Te ha llamado hoy?

—No.

—¿Por qué crees que no lo ha hecho?

—Porque son las ocho de la mañana y es una adolescente.

Me rebullo en el asiento.

—¿No crees que es porque ayer me porté como un capullo?

—A partir de las diez o las once de la mañana, es posible. Pero en este momento creo que es porque está durmiendo como cualquier cría de su edad durante las vacaciones de verano.

Serenity flexiona las manos sobre el volante y yo miro —por enésima vez— la funda de felpa que le ha puesto. Es azul, con unos ojos saltones y unos colmillos blancos. Se parece un poco al Monstruo de las Galletas, como si el Monstruo de las Galletas se hubiera tragado el volante de un coche.

—¿Qué diablos es eso? —pregunto.

—Bruce —contesta Serenity, como si mi pregunta fuera una solemne estupidez.

—¿Le has puesto nombre al volante de tu coche?

—Chato, la relación más larga que he tenido ha sido con este coche. Teniendo en cuenta que tu compañero más íntimo se llama

Jack y se apellida Daniel's, no creo que estés en situación de juzgarme. —Me mira sonriendo con gesto jovial—. Francamente, lo echaba de menos.

—¿Pelearte con alguien?

—No, el trabajo de policía. Es como si fuéramos Cagney y Lacey, salvo que tú eres más guapo que Tyne Daly.

—No voy a entrar en eso —murmuro.

—Lo que hacemos tú y yo no es tan distinto.

Suelto una sonora carcajada.

—Ya, excepto por ese deseo que tengo de hallar unas pruebas científicas mensurables.

Ella no me hace caso.

—Piensa en ello. Los dos sabemos qué preguntas debemos hacer. Los dos sabemos qué preguntas *no* debemos hacer. Dominamos el lenguaje corporal. Exhalamos intuición.

Yo meneo la cabeza. Me niego a aceptar que lo que yo hago pueda compararse con lo que hace ella.

—Mi trabajo no tiene nada de paranormal. No tengo visiones. Me centro en lo que tengo ante mí. Los detectives somos observadores. Cuando me encuentro con una persona que no puede mirarme a los ojos trato de averiguar si el motivo es dolor o vergüenza. Presto atención a lo que hace que alguien estalle en lágrimas. Escucho, incluso cuando nadie dice nada —le explico—. ¿No se te ha ocurrido que quizá no exista la clarividencia? ¿Que los videntes sois simplemente buenos detectives?

—Quizá sea a la inversa. Quizás el motivo de que un buen detective sepa leer a las personas es porque es un poco vidente.

Serenity entra en el aparcamiento de Frutas y verduras Gordon.

—Esto es como una excursión de pesca —digo, encendiendo rápidamente un cigarrillo cuando me bajo del coche y ella se apresura para alcanzarme—. Y vamos a atrapar a Gideon Cartwright.

—¿No sabes adónde fue cuando cerraron la reserva?

—Sé que se quedó el tiempo necesario para ayudar a trasladar a las elefantas a su nuevo hogar. A partir de ahí..., le perdimos la pista —respondo—. Supongo que todos los cuidadores se turnaban en venir aquí a recoger los encargos. Si Gideon planeaba fugarse con Alice, quizá dejara caer lo que se proponía hacer durante una conversación.

—Quizá ya no estén los empleados que había aquí hace diez años…

—O quizá sí —replico—. Recuerda que hemos venido a ver qué conseguimos averiguar. Nunca se sabe. Tú sígueme el juego.

Aplasto el cigarrillo con el tacón del zapato y entro en el establecimiento de frutas y verduras. Consiste en poco más que un cobertizo de madera cuyos empleados son unos jóvenes veinteañeros con rastas y chanclas Birkenstock, pero hay un anciano colocando tomates en una gigantesca pirámide. Es impresionante, y al mismo tiempo, una parte perversa de mí siente la tentación de coger uno de los tomates de la parte inferior de la pirámide y hacer que se derrumbe.

Una de las empleadas, una chica que luce un piercing en la nariz, sonríe a Serenity mientras transporta una voluminosa cesta de maíz dulce hacia la caja registradora.

—Si necesitan ayuda, aquí estamos para servirles —se ofrece.

Deduzco que la decisión en Frutas y verduras Gordon de vender sus productos a precio de coste a la Reserva de Elefantes de Nueva Inglaterra debió de tomarla la persona que dirigía el negocio. Quizá sea un prejuicio por razón de edad, pero imagino que ese anciano debe de saber más que el chico con los ojos enrojecidos.

Tomo un melocotón y le doy un bocado.

—Vaya, Gideon Cartwright tenía razón —digo a Serenity.

—Disculpe —habla el hombre—, pero no puede probar la mercancía gratis.

—Descuide, le pagaré por el melocotón. Compraré toda la cesta. Mi amigo tenía razón, sus frutas son las mejores que he probado nunca. Mi amigo me dijo: *Marcus, si alguna vez pasas por Boone, en Nueva Hampshire, no dejes de ir al establecimiento de Frutas y verduras Gordon, o te arrepentirás…*

El anciano sonríe.

—No se lo discutiré —conviene, tendiéndome la mano—. Soy Gordon Gordon.

—Marcus Latoile —respondo—. Y ésta es… mi esposa, Helga.

Serenity sonríe al anciano.

—Vamos a participar en una convención de dedales —informa—, pero Marcus insistió en que nos parásemos cuando vio su letrero. —En ese momento se oye un ruido estrepitoso al otro lado de una cortina de cuentas.

Gordon suspira.

—Hoy en día los jóvenes están obsesionados con la agricultura sostenible y la ecología, pero no tienen puñetera idea de nada. Disculpen un segundo.

En cuanto el anciano se aleja, me vuelvo hacia Serenity.

—¿Una convención de *dedales*?

—¿*Helga*? —replica ella—. Dije lo primero que se me ocurrió. No supuse que ibas a mentirle a ese hombre en las narices.

—No le he mentido, hago mi trabajo de detective. Uno dice lo que tiene que decir para obtener una confesión, y por lo general la gente no suelta prenda en presencia de un detective porque teme meterse en problemas, o comprometer a otra persona.

—¿Y dices que los *videntes* somos unos charlatanes?

Gordon regresa deshaciéndose en disculpas.

—La col china ha llegado llena de gusanos.

—Estas cosas me dan mucha rabia —murmura Serenity.

—¿Puedo ofrecerles unos melones? —propone Gordon—. Son puro néctar.

—Seguro que sí. Gideon decía que era una pena que sus maravillosos productos se los comieran las elefantas —apunto.

—Las elefantas —repite Gordon—. ¿Se refiere a Gideon Cartwright?

—¿Lo recuerda? —pregunto, sonriendo de satisfacción—. Es increíble. No puedo creerlo. Éramos compañeros de cuarto en la universidad, y no lo he visto desde entonces. ¿Sabe si vive aún aquí? Me encantaría verlo y…

—Hace mucho que se marchó, cuando cerraron la reserva de elefantes —responde Gordon.

—¿Cerraron la reserva?

—Fue una lástima. Una de las empleadas murió pisoteada por una elefanta. La suegra de Gideon.

—Debió de ser un golpe tremendo para él y su esposa —comento, haciéndome el tonto.

—Ésa fue la única bendición —contesta Gordon—. Grace murió un mes antes de que ocurriera el percance. No se enteró.

Noto que Serenity se tensa a mi lado. Ella ignoraba ese dato, pero recuerdo vagamente que durante la investigación Gideon dijo que su esposa había muerto. Perder a un miembro de la familia es una tragedia, pero perder a dos, uno tras otro, parece algo más que una coincidencia.

Gideon Cartwright era la viva imagen del dolor cuando su suegra murió de forma violenta en la reserva. Pero quizá debí investigarlo más de cerca como sospechoso.

—¿Sabe adónde fue cuando cerraron la reserva? —pregunto—. Me encantaría volver a verlo. Para ofrecerle mis condolencias.

—Sé que pensaba ir a Nashville. Trasladaron a las elefantas allí, a una reserva cerca de la ciudad. Es donde enterraron a Grace.

—¿Conocía usted a su esposa?

—Una joven encantadora. No merecería morir tan joven.

—¿Estaba enferma? —inquiere Serenity.

—Supongo que debía de estarlo en cierto modo —responde Gordon—. Se arrojó al río Connecticut con los bolsillos llenos de piedras. No encontraron su cadáver hasta al cabo de una semana.

ALICE

Veintidós meses es mucho tiempo para estar preñada.

Constituye una enorme inversión de tiempo y energía para una elefanta. Si añadimos el tiempo y la energía que se requiere para que una cría recién nacida aprenda a sobrevivir por sus propios medios, comprenderás lo que está en juego para una madre elefanta. No importa quién eres o qué tipo de relación personal hayas establecido con una elefanta. Si se te ocurre interponerte entre ella y su cría, te matará.

Maura había sido una elefanta de circo y luego había sido enviada a un zoológico como compañera de un elefante africano. Entre ellos saltaron chispas, pero no en el sentido que habían imaginado los empleados del zoológico, lo cual no es de extrañar, pues en el medio silvestre una elefanta jamás viviría en estrecha convivencia con un macho. En lugar de ello, *Maura* atacó a su compañero, destruyó la valla del recinto e inmovilizó a un cuidador contra ella, aplastándole la columna vertebral. Cuando llegó a nosotros, portaba la etiqueta de «asesina». Como cualquier animal que llegaba a la reserva, se le practicaron docenas de pruebas veterinarias, incluyendo la de la tuberculosis. Pero el protocolo no incluía una prueba para comprobar si estaba preñada, de modo que no supimos que iba a ser madre hasta poco antes de parir.

Cuando nos dimos cuenta —debido a la hinchazón de sus ubres y su voluminoso vientre—, pusimos a *Maura* en cuarentena durante los dos últimos meses. Era demasiado arriesgado imaginar cómo *Hester*, la otra elefanta africana del recinto, reaccionaría, puesto que no había tenido ninguna cría. Por lo demás, no sabíamos si *Maura* había tenido práctica como madre hasta que Thomas consiguió localizar al circo con el que había viajado y averiguar que había tenido otro hijo, un macho. Era uno de los numerosos motivos por los que el circo la había catalogado de peligrosa. A fin de evitar la agresión materna de una elefanta, la habían encadenado durante el parto para poder quitarle a su cría. Pero *Maura* había enloquecido, barritaba, bramaba y sacudía sus cadenas para llegar a su bebé. Cuando dejaron que lo tocara, se tranquilizó.

Cuando el elefantito cumplió dos años, lo vendieron a un zoológico.

Cuando Thomas me contó esta historia, me dirigí al recinto donde *Maura* estaba comiendo y me senté con mi hijita, jugando a mis pies. «No dejaré que vuelva a suceder», le dije a la elefanta.

En la reserva, todos estábamos eufóricos por diversas razones. Thomas veía el beneficio económico que aportaría una cría de elefante a la reserva, aunque a diferencia del zoológico al que acudían diez mil visitantes más para contemplar al elefante recién nacido, nosotros no queríamos exhibir al hijo o la hija de *Maura*. Simplemente suponíamos que la gente aportaría más fondos para contribuir al mantenimiento del bebé. No hay nada más entrañable que la imagen de un bebé elefante, con su trompa en forma de «coma» colgando como una coletilla, asomando la cabeza entre las columnas de las patas de su madre, y confiábamos en distribuir numerosas fotos de él con el fin de recaudar fondos. Grace nunca había asistido a un parto. Gideon y Nevvie, por otra parte, habían asistido a dos durante el tiempo que habían trabajado en el circo, y confiaban en que el que iba a producirse en la reserva tuviera un final más feliz.

En cuanto a mí, lo cierto es que sentía cierta afinidad con esa giganta. *Maura* había convertido la reserva en su hogar aproximadamente por la misma época que yo, y yo había tenido a mi hija seis meses más tarde. Durante los dieciocho últimos meses, cuando observaba a *Maura* interactuando, en ocasiones mi mirada se cruzaba con la suya. Sé que no es científico afirmar lo que digo, pero, en confianza, creo que las dos nos sentíamos afortunadas de estar allí.

Yo tenía una preciosa hijita y un marido brillante. Había conseguido recopilar datos utilizando las cintas de audio que había grabado Thomas de comunicaciones entre las elefantas y estaba escribiendo un artículo sobre el duelo y la cognición en los elefantes.

Todos los días tenía la oportunidad de aprender algo nuevo de estos animales inteligentes y compasivos. En estas circunstancias, me resultaba muy fácil concentrarme en lo positivo en lugar de en lo negativo: las noches que veía a Thomas enfrascado en los libros de cuentas, preguntándose cómo lograríamos mantener la reserva abierta; las pastillas que había empezado a tomar Thomas para dormir; el hecho de que yo no había documentado todavía una muerte en la reserva y ya llevaba año y medio allí; mi sentimiento de culpa por desear que un animal muriera, para poder avanzar en mis investigaciones.

Por otra parte, estaban las discusiones que yo tenía con Nevvie, quien creía que lo sabía todo porque llevaba más tiempo trabajando con elefantes. Rechazaba todas las aportaciones que yo hacía porque sostenía que el comportamiento de los elefantes en el medio silvestre no podía trasladarse a la vida en la reserva.

Algunos conflictos eran minúsculos, como cuando yo preparaba la comida para las elefantas y Nevvie se apresuraba a cambiarla, porque decía que a *Syrah* no le gustaban los fresones o que *Olive* sufría un trastorno gástrico debido a los melones dulces (aunque no existía prueba alguna que apoyara esas afirmaciones). Pero a veces Nevvie hacía valer su superioridad jerárquica y eso me afectaba personalmente, como, por ejemplo, el día en que coloqué los huesos de unos elefantes asiáticos en el recinto asiático para comprobar la reacción de las elefantas, y Nevvie los retiró porque le pareció una falta de respeto hacia los elefantes que habían muerto. O cuando hacía de canguro para Jenna e insistía en darle miel para aliviar los dolores de la dentición, pese a que todos los libros sobre cuidados de los bebés que yo había leído sostenían que no había que darles miel hasta que cumplieran dos años. Cuando yo abordaba el tema con Thomas, éste se disgustaba. *Nevvie ha estado conmigo desde el principio* decía, a modo de explicación. Como si el hecho de que yo seguramente permanecería con él hasta el final no tuviera importancia.

Dado que ninguno de nosotros sabíamos cuándo se había quedado preñada *Maura*, calculamos aproximadamente la fecha en que pariría, sobre la cual Nevvie y yo discrepábamos. Ateniéndome al volumen que habían adquirido las ubres de la elefanta, yo sabía que no tardaría en parir. Nevvie insistía en que los partos se producían siempre en luna llena, esto es, al cabo de tres semanas.

Yo había presenciado un parto en la reserva natural, aunque dado el número de crías que había en las manadas, lo lógico es que hubiera presenciado más. Era una elefanta llamada *Botshelo*, una palabra en setswana que significa «vida». Yo rastreaba a otra manada cuando me tropecé con la de ella junto a un río, que se comportaba de una forma que me chocó. Por regla general los miembros de esta manada se mostraban relajados, pero en esos momentos estaban agrupados en torno a *Botshelo*, de espaldas a ella, protegiéndola. Durante aproximadamente media hora, oí murmullos y de pronto un ruido seco. Los elefantes se apartaron lo suficiente para que yo viera a *Botshelo* romper el saco amniótico y colocárselo en la cabeza, como si fuera una pantalla y ella estuviera haciendo payasadas en una fiesta. A sus pies, en la hierba, yacía una diminuta elefanta, rodeada de un caótico estallido de murmullos y barritos. Los miembros de la manada orinaron, secretaron, y cuando me miraron era como si me invitaran a celebrar con ellos el acontecimiento. Todos los miembros de la manada tocaron al bebé de la cabeza a los pies; *Botshelo* enroscó la trompa alrededor de su cría, la deslizó debajo de ella, la metió dentro de su boca: *Hola. Bienvenida.*

La elefantita yacía de costado, confundida, sus patas apuntando en todas direcciones. *Botshelo* utilizó sus patas y su trompa para levantar a la elefantita. Ésta consiguió incorporarse sobre sus patas delanteras, pero volvió a desplomarse al tratar de alzar sus cuartos traseros, y a la inversa, como un trípode cuyas patas son de distinta longitud. Por fin, *Botshelo* se arrodilló, presionando la cara contra la cabeza de su cría, y se levantó, como si tratara de enseñar a la pequeña cómo hacerlo. Cuando ésta intentó imitarla y resbaló, *Botshelo* construyó con sus patas un pequeño montículo de tierra y hierba alrededor de la elefantita para ayudarla a sostenerse derecha. Tras veinte minutos de intensos esfuerzos por parte de *Botshelo*, la pequeña echó a andar tambaleándose junto a su madre, que la levantaba con la trompa cada vez que se caía al suelo. Al cabo de un rato la cría se refugió debajo de su madre, oprimiendo su pequeña trompa contra el vientre de ésta para mamar. Todo el parto fue un proceso absolutamente natural, abreviado, y la experiencia más increíble que yo había contemplado jamás.

Una mañana que fui a ver cómo estaba *Maura*, como tenía por costumbre, con Jenna sujeta a mi espalda, observé un bulto en el trasero de la elefanta. Me dirigí en el quad al establo de las elefantas asiáticas, donde Nevvie y Thomas comentaban que a una de las elefantas le habían salido hongos en las uñas de los pies.

—Ha llegado del momento— anuncié, jadeando.

Thomas reaccionó como si le hubiera dicho que había roto aguas. Empezó a correr de un lado a otro, nervioso, disperso, agobiado. Llamó a Grace por radio para pedirle que viniera a llevarse a Jenna a nuestra casa y le hiciera compañía mientras los demás nos dirigíamos al recinto africano.

—No es necesario que nos apresuremos —insistió Nevvie—. Nunca he visto que una elefanta se ponga de parto de día. Sucede por las noches, para que los ojos de la cría puedan adaptarse.

Si *Maura* tardaba tanto en parir a su cría, yo sabía que significaba que algo andaba mal. Su cuerpo mostraba signos de que el parto estaba muy avanzado.

—Creo que disponemos de media hora a lo sumo —dije.

Observé a Thomas mirar a Nevvie, luego a mí, y por fin llamó a Gideon por radio.

—Reúnete con nosotros en el establo africano cuanto antes —le ordenó, y yo me volví de espaldas al sentir la mirada de Nevvie sobre mí.

Al principio, reinaba un ambiente festivo. Thomas y Gideon discutieron sobre si era mejor que la cría fuera un macho o una hembra. Nevvie nos contó su experiencia al tener a Grace. Bromearon sobre si podían administrarle algún analgésico a la elefanta durante el parto, y si podía denominarse una «paquidural». Yo estaba pendiente de *Maura*. Mientras ésta no cesaba de barritar con cada contracción, una corriente auditiva de hermandad voló a través de los terrenos de la reserva. *Hester* emitió unos barritos de solidaridad con *Maura*; luego las elefantas asiáticas, que estaban algo más lejos, se unieron al coro.

Había pasado media hora desde que yo había dicho a Thomas que acudiera rápidamente, luego una hora. Dos horas después de moverse en círculos sin cesar, *Maura* aún no había parido.

—Quizá deberíamos avisar al veterinario —propuse, pero Nevvie declaró que no era necesario.

—Ya os lo he dicho —contestó—. Parirá después de que anochezca.

Yo sabía que muchos guardabosques habían visto a elefantas parir a distintas horas del día, pero me mordí la lengua. Hubiera preferido que *Maura* estuviera en su hábitat natural, para que un miembro de su manada pudiera comunicarle que no tenía nada de que preocuparse, que todo iría bien.

Seis horas más tarde, yo tenía mis dudas.

Gideon y Nevvie habían ido a preparar y distribuir la comida de las elefantas asiáticas y *Hester*. Por más que *Maura* estuviera de parto, teníamos otras seis elefantas que necesitaban que nos ocupáramos de ellas.

—Creo que deberías avisar al veterinario —dije a Thomas mientras observaba a *Maura* tambalearse alrededor del recinto, agotada—. Algo va mal.

Él respondió sin vacilar:

—Iré a ver cómo está Jenna y lo llamaré. —Me miró preocupado—. ¿Te quedarás junto a *Maura*?

Asentí con la cabeza y me senté en el otro extremo de la valla, con las rodillas encogidas contra el pecho, viéndola sufrir. No quería decirlo en voz alta, pero no hacía más que pensar en *Kagiso*, la elefanta a la que había encontrado con una cría muerta poco antes de que me marchara de África. No quería pensar siquiera en ello, por un temor supersticioso de que pudiera gafarse ese parto.

No habían pasado ni cinco minutos desde que Thomas se había ido cuando *Maura* se volvió de espaldas a mí, mostrándome sus cuartos traseros de forma que pude ver el globo amniótico entre sus patas. Me levanté apresuradamente, sin saber si avisar a Thomas pero consciente de que no había tiempo. Antes de que pudiera decidirme, salió todo el saco amniótico acompañado por un chorro de líquido, y la cría aterrizó sobre la hierba, cubierta aún por su envoltura blanca.

De haber tenido *Maura* unas hermanas en una manada, éstas le habrían dicho lo que tenía que hacer. La habrían animado a romper el saco amniótico y ayudar a su cría a ponerse de pie. Pero *Maura* sólo me tenía a mí. Me llevé la mano a la boca y traté de imitar el grito de angustia, el SOS que había oído emitir a los elefantes cuando había un depredador en la zona, confiando en que *Maura* reaccionara.

Después de tres intentonas, la elefanta consiguió por fin romper el saco amniótico. Pero enseguida comprendí que algo iba mal. A diferencia del júbilo expresado por *Botshelo* y su manada, *Maura* estaba encorvada sobre su cría. Sus ojos denotaban tristeza, tenía la boca curvada hacia abajo y las orejas caídas y pegadas al cuerpo.

Se parecía a *Kagiso*, cuando ésta se había percatado de que su cría estaba muerta.

Maura trató de hacer que el elefantito, un macho, se incorporara. Lo empujó con la pata delantera, pero el pequeño no se movió. La elefanta trató de enroscar la trompa alrededor de su cuerpo para alzarlo, pero se le escurría. *Maura* seguía sangrando, unos chorros que se deslizaban por sus patas traseras, tan oscuros y pronunciados como las secreciones de sus glándulas temporales, pero ella siguió espolvoreando tierra sobre el elefantito y tratando de levantarlo, aunque éste no respiraba.

Yo había roto a llorar desconsoladamente cuando Thomas regresó, seguido por Gideon, con la noticia de que el veterinario llegaría dentro de una hora. Toda la reserva había enmudecido; las otras elefantas habían dejado de barritar; hasta el viento había amainado. El sol había vuelto su rostro hacia las colinas; y según la costumbre del duelo, el tejido de la noche se había rasgado, mostrando una estrella en cada diminuto desgarrón. *Maura* permanecía junto al cadáver de su hijo, a modo de paraguas, protegiéndolo.

—¿Qué ha pasado? —preguntó Thomas, y durante el resto de mi vida siempre pensaría que me acusaba de lo ocurrido.

Meneé la cabeza.

—Llamaré al veterinario —dije—. Ya no es necesario que venga. *Maura* había dejado de sangrar. No se podía hacer nada.

—Querrá practicar la autopsia al cadáver de la cría…

—No hasta que la madre haya dejado de velarlo —repuse, y la

palabra desencadenó el silencioso deseo que había tenido hacía unos días: que unas de estas elefantas muriera, para que yo pudiera avanzar en mis investigaciones posdoctorales.

Me sentí como si en mi subconsciente hubiera deseado que eso sucediera. Quizá Thomas tenía razón al acusarme de lo ocurrido.

—Me quedaré aquí —dije.

Thomas se acercó a mí.

—No es necesario…

—Es lo que suelo hacer —respondí secamente.

—¿Y Jenna?

Vi a Gideon alejarse unos pasos cuando el tono de nuestras voces se elevó.

—¿A qué te refieres? —pregunté.

—Eres su madre.

—Y tú eres su padre. —Durante esa noche en un año en la vida de Jenna, yo podía no acostar a mi hijita para permanecer junto a *Maura* mientras ésta velaba el cadáver de su cría. Ése era mi trabajo. De haber sido una doctora, habría sido el equivalente a que me llamaran para atender una emergencia.

Pero Thomas no prestaba atención.

—Yo contaba con esa cría —murmuró—. Iba a salvarnos.

Gideon carraspeó para aclararse la garganta.

—Thomas. ¿Qué te parece si te llevo de regreso a la casa y le pido a Grace que le traiga un jersey a Alice?

Cuando se marcharon, tomé unas notas, observando las veces que *Maura* pasaba la trompa sobre la columna vertebral del elefantito, y el gesto de abatimiento con que sacudía el saco amniótico. Anoté las diferencias en sus vocalizaciones —de un murmullo tranquilizador al grito angustioso de una madre tratando de que su cría regrese junto a ella—, pero era una conversación unilateral.

Grace regresó con el jersey y un saco de dormir, y se sentó para hacerme compañía un rato, observando a *Maura* y sintiendo su tristeza.

—Aquí es más denso —observó—. El aire.

Aunque yo sabía que la muerte de un elefante no podía incidir en la presión atmosférica, comprendí a qué se refería. Notaba el opresivo silencio en el punto sensible en la parte inferior de mi garganta, en mis tímpanos, amenazando con sofocarnos.

Nevvie vino también a presentar sus respetos. No dijo nada, se limitó a entregarme una botella de agua y un sándwich. Permaneció un poco alejada, como evocando unos recuerdos que no quería compartir con nosotras.

Cuando empecé a quedarme dormida, a las tres de la mañana, *Maura* se apartó por fin de su cría. Trató de tomarlo con la trompa, pero el cuerpo del elefantito se le escurrió en dos ocasiones. Luego intentó levantarlo por el cuello y, al no conseguirlo, por las patas. Después de varias intentonas, consiguió enroscar la trompa alrededor del cuerpo de su cría y alzarlo como si fuera una bala de heno.

Con cuidado, lentamente, *Maura* echó a andar hacia el norte. A lo lejos, oí una llamada de contacto emitida por *Hester*. *Maura* respondió suavemente, con un murmullo sofocado, como si no quisiera despertar al elefantito.

Gideon y Nevvie se habían llevado los quads, por lo que no tuve más remedio que seguir a *Maura* a pie. No sabía hacia dónde se dirigía, de modo que hice lo que no debiera haber hecho, seguirla en la oscuridad.

Por suerte, *Maura* estaba demasiado absorta en su dolor o demasiado pendiente del elefantito que portaba con la trompa para reparar en mí. Yo la seguía avanzando detrás de los árboles, procurando no hacer ruido, a una distancia de unos veinte metros. Pasamos junto al estanque y entre los abedules y atravesamos un prado, hasta que *Maura* llegó a un paraje al que solía ir cuando hacía mucho calor. A los pies de un gigantesco roble, sobre un tapiz formado por agujas de pino, *Maura* se tumbaba de costado y echaba un sueñecito a la sombra del árbol.

Ese día, sin embargo, depositó allí a su hijo y empezó a taparlo con ramas, agujas de pino y musgo que levantaba con las patas, hasta que el cadáver quedó cubierto parcialmente. Luego se colocó junto a él para velarlo, como un templo con columnas.

Y yo le rendí tributo. Recé.

Veinticuatro horas después de que *Maura* hubiera parido a su cría, yo no había conciliado aún el sueño, y ella tampoco. Peor aún, la elefanta no había probado bocado. Aunque yo sabía que podía pasar un tiempo sin comer, tenía que beber agua. De modo que cuando Gideon me encontró, de nuevo al otro lado de la valla pero esa vez a salvo, le pedí un favor.

Le pedí que trajera una de las palanganas que utilizábamos para los pediluvios en los establos y cinco jarras de agua de litro y medio.

Cuando oí el quad a mi espalda, miré a *Maura* para ver si reaccionaba. Por lo general los elefantes africanos mostraban curiosidad cuando se acercaba la hora de comer. Pero *Maura* ni siquiera se volvió para mirar a Gideon. Cuando éste se detuvo en el sendero, le dije:

—Bájate.

Lo que yo hacía estaba estrictamente prohibido en el parque natural, porque me proponía modificar el ecosistema. Además, cometía una gran imprudencia, porque iba a inmiscuirme en el espacio personal de una elefanta que acababa de perder a su hijito. Pero me importaba un carajo.

—No —respondió Gideon al darse cuenta de lo que iba a hacer—. Súbete tú.

Yo obedecí, rodeándolo con los brazos cuando pasamos a través de la pequeña abertura en la valla y entramos en el recinto donde se hallaba la elefanta. *Maura* cargó contra nosotros, acercándose a toda velocidad con las orejas desplegadas y sus pesadas patas resonando sobre el suelo. Al notar que Gideon metía la marcha atrás, apoyé la mano en su brazo.

—No lo hagas —le ordené—. Apaga el motor.

Él se volvió hacia mí, desconcertado, sin saber si obedecer a la mujer de su jefe o su instinto de supervivencia.

El vehículo se detuvo.

Maura también.

Me bajé del quad muy despacio y tomé la pesada palangana de goma de la plataforma posterior. La deposité en el suelo, a unos tres metros de la moto, y vertí en ella varios litros de agua. Luego me subí de nuevo en la moto, sentándome detrás de Gideon.

—Da marcha atrás —murmuré—. *Ahora.*

Gideon obedeció al tiempo que *Maura* extendía la trompa hacia nosotros. Luego se acercó a la palangana y se bebió toda el agua de una sentada.

La elefanta se colocó de forma que sus colmillos estaban a escasos centímetros de mi piel, lo bastante cerca para que yo viera las muescas y cicatrices que tenía en ellos debido al desgaste, lo bastante cerca para mirarme a los ojos.

Maura extendió la trompa y me acarició el hombro. Luego retomó su posición junto al cadáver de su hijito, velándolo, protegiéndolo.

Sentí la mano de Gideon en mi espalda. Era un gesto en parte reconfortante, en parte de admiración.

—Respira —dijo.

Treinta y seis horas más tarde, aparecieron los buitres. Volaban en círculos sobre el cadáver de la cría como brujas montadas en sus escobas. Cada vez que se lanzaban en picado, *Maura* agitaba las orejas y soltaba un barrito para ahuyentarlos. Esa noche aparecieron también los linces. Sus ojos de un verde neón relucían mientras se aproximaban a los restos del pequeño elefante. *Maura* salía de su trance como si alguien hubiera pulsado un resorte y se abalanzaba hacia ellos con los colmillos rozando el suelo.

Thomas había desistido de pedirme que regresara a casa. Todos habían desistido. Yo me negaba a marcharme hasta que no lo hiciera *Maura*. Yo sería su manada, recordándole que debía seguir viviendo, aunque su hijito hubiera muerto.

La ironía de la situación no se me escapaba. Yo hacía el papel de la elefanta, mientras que *Maura* se comportaba más como un ser humano negándose a dejar de velar el cadáver de su hijo. Una de las cosas más asombrosas sobre el duelo de los elefantes en su hábitat natural es su capacidad de dolerse por la muerte de un miembro de su manada, pero luego, inequívocamente, cierran ese capítulo. Los humanos no somos capaces de hacerlo. Siempre he pensado que era debido a la religión. Confiamos en volver a ver a nuestros seres queridos en el más allá, dondequiera que estén. Los elefantes no tienen esa esperanza, sólo los recuerdos de esta vida. Quizá sea por eso que les resulta más fácil seguir adelante después de sufrir una pérdida.

Setenta y dos horas después del parto, traté de imitar el murmullo que indica «en marcha» que había oído mil veces en la sabana y me mostré dispuesta a partir, como habría hecho una elefanta. *Maura* no me hizo caso. Yo apenas podía sostenerme en pie y tenía la vista borrosa. Tuve la alucinación de que un elefante macho irrumpía a través de la valla, pero no tardé en comprender que era un quad que se acercaba. En él iban montados Nevvie y Gideon. La mujer me miró y sacudió la cabeza.

—Tienes razón, tiene un aspecto desastroso —le comentó a Gideon. Luego se volvió hacia mí y añadió—: Tienes que regresar a casa. Tu hija te necesita. Si no quieres dejar sola a *Maura*, yo me quedaré con ella.

Gideon temía que me quedara dormida y me cayera de la moto, de modo que no me senté detrás de él, sino delante, sostenida por sus brazos, como una niña, y no me desperté hasta que aparcó frente a la casa. Turbada, salté del vehículo, le di las gracias y entré.

Para mi sorpresa, Grace estaba dormida en el sofá junto a la cuna de Jenna, que se hallaba en medio de la sala de estar porque no teníamos una habitación para ella. La desperté y le dije que se fuera a casa con Gideon. Luego me dirigí por el pasillo hacia el despacho de Thomas.

Al igual que yo, Thomas no se había cambiado de ropa en tres días. Estaba inclinado sobre un libro, tan enfrascado en su tarea que no se percató de mi presencia. Sobre la mesa había un frasco de pastillas que le había recetado el médico, y junto a ella, montando guardia, una botella de whisky vacía. Supuse que quizá se había quedado dormido mientras trabajaba, pero al acercarme vi que tenía los ojos abiertos, vidriosos, con la mirada perdida.

—Thomas —dije bajito—, ven a acostarte.

—¿No ves que estoy ocupado? —contestó, levantando la voz y haciendo que la niña, que estaba en la otra habitación, rompiera a llorar—. ¡Cállate de una puñetera vez! —gritó, tomando el libro y arrojándolo contra la pared a mi espalda. Después de esquivarlo, me agaché para recogerlo del suelo. Estaba abierto.

Lo que tenía a Thomas tan enfrascado no era ese libro: era un diario, con todas las páginas en blanco.

Entonces comprendí por qué Grace no había querido dejar a la niña sola con él.

No fue hasta después de la ceremonia de nuestra boda en el ayuntamiento de Boone cuando encontré los frascos de pastillas, alineados como soldados de infantería en la cómoda de Thomas. Las tomaba para la depresión, me dijo cuando se lo pregunté. Después de morir su padre —el último pariente que le quedaba vivo—, no había tenido ánimos para levantarse siquiera de la cama. Yo había asentido con la cabeza, tratando de mostrarme comprensiva. La noticia de su crisis depresiva me inquietó menos que el hecho de haberme precipitado en casarme con un hombre del que ni siquiera sabía que era huérfano de padre y madre.

Thomas no había vuelto a sufrir un episodio depresivo desde entonces, pero, para ser sincera, yo tampoco se lo había preguntado. No estaba segura de querer conocer la respuesta.

Temblando, salí de la habitación y cerré la puerta. Tomé a Jenna en brazos, que se calmó enseguida, y la acosté en la cama que yo compartía con un extraño, que resultaba ser el padre de mi hija. Contra todo pronóstico, me sumí de inmediato en un sueño profundo, aterciopelado, sosteniendo la manita de mi hija como si fuera una estrella fugaz.

Cuando me desperté, el sol me hirió en la retina como un bisturí, y una mosca zumbaba junto a mi oído. Me llevé la mano a la sien, para ahuyentarla, pero me di cuenta de que no era una mosca, y que no podía librarme de ella. Era el sonido distante de una excavadora, que solíamos utilizar para reparar las zonas ajardinadas.

—Thomas —dije, pero no obtuve respuesta.

Tomé a Jenna en brazos, que estaba despierta y sonriendo, y me dirigí con ella al despacho de mi marido. Éste estaba sentado a su mesa, con la cara apoyada en el secante, inconsciente. Observé el movimiento ascendente y descendente de su espalda, para cerciorarme de que respiraba, y luego coloqué a Jenna en una mochila a mi espalda, como me habían enseñado a hacer las mujeres africanas que cocinaban en el campamento del parque natural. Salí de la casa, me monté en un quad y me dirigí a los límites septentrionales de la reserva, donde la noche anterior había dejado a *Maura*.

Lo primero que observé fue la alambrada eléctrica. *Maura* se paseaba de un lado a otro frente a ella, barritando furiosa, sacudiendo la cabeza y golpeando el suelo con los colmillos, aproximándose a la alambrada lo más posible sin recibir una descarga eléctrica. Mientras realizaba esos movimientos agresivos, no apartaba los ojos del cadáver de su cría.

Que estaba encadenada sobre una enorme plataforma de madera junto a Nevvie, la cual indicaba a Gideon dónde debía excavar la fosa.

Atravesé la valla montada en la moto, pasé junto a *Maura* y me detuve a un metro de Nevvie.

—¿Qué diablos estáis haciendo?

Ella me miró y luego al bebé que llevaba a la espalda. Su expresión mostraba a las claras lo que pensaba sobre mis aptitudes maternales.

—Lo que siempre hacemos cuando muere un elefante. El veterinario tomó esta mañana las muestras de la autopsia.

Sentí el rugido de la sangre en mis oídos.

—¿Habéis separado a una madre del cadáver de su hijo?

—Han pasado tres días —respondió Nevvie—. Es por su bien. He estado con elefantas que han visto sufrir a sus crías, y eso las destroza. Fue lo que le ocurrió a *Wimpy*, y volverá a ocurrir si no hacemos algo al respecto. ¿Eso es lo que quieres para *Maura*?

—¡Lo que quiero para *Maura* es que sea ella quien tome la decisión de alejarse del cadáver de su hijo! —grité—. Pensé que era la filosofía de esta reserva. —Me volví hacia Gideon, que había detenido la excavadora y estaba visiblemente turbado—. ¿Lo habéis comentado con Thomas?

—Sí —contestó Nevvie, alzando el mentón—. Dijo que confiaba en que yo tomaría la decisión acertada.

—No sabes nada sobre el comportamiento de una elefanta cuando muere su cría —dije—. Esto no es compasión. Es una crueldad.

—Lo que ha pasado no tiene remedio —replicó Nevvie—. Cuanto antes deje *Maura* de ver a su cría, antes olvidará lo ocurrido.

—Jamás olvidará lo ocurrido. Y yo tampoco —le prometí.

Al poco rato Thomas se despertó, más calmado, comportándose como siempre. Reprendió a Nevvie por haber asumido el control de la situación, sacudiéndose de encima su responsabilidad en el asunto por haberle dado permiso cuando no estaba en condiciones de hacerlo. Lloró, se disculpó conmigo, y con Jenna, por haber dejado que los demonios hicieran presa en él. Nevvie, ofendida, desapareció durante el resto de la tarde. Gideon y yo quitamos las correas y las cadenas al cadáver del elefantito, aunque no tratamos de retirarlo de la plataforma. En cuanto desconecté la electricidad de la alambrada, *Maura* la derribó como si fuera de paja y entró apresuradamente para reunirse con su hijo. Lo acarició con la trompa, lo tocó con sus patas traseras. Permaneció junto a él durante cuarenta y cinco minutos, y luego se encaminó lentamente hacia la arboleda de abedules, alejándose de su cría.

Yo esperé diez minutos, para ver si regresaba, pero no lo hizo.

—Adelante —ordené.

Gideon se montó en la excavadora y hundió la pala mecánica en la tierra a los pies del roble donde a *Maura* le gustaba reposar. Yo sujeté de nuevo el cadáver del elefantito a la plataforma, para que pudiéramos depositarlo en el fondo de la fosa. Tomé una pala y empecé a cubrir el cadáver con tierra, un pequeño gesto para contribuir a la tarea que llevaba a cabo Gideon con la excavadora.

Cuando terminé de alisar la tierra que cubría la fosa, de un marrón intenso como los granos de café, se me había soltado la coleta y tenía las sisas y la espalda de la camiseta manchadas de sudor. Me dolía todo el cuerpo y estaba agotada, y la emoción que había mantenido a raya durante las cinco últimas horas me sobrepasó, haciendo que cayera de rodillas sollozando.

De repente Gideon se acercó a mí y me rodeó con sus brazos. Era un hombre fornido, más alto y fuerte que Thomas. Yo me apoyé contra él, como cuando presionas la mejilla contra el suelo después de caer de una gran altura.

—Todo irá bien —dijo, aunque no era cierto. Yo no podía devolver a *Maura* su hijito—. Tenías razón. No debimos separarla de su cría.

Me aparté y lo miré a los ojos.

—Entonces, ¿por qué lo hiciste?

Él sostuvo mi mirada.

—Porque a veces, cuando sigo mi criterio, tengo problemas.

Sentí sus manos en mis hombros. Olí la sal de su sudor. Miré su piel oscura que contrastaba con la mía.

—Supuse que os vendría bien —dijo Grace. Sostenía una jarra de té helado.

Yo no la había visto acercarse; ignoraba qué pensaba al ver a su marido tratando de consolarme. No era más que eso, pero los dos nos apresuramos a separarnos, como si tuviéramos algo que ocultar. Me enjugué los ojos con el bajo de mi camiseta mientras Gideon tomaba la jarra de té.

Cuando Gideon se fue, cogido de la mano de Grace, yo sentía aún el calor de sus palmas sobre mí. Pensé en *Maura*, de pie junto a su hijito, tratando de protegerlo cuando estaba claro que era demasiado tarde.

JENNA

Cuando eres una niña, la mayoría de la gente hace todo lo posible para no prestarte atención. Los hombres y las mujeres de negocios no te miran porque están enfrascados en sus llamadas telefónicas o enviando mensajes de texto o correos electrónicos a sus jefes. Las madres se vuelven de espaldas porque eres una mirada al futuro, cuando su dulce y rollizo bebé se convertirá en otro adolescente antisocial, que escucha música todo el día con unos auriculares y es incapaz de mantener una conversación que no consista en meros gruñidos. Las únicas personas que me miran a los ojos son ancianas solitarias o niños que quieren captar mi atención. Por este motivo, es increíblemente fácil montarte en un autocar de largo recorrido sin haber comprado un billete, lo cual es alucinante porque ¿a quién le sobran ciento noventa dólares? Procuro arrimarme a los agrietados bordes de una familia incapaz de ponerse las pilas, con un bebé que no deja de berrear, un niño de unos cinco años que no se quita el pulgar de la boca y una adolescente que escribe mensajes de texto a tal velocidad, que pienso que su Galaxy va a estallar en llamas. Cuando anuncian por los altavoces que el autocar de Boston está a punto de partir, y los atribulados padres se ponen a contar sus maletas *y* sus hijos, sigo a la hija mayor y me monto en el autocar como si fuera una más de la familia.

Nadie me lo impide.

Como sé que el conductor contará los pasajeros antes de abandonar la terminal, me dirijo de inmediato al baño y me encierro en él. Me quedó allí hasta que noto que el vehículo empieza a moverse, hasta que Boone, Nueva Hampshire, no es más que un punto en la lejanía. Luego me siento en el asiento posterior del autocar, el que nadie quiere ocupar porque huele a la pastilla desodorizante del retrete, y finjo que estoy dormida.

Detengámonos un segundo para comentar el hecho de que mi abuela me va a tener castigada sin salir de casa hasta que cumpla sesenta años. Le he dejado una nota, pero he silenciado aposta mi teléfono móvil porque no quiero oír su reacción cuando la encuentre. Si piensa que mis búsquedas en Internet para localizar a mi madre me están arruinando la vida, no le hará ninguna gracia saber que viajo de polizón en un autocar que se dirige a Tennessee para poder dar con ella en persona.

En realidad, estoy un poco cabreada conmigo misma por no habérseme ocurrido hacer esto antes. Quizá fue el ataque de ira de mi padre —fuera de lugar en un hombre que se pasa la vida en un estado catatónico— lo que estimuló mi memoria. En cualquier caso, algo hizo que me acordara de Gideon y de lo importante que había sido para mi madre y para mí. La reacción de mi padre al fijarse en el collar con el guijarro fue como una descarga eléctrica, que activó unas neuronas que habían permanecido aletargadas durante años, como si se agitaran unas pancartas y se encendieran unos letreros de neón en mi mente: *Presta atención*. Es verdad que aunque me hubiera acordado antes de Gideon, no sabía adónde había ido hace diez años. Pero sé que cuando se marchó, hizo una parada en un determinado lugar.

Cuando mi madre desapareció y se supo que el negocio de mi padre había quebrado, las elefantas fueron enviadas a La Reserva de Elefantes de Hohenwald, en Tennessee. Bastó una rápida búsqueda en Google para informarme de que la junta directiva de Hohenwald, al enterarse de los problemas de la reserva de Nueva Inglaterra, se había afanado en buscar espacio para alojar a los animales que se habían quedado sin hogar. A las elefantas las acompañó el único empleado que quedaba en la reserva: Gideon.

Yo ignoraba si la reserva lo había contratado para que siguiera ocupándose de nuestros animales o si había dejado a las elefantas allí y había continuado su camino. Si había vuelto a reunirse con mi madre. Si todavía se cogían de la mano cuando creían que nadie los observaba.

Es otra de las cosas que hacen las personas que piensan que los niños son invisibles. Olvidan ser precavidos cuando estás presente.

Sé que es una tontería, pero una gran parte de mí confiaba en que Gideon estuviera allí y no supiera dónde se encontraba mi madre, a pesar de que ése era el motivo de que en esos momentos yo estuviera sentada en un autocar con la capucha del chándal puesta para que nadie tratara de entablar contacto visual conmigo, para averiguar lo que deseo saber. No soportaba la idea de que mi madre hubiera sido feliz durante los diez últimos años. No deseaba que estuviera muerta ni que se sintiera desgraciada. Pero ¿no debería yo formar parte de su vida?

El caso es que había repasado mentalmente diversos escenarios posibles:

1. Gideon seguía trabajando en la reserva y vivía con mi madre, que había adoptado un alias, como Mata Hari, Euphonia Lalique u otro nombre misterioso, para poder permanecer oculta. (Nota: yo no quería pensar en el motivo por el que quería ocultarse: mi padre, la ley, yo... No me apetecía explorar ninguna de esas opciones.) Gideon, como es natural, me reconocería enseguida, y me llevaría junto a mi madre, que se fundiría en una implosión de alegría y me pediría perdón y me diría que nunca había dejado de pensar en mí.

2. Gideon ya no trabajaba en la reserva, pero dado que la comunidad de personas que trabajan con elefantes es bastante reducida, conservaban en sus archivos las señas o el número de contacto de su antiguo empleado. Yo me presentaría en su casa y mi madre abriría la puerta, y lo demás ya puedes imaginártelo a partir del escenario 1.

3. Por fin encontraba a Gideon, dondequiera que estuviera, pero él me decía que lo sentía, que no sabía dónde se hallaba mi madre. Sí, él la había amado. Sí, ella había querido fugarse con él y dejar a mi padre. Incluso puede que la muerte de Nevvie estuviera relacionada de alguna forma con esa desgraciada historia de amor. Pero durante los largos años en que yo me había convertido en una adolescente,

la cosa no había funcionado entre ellos y mi madre lo había abandonado al igual que me había abandonado a mí.

Éste, desde luego, era el peor escenario. Sólo había otro más deprimente; era tan sombrío que cuando lo atisbé en mi imaginación a través de una puerta entornada, me apresuré a cerrarla antes de que invadiera todos los rincones de mi mente.

4. Por fin consigo localizar a mi madre a través de Gideon. Pero no hay alegría, no se produce una reunión gozosa, no hay asombro. Sólo resignación cuando mi madre suspira y dice: *Ojalá no hubieras dado conmigo.*

Como he dicho, ni siquiera pienso en esa posibilidad, no sea que la energía que un pensamiento fortuito transmite al universo —como dice Serenity— propicie el resultado.

No creo que Virgil tarde mucho en imaginar adónde he ido, ni en llegar a la misma conclusión que yo: que Gideon es el vínculo con mi madre, quizás el motivo por el que ésta se fugó, quizás incluso el vínculo con la muerte accidental que quizá no fue un accidente. Me siento mal por no haberle dicho a Serenity adónde pensaba ir. Pero puesto que se gana la vida adivinando el destino de las personas, confío en que sepa que me propongo volver.

Pero no sola.

El autocar hace escala en Boston, Nueva York y Cleveland. En cada parada, me bajo del autocar conteniendo el aliento, convencida de que allí es donde me encontraré a un policía esperándome para llevarme de vuelta a casa. Pero para que eso suceda mi abuela tendría que haber denunciado mi desaparición, y ya sabemos que no es muy dada a hacer eso.

Mantengo el móvil silenciado porque no quiero que mi abuela me llame, ni Virgil, ni Serenity. En cada terminal de autocares sigo la misma pauta, buscando una familia que no se percate de que me pego a ellos. A ratos duermo, otros me entretengo jugando a un juego conmigo misma: si veo tres coches rojos consecutivos circulando por la nacional 95 significa que mi madre se alegrará de verme. Si veo un Volkswagen Escarabajo antes de que termine de contar hasta cien, significa que se fugó porque no tuvo más remedio. Si veo un coche fúnebre, significa que ha muerto y por eso no regresó a buscarme.

Para que lo sepas, te diré que no veo ningún coche fúnebre.

Un día y tres horas y cuarenta y ocho minutos después de haber partido de Boone, Nueva Hampshire, me encuentro en la terminal de autocares de Nashville, Tennessee. Al salir me envuelve una ola de calor que me deja grogui.

La terminal se encuentra en el centro de la ciudad, y me sorprende el bullicio y el ruido. Es como cuando tienes jaqueca. Veo a hombres luciendo la típica corbata de cordón y a turistas sosteniendo botellas de agua y a gente tocando la guitarra frente a los escaparates de los establecimientos a cambio de unas monedas. Todo el mundo lleva botas vaqueras.

Me apresuro a entrar de nuevo en la terminal de autocares climatizada y busco un mapa de Tennessee. Hohenwald —donde está situada la reserva— está al sudoeste de la ciudad, a una hora y media en coche. Deduzco que no es un destino turístico importante, por lo que no hay transportes públicos que vayan allí. Y no soy tan estúpida como para hacer autostop. ¿Es posible que estos últimos ciento treinta kilómetros sean más complicados que los mil seiscientos anteriores?

Me quedo un rato contemplando un mapa gigantesco de Tennessee que hay en la pared, preguntándome por qué los chicos estadounidenses no estudian geografía, porque si lo hicieran yo tendría algunos conocimientos sobre este estado. Respiro hondo, abandono la terminal de autocares y me dirijo al centro de la ciudad, entro y salgo de tiendas que venden prendas vaqueras y restaurantes donde tocan música en vivo. También hay coches y camionetas aparcados en las calles. Miro las matrículas y deduzco que muchos vehículos son alquilados. Pero algunos tienen incorporadas sillitas para bebés, o cedés diseminados por el suelo, los típicos trastos de un dueño.

Entonces me pongo a leer las pegatinas en los vehículos. Algunas son previsibles (AMERICANO DE NACIMIENTO, SUREÑO POR LA

GRACIA DE DIOS), y algunas me producen náuseas (SALVA A UN CIERVO, DISPARA CONTRA UN MARICA). Pero busco indicios, pistas, como haría Virgil. Algo que me indique más cosas sobre la familia propietaria del vehículo en cuestión.

Por fin, veo una camioneta con una pegatina que dice ¡ORGULLOSA DE MI ESTUDIANTE DE HONOR DE COLUMBIA! Me ha tocado la lotería por partida doble: la camioneta está provista de una plataforma en la que puedo esconderme, y Columbia —según el mapa en la terminal de autocares— está de camino a Hohenwald. Apoyo el pie en el parachoques trasero, dispuesta a montarme en la plataforma y tumbarme en ella cuando nadie me observe.

—¿Qué haces?

Estaba tan pendiente de si algún transeúnte se fijaba en mí, que no he visto a un niño que se me acerca por detrás. Calculo que tiene unos siete años, y le faltan tantos dientes que los que le quedan parecen lápidas en un cementerio.

Yo me agacho, recordando los trabajos de canguro que llevo haciendo desde hace años.

—Juego al escondite. ¿Quieres ayudarme?

El niño asiente con la cabeza.

—Vale. Pero eso significa que tienes que guardar un secreto. ¿Podrás hacerlo? ¿No le dirás a tu madre o a tu padre que me he escondido aquí?

El niño mueve el mentón arriba y abajo con energía.

—¿Luego podré esconderme yo?

—Pues claro —le prometo, y me subo a la plataforma de la camioneta.

—¡Brian! —grita una mujer, jadeando al doblar la esquina y seguida por una adolescente con los brazos cruzados y cara de pocos amigos.

—¡Ven aquí enseguida!

La plataforma de metal está tan caliente como la superficie del sol. Siento cómo se forman unas ampollas en las palmas de mis manos y la parte posterior de mis piernas. Levanto un poco la cabeza, para mirar al niño a los ojos, y me llevo un dedo a los labios, el signo universal de ¡chitón!

Su madre casi nos ha alcanzado, de modo que me tumbo en la plataforma, cruzo los brazos y contengo el aliento.

—Luego me toca a mí —dice Brian.

—¿Con quién hablas? —pregunta su madre.

—Con mi nueva amiga.

—Creí que había quedado claro que no se debe mentir —le recuerda la mujer, abriendo la puerta de la camioneta.

Lo siento por Brian, no sólo porque su madre no lo cree, sino porque no tengo la menor intención de dejar que se esconda en la plataforma. Cuando le toque el turno, yo ya habré desaparecido.

Alguien dentro de la camioneta abre la ventana posterior de la cabina para que circule el aire. A través de la abertura, oigo la radio mientras Brian y su hermana y su madre circulan por la interestatal hacia, confío, Columbia, Tennessee. Cierro los ojos mientras el sol me abrasa y finjo que estoy en una playa, en lugar de tumbada sobre una placa de metal.

Las canciones que llegan a mis oídos versan sobre conducir una camioneta como ésta, o sobre chicas con un corazón de oro a las que un tipo ha traicionado. Todas me suenan igual. Mi madre sentía una aversión por los banjos rayana en alergia. Recuerdo que en cuanto percibía el más leve timbre nasal en una cantante apagaba la radio. ¿Es posible que una mujer que odiaba la música country decidiera establecer su nuevo hogar a un tiro de piedra del Grand Ole Opry?* ¿O había utilizado su aversión como una cortina de humo, pensando que cualquiera que la conociera jamás sospecharía que iba a instalarse en el corazón de la tierra de música country & western?

Mientras me balanceo de un lado a otro sobre la plataforma de la camioneta, pienso:

1. Los banjos son bastante guais.
2. Puede que las personas cambien.

---

* Un programa radiofónico semanal de música country, que se retransmite en vivo desde una sala de conciertos en Nashville, Tennessee. (*N. de la T.*)

ALICE

No es exagerado decir que, en el caso de los elefantes, el ritual de apareamiento se compone de cantos y bailes.

Como en todas las comunicaciones de estos animales, las vocalizaciones van acompañadas de gestos. Un día cualquiera, por ejemplo, una matriarca puede emitir un sonido que significa «en marcha», colocándose al mismo tiempo en la dirección en que desea conducir a la manada.

Sin embargo, los sonidos del apareamiento son más complicados. En el medio silvestre oímos el murmullo gutural de los machos cuando están en *musth*, un sonido grave y continuo, como si uno pasara un arco hecho de hormonas sobre las cuerdas de un instrumento de ira. Los elefantes emiten el murmullo del *musth* cuando son desafiados por otro macho, cuando les sorprende la aparición de un vehículo o cuando buscan una compañera. Los sonidos difieren de un elefante a otro, y van acompañados por un movimiento de las orejas y frecuentes emisiones de orina.

Cuando un macho en *musth* vocaliza, toda la manada de hembras empieza a hacerle coro. Esos sonidos atraen no sólo al macho que ha entablado la conversación, sino a todos los solteros disponibles, de forma que las hembras en celo tienen la oportunidad de elegir al compañero más atractivo —no me refiero al que tiene mejor aspecto, sino al que tiene más probabilidades de sobrevivir—, un macho mayor y saludable. Una hembra que no se sienta atraída por un determinado macho puede huir de él, aunque ya la haya montado, para ir en busca de otro que le convenga más. Siempre y cuando, naturalmente, haya otro que le convenga más.

Por este motivo, varios días antes de su estro, la hembra emite un barrito que indica que está en celo, una potente llamada que atrae a un gran número de machos, por lo que tiene así la oportunidad de elegir entre diversos candidatos. Por fin, cuando deja que un macho la monte, entona la canción del celo. A diferencia del murmullo grave y continuo que emite el macho cuando está en *musth*, estos cantos son líricos y repetitivos, un ronroneo gutural que se agudiza rápidamente y luego pierde intensidad. La hembra mueve las orejas de forma audible y secreta un líquido de sus glándulas temporales. Después del apareamiento, las hembras de su familia participan también en las vocalizaciones, creando una sinfonía de bramidos, murmullos y barritos como los que emiten en cualquier otro momento socialmente importante, como un parto o una reunión.

Sabemos que cuando una ballena macho canta, los que emiten las canciones más complejas son los que consiguen a las hembras. Por el contrario, en el mundo de los elefantes, un macho en *musth* se aparea con quien puede; es la hembra la que canta, y lo hace por una necesidad biológica. Una elefanta permanece en celo durante sólo seis días, y los machos disponibles pueden estar a muchos kilómetros. Las feromonas no funcionan a esas distancias, de modo que la hembra tiene que hacer algo más para atraer a los machos.

Está demostrado que los cantos de ballenas se transmiten de generación en generación, si bien existen en todos los océanos del mundo. Siempre me he preguntado si ello ocurre también entre los elefantes. Si las crías hembras de las elefantas aprenden la canción del celo de sus parientas mayores durante la época del celo, de manera que cuando les toca el turno a ellas, saben cómo cantar para atraer a los machos más fuertes y vigorosos. Si, al hacerlo, las hijas aprenden de los errores de sus madres.

SERENITY

Esto es lo que no te he contado: un día, en mis tiempos de esplendor como vidente, perdí la habilidad de comunicarme con espíritus.

Estaba haciendo una lectura para una joven universitaria que quería que me comunicara con su padre, que había muerto. Vino con su madre, y ambas portaban grabadoras, para que cada una pudiera reproducir lo que sucediera durante nuestra sesión. Durante una hora y media, transmití una y otra vez el nombre del difunto; me esforcé en conectar con él. Y el único pensamiento que me vino a la mente fue que ese hombre se había suicidado de un tiro.

Aparte de eso: silencio.

Exactamente como lo que obtengo ahora, cuando trato de comunicarme con los muertos.

Me sentí fatal. Cobraba a esas mujeres por noventa minutos de nada. Y aunque no les había garantizado devolverles el dinero si la cosa no funcionaba, jamás me había sentido tan seca en toda mi carrera como vidente. De modo que me disculpé.

Disgustada por el resultado, la chica rompió a llorar y me pidió utilizar el baño. En cuanto se ausentó, su madre —que había permanecido en silencio durante toda esa experiencia— me habló sobre su marido, y me contó el secreto que no había revelado a su hija.

En efecto, el hombre se había suicidado utilizando una escopeta. Había sido un afamado entrenador de baloncesto del equipo de una universidad de Carolina del Norte, y había tenido una relación sentimental con uno de los chicos de su equipo. Cuando su esposa lo descubrió, le dijo que quería divorciarse de él, y que destruiría su carrera profesional a menos que él le diera dinero para silenciarla.

Él se negó y afirmó que amaba al joven. Su mujer le dijo que podía quedarse con su nuevo amante, pero que le sacaría hasta el último céntimo que tenía y haría público lo que había hecho. Ése era el precio del amor, aseveró.

Su marido bajó al sótano de la vivienda y se descerrajó un tiro en la cabeza.

Durante el funeral, cuando la mujer se despidió de él por última vez en privado, le espetó: *Eres un hijo de puta. No creas que te perdonaré ahora que has muerto. ¡Que te pudras!*

Dos días más tarde, la hija me llamó para decirme que había sucedido algo muy extraño. La grabación que había hecho de la sesión estaba en blanco. Aunque durante la sesión habíamos mantenido un diálogo entre nosotras, lo único que se oía en la cinta era un sonido sibilante. Y lo que era más extraño aún: la grabación que había hecho su madre también estaba en blanco.

Comprendí que el difunto había oído con toda claridad lo que su esposa le había dicho durante su funeral, y le había tomado la palabra. Ella no quería tener nada que ver con él, de modo que él se había mantenido alejado de nosotras. De manera permanente.

Hablar con espíritus es un diálogo. Es cosa de dos. Por más que te esfuerces, si no consigues nada es porque un espíritu no quiere comunicarse o porque la médium no puede.

—Esto no funciona como un grifo —me quejo, tratando de poner cierta distancia entre Virgil y yo—. No puedo abrirlo y cerrarlo.

Estamos en el aparcamiento frente al establecimiento de venta al por mayor de Frutas y verduras Gordon, asimilando la información que acabamos de recibir sobre el suicidio de Grace Cartwright. Confieso que no esperaba oír eso, pero Virgil está convencido de que forma parte integrante del rompecabezas.

—Aclaremos esto de una vez por todas —dice, muy serio—. Lo que te digo es que estoy dispuesto a aceptar que los poderes paranormales no son una chorrada. Que estoy dispuesto a dar una oportunidad a tu talento. ¿Por qué no quieres intentarlo al menos?

—De acuerdo —respondo, frustrada. Me apoyo en el parachoques delantero de mi coche, agitando los hombros y los brazos como hacen los nadadores antes de zambullirse en la piscina. Luego cierro los ojos.

—¿Puedes hacerlo aquí? —me interrumpe Virgil.

Abro mi ojo izquierdo.

—¿No era lo que querías?

Virgil se sonroja.

—Supuse que necesitabas… no sé. Una tienda de campaña o algo por el estilo.

—Puedo apañármelas también sin mi bola de cristal y sin mis hojas de té —contesto secamente.

No les he confesado a Jenna y a Virgil que ya no puedo comunicarme con espíritus. He dejado que creyeran que los actos de tropezarme con el billetero y con el collar de Alice en los terrenos de la antigua reserva de elefantes no habían sido meras casualidades sino momentos paranormales.

Quizá me haya convencido yo misma de eso. De modo que cierro los ojos y pienso: *Grace, Grace, háblame.*

Así es como solía hacerlo.

Pero no consigo nada. La experiencia resulta tan vacía y estática como la vez que traté de comunicarme con el entrenador de baloncesto de Carolina del Norte que se había suicidado.

Miro a Virgil.

—¿Has conseguido algo? —pregunto. Está tecleando en su teléfono móvil, buscando a Gideon Cartwright en Tennessee.

—No —confiesa—. Pero en su lugar, yo utilizaría un alias.

—Yo tampoco he conseguido nada —le digo, lo cual, por una vez, es verdad.

—Quizá deberías hacerlo en… voz alta.

Yo me pongo en jarras.

—¿Te digo yo cómo debes hacer tu trabajo? —replico—. A veces, en los casos de suicidio, se comportan de esta forma.

—¿De qué forma?

—Como si se avergonzaran de lo que han hecho. Todos los suicidas, casi por definición, son fantasmas, que están atrapados en la tierra porque desean desesperadamente pedir perdón a sus seres queridos o porque se sienten profundamente avergonzados.

Eso me lleva a pensar de nuevo en Alice Metcalf. Quizás el motivo por el que no he logrado comunicarme con ella es porque, al igual que Grace, se ha suicidado.

Me apresuro a desterrar ese pensamiento de mi mente. He dejado que las expectativas de Virgil se me subieran a la cabeza; la razón por la que no he podido contactar con Alice —o cualquier otro espíritu, dicho sea de paso— tiene más que ver conmigo que con ellos.

—Más tarde volveré a intentarlo —miento—. ¿Qué quieres preguntarle a Grace?

—Quiero saber por qué se suicidó —responde Virgil—. Por qué una mujer felizmente casada con un buen trabajo y una familia, llena sus bolsillos de piedras y se arroja a un estanque.

—Porque no era una mujer felizmente casada —replico.

—Ya tenemos un ganador —dice Virgil—. Si descubres que tu marido se acuesta con otra, ¿qué haces?

—¿Regodearme unos instantes pensando que al menos he logrado casarme con alguien?

Virgil suspira.

—No. Te encaras con él, o te fugas.

Reflexiono sobre lo que acaba de decir.

—¿Y si Gideon quería divorciarse y Grace se negó? ¿Y si el asesino o la asesina trató de hacer que pareciera un suicidio?

—El forense habría comprobado de inmediato durante la autopsia si en lugar de un suicidio era un homicidio.

—¿Seguro? Yo tenía la impresión de que la policía no siempre acierta en sus conclusiones cuando se trata de determinar la causa de la muerte.

Virgil pasa por alto mi pulla.

—¿Y si Gideon planeaba fugarse con Alice y Thomas lo averiguó?

—Ingresasteis a Thomas en el centro psiquiátrico antes de que Alice desapareciese del hospital.

—Pero eso no significa que esa noche no se peleara con ella y Alice corriera a refugiarse en los recintos de las elefantas. Puede que Nevvie Ruehl estuviera en el lugar equivocado en el momento equivocado. Trató de detener a Thomas y éste la detuvo *a ella*. Entretanto, Alice echó a correr, se golpeó la cabeza con una rama y perdió el conocimiento a un kilómetro y medio de donde estaban ellos. Gideon fue a verla al hospital y urdieron un plan, un plan que la alejaría de su enfurecido esposo. Sabemos que Gideon acompañó a las elefantas a su nuevo hogar. Quizás Alice se marchó de tapadillo y se reunió allí con él.

Yo cruzo los brazos, impresionada.

—Es una deducción brillante.

—A menos —continúa Virgil—, que sucediera de otra forma. Pongamos que Gideon dijera a Grace que quería divorciarse para poder marcharse con Alice. Grace, devastada, se suicida. La culpa por la muerte de Grace hace que Alice recapacite sobre su plan, pero Gideon no está dispuesto a permitir que lo abandone. En todo caso, no viva.

Pienso en ello unos segundos. Gideon pudo haber ido al hospital y convencer a Alice de que su hijita estaba en peligro, o contarle cualquier mentira para inducirla a fugarse con él de inmediato. No soy estúpida, veo la serie televisiva *Ley y orden*. Muchos asesinatos ocurren porque la víctima se fía del tipo que se presenta en su casa, o le pide ayuda, o le ofrece llevarla en su coche.

—Entonces, ¿cómo murió Nevvie?

—Gideon también la mató a ella.

—¿Por qué iba a matar a su suegra? —pregunto.

—¿En serio? —contesta Virgil—. ¿No es la fantasía de todos los hombres? Si Nevvie se enteró de que Gideon y Alice estaban liados, probablemente fue la persona que provocó la pelea.

—O quizá no tocó a Gideon. Quizá fue a por Alice en el establo. Y Alice huyó para salvarse, y perdió el conocimiento. —Miro a Virgil—. Es lo que Jenna ha sostenido siempre.

—No me mires de esa forma —se queja Virgil, enfurruñado.

—Deberías llamarla. Quizá recuerde algo sobre Gideon y su madre.

—No necesitamos la ayuda de Jenna. Basta con que vayamos a Nashville y…

—No se merece que la dejemos al margen.

Durante un momento Virgil me mira como si fuera a discutir conmigo. Luego saca su teléfono móvil y lo mira.

—¿Tienes su número?

La llamé una vez, pero fue desde el fijo en casa, no desde mi móvil. No llevo su número encima. No obstante, a diferencia de Virgil sé dónde encontrarlo.

Nos dirigimos a mi apartamento. Virgil mira con nostalgia el bar frente al que pasamos para acceder al portal de mi casa.

—¿Cómo resistes la tentación? —murmura—. Es como vivir sobre un restaurante chino.

Virgil se queda en la puerta mientras rebusco entre el montón de correo en la mesa de mi comedor en busca del libro en el que hago que firmen todos mis clientes. Jenna, como recordarás, ha sido mi última clienta.

—Puedes entrar si quieres —digo.

Tardo unos momentos en localizar el teléfono, oculto debajo de una toalla de cocina sobre la encimera. Lo tomo y marco el número de Jenna, pero su teléfono no da señal.

Virgil mira la fotografía que hay en mi repisa, en la que aparezco entre George y Barbara Bush.

—Es de agradecer que te dignes a codearte con gente como Jenna y yo —comenta.

—Yo era otra persona en esa época —respondo—. Además, la celebridad no es como la pintan. En la foto no se ve, pero el presidente tiene la mano sobre mi culo.

—Podría haber sido peor —musita Virgil—. Podría haber sido Barbara quien te pusiera la mano allí.

Llamo a Jenna de nuevo, pero no obtengo respuesta.

—Qué raro. Mi línea telefónica no funciona —informo a Virgil, que saca su móvil del bolsillo.

—Deja que lo intente yo —se ofrece.

—Déjalo estar. Aquí no tengo cobertura a menos que me ponga papel de aluminio en la cabeza y me cuelgue de la escalera de incendio. Las delicias de vivir en el campo.

—Podemos utilizar el teléfono del bar —propone Virgil.

—Ni lo sueñes —contesto, imaginándome tratando de separarlo de una botella de whisky—. Cuando eras policía patrullabas las calles, ¿no?

—Sí.

Guardo el libro en mi bolso.

—Entonces condúceme a Greenleaf Street.

El barrio donde vive Jenna se parece a cientos de otros barrios: céspedes recortados en pulcros rectángulos, casas vestidas con postigos rojos y negros, perros ladrando detrás de cercas invisibles. Unos niños circulan en bicicleta por la acera cuando aparco junto al bordillo.

Virgil contempla el jardín delantero de la casa de Jenna.

—La vivienda de una persona dice mucho sobre ella —comenta.

—¿Por ejemplo?

—Ya sabes... Una bandera por lo general indica que son conservadores. Si conducen un Prius, suelen ser más liberales. A veces esos detalles no tienen nada que ver, pero es una ciencia interesante.

—Es como una lectura en frío. E igual de inexacta.

—Bueno, a decir verdad no pensé que Jenna hubiera crecido en un ambiente tan... pijo, ¿comprendes?

Por supuesto. Las calles sin salida por las que no pueden circular los automóviles, las meticulosas casas, los cubos de reciclaje en las aceras, los niños jugando en los jardines... Es como el idílico barrio residencial de Stepford en *Las mujeres perfectas*. Hay un desasosiego en Jenna, unas aristas que no encajan con este lugar.

—¿Cómo se llama su abuela? —pregunto a Virgil.

—¿Cómo coño quieres que lo sepa? —contesta—. Pero no importa; trabaja de día.

—Entonces quédate aquí —le ordeno.

—¿Por qué?

—Porque es menos probable que Jenna me cierre la puerta en las narices a mí que a ti —le explico.

Puede que Virgil sea un pelmazo, pero no es estúpido.

—De acuerdo —dice, hundiéndose en el asiento del copiloto.

Echo a andar sola por el sendero empedrado que conduce a la puerta de entrada. Es de color malva, con un pequeño corazón de madera clavado en ella que dice: BIENVENIDOS, AMIGOS. Llamo al timbre, y al cabo de un momento la puerta se abre sola.

Al menos es lo que me parece, hasta que me doy cuenta de que hay un niño ante mí, chupándose el pulgar. Debe de tener unos tres años, y la gente menuda no se me da bien. Me recuerdan a los roedores, que mordisquean tus mejores zapatos de cuero y dejan a su paso migas y otras cosas. Me sorprende tanto pensar que Jenna tiene un hermano —que al parecer nació después de que ella se fuera a vivir con su abuela—, que ni siquiera soy capaz de decir hola.

El niño se saca el pulgar de la boca, como un tapón de un dique, y, tal como me temía, suelta un chorro de baba.

De inmediato aparece una mujer joven, que se apresura a cogerlo en brazos.

—Lo siento —se disculpa—. No he oído el timbre. ¿En qué puedo ayudarla?

Lo dice a voz en cuello, porque el niño berrea a pleno pulmón. La mujer me mira con gesto adusto, como si yo hubiera lastimado físicamente a su hijo. Entretanto, trato de descifrar quién es esa mujer y qué hace en casa de Jenna.

Le ofrezco mi sonrisa televisiva más bonita.

—Me temo que he venido en mal momento —digo, levantando la voz—. Quiero ver a Jenna.

—¿Jenna?

—Metcalf —añado.

La mujer sienta al niño en su cadera.

—Creo que se ha equivocado de casa.

Empieza a cerrar la puerta, pero yo introduzco el pie para impedírselo mientras saco el libro de mi bolso. Lo abro por la última página, donde Jenna ha escrito, con su letra irregular de adolescente, 145 Greenleaf Street, Boone.

—¿No es el 145 de Greenleaf Street? —pregunto.

—En efecto —responde la mujer—, pero aquí no vive nadie con ese nombre.

Me cierra la puerta en las narices y yo miro el libro que sostengo en la mano. Estupefacta, regreso al coche, me siento al volante y arrojo el libro a Virgil.

—Jenna me ha engañado —le confieso—. Me ha dado una dirección falsa.

—¿Por qué?

Meneo la cabeza.

—Lo ignoro. Quizá no quería que le enviara propaganda por correo.

—O quizá se no se fiaba de ti —apunta Virgil—. No se fía de ninguno de los dos. Ya sabes lo que eso significa. —Espera a que me vuelva y lo mire—: Se nos ha adelantado.

—¿A qué te refieres?

—Es lo bastante lista para haber deducido por qué su padre reaccionó como lo hizo al ver el collar. Debe de saber lo de su madre y Gideon; y ha hecho justamente lo que debimos hacer nosotros hace una hora. —Virgil alarga la mano y gira la llave en el contacto—. Nos vamos a Tennessee —dice—, porque me apuesto cien pavos a que Jenna ya está allí.

ALICE

Morir de dolor por la pérdida de un ser querido es el sacrificio último, pero desde el punto de vista evolutivo no es viable. Si el dolor fuera una emoción tan abrumadora, una especie podría dejar de existir. Eso no significa que no haya habido casos en el reino animal. Conozco el de un caballo que murió de repente y su compañero de establo, que había estado mucho tiempo con él, murió poco después. O el caso de una pareja de delfines que habían trabajado juntos en un parque temático; cuando la hembra murió, el macho estuvo varias semanas nadando en círculos con los ojos cerrados.

Cuando murió el hijito de *Maura*, el dolor de la elefanta era patente en su cara y la forma en que se movía, como si el mero roce del aire le causara un sufrimiento indecible. Se había aislado en las proximidades de la fosa; por las noches se negaba a entrar en el establo. No tenía el solaz que le hubiera ofrecido su familia, para hacerla regresar al mundo de los vivos.

Yo estaba decidida a impedir que fuera víctima de su dolor.

Gideon clavó en la valla un gigantesco cepillo de púas que nos regaló el departamento de obras públicas cuando adquirió una nueva barredora, un instrumento muy útil contra el que, tiempo atrás, a *Maura* le habría encantado restregarse. Pero ni siquiera lo miró cuando Gideon lo instaló en la valla. Grace trató de animarla ofreciéndole uvas rojas y sandías, sus alimentos favoritos, pero la elefanta dejó de comer. Su mirada perdida, la forma en que ahora parecía ocupar menos espacio material, me recordó a Thomas, sentado en su despacho, mirando su diario en blanco tres noches después de la muerte del elefantito. Estaba físicamente presente, pero mentalmente en otro lugar.

Nevvie propuso que dejáramos que *Hester* entrara en el recinto para ver si lograba consolar a *Maura*, pero pensé que aún era demasiado pronto. Había visto a matriarcas atacar a elefantes de su propia manada —parientes cercanos— cuando se acercaban a una cría que estaba viva. ¿Quién podía predecir lo que *Maura*, en su dolor, haría para proteger a su hijito muerto?

—Todavía no —dije a Nevvie—. Lo haremos en cuanto vea que *Maura* está dispuesta a seguir adelante.

Desde el punto de vista académico era interesante tomar nota de la forma en que una elefanta lograba superar una pérdida sola, sin una manada que la apoyara. Al mismo tiempo, era desgarrador. Yo pasaba horas catalogando el comportamiento de *Maura*, porque era mi trabajo. Llevaba a Jenna conmigo cuando Grace no podía ocuparse de ella, porque Thomas estaba siempre muy atareado.

A diferencia del resto de nosotros, que seguíamos moviéndonos a cámara lenta, atrapados en la viscosa tristeza que rodeaba a *Maura*, Thomas volvía a ser un modelo de eficacia. Estaba tan centrado y motivado que me pregunté si la imagen que yo guardaba de él la noche después de que muriera el elefantito, sentado a la mesa de su despacho en estado catatónico, había sido una alucinación. El dinero con el que había contado de donantes entusiasmados con la perspectiva del nacimiento de una cría de elefante ya no se materializaría, pero se le había ocurrido una nueva idea para recaudar fondos que lo tenía obsesionado.

Para ser sincera, no me importó tener que encargarme de dirigir la reserva mientras Thomas andaba liado con sus asuntos. Todo era mejor que el shock de verlo como lo había visto, hundido y encerrado en sí mismo. *Ese* Thomas —que al parecer había existido antes de que nos conociéramos— era el que yo no quería volver a ver. Confiaba en que yo fuera el ingrediente necesario en la ecuación, que mi presencia bastara para impedir que volviera a caer en una depresión. Y como no quería ser el detonante que le provocara una nueva crisis depresiva, estaba dispuesta a hacer lo que él quisiera o necesitara. Estaba dispuesta a ser su principal «animadora».

Dos semanas después de la muerte del elefantito —yo había empezado a medir el paso del tiempo en relación con ese evento—, me dirigí en coche al establecimiento de Frutas y verduras Gordon para recoger el pedido semanal. Pero cuando fui a pagar con nuestra tarjeta de crédito, ésta fue denegada.

—Pásela otra vez —le pedí, pero sucedió lo mismo.

Abochornada —no era un secreto de Estado que la reserva andaba escasa de fondos—, dije a Gordon que iría a un cajero automático y le pagaría en efectivo.

Pero cuando traté de sacar dinero del cajero automático, la máquina se negó a escupirlo. En la pantalla apareció un cartelito que decía CUENTA CERRADA. Entré en el banco y pedí hablar con la directora. Sin duda se trataba de un error.

—Su marido retiró el dinero de esa cuenta —me informó la mujer.

—¿Cuándo? —pregunté, atónita.

Ella lo miró en su ordenador.

—El jueves pasado —me informó—. El mismo día en que solicitó una segunda hipoteca.

Sentí que las mejillas me ardían. Yo era la esposa de Thomas. ¿Cómo era posible que hubiera tomado unas decisiones de esa envergadura sin consultármelo? Teníamos siete elefantas cuya dieta iba a sufrir una grave merma si no llevaba a casa las frutas y verduras de esa semana. Teníamos tres empleados a los que teníamos que pagarles el viernes. Y por lo que había podido comprobar, no teníamos dinero.

No regresé al establecimiento de Gordon. En lugar de ello, regresé a casa, aparqué el coche y saqué a Jenna de su sillita adaptada al asiento con tanta brusquedad que rompió a llorar. Entré apresuradamente en casa, llamando a Thomas, que no respondió. Encontré a Grace en el establo asiático, partiendo una calabaza, y a Nevvie podando la parra silvestre, pero ninguno habían visto a Thomas.

Cuando entré de nuevo en casa, Gideon me estaba esperando.

—¿Sabes algo sobre un encargo de un vivero?

—¿Un vivero? —pregunté, perpleja. Pensaba en mi hija, en *Maura*.

—Sí, unas plantas.

—No lo aceptes —le ordené—. Diles lo que se te ocurra para ganar tiempo.

En ese momento apareció Thomas, indicando con la mano al conductor del camión que podía atravesar la verja.

Le dí la niña a Gideon y agarré a Thomas del brazo.

—¿Tienes un minuto?

—Me temo que no —respondió.

—Yo creo que sí —repliqué, arrastrándolo hasta su despacho y cerrando la puerta para hablar a solas con él—. ¿Qué hay en ese camión?

—Orquídeas —contestó—. ¿Te imaginas? Un campo de orquídeas de color púrpura extendiéndose hasta el establo asiático —dijo sonriendo—. He soñado con ello.

¿Había adquirido un montón de flores exóticas que no necesitábamos porque lo había soñado? Las orquídeas no crecen en esta tierra. Y no son baratas. Ese encargo había costado una fortuna que no podíamos permitirnos.

—¿Has comprado flores… cuando nos han bloqueado la tarjeta de crédito y no tenemos un céntimo en la cuenta del banco?

Para mi asombro, Thomas me miró sonriendo de gozo.

—No sólo he adquirido flores. He invertido en nuestro futuro. No sé cómo no se me había ocurrido antes, Alice —me contó—. Voy a convertir el trastero sobre el establo asiático en una plataforma de observación. —Hablaba tan atropelladamente que las palabras se enredaban, como un carrete de hilo que caía de sus rodillas—. Desde allí se divisa toda la finca. Cuando miro a través de la ventana me siento el rey del mundo. Imagina diez ventanas. Un muro de cristal. Y los importantes donantes que vendrán a observar a las elefantas desde esa plataforma. O la alquilarán para celebrar diversos actos…

No era mala idea. Pero en esos momentos era inviable. No teníamos el dinero necesario para un proyecto de reformas. Apenas disponíamos del suficiente para cubrir los gastos de la reserva ese mes.

—No podemos permitírnoslo, Thomas.

—Podemos hacerlo si no contratamos a nadie para llevar a cabo las obras.

—Gideon no tiene tiempo para…

—¿Gideon? —Thomas se rió—. No lo necesito. Puedo hacerlo yo mismo.

—¿Cómo? —pregunté—. No sabes nada sobre obras de construcción.

Él se volvió hacia mí con gesto agresivo.

—Y tú no sabes nada sobre mí.

Cuando lo observé salir de su despacho, pensé que tenía razón.

Dije a Gideon que se trataba de un error, que era preciso devolver las orquídeas. Aún no sé cómo consiguió ese milagro, pero el caso es que volvió con el dinero que le habían devuelto por las flores, que utilicé de inmediato para pagar a Gordon las cajas de coles, calabazas y melones que le habíamos encargado. Thomas ni siquiera se había dado cuenta de que sus orquídeas habían desaparecido; estaba liado trabajando con el martillo y la sierra en el viejo desván sobre el establo asiático de sol a sol. Sin embargo, cada vez que le pedía que me enseñara las obras, me contestaba de mala manera.

Quizá, razoné, era la reacción de Thomas al dolor. Quizá se había volcado en ese proyecto para no pensar en lo que habíamos perdido. De modo que decidí que la mejor forma de hacerlo desistir de su capricho era ayudándolo a recordar lo que aún tenía. Me dediqué a preparar platos elaborados, aunque lo único que sabía hacer era macarrones con queso. Preparaba pícnics y llevaba a Jenna al establo africano, convenciendo a Thomas de que se reuniera con nosotras a la hora del almuerzo. Una tarde, le pregunté sobre su proyecto.

—Deja que le eche un vistazo —le rogué—. Prometo no decírselo a nadie hasta que esté terminado.

Pero Thomas negó con la cabeza.

—Quiero que lo veas acabado —replicó.

—Podría ayudarte. Pintar se me da bien…

—Se te dan bien muchas cosas —respondió él, besándome.

Practicábamos sexo con frecuencia. Después de que yo acostara a Jenna, Thomas regresaba del establo africano y se duchaba, y luego se metía en la cama junto a mí. Hacíamos el amor casi con desesperación; si parecía como si yo tratara de huir del recuerdo de la cría de *Maura*, Thomas parecía querer mantenerse aferrado a algo. Parecía casi como si yo no importara, como si cualquier cuerpo debajo del suyo le habría satisfecho. Pero yo no podía reprochárselo, porque también lo utilizaba a él para olvidar. Al cabo de un rato me quedaba dormida, agotada, y durante la noche, cuando extendía la mano sobre la sábana para tocarlo, comprobaba que había vuelto a marcharse.

Al principio, durante el pícnic, le devolví el beso. Pero luego él deslizó la mano debajo de mi camiseta, tratando de soltar los corchetes de mi sujetador.

—Thomas —murmuré—. Nos pueden ver.

No sólo estábamos sentados a la sombra del establo africano, donde podía pasar cualquier empleado, sino que Jenna no dejaba de mirarnos. De pronto se levantó y se dirigió hacia nosotros tambaleándose, como una pequeña zombi.

—¡Thomas! —exclamé—. ¡Ha dado sus primeros pasos!

Él tenía el rostro sepultado en la curva de mi cuello. Su mano estaba apoyada en mi pecho.

—¡Thomas! —repetí, apartándolo de un empujón—. Mira.

Él se retiró, irritado. Sus ojos parecían casi negros detrás de sus gafas, y aunque no dijo nada, lo oí decir claramente: *¿Cómo te atreves a rechazarme?* Pero en ese momento Jenna cayó sobre sus rodillas y él la tomó en brazos y la besó en la frente y en las mejillas.

—Eres una niña muy grande —observó, mientras Jenna balbuceaba contra su hombro. Thomas la depositó en el suelo e hizo que se volviera hacia mí—. ¿Ha sido por chiripa o una nueva habilidad? —preguntó—. ¿Intentamos de nuevo el experimento?

Yo me reí.

—Esta niña, con unos padres científicos, está predestinada. —Extendí los brazos y le pedí—: Anda, cariño, ven a mí.

Me dirigía a mi hija. Pero podía interpretarse como un ruego que le hacía a Thomas.

Unos días más tarde, mientras ayudaba a Grace a preparar las comidas para las elefantas asiáticas, le pregunté si ella y Gideon discutían alguna vez.

—¿Por qué? —respondió, poniéndose en guardia.

—Parece que os lleváis divinamente —dije—. Es impresionante.

Grace se relajó.

—Gideon no baja la tapa del retrete, lo cual me pone furiosa.

—Si ése es su único defecto, tienes una suerte increíble. —Tomé un cuchillo y partí un melón por la mitad, observando el jugo que salía de él—. ¿Tiene secretos contigo?

—¿Como lo que me ha comprado para mi cumpleaños? —Grace se encogió de hombros—. Claro.

—No me refiero a esas cosas. Me refiero a algo que pueda hacerte pensar que te oculta algo importante. —Dejé el cuchillo y la miré a los ojos—. La noche en que murió la cría de *Maura*…, viste a Thomas en su despacho, ¿verdad?

Nunca habíamos hablado de ello. Pero yo sabía que Grace había visto el estado en que estaba, meciéndose de un lado a otro en su silla, con la mirada ausente, las manos temblorosas. Yo sabía que era el motivo por el que Grace no quería dejar a Jenna sola con él.

Grace desvió la vista.

—Todos tenemos nuestros demonios —murmuró.

Por el modo en que lo dijo, comprendí que no era la primera vez que había visto a Thomas así.

—¿Ha ocurrido otras veces?

—Siempre se recupera.

¿Era yo la única persona en la reserva que no lo sabía?

—Me dijo que sólo le había sucedido una vez, cuando murieron sus padres —le conté, sonrojándome—. Yo creía que el matrimonio era un compromiso entre dos personas. Para bien y para mal. En la enfermedad y en la salud. ¿Por qué me mintió?

—Tener un secreto no siempre significa que uno mienta. A veces es la única forma de proteger a la persona que amas.

Yo solté un bufido.

—Lo dices porque a ti no te afecta.

—Es verdad —convino Grace, bajito—. Pero yo sí le he ocultado algo a Gideon. —Empezó a untar mantequilla de cacahuete en las mitades vaciadas de los melones con rapidez y eficacia—. Me encanta cuidar de tu hija —añadió, sin que viniera a cuento.

—Lo sé. Y te lo agradezco.

—Me encanta cuidar de tu hija —repitió Grace—, porque yo no puedo tener hijos.

La miré, y en ese momento me recordó a *Maura*; en sus ojos observé una sombra en la que nunca había reparado, que achaqué a su juventud e inseguridad, pero que podía deberse a la pérdida de algo que nunca había tenido.

—Aún eres joven —dije.

Grace meneó la cabeza.

—Padezco el síndrome de ovario poliquístico —me aclaró—. Es un problema hormonal.

—Puedes recurrir a un vientre de alquiler. O adoptar. ¿Has hablado con Gideon sobre las alternativas?

Grace me miró en silencio, y comprendí que Gideon no lo sabía. Ése era el secreto que ella le había ocultado.

De pronto me agarró del brazo, con tanta fuerza que me hizo daño.

—No se lo digas a nadie.

—De acuerdo —le prometí.

Después de tranquilizarse, Grace tomó de nuevo el cuchillo y siguió partiendo la fruta. Trabajamos en silencio unos momentos, hasta que dijo:

—No es que él no te ame lo suficiente para contarte la verdad, sino que te ama demasiado para arriesgarse a hacerlo.

Esa noche, cuando Thomas entró sigilosamente en casa pasada la medianoche, fingí dormir cuando asomó la cabeza por la puerta del dormitorio. Esperé a oír el chorro del grifo de la ducha, y luego me levanté de la cama y salí de la casa, procurando no despertar a Jenna. En la oscuridad, mientras mis ojos trataban de adaptarse a ella, pasé a la carrera frente a la vivienda de Grace y de Gideon, en la que las luces estaban apagadas. Les imaginé abrazados en la cama, con un espacio infinitesimal entre ellos en todos los puntos en los que sus cuerpos se tocaban.

La escalera de caracol estaba pintada de negro, y me golpeé en la espinilla contra ella antes de darme cuenta de que había alcanzado el otro extremo del establo africano. Moviéndome en silencio —no quería despertar a las elefantas y que se pusieran a barritar—, subí la escalera, mordiéndome el labio debido al dolor que me había producido el golpe. Al llegar arriba, comprobé que la puerta estaba cerrada con llave, pero teníamos una llave maestra que abría todas las puertas de la reserva, de modo que no tuve problemas para entrar.

Lo primero que vi fue que, tal como me había dicho Thomas, la vista del paraje iluminado por la luna era espectacular. Aunque él no había instalado las cristaleras, había practicado unas aberturas en la pared y las había cubierto con plástico transparente. A través de ellas contemplé cada hectárea de la reserva, iluminada por la luna llena. Era fácil imaginar allí una plataforma de observación, un observatorio, la forma de que el público pudiera contemplar a los increíbles animales que teníamos sin alterar su hábitat natural o exhibirlos como en un zoológico o un circo.

Quizá yo había exagerado en mi reacción. Quizá Thomas sólo trataba de hacer lo que había dicho: salvar su negocio. Me volví, palpando la pared hasta dar con el interruptor. La luz inundó la habitación, tan intensa que durante unos segundos me deslumbró.

El espacio estaba vacío. No había muebles, ni cajas, ni herramientas, ni siquiera un trozo de madera. Las paredes habían sido pintadas de un blanco cegador, así como el techo y el suelo. Pero cada centímetro estaba cubierto por unas letras y unos números garabateados, escritos una y otra vez en un extraño código.

C14H19N04C18H16N6S2C16H21N02C3H6N202C189H285 N5507S.

Era como entrar en una iglesia y ver unos símbolos esotéricos escritos en sangre en las paredes. Contuve el aliento. Sentí una opresión insoportable, como si las paredes de la habitación se precipitaran sobre mí; los números relucían y se confundían unos con otros. Entonces comprendí, cuando me desplomé en el suelo, que era porque estaba llorando.

Thomas estaba enfermo.

Necesitaba ayuda.

Y aunque yo no era psiquiatra, aunque no tenía experiencia en ese campo, no creía que se tratara de una depresión.

Todo aquello parecía… una locura.

Me levanté y salí de la habitación sin cerrar la puerta. No disponía de mucho tiempo. Pero en lugar de regresar a nuestra casa, me dirigí a la que compartían Gideon y Grace y llamé a la puerta. Grace me abrió, vestida con una camiseta masculina y el cabello revuelto.

—¡Alice! —dijo—. ¿Qué ocurre?

Mi marido sufre un trastorno psíquico. La reserva se muere. Maura *ha perdido a su cría.*

Elige tú misma la respuesta.

—¿Está Gideon en casa? —pregunté, aunque sabía que lo estaba. No todas las mujeres tenían un marido que se escabullía de noche para garabatear cosas sin sentido en el techo, el suelo y las paredes de una habitación vacía.

Gideon se acercó a la puerta vestido con un pantalón corto, el torso desnudo, sosteniendo una camiseta.

—Necesito que me ayudes —le dije.

—¿Se trata de una de las elefantas? ¿Ha ocurrido algo?

No respondí, sino que di media vuelta y eché a andar de nuevo hacia el establo africano. Gideon me siguió, enfundándose la camiseta.

—¿De cuál de las chicas se trata?

—Las elefantas están bien —respondí con voz trémula. Al cabo de unos instantes llegamos a los pies de la escalera de caracol—. Necesito que hagas algo, y no quiero que me hagas ninguna pregunta. ¿De acuerdo?

Al ver la expresión de mi rostro, Gideon asintió.

Subí la escalera como si me dirigiera al cadalso. Bien pensado, quizá fuera así. Quizá fuera el primer paso hacia una prolongada y fatal caída. Abrí la puerta para mostrar a Gideon el interior.

—Joder —murmuró—. ¿Qué es esto?

—No lo sé. Pero tienes que pintar las paredes y el techo y el suelo para borrar esos símbolos antes del amanecer. —De improviso, todos los hilos de mi autocontrol se quebraron y me doblé en dos, incapaz de respirar, incapaz de seguir reprimiendo las lágrimas. Gideon trató de sostenerme, pero me aparté—. Apresúrate —le ordené con voz entrecortada.

A continuación bajé corriendo la escalera, regresé a casa y encontré a Thomas en la puerta del baño, enmarcado por una nube de vaho.

—¿Te he despertado? —me preguntó, esbozando esa media sonrisa que me había fascinado en África, que veía cada vez que cerraba los ojos.

Si quería salvar a Thomas de sí mismo, tenía que hacerle comprender que yo no era el enemigo. Tenía que convencerlo de que creía en él. Me esforcé en devolverle la sonrisa.

—Pensé que había oído llorar a Jenna.

—¿Está bien?

—Duerme como un tronco —respondí, procurando no atragantarme con la mentira que tenía atravesada en la garganta—. Debe de haber sido una pesadilla.

Yo había mentido a Gideon cuando me preguntó qué estaba escrito en las paredes. Por supuesto que lo sabía.

No era una colección de letras y números sin sentido. Eran unas fórmulas químicas de fármacos: anisomicina, U0126, propanolol, D-cicloserina y neuropéptido Y. Yo había escrito un ensayo sobre ellos cuando trataba de hallar un vínculo entre la memoria y la cognición en los elefantes. Eran compuestos que, administrados poco después de sufrir un trauma, interactuaban con la amígdala para impedir que un recuerdo quedara codificado como doloroso o angustioso. Utilizando ratas, los científicos habían conseguido eliminar el estrés y el temor causado por ciertos recuerdos.

Imagínate las repercusiones que podía tener eso. De hecho, ya las había tenido entre la profesión médica. Recientemente, algunos hospitales que querían administrar esos fármacos a víctimas de una violación se habían visto involucrados en airadas polémicas. Más allá del problema práctico de si el recuerdo bloqueado permanecía bloqueado para siempre, había un problema moral: ¿podía una víctima traumatizada dar su consentimiento para que le administraran el fármaco, si por definición estaba traumatizada y era incapaz de pensar con claridad?

¿Qué había hecho Thomas con mi ensayo, y qué relación tenía con sus planes de recaudar fondos para la reserva? Quizá no tuviera ninguna relación. Si Thomas era presa realmente de una crisis depresiva, era capaz de interpretar como importantes las pistas de un crucigrama, de ver un sentido trascendental en los pronósticos meteorológicos. Construiría una realidad llena de vínculos causales que, para el resto de nosotros, no tenían relación alguna.

Había pasado mucho tiempo, pero en mi ensayo yo había llegado a la conclusión de que existía una razón por la que el cerebro había evolucionado de forma que permitía que un recuerdo nos alertara. Si los recuerdos nos protegían de futuras situaciones peligrosas, ¿convenía que utilizáramos compuestos químicos para olvidarlos?

¿Podía yo olvidar que había visto esa habitación, cubierta de grafitos de fórmulas químicas? No, ni siquiera después de que Gideon la hubiera encalado de nuevo. Y quizás era mejor así, porque me recordaba que el hombre del que creía haberme enamorado no era el que había entrado esa mañana en la cocina, silbando.

Me había trazado un plan. Quería conseguir ayuda para Thomas. Pero en cuanto salió de casa para dirigirse a la plataforma de observación, aparecieron Nevvie y Grace.

—Necesito que me ayudes a trasladar a *Hester* —dijo Nevvie. Recordé que le había prometido que trataríamos de colocar juntas a las dos elefantas africanas.

Pude haber postergado el traslado de la elefanta, pero Nevvie me habría preguntado el motivo. Y no quería hablar sobre lo sucedido la noche anterior.

Grace extendió los brazos para que le entregara a Jenna, y recordé la conversación que ella y yo habíamos tenido el día de antes.

—¿Sabes si Gideon…? —empecé a decir.

—Ya ha terminado —respondió ella, y era cuanto yo necesitaba saber.

Seguí a Nevvie hacia el recinto de las elefantas africanas, alzando la vista hacia el piso superior del establo, con su plástico transparente y el agobiante olor a pintura fresca. ¿Estaba Thomas allí en esos momentos? ¿Estaría furioso al comprobar que alguien había descubierto su obra? ¿Disgustado? ¿Indiferente?

¿Sospechaba que lo había hecho yo?

—¿Dónde estás hoy? —me preguntó Nevvie—. Te he hecho una pregunta.

—Lo siento. No he dormido bien.

—¿Quieres que retiremos la valla?

—Yo me ocuparé de ella.

Habíamos construido una valla electrificada para separar a

Hester de *Maura* cuando nos dimos cuenta de que ésta estaba preñada. A decir verdad, si una de las elefantas quería pasar al otro lado, habría podido derribar la valla sin mayores problemas. Pero esas dos elefantas no habían estado juntas el tiempo suficiente para hacerse amigas antes de que las separásemos. Eran conocidas, no amigas. No sentían un profundo afecto mutuo, motivo por el cual yo no creía que la idea de Nevvie diera resultado.

En setswana hay un dicho: *Go o ra motho, ga go lelwe*. Donde hay apoyo, no hay dolor. Lo ves en el medio silvestre, donde los elefantes lloran la muerte de un miembro de la manada. Al cabo de un rato, algunos elefantes se alejan para ir en busca de una charca donde beber. Otros se ponen a buscar alimento en los matorrales. Al final quedan uno o dos junto al cadáver del elefante —por lo general sus jóvenes hijas o hijos—, los cuales se resisten a reanudar su rutina cotidiana. Pero la manada siempre regresa a por ellos. Pueden hacerlo en masa, o enviar a un par de emisarios. Vocalizan sus intenciones emitiendo un murmullo que significa «en marcha», y se posicionan en una determinada dirección, a fin de animar a los elefantes que velan el cadáver a que se unan a ellos. Por fin, éstos obedecen. Pero *Hester* no era prima ni hermana de *Maura*. Era tan sólo otra elefanta. *Maura* no tenía por qué hacerle caso, del mismo modo que yo no hubiera seguido a una extraña que se me acercara y me propusiera que fuéramos a almorzar juntas.

Mientras Nevvie partía en el quad en busca de *Hester*, yo desconecté el interruptor de la valla y retiré el alambre, creando un espacio abierto. Esperé a oír el sonido del motor y vi a la elefanta seguir a Nevvie plácidamente. Le chiflaban las sandías, y en la moto había una que colocaríamos cerca de *Maura*.

Me subí a la moto y nos dirigimos al lugar donde estaba enterrado el elefantito, donde *Maura* seguía junto a la fosa, con el lomo encorvado y la trompa arrastrando por el suelo. Nevvie apagó el motor y me bajé de la moto, colocando la comida para *Hester* a cierta distancia de *Maura*. Habíamos traído también una golosina para ella, pero a diferencia de *Hester*, ni siquiera la tocó.

Hester ensartó la sandía con un colmillo, dejando que el zumo le chorreara en la boca. Luego enroscó la trompa alrededor de la sandía, la arrancó del pincho de marfil y la trituró entre sus fauces.

Maura no se inmutó ante la presencia de la otra elefanta, pero observé que se tensaba al oír el ruido que hacía *Hester* al morder la sandía.

—Arranca, Nevvie —le ordené en voz baja, montándome de nuevo en el quad.

Maura se volvió a la velocidad del rayo y echó a correr hacia *Hester*, sacudiendo la cabeza y agitando las orejas. Sus pesadas patas levantaban una nube de polvo espectacular. *Hester* chilló y echó la trompa hacia atrás, dispuesta a no ceder terreno.

—¡Arranca! —grité, y Nevvie colocó la moto de forma que interceptó el paso a *Hester* antes de que pudiera acercarse a *Maura*. Ésta ni siquiera se volvió hacia nosotras cuando condujimos a *Hester* hacia el otro extremo de la valla eléctrica. Siguió delante de la inmensa y oscura fosa de su hijito.

Sudando, con el corazón latiéndome con furia debido al enfrentamiento entre las elefantas, dejé que Nevvie condujera a *Hester* hacia el fondo del recinto africano mientras yo colocaba de nuevo las juntas de la alambrada, las cerraba y volvía a conectar la batería. Nevvie se acercó al cabo de unos momentos, cuando yo estaba terminando.

—Ya te lo advertí —le eché en cara.

Aprovechando la circunstancia de que Grace estaba cuidando de Jenna, me detuve en el establo africano para hablar con Thomas. Cuando subí la escalera de caracol no oí ningún sonido dentro del espacio. Me pregunté si Thomas había visto las paredes encaladas y si eso había bastado para que recobrara el juicio. Pero cuando alcancé la puerta, giré el pomo y entré en la habitación, comprobé que una pared estaba completamente cubierta con los mismos símbolos que había visto la noche anterior, y otra pared a medio terminar. Thomas estaba de pie sobre una silla, escribiendo con tal furia que temí que el yeso estallara en llamas. Sentí como si mi esqueleto se hubiera quedado petrificado.

—Thomas —dije—, creo que debemos hablar.

Él volvió la cabeza; estaba tan enfrascado en su labor que no me había oído entrar. No parecía sentirse abochornado, ni sorprendido. Sólo decepcionado.

—Quería que fuera una sorpresa —confesó—. Lo hacía por ti.

—¿El qué?

Thomas se bajó de la silla.

—Se denomina la teoría de la consolidación molecular. Está demostrado que los recuerdos permanecen en un estado elástico antes de ser químicamente codificados por el cerebro. Si alteras ese proceso, puedes alterar la forma en que evocamos los recuerdos. Hasta la fecha, los únicos éxitos científicos se han producido cuando los inhibidores son administrados inmediatamente después del trauma. Pero pongamos que el trauma ya ha pasado. ¿Y si pudiéramos hacer que la mente retrocediera hasta ese momento, y administráramos el fármaco? ¿Quedaría el trauma olvidado?

Lo miré, desconcertada.

—Eso no es posible.

—Lo es si puedes retroceder en el tiempo.

—*¿Qué?*

Thomas puso los ojos en blanco.

—No pretendo construir una TARDIS, una máquina del tiempo —dijo—. Eso sería una locura.

—Una locura —repetí, sollozando.

—No se trata de modificar literalmente la cuarta dimensión. Pero puedes alterar la percepción de un individuo, de forma que el tiempo retrocede. Lo conduces de nuevo al estrés, a través de una conciencia alterada, y haces que experimente otra vez el trauma emocional el tiempo suficiente para que el fármaco cumpla su misión. Ésta es la sorpresa que te tenía reservada. Utilizaré a *Maura* como conejillo de Indias.

Al oírle pronunciar el nombre de la elefanta alcé la vista y le miré a los ojos.

—No dejaré que toques a *Maura*.

—¿Ni siquiera si puedo curarla? ¿Si consigo hacer que olvide la muerte de su cría?

Meneé la cabeza.

—No dará resultado, Thomas…

—Pero ¿y si yo lo consiguiera? ¿Y si pudiera aplicarse a los seres humanos? Imagina el trabajo que podría hacerse con veteranos de guerra que sufren el síndrome de estrés postraumático. Imagina que la reserva consolidara su fama como uno de los centros de investigación más importantes del mundo. El Centro de Ciencias Neuronales de la Universidad de Nueva York nos concedería los fondos necesarios para el proyecto. Y si accedieran a asociarse conmigo, la atención de los medios atraería a inversores que nos resarcirían de la pérdida de beneficios que nos habría reportado la cría de *Maura*. Yo podría ganar el Nobel.

Tragué saliva.

—¿Qué te hace pensar que puedes conseguir que una mente retroceda en el tiempo?

—Me dijeron que era factible.

—¿Quién te lo dijo?

Thomas metió la mano en el bolsillo posterior y sacó un papel con el membrete de la reserva. En él estaba escrito un número de teléfono que reconocí. A ese número había llamado la semana pasada, cuando mi tarjeta de crédito había sido denegada en el establecimiento de Gordon.

Bienvenido a Citibank MasterCard.

Debajo del número de atención al cliente había una lista de anagramas de las palabras *Saldo de la Cuenta*:

Cuneta de soldada; colada net sudal; cuenta la soledad; delatas culando; neta caldo duelas; culata de senaldo; taco suena dedala; *docu tensa ladela.*

Las últimas palabras estaban enmarcadas con un trazo tan vigoroso que el papel había empezado a desintegrarse,

—¿Lo ves? Es un código. *Docu tensa ladela.* —Los ojos de Thomas taladraban los míos como si explicara el significado de la vida—. Lo que ves no es lo que crees.

Avancé hacia él, hasta que estuvimos a pocos centímetros de distancia.

—Thomas —murmuré, apoyando la mano en su mejilla—. Cariño… No estás bien.

Él me agarró la mano como si fuera un cable de salvamento. Hasta ese momento no me había percatado de que temblaba como una hoja.

—Tienes razón, estoy harto —murmuró, apretándome la mano con tanta fuerza que me hizo daño—. Estoy harto de que dudes de mí. —Se inclinó sobre mí, acercándose tanto que vi el anillo de color naranja alrededor de sus pupilas, y el pulso que latía en su sien—. Esto lo hago por ti —dijo, escupiendo cada palabra en mi cara.

—Yo también hago esto por ti —contesté. Salí apresuradamente de la opresiva habitación y bajé la escalera de caracol a la carrera.

Dartmouth College se halla a ciento cinco kilómetros al sur. Allí tenían un hospital con unas instalaciones punteras, además del pabellón para pacientes psiquiátricos más cercano a Boone. No sé por qué el psiquiatra accedió a recibirme, dado que no había concertado cita y la sala de espera estaba llena de gente con problemas tan urgentes como el mío. Lo único que pensé, mientras estaba sentada frente al doctor Thibodeau, estrechando a Jenna contra mí, fue que la recepcionista debió de pensar que le estaba contando un cuento chino. *¡Tu marido!,* debió de pensar al observar mi arrugado uniforme, mi pelo sucio y a mi hijita que no cesaba de berrear. *La que está en crisis eres tú.*

Yo había pasado media hora explicando al doctor lo que sabía del historial de Thomas, y lo que había presenciado la noche anterior.

—Creo que la tensión le ha hecho estallar —dije. Dichas en voz alta, las palabras se inflaron como globos de colores chillones. Ocupaban todo el espacio en la habitación.

—Es posible que lo que ha descrito sean síntomas de un trastorno maníaco-depresivo —dijo el doctor—. Hoy en día se denomina trastorno bipolar. —Me sonrió—. Ser bipolar es como verse forzado a ingerir LSD. Significa que tus sensaciones y emociones y creatividad alcanzan su nivel máximo, pero también que los estados de euforia y de depresión son más pronunciados. Ya sabe, si un maníaco-depresivo hace algo raro y acierta, dicen que es brillante. Si se equivoca, que está loco. —El doctor Thibodeau sonrió a Jenna, que mordisqueaba uno de sus pisapapeles—. La buena noticia es que si ése es el trastorno que padece su marido, es tratable. Los fármacos que administramos a los pacientes para controlar esos cambios de humor los estabilizan. Cuando Thomas se da cuenta de que no vive una realidad sino un episodio maníaco, su estado de ánimo cambia bruscamente y se siente profundamente deprimido, porque no es el hombre que creía que era.

Ya somos dos, pensé.

—¿La ha agredido su esposo?

Recordé el momento en que me había agarrado de la mano, el crujido de huesos que había oído.

—No —respondí. Ya había traicionado a Thomas lo suficiente. No quería hacerle también eso.

—¿Cree que podría llegar a hacerlo?

Miré a Jenna.

—No lo sé.

—Es preciso que un psiquiatra evalúe el estado de su marido. Si se trata de un trastorno bipolar, quizá necesite permanecer un tiempo ingresado en el hospital para estabilizarse.

Miré al doctor, esperanzada.

—¿Puede ingresarlo aquí?

—No —contestó el doctor Thibodeau—. Internar a una persona en un centro psiquiátrico es despojarla de sus derechos; no podemos internarlo por la fuerza a menos que él la haya agredido físicamente.

—Entonces, ¿qué puedo hacer? —pregunté.

El médico sostuvo mi mirada.

—Tiene que convencerlo de que ingrese de forma voluntaria.

Me dio su tarjeta y me dijo que lo llamara cuando Thomas accediera a ingresar allí. Durante el viaje de regreso a Boone, pensé en qué podía decir a Thomas para convencerlo de que fuéramos al hospital en Lebanon. Podía decirle que Jenna estaba enferma, pero entonces, ¿por qué no acudíamos a su pediatra, que tenía su consulta en la población cercana a Boone? Aunque le dijera que había encontrado un donante o un neurocientífico interesado en su experimento, no conseguiría que ingresara en el hospital. En cuanto llegáramos al mostrador de recepción del pabellón psiquiátrico, se daría cuenta de lo que yo me proponía.

Llegué a la conclusión de que la única forma de lograr que Thomas ingresara voluntariamente en un centro psiquiátrico era hacerle comprender, con claridad y sin ambages, que era lo mejor para él. Que aún lo amaba. Que lo superaríamos juntos.

Más animada, entré en la reserva, aparqué el coche frente a la casa y entré llevando a Jenna en brazos, porque estaba dormida.

La deposité en el sofá y regresé para cerrar la puerta que había dejado entornada.

Cuando Thomas me agarró por detrás, grité.

—Me has asustado —dije, volviéndome en sus brazos y tratando de descifrar su expresión.

—Pensé que me habías abandonado. Pensé que te habías llevado a Jenna, y que no ibas a regresar.

Le acaricié el pelo.

—Jamás haría eso —le juré.

Cuando me besó, fue con la desesperación de un hombre que trata de salvarse. Cuando me besó, creí que se curaría. Creí que quizá yo no tendría que llamar al doctor Thibodeau, que era el comienzo de la recuperación de Thomas. Me dije que podía creer todo eso, por infundados o improbables que fueran mis razonamientos, sin caer en la cuenta de que eso hacía que me asemejara a Thomas.

Hay algo más con respecto a la memoria, algo que Thomas no había mencionado. No se trata de una grabación en vídeo. Es algo subjetivo. Es una descripción culturalmente relevante de lo sucedido. No importa que sea o no riguroso; lo que cuenta es que de alguna forma sea importante para *ti*. Que te enseñe algo que te conviene aprender.

Durante unos meses, parecía que la vida en la reserva había recuperado su ritmo normal. *Maura* daba largos paseos lejos de la fosa donde estaba enterrada su cría antes de regresar junto a ella cada noche. Thomas había empezado a trabajar de nuevo en su despacho en casa, en lugar de continuar con las obras de la plataforma de observación. Cerramos la puerta con llave y la cubrimos con tablas, como si fuera un pueblo fantasma. Recibimos inesperadamente unos fondos que Thomas había solicitado para mantener la reserva abierta, lo cual nos procuró un respiro y nos permitió comprar provisiones y pagar los sueldos de los empleados.

Empecé a comparar mis notas sobre *Maura* y su duelo con las de otras madres elefantas que habían perdido a sus crías. Pasaba horas caminando con Jenna, al paso de una niña de corta edad; le hablaba sobre las flores silvestres según el color que tenían, para enseñarle palabras nuevas. Thomas y yo discutíamos sobre si era prudente que la niña estuviera dentro de los recintos. Yo disfrutaba con esas discusiones, por su sencillez. Su cordura.

Una tarde, cuando Grace cuidaba de Jenna en el sofocante calor, decidí hacerle un lavado de trompa a *Dionne* en el establo asiático. Habíamos adiestrado a las elefantas para que se sometieran a esos cuidados, para poder hacerles una prueba de tuberculosis. Llenábamos una jeringuilla con una solución salina, la inyectábamos en una fosa nasal y hacíamos que la elefanta levantara la trompa lo más posible. Luego, cuando el animal la bajaba, colocábamos sobre su trompa una voluminosa bolsa con autocierre para recoger el líquido que derramaba. La muestra era guardada en un contenedor y enviada al laboratorio. Algunas elefantas detestaban esa operación, pero *Dionne* se sometía a ella con bastante docilidad. Quizá yo había bajado la guardia, y por eso no me percaté de que Thomas había entrado en el establo. Me agarró del cuello y me alejó de la elefanta para que ésta no pudiera meter la trompa entre las barras de metal.

—¿Quién es Thibodeau? —gritó, golpeándome la cabeza contra el acero con tal violencia que se me nubló la vista.

Yo no sabía a qué se refería.

—Thi... bo... deau —repitió—. Debes de conocerlo. Tenías su tarjeta en el billetero. —Me aferraba el cuello con tal fuerza, que sentí como si los pulmones me ardieran. Le arañé los dedos, las muñecas. Él acercó un pequeño rectángulo blanco a mi rostro—. ¿No te suena?

Yo no veía nada salvo estrellas en la periferia de mi campo visual. No obstante, reconocí el logotipo del hospital Dartmouth-Hitchcock. El psiquiatra al que había visitado, el que me había dado su tarjeta.

—Quieres encerrarme en un psiquiátrico —me acusó Thomas—. Quieres robarme mis trabajos de investigación. Probablemente ya has llamado a la Universidad de Nueva York arrogándote la autoría, pero la que saldrás perdiendo serás tú, Alice, porque no conoces el código para llamar a la línea privada de la conferencia, y el hecho de no conocerlo demostrará que eres una impostora...

Dionne empezó a barritar y a arrojarse contra los barrotes de acero reforzados del establo. Traté de explicárselo a Thomas; traté de hablar. Pero él me golpeó con más violencia contra la reja de acero, y perdí el conocimiento.

De pronto sentí aire, y luz, y me desplomé en el suelo de cemento, boqueando mientras mis pulmones se llenaban de fuego. Rodé hacia un lado y vi a Gideon asestar a Thomas un puñetazo con tal fuerza, que éste echó la cabeza hacia atrás y empezó a sangrar por la nariz y la boca.

Me levanté y salí corriendo del establo. Apenas había recorrido unos metros cuando sentí que me fallaban las piernas, pero para mi sorpresa no me caí al suelo. Gideon me sostuvo en sus brazos. Me miró el cuello y deslizó un dedo sobre el collar rojo que me habían dejado las manos de Thomas. Fue un gesto tan delicado, como seda sobre una cicatriz, que lo aparté bruscamente.

—¡No te he pedido que me ayudaras! —le espeté.

Él me soltó, sorprendido. Yo me alejé de él tambaleándome, evitando el lugar donde sabía que Grace había llevado a Jenna a bañarse, y me dirigí hacia la casa. Entré en el despacho de Thomas, donde se ocupaba de los libros de contabilidad y de actualizar los archivos de las elefantas. En su mesa estaba el libro en el que anotábamos todos nuestros ingresos y gastos. Me senté y miré las primeras páginas, comprobando los encargos de heno y los pagos al veterinario, las facturas del laboratorio y el contrato con el establecimiento de Frutas y verduras Gordon. Luego pasé a la última página.

C14H19N04C18H16N62C16H21N02C3H6N202C189H285 N55057S.C14H19N04C18H16N62C16H21N02C3H6N202C189 H285N55057S.C14H19N04C18H16N62C16H21N02C3H6N20 2C189H285N55057S.

Apoyé la cabeza en la mesa y rompí a llorar.

Me enrollé un fular de gasa azul alrededor del cuello y fui a sentarme junto a *Maura* cerca de la fosa de su hijito. Llevaba allí cerca de una hora cuando Thomas se acercó a pie. Se detuvo al otro lado de la valla, con las manos en los bolsillos.

—Sólo quiero decirte que voy a ausentarme un tiempo —dijo—. Es un lugar en el que ya he estado. Allí pueden ayudarme.

Yo no lo miré.

—Me parece una buena idea.

—He dejado la información de contacto en la mesa de la cocina. Pero no dejarán que hables conmigo. Es... la política del centro.

No supuse que necesitaría a Thomas durante su ausencia. Los otros empleados y yo nos las habíamos apañado para dirigir la reserva en su ausencia incluso cuando estaba presente.

—Dile a Jenna... —Thomas meneó la cabeza—. Bueno, no le digas nada, salvo que la quiero. —Avanzó un paso—. Sé que no tiene mucho valor, pero lo siento. Yo no... en estos momentos no soy yo. Sé que no es una excusa. Pero es lo único que puedo decir.

No lo vi partir. Me quedé sentada, rodeándome las piernas con los brazos. *Maura,* a unos seis metros de mí, tomó una rama caída provista de una brocha formada por agujas de pino en el extremo y empezó a barrer el suelo frente a ella.

Al cabo de veinte minutos de hacer eso, empezó a alejarse de la fosa. Tras avanzar unos metros, se volvió y me miró. Luego anduvo otro trecho, se detuvo y esperó.

Me levanté y la seguí.

Hacía mucha humedad; yo tenía la ropa pegada a la piel. No podía articular palabra, porque la garganta me dolía. Los extremos del fular se movían como mariposas sobre mis hombros, agitados por el cálido aliento de la brisa. *Maura* avanzaba lenta y pausadamente, hasta que llegó a la valla electrificada. Se detuvo y miró con nostalgia el estanque, al otro lado de la valla.

Yo no llevaba las herramientas ni los guantes. No tenía nada de lo que necesitaba para inutilizar la valla eléctrica. Pero abrí la caja con las uñas y desconecté las baterías. Hice acopio de todas mis fuerzas para retirar el alambre de la valla provisional que había instalado hacía unas semanas, aunque éste se me clavaba en las manos y me las manchaba de sangre. Luego abrí la valla, para que *Maura* pudiera atravesarla.

La elefanta pasó a través de ella, pero se detuvo en la orilla del estanque.

No habíamos ido hasta allí para nada.

—Vamos —dije con voz ronca, quitándome los zapatos y metiéndome en el agua.

El agua estaba fría y transparente, deliciosamente refrescante. Mi camiseta y mi fular se me pegaron a la piel, y mi pantalón corto se ahuecó alrededor de mis muslos. Me sumergí debajo del agua, dejando que el pelo se me soltara de la coleta, y salí de nuevo a la superficie, moviendo las piernas para flotar. Luego arrojé un puñado de agua a *Maura*.

Ella retrocedió dos pasos, sumergió la trompa en el estanque y me arrojó un chorro de agua que cayó como lluvia sobre mi cabeza.

Sus movimientos eran tan medidos, tan inesperados y tan divertidos, después de tantas semanas de desesperación, que solté una carcajada. No parecía mi voz. Era áspera y ronca, pero alegre.

Maura se metió en el estanque con cautela, volviéndose a derecha e izquierda, arrojando un chorro de agua hacia atrás y de nuevo sobre mí. Me recordó la manada que había mostrado a Thomas en la charca en Botsuana, cuando pensaba que mi vida sería distinta de como había resultado. Observé a *Maura* chapotear y revolcarse en el estanque, flotando en el agua, más animada de lo que la había visto en mucho tiempo, y, lentamente, me puse a flotar también.

—Está jugando —dijo Gideon, desde la otra orilla—. Lo cual significa que está desprendiéndose de su dolor.

No me había percatado de su presencia; no sabía que nos observaba alguien. Le debía una disculpa. No le había pedido que me rescatara, cierto, pero eso no significaba que no necesitara que me rescataran.

Me sentí como una estúpida, poco profesional. Atravesé el estanque a nado, dejando que *Maura* se las apañara sola, y salí del agua, chorreando, sin saber qué decir.

—Lo lamento —dije—. No debí hablarte de esa forma.

—¿Cómo te sientes? —me preguntó Gideon, preocupado.

—Pues… —Me detuve, porque no sabía la respuesta. ¿Aliviada? ¿Nerviosa? ¿Asustada? Sonreí un poco y contesté—: Mojada.

Gideon sonrió también y extendió sus manos vacías.

—No he traído una toalla.

—No sabía que iba a bañarme en el estanque. *Maura* parecía necesitar que la animara a hacerlo.

Gideon sostuvo mi mirada.

—Quizá necesitaba saber que podía contar con alguien.

Lo miré, hasta que *Maura* nos roció a ambos con un fino chorro de agua. Gideon se apartó de un salto. Pero a mí me pareció que era un bautismo. Como comenzar de nuevo.

Esa noche convoqué una reunión del personal. Informé a Nevvie, a Grace y a Gideon de que Thomas iba a visitar a unos inversores en el extranjero y durante un tiempo tendríamos que dirigir la reserva sin él. Observé que ninguno me creyó, pero se compadecían de mí y fingieron creerme. Di a Jenna helado para cenar, simplemente porque sí, y la acosté en mi cama.

Luego entré en el cuarto de baño y me quité el fular del cuello, que se había secado formando unas arrugas después de mi baño en el estanque con *Maura*. Alrededor del cuello tenía una hilera de huellas dactilares, oscuras como las perlas del mar del Sur.

Un cardenal sirve para recordar al cuerpo que ha sufrido una agresión.

Atravesé el pasillo descalza en la oscuridad, y encontré la nota que Thomas había dejado en la cocina. Había escrito MORGAN HOUSE, con su letra lineal y arquitectónica. STOWE, VT. 802-555-6868.

Tomé el teléfono y marqué. No necesitaba hablar con él, pero quería saber si había llegado sano y salvo. Que iba a ponerse bien.

El número que ha marcado ya no existe. Compruebe el número y marque de nuevo.

Lo hice. Luego me senté ante el ordenador en el despacho de Thomas y busqué Morgan House en Internet, pero comprobé que era el nombre de un jugador de póquer profesional en Las Vegas, y una casa de acogida para adolescentes embarazadas en Utah. No existía ningún centro psiquiátrico con ese nombre.

VIRGIL

Vamos a perder el maldito vuelo.

Serenity ha comprado los billetes por teléfono. Cuestan tanto como mi alquiler. (Cuando le dije que no podía pagarle ahora, Serenity despachó mi turbación diciendo: *Chato, por eso creó Dios las tarjetas de crédito.)* Luego partimos hacia el aeropuerto circulando a ciento cuarenta kilómetros por hora por la autopista, porque el vuelo a Tennessee despegaba al cabo de una hora. Como no llevábamos equipaje, nos apresuramos hacia las máquinas automáticas expendedoras de billetes, confiando en evitar la cola de gente que facturaba el equipaje. La máquina escupió el billete de Serenity sin mayores problemas, junto con un vale para una bebida gratis. Pero cuando yo introduje mi código de confirmación, apareció un mensaje que decía: «Contacte con su agente de viajes».

—¿Me estás vacilando? —mascullo entre dientes, mirando la cola. Por los altavoces anuncian el vuelo 5660 a Nashville, con salida por la puerta 12.

Serenity mira la escalera mecánica que conduce al mostrador de de TSA.

—Supongo que saldrá otro vuelo dentro de un rato —dice.

Pero para entonces, Dios sabe dónde estará Jenna, y si habrá hablado con Gideon antes de que podamos hacerlo nosotros. Y si Jenna ha llegado a la misma conclusión que yo —que Gideon quizá sea responsable de la desaparición y posible muerte de su madre—, ¿quién sabe lo que hará éste para impedir que la niña revele al resto del mundo lo que ha hecho?

—Toma ese vuelo —digo a Serenity—. Aunque yo no pueda. Es tan importante que localicemos a Jenna como a Gideon, porque si ella da con él antes que nosotros, la cosa puede complicarse.

Serenity debe de haber detectado la urgencia en mi voz, porque sube volando la escalera mecánica y es engullida por la cola de malhumorados viajeros que se despojan de sus zapatos, cinturones y ordenadores portátiles.

La cola frente al mostrador de billetes no se ha acortado. Restriego el suelo con los pies, impaciente. Miro mi reloj. De pronto me aparto de la cola como un tigre al que han soltado y me coloco delante de la fila de viajeros.

—Disculpen —digo—. Voy a perder mi vuelo.

Espero que los otros se indignen, que protesten, que profieran palabrotas. Incluso tengo preparada una excusa alegando que mi esposa está a punto de parir. Pero antes de que alguien pueda protestar, una empleada de la compañía aeronáutica me corta el paso.

—No puede hacer eso, señor.

—Lo siento —respondo—. Pero mi vuelo está a punto de partir…

La empleada, que parece haber superado la edad de jubilación obligada, dice:

—Llevo trabajando aquí probablemente desde que usted nació. De modo que puedo decirle inequívocamente que las normas son las normas.

—Por favor, es una emergencia.

Ella sostiene mi mirada.

—No debería estar aquí.

Otro empleado indica al tipo que está a mi lado que se acerque. Se me ocurre derribarlo al suelo y ocupar su lugar. En vez de ello miro a la vieja empleada, con la mentira sobre el embarazo de mi mujer en la punta de la lengua. Pero me oigo decir:

—Tiene razón. No debería estar aquí. Pero voy a hacer lo imposible por tomar ese vuelo porque una persona a la que estimo está en apuros.

De repente caigo en la cuenta de que, en todos los años que he trabajado como policía, y todas las investigaciones privadas que he llevado a cabo, ésta quizá sea mi primera confesión sincera.

La empleada suspira y se acerca a un ordenador detrás del mostrador, donde no hay nadie, indicándome que la siga. Toma el número de confirmación que le entrego y se pone a teclear tan despacio que yo habría podido inventar alfabetos enteros entre cada pulsación de sus dedos.

—Llevo aquí cuarenta años —me cuenta—. No me he tropezado con muchos tipos como usted.

La mujer ha decidido ayudarme; es un ser humano legal que está dispuesto a utilizar su magia en lugar de dejarme a merced de un ordenador que no funciona como es debido, así que me muerdo la lengua. Al cabo de una eternidad, me entrega la tarjeta de embarque.

—Tenga presente que, pase lo que pase, llegará a su destino.

Tomo la tarjeta y echó a correr hacia la puerta de embarque. Subo la escalera mecánica salvando los escalones de dos en dos. A decir verdad, ni siquiera recuerdo haber pasado el control de seguridad, sólo sé que corro hacia la puerta 12 mientras oigo por megafonía la última llamada para los pasajeros que se dirigen a Nashville, como un narrador que anuncia mi destino. Me apresuro hacia la azafata cuando ésta se dispone a cerrar la puerta de salida y le muestro mi tarjeta de embarque.

Subo al avión, jadeando tanto que no puedo articular palabra, y veo enseguida a Serenity sentada a unas cinco filas de la parte posterior del aparato. Me dejo caer en el asiento junto a ella mientras la azafata inicia su arenga antes del despegue.

—¡Lo has conseguido! —dice Serenity, tan asombrada como yo. Se vuelve hacia el tipo que está sentado junto a la ventanilla a su izquierda—. Al final resulta que no tenía que haberme preocupado.

El hombre sonríe secamente y sepulta la nariz en las revistas corporativas como si llevara toda la vida deseando leer un artículo sobre los mejores campos de golf en Hawái. Por su talante, deduzco que Serenity le ha estado dando el rollo. Casi siento deseos de disculparme en su nombre.

Pero doy a Serenity una palmadita en la mano que tiene apoyada en el brazo del asiento entre nosotros y digo:

—Mujer de poca fe.

No puede decirse que nuestro vuelo discurriera sin contratiempos.

Después de aterrizar en Baltimore debido a una tormenta, dormimos sentados en unas sillas frente a la puerta de embarque, esperando a que nos llamen para reanudar el viaje, cosa que hacemos poco después de las seis de la mañana, y a las ocho llegamos a Nashville, arrugados y agotados. Serenity alquila un coche con la tarjeta de crédito que ha utilizado para comprar nuestros billetes de avión. Pregunta al empleado de la compañía si puede indicarnos cómo llegar a Hohenwald, Tennessee, y mientras el hombre busca un mapa yo me siento procurando evitar que se me cierren los ojos. En una mesita de café hay un número de la revista *Sports Illustrated* y un manoseado ejemplar de las páginas blancas de 2010.

La Reserva de Elefantes no figura en las páginas blancas, lo cual es lógico, puesto que es una empresa, pero busco bajo los epígrafes Elefantes y Reserva. Encuentro un Cartwright, G., en Brentwood.

De pronto me despabilo. Tengo casi la sensación de que el universo trata de decirme algo, como diría Serenity.

¿Qué probabilidades hay de que G. Cartwright sea el mismo Gideon Cartwright al que queremos localizar? Resulta casi demasiado fácil, pero ya que hemos venido hasta aquí no vamos a dejar de comprobarlo. Sobre todo teniendo en cuenta que Jenna también trata de localizarlo.

No figura un número de teléfono, sólo la dirección. De modo que en lugar de dirigirnos hacia Hohenwald, Tennessee, para buscar ciegamente a Gideon Cartwright, nos dirigimos hacia un lugar llamado Brentwood, en las afueras de Nashville, en busca de la casa en la que quizá viva Gideon.

Resulta ser una calle sin salida, lo cual parece un augurio. Serenity detiene el coche junto al bordillo, y durante un momento observamos la casa en lo alto de la cuesta, que parece que lleva bastante tiempo deshabitada. Los destartalados postigos del piso superior cuelgan torcidos; la fachada necesita un buen raspado y una capa de pintura. En el césped y el jardín, que en otro tiempo debían de ofrecer un aspecto cuidado, los hierbajos alcanzan las rodillas.

—Gideon Cartwright es un vago.

—No seré yo quien te contradiga en eso —murmuro.

—No me imagino a Alice Metcalf viviendo aquí.

—Yo no me imagino a nadie viviendo aquí. —Me bajo del coche y echo a andar entre las irregulares losas del sendero que da acceso a la casa. En el porche hay una planta araña, marchita y de color pardo, y un letrero del municipio de Brentwood, desteñido por la lluvia y el sol, clavado en la pared que dice: ESTE EDIFICIO HA SIDO DECLARADO EN RUINA.

La puerta de tela metálica se cae cuando la abro para llamar a la puerta principal. La apoyo contra el muro.

—Está claro que si Gideon vivía aquí, debió de ser hace años —observa Serenity—. O sea, que hace un siglo que se largó.

No se lo discuto. Pero tampoco le digo lo que estoy pensando: que si resulta que Gideon es el eje entre la muerte de Nevvie Ruehl y la furia de Thomas Metcalf ante la desaparición de Alice, está claro que tiene mucho que perder si una niña como Jenna empieza a hacer preguntas inoportunas. Y si decide deshacerse de ella, éste es justamente el lugar donde nadie buscaría a una niña desaparecida.

Llamo de nuevo a la puerta, más fuerte.

—Déjame hablar a mí —digo.

No sé cuál de los dos nos quedamos más sorprendidos cuando oímos pasos que se acercan a la puerta. Ésta se abre y veo ante mí a una mujer de aspecto desaliñado. Tiene el pelo entrecano y recogido en una trenza medio deshecha; su blusa está manchada. Va calzada con unos zapatos desparejados.

—¿En qué puedo ayudarlo? —pregunta, evitando mirarme a los ojos.

—Lamento molestarla, señora. Buscamos a Gideon Cartwright.

Mi cerebro de investigador se ha puesto en marcha. Mis ojos toman nota de todo lo que hay detrás de la mujer: el cavernoso vestíbulo, sin un solo mueble. Las telarañas que adornan las esquinas de las puertas. Las apolilladas alfombras y las cartas y periódicos diseminados por el suelo.

—¿Gideon? —repite la mujer, meneando la cabeza—. Hace años que no lo veo. —Se ríe al tiempo que golpea el quicio de la puerta con su bastón. Entonces observo que éste tiene la punta de color blanco—. A decir verdad, hace años que no veo a nadie.

Es ciega.

Sería una compañera de piso muy útil, suponiendo que Gideon viviera allí y tuviera algo que ocultar. Deseo más que nunca entrar en esta casa y asegurarme de que Jenna no está encerrada en una habitación en el sótano o una celda de hormigón en el jardín trasero, rodeado por una tapia.

—Pero ¿ésta es la casa de Gideon Cartwright? —inquiero, para que antes de quebrantar oficialmente la ley entrando en la casa sin una orden de registro, al menos sea por una buena razón.

—No —responde la mujer—. Pertenece a mi hija Grace.

Cartwright, G.

Serenity me mira estupefacta. Yo le agarro la mano y se la aprieto antes de que pueda abrir la boca.

—¿Cómo ha dicho que se llama? —me pregunta la mujer, arrugando el ceño.

—No se lo he dicho —confieso—. Pero me sorprende que no haya reconocido mi voz. —Tomo la mano de la anciana—. Soy yo, Nevvie. Thomas Metcalf.

Por la expresión en el rostro de Serenity, pienso que se ha tragado la lengua. Lo cual no sería un desastre.

—Thomas —dice la mujer, atónita—. Ha pasado mucho tiempo.

Serenity me da un codazo. *Pero ¿qué haces?,* me pregunta moviendo los labios en silencio.

La respuesta es: no tengo ni idea. Estoy conversando con una mujer cuyo cadáver vi metido en una bolsa de plástico, que al parecer ahora vive con su hija, una joven que supuestamente se suicidó. Y yo finjo ser su exjefe, que es posible que hace diez años enloqueciera y la atacara.

Nevvie extiende la mano y me toca la cara. Utilizando los dedos, me palpa la nariz, los labios, los pómulos.

—Sabía que un día vendrías a buscarnos.

Yo me aparto antes de que descubra que no soy quien le he dicho que era.

—Desde luego —miento—. Somos familia.

—Pasa. Grace no tardará en regresar, y entretanto podemos charlar…

—Encantado —acepto.

Serenity y yo entramos en la casa. No hay una sola ventana abierta, y no circula aire.

—¿Podrías darme un vaso de agua? —le pido.

—Por supuesto —contesta Nevvie. Me conduce a la sala de

estar, un espacio de grandes dimensiones con el techo abovedado y varios sofás y mesas cubiertos con sábanas blancas. Nevvie retira la funda protectora de uno de los sofás. Serenity se sienta en él mientras yo miro debajo de las sábanas, tratando de hallar una mesa, un archivador, algo que explique este giro inesperado.

—¿Qué diablos sucede? —me pregunta Serenity en voz baja cuando Nevvie se dirige a la cocina—. ¡Grace no tardará en regresar! Creí que había muerto. Creí que Nevvie había muerto pisoteada por una elefanta.

—Yo también lo creía —confieso—. Vi un cadáver, de eso no cabe la menor duda.

—¿Era el *suyo*?

No puedo responder a esa pregunta. Cuando llegué al escenario del crimen, Gideon sostenía a la víctima sobre sus rodillas. Recuerdo que tenía la cabeza partida como un melón, el cabello cubierto de sangre. Pero no sé si me acerqué lo suficiente para verle la cara. Y aunque lo hubiera hecho, no habría podido afirmar que se trataba de Nevvie Ruehl, porque nunca había visto una foto de ella; me fié de Thomas cuando identificó a la víctima, porque era natural que reconociera a su empleada.

—¿Quién llamó a la policía esa noche? —pregunta Serenity.

—Thomas.

—Entonces quizá fue él quien quería que creyeras que Nevvie había muerto.

Yo niego con la cabeza.

—Si fue Thomas quien la atacó en el recinto de los animales, ahora se habría puesto muy nerviosa y no nos habría invitado a entrar en su casa.

—A menos que se propusiera envenenarnos.

—Pues no te bebas el agua —sugiero—. Gideon fue quien halló el cadáver. De modo que o cometió un error, cosa que no creo, o quiso que creyéramos que era Nevvie.

—Bueno, lo que es seguro es que Nevvie no se levantó de la mesa de autopsia —apunta Serenity.

Yo sostengo su mirada. No tengo que decir nada más.

Esa noche los agentes se llevaron a una víctima en una bolsa de plástico. Otra víctima fue hallada inconsciente, con un golpe en la cabeza que quizá le provocara una ceguera latente, y que fue trasladada al hospital.

En ese momento Nevvie regresa portando una bandeja con una jarra de agua y dos vasos.

—Deja que te ayude —me ofrezco, tomando la bandeja y depositándola en una mesita de café cubierta con una sábana. Tomo la jarra y lleno los dos vasos de agua.

En alguna parte de la casa hay un reloj; aunque no lo veo oigo su tictac. Probablemente esté pudriéndose debajo de una de las sábanas. Parece como si toda la habitación estuviera llena de fantasmas de antiguos muebles.

—¿Cuánto hace que vives aquí? —pregunto a Nevvie.

—He perdido la cuenta. Fue Grace quien se ocupó de mí, después del accidente. No sé qué habría hecho sin ella.

—¿El accidente?

—Ya sabes, esa noche en la reserva, cuando me quedé ciega. Supongo que después de recibir un golpe tan fuerte en la cabeza, podría haber sido mucho peor. He tenido suerte. O eso me dicen. —Nevvie se sienta, sin prestar atención a la sábana que cubre el sillón orejero—. No recuerdo nada de lo que pasó, lo cual supongo que es una bendición. Cuando venga Grace, ella podrá explicártelo todo. —Nevvie se vuelve hacia mí—. Jamás os he culpado a ti ni a *Maura*, Thomas. Confío en que me creas.

—¿Quién es *Maura*? —dice Serenity.

Hasta este momento no había despegado los labios en presencia de Nevvie. Ésta se vuelve hacia ella, esbozando una tímida sonrisa.

—Disculpe, no me había dado cuenta de que Thomas había traído a una amiga.

Miro a Serenity aterrorizado. Tengo que presentarla de forma que encaje en la ficción que me he inventado, representando el papel de Thomas Metcalf.

—No, soy yo quien te pide disculpas —replico—. ¿Te acuerdas de mi mujer, Alice?

El vaso se escurre de la mano de Nevvie y se estrella contra el suelo. Me arrodillo para recoger el agua con una de las sábanas que cubre los muebles.

Pero no soy lo bastante rápido. El agua empapa la sábana, mientras el charco se hace más grande. Las rodilleras de mis vaqueros están también empapadas y el charco alcanza los pies de Nevvie, calzada con unos zapatos desparejados.

Serenity vuelve la cabeza para echar un vistazo alrededor de la habitación.

—Jesús…

El papel pintado parece como si llorara. Del techo caen gotas de agua. Miro a Nevvie y compruebo que está reclinada en su sillón, aferrando los brazos del mismo, el rostro humedecido por sus lágrimas y el llanto de esta casa.

No puedo moverme. No puedo explicar qué diablos ocurre. Al alzar la vista veo formarse una grieta en el centro del techo, que se hace más grande: el yeso no tardará en ceder y desplomarse.

Serenity me agarra del brazo.

—Corre —grita, y salgo de la casa tras ella. Mis zapatos pisan el charco que he creado en el suelo de tarima. No nos detenemos hasta alcanzar el bordillo, jadeando—. Creo que se me ha deshecho la permanente —dice Serenity, tocándose la parte posterior de la cabeza. Su cabello rosa, empapado de agua, me recuerda el cráneo ensangrentado de la víctima en la reserva de elefantes.

Me inclino hacia delante, boqueando. La casa en lo alto de la cuesta presenta un aspecto tan desvencijado y poco atractivo como cuando llegamos; la única prueba de nuestra visita es el rastro húmedo de nuestras apresuradas huellas en el sendero, unas huellas que desaparecen rápidamente bajo el sofocante calor, como si nunca hubiéramos estado allí.

ALICE

Dos meses es mucho tiempo para ausentarse. En dos meses pueden pasar muchas cosas.

Yo no sabía adónde había ido Thomas, y no estaba segura de si quería averiguarlo. No sabía cuándo iba a regresar. Pero no sólo nos había abandonado a Jenna y a mí, sino a las elefantas y a los empleados de la reserva. Lo que significaba que alguien tenía que asumir las riendas del negocio.

Al cabo de dos meses, una puede empezar a recuperar la confianza en sí misma.

Al cabo de dos meses, puedes descubrir que, aparte de una científica, eres una avezada mujer de negocios.

Al cabo de dos meses, una niña puede empezar a hablar sin parar, arrastrando e intercambiando las sílabas, nombrando las cosas que le parecen tan nuevas como a ti.

Al cabo de dos meses, una puede comenzar de cero.

Gideon se convirtió en mi brazo derecho. Aunque hablamos sobre contratar a un nuevo empleado, no teníamos dinero para hacerlo. Me aseguró que saldríamos adelante. Si yo podía compaginar mis investigaciones con el trabajo más cerebral de las finanzas, él se encargaría de las tareas que requirieran fuerza física. Debido a ello, Gideon trabajaba a menudo dieciocho horas al día. Una noche, después de cenar, cogí a Jenna en brazos y me dirigí hacia un lugar en la finca donde estaba reparando una cerca. Tomé unos alicates y me puse a trabajar junto a él.

—No tienes que hacerlo —dijo.

—Tú tampoco —respondí.

Se convirtió en una costumbre: a partir de las seis de la tarde, trabajábamos juntos en lo que quedara de la interminable lista de tareas. Solíamos llevarnos a Jenna, que se distraía cogiendo flores y persiguiendo a los conejos silvestres que corrían entre la alta hierba.

De alguna forma, caímos en esa rutina.

De alguna forma, caímos.

Maura y *Hester* estaban de nuevo juntas en el recinto africano. Habían empezado a hacerse amigas, y se separaban rara vez. Estaba claro que *Maura* era la parte dominante; cuando desafiaba a *Hester*, que era más joven, ésta se daba la vuelta, presentándole los cuartos traseros, una señal de subordinación. Yo había visto a *Maura* regresar a la fosa de su cría sólo una vez desde la tarde que nos habíamos bañado en el estanque. La elefanta había logrado compartimentar su dolor y seguir adelante.

Yo llevaba a Jenna conmigo todos los días para observar a las elefantas, aunque sabía que Thomas lo consideraba peligroso. Pero él no estaba allí, ya no tenía voz ni voto. Mi hijita era una científica nata. Se movía por el recinto recogiendo piedras y hierba y flores silvestres, que luego dividía en montoncitos. La mayoría de esas tardes, Gideon procuraba encontrar algo que hacer cerca de donde nos hallábamos Jenna y yo. Y se sentaba para descansar un rato junto a nosotras. Yo le llevaba algo de merendar, y preparaba más té helado.

Gideon y yo hablábamos sobre Botsuana, sobre los elefantes que yo había conocido allí y lo distintos que eran de los animales que teníamos en la reserva. Hablábamos sobre las historias que él había oído relatar a los cuidadores que habían acompañado a las elefantas hasta ésta, de los malos tratos que habían recibido los animales, que eran golpeados mientras los adiestraban. Un día me habló sobre *Lilly,* la elefanta que se había fracturado la pata y no se le había soldado nunca.

—Antes había trabajado en otro circo —me explicó Gideon—. El barco en el que viajaba había atracado en Nueva Escocia cuando estalló un fuego a bordo. El barco se hundió; algunos de los animales que viajaban en él perecieron. *Lilly* consiguió salvarse, pero sufrió quemaduras de segundo grado en el lomo y las patas.

Lilly, a quien yo llevaba cuidando casi dos años, había sufrido unas lesiones más graves de lo que yo suponía.

—Es increíble —comenté— que los animales no nos culpen a nosotros de lo que les han hecho otras personas.

—Yo creo que son capaces de perdonar. —Gideon miró a *Maura* con tristeza—. Confío en que puedan perdonar. ¿Crees que *Maura* se acuerda de que me llevé a su cría?

—Sí —respondí con franqueza—. Pero no te lo tiene en cuenta.

Gideon se disponía a decir algo, pero de pronto la expresión de su rostro mudó, se levantó de un salto y echó a correr.

Jenna, que sabía que no debía acercarse a las elefantas, que nunca había sobrepasado los límites permitidos, estaba a medio metro de *Maura*, contemplándola como en trance. De pronto me miró sonriendo.

—Elefante —dijo.

Maura extendió la trompa, sosteniéndola sobre las pequeñas coletas de Jenna.

Fue un momento mágico, y de gran peligro. Los niños, y los elefantes, son imprevisibles. Un movimiento brusco de Jenna y *Maura* podía haberla pisoteado.

Me levanté apresuradamente, con la boca seca. Gideon ya se había acercado, moviéndose lentamente para no asustar a *Maura*. Tomó a Jenna en brazos, como si fuera un juego.

—Te llevaré junto a tu mamá —le informó, volviéndose para observar a *Maura*.

En ese momento Jenna se puso a berrear.

—¡Elefante! —gritó—. ¡Yo lo quiero! —No dejaba de asestar patadas a Gideon en la barriga, retorciéndose como un pez que ha mordido el anzuelo.

Era una rabieta en toda regla. El alboroto asustó a *Maura*, que echó a correr hacia el bosque.

—¡Jenna, no debes acercarte a los animales! —le advertí—. ¡Lo sabes! —Pero el temor en mi voz sólo hizo que la niña redoblara sus berridos.

Gideon soltó un gemido cuando una de las diminutas deportivas de Jenna le golpeó en la entrepierna.

—Lo siento mucho… —me disculpé, extendiendo los brazos para tomar a Jenna. Pero Gideon se volvió, meciéndola, haciendo que brincara en sus brazos, hasta que los gritos de la pequeña remitieron dando paso a unos hipidos. Agarró el cuello del polo rojo de Gideon y empezó a restregarlo contra su mejilla, como solía hacer con su manta poco antes de quedarse dormida.

Al cabo de unos minutos, Gideon depositó a Jenna, que se había quedado dormida, a mis pies. Tenía las mejillas arreboladas y los labios entreabiertos. Me agaché junto a ella. Parecía hecha de porcelana, de un rayo de luna.

—Estaba muy cansada —comenté.

—Estaba aterrorizada —me corrigió Gideon, sentándose a mi lado—. No lo dudes.

—En cualquier caso —dije, mirándolo—, gracias.

Gideon dirigió la vista hacia el bosque, donde había desaparecido *Maura*.

—¿Crees que salió huyendo?

Asentí con la cabeza.

—Ella también estaba aterrorizada —respondí—. En todos los años que llevo haciendo estos trabajos de investigación, nunca he visto a una madre elefanta perder la paciencia con su cría. Por mucho que ésta la irritara con sus travesuras, barritos o trastadas. —Alargué la mano para quitar una cinta del pelo de Jenna, que colgaba como una coletilla tras la rabieta que le había dado—. Por desgracia, no soy una madre tan paciente.

—Jenna es muy afortunada de tenerte.

—En todo caso, es lo único que tiene —contesté sonriendo con amargura.

—No —insistió Gideon—. Te observo cuando estás con ella. Eres una buena madre.

Me encogí de hombros, esperando que se me ocurriera algún comentario jocoso sobre mí misma, pero sus palabras —de admiración— significaban demasiado para mí. En vez de ello me oí decir:

—Tú también serías un buen padre.

Gideon tomó un diente de león que Jenna había arrancado del suelo y amontonado junto a otras flores antes de acercarse a *Maura*. Hizo un corte en el tallo con la uña del pulgar y ensartó un segundo diente de león a través del primero.

—Yo también pensaba que lo sería.

Apreté los labios, porque no estaba autorizada a revelar el secreto de Grace.

Gideon continuó ensartando las flores en una guirnalda.

—¿Te has preguntado alguna vez si uno se enamora de una persona... o sólo de la idea de esa persona?

Yo pienso que no hay una perspectiva en el dolor, ni en el amor. ¿Cómo puede haberla, cuando una persona se convierte en el centro del universo, bien porque estaba perdida o porque ha sido hallada?

Gideon colocó la guirnalda de flores sobre la cabeza de Jenna. La coronita quedó apoyada en la punta de una de sus coletas, cayéndole sobre la frente.

—A veces pienso que no existe eso que llamamos enamorarnos. Es sólo el temor de perder a alguien.

Soplaba una brisa que transportaba el perfume a manzanas silvestres y hierba de Timoteo; el simple olor a piel de elefante y estiércol; al jugo del melocotón que Jenna había comido hacía un rato, del que habían caído unas gotas sobre su vestido de verano.

—¿Te preocupa lo que sucederá si él no regresa? —me preguntó Gideon.

Era la primera vez que hablábamos sobre la marcha de Thomas. Aunque habíamos compartido anécdotas de cómo habíamos conocido a nuestros respectivos cónyuges, la conversación se detenía ahí: en la cota más alta del potencial, en el momento en que todo parecía aún posible.

Alcé el mentón y miré a Gideon a los ojos.

—Me preocupa lo que sucederá si regresa —respondí.

Era un cólico. No era infrecuente en los elefantes, especialmente en los que habían comido heno en malas condiciones, o cuya dieta había sido modificada radical y bruscamente. No era el caso de *Syrah*, que yacía de costado, aletargada, hinchada. Se negaba a beber y a comer. Sus tripas no cesaban de protestar. *Gertie,* la perra que era su constante compañera, permanecía sentada a su lado, aullando.

Grace estaba en mi casa, cuidando de Jenna. Habíamos acordado que se quedaría con ella toda la noche, para que nosotros pudiéramos cuidar de la elefanta. Gideon se había ofrecido a hacerlo solo, pero yo estaba ahora a cargo de la reserva. Tenía que estar también presente.

Estábamos en el establo, con los brazos cruzados, observando al veterinario mientras examinaba a la elefanta.

—Nos dirá lo que ya sabemos —murmuró Gideon.

—Ya, y luego le administrará unos medicamentos para que se cure.

Gideon sacudió la cabeza.

—¿Cómo vas a pagarle sus honorarios?

Gideon tenía razón. El dinero era tan escaso que teníamos que sacarlo de nuestros gastos de explotación de la reserva si queríamos cubrir el coste de emergencias, como ésta.

—Ya se me ocurrirá algo —respondí, malhumorada.

Observamos al veterinario administrar a *Syrah* un antiinflamatorio —flunixin—, y un relajante muscular. *Gertie* estaba tumbada junto a ella en el heno, gimiendo.

—Lo único que podemos hacer es esperar y confiar en que empiece a defecar bolos —dijo el veterinario—. Entretanto, procuren que beba agua.

Pero *Syrah* no quería beber. Cada vez que nos acercábamos a ella con un cubo de agua, ya estuviera fría o caliente, resoplaba y volvía la cabeza. Después de varias intentonas, Gideon y yo estábamos emocionalmente hechos polvo. Fuera lo que fuese que el veterinario le había administrado, no había dado resultado.

Es penoso ver a un animal tan fuerte y majestuoso en ese estado. Me recordó los elefantes que había visto en la sabana abatidos a tiros por los lugareños, o heridos por haber caído en una trampa. También sabía que un cólico no era para tomárselo a la ligera. Podía degenerar en una retención fecal, que podía causar la muerte. Me arrodillé junto a *Syrah*, palpándola, sintiendo la tensión de su abdomen.

—¿Ha ocurrido en otras ocasiones?

—No a *Syrah* —contestó Gideon—. Pero no es la primera vez que lo veo. —Parecía reflexionar sobre algo, como si no se decidiera a expresar su idea. Luego alzó la vista y me miró—. ¿Le pones a Jenna aceite para bebés en la piel?

—Solía echárselo en el agua del baño —respondí—. ¿Por qué?

—¿Dónde está?

—Si nos queda, supongo que estará debajo del lavabo en el cuarto de baño…

Gideon se levantó y salió del establo.

—¿Adónde vas? —pregunté, pero no podía seguirlo. No quería dejar a *Syrah*.

Al cabo de diez minutos regresó. Sostenía dos frascos de aceite para bebés y una tarta Sara Lee de medio kilo que reconocí porque la había metido en mi frigorífico. Lo seguí hasta la cocina del establo asiático, donde preparábamos las comidas de las elefantas. Gideon empezó a quitar el envoltorio de la tarta.

—No tengo hambre —dije.

—No es para ti —contestó. Después de depositar la tarta en la encimera, empezó a clavarle un cuchillo repetidas veces.

—Creo que está muerta —comenté.

Gideon abrió un frasco de aceite para bebés y lo vertió sobre la tarta. El líquido empezó a impregnar el bizcocho, acumulándose en los orificios que había practicado con el cuchillo.

—En el circo, los elefantes sufrían a veces cólicos. El veterinario nos decía que les diéramos de beber aceite. Supongo que hace que los intestinos se muevan.

—El veterinario no dijo…

—Alice —Gideon vaciló unos momentos, con las manos suspendidas sobre la tarta—. ¿Confías en mí?

Miré a ese hombre que llevaba semanas trabajando conmigo codo con codo para crear la quimera de que la reserva podía sobrevivir. Que me había salvado una vez. Y también a mi hija.

En cierta ocasión había leído en una estúpida revista femenina, en la sala de espera del dentista, que cuando nos gusta alguien nuestras pupilas se dilatan. Y que nos sentimos atraídos por personas cuyas pupilas se dilatan cuando nos miran. Es un ciclo sin fin: deseamos a las personas que nos desean a nosotros. Los iris de Gideon eran casi del mismo color que sus pupilas, lo cual creaba una ilusión óptica: un agujero negro, una caída interminable. Me pregunté qué aspecto tenían mis pupilas cuando lo miraba a él.

—Sí —afirmé.

Gideon me dijo que fuera a por un cubo de agua, y lo seguí hasta el pesebre donde *Syrah* seguía tendida de costado, su vientre moviéndose debido al esfuerzo. *Gertie* se incorporó, alerta.

—Hola, bonita —saludó Gideon, arrodillándose delante de la elefanta y ofreciéndole la tarta—. *Syrah* es muy golosa —me informó.

La elefanta olfateó la tarta con la trompa. La tocó con cautela. Gideon partió un trozo pequeño y lo metió en la boca de *Syrah* mientras *Gertie* le olisqueaba los dedos.

Al cabo de un momento, *Syrah* tomó la tarta y la engulló entera.

—Agua —dijo Gideon.

Yo deposité el cubo donde *Syrah* pudiera alcanzarlo y observé cómo aspiraba el agua con la trompa. Gideon se inclinó sobre ella, acariciándole el lomo con sus musculosas manos y diciéndole que era una buena chica.

Deseé que me tocara de esa forma.

El pensamiento me asaltó tan de repente que me senté sobre los talones, conmocionada.

—Tengo que… tengo que ir a ver cómo está Jenna —balbucí.

Gideon alzó la vista.

—Ella y Grace ya deben de estar dormidas.

—Tengo que… —Me detuve. La cara me ardía; presioné las palmas de las manos contra mis mejillas. Acto seguido di media vuelta y salí del establo.

Gideon tenía razón; cuando entré en casa, encontré a Grace y a Jenna tumbadas en el sofá. Jenna sujetaba la mano de Grace. Me sentí avergonzada al pensar que mientras Grace cuidaba de una persona a la que yo quería, yo había deseado hacer lo mismo con una persona a la que quería *ella*.

Grace se movió, incorporándose con cuidado para no despertar a Jenna.

—¿Es *Syrah*? ¿Ha ocurrido algo?

Tomé a Jenna en brazos. La niña se despertó brevemente antes de volver a cerrar los ojos. Yo no quería turbar su sueño, pero en ese momento era más importante recordar quién era yo. Qué era yo.

Una madre. Una esposa.

—Deberías decírselo —aconsejé a Grace—. Que no puedes tener hijos.

Ella me miró perpleja. No habíamos vuelto a hablar del tema desde el día en que lo habíamos abordado por primera vez, hacía unas semanas. Sabía que Grace temía que yo le hubiera dicho algo a Gideon, pero no se trataba de eso. Yo quería que tuvieran esa conversación para que Gideon supiera que Grace confiaba plenamente en él. Quería que tuvieran esa conversación para que pudieran hacer planes para un futuro que incluyera contratar un vientre de alquiler o adoptar un niño. Quería que el vínculo entre ellos fuera tan fuerte que yo no pudiera, aun sin querer, hallar una grieta en el muro de su matrimonio a través del cual atisbar.

—Debes decírselo —repetí—. Porque se merece saberlo.

A la mañana siguiente sucedieron dos cosas maravillosas. *Syrah* se levantó, habiendo superado al parecer su cólico, y salió al recinto asiático acompañada por *Gertie*, que saltaba de alegría. Y el departamento de bomberos nos hizo un regalo: una vieja manguera de incendios que donaron a la reserva, porque recientemente habían renovado el material.

Gideon, que había dormido menos que yo, estaba de excelente humor. Si Grace había seguido mi consejo y le había revelado su secreto, él o lo había encajado bien o estaba tan contento con la recuperación de *Syrah* que no había dejado que la noticia lo afectara. En cualquier caso, no parecía dar la menor importancia a mi precipitada marcha la noche anterior. Se echó la manguera al hombro y dijo, sonriendo:

—A las chicas les va a encantar. Vamos a ver cómo reaccionan.

—Tengo que hacer un millón de cosas —respondí—. Y tú también.

Me comportaba como una cabrona. Pero si eso creaba un muro entre nosotros, me sentiría más segura.

El veterinario regresó para examinar a *Syrah* y declaró que estaba curada. Yo me volqué en mi trabajo en el despacho, repasando las cuentas, mirando de dónde podía sacar dinero para pagar la factura del veterinario. Jenna estaba sentada a mis pies, pintando las fotos de un viejo periódico con sus lápices de colores. Nevvie había llevado una de las camionetas a la ciudad para que la revisaran, y Grace estaba limpiando el establo africano.

No fue hasta que Jenna me dio un tironcito en el pantalón corto y se quejó de que tenía hambre cuando caí en la cuenta de que habían pasado varias horas. Le preparé un sándwich de mantequilla de cacahuete y jalea, cortándolo en pequeños rectángulos para que pudiera comérselos con facilidad. Les quité la corteza, que me guardé en el bolsillo para dársela a *Maura*. De pronto oí un sonido como de alguien que se moría.

Tomé a Jenna en brazos y corrí hacia el establo africano, de donde procedían los sonidos. Se me ocurrieron varios pensamientos tan angustiosos como catastróficos: Maura *y* Hester *están peleándose.* Maura *está herida. Una de las elefantas ha herido a Grace.*

Una de las elefantas ha herido a Gideon.

Abrí apresuradamente la puerta del establo y vi a *Hester* y a *Maura* en sus pesebres, con las barras retráctiles que separaban ambos espacios abiertas de par en par. Las elefantas estaban en el centro del establo, divirtiéndose de lo lindo, jugando, bailando, emitiendo sonidos de satisfacción bajo la lluvia artificial de la manguera. Mientras Gideon las rociaba con agua, las elefantas giraban en círculos, chillando de gozo.

No se estaban muriendo. Se lo estaban pasando en grande.

—¿Qué estás haciendo? —grité, mientras Jenna se ponía a patalear para que la soltara. La deposité en el suelo, y la niña empezó de inmediato a chapotear en los charcos que se habían formado sobre el cemento.

Gideon sonrió, agitando la manguera de un lado a otro a través de las barras.

—Enriquezco sus vidas —dijo—. Mira a *Maura*. ¿La habías visto comportarse así alguna vez?

Gideon tenía razón; *Maura* parecía haber perdido todo vestigio del dolor que le había causado la muerte de su hijito. Sacudía la cabeza y pateaba el suelo bajo el chorro de agua, alzando la trompa cada vez que emitía un barrito.

—¿Has arreglado el horno? —pregunté—. ¿Has cambiado el aceite del quad? ¿Has retirado la valla en el recinto africano o has limpiado el campo del noroeste? ¿Has reparado la pendiente del estanque en el recinto asiático? —Era una lista de todas las cosas que había que hacer.

Gideon giró la boquilla de la manguera para reducir el chorro de agua. Las elefantas barritaron y se volvieron, esperando más. Confiando.

—Lo suponía —dije—. Vamos, Jenna, cariño. —Me acerqué a ella, pero la niña se alejó de mí corriendo y se puso a chapotear en otro charco.

Gideon apretó los labios.

—¡Eh, jefa! —gritó, esperando a que yo me volviera.

En cuanto lo hice, giró de nuevo la boquilla para que el chorro de la manguera me diera en el pecho.

El agua estaba helada y me golpeó con tal fuerza, que retrocedí trastabillando, apartándome el pelo que tenía pegado a la cara y mirando mis empapadas ropas. Gideon movió la manguera para seguir rociando a las elefantas.

—Conviene que te tranquilices —comentó, sonriendo.

Yo me abalancé hacia él. Gideon era más corpulento que yo, pero yo era más ágil. Giré la manguera y le rocié hasta que alzó las manos para protegerse el rostro.

—¡De acuerdo! —exclamó, riendo—. ¡Me rindo!

—Has empezado tú —le recordé, mientras él trataba de girar la boquilla para apuntarla hacia mí. La manguera se retorcía como una serpiente entre nosotros, que parecíamos unos sanadores, peleando por un momento de divinidad. Empapado, escurridizo, Gideon logró por fin rodearme con sus brazos, sujetándome las manos de forma que el chorro cayó sobre nuestros pies y no pude seguir sosteniendo la boquilla. La manguera cayó al suelo, girando en un semicírculo hasta detenerse, rociando a las elefantas.

Yo me reía tanto que jadeaba.

—De acuerdo, tú ganas. Suéltame —le ordené con voz ronca.

Estaba temporalmente cegada, con el pelo pegado al rostro. Gideon lo apartó, y lo vi sonreír. Sus dientes eran de una blancura imposible. Yo no podía apartar los ojos de su boca.

—No lo creo —repuso, y me besó.

El impacto fue incluso más intenso que el primer chorro de agua que había recibido en el pecho. Me quedé inmóvil, pero sólo durante un abrir y cerrar de ojos. Luego le rodeé la cintura con los brazos, apoyando mis cálidas palmas en la piel húmeda de su espalda. Deslicé las manos sobre el paisaje de sus brazos, los valles donde se unían los músculos. Bebí de él como si jamás hubiera visto un pozo tan hondo.

—Mojada —dijo Jenna—. Mamá mojada.

Estaba junto a nosotros, tocándonos con sus manitas las piernas. Yo me había olvidado por completo de ella hasta ese momento.

Como si no tuviera suficientes motivos para sentirme avergonzada.

Por segunda vez, huí de Gideon como si mi vida estuviera amenazada. Lo cual supongo que era verdad.

Las dos semanas siguientes evité a Gideon, transmitiéndole mensajes a través de Grace o de Nevvie, asegurándome de que no me quedaba nunca a solas con él en un establo o un recinto. Le dejaba notas en las cocinas de los establos, listas de lo que tenía que hacer. En lugar de reunirme con él al final de la jornada, me sentaba con Jenna en el suelo de casa, jugando con rompecabezas, cubos y animales de peluche.

Una noche, Gideon se puso en contacto conmigo por radio desde el granero.

—Doctora Metcalf —me comunicó—, tenemos un problema.

Yo no recordaba la última vez que me había llamado «doctora Metcalf». O era una reacción a la frialdad que yo mostraba hacia él o teníamos realmente un problema grave y urgente. Coloqué a Jenna entre mis piernas sobre el quad y me dirigí al establo asiático, donde sabía que Grace estaba preparando las cenas de los animales.

—¿Puedes cuidar de ella? —le pregunté—. Gideon me ha dicho que es urgente.

Grace tomó un cubo y lo colocó boca abajo, a modo de escabel.

—Súbete aquí, cariño —le indicó a Jenna—. ¿Ves esas manzanas? ¿Puedes pasármelas de una en una? —Luego se volvió hacia mí—. No te preocupes por nosotras —me tranquilizó.

Cuando llegué al granero encontré a Gideon en una acalorada

discusión con Clyde, nuestro proveedor de balas de heno. Clyde era un tipo en el que confiábamos; a menudo los granjeros trataban de endilgarnos su heno mohoso porque suponían que, como era para las elefantas, daba lo mismo. Clyde estaba con los brazos cruzados; Gideon tenía un pie apoyado en una bala de heno. Sólo habían descargado la mitad de la mercancía que transportaba Clyde en su camión.

—¿Cuál es el problema? —pregunté.

—Clyde se niega a aceptar un cheque, porque dice que el último le fue devuelto. Pero en estos momentos no dispongo de dinero en efectivo, y hasta que no le pague, Clyde no me permite descargar el resto de las balas —contestó Gideon—. Quizá tú tengas la solución.

El motivo de que el último cheque le fuera devuelto era porque no teníamos dinero. El motivo de que Gideon no dispusiera de dinero en efectivo era porque yo lo había utilizado para pagar las hortalizas y las frutas de la semana. Si extendía otro cheque, éste también sería devuelto, pues había utilizado los fondos que quedaban en nuestra cuenta para pagar al veterinario.

No sabía cómo iba a pagar la comida de mi hija la semana próxima, y menos el heno de las elefantas.

—Clyde —dije—, estamos pasando un momento complicado.

—Como todo el país.

—Ya, pero nosotros nos conocemos desde hace tiempo —repliqué—. Hace años que mi marido y usted tienen un trato comercial, ¿no?

—En efecto, y siempre me ha pagado. —Clyde frunció el ceño—. No puedo darle el heno gratis.

—Lo sé. Y yo no puedo dejar que las elefantas se mueran de hambre.

Sentí que pisaba arenas movedizas. Antes o después acabarían engulléndome. Lo que tenía que hacer era organizar un evento para recaudar fondos, pero apenas disponía de tiempo. Había abandonado mis estudios de investigación; hacía semanas que no los tocaba. No podía seguir manteniendo la reserva abierta si no captaba el interés de nuevos donantes.

Interés.

Miré a Clyde.

—Le pagaré un diez por ciento más si me entrega ahora el heno y deja que salde mi deuda con usted el mes que viene.

—¿Por qué iba a hacerlo?

—Porque, aunque no quiera reconocerlo, Clyde, usted y yo tenemos una larga relación, y nos debe el beneficio de la duda.

El hombre no nos debía nada. Pero yo confiaba en que accediera para no convertirse en la gota que colma el vaso y obligarnos a cerrar la reserva.

—Veinte por ciento —respondió Clyde.

Le estreché la mano. Luego me subí al camión y empecé a descargar las balas de heno.

Al cabo de una hora, Clyde partió en su camión y me senté en el borde de una bala. Gideon seguía trabajando, flexionando la espalda mientras amontonaba las balas para que ocuparan menos sitio, levantándolas más de lo que mi fuerza física me permitía.

—¿Vas a fingir que no estoy aquí? —le pregunté.

Gideon no se volvió.

—He tenido una buena maestra.

—¿Qué querías que hiciera, Gideon? ¿Tienes una respuesta? Porque te aseguro que me gustaría oírla.

Él se volvió hacia mí, con las manos apoyadas ligeramente en las caderas. Sudaba; tenía un poco de paja pegada a los brazos.

—Estoy cansado de ser tu cabeza de turco. Devolver las orquídeas. Conseguir que Clyde nos ceda el heno gratis. Convertir la puta agua en vino. ¿Qué más quieres que haga, Alice?

—¿Piensas que no debí pagar al veterinario cuando *Syrah* se puso mala?

—No lo sé —contestó bruscamente—. Y no me importa.

Pasó frente a mí al tiempo que yo me levantaba.

—Claro que lo sabes —dije, corriendo tras él, pasándome la mano por los ojos—. No tengo la culpa de encontrarme en esta situación. No quería dirigir una reserva. No quería preocuparme de animales enfermos y de pagar salarios y acabar arruinada.

Gideon se detuvo en la puerta. Se volvió hacia mí, enmarcado por la luz exterior.

—¿Qué quieres, Alice?

¿Cuánto hacía que alguien me había preguntado eso?

—Quiero ser una científica —respondí—. Quiero hacer que la gente sepa que los elefantes pueden pensar y sentir.

Gideon avanzó hacia mí, llenando mi campo visual.

—¿Y?

—Quiero que Jenna sea feliz.

Gideon avanzó otro paso. Estaba tan cerca que su pregunta reverberó contra la curva de mi cuello, acariciándome la piel.

—¿Y?

Yo me había mantenido firme ante una elefanta que se disponía a atacarme. Había arriesgado mi credibilidad científica por seguir los dictados de mi instinto. Había hecho las maletas para empezar de cero. Pero mirar a Gideon a la cara y decirle la verdad fue lo más valiente que había hecho en la vida.

—Yo también quiero ser feliz —murmuré.

Nos abrazamos frenéticamente, tropezando con las balas de heno, y caímos en un nido de paja en el suelo del establo. Las manos de Gideon me acariciaron el pelo, se deslizaron debajo de mi ropa; mis suspiros se confundían con sus jadeos. Nuestros cuerpos eran paisajes, donde nos tocábamos quedaban mapas grabados a fuego en las palmas de nuestras manos. Cuando me penetró, comprendí el motivo: a partir de ese momento siempre encontraríamos el camino de regreso a casa.

Más tarde, con el heno arañándome la espalda y con la ropa enredada alrededor de mis tobillos, intenté decir algo.

—Calla —me ordenó Gideon, apoyando los dedos en mis labios—. No digas nada.

Se tumbó de espaldas. Yo apoyé la cabeza en su brazo, donde le latía el pulso. Sentí cada latido de su corazón.

—Cuando era pequeño —me dijo—, mi tío me regaló un muñeco articulado de *La guerra de las galaxias*. Estaba firmado por George Lucas, y no lo había sacado de la caja. Yo debía de tener seis o siete años. Mi tío me dijo que no le quitara el envoltorio. De esa forma, un día tendría mucho valor.

Alcé el rostro para mirarlo.

—¿Le quitaste el envoltorio?

—Joder, pues claro.

Yo me eché a reír.

—Creí que ibas a decirme que lo habías colocado en un estante. Y que estabas dispuesto a venderlo para pagar por el heno.

—Lo siento. Era un niño. ¿Qué niño se conforma con jugar con un juguete dentro de la caja? —Su sonrisa se borró un poco—. Lo sacaba de la caja sin que nadie se diera cuenta, si no miraban muy de cerca. Jugaba con el muñeco de Luke Skywalker cada día. Me lo llevaba al colegio. A la bañera. Dormía a mi lado. Yo lo adoraba. Y sí, puede que así no fuera tan valioso, pero para mí lo significaba todo.

Comprendí lo que decía: que intacto ese objeto de coleccionista quizás habría valido mucho, pero que todos esos momentos robados eran impagables.

Gideon sonrió.

—Me alegro de haberte devuelto la sonrisa, Alice.

Yo le di un golpe cariñoso en el brazo.

—Ni que fuera la fea del baile.

—El que se pica…

—Deja de hablar —le ordené, montándome sobre él.

Gideon me besó.

—Pensé que no me lo pedirías nunca —dijo, rodeándome de nuevo con sus brazos.

Cuando salimos del establo, las estrellas relucían en el cielo. Yo tenía aún un poco de paja en el pelo y las piernas manchadas de tierra. Gideon tenía un aspecto no menos desaliñado. Se montó en el quad y me senté detrás de él, con la mejilla apoyada en su espalda. Percibí mi olor en su piel.

—¿Qué vamos a decir? —planteé.

Él volvió la cabeza.

—No tenemos que decir nada —respondió, y arrancó.

Se detuvo primero en su casa y se bajó de la moto. Las luces estaban apagadas; Grace estaba aún con Jenna. Gideon no se arriesgó a tocarme allí, a la vista de cualquiera, pero me miró a los ojos.

—¿Mañana? —preguntó.

Eso podía significar cualquier cosa. Podíamos estar quedando en una hora para mover a las elefantas, para limpiar el establo, para cambiar las bujías de la camioneta. Pero lo que me preguntaba Gideon era si seguiría rehuyéndolo, como había hecho antes. Si eso sucedería de nuevo.

—Mañana —repetí.

Un minuto más tarde, llegué a casa. Aparqué el quad y me bajé, tratando de arreglarme el pelo, que parecía un nido, y sacudirme la paja y la tierra de la ropa. Grace sabía que había estado en el granero, pero yo no presentaba aspecto de haber estado descargando balas de heno. Parecía haber estado en un campo de batalla. Me froté la boca con la mano, para borrar el beso de Gideon, dejando sólo excusas.

Cuando abrí la puerta, vi a Grace en la sala de estar. Con Jenna. Y con Thomas, que sostenía a la niña con una sonrisa capaz de iluminar una galaxia. Al verme, entregó nuestra hija a Grace y tomó un paquete de la mesita de café. Luego se acercó, mirándome con ojos risueños y luminosos. Me ofreció una planta con sus sarmentosas raíces hacia arriba, a modo de flores, como había hecho hacía dos años, cuando había ido a recogerme al aeropuerto de Boston.

—Sorpresa —dijo.

JENNA

La Reserva de Elefantes de Tennessee tiene un elegante establecimiento en el centro de la ciudad, con grandes fotografías de todos sus animales en las paredes, además de unas placas que explican la historia de cada elefante. Me resulta raro ver los nombres de las elefantas que teníamos en la Reserva de Nueva Inglaterra. Me detengo unos minutos ante la foto de *Maura*, la elefanta preferida de mi madre. La miro tan fijamente que la imagen empieza a desdibujarse.

Hay una mesa llena de libros que puedes comprar, además de decoraciones navideñas y puntos de libro. Hay una cesta llena de elefantes de peluche. Hay un divertido vídeo de unos elefantes asiáticos emitiendo unos sonidos como una banda de jazz de Nueva Orleans, y otro de dos elefantes jugando con una manguera de incendios, como unos chavales urbanitas cuando en verano se conectaban las bocas de riego. Otro aparato de vídeo, más pequeño, explica cómo tener contacto con los animales sin correr riesgos. En lugar de utilizar ganchos u otros métodos de adiestramiento negativos, que es como los elefantes habían vivido buena parte de sus vidas, el cuidador de la reserva utiliza siempre métodos positivos. Siempre hay una barrera entre el cuidador y los elefantes, no sólo para ofrecer a éste seguridad sino para que el animal se relaje, pudiendo alejarse si no quiere participar. Es el sistema que han seguido desde 2010, el cual ha resultado muy eficaz, dice el vídeo, con elefantes que tienen serios problemas para confiar en los humanos por haber mantenido con ellos un contacto abierto.

Contacto abierto. De modo que así es como lo llaman cuando puedes entrar tranquilamente en un recinto, como solían hacer mi madre y nuestros cuidadores. Me pregunto si la muerte acaecida en nuestra reserva, y la debacle que se organizó a raíz de ésta, fue lo que propició el cambio.

En el centro de bienvenida sólo hay dos visitantes, aparte de mí; ambos llevan unas divertidas mochilas y unas sandalias Tevas con calcetines.

—No ofrecemos visitas guiadas de la reserva —nos explica un empleado—. Nuestra filosofía consiste en dejar que los elefantes vivan como elefantes, no exhibirlos como trofeos.

Los turistas asienten con la cabeza, porque es lo políticamente correcto, pero observo que se sienten decepcionados.

Me afano en buscar un mapa. El centro de Hohenwald consiste en un solo edificio, y no hay rastro de las mil cien hectáreas de terreno que ocupa la reserva de elefantes. A menos que todos los animales hayan ido a comprar a la tienda de todo a dólar, no sé dónde se habrán ocultado.

Salgo por la puerta principal antes de que lo hagan los turistas y regreso al pequeño aparcamiento de los empelados. Hay tres coches y dos camionetas. Ninguno tiene un logotipo en la puerta que ponga Reserva de Elefantes; podrían pertenecer a cualquiera. Pero miro a través de la ventanilla junto al asiento del copiloto de cada uno de los coches para ver si hay algo que identifique a sus dueños.

Deduzco que uno pertenece a una madre, porque el suelo está sembrado de vasitos con boquilla para bebés y bolsas de Cheerios.

Dos pertenecen a hombres: dados de felpa colgados del retrovisor y catálogos de caza.

Pero cuando me acerco a la primera camioneta, compruebo que he dado con un filón de oro. Sobre la visera del conductor hay un puñado de papeles con el membrete de la Reserva de Elefantes impreso en la parte superior.

En la parte posterior del vehículo hay un montón de heno, de lo cual me alegro, porque hace tanto calor que el metal me habría quemado la piel. De modo que me oculto en la plataforma de la camioneta, que se está convirtiendo en mi medio de transporte favorito.

Menos de una hora más tarde, voy brincando de un lado a otro sobre la plataforma de la camioneta mientras ésta circula por una carretera hasta detenerse ante una elevada verja de metal que se abre mediante un mecanismo electrónico. La conductora teclea un código para que la verja se abra. Avanzamos unos cien metros hasta que llegamos a otra verja, frente a la cual la conductora realiza la misma operación.

Mientras seguimos adelante, trato de hacerme una idea de la disposición de la finca. La reserva está rodeada por una valla de tela metálica normal, pero el corral interior está formado por tubos de acero y cables. No recuerdo cómo era nuestra reserva, pero ésta tiene un aspecto ordenado e impecable. Los terrenos son inmensos, compuestos por lomas y arboledas, estanques y prados, y varios establos de dimensiones gigantescas. Todo es tan verde que me hiere la retina.

Cuando la camioneta se detiene delante de uno de los establos, me hundo en la plataforma, confiando en que la conductora no me vea cuando se apee. Oigo cerrarse la puerta, y pasos, y el alegre barrito de un elefante cuando la cuidadora entra en el establo.

Aprovecho para bajarme de la camioneta a toda velocidad. Avanzo pegada al muro opuesto del establo, siguiendo la pesada valla formada por cables, hasta que veo al primer elefante.

Es africano. Quizá no sea una experta como mi madre, pero sé distinguir un elefante africano de uno asiático. No alcanzo a ver si es macho o hembra, pero es gigantesco. Aunque quizá sea una redundancia, cuando te refieres a un elefante del que sólo te separan diez metros y unos tubos de acero.

Hablando de acero, el elefante lleva unas fundas metálicas en los extremos de sus colmillos, como si estuvieran chapados en oro.

De pronto el elefante sacude la cabeza, agitando las orejas y levantando una nube de polvo rojizo entre los dos. Es un barrito tremendo e inesperado; yo retrocedo apresuradamente, tosiendo como una posesa.

—¿Quién te ha dejado entrar? —pregunta una voz con tono acusador.

Al volverme veo a un hombre muy alto junto a mí. Lleva la cabeza casi rapada; tiene la piel del color del nogal. En contraste, su dentadura es casi electroluminiscente. Temo que me agarre del cuello de la camiseta y me arroje de la reserva con cajas destempladas, o que llame a los guardias de seguridad o a quien se encargue de impedir que entren intrusos en la propiedad. Pero en vez de ello, me mira con ojos como platos, como si yo fuera una aparición.

—Eres igual que ella —murmura.

Yo no había imaginado que me sería fácil dar con Gideon. Pero después de recorrer casi dos mil kilómetros para llegar hasta aquí, me merezco un golpe de suerte cósmico.

—Soy Jenna…

—Lo sé —responde Gideon, mirando a mi alrededor—. ¿Dónde está Alice?

La esperanza es como un globo, siempre a punto de desinflarse.

—Confiaba en encontrarla aquí.

—¿No ha venido contigo? —La decepción en el rostro de Gideon…, es como si me mirara en un espejo.

—Entonces, ¿no sabes dónde está? —pregunto. Siento que las piernas me flaquean. Me parece increíble haber llegado hasta aquí, haber encontrado a Gideon, y todo para nada.

—Traté de cubrirle las espaldas cuando se presentó la policía. No sabía qué había sucedido, pero Nevvie estaba muerta y Alice había desaparecido… Dije a los policías que suponía que se había marchado —contesta Gideon—. Ése era su plan.

De pronto siento como si mi cuerpo estuviera insuflado de luz. *Ella me quería*; *ella me quería; ella me quería*. Pero en cierto momento, entre el hecho de planificar su futuro y llevarlo a cabo, las cosas se le habían complicado mucho a mi madre. Gideon, que yo creía que era la llave que abriría la cerradura, el antídoto que revelaría el mensaje secreto, está en la inopia como yo.

—¿No formabas parte de ese plan?

Él me mira, tratando de adivinar lo que sé de su relación con mi madre.

—Yo creía que sí, pero ella no trató de ponerse en contacto conmigo. Desapareció del mapa. Resultó que yo era un medio para alcanzar el fin —confiesa Gideon—. Sé que me quería. Pero te quería mucho más a ti.

Había olvidado dónde estaba hasta ese momento, cuando el

elefante ante nosotros levanta la trompa y emite un barrito. El sol me abrasa el cuero cabelludo. Estoy mareada, como si hubiera flotado a la deriva en el océano durante días y hubiera lanzado mi última bengala, para descubrir que el bote salvavidas que creía haber visto era un efecto óptico. El elefante, con sus colmillos cubiertos con unas fundas doradas, me recuerda al caballito de un tiovivo que me daba miedo de pequeña. Ni recuerdo cuándo o dónde me llevaron mis padres a una feria, pero esos terroríficos caballos de madera, con sus crines inmóviles y sus amenazadores dientes, me hacían llorar.

Ahora también tengo ganas de hacerlo.

Gideon no deja de mirarme, y eso me produce una sensación rara, como si tratara de ver debajo de mi piel o escudriñar mi cerebro.

—Hay alguien a quien quiero que conozcas —dice, y echa a andar hacia la valla.

Puede que esto haya sido una prueba. Puede que Gideon quisiera comprobar lo profundamente apenada que estaba antes de llevarme a ver a mi madre. No me atrevo a fomentar mi esperanza, pero lo sigo caminando a paso ligero. *¿Y si..., y si...?*

Caminamos lo que parecen unos cincuenta kilómetros en este espantoso calor. Tengo la camiseta empapada de sudor cuando subimos la cuesta, y, al llegar a la cima, veo a otro elefante. No es necesario que Gideon me diga que es *Maura*. Cuando ésta apoya la trompa delicadamente sobre la parte superior de la valla, abriendo y cerrando los dedos con suavidad como la cabeza de una rosa, sé que se acuerda de mí al igual que yo me acuerdo de ella, a un nivel interior, visceral.

En ese momento comprendo que es verdad que mi madre no está aquí.

La elefanta tiene los ojos oscuros y hundidos, sus orejas parecen translúcidas bajo el sol, de forma que veo las venas cual mapas de carretera que las surcan. Su piel irradia calor. Tiene un aspecto correoso, primigenio, cretáceo. Los pliegues de acordeón de su trompa se enrollan hacia arriba cuando la extiende sobre la valla hacia mí. Me sopla en la cara, y su aliento huele a verano y paja.

—Por esto me quedé —confiesa Gideon—. Pensé que un día

Alice vendría a ver cómo estaba *Maura*. —La elefanta alarga la trompa y la enrosca alrededor del antebrazo de Gideon—. Lo pasó muy mal, al principio de venir aquí. Se negaba a salir del establo. Se quedaba en su pesebre, en un rincón, de espaldas a la puerta.

Pensé en las prolijas anotaciones en los diarios de mi madre.

—¿Crees que se sentía culpable por haber pisoteado a Nevvie?

—Es posible —responde Gideon—. Quizá temía que la castigáramos. O quizás echaba de menos a tu madre.

La elefanta emite un sonido semejante al motor de un coche. El aire a mi alrededor vibra.

Maura toma un tronco de pino que está en el suelo. Después de pasar el colmillo sobre el borde, lo levanta con la trompa y lo oprime contra la pesada valla de acero. A continuación rasca de nuevo la corteza con el colmillo, deja caer el tronco al suelo y lo mueve de un lado a otro con la pata.

—¿Qué hace?

—Juega. Le damos troncos para que se entretenga arrancándoles la corteza.

Al cabo de unos diez minutos, *Maura* levanta el tronco como si fuera un mondadientes y lo acerca al borde de la valla.

—¡Apártate, Jenna! —grita Gideon.

Me da un empujón y aterriza sobre mí, a pocos metros de donde el tronco ha caído al suelo, justo donde me hallaba yo.

Siento sus manos cálidas en mis hombros.

—¿Estás bien? —me pregunta mientras me ayuda a levantarme. Sonríe—. La última vez que te cogí en brazos, medías poco más de medio metro.

Pero me aparto de él y me agacho para mirar el obsequio que me ha hecho la elefanta. Mide unos sesenta centímetros de longitud por veinticinco de ancho; es un palo contundente. Los colmillos de *Maura* han creado unos dibujos en la corteza, unas líneas y surcos que se entrecruzan sin orden ni concierto.

A menos, claro está, que los examine detenidamente.

Paso el dedo sobre las líneas,

Con un poco de imaginación, descifro una *U* y una *S*. Ese nudo que rodea la corteza parece una *W*. En el otro lado del tronco, hay un semicírculo atrapado entre dos largos arañazos: *I-D-I*.

Dulce amorcito, en xhosa.

Quizá Gideon piense que mi madre no regresará nunca, pero empiezo a sentir su presencia a mi alrededor.

En ese momento, mis tripas protestan de forma tan sonora que parece como si *Maura* hubiera emitido un barrito.

—Estás famélica —dice Gideon.

—No te preocupes por mí.

—Te daré algo de comer —insiste—. Sé que es lo que Alice querría que hiciera.

—De acuerdo —acepto, y regresamos al establo que vi cuando llegué en la camioneta. El coche de Gideon es una furgoneta grande de color negro, y aparta una caja de herramientas del asiento del copiloto para que me siente.

Mientras circulamos por la carretera, siento que Gideon me observa de refilón. Es como si tratara de memorizar mi rostro o algo parecido. Entonces me fijo en que lleva el polo rojo y el pantalón corto que constituía el uniforme de la Reserva de Elefantes de Nueva Inglaterra. Todos los empleados de La Reserva de Elefantes de Hohenwald visten de color caqui.

No tiene sentido.

—¿Cuánto tiempo dices que llevas trabajando aquí?

—Un montón de años —contesta.

¿Qué probabilidades hay de que en una reserva de mil cien hectáreas me tropiece con Gideon antes que con cualquier otra persona?

A menos, claro está, que él se asegurara de ello.

¿Y si yo no había localizado a Gideon Cartwright, sino que él me había localizado a mí?

Pienso como Virgil, lo cual no es necesariamente algo negativo, en términos de supervivencia. Sí, yo había partido decidida a encontrar a Gideon. Pero ahora que he dado con él, me pregunto si ha sido una buena idea. Siento el sabor del temor, como un penique sobre mi lengua. Por primera vez, se me ocurre que quizá Gideon tuviera algo que ver con la desaparición de mi madre.

—¿Recuerdas esa noche? —me pregunta. Es como si me hubiera leído el pensamiento.

Imagino a Gideon llevándose a mi madre del hospital, deteniendo el coche, aferrándola por el cuello y estrangulándola. Le imagino haciendo lo mismo conmigo.

Me esfuerzo en hablar con normalidad. Pienso en lo que haría Virgil en esta situación, si tratara de sonsacar información a un sospechoso.

—No. Era un bebé, supongo que estaría dormida y no me enteré de nada. —Lo miro—. ¿Y tú, la recuerdas?

—Desgraciadamente, sí. Ojalá pudiera olvidarla.

Casi hemos llegado a la ciudad. La cinta de residencias que pasa a toda velocidad ante la ventanilla da paso a tiendas y gasolineras.

—¿Por qué? —pregunto de sopetón—. ¿Porque tú la mataste?

Gideon da un volantazo y frena. Me mira como si le hubiera propinado un bofetón.

—Jenna… yo amaba a tu madre —me jura—. Quería protegerla. Quería casarme con ella. Quería cuidar de ti. Y del bebé.

El aire dentro del coche desaparece de golpe. Es como si me hubieran pegado un trozo de plástico sobre la nariz y la boca.

Puede que no haya oído bien. Puede que Gideon haya dicho que quería cuidar *de mí, del bebé*. Pero no ha sido así.

Gideon detiene el coche y baja la vista, fijándola en sus rodillas.

—Tú no lo sabías… —murmura.

Con un rápido movimiento, me suelto el cinturón de seguridad y abro la puerta del copiloto. Echo a correr.

Oigo cerrarse la puerta de un portazo a mi espalda. Es Gideon, que me persigue.

Entro en el primer edificio que veo, un restaurante, y paso a la carrera frente a la recepcionista para ocultarme al fondo del local, donde suelen estar los lavabos. Me meto en el de mujeres, cierro la puerta, me encaramo en el lavabo y abro la pequeña ventana que hay en la pared. Oigo voces junto a la puerta del lavabo de mujeres. Gideon pide a alguien que entre a buscarme. Me deslizo a través de la ventana, aterrizo sobre la tapa de un contenedor que hay en el callejón y echo a correr.

Atravieso el bosque a la carrera. No me detengo hasta alcanzar las afueras de la ciudad. Allí, por primera vez desde hace un día y medio, enciendo mi teléfono móvil.

Tengo cobertura, tres barras. Tengo cuarenta y tres mensajes de mi abuela. Pero no hago caso y marco el número de Serenity.

Responde al tercer tono. Me siento tan aliviada que rompo a llorar.

—Por favor —digo—, necesito ayuda.

ALICE

Sentada en el desván del establo africano, me pregunté —por enésima vez— si la que estaba loca era yo.

Thomas había regresado hacía cinco meses. Gideon había pintado de nuevo las paredes. El suelo estaba cubierto por unas lonas protectoras, y había unos botes de pintura en los rincones, pero aparte de eso el espacio estaba vacío. No quedaba rastro de la enajenación mental que había alejado a mi marido de la realidad. A veces, incluso me convencía de que yo había imaginado todo el episodio.

Ese día llovía a cántaros. Jenna se había marchado a la guardería entusiasmada con sus nuevas botas de goma, que tenían forma de mariquitas. Eran un regalo de Gideon y de Grace en su segundo cumpleaños. Debido al tiempo, las elefantas habían decidido permanecer fuera de sus establos. Nevvie y Grace estaban rellenando y cerrando los sobres para la campaña destinada a recaudar fondos. Thomas estaba a punto de llegar de Nueva York, adonde había ido para reunirse con unos funcionarios de Tusk.

Thomas no me había dicho adónde había acudido para recibir tratamiento, sólo que no se hallaba en este estado, y que se había dirigido allí en coche al averiguar que el primer centro al que había pensado acudir había cerrado. Yo no sabía si creerlo o no, pero parecía haber superado su problema, y si yo tenía dudas, me las guardaba para mí. No le pedí que me mostrara los libros, ni cuestioné lo que me había dicho. La última vez que lo había hecho, casi me había estrangulado.

Thomas había regresado de su recuperación con una nueva medicación, y con unos cheques de tres inversores privados. (¿Eran también pacientes de ese centro?, me pregunté.) Asumió las riendas de la reserva como si nunca se hubiera ausentado. Pero si la transición había sido impecable, su reinserción en nuestro matrimonio no. Aunque no había sufrido un brote maníaco-depresivo desde hacía varios meses, yo seguía sin fiarme de él, y él lo sabía. Éramos como los círculos en el diagrama de Venn, y Jenna estaba atrapada entre ellos. Ahora, cuando Thomas pasaba horas en su despacho, yo no podía evitar preguntarme dónde ocultaba los símbolos sin sentido que había escrito antes. Cuando le preguntaba si se sentía estabilizado, me acusaba de volverme contra él y cerraba la puerta de su despacho con llave. Era un círculo vicioso.

Soñé con marcharme. Con coger a Jenna y fugarme. La recogería en la guardería y nos iríamos a alguna parte, donde se me ocurriera detenerme. A veces tenía incluso el valor de expresarlo en voz alta, cuando Gideon y yo buscábamos el momento de estar juntos.

Pero no lo hice, porque sospechaba que Thomas sabía que me acostaba con Gideon. Y no sabía a cuál de los dos asignaría un tribunal la custodia de Jenna: al padre aquejado por una enfermedad mental o a la madre que lo había traicionado.

Hacía meses que Thomas y yo no manteníamos relaciones sexuales. A las siete y media de la tarde, después de acostar a Jenna, yo me servía una copa de vino y leía en el sofá hasta que me quedaba dormida. Mis interacciones con Thomas se limitaban a conversaciones cordiales en presencia de Jenna cuando ésta estaba despierta y agrias disputas cuando dormía. Yo seguía llevando a la niña a los recintos; después del día en que se había acercado demasiado a la elefanta, siendo un bebé, Jenna había escarmentado. ¿Cómo podía crecer una niña en una reserva de elefantas sin sentirse cómoda entre ellas? Thomas seguía pensando que se exponía a sufrir un percance, cuando, en realidad, lo que yo temía era dejar a mi hija sola con él. Una noche, después de haberme llevado de nuevo a Jenna a los recintos de las elefantas, Thomas me agarró de los brazos con tal violencia que me hizo unos moratones.

—¿Qué juez consideraría que eres una madre apta para cuidar de tu hija? —me espetó.

De repente comprendí que no se refería sólo a que me llevara a Jenna a los recintos. Y que yo no era la única que pensaba en que me confiaran la custodia de la niña.

Fue Grace quien sugirió que había llegado el momento de que enviáramos a Jenna a la guardería. Iba a cumplir dos años y medio, y la única interacción social que tenía era con adultos y elefantes. La idea me pareció muy oportuna, porque me procuraría tres horas al día en que no tendría que preocuparme de que Jenna no se quedara a solas con Thomas.

Si me hubieras preguntado quién era yo entonces, no habría sabido responder. ¿La madre que dejaba a Jenna en la ciudad con un táper lleno de zanahorias y gajos de manzana? ¿La investigadora que había enviado su ensayo sobre el duelo de *Maura* a revistas académicas, rezando frente a cada archivo antes de pulsar la tecla de «enviar»? ¿La esposa vestida con un elegante traje negro que había acompañado a Thomas a una recepción en Boston, que había aplaudido con entusiasmo cuando él había tomado el micrófono para hablar sobre la conservación de los elefantes? ¿La mujer que se sentía realizada en brazos de su amante, como si él fuera el único rayo de luz que quedaba en el mundo para alimentarla?

En las tres cuartas partes de mi vida, me sentía como si representara un papel, como si pudiera abandonar el escenario y dejar de fingir. Y en cuanto dejaba de estar ante el público, deseaba estar con Gideon.

Era una embustera. Hacía daño a personas que ni siquiera se daban cuenta de ello. Pero no era lo bastante fuerte para dejar de hacerlo.

Una reserva de elefantes es un lugar de mucho trajín, con escasa privacidad. Sobre todo cuando mantienes una relación sentimental y los dos hombres de tu vida trabajan allí. Gideon y yo habíamos tenido unos pocos y frenéticos encuentros sexuales en el exterior, y uno tan precipitado detrás de la puerta del establo asiático que habíamos jugado a la ruleta rusa, abandonando toda prudencia para gozar del placer que nos proporcionaba el cuerpo del otro. Por lo que quizá no fuera una ironía —sólo desesperación— lo que me indujo a buscar un lugar seguro, aislado, para nuestras citas, un lugar al que Thomas no se aventuraría y Nevvie y Grace no se les ocurriría pisar.

La puerta se abrió y, como de costumbre, contuve el aliento por si acaso. Gideon se detuvo en la puerta, bajo una lluvia torrencial, girando el paraguas para cerrarlo. Lo dejó apoyado contra la barandilla metálica de la escalera de caracol y entró en la estancia.

Yo había extendido una lona protectora en el suelo mientras lo esperaba.

—Está diluviando —se quejó Gideon.

Me levanté y empecé a desabrocharle el polo.

—Entonces más vale que te quites estas ropas empapadas —dije.

—¿Cuánto rato? —preguntó.

—Veinte minutos —respondí. Era el tiempo que creía que podía desaparecer sin despertar sospechas. Debo decir en honor a él, que Gideon nunca protestaba ni trataba de retenerme. Nos movíamos dentro de los parámetros de nuestras respectivas vallas. Un poco de libertad era mejor que nada.

Me apretujé contra él, apoyando la cabeza en su pecho. Cerré los ojos cuando me besó, alzándome para que pudiera rodearle con las piernas. Sobre su hombro, a través de los plásticos transparentes que aún no habíamos retirado, contemplé la lluvia que caía a cántaros, purificadora.

Ignoro cuánto tiempo llevaba Grace en la puerta, en lo alto de la escalera, observándonos, sosteniendo su paraguas hacia abajo de forma que no la protegía contra la tormenta.

Habían llamado del colegio de Jenna. Tenía fiebre y había vomitado. ¿Podía ir alguien a recogerla?

Grace decidió ir ella misma. Pero pensó que debía informarme de lo sucedido. No me había encontrado en el establo asiático, donde le había dicho que estaría. Había visto el paraguas rojo de Gideon. Y había supuesto que quizá sabría dónde me encontraba.

Rompí a llorar. Me disculpé. Le pedí que perdonara a Gideon, que no dijera nada a Thomas.

Le devolví a Gideon.

Y me volqué de nuevo en mis estudios de investigación, porque no podía trabajar con ninguno de ellos. Nevvie no me dirigía la palabra. Grace no podía hacerlo sin prorrumpir en lágrimas. Y Gideon sabía que no debía hacerlo. Yo contuve el aliento, esperando que cualquier día presentaran a Thomas su dimisión. Pero al cabo de un tiempo comprendí que no lo harían. ¿Dónde iban a encontrar los tres un empleo juntos para cuidar de elefantes? Ése era su hogar, quizá más que mío.

Empecé a planear mi huida. Había leído historias sobre padres que habían secuestrado a sus hijos. Que se habían teñido el pelo y habían cruzado la frontera con un documento falso de identidad y bajo otro nombre. Jenna era lo bastante pequeña como para crecer sin guardar ningún recuerdo de esta vida. Y yo siempre encontraría algún trabajo.

No volvería a publicar ningún artículo o ensayo. No podía arriesgarme a que Thomas diera con mi paradero y me arrebatara a Jenna. Pero si el anonimato nos mantenía a salvo, ¿no merecía la pena?

Incluso llegué a meter mis ropas y las de Jenna en una bolsa de lona, y ahorré unos dólares aquí y allá hasta reunir un par de cientos, que guardé en el forro del estuche de mi ordenador. Confiaba en que bastarían para comprarnos una nueva vida.

La mañana en que había decidido fugarme con Jenna, repasé cada paso mil veces en mi mente.

Pondría a Jenna su bata favorita y sus deportivas rosas. Le daría una tortita, su desayuno favorito, cortada en tiras para que pudiera mojarlos en la jalea. Dejaría que eligiera el animal de peluche que quisiera llevarse en el coche a la guardería, como de costumbre.

Pero no iríamos a la guardería. Pasaríamos de largo frente al edificio y tomaríamos la autopista, y antes de que alguien se percatara de nuestra ausencia estaríamos ya muy lejos.

Yo había repasado los pasos mil veces en mi mente, pero eso fue antes de que Gideon entrara apresuradamente en la casa sosteniendo una nota, preguntándome si había visto a Grace, implorándome con los ojos que respondiera afirmativamente.

Grace la había escrito de su puño y letra. Decía que cuando la encontráramos, sería demasiado tarde. Posteriormente averigüé que Gideon había hallado la nota en la encimera del baño cuando se había despertado. Estaba sujeta con un montoncito de guijarros, una pequeña y perfecta pirámide, quizás el mismo tipo de guijarros que Grace se había metido en los bolsillos antes de arrojarse al río Connecticut, a menos de tres kilómetros del lugar donde su marido dormía profundamente.

SERENITY

Poltergeist es una de esas palabras alemanas, como *zeitgeist* o *schadenfreude*, que todo el mundo cree conocer pero cuyo significado nadie conoce realmente. La traducción es «fantasma ruidoso», y es legítima; son los espectros agresivos y escandalosos del mundo paranormal. Suelen adherirse a muchachas adolescentes que juegan con lo oculto o tienen frecuentes cambios de humor, puesto que ambas cosas atraen la energía agresiva. Yo decía a mis clientes que los *poltergeists* están cabreados. Suelen ser fantasmas de mujeres que fueron traicionadas por hombres, personas que no tuvieron la oportunidad de vengarse. Esa frustración se manifiesta en mordiscos y pellizcos a los habitantes de una casa, puertas de armarios o estancias que se cierran de golpe, platos que vuelan a través de una habitación, postigos que se abren y cierran inopinadamente. En algunos casos, existe también una conexión con uno de los elementos: ráfagas de viento espontáneas que derriban cuadros de las paredes. Fuegos que se producen sobre alfombras.

O un diluvio.

Virgil se enjuga los ojos con el faldón de la camisa, tratando de asimilar esto.

—¿De modo que crees que fue un fantasma el que nos arrojó de esa casa?

—Un *poltergeist* —le corrijo—. Aunque no es preciso que hilemos tan fino.

—Y crees que fue Grace.

—Tiene sentido. Se suicidó arrojándose al río porque su marido le era infiel. Si alguien va a regresar para hacer de las suyas como un *poltergeist* de agua, será ella.

Virgil asiente, meditando sobre ello.

—Nevvie parecía pensar que su hija aún estaba viva.

—En realidad —apunto—, Nevvie dijo que su hija no tardaría en regresar. No especificó de qué forma.

—Aunque no estuviera hecho polvo después de una noche sin pegar ojo, me costaría comprender esto —reconoce Virgil—. Estoy acostumbrado a pruebas puras y duras.

Tomo el faldón de su camisa y lo escurro sobre el suelo.

—Ya —digo con tono sarcástico—. Supongo que esto no cuenta como prueba pura y dura.

—De modo que Gideon finge que Nevvie ha muerto, y ésta acaba viviendo en Tennessee en una casa que había pertenecido a su hija —Virgil menea la cabeza—. ¿Por qué?

No puedo responder a eso. Pero no es necesario que lo haga, porque en ese momento empieza a sonar mi teléfono móvil.

Lo saco de mi bolso. Reconozco el número.

—Por favor —dice Jenna—, necesito ayuda.

—Habla más despacio —dice Virgil por quinta vez.

Ella traga saliva, pero tiene los ojos enrojecidos del llanto y no deja de moquear. Yo rebusco en mi bolso un paquete de kleenex pero sólo encuentro un pañito para limpiar mis gafas de sol. Se lo ofrezco.

Las señas que nos dio eran las típicas de una adolescente: *después de un Walmart, hay un giro a la izquierda. Y una Waffle House. Estoy casi segura de que el giro es después de pasar la Waffle House*. En serio, es un milagro que lográramos dar con ella. La encontramos detrás de una valla de tela metálica y el contenedor de una gasolinera, encaramada a un árbol.

¡Jenna, maldita sea! ¿Dónde estás?, gritó Virgil, y sólo después de oír su voz asomó la niña la cabeza entre las ramas y las hojas del árbol, una pequeña luna rodeada por un campo verde de estrellas. Bajó con cuidado del árbol, hasta que resbaló y cayó en brazos de Virgil. *¡Ya te tengo!*, exclamó él, y aún no la ha soltado.

—He dado con Gideon —anuncia Jenna, en voz baja y temblorosa.

—¿Dónde?

—En la reserva.

Rompe a llorar de nuevo.

—Al principio pensé que quizás había lastimado a mi madre —cuenta, y observo que los dedos de Virgil se crispan sobre su hombro.

—¿Te puso las manos encima? —pregunta Virgil. Estoy convencida de que, si Jenna hubiera respondido que sí, Virgil habría matado a Gideon con sus propias manos.

Ella niega con la cabeza.

—Era sólo... una corazonada.

—Menos mal que hiciste caso de tu intuición, cariño —digo yo.

—Pero dijo que no había vuelto a ver a mi madre después de la noche en que fue trasladada al hospital.

Virgil aprieta los labios.

—Podría estar mintiendo como un bellaco.

Los ojos de Jenna vuelven a llenarse de lágrimas. Me recuerda a Nevvie, y la habitación que no cesaba de llorar.

—Dijo que mi madre iba a tener un bebé. Que era suyo.

—Sé que mis poderes clarividentes están algo averiados —murmuro—, pero confieso que no vi *eso*.

Virgil deposita a Jenna en el suelo y empieza a pasearse de un lado a otro.

—Ése podría ser el móvil. —comienza a murmurar, como si repasara la cronología de los hechos. Tacha unos datos con los dedos, sacude la cabeza, comienza de nuevo y, por fin, se vuelve hacia Jenna con gesto serio—. Hay algo que debes saber. Mientras tú estabas en la reserva con Gideon, Serenity y yo estábamos con Nevvie Ruehl.

Ella lo mira perpleja.

—Nevvie Ruehl ha muerto.

—No —la corrige Virgil—. Alguien quiso que pensáramos que Nevvie Ruehl había muerto.

—¿Mi padre?

—Tu padre no fue la persona que encontró el cadáver pisoteado por una elefanta. Fue Gideon. Estaba sentado junto a ella cuando llegaron el forense y los policías.

Jenna se enjuga los ojos.

—Pero había un cadáver...

Yo fijo la vista en el suelo, esperando a que Jenna llegue a la conclusión evidente. Cuando lo hace, la flecha apunta en una dirección distinta a lo que yo había imaginado.

—Gideon no lo hizo —insiste Jenna—. Yo también lo pensé al principio. Pero mi madre estaba embarazada.

Virgil avanza un paso.

—Exacto —dice—. Por eso no la mató Gideon.

Antes de marcharnos, Virgil va al baño en la gasolinera y Jenna y yo nos quedamos solas. Tiene aún los ojos enrojecidos.

—Si mi madre… ha muerto… —Pero no termina la frase—. ¿Crees que me esperará?

A las personas les gusta pensar que un día se reunirán con sus seres queridos que han muerto. Pero hay tantas capas en el más allá, que es como decir que antes o después uno se topará con otra persona porque ambos habitan en el planeta Tierra.

Pero pensé que Jenna ya había recibido demasiadas malas noticias en un día.

—Tesoro, puede que tu madre esté ahora mismo aquí contigo.

—No lo entiendo.

—El mundo de los espíritus es una copia del mundo real, y de las cosas reales que hemos visto. Un día quizás entres en la cocina de tu abuela y veas a tu madre preparando café. O estés haciendo tu cama y la veas pasar frente a la puerta abierta. Pero de vez en cuando, los bordes se difuminan, porque habitáis el mismo espacio. Sois como aceite y vinagre en el mismo recipiente.

—De modo —dice Jenna con voz entrecortada—, que no voy a recuperarla.

Yo podría mentirle. Podría decirle lo que todo el mundo desea oír, pero no quiero hacerlo.

—No —respondo.

—¿Y qué será de mi padre?

No puedo responder a esa pregunta. No sé si Virgil tratará de demostrar que fue Thomas quien mató a su esposa esa noche. O si las autoridades harán algo al respecto, dado el estado mental de ese pobre hombre.

Jenna se sienta a la mesita de pícnic y encoge las rodillas contra su pecho.

—Yo tenía una amiga, llamada Chatham, que siempre hablaba

de París como si fuera el paraíso. Quería estudiar en la Sorbona, pasearse por los Campos Elíseos, sentarse en un café y observar a las mujeres francesas, tan delgadas, que caminaban por la calle. Todas esas cosas. Cuando Chatham cumplió doce años, su tía le dio una sorpresa llevándola a París en un viaje de negocios. Cuando regresó, le pregunté si todo era tan fantástico como decían, ¿y sabes qué contestó? «Es una ciudad como cualquier otra.» —Jenna se encoge de hombros—. No creí que me sentiría así cuando llegara aquí.

—¿A Tennessee?

—No, al… final. —Jenna levanta la cabeza y me mira con los ojos llenos de lágrimas—. Aunque ahora sé que mi madre no quería abandonarme eso no impide que me duela, ¿comprendes? Nada ha cambiado. Ella no está aquí. Yo sí. Y sigo sintiéndome vacía.

Le rodeo los hombros con el brazo.

—No es moco de pavo haber llegado al final del viaje —digo—. Pero nadie te advirtió de que cuando llegaras, tendrías que dar la vuelta y regresar a casa.

Jenna se pasa la mano por los ojos.

—Si resulta que Virgil tenía razón, quiero ver a mi padre antes de que lo metan en la cárcel.

—No sabemos si…

—Él no tuvo la culpa. No sabía lo que hacía.

Lo dice con tal convicción, que comprendo que no es necesariamente lo que cree. Sólo lo que *necesita* creer.

La estrecho contra mí y dejo que llore un rato sobre mi hombro.

—Serenity —murmura Jenna contra mi camisa—. ¿Dejarás que hable con ella cuando necesite hacerlo?

Hay un motivo por el que los muertos están muertos. Cuando yo era una médium en posesión de todas sus facultades, sólo me comunicaba con dos espíritus como máximo por cliente. Quería ayudar a la gente a superar su dolor, no convertirme en la centralita 1-800-Llama-A-Los-Muertos.

Cuando hacía mi trabajo bien, cuando tenía a Lucinda y a Desmond para protegerme de los espíritus que querían que hiciera lo que ellos querían, sabía erigir muros. Eso evitaba que en plena noche me despertara una cola interminable de espíritus para que transmitiera sus mensajes a los vivos. Me permitía utilizar mi Don de acuerdo con mis condiciones en lugar de las suyas.

Ahora estaría dispuesta a renunciar a mi privacidad con tal de poder volver a comunicarme con espíritus. Jamás haría una lectura falsa para Jenna —no se lo merece—, por lo que no puedo darle lo que desea.

Sin embargo, la miro a los ojos y respondo:

—Por supuesto.

Basta decir que el viaje de regreso a casa es largo, incómodo y silencioso. Dado que no podíamos tomar un avión sin permiso de la tutora de Jenna, porque es menor de edad, partimos en coche por la noche. Pongo la radio para mantenerme despierta, y de pronto, cuando nos aproximamos a la frontera con Maryland, Virgil se pone a hablar. Antes de hacerlo, se vuelve para asegurarse de que Jenna está dormida.

—Pongamos que ha muerto —dice—. ¿Qué hago?

Es un arranque de conversación un tanto desconcertante.

—¿Te refieres a Alice?

—Sí.

Dudo unos instantes.

—Supongo que lo primero que debes hacer es averiguar quién la mató, y arrestar al culpable.

—No soy policía, Serenity. Y ahora comprendo que no debí serlo nunca. —Virgil menea la cabeza—. Siempre pensé que había sido Donny el que la había cagado. Pero resulta que fui yo.

Yo lo miro de refilón.

—Ese día, en la reserva, todos la cagamos. Nadie sabía cómo acordonar el escenario de un crimen por el que se paseaban unos animales salvajes. Thomas Metcalf estaba loco de atar, aunque al principio no nos dimos cuenta. Habían desaparecido unas personas y nadie lo había denunciado. Una de ellas era una mujer adulta. Era lo único que yo buscaba, de modo que cuando me encontré a una mujer inconsciente cubierta de tierra y de sangre, llegué a una conclusión. Dije a los técnicos sanitarios que era Alice, y se la llevaron al hospital y la ingresaron con ese nombre. —Virgil se vuelve y mira a través de la ventanilla, de forma que los faros de los coches que pasan iluminan su perfil—. Ella no llevaba el documento de identidad encima. Debí comprobar su identidad. ¿Por qué no puedo recordar qué aspecto tenía cuando la vi? ¿Era rubia o pelirroja? ¿Por qué no me fijé en esos detalles?

—Porque tu principal preocupación era que la trasladaran al hospital para que recibiera atención médica —digo—. No te atormentes. No querías confundir a nadie aposta —añado, pensando en mi carrera como hechicera de las marismas.

—Ahí te equivocas —replica él, volviéndose hacia mí—. Oculté una prueba. El pelo rojo que encontraron sobre el cadáver de Nevvie… Cuando lo vi en el informe del forense, no sabía que pertenecía a Alice, pero comprendí que significaba que el caso era algo más que una muerte accidental. Sin embargo, dejé que mi compañero me convenciera de que la opinión pública sólo quería sentirse segura, que el hecho de que una mujer hubiera muerto pisoteada por una elefanta era terrible, pero un asesinato sería mucho peor. De modo que hice desaparecer esa página del informe del forense, y, tal como había dicho Donny, me convertí en un héroe. ¿Sabías que era el policía más joven que había sido ascendido a detective? —Virgil menea la cabeza.

—¿Qué hiciste con esa página?

—Me la guardé en el bolsillo la mañana de la ceremonia de mi nombramiento como detective. Después me monté en el coche y me arrojé por un precipicio.

Yo freno en seco.

—¿Qué?

—Los equipos que me socorrieron pensaron que me había matado. Supongo que no daba señales de estar vivo, pero hasta en eso la cagué. Porque me desperté en un centro de rehabilitación, con las venas llenas de OxyContin y un dolor que habría matado a diez hombres más fuertes que yo. Huelga decir que no regresé a mi empleo. En Asuntos Internos no quieren a un tipo con tendencias suicidas. —Virgil me mira—. Ahora ya sabes cómo soy en realidad. No soporto seguir fingiendo durante veinte años que soy un buenazo, cuando sé que no lo soy. Al menos ahora cuando diga a la gente que soy un perdedor y un alcohólico, no mentiré.

Pienso en Jenna, que ha contratado a una falsa vidente y a un investigador que arrastra unos secretos. Y pienso en los indicios, cada vez más evidentes, de que el cadáver que encontraron hace diez años en la reserva era el de Alice Metcalf, y que yo no había sido capaz de intuirlo en ningún momento.

—Yo también tengo algo que decirte —confieso—. ¿Recuerdas que me preguntabas continuamente si podía comunicarme con el espíritu de Alice Metcalf? ¿Y te dije que no, lo cual probablemente significaba que no había muerto?

—Sí. Supongo que necesitas volver a calibrar tu Don.

—Necesito más que eso. No he tenido una sílaba de comunicación paranormal desde que di al senador McCoy una información errónea sobre su hijo. Estoy acabada. Seca. Este cambio de marchas tiene más aptitudes paranormales que yo.

Virgil se echa a reír.

—¿Me estás diciendo que eres una embaucadora?

—Peor que eso. Porque antes no lo era. —Me vuelvo hacia él. Tiene un antifaz verde alrededor de los ojos, un reflejo del espejo, como si fuera una especie de Superman. Pero no lo es. Es una persona con defectos, y cicatrices, cansada de luchar. Como yo. Como todos.

Jenna ha perdido a su madre. Yo he perdido mi credibilidad. Virgil ha perdido la fe. A todos nos falta alguna pieza. Pero durante un rato pienso que, juntos, podemos volver a sentirnos íntegros.

Entramos en Delaware.

—Creo que Jenna no pudo haber elegido a dos personas menos capacitadas para ayudarla aunque lo hubiera hecho aposta —digo, suspirando.

—Razón de más —responde Virgil— para enmendar ese error.

ALICE

No fui a Georgia para asistir al funeral de Grace.

Fue enterrada en la tumba familiar junto a su padre. Gideon asistió, y Nevvie, como es natural, pero la realidad de dirigir una reserva de animales significaba que alguien tenía que quedarse para cuidar de ellos, por urgente que fuera la razón de ausentarse. Durante la espantosa semana que tardó en aparecer el cadáver de Grace frente a la costa —una semana durante la que Gideon y Nevvie seguían confiando en que estaba viva y a salvo en algún sitio—, todos nos esforzamos en ocupar su lugar. Thomas tenía que entrevistar a alguien que reemplazara a Grace, pero no podía precipitarse en contratar a un nuevo cuidador. Y en aquel momento, con una empleada menos, Thomas y yo debíamos trabajar las veinticuatro horas del día.

Cuando Thomas me dijo que Gideon había regresado a la reserva después del funeral, no fui tan vanidosa de pensar que había vuelto por mí. En realidad, no sabía qué pensar. Gideon y yo habíamos vivido un año lleno de secretos, un año de felicidad. Lo que le había sucedido a Grace era el precio, el castigo que debíamos pagar por ello.

Salvo que a Grace no le había *sucedido* nada. Ella misma se había quitado la vida.

Yo no quería pensar en eso, de modo que me volqué en limpiar los establos hasta que los suelos relucían, en inventarme nuevos juguetes para enriquecer la vida de las elefantas asiáticas. Corté la maleza que empezaba a cubrir la valla en el extremo norte del recinto africano. Era una tarea que le correspondía a Gideon, pensé mientras manipulaba las tijeras de podar. Me mantenía constantemente ocupada, para no pensar en nada salvo lo que hacía en esos momentos.

No vi a Gideon hasta la mañana siguiente, cuando apareció montado en un quad con unas balas de heno para dejarlas en el establo donde yo preparaba unas bolas medicinales con manzanas para dárselas a las elefantas. Dejé caer el cuchillo y corrí hacia la puerta, alzando la mano para llamarlo, pero en el último instante retrocedí y me oculté en las sombras.

¿Qué podía decirle?

Lo observé unos minutos mientras descargaba el heno, flexionando los brazos mientras amontonaba las balas en una pirámide. Por fin, haciendo acopio de valor, salí al soleado exterior.

Él se detuvo unos instantes, y luego depositó en el suelo la bala de heno que sostenía.

—*Syrah* cojea de nuevo —dije—. Cuando puedas, te agradecería que le echaras un vistazo.

Él asintió con la cabeza, evitando mirarme a los ojos.

—¿Qué más necesitas que haga?

—El aire acondicionado del despacho no funciona. Pero no es una prioridad. —Crucé los brazos, tensa—. Lo siento mucho, Gideon.

Él asestó una patada al heno, levantando una nube de polvo entre nosotros. Se volvió hacia mí y me miró por primera vez desde que había llegado. Tenía los ojos tan enrojecidos que parecía como si hubiera estallado algo en su interior. Pensé que quizá fuera vergüenza.

Alargué la mano, pero él la esquivó y mis dedos sólo le rozaron. Luego se volvió de espaldas y tomó otra bala de heno.

El sol me deslumbró y pestañeé al tiempo que entraba de nuevo en la cocina del establo. Me quedé de piedra al ver a Nevvie en el lugar donde había estado yo hacía unos minutos, utilizando una cuchara para untar con mantequilla de cacahuete las manzanas que yo había vaciado.

Ni Thomas ni yo esperábamos ver aparecer a Nevvie tan pronto. A fin de cuentas, acababa de enterrar a su hija.

—Nevvie… ¿Ya estás aquí?

Ella siguió trabajando sin mirarme.

—¿Dónde iba a estar? —contestó.

Unos días más tarde, yo perdí a mi hija.

Estábamos en casa, y Jenna lloraba porque no quería hacer la siesta. Últimamente tenía miedo de dormirse. Llamaba la hora de la siesta «la hora de partir», porque estaba segura de que si cerraba los ojos, cuando los abriera yo me habría ido. Por más que yo tratara de convencerla de lo contrario, lloraba y luchaba contra el cansancio que la invadía hasta que su cuerpo vencía a su voluntad.

Yo intentaba tranquilizarla cantándole, acunándola. Doblaba billetes de dólar en forma de elefante, un juego que solía distraerla y hacer que dejara de llorar. Al fin, la única forma de que se quedara dormida era acurrucándome junto a ella como si mi cuerpo fuera la concha de un caracol, un refugio que la protegía. Hacía unos segundos que me había levantado de esa posición cuando Gideon llamó a la puerta. Necesitaba que lo ayudara a instalar una alambrada eléctrica para reparar algunas zonas del recinto africano. A las elefantas les gustaba excavar la tierra en busca de agua fresca, pero los hoyos que hacían eran peligrosos para ellas y para nosotros, tanto si íbamos montados en un quad como a pie. Podíamos caer en uno de ellos y fracturarnos la pierna o la el cráneo, o que se rompiera el eje de la moto.

Instalar una valla eléctrica era una tarea para dos personas, sobre todo con las elefantas africanas. Uno de nosotros tenía que colocar la valla mientras el otro mantenía a los animales a raya con el vehículo. Yo no tenía ganas de acompañarlo por dos motivos: no quería que Jenna se despertara y comprobara que se había cumplido su peor temor —que me había marchado—, y no sabía en qué punto se hallaba mi relación con Gideon.

—Dile a Thomas que te ayude —sugerí.

—Ha ido a la ciudad —respondió Gideon—. Y Nevvie está lavando la trompa a *Syrah*.

Miré a mi hija, que dormía profundamente en el sofá. Podía haberla despertado y llevarla conmigo, pero me había costado mucho que se quedara dormida, y si Thomas averiguaba que me la había llevado se pondría furioso, como de costumbre. O podía conceder a Gideon veinte minutos de mi tiempo, a lo sumo, y regresar antes de que Jenna se despertara.

Opté por lo segundo. Tardamos sólo quince minutos en montar la valla, pues Gideon y yo trabajábamos en perfecta sintonía. Nuestra sincronicidad me dolió; tenía muchas cosas que decirle.

—Gideon —dije, cuando terminamos—. ¿Qué puedo hacer?

Él desvió la vista.

—¿La echas de menos?

—Sí —murmuré—. Claro.

Sus fosas nasales se dilataron, y su mandíbula parecía de piedra.

—Por eso no podemos seguir así —afirmé entre dientes.

Sentí que me faltaba el aliento.

—¿Porque lamento que Grace haya muerto?

Gideon meneó la cabeza.

—No —respondió—. Porque yo no lo lamento.

Su boca se crispó en una mueca al tiempo que emitía un sollozo y cayó de rodillas, sepultando la cara en mi vientre.

Lo besé en la coronilla y lo rodeé con mis brazos. Lo abracé con fuerza para que no se desmoronara.

Diez minutos más tarde, regresé apresuradamente a casa en el quad y comprobé que la puerta estaba abierta. Quizá, con las prisas, me había olvidado de cerrarla. Eso fue lo que pensé cuando entré y vi que Jenna había desaparecido.

—¡Thomas! —grité, saliendo apresuradamente—. ¡Thomas!

Seguro que estaba con él, seguro que estaba con él, me repetía como una letanía. Pensé en el momento en que ella se había despertado y había visto que yo no estaba. ¿Se había echado a llorar? ¿Le había entrado pánico? ¿Había salido en mi busca?

Estaba tan segura de haberle enseñado las normas de seguridad, tan segura de que ella era capaz de comprenderlas, que Thomas se equivocaba al temer que pudiera pasarle algo. Pero ahora miré los recintos, los espacios en la valla a través de los cuales podía pasar una niña de corta edad. Jenna había cumplido tres años. Estaba acostumbrada a pasearse por la finca. ¿Y si había salido de casa y había atravesado la valla?

Avisé a Gideon por radio, que acudió de inmediato al detectar el terror en mi voz.

—Ve a ver si está en los establos —le rogué—. Ve a ver si está en los recintos.

Yo sabía que nuestras elefantas habían trabajado en zoológicos y circos con seres humanos, pero eso no significaba que no atacarían a alguien que invadiera sus dominios. También sabía que los elefantes en general preferían las voces masculinas, más graves; siempre procuraba adoptar un tono más grave del habitual cuando les hablaba. Dado que las voces agudas denotan nerviosismo, los elefantes asocian el timbre femenino con la ansiedad. Y la voz de una niña estaba dentro de esa categoría.

Yo había conocido en África a un hombre que tenía unos terrenos situados en lo alto de la reserva natural. Un día fue con sus dos hijitas a pasear por el monte y se vio rodeado por una manada de elefantes. Ordenó a sus hijas que se tumbaran en el suelo, en posición fetal, para hacerse lo más pequeñas posible. *Pase lo que pase, no levantéis la cabeza*, les indicó. Dos elefantas se acercaron para olfatear a las niñas y las empujaron un poco con las trompas, pero no les hicieron ningún daño.

Pero yo no estaba ahí para decirle a Jenna que se tumbara en el suelo y se encogiera como una bola. Y ella no tendría miedo de las elefantas, porque me había visto interactuar con ellas.

Me monté en el quad y me dirigí al recinto más próximo, el africano, porque no creía que Jenna hubiera podido llegar tan lejos. Pasé a toda velocidad frente al establo y el estanque y la loma donde a veces las elefantas acudían por la mañana, cuando hacía fresco. Subí a la cima de la loma y miré a través de mis prismáticos, tratando de detectar algún movimiento a lo lejos.

Pasé veinte minutos recorriendo el recinto en la moto, con los ojos nublados por las lágrimas, preguntándome cómo iba a explicarle a Thomas que nuestra hija había desaparecido, hasta que oí la voz de Gideon a través de la radio.

—Ya la tengo —anunció.

Me dijo que me reuniera con él en la casa, y allí encontré a mi niña sentada en el regazo de Nevvie, chupando un polo, con las manos pegajosas y los labios pintados de color cereza.

—Mamá —dijo, extendiendo los brazos hacia mí—. He gritado.

Pero yo no podía mirarla, porque estaba pendiente de Nevvie, que parecía no darse cuenta de que yo estaba tan furiosa que no dejaba de temblar. Nevvie tenía la mano apoyada en la cabeza de mi hija como si la bendijera.

—Tu hija se despertó llorando —dijo—. Y salió a buscarte.

No era una excusa. Era una explicación. En todo caso, yo tenía la culpa de lo ocurrido, porque había dejado a mi hijita sola.

De pronto comprendí que no me pondría a vociferar, que no regañaría a Nevvie por haberse llevado a mi hija sin informarme.

Jenna había necesitado a su madre, y yo no estaba allí. Nevvie había necesitado una niña, para poder hacerle de madre.

En aquellos momentos, parecía una combinación ideal.

El comportamiento más extraño que había visto entre elefantes había ocurrido en el Tuli Block, a orillas de un río seco durante una prolongada sequía, en una zona por la que pasaban diversos animales. La víspera, habían visto a unos leones. Esa mañana, habían observado la presencia de un leopardo en el terraplén junto al río. Pero los depredadores se habían marchado, y una elefanta llamada *Marea* había parido.

Había sido un parto normal; la manada la había protegido durante el mismo, colocándose a su alrededor, de espaldas a ella; habían emitido barritos de gozo cuando la cría había nacido, y *Marea* había conseguido que el pequeño se sostuviera de pie sujetándolo contra su pata. Le había espolvoreado tierra y lo había presentado a la manada; cada miembro de la familia había tocado al bebé y lo había examinado.

De improviso una elefanta llamada *Thato* se acercó por el cauce seco del río. La manada la conocía, pero no formaba parte de ella. Yo no sabía qué hacía allí sola, lejos de su familia. Cuando se acercó al elefante recién nacido, enroscó la trompa alrededor de su cuello y empezó a levantarlo.

Es frecuente ver a una madre tratar de levantar a su cría recién nacida para que se mueva, deslizando la trompa debajo del vientre del pequeño o entre sus patas. Pero no es normal levantar a una cría por el cuello. Ninguna madre lo haría intencionadamente. Cada vez que *Thato* echaba andar sosteniendo al elefantito en su trompa, éste se escurría. Cuanto más se escurría el pequeño, más alto lo alzaba *Thato*, a fin de sujetarlo con firmeza. Por fin el pequeño cayó al suelo, aterrizando estrepitosamente.

Eso fue el catalizador que hizo que la manada pasara a la acción. Estalló un caos de barritos y bramidos de protesta, mientras los miembros de la familia tocaban al recién nacido para cerciorarse de que estaba bien, para comprobar que no había sufrido ningún daño. *Marea* se lo acercó y lo colocó entre sus patas.

Había varios aspectos de esa situación que yo no comprendía. Había visto a elefantas alzar a sus crías con la trompa cuando estaban en el agua, para evitar que se ahogaran. Había visto a elefantas levantar a sus crías para que se sostuvieran derechas. Pero no había visto nunca a una elefanta tratar de llevarse a una cría, como una leona con un cachorro.

No entendía cómo *Thato* había creído que lograría raptar a la cría de otra elefanta. Ignoraba si ésa era su intención, o si había olido al león y al leopardo y había pensado que el pequeño estaba en peligro.

No entendía por qué la manada no había reaccionado cuando *Thato* había tratado de llevarse al pequeño. Estaba claro que *Thato* era mayor que *Marea*, pero no era miembro de su familia.

Pusimos al elefantito el nombre de *Molatlhegi*. En setswana significa «el que se ha perdido».

La noche en que había estado a punto de perder a Jenna, tuve una pesadilla. En mi sueño, yo estaba sentada cerca del lugar donde *Molatlhegi* había estado a punto de ser raptado por *Thato*. Mientras observaba la escena, los elefantes se trasladaron a lo alto de una loma, y por el cauce seco del río empezó a fluir agua, borboteando, cada vez más profunda y caudalosa, hasta que me mojó los pies. Al otro lado del río vi a Grace Cartwright. Se metió en el agua vestida. Se agachó y tomó un canto rodado del fondo, que metió dentro de su camiseta. Repitió esta operación varias veces, llenándose los bolsillos del pantalón y la chaqueta, hasta que apenas podía agacharse y enderezarse de nuevo.

Luego empezó a adentrarse más profundamente en la corriente del río.

Yo sabía que el agua era muy profunda, y lo rápidamente que podía suceder. Traté de gritar para prevenir a Grace, pero no pude articular sonido alguno. Cuando abrí la boca, cayó de ella un millar de cantos rodados.

De pronto la que estaba en el agua era yo, cargada de piedras. Sentí cómo la corriente me soltaba la coleta; traté de aspirar aire. Pero cada vez que respiraba se me llenaba la boca de cantos rodados: ágatas y calcita, basalto, pizarra y obsidiana. Mientras me hundía miré el sol, que parecía una acuarela.

Me desperté aterrorizada, con la mano de Gideon tapándome la boca. Yo me revolví, asestándole patadas y moviéndome de un lado a otro, hasta que él se hallaba en un extremo de la cama y yo en el otro, con una barricada de palabras entre nosotros que debimos decir pero no dijimos.

—Estabas gritando —dijo Gideon—. Ibas a despertar a todo el campamento.

Entonces observé que el cielo estaba teñido por las primeras luces de color sangre. Me había quedado profundamente dormida, cuando sólo me había propuesto descabezar un sueñecito.

Cuando Thomas se despertó, una hora más tarde, yo me hallaba de regreso en la sala de estar de nuestra casa. Dormida en el sofá, con el brazo sobre el cuerpecito de Jenna como si nada ni nadie fuera capaz de arrebatármela, como si jamás hubiera dejado que se despertara y comprobara que me había ido. Él me miró, creyendo que estaba dormida, y entró en la cocina a prepararse café.

Pero yo no estaba dormida cuando él pasó junto a nosotras. Pensaba que durante toda mi vida mis noches habían sido oscuras, sin sueños, excepto una memorable excepción, cuando mi imaginación se había activado y cada noche era una pantomima de mis peores temores.

La última vez que había sucedido, estaba embarazada.

JENNA

Mi abuela me mira como si viera un fantasma. Me abraza con fuerza, pasando las manos sobre mis hombros y mi pelo como si quisiera hacer inventario. Pero me toca con furia, como si tratara de hacerme tanto daño como yo le he hecho a ella.

—Dios mío, Jenna, ¿dónde te habías metido?

Me arrepiento de no haber aceptado el ofrecimiento de Serenity y de Virgil de llevarme a casa en coche, para allanar el camino entre mi abuela y yo. En estos momentos, es como si entre nosotras se interpusiera el Kilimanjaro.

—Lo siento —murmuro—. Tenía que hacer… unas cosas. —Utilizo a *Gertie* como excusa para apartarme de ella. Mi perra empieza a lamerme las piernas con desesperación, y cuando salta sobre mí, sepulto la cara en el pelo de su cuello.

—Pensé que te habías fugado —dice mi abuela—. Pensé que consumías drogas. Que bebías.

»En los informativos siempre hablan de jóvenes que son secuestradas, buenas chicas que cometen el error de decirle a un extraño la hora que es cuando éste se lo pregunta. Estaba muy preocupada, Jenna.

Mi abuela lleva puesto todavía su uniforme de controladora de estacionamientos, pero observo que tiene los ojos enrojecidos y que está muy pálida, como si no hubiera pegado ojo.

—Llamé a todo el mundo. Al señor Allen, que me dijo que hacía tiempo que no hacías de canguro para su hijo, porque él y su esposa se habían ido con el pequeño a visitar a la madre de ella en California… Al colegio…, a tus amigas…

Yo la miro horrorizada. ¿A quién diablos ha llamado? Aparte de Chatham, que ya no vive aquí, no tengo amigas íntimas. Lo que significa que mi abuela ha llamado a la primera niña que se le ha ocurrido para preguntarle si yo había ido a dormir a su casa, lo cual es aún más humillante.

No me veo con ánimos de regresar al colegio en otoño. No sé si seré capaz de volver en veinte años. Me siento humillada, y furiosa con mi abuela, porque ya es bastante duro ser una perdedora cuya madre ha muerto y cuyo padre la mató en un ataque de locura sin convertirme en el hazmerreír de segundo de secundaria.

Aparto a *Gertie*.

—¿Llamaste también a la policía? —pregunto—. ¿O sigues sin atreverte a hacerlo?

Mi abuela levanta la mano como si fuera a abofetearme. Yo me agacho; sería la segunda vez en una semana que alguien que se supone que me quiere me abofetea.

Pero mi abuela no me pone la mano encima. La ha levantado para señalar arriba.

—Sube a tu habitación —me ordena—. Y no bajes hasta que te dé permiso.

Dado que hace dos días y medio que no me ducho, mi primera parada es el cuarto de baño. Lleno la bañera con agua tan caliente que una cortina de vaho invade la pequeña habitación, empañando el espejo, de forma que no tengo que mirarme en él mientras me desnudo. Me siento en la bañera, con las rodillas contra el pecho, y dejo que el agua siga corriendo hasta que casi alcanza el borde de la bañera.

Respiro hondo y me hundo en ella hasta el fondo. Cruzo los brazos, como si estuviera en un ataúd, y abro los ojos todo lo que puedo.

La cortina de la ducha —rosa con flores blancas— parece un calidoscopio. Unas burbujas se escapan de mi nariz de vez en cuando, como pequeños guerreros kamikazes. Mi cabello flota alrededor de mi rostro como algas marinas.

Así fue como la encontré, imagino que dirá mi abuela. *Como si se hubiera quedado dormida debajo del agua.*

Imagino a Serenity sentada junto a Virgil en mi funeral, diciendo que tengo un aspecto muy sereno. Supongo que Virgil se irá luego a su casa y se tomará una copa —o seis— en mi honor.

Cada vez me cuesta más no sacar la cabeza del agua. La presión sobre mi pecho es tan fuerte que pienso que mis costillas se van a partir y mi pecho se hundirá. Veo estrellas bailando ante mis ojos, como fuegos artificiales bajo el agua.

¿Fue eso lo que sintió mi madre durante los minutos antes de que ocurriera?

Sé que no se ahogó, pero tenía el pecho aplastado; he leído el informe del forense. Tenía el cráneo partido; ¿la habían golpeado antes en la cabeza? ¿Se dio cuenta de que iban a golpearla? ¿Sintió que el tiempo se detenía y el sonido se movía en ondas de colores? ¿Sintió el movimiento de los glóbulos en la delgada piel de sus muñecas?

Sólo quiero compartir con ella, una vez, lo que sintió.

Aunque sea lo último que yo sienta.

Cuando tengo la certeza de que voy a implosionar, de que ha llegado el momento de dejar que el agua penetre en mis fosas nasales y me inunde para que me hunda como un barco que ha naufragado, sujeto el borde de la bañera con ambas manos y me levanto apresuradamente.

Después de boquear unos instantes me pongo a toser con tal violencia, que veo unas gotas de sangre en el agua. Tengo el pelo pegado a la cara y mis hombros se mueven de forma convulsiva. Me inclino sobre el borde de la bañera, con el pecho apretado contra la porcelana, y vomito dentro de la papelera.

De pronto recuerdo haber estado en una bañera cuando era muy pequeña, cuando apenas podía incorporarme sin caer de lado como un huevo. Mi madre estaba sentada detrás de mí, sosteniéndome con la V de su cuerpo. Después de enjabonarse me enjabonaba a mí. Yo me escurría entre sus manos como un pececillo.

A veces mi madre cantaba. A veces leía artículos publicados en la prensa. Yo me sentaba entre el círculo de sus piernas, jugando con unas tacitas de goma multicolores, llenándolas, vertiendo su contenido sobre mi cabeza y las rodillas de mi madre.

Entonces me doy cuenta de que me he sentido como se sintió mi madre.

Amada.

¿Qué crees que sintió el capitán Ahab unos segundos antes de que la cuerda del arpón tirara de él y lo sacara del bote? ¿Crees que se dijo: *Ha sido un desastre, pero esa condenada ballena mereció la pena*?

Cuando Javert se dio cuenta por fin de que Valjean tenía algo de lo que él carecía —misericordia—, ¿se encogió de hombros y se buscó una nueva obsesión, como hacer punto o *Juego de Tronos*? No. Porque sin Valjean a quien odiar, no sabía quién era.

He pasado años buscando a mi madre. Y ahora, todo parece indicar que no la habría hallado aunque hubiera recorrido cada palmo de la tierra. Porque hace diez años que la abandonó.

La muerte es tan *definitiva*... Tan *se acabó*...

Pero no me echo a llorar, como supuse que haría. Ya no. A través del erial de mis pensamientos asoma un diminuto retoño de alivio. *No me abandonó voluntariamente*.

Luego está el hecho de que la persona que la mató probablemente es mi padre. No sé por qué eso me afecta menos. Quizá sea porque no me acuerdo de mi padre. Cuando lo conocí ya se le había ido la pinza, vivía en un mundo que había creado su propio cerebro. Y como ya lo he perdido una vez, no tengo la sensación de haberlo perdido de nuevo.

Pero en el caso de mi madre es diferente. Yo *deseaba* encontrarla. *Confiaba* en encontrarla.

Virgil está empeñado en resolver todos los flecos que quedan sueltos, porque la investigación fue un desastre. Ha dicho que mañana buscará la forma de analizar el ADN del cadáver que todo el mundo pensaba que era de Nevvie. Porque entonces lo sabremos con certeza.

Lo curioso es que ahora que ha llegado este momento, que durante años pensé que era el punto culminante de mi existencia, no estoy segura de que sea importante. Quizás averigüe por fin la verdad. Quizá consiga experimentar la conclusión emocional de este doloroso episodio, como dice la orientadora de mi colegio cada vez que me acorrala en su estúpido despacho. Pero hay algo que no tengo: a mi madre.

Empiezo a releer sus diarios, pero no puedo; me cuesta respirar. De modo que saco mis ahorros, que se reducen a seis billetes de dólar, y doblo cada uno en forma de un pequeño elefante. Tengo toda una manada marchando sobre mi mesa.

Luego enciendo mi ordenador. Entro en la página web de NamUs y miro los casos nuevos.

Un chico de dieciocho años ha desaparecido después de llevar a su madre en coche al trabajo en Westminster, Carolina del Norte. Conducía un Dodge Dart verde con matrícula 58U-7334. Era rubio, con el pelo que le llegaba a los hombros, y las uñas limadas y puntiagudas.

Una mujer de setenta y dos años de West Hartford, Connecticut, que se medica porque padece esquizofrenia paranoide, se escapó de una residencia después de decir al personal que iba a hacer una prueba para trabajar en el Cirque du Soleil. Lucía unos vaqueros azules y una camiseta estampada con una foto de un gato.

Una chica de veintidós años de Ellendale, Dakota del Norte, salió de su casa con un hombre no identificado y no ha vuelto.

Podría pasarme el día mirando esos casos. Y cuando terminara, aparecerían varios centenares más. Hay un número infinito de personas que han dejado un agujero en forma de corazón en el corazón de alguien. Al cabo de un tiempo, aparece una persona tan valiente como estúpida que trata de llenar ese agujero. Pero como nunca da resultado, esa persona entregada y generosa acaba con un agujero en *su* corazón. Y vuelta a empezar. Es un milagro que alguien logre sobrevivir, cuando tantos de nosotros hemos desaparecido.

Durante unos segundos imagino lo que habría sido mi vida: mi madre, mi hermanita menor y yo, acurrucadas en el sofá, debajo de una manta, un domingo lluvioso; mi madre rodeándonos con sus brazos a mi hermana y a mí, sentadas a cada lado de ella, mientras vemos una peli de chicas. Mi madre gritándome que recoja mi camiseta, porque la sala de estar no es una leonera. Mi madre peinándome para el baile del instituto, mientras mi hermana finge ponerse rímel en las pestañas delante del espejo del baño. Mi madre tomando una foto tras otra mientras yo prendo una flor en la solapa del chico que va a llevarme al baile, fingiendo que estoy enfadada con ella, aunque en realidad alucino al pensar que este momento es tan monumental para ella como para mí. Mi madre frotándome la espalda para consolarme cuando el mismo chico rompe conmigo al cabo de un mes, diciendo que era un idiota, porque quién no iba a enamorarse de una chica como yo.

La puerta de mi habitación se abre y entra mi abuela. Se sienta en la cama.

—Al principio, cuando no regresaste a casa la primera noche, pensé que no te dabas cuenta de lo preocupada que estaría yo. Ni siquiera te pusiste en contacto conmigo.

Yo fijo la vista en mi regazo, sonrojándome.

—Pero luego comprendí que estaba equivocada. Lo sabías perfectamente, mejor que nadie, porque sabes lo que se siente cuando desaparece un ser querido.

—Fui a Tennessee —confieso.

—*¿Adónde?* —pregunta mi abuela—. *¿Cómo?*

—En autocar —le digo—. Fui a la reserva a la que habían enviado a nuestras elefantas.

Mi abuela se lleva la mano al cuello.

—¿Recorriste casi dos mil kilómetros para ir a un zoológico?

—No es un zoológico, es un antizoológico —la corrijo—. Y sí, fui porque buscaba a alguien que conocía a mi madre. Pensé que Gideon podría decirme qué había sido de ella.

—Gideon —repite mi abuela.

—Trabajaban juntos —digo. No digo: *Estaban liados*.

—¿Y? —pregunta mi abuela.

Yo asiento, quitándome lentamente el fular que llevo en el cuello. Es tan ligero que pienso que si lo colocara sobre una báscula no pesaría nada: una nube, un suspiro, un recuerdo.

—Abuela —murmuro—, creo que está muerta.

Hasta ahora, no había caído en que algunas palabras tienen unos bordes afilados que te cortan la lengua. Creo que en estos momentos no podría decir otra frase aunque lo intentara.

Mi abuela toma el fular y se lo enrolla alrededor de la mano como una venda.

—Sí, yo también lo creo —conviene.

Luego rasga el fular por la mitad.

—¿Qué haces? —grito, pasmada.

Mi abuela coge el montón de diarios de mi madre que están apilados en mi mesa.

—Es por tu bien, Jenna.

Las lágrimas afloran a mis ojos.

—Esos diarios no son tuyos.

Me duele ver que me arrebata todo lo que me queda de mi madre. Es como si me arrancara la piel, me siento desnuda y vulnerable.

—Ni tuyos —replica mi abuela—. Estos trabajos de investigación no son tuyos, y ésta no es tu historia. ¿Tennessee? Esto ha ido demasiado lejos. Tienes que empezar a vivir tu vida, no la suya.

—¡Te odio! —grito.

Pero mi abuela se encamina hacia la puerta. Se detiene en el umbral.

—Buscas a tu familia sin cesar, Jenna. Pero la has tenido siempre delante de las narices.

Cuando sale de la habitación, cojo la grapadora de mi mesa y la arrojo contra la puerta. Luego me siento, secándome la nariz con el dorso de la mano. Empiezo a planear cómo dar con el fular y coser el desgarrón. Cómo robarle a mi abuela esos diarios.

Pero la verdad es que no tengo a mi madre. Nunca la tendré. No reescribiré mi historia; seguiré adelante a trancas y barrancas hasta llegar al fin de ella.

El caso de la desaparición de mi madre aparece en la pantalla del ordenador portátil, lleno de detalles que ya no tienen importancia.

Entro en el archivo del perfil en NamUs y, con una pulsación, lo borro.

Una de las primeras cosas que me enseñó mi abuela cuando yo era pequeña fue cómo salir de la casa durante un fuego. Cada uno de nuestros dormitorios tenía una escalera especial de incendios situada debajo de la ventana, por si acaso. Si yo olía humo, si tocaba la puerta y estaba caliente, tenía que abrir la ventana, enganchar la escalera en el lugar correspondiente y bajar a toda velocidad por el costado de la casa para ponerme a salvo.

Mi abuela no había tenido en cuenta que yo tenía tres años y no podía mover esa escalera, y menos abrir la ventana. Yo conocía el protocolo, y se suponía que eso bastaba para eliminar la posibilidad de que sufriera algún daño.

Supongo que la superstición dio resultado, porque nunca se ha producido un fuego en esta casa. Pero esa vieja y polvorienta escalera, que sigue debajo de la ventana de mi dormitorio, ha servido de estante para mis libros, de tabla para poner en ella mis zapatos, de mesa para mi mochila, pero nunca como medio de escape. Hasta ahora.

Esta vez, sin embargo, dejo una nota a mi abuela. *Dejaré de hacerlo*, le prometo, *pero tienes que darme una última oportunidad de despedirme. Prometo estar de vuelta mañana a la hora de cenar.*

Abro la ventana y engancho la escalera. No parece lo bastante resistente para soportar mi peso, y pienso en lo ridículo que sería que uno tratara de sobrevivir a un fuego en la casa y acabara matándose al caer de la escalera de incendios.

La escalera me conduce sólo hasta el tejado inclinado del garaje, lo cual no me sirve de nada. Pero me he convertido en una avezada escapista, de modo que me deslizo por el borde y me sujeto al desagüe de lluvia. Desde allí, hay un salto de un metro y medio hasta el suelo.

Mi bici está donde la he dejado, apoyada contra la barandilla del porche delantero. Me monto en ella y empiezo a pedalear.

Circular en bicicleta de noche es una experiencia distinta. Me muevo como el viento; me siento invisible. Las calles están húmedas porque ha llovido, y las aceras relucen en todas partes salvo el rastro que dejan los neumáticos de mi bici. Los faros de los coches que pasan a toda velocidad me recuerdan las bengalas con las que jugaba el Cuatro de Julio: el resplandor que permanecía suspendido en la oscuridad, de forma que si agitaba los brazos pintaba un alfabeto de luz. Avanzo en la bici guiándome por mi instinto, porque no alcanzo a leer los letreros, y al poco rato llego al centro de Boone y me detengo frente al bar junto al portal donde vive Serenity.

Está lleno a rebosar. En lugar del puñado de borrachos de rigor, hay unas chicas embutidas en unos vestidos de licra, colgadas de los bíceps de moteros; hay unos tipos escuchimizados apoyados en el muro de piedra, fumándose un pitillo entre trago y trago. El estrépito de la gramola llega hasta la calle, y oigo a alguien animando a otro: *¡Bébetela de un trago!*

—Eh, guapa —dice un tipo con voz pastosa—. ¿Te invito a una copa?

—Tengo trece años —digo.

—Me llamo Raoul.

Agacho la cabeza y entro en el portal de casa de Serenity arrastrando la bici. La subo por la escalera y entro de nuevo en su recibidor, procurando no derribar la mesita. Pero antes de que pueda llamar a la puerta suavemente —son las dos de la mañana—, ésta se abre.

—¿Tú tampoco podías dormir, cariño? —me pregunta Serenity.

—¿Cómo sabías que estaba aquí?

—No es que subas la escalera flotando como un hada cuando arrastras esa condenada bici. —Serenity se aparta y me invita a entrar en su apartamento. Tiene el mismo aspecto que la primera vez que vine aquí. Cuando aún pensaba que lo que más deseaba en el mundo era encontrar a mi madre.

—Me asombra que tu abuela te haya dejado venir a estas horas —dice Serenity.

—No le he pedido permiso. —Me siento en el sofá, y ella se sienta a mi lado—. Esto es una mierda —me quejo.

Ella no finge haberme entendido mal.

—No saques conclusiones precipitadas. Virgil dice…

—Que le den —la interrumpo—. Diga lo que diga Virgil, no conseguirá devolverle la vida a mi madre. Piénsalo. Si le dices a tu marido que estás esperando un hijo de otro tipo, no va a organizar una fiesta con regalos para el bebé.

Lo he intentado, te lo aseguro, pero no consigo odiar a mi padre, sólo siento lástima de él, y dolor. Si fue mi padre quien mató a mi madre, no creo que lo juzguen. Está recluido en un centro psiquiátrico; ninguna prisión puede ser peor castigo que estar encerrado en su propia mente. Sólo significa que lo que dijo mi abuela es cierto, que ella es la única familia que tengo.

Sé que yo tengo la culpa. Sé que fui yo quien pedí a Serenity que me ayudara a encontrar a mi madre; yo contraté a Virgil. Es lo que ocurre cuando te dejas arrastrar por la curiosidad. Quizá vivas sobre el vertedero más tóxico del planeta, pero si no te pones a hurgar en él, lo único que sabrás es que tu césped tiene un espléndido color verde y tu jardín está lleno de flores.

—La gente no se da cuenta de lo duro que es —comenta Serenity—. Cuando mis clientes venían a verme, pidiéndome que me pusiera en contacto con el tío Sol o con su adorada abuela, sólo pensaban en decirles hola, en la oportunidad de decir a esa persona lo que no le habían dicho cuando vivía. Pero cuando abres una puerta, tienes que cerrarla detrás de ti. Puedes decir hola, pero también acabas diciendo adiós.

Me vuelvo hacia ella.

—No estaba dormida. Cuando tú y Virgil hablabais en el coche. Oí todo lo que dijisteis.

Serenity se queda de piedra.

—Bueno, entonces ya sabes que soy una embaucadora —dice.

—No es verdad. Encontraste el collar. Y el billetero.

Ella menea la cabeza.

—Dio la casualidad que yo estaba en el lugar adecuado en el momento oportuno.

Pienso en ello unos momentos.

—¿Ser vidente no consiste en eso?

Observo que Serenity no había pensado en ello. Lo que a uno le parece una coincidencia a otro le parece una conexión. ¿Qué más da que sea un instinto visceral, como dice Virgil, o una intuición paranormal, si al final consigues lo que quieres?

Serenity recoge una manta del suelo para cubrirse los pies, y de paso los míos.

—Es posible —responde—. Pero no es como antes. De repente sentía los pensamientos de otra persona en mi cabeza. A veces la conexión era clarísima, y otras era como hablar por un móvil en lo alto de una montaña, donde sólo captas una de cada tres palabras. Pero era algo más que tropezarme con un objeto que reluce en la hierba.

Estamos acurrucadas debajo de una manta que huele a detergente y comida india, mientras la lluvia bate en las ventanas. Pienso que esto se parece mucho a lo que había imaginado antes, de cómo habría sido mi vida si mi madre hubiera sobrevivido.

Miro a Serenity.

—¿Lo echas de menos? Me refiero a recibir una comunicación de alguien que ha muerto.

—Sí —confiesa.

Apoyo la cabeza en su hombro.

—Yo también —digo.

ALICE

Los brazos de Gideon eran el lugar más seguro del mundo. Cuando estaba con él, me olvidaba del terror que me infundían los altibajos de Thomas; de que cada mañana comenzaba con una discusión y cada noche terminaba con mi marido encerrado en su despacho con sus secretos y las sombras de su mente. Cuando estaba con Gideon, podía fingir que los tres éramos la familia que yo había deseado que fuéramos.

Un día averigüé que íbamos a ser cuatro.

—Todo irá bien —me prometió Gideon cuando le comuniqué la noticia, aunque no lo creí. Él no podía adivinar el futuro. Me conformaba con que fuera mío. —¿No lo ves? —dijo, esbozando una sonrisa que iluminaba todo su semblante—. Estábamos predestinados a estar juntos.

Quizá fuera verdad, pero habíamos pagado un precio muy alto. Su matrimonio. El mío. La vida de Grace.

No obstante, soñábamos en voz alta, en tecnicolor. Yo quería llevarme a Gideon de regreso a África, para que pudiera contemplar esos increíbles animales antes de que los seres humanos los destruyeran. Gideon quería trasladarse al Sur, donde hacía nacido. Volví a plantearme mi sueño de huir con Jenna, pero esta vez confiaba en que nos acompañara Gideon. Fingíamos avanzar apresuradamente hacia nuestro futuro juntos, pero no nos habíamos movido un centímetro, debido a las trampas que amenazaban con engullirnos: él tenía que decírselo a su suegra; yo tenía que decírselo a mi marido.

Pero nos habíamos impuesto una fecha límite, porque empezaba a ser muy difícil ocultar los cambios que se producían en mi cuerpo.

Un día, Gideon me encontró trabajando en el establo asiático.

—He contado a Nevvie lo del bebé —me dijo.

Yo me quedé de piedra.

—¿Y qué ha dicho?

—Que espera que obtenga todo lo que merezco. Luego dio media vuelta y se fue.

De pronto, aquello había dejado de ser una fantasía. Era real, y significaba que si él había tenido el valor de contárselo a Nevvie, yo debía tener el valor de contárselo a Thomas.

No vi a Nevvie en todo el día, ni tampoco a Gideon. Localicé a Thomas y lo seguí de un recinto a otro; le preparé la comida. Le pedí que me ayudara a bañar las patas de *Lilly*, cuando lo lógico era que se lo hubiera pedido a Gideon o a Nevvie. En lugar de evitarlo, como llevaba haciendo desde hacía meses, le hablé sobre las solicitudes que había recibido para el puesto de cuidador y le pregunté si se había decidido por algún candidato. Me acosté con Jenna hasta que se quedó dormida y luego entré en el despacho de Thomas y me puse a leer un currículum, como si fuera normal que ambos compartiéramos el mismo espacio.

Supuse que me diría que me largara, pero me miró sonriendo, ofreciéndome una rama de olivo para hacer las paces.

—Había olvidado lo agradable que es —dijo—. Tú y yo trabajando juntos.

La determinación es como la porcelana. Por buenas que sean tus intenciones, en cuanto se produce la más pequeña grieta, antes o después te rompes en mil pedazos. Thomas se sirvió una copa de whisky, y otra para mí. Yo dejé la mía sobre su mesa.

—Estoy enamorada de Gideon —solté de sopetón.

Sus manos permanecieron inmóviles sobre la licorera. Luego tomó su copa y la apuró de un trago.

—¿Crees que estoy ciego?

—Vamos a marcharnos —le dije—. Estoy embarazada.

Thomas se sentó. Sepultó la cara en las manos y rompió a llorar.

Yo lo miré unos momentos, sin saber si consolarlo u odiarme por haberle reducido a esto, un hombre hundido con una reserva de animales que se iba a pique, una esposa infiel y una enfermedad mental.

—Di algo, Thomas —le rogué.

—¿Qué es lo que he hecho mal? —preguntó con voz entrecortada.

Me arrodillé ante él. En ese instante vi al hombre cuyas gafas se empañaban en el sofocante y húmedo calor de Botsuana, el hombre que había venido a recogerme al aeropuerto sosteniendo las raíces de una planta. El hombre que tenía un sueño y me había invitado a formar parte de él. Hacía mucho tiempo que no veía a ese hombre. Pero ¿era porque había desaparecido? ¿O porque yo había dejado de buscarlo?

—Tú no has hecho nada —respondí—. He sido yo.

Él extendió la mano y me agarró del hombro. Con la otra me asestó un bofetón tan fuerte que sentí el sabor a sangre.

—¡Puta! —bramó.

Caí hacia atrás, frotándome la mejilla. Reculé mientras él avanzaba hacia mí, tratando desesperadamente de salir de la habitación.

Jenna seguía dormida en el sofá. Corrí hacia ella, decidida a llevármela cuando abandonara esa casa por última vez. Le compraría ropa y juguetes y lo que necesitara más tarde. Pero Thomas me sujetó por la muñeca con tal violencia, que me caí de nuevo y él alcanzó a la niña antes. Tomó su cuerpecito en brazos y ella se acurrucó contra él.

—Papaíto —dijo Jenna, suspirando, atrapada aún en la telaraña entre los sueños y la verdad.

Él la estrechó contra sí, volviéndose para que Jenna no pudiera verme.

—¿Quieres irte? —me espetó—. Adelante. Pero si pretendes llevarte a mi hija tendrás que pasar por encima de mi cadáver.

Me miró sonriendo, una sonrisa terrible, espantosa.

—O mejor aún —añadió—. Sobre el tuyo.

Jenna se despertaría y vería que me había marchado. Su peor temor se habría cumplido. *Lo siento, tesoro*, le dije en silencio. Luego salí corriendo en busca de ayuda, abandonándola.

VIRGIL

Aunque yo hubiera sido capaz de encontrar el cadáver que había sido enterrado hacía diez años, no habría podido obtener una orden judicial para exhumarlo. No sé cómo pensaba ingeniármelas, salvo que entrara de tapadillo en el cementerio, al estilo de Frankenstein, para exhumar un cadáver que suponía que era Nevvie Ruehl. Pero antes de que un cadáver sea trasladado a la funeraria, el forense practica la autopsia. Y a resultas de la autopsia el laboratorio estatal habría recibido y analizado una muestra del ADN, que estaría archivada en unas tarjetas FTA para la posteridad.

Es imposible que consiga que el laboratorio estatal me facilite esa prueba, puesto que ya no soy policía. Lo que significa que tengo que buscar a alguien a quien accedan a dársela. Así pues, media hora más tarde estoy apoyado en el mostrador de la sala de efectos y pruebas materiales en la comisaría de Boone, intentando volver a camelarme a Ralph.

—¿Otra vez aquí? —pregunta, suspirando.

—¿Qué quieres que te diga? Te echaba mucho de menos. Te veo en sueños.

—La última vez que viniste y te dejé entrar, me la jugué, Virgil. No voy a exponerme a que me echen por ti.

—Ralph, tú y yo sabemos que el jefe no daría este puesto a nadie más. Eres como el Hobbit que custodia el anillo.

—¿Qué?

—Eres el Dee Brown del departamento. Sin él, nadie habría sabido que los Celtics existían en los años noventa.

Las arrugas de Ralph se hacen más pronunciadas cuando sonríe.

—Esto ya me gusta más —dice—. Es verdad. Estos tíos jóvenes no tienen puñetera idea. Cada mañana, cuando bajo aquí, compruebo que alguien ha tocado algo para clasificarlo utilizando uno de esos programas informáticos tan modernos. Total, que el objeto queda traspapelado y tengo que colocarlo de nuevo donde estaba. Qué ganas de complicarse la vida, ¿no?

Asiento como si estuviera pendiente de cada palabra suya.

—Exacto. Tú eres el sistema nervioso central de esta comisaría, Ralph. Sin ti, se iría todo al garete. Por eso sé que eres la persona indicada para pedirte un favor.

Él se encoge de hombros con gesto humilde. Me pregunto si se da cuenta de que trato de camelármelo, de que le estoy dando coba para conseguir algo de él. En la sala de descanso, imagino que los agentes siguen comentando que Ralph está tan senil y se mueve con tanta parsimonia que podría caer muerto en la sala de efectos y pruebas materiales y nadie se percataría hasta al cabo de una semana.

—¿Recuerdas que te dije que estaba revisando un caso antiguo? —pregunto, inclinándome hacia él con gesto confidencial—. Trato de obtener una muestra de ADN de la sangre que analizaron en el laboratorio estatal. ¿Podrías hacer algunas llamadas, mover algunos hilos?

—Lo haría encantado, Virgil. Pero hace cinco años las cañerías del laboratorio estatal reventaron. Las tarjetas FTA quedaron destruidas y perdieron todas las pruebas obtenidas a lo largo de ocho años. Es como si todo lo sucedido entre 1999 y 2007 hubiera quedado borrado del mapa.

La sonrisa en mis labios se vuelve rígida.

—Gracias de todos modos —digo, y me largo de la comisaría antes de que me vea alguien.

Aún no sé cómo voy a darle la noticia a Jenna cuando me detengo ante el edificio de mi despacho y veo el Volkswagen Escarabajo de Serenity aparcado enfrente. En cuanto me bajo de la camioneta, Jenna se abalanza sobre mí, asediándome a preguntas.

—¿Qué has averiguado? ¿Hay alguna forma de saber a quién enterraron? ¿El hecho de que hayan pasado diez años puede presentar un problema?

Yo la miro.

—¿Me has traído un café?

—¿Qué? —pregunta Jenna—. No.

—Entonces ve a comprarme un café y vuelve. Es demasiado temprano para que me sometas a un tercer grado.

Subo la escalera hasta mi despacho, consciente de que Jenna y Serenity me siguen. Abro la puerta, sorteando las montañas de pruebas para alcanzar la silla de mi mesa, en la que me dejo caer.

—Conseguir una muestra del ADN de la persona que identificamos como Nevvie Ruehl hace diez años va a ser más complicado de lo que supuse.

Serenity echa un vistazo alrededor del despacho, que parece como si hubiera estallado una bomba en él.

—No me extraña que no puedas encontrar nada aquí, chato.

—No buscaba nada *aquí* —contesto. No sé por qué me molesto en explicar el organigrama de la custodia de pruebas de la policía a alguien que cree en la magia, y de pronto me fijo en un pequeño sobre que está encima de otros trastos en mi mesa.

Contiene la uña que encontré en la costura de la camiseta del uniforme de la víctima.

La misma camiseta que había impresionado a Jenna, porque estaba manchada de sangre reseca.

Tallulah mira a Serenity y me echa los brazos al cuello.

—Victor, eres un cielo. Nunca nos enteramos de las consecuencias que nuestro trabajo tiene en el mundo real. —Sonríe a Jenna—. Debes de sentirte muy feliz de haber recuperado a tu madre.

—Yo no… —dice Serenity, al tiempo que Jenna responde:

—Bueno, no del todo.

—En realidad —le explico—, aún no hemos encontrado a la madre de Jenna. Serenity me está ayudando a resolver el caso. Es… vidente.

Tallulah se acerca a Serenity.

—Yo tenía una tía que me decía siempre que cuando muriera iba a dejarme sus pendientes de diamantes. Pero murió sin hacer testamento, y, como era de esperar, esos pendientes no aparecieron nunca. Me encantaría saber cuál de mis impresentables primas los mangó.

—Ya se lo diré si me entero de algo —murmura Serenity.

—Necesito otro favor, Lulu —digo, mostrándole la bolsa de papel que he traído al laboratorio.

Ella me mira arqueando una ceja.

—Que yo recuerde, aún no me has recompensado por el último que te hice.

Sonrío mostrándole mis hoyuelos.

—En cuanto resuelva este caso. Te lo prometo.

—¿Es un soborno para que haga pasar tu análisis a la cabeza de la cola?

—Depende —contesto, flirteando con ella—. ¿Te gustan los sobornos?

—Ya sabes lo que me gusta… —murmura Tallulah.

Tardo un momento en desprenderme de sus brazos y volcar el contenido de la bolsa en la mesa del laboratorio.

—Quisiera que echaras un vistazo a esto. —La camiseta está sucia, hecha jirones, de un color casi negro.

Tallulah toma un palito de un armario, lo humedece y lo restriega sobre la camiseta. La punta de algodón se tiñe de un color marrón rosado.

—Es de hace diez años —le informo—. No sé hasta qué punto está contaminada. Pero espero que puedas decirme si guarda alguna semejanza con el análisis de ADN mitocondrial que hiciste a Jenna. —Saco del bolsillo el sobre que contiene la uña—. Y que analices esto también. Si tengo razón en mis suposiciones, una de esas cosas se corresponderá con el ADN de Jenna y la otra no.

Jenna se coloca al otro lado de la mesa de metal. Los dedos de una mano rozan el borde de la camiseta. Los dedos de la otra presionan su arteria carótida, tomándose el pulso.

—Voy a vomitar —murmura, y sale corriendo de la habitación.

—Iré con ella —anuncia Serenity.

—No, iré yo —replico.

Encuentro a Jenna junto al muro de piedra detrás del edificio, donde un día estuvimos partiéndonos de risa. Pero ahora está inclinada hacia delante, con el pelo cayéndole sobre la cara y las mejillas arreboladas, haciendo arcadas como si fuera a vomitar. Apoyo la mano en su espalda.

Ella se limpia la boca con la manga.

—¿Pillaste alguna vez la gripe cuando tenías mi edad?

—Supongo que sí.

—Yo también. Me quedé en casa, sin ir a la esuela. Pero mi abuela tuvo que ir a trabajar. De modo que no había nadie para apartarme el pelo de la cara o aplicarme un paño húmedo o traerme un ginger–ale o algo así. —Jenna me mira—. Habría sido agradable. Pero tengo una madre que probablemente está muerta y un padre que la ha matado.

Se sienta con la espalda apoyada contra el muro y me siento a su lado.

—No sé qué decirte —confieso.

Jenna se vuelve hacia mí.

—¿A qué te refieres?

—Tú fuiste la primera que dijiste que tu madre no era una asesina. Que el pelo que encontraron sobre el cadáver sólo demostraba que había tenido contacto con Nevvie en el lugar donde la elefanta la había pisoteado.

—Pero dijiste que habías visto a Nevvie en Tennessee.

—Así es. Creo que debió de producirse un error, y que el cadáver identificado como el de Nevvie Ruehl no era Nevvie Ruehl. Pero eso no significa que Nevvie no estuviera implicada en el asunto. Por eso he pedido a Lulu que analice la uña. Pongamos que resulta que la sangre pertenece a tu madre y la uña no, eso indicaría que alguien estuvo forcejeando con ella antes de que muriera. Quizá la pelea acabó mal —le explico.

—¿Por qué querría Nevvie lastimar a mi madre?

—Porque —respondo— tu padre no fue el único que debió de disgustarse al averiguar que tu madre iba a tener un hijo de Gideon.

—Es un hecho universalmente aceptado —dice Serenity— que no existe mayor fuerza en la Tierra que la venganza de una madre.

La camarera que se acerca a rellenar su taza de café la mira con gesto extrañado.

—Deberías bordar esa frase en un cojín —propongo a Serenity.

Estamos en el restaurante cerca de mi despacho. No pensé que Jenna querría ir a comer después de haber vomitado, pero, para mi sorpresa, tiene un hambre canina. Se ha zampado un plato de tortitas y la mitad de las mías.

—¿Cuánto tardarán en tener los resultados en el laboratorio? —pregunta Serenity.

—Lo ignoro. Lulu sabe que los quiero ayer.

—Sigo sin comprender por qué mintió Gideon acerca del cadáver —dice Serenity—. Sin duda sabía que era Alice cuando la encontró.

—Eso es fácil. Si el cadáver es de Alice, él se convierte en sospechoso. Si el cadáver es de Nevvie, se convierte en víctima. Y cuando ella se despierta en el hospital, y recuerda lo que sucedió, se larga porque teme que la arresten y acusen de asesinato.

Serenity menea la cabeza.

—Si alguna vez te cansas de ser un investigador, serías un magnífico hechicero de las marismas. Podrías ganar una fortuna haciendo lecturas en frío.

Son varias las personas en el restaurante que nos miran con gesto extrañado. Supongo que es normal hablar sobre el tiempo y los Red Sox, pero no sobre investigaciones de asesinato y temas paranormales.

La misma camarera se acerca de nuevo.

—¿Va a quedar la mesa libre? Porque hay gente que espera una.

Es mentira, porque el restaurante está medio vacío. Empiezo a discutir con la camarera, pero Serenity agita la mano.

—¡Que se vayan al cuerno! —exclama. Saca un billete de veinte dólares del bolsillo (lo suficiente para pagar la cuenta y dejar una propina del tres por ciento) y lo deposita en la mesa antes de levantarse y salir del local.

—¿Serenity?

Jenna ha estado tan calladita que casi me había olvidado de ella.

—Lo que has dicho sobre Virgil, que sería un buen hechicero de las marismas… ¿Y yo?

Serenity sonríe.

—Tesoro, ya te he dicho que seguramente tienes más talento como vidente de lo que imaginas. Tienes un alma vieja.

—¿Puedes enseñarme?

Serenity me mira a mí y de nuevo a Jenna.

—¿A qué?

—A ser una vidente.

—Esto no funciona así, cielo…

—Entonces, ¿cómo funciona? —insiste Jenna—. No lo sabes, ¿verdad? En realidad, hace mucho que tampoco funciona para ti. Así que quizá deberías dedicarte a otra cosa.

Jenna se vuelve hacia mí.

—Ya sé que te gustan los datos y las cifras y las pruebas tangibles. Pero tú mismo dijiste que a veces, cuando miras una cosa una docena de veces, no te das cuenta de lo que es hasta que la miras por decimotercera vez. El billetero, y el collar, e incluso la camiseta manchada de sangre…, esas cosas estuvieron allí durante una década y nadie las encontró. —Jenna se vuelve luego hacia Serenity—. Anoche dijiste que, cuando encontramos esas cosas, dio la casualidad de que estabas en el lugar indicado en el momento oportuno. Yo también estaba allí. ¿Y si esos signos no estuvieran destinados a ti, sino a mí? ¿Y si el motivo de que no puedas oír a mi madre es porque ella quiere hablar *conmigo*?

—Jenna —dice Serenity con dulzura—, sería como si un ciego condujera a otro ciego.

—¿Qué puedes perder?

Serenity emite una breve carcajada de frustración.

—Veamos… ¿Mi autoestima? ¿Mi tranquilidad de espíritu?

—¿Mi confianza? —salta Jenna.

Serenity cruza la mirada con la mía sobre la cabeza de la niña. Parece decirme *Ayúdame*.

Entiendo por qué Jenna necesita esto: de lo contrario, no sería un círculo completo, sino una línea, y las líneas se tuercen y te envían en una dirección que no te proponías tomar. Los desenlaces son cruciales. Ése es el motivo de que, cuando eres policía e informas a unos padres de que han encontrado a su hijo entre los hierros retorcidos de un coche, quieren saber exactamente lo que ha sucedido, si había hielo en la carretera, si el coche giró bruscamente para evitar chocar con un tractor con remolque. Necesitan conocer los detalles de esos últimos momentos, porque es lo único que les quedará el resto de sus vidas. Por eso debí decir a Lulu que no quería volver a salir con ella, porque hasta que lo haga, ella seguirá manteniendo abierta la puerta de una pequeña esperanza. Y por eso el recuerdo de Alice Metcalf me ha perseguido durante una década.

Soy un tipo que nunca quito un devedé, por mala que sea la película. Hago trampas y leo en primer lugar el último capítulo de un libro, por si la palmo antes de terminarlo. No quiero quedarme con las ganas de saber qué ocurrirá durante toda la eternidad.

Lo cual no deja de ser interesante, porque significa que yo, Virgil Stanhope, experto en lo práctico y Gran Defensor de las pruebas tangibles, he llegado a creer un poco en algunas de las pamemas metafísicas que trata de venderme Serenity Jones.

—Puede que la niña tenga razón —le digo, encogiéndome de hombros.

ALICE

Un motivo por el que los niños no pueden recordar los hechos acaecidos cuando son muy pequeños es que no disponen del lenguaje para describirlos. Sus cuerdas vocales no están preparadas, hasta determinada edad, lo que significa que utilizan su laringe sólo para situaciones de emergencia. De hecho, hay una protuberancia que se extiende directamente desde la amígdala de un niño pequeño hasta su laringe, que permite que un bebé rompa de inmediato a llorar en una situación de extrema angustia. Es un sonido tan universal, que se han publicado numerosos estudios que demuestran que prácticamente cualquier otro ser humano —incluso chicos universitarios que carecen de experiencia con bebés— tratarán de auxiliarlo.

A medida que el niño crece, la laringe madura y es capaz de hablar. El sonido del llanto cambia conforme el niño cumple dos o tres años, y al hacerlo, las personas no sólo se muestran menos dispuestas a ayudarlo, sino que reaccionan con irritación al oír ese sonido. Por este motivo los niños aprenden a «utilizar sus palabras», porque es la única forma de captar la atención de los demás.

Pero ¿qué sucede con esa protuberancia original, el nervio que se extiende desde la amígdala hasta la laringe? Nada. Mientras las cuerdas vocales crecen a su alrededor como un heliotropo, ese nervio permanece donde está, y es utilizado rara vez. Es decir, hasta que alguien sale de debajo de tu cama por la noche en el campamento. O doblas una esquina en un callejón oscuro y aparece ante ti un mapache. O en cualquier otro momento de total y vil terror. Cuando eso ocurre, se dispara la «alarma». De hecho, el ruido que emites probablemente no podrías imitarlo aposta aunque quisieras.

SERENITY

Tiempo atrás, cuando estas cosas se me daban bien, si quería comunicarme con alguna persona que había muerto, pedía ayuda a Desmond y a Lucinda, mis espíritus guía. Los consideraba unos teleoperadores que tenían línea directa con un despacho, porque era un método más eficaz que tener que buscar a través de legiones de espíritus a la persona con quien quería comunicarme.

Se llama «canalización abierta». Cuelgas el cartel de ABIERTO y te preparas para lo que pueda ocurrir. Es un poco como una rueda de prensa, donde todo el mundo hace preguntas al mismo tiempo a grito pelado. Para la médium es un suplicio. Pero supongo que no es peor que tantear el ambiente y que nadie responda.

Pido a Jenna que me muestre un lugar que era especial para su madre, de modo que regresamos los tres a los terrenos donde estaba ubicada la reserva de elefantes y nos dirijimos a un lugar presidido por un gigantesco roble con brazos como un titán, a cuyos pies crecen unos hongos de color violeta.

—A veces vengo a pasar un rato aquí —dice Jenna—. Mi madre solía traerme.

Tiene una cualidad casi etérea, por la forma en que los hongos crean una pequeña alfombra mágica.

—¿Por qué no crecen estos hongos en todas partes? —pregunto.

Jenna menea la cabeza.

—No lo sé. Según los diarios de mi madre, aquí es donde enterraron al hijito de *Maura*.

—Quizá sea la forma que tiene la naturaleza de recordar —apunto.

—Se debe más bien a la cantidad de nitratos que contiene la tierra —farfulla Virgil.

Yo lo fulmino con la mirada.

—No quiero ninguna negatividad. Los espíritus la sienten.

Virgil pone una cara como si fueran a arrancarle una muela.

—¿Queréis que me aleje unos metros? —pregunta, señalando a lo lejos.

—No, te necesitamos. Esto requiere energía —respondo—. Así es como se manifiestan los espíritus.

Los tres nos sentamos en el suelo, Jenna nerviosa, Virgil a regañadientes y yo… desesperada. Cierro los ojos y pronuncio una pequeña oración dirigida a los poderes fácticos: *Si dejáis que haga esto por ella, no volveré a pediros que me devolváis mi Don*.

Quizá Jenna tenga razón; quizá su madre ha tratado de comunicarse con ella, pero Jenna se ha negado a aceptar hasta ahora que Alice pudiera estar muerta. Quizás ahora esté dispuesta a escuchar.

—¿Debemos cogernos de la mano? —murmura Jenna.

Yo tenía clientes que me preguntaban cómo podían expresar a sus seres queridos que les echaban de menos. *Hágalo sin más,* respondía yo. En realidad es muy fácil.

—Dile por qué quieres hablar con ella —sugiero a Jenna.

—¿No es obvio?

—Para mí sí, pero quizá no para ella.

—Bueno —Jenna traga saliva—, no sé si uno puede echar de menos a alguien de quien apenas se acuerda, pero es lo que yo siento. Me inventaba historias de por qué no habías regresado a por mí. Te habían capturado unos piratas, y tenías que navegar por el Caribe en busca de oro, pero cada noche contemplabas las estrellas y pensabas: *«Al menos sé que Jenna también las ve»*. O sufrías amnesia, y cada día tratabas de hallar alguna pista sobre tu pasado, como unas pequeñas flechas que te indicarían el camino de regreso junto a mí. O te habías embarcado en una misión secreta para tu país, y no podías revelar quién eras sin descubrir tu auténtica identidad, y cuando por fin regresaras a casa las banderas ondearían y la multitud te aclamaría como a un héroe nacional. Mis profesores de inglés me decían que tenía una imaginación increíble, pero no lo entendían, para mí no eran historias inventadas. Todo era tan real que a veces me dolía, como cuando corres mucho y sientes dolor en el costado, o en las piernas debido a los dolores de crecimiento. Pero al final resulta que no has podido regresar a por mí. De modo que yo trato de llegar a ti.

Yo la miro.

—¿Notas algo?

Jenna respira hondo.

—No.

¿Qué hay que hacer para que Alice Metcalf, esté donde esté, se detenga y escuche?

A veces el universo te hace un regalo. Ves a una niña, aterrorizada porque piensa que su madre la ha abandonado para siempre, y por fin comprendes lo que tienes que hacer.

—¡Jenna! —exclamo—. ¿La ves?

La niña se vuelve rápidamente.

—¿Dónde?

—Allí —contesto, señalando,

—No veo nada —dice Jenna, a punto de romper a llorar.

—Tienes que concentrarte…

Hasta Virgil se inclina hacia delante, entrecerrando los ojos.

—No puedo…

—Porque no te concentras con fuerza —le digo secamente—. ¿No ves cómo reluce, Jenna? Esa luz… parece que está engullendo. Está abandonando este mundo. Es tu última oportunidad.

¿Qué hace que una madre preste atención?

El grito de su hija.

—¡Mamá! —grita Jenna hasta que se queda ronca, hasta que se dobla hacia delante sobre el campo de hongos de color violeta—. ¿Se ha ido? —pregunta, sollozando con desesperación—. ¿Se ha marchado ya?

Me acerco a ella y le rodeo los hombros con el brazo, sin saber cómo explicarle que no he visto a Alice, que he mentido para que ella desahogara su dolor con ese grito desesperado. Virgil se levanta, malhumorado.

—De todos modos, eso son chorradas —murmura.

—¿Qué es esto? —pregunto, torciendo el gesto.

Alargo la mano en busca del objeto afilado que se me ha clavado en la pantorrilla. Está enterrado debajo de los sombreros de los hongos, invisible, hasta que busco entre las raíces y encuentro un diente.

ALICE

He dicho en repetidas ocasiones que los elefantes tienen la asombrosa habilidad de aislar la muerte en un compartimento, sin dejar que el dolor les hunda de forma permanente.

Pero hay una excepción.

En Zambia, una elefanta que se había quedado huérfana debido a la caza furtiva se unió a un grupo de jóvenes machos. Al igual que los varones adolescentes se acercan y se saludan unos a otros propinándose un afectuoso golpe en el hombro, mientras que las chicas se abrazan, el comportamiento de estos elefantes machos era muy distinto de lo que una joven elefanta habría experimentado entre otras elefantas. Los machos toleraban su presencia porque podían aparearse con ella —como Anybodys en *West Side Story*—, pero en realidad no la querían allí. Cuando la elefanta tenía diez años parió, y como no tenía una madre que la orientara ni experiencia como alomadre dentro de una manada reproductora, trataba a su cría como los machos la habían tratado a ella. Cuando el pequeño se quedaba dormido a su lado, ella se levantaba y se alejaba. El pequeño se despertaba y empezaba a barritar llamando a su madre, pero ella no hacía caso de sus barritos. A diferencia de este comportamiento, en una manada reproductora, cuando una cría barrita, al menos tres hembras se apresuran a tocarla con sus trompas por todo el cuerpo para comprobar si está bien.

En el medio silvestre, una joven hembra se convierte en una alomadre mucho antes de que para a su propia cría. Tiene quince años para hacer de hermana mayor de otras crías que nacen en la manada. Yo había visto a crías acercarse a jóvenes elefantas para que les dieran de mamar y las tranquilizaran, aunque a las jóvenes elefantas aún no se le habían desarrollado las ubres y no tenían leche. Pero la joven hembra avanzaba la pata delantera, como hacían su madre y sus tías, y fingía con orgullo. Podía comportarse como una madre sin tener las responsabilidades que ello conlleva hasta que estuviera preparada. Pero cuando no hay una familia que enseñe a la joven hembra a criar a su pequeño, la situación puede acabar en tragedia.

Cuando yo trabajaba en Pilanesberg, la historia se repetía. Allí, los jóvenes machos que habían sido trasladados desde otros lugares empezaron a atacar a los vehículos. Mataron a un turista. Más de cuarenta rinocerontes blancos fueron hallados muertos en la reserva antes de que nos percatáramos que habían sido atacados por esos machos subadultos, un comportamiento muy agresivo que no era normal.

¿Cuál es el denominador común en el extraño comportamiento de la joven elefanta que no se preocupaba de su cría y los beligerantes machos adolescentes? Ciertamente, había una falta de orientación parental. Pero ¿era ése el único factor? Todos esos elefantes habían visto cómo mataban a sus familias ante sus ojos, como consecuencia de las matanzas selectivas.

El dolor y el duelo de los elefantes que he estudiado en el medio silvestre, donde una manada pierde a una vieja matriarca, por ejemplo, no puede compararse con el dolor que sienten al presenciar la muerte violenta de un miembro de la familia, porque los efectos a largo plazo son muy distintos. Después de una muerte natural, la manada anima al individuo que ha sufrido la pérdida de un ser querido a que siga adelante. Después de una matanza masiva a manos de seres humanos, no queda —por definición— ninguna manada que pueda prestar ayuda a un individuo.

Hasta hoy, la comunidad de investigadores del mundo animal se ha mostrado reticente a creer que el comportamiento de los elefantes puede verse afectado por el trauma de presenciar la muerte violenta de su familia. A mi modo de ver, no se trata tanto de un reparo científico sino de vergüenza política: a fin de cuentas, los humanos hemos sido los perpetradores de esta violencia.

En última instancia, cuando estudiamos el duelo en los elefantes debemos tener presente que la muerte es un hecho natural. El asesinato, no.

JENNA

—Es de la cría de *Maura* —digo a Virgil, mientras esperamos en la misma habitación donde nos reunimos con Tallulah hace dos horas. Es lo que me repito sin cesar. Porque me cuesta creer en la alternativa.

Virgil examina el diente que sostiene en la mano. Recuerdo las descripciones, de elefantes restregando las patas sobre trozos de marfil que he leído en los diarios de mi madre, los que me ha arrebatado mi abuela.

—Es muy pequeño para que pertenezca a un elefante —comenta Virgil.

—Hay otros animales en esa zona. Martas pescadoras. Mapaches. Ciervos.

—Sigo pensando que deberíamos llevarlo a la policía —dice Serenity.

No puedo mirarla a los ojos. Me ha contado el truquito que me hizo, que mi madre no se le había aparecido (al menos que ella sepa). Pero por alguna razón, sólo consigue que me sienta peor.

—Lo haremos en el momento oportuno —determina Virgil.

Se abre la puerta y una brisa de aire acondicionado se desliza entre nosotros. Tallulah entra con expresión de cabreo.

—Esto pasa de castaño oscuro. No trabajo exclusivamente para ti, Vic. Te estoy haciendo un favor…

Él le enseña el diente.

—Te juro por Dios, Lu, que si me haces este favor no volveré a pedirte nada. Quizá hayamos encontrado los restos de Alice Metcalf. Olvídate de la sangre en la camiseta. Si encuentras ADN en este…

—No es preciso que lo haga —contesta Tallulah—. Este diente no pertenece a Alice Metcalf.

—Os dije que era de un animal —murmuro.

—No, es humano. Trabajé seis años en la consulta de un dentista, ¿recuerdas? Es un molar secundario, lo reconocería en sueños. Pero es un diente deciduo.

—¿Eso qué significa? —pregunta Virgil.

Tallulah le devuelve el diente.

—Pertenecía a un niño. Probablemente de menos de cinco años.

De pronto estalla en mi boca un dolor como jamás he sentido. Es como una cueva llena de lava. Es como si estallara multitud de estrellas ante mis ojos. Es un dolor indescriptible, desgarrador, como si me arrancaran el nervio.

Es lo que sucedió.

Cuando me despierto, mi madre ha desaparecido, como yo sabía que ocurriría.

Por eso no quiero cerrar los ojos, porque cuando lo haces, la gente desaparece. Y si las personas desaparecen, no sabes con certeza cuándo regresarán.

No veo a mi madre. No veo a mi padre. Me echo a llorar, y entonces otra persona, una mujer, me toma en brazos. No llores, *murmura.* Mira, te he traído un helado.

La mujer me lo enseña: es de chocolate, con un palito, y empiezo a comérmelo apresuradamente, mientras el helado se deshace sobre mis manos, tiñéndolas del mismo color que las de Gideon. Eso me gusta, porque así las tenemos del mismo color. La mujer me pone la chaqueta y los zapatos. Me dice que vamos a vivir una aventura.

Fuera, el mundo parece demasiado grande, como cuando cierro los ojos y me duermo y temo que nadie vuelva a encontrarme en la oscuridad. Entonces rompo a llorar, y mi madre acude siempre. Se tumba a mi lado en el sofá, hasta que dejo de pensar que la noche nos ha devorado, y cuando me acuerdo de volver a pensar en ello, ha salido de nuevo el sol.

Pero esta noche mi madre no acude. Sé adónde vamos. Es un lugar donde correteo a veces sobre la hierba, donde vamos a observar a las elefantas. Pero ya no puedo ir, porque mi padre se enfada mucho y grita porque no quiere que vaya. Siento un grito que se forma en mi garganta, y creo que va a salir, pero la mujer me sienta en su cadera, haciendo que brinque sobre ella, y dice: Vamos a jugar a un juego, Jenna. Los juegos te encantan, ¿no?

Es verdad. Los juegos me encantan.

Veo a la elefanta entre los árboles, jugando al escondite. Imagino que vamos a jugar a ese juego. Es curioso pensar que Maura *participará también. Me río, pensando si nos tocará con su trompa cuando nos encuentre.*

Eso está mejor, *dice la mujer.* Qué buena es mi niña, qué feliz es mi niña.

Pero no soy su niña buena ni su niña feliz. Yo pertenezco a mi madre.

Túmbate, *me dice*. Túmbate boca arriba y mira las estrellas. A ver si encuentras a la elefanta en los espacios entre ellas.

Como me gusta jugar, procuro hacer lo que me pide. Pero lo único que veo es la noche, como un tazón boca abajo, y la luna que se cae de él. ¿Y si el tazón cae sobre mí y me atrapa? ¿Y si estoy oculta, y mi madre no me encuentra?

Me echo a llorar.

Chitón, *dice la mujer.*

Me tapa la boca con la mano. Yo trato de escaparme, porque este juego no me gusta. La mujer sostiene en la otra mano una piedra enorme.

Creo que me quedo dormida un rato. Sueño con la voz de mi madre. Lo único que veo son los árboles muy juntos, como si se contaran secretos, cuando de pronto *Maura* sale entre ellos a la carrera.

Entonces me doy cuenta de que estoy en otro sitio, fuera, encima, alrededor, contemplando una imagen de mí misma como cuando mi madre pone una película de cuando yo era un bebé y me veo en la tele, aunque estoy aquí. Siento que me transportan en volandas, brincando, y recorremos un buen trecho. Cuando *Maura* me deposita en el suelo y desliza su pata trasera sobre mí, pienso que el juego del escondite se le daría muy bien, porque me toca con gran delicadeza. Cuando me acaricia con su trompa, es como me enseñó mi madre a acariciar un pajarillo que cayó del nido esta primavera, como si fingiera que soy el viento.

Todo es suave: el secreto de su aliento en mi mejilla, las ramas semejantes a pinceles con que me cubre, como una manta para mantenerme abrigada.

Serenity está ante mí, y al cabo de un segundo desaparece.

—¿Jenna? —la oigo decir, y se funde en una imagen en blanco y negro, como la pantalla con nieve del televisor.

No estoy en el laboratorio. No estoy en ninguna parte.

A veces la conexión era clarísima, y otras era como hablar por un móvil en lo alto de una montaña, donde sólo captas una de cada tres palabras, había dicho Serenity.

Yo aguzo el oído, pero sólo capto palabras sueltas, y luego la línea se corta.

ALICE

Nunca encontraron su cadáver.

Yo lo había visto con mis propios ojos, pero cuando llegó la policía, Jenna había desaparecido. Lo leí en los periódicos. No podía decirles que la había visto allí, postrada en el suelo del recinto. No podía ponerme en contacto con la policía, porque habrían venido a por mí.

De modo que escudriñaba Boone desde trece mil kilómetros de distancia. Dejé de publicar artículos, porque cada día era otro día que no tenía a mi hija. Temía que cuando llegara al final del libro, el abismo entre la persona que había sido yo y la que era ahora sería tan enorme que no alcanzaría a ver el otro lado. Durante un tiempo acudí a la consulta de un terapeuta, refiriéndole las circunstancias de mi tristeza (un accidente de coche) y utilizando un nombre falso (Hannah, un palíndromo, una palabra que significa lo mismo aunque lo escribas del revés). Le pregunté si era normal que después de la desaparición de una niña siguiera oyéndola llorar por las noches, y que me despertara con ese sonido imaginario. Le pregunté si era normal que al despertarme, durante unos gloriosos segundos, creyera que mi hija se hallaba al otro lado de la pared, durmiendo. *En su caso es normal*, respondió él, y entonces dejé de ir a verlo. Debió de decir: *Nada volverá a ser normal.*

En 1999, el día en que averigüé que un cáncer estaba acabando con la vida de mi madre, yo había conducido ciegamente a través del matorral tratando de dejar atrás la noticia. Para mi asombro, había encontrado los restos de cinco elefantes a los que les habían amputado la trompa, y a una cría muerta de miedo.

La trompa le caía flácida, sus orejas eran translúcidas. No debía de tener más de tres semanas. Pero yo no había sabido cómo cuidar de ella, y su historia no tuvo un final feliz.

La de mi madre tampoco. Me tomé un permiso de seis meses de mis investigaciones posdoctorales para estar con ella hasta que falleció. Cuando regresé a Botsuana, me había quedado sola en el mundo, y me volqué en mi trabajo para evitar el dolor que sentía por mi pérdida…, pero descubrí que esos grandes y magníficos elefantes se enfrentaban a la muerte con toda naturalidad. No daban vueltas a las cosas, como yo: preguntándome por qué no había llamado a casa el Día de la Madre; preguntándome por qué discutía siempre con mi madre, en lugar de decirle que su autosuficiencia siempre había sido un ejemplo para mí; diciéndole que estaba demasiado atareada con mi trabajo o que no tenía dinero para volar de regreso a casa para el Día de Acción de Gracias, Navidad, Año Nuevo, mi cumpleaños. Esos pensamientos que se agitaban en mi mente me estaban matando, hundiéndome en las arenas movedizas de la culpa. Casi por casualidad, empecé a estudiar el duelo en los elefantes. Me dije todo tipo de excusas de por qué ese tema tenía una importancia académica visceral. Pero lo cierto era que lo único que quería era aprender de los animales, que hacían que todo pareciese muy fácil.

Cuando regresé a África para recuperarme de la segunda pérdida que había sufrido en mi vida, fue durante una época en que la caza furtiva se había intensificado. Los asesinos se habían hecho más astutos. Antes, disparaban contra las matriarcas y los machos más viejos, que tenían los colmillos más grandes, pero ahora abatían a cualquier elefante joven, sabiendo que la manada se agruparía en defensa propia, lo cual, como es lógico, hacía que a los cazadores furtivos les resultara más fácil matar a los animales en masa. Durante mucho tiempo nadie quiso reconocer que los elefantes volvían a estar en peligro en Sudáfrica, pero era cierto. La caza furtiva se cobraba numerosas víctimas entre los elefantes del país vecino de Mozambique, y las crías que se quedaban huérfanas regresaban aterrorizadas a refugiarse en el Kruger.

Encontré a una de esas crías mientras me ocultaba en Sudáfrica. Su madre, víctima de la caza furtiva, había resultado herida de un disparo en el hombro. La cría, que no quería separarse de su madre, sobrevivía bebiendo su orina. Cuando las encontré en el matorral comprendí que la madre tendría que ser sacrificada. También sabía que eso provocaría la muerte de su hija.

Y no estaba dispuesta a permitir que sucediese de nuevo.

Monté mi centro de rescate en Phalaborwa, Sudáfrica, utilizando como modelo el orfanato de elefantes de Dame Daphne Sheldrick en Nairobi. La filosofía es muy simple. Cuando una cría de elefante pierde a su familia, es preciso proporcionarle otra. Los cuidadores humanos permanecen con los bebés las veinticuatro horas del día, dándoles biberones, afecto y amor, durmiendo junto a ellos por las noches. Los cuidadores son rotados, para que ningún elefante se encariñe demasiado con una persona. Yo sabía por experiencia que si una cría desarrolla un apego excesivo hacia un ser humano, puede hundirse en la depresión cuando ese cuidador se toma siquiera un par de días de vacaciones; el dolor causado por esa pérdida puede incluso provocarle la muerte.

Los cuidadores jamás golpean a los elefantes que tienen a su cargo, por mal que éstos se comporten. Estos bebés están tan deseosos de complacerlos, que por lo general basta con una regañina. Los elefantes se acuerdan de todo, por lo que es importante ofrecerles más tarde unas muestras de cariño adicional, para evitar que el animal piense que ha sido castigado no por portarse mal sino porque no le quieren.

Alimentamos a las crías con una leche infantil especial, y con harina de avena cocida a partir de los cinco meses, más o menos como introducimos al bebé humano a la comida sólida. Les damos aceite de coco para suplir el contenido graso que absorberían a través de la leche de su madre. Calculamos sus progresos observando sus mejillas, que —al igual que las de los bebés humanos— deben ser regordetas. Cuando cumplen dos años, los trasladamos a otro lugar, un recinto con elefantes algo mayores que ellos. Algunos de los cuidadores han sido rotados durante los primeros meses de las crías, de forma que los elefantes recién trasladados los reconocen. También reconocen a sus antiguos compañeros que abandonaron poco tiempo antes el recinto para bebés. Los cuidadores duermen entonces separados de los elefantes, pero lo bastante cerca del establo para oírles si barritan por algún motivo. Cada día, sacan a los elefantes y los conducen al Kruger para presentarlos a las manadas naturales. Las elefantas más viejas del centro se disputan el puesto de matriarca. Toman a las nuevas crías bajo su protección; cada hembra adopta a una cría para hacerle de madre. Las primeras en salir son las crías, seguidas por los elefantes algo mayores que ellas. Al cabo de un tiempo, se integran en una manada salvaje.

En ocasiones, algunos elefantes que se han integrado en el medio silvestre regresan a nosotros en busca de ayuda; una vez, cuando a una joven madre se le secó la leche y temía perder a su bebé; otra, cuando un macho de nueve años se hirió en la pata al caer en una trampa de alambre. No se fían de todos los humanos, porque saben de primera mano la destrucción que las personas pueden causar. Pero al parecer tampoco nos juzgan a todos con el mismo rasero.

Los lugareños empezaron a llamarme Ms. Ali, una abreviatura de Miss Alice. Con el tiempo pasó a ser el nombre de la reserva: *Si encontráis a una cría de elefante, traedla a Msali.* Si cumplo con mi labor como es debido, algún día estos elefantes huérfanos abandonarán el centro, felizmente integrados en una manada salvaje en el Kruger, donde deben estar. A fin de cuentas, criamos a nuestros hijos para que un día puedan vivir sin nosotros.

Es cuando nos abandonan prematuramente cuando nada tiene sentido.

VIRGIL

¿Recuerdas cuando eras un crío y pensabas que las nubes debían de ser de algodón, y un día averiguabas que están formadas por gotas de agua? ¿Que si tratabas de tumbarte sobre una de ellas para hacer la siesta, caerías a través de ella y te estrellarías contra el suelo?

Primero, dejo caer el diente.

Aunque en realidad no lo dejo caer. Porque eso indicaría que lo estaba sosteniendo, y lo cierto es que mi mano ya no ofrece resistencia alguna, de modo que el diente se me escurre entre los dedos y aterriza en el suelo. Levanto la vista, aterrorizado, y me agarro a lo que tengo más cerca, que resulta ser Tallulah.

Mi mano la atraviesa, y su cuerpo se disipa y encoge como si fuera de humo.

Con Jenna ocurre lo mismo. Aparece y desaparece ante mis ojos, con el rostro crispado en una mueca de terror. Trato de decir su nombre, pero suena como si me hallara en el fondo de un pozo.

De repente, recuerdo la larga cola de personas en el aeropuerto que no reaccionaron cuando traté de colarme, la empleada en el mostrador de billetes que me llevó aparte y dijo: *No debería estar aquí.*

Recuerdo la media docena de camareras en el restaurante que pasaban junto a Jenna y yo sin hacernos caso, hasta que por fin una tuvo el detalle de preguntar qué queríamos. ¿Fue porque las otras no podían vernos?

Pienso en Abby, mi casera, vestida como si hubiera estado en una manifestación en favor de la Ley Seca, que ahora pienso que debía de ser verdad. Pienso en Ralph en la sala de efectos y pruebas materiales, lo bastante viejo como para ser un fósil cuando yo trabajaba allí. Tallulah, la camarera, la empleada en el mostrador de billetes en el aeropuerto, Abby, Ralph... Todas esas personas eran como yo. Estaban en este mundo, pero no pertenecían a él.

Y recuerdo el accidente. Las lágrimas que me corrían por las mejillas, y la canción de Eric Clapton que sonaba por la radio, y la forma en que pisé el acelerador cuando tomé una curva cerrada. Había tensado los brazos para no ser un cobarde y enderezar el coche para no matarme, y en el último minuto traté de soltar el cinturón de seguridad. El momento del impacto fue tremendo, aunque lo esperaba: el cristal del parabrisas me llovió sobre la cara, la columna del volante se me clavó en el pecho, mi cuerpo salió despedido... Durante un glorioso y silencioso momento, volé.

Durante el largo trayecto de regreso de Tennessee, pregunté a Serenity qué sentía uno al morir.

Después de reflexionar unos segundos, respondió: *¿Cómo te* quedas *dormido?*

¿A qué te refieres?, contesté. *Me quedo dormido, sin más.*

Vale. Estás despierto y durante unos momentos te quedas adormilado, y al final te quedas dormido como un tronco. Te relajas físicamente. La boca se te pone flácida. Tu ritmo cardíaco se ralentiza. Te alejas de la tercera dimensión. Hay cierto nivel de conciencia, pero en términos generales, es como si estuvieras en otra zona. Animación suspendida.

Quiero añadir algo a esto. Cuando duermes, piensas que existe otro mundo que te parece completamente real cuando sueñas con él.

Serenity.

Trato de volverme para mirarla. Pero de pronto soy tan ligero e ingrávido que ni siquiera tengo que moverme, basta con que lo piense para encontrarme donde deseo estar. Pestañeo, y la veo.

A diferencia de mí, de Tallulah y de Jenna, el cuerpo de Serenity no se ha disipado y esfumado. Es sólido como una roca.

Serenity, pienso, y ella vuelve la cabeza.

—¿Virgil? —murmura.

El último pensamiento que tengo antes de marcharme definitivamente es que a pesar de lo que diga Serenity —a pesar de lo que yo *creía*— no es una pésima vidente. Yo creo que es una vidente magnífica.

ALICE

He perdido dos bebés. Una hija a la que conocí y amé, y otra criatura a la que no llegué a conocer. Antes de salir corriendo del hospital sabía que había sufrido un aborto.

Ahora tengo más de un centenar de bebés que me ocupan cada momento de mi vida. Me he convertido en una de esas personas duras y siempre atareadas que salen del sufrimiento como un tornado, girando a tal velocidad que no nos damos cuenta de la autodestrucción que causamos.

La peor parte de mi jornada es cuando termina. Si pudiera, sería una cuidadora, dormiría con las crías de elefante en el establo reservado a ellas. Pero alguien tiene que ser el rostro público de Msali.

La gente aquí sabe que yo realizaba trabajos de investigación en el Tuli Block. Y que durante un breve tiempo viví en Estados Unidos. Pero la mayoría de la gente no identifica a la académica que era yo con la activista que soy ahora. Hace mucho que dejé de ser Alice Metcalf.

Por lo que a mí respecta, ella también ha muerto.

Me despierto gritando.

No me gusta dormir, y si tengo que hacerlo, quiero que sea un sueño denso, sin sueños. Por este motivo suelo trabajar hasta caer rendida y permanecer inconsciente durante dos o tres horas cada noche. Pienso en Jenna todos los días, a cada momento, pero hace mucho que no pienso en Thomas ni en Gideon. Sé que Thomas sigue viviendo en un centro psiquiátrico. Y una noche que yo estaba bebida, durante la estación de las lluvias, busqué en Google y averigüé que Gideon se había incorporado al ejército y había muerto en Irak cuando un artefacto explosivo había estallado en una plaza llena de gente. Imprimí el artículo publicado en la prensa sobre la Medalla de Honor que le había sido concedida a título póstumo. Fue enterrado en Arlington. Pensé que si alguna vez regresaba a Estados Unidos, visitaría su tumba para presentarle mis respetos.

Estoy acostada en la cama, mirando el techo, regresando a este mundo lentamente. La realidad es gélida; tengo que introducir la punta del pie para habituarme al frío antes de sumergirme más profundamente.

Mis ojos se posan en uno de los vestigios de mi vida anterior que tengo conmigo en Sudáfrica. Es un palo que mide aproximadamente setenta y cinco centímetros de longitud por veinte de ancho. Es el tronco de un árbol joven; la corteza ha sido arrancada formando unos caprichosos remolinos y franjas. Es precioso, como un tótem nativo, pero si lo miras detenidamente, jurarías que contiene un mensaje cifrado.

La Reserva de Elefantes en Tennessee, que se convirtió en el hogar de nuestros animales, tenía una página web que me permitía mantenerme informada sobre sus progresos, y al mismo tiempo sobre el trabajo que realizaban con las elefantas que habían sufrido en cautividad. Hace unos cinco años, organizaron una subasta navideña para recaudar fondos. Una elefanta, que había muerto hacía poco, solía entretenerse arrancando la corteza de los árboles, trazando en el tronco unos diseños infantiles y deliciosos, y los organizadores del evento habían decidido vender algunas de sus «obras de arte» como donaciones.

Enseguida comprendí que se trataba de *Maura*. La había visto hacer eso docenas de veces, sujetando los troncos que le dábamos para jugar contra las barras del establo y arrancando con sus colmillos la corteza del abedul plateado o del pino de corteza blanca.

A nadie extrañó que el Orfanato de Elefantes Msali en Sudáfrica quisiera apoyar la causa de la reserva. Jamás supieron que yo era la mujer detrás del cheque que les enviamos; o que, cuando recibí el objeto junto con una fotografía de la elefanta que conocía tan bien —en la parte superior aparecía escrito R.I.P. *Maura*—, me pasé una hora llorando.

Durante los cinco últimos años, ese cilindro de madera ha colgado en la pared frente a mi cama. Pero ahora, mientras lo observo, se cae de la pared, se estrella contra el suelo y se parte en dos mitades.

En ese momento, suena mi teléfono.

—Quisiera hablar con Alice Metcalf —dice un hombre.

La mano se me queda helada.

—¿Quién es usted?

—El detective Mills, del departamento de policía de Boone.

Se acabó. Mi pasado al fin me ha atrapado.

—Yo soy Alice Metcalf —murmuro.

—Con todo respeto, señora, es usted muy difícil de localizar.

Cierro los ojos, esperando la condena.

—Señora Metcalf —anuncia el detective—, hemos hallado el cadáver de su hija.

SERENITY

Estoy en una habitación en un laboratorio privado con otras tres personas y de repente estoy sola en esa habitación, de rodillas, buscando un diente que ha caído al suelo.

—¿Puedo ayudarla?

Me guardo el diente en el bolsillo y al volverme veo a un hombre barbudo vestido con una bata blanca. Me acerco a él tímidamente y le doy una palmadita en el hombro.

—Está realmente *aquí*.

El hombre recula, frotándose la clavícula, mirándome como si estuviera loca. Quizá lo estoy.

—Sí, pero ¿qué hace usted aquí? ¿Quién la ha dejado entrar?

—Busco a una empleada llamada Tallulah —respondo.

La expresión del hombre se suaviza.

—¿Era usted amiga suya?

Era. Niego con la cabeza.

—No, una conocida.

—Tallulah murió hace unos tres meses. Supongo que tenía un problema de corazón que no le había sido diagnosticado. Se estaba entrenando para participar en su primer medio maratón. —El hombre mete las manos en los bolsillos de su bata blanca—. Siento mucho tener que darle yo esta noticia.

Salgo grogui del laboratorio, paso frente a la secretaria en el mostrador de recepción, un guardia de seguridad y una muchacha sentada fuera, junto al muro de hormigón, que habla por el móvil.

No sé quién está vivo y quién no, de modo que fijo la vista en el suelo, para no establecer contacto visual con ninguno de ellos.

Me siento en el coche, pongo el aire acondicionado a toda potencia y cierro los ojos. Virgil había estado sentado aquí mismo.

Jenna había estado sentada en el asiento trasero. Yo había hablado con ellos, los había tocado, los había oído con toda claridad.

Con toda claridad. Saco el móvil del bolso y miro las llamadas más recientes. El número de Jenna debe de estar entre ellos, de cuando me llamó desde Tennessee, sola y aterrorizada. Pero los espíritus manipulan constantemente la energía. El timbre de la casa suena y no hay nadie en la puerta; una impresora se estropea sin ton ni son; las luces se encienden y apagan cuando no hay tormenta.

Pulso la tecla de marcación automática y una voz me informa de que ese número ya no existe.

Esto no puede ser lo que creo que es. Es imposible, pienso, porque un montón de personas me vieron en público con Virgil y Jenna.

Giro la llave en el contacto, salgo a toda velocidad del aparcamiento y me dirijo al restaurante donde esa camarera tan antipática nos sirvió esta mañana. Cuando entro en el edificio, suena una campanita en la puerta; en la gramola suena una canción de Chrissie Hynde, diciendo que lleva dinero en el bolsillo. Miro los reservados de cuero rojo, buscando a la camarera que nos tomó el pedido esta mañana.

—Hola —saludo, interrumpiéndola cuando sirve una mesa llena de niños vestidos con uniformes de fútbol—. ¿Me recuerda?

—Nunca olvido una propina del tres por ciento —murmura entre dientes.

—¿Cuántas personas había en mi mesa?

La sigo hasta la caja registradora.

—¿Es una broma? Estaba sola. Aunque pidió comida suficiente para alimentar a la mitad de niños en África.

Abro la boca para aclarar que Jenna y Virgil le dijeron lo que querían que les trajera, pero no es verdad. Me habían dicho lo que querían, y ambos habían ido al baño.

—Iba acompañada por un hombre de treinta y tantos años, con el pelo casi rapado, que llevaba una camisa de franela a pesar del calor…, y una adolescente, con una trenza pelirroja medio deshecha…

—Mire, señora —dice la camarera, tomando una tarjeta de visita de debajo de la caja registradora y dándomela—. Hay muchos sitios a los que puede acudir para que la ayuden. Pero éste no es uno de ellos.

Miro la tarjeta: CENTRO PSIQUIÁTRICO DEL CONDADO DE GRAFTON.

En el despacho municipal de Boone, me siento con un Red Bull y un montón de archivos de 2004: nacimientos, defunciones, matrimonios.

Leo el certificado de defunción de Nevvie Ruehl tantas veces que me lo conozco de memoria.

CAUSA INMEDIATA DE LA MUERTE: (A) Trauma violento

(B) DEBIDO A: Haber sido pisoteada por una elefanta

Muerte accidental

LUGAR DONDE ACAECIÓ: La Reserva de Animales de Nueva Inglaterra, Boone, Nueva Hampshire

DESCRIPCIÓN DE CÓMO SE PRODUJO EL ACCIDENTE: No se sabe

A continuación leo el certificado de defunción de Virgil. Murió a principios de diciembre.

CAUSA INMEDIATA DE LA MUERTE: (A) Trauma penetrante en el pecho

(B) DEBIDO A: Un accidente de coche

Muerte por suicidio

Jenna Metcalf no tiene un certificado de defunción, claro está, porque nunca hallaron su cadáver.

Hasta que yo encontré ese diente.

El informe del forense no contenía ningún error. Nevvie Ruehl era la persona que había muerto en la reserva esa noche, y Alice Metcalf era la mujer que Virgil había hallado inconsciente y había trasladado al hospital, la cual había desaparecido posteriormente.

Según esta lógica, por fin sé con certeza por qué Alice Metcalf no se había comunicado conmigo, ni con Jenna. Lo más probable era que Alice Metcalf aún estuviera viva.

El último certificado que leo pertenece a Chad Allen, el profesor que tenía un hijo pequeño y poco atractivo al que Jenna me dijo que hacía de canguro.

—¿Lo conoce? —me pregunta la empleada.

—No —murmuro.

—Fue una lástima. Envenenamiento por monóxido de carbono. Murieron todos los miembros de la familia. Yo asistía a su clase de cálculo el año que ocurrió. —La chica observa el montón de papeles que hay en la mesa—. ¿Quiere unas copias de esos certificados?

Yo meneo la cabeza. Basta con que los vea con mis propios ojos.

Le doy las gracias y regreso a mi coche. Conduzco sin rumbo fijo, porque la verdad es que no sé adónde ir.

Pienso en el pasajero del avión que se dirigía a Tennessee, el cual sepultó la nariz en la revista cuando me puse a conversar con Virgil. Debió de pensar que estaba loca de atar.

Recuerdo el día en que los tres visitamos a Thomas en Hartwick House. Los pacientes veían a Jenna y a Virgil, pero las enfermeras y los celadores sólo se habían dirigido a mí.

Recuerdo el día en que conocí a Jenna, cuando mi clienta, la señora Langham, se marchó apresuradamente. ¿Me había oído decir a Jenna que si no se iba enseguida llamaría a la policía? Pero, claro, la señora Langham no podía ver a Jenna, con meridiana claridad, en mi recibidor. Debió de pensar que me dirigía a ella.

Me doy cuenta de que he llegado a un barrio que me resulta familiar. El edificio donde está el despacho de Virgil se halla al otro lado de la calle.

Aparco y me bajo del Escarabajo. Hoy hace tanto calor que el asfalto parece fundirse bajo mis pies. Hace tanto calor que los dientes de león en las grietas de la acera se han marchitado.

El aire dentro del edificio huele diferente. Más rancio, más viejo. El cristal de la puerta está partido, pero no me había fijado hasta ahora. Subo la escalera hasta el segundo piso, donde se encuentra el despacho de Virgil. Está cerrado con llave, a oscuras. En la puerta hay un letrero que dice: SE ALQUILA. LLAMAR A FINCAS HYACINTH, 603-555-2390.

Oigo un zumbido en mi cabeza. Es como el principio de una migraña, pero creo que es el sonido de todo lo que sé, de todo lo que creía, que de repente me cuestiono.

Siempre pensé que existía un abismo entre un espíritu y un fantasma; el primero había hecho la transición sin mayores problemas al siguiente plano de existencia; el segundo tenía algo que lo retenía en este mundo. Los fantasmas que yo había conocido eran tozudos. A veces no se daban cuenta de que estaban muertos. Oían los sonidos que hacían las personas que vivían en «sus» casas, y creían que éstas los perseguían a *ellos*. Tenían secretos y decepciones y furia. Estaban atrapados, y yo procuraba liberarlos.

Pero eso era cuando yo tenía la capacidad de reconocer lo que eran.

Siempre pensé que existía un abismo entre un espíritu y un fantasma, pero no me había percatado de lo reducida que era la distancia que separaba a los muertos de los vivos.

Saco del bolso el libro en el que Jenna firmó el primer día en que vino a mi casa. Leo su nombre, escrito con la letra cursiva de los adolescentes como una hilera de burbujas. Y su dirección, 145 Greenleaf.

El barrio residencial tiene el mismo aspecto que hace tres días, cuando Virgil y yo vinimos para hablar con Jenna, y comprobamos que no vivía aquí. Ahora pienso que es muy posible que residiera aquí. Pero los actuales inquilinos no lo saben.

La madre con la que había hablado antes abre la puerta. Su hijito sigue agarrado a su pierna como un percebe.

—¿Otra vez? —dice—. Ya le he dicho que no conozco a esa niña.

—Lo sé. Lamento molestarla de nuevo. Pero... hace poco tuve malas noticias con respecto a ella. Y trato de averiguar algunas cosas. —Me froto las sienes con las manos—. ¿Puede decirme cuándo compró esta casa?

A mi espalda suena la banda sonora del verano: niños gritando mientras se deslizan en monopatín por la acera, un perro aullando detrás de una cerca, el rumor de una segadora eléctrica. A lo lejos se oye el sonido semejante a un órgano de tubos del carro de los helados. Esta calle rebosa de vida.

La mujer parece disponerse a cerrar la puerta en mis narices, pero algo en mi voz hace que se detenga y recapacite.

—En el 2000 —dice—. Mi marido y yo aún no estábamos casados. La mujer que vivía aquí había M-U-E-R-T-O. —Mira a su hijo—. No nos gusta hablar de estas cosas delante de él, ¿comprende? Tiene una imaginación hiperactiva, que a veces le impide dormir por las noches.

Las personas siempre tienen miedo de las cosas que no comprenden, de modo que las disfrazan para hacerlas comprensibles. Una imaginación hiperactiva. El temor a la oscuridad. Quizás incluso la enfermedad mental.

Me agacho y miro al niño a la cara.

—¿Qué ves? —le pregunto.

—Una abuela —murmura—. Y una niña.

—No te harán daño —le digo—. Y son reales, aunque te digan lo contrario. Sólo quieren compartir tu casa, como cuando los otros niños en la escuela quieren compartir tus juguetes.

Su madre lo aparta bruscamente.

—Voy a llamar al 911 —amenaza, enojada.

—Si su hijo hubiera nacido con el pelo azul, aunque nadie tuviera el pelo azul en su árbol genealógico, y aunque usted no entendiera cómo era posible que un bebé tuviera el pelo azul porque jamás había visto nada semejante, ¿le querría de todos modos?

La mujer empieza a cerrar la puerta, pero apoyo la mano en ella para impedírselo.

—Responda.

—Por supuesto —contesta la mujer secamente.

—Pues esto es lo mismo —asevero.

Cuando vuelvo a montarme en el coche, saco el libro de mi bolso y miro la última página. Lentamente, como si alguien tirara de un hilo y deshiciera las puntadas, la entrada de Jenna desaparece.

En cuanto informo al sargento en recepción de que he encontrado unos restos humanos, me conduce a una habitación al fondo. Proporciono al detective —un joven llamado Mills que parece que sólo tiene que afeitarse un par de veces a la semana, a lo sumo— tanta información como puedo.

—Si mira en sus archivos, encontrará un caso del año 2004 en que se produjo allí una muerte, cuando ese lugar era una reserva de elefantes. Creo que ésta puede ser una segunda muerte.

El detective me mira con curiosidad.

—Y esto usted lo sabe… ¿por qué?

Si le digo que soy vidente, acabaré en una habitación junto a Thomas en el centro psiquiátrico. O bien el detective me colocará unas esposas, convencido de que soy una chalada dispuesta a confesar que he cometido un homicidio.

Pero Jenna y Virgil me parecían tan reales, que cuando hablaban creía lo que decían.

Pero, hija mía, ¿no es eso lo que debe hacer una vidente?

La voz que suena en mi cabeza es débil pero me resulta familiar. Esa cadencia sureña, la forma en que las palabras suben y bajan como música. Reconocería a Lucinda en cualquier sitio.

Una hora más tarde, dos agentes me acompañan a la reserva natural. «Me acompañan» es una forma elegante de decir que vas sentada en la parte posterior de un coche de policía porque nadie se fía de ti. Echo a andar a través de la alta hierba, fuera del sendero principal, como solía hacer Jenna. Los policías portan unas palas y unos cedazos. Pasamos junto al estanque donde encontramos el collar de Alice, y después de retroceder sobre mis pasos, localizo el lugar donde crecen los hongos de color violeta a los pies del roble.

—Aquí —digo—. Encontré el diente en este lugar.

Los policías han traído a un perito forense. No sé qué hace —quizá se dedique a analizar la tierra, o huesos, o ambas cosas—, pero arranca el sombrero de un hongo.

—*Laccaria amethystina* —declara—. Es un hongo que crece en suelos que contienen una elevada concentración de nitrógeno.

Vaya con el puñetero de Virgil, pienso. Resulta que tenía razón.

—Sólo crece aquí —explico al experto—. En ningún otro lugar de la reserva.

—Esto coincide con una fosa poco profunda.

—Aquí enterraron también a una cría de elefante —les informo.

El detective Mills arquea las cejas.

—Es usted una fuente de información —comenta. El perito ordena a dos de los otros policías, los que me han traído aquí, que empiecen a cavar de forma sistemática.

Se ponen a cavar al otro lado del árbol, frente al lugar donde Jenna, Virgil y yo estuvimos sentados ayer, filtrando la tierra a través de los cedazos para obtener cualquier resto humano que tengan la suerte de desenterrar. Me siento a la sombra del árbol, observando cómo crece el montón de tierra. Los policías se arremangan; uno tiene que saltar dentro del hoyo para arrojar la tierra fuera.

El detective Mills se sienta a mi lado.

—Explíqueme otra vez qué hacía aquí cuando encontró el diente.

—Había venido de pícnic.

—¿Sola?

No.

—Sí.

—¿Y la cría de elefante? Conoce ese dato porque…

—Soy una vieja amiga de la familia —respondo—. Por esto sé también que nunca hallaron a la hija de los Metcalf. Creo que esa niña merece ser enterrada, ¿no le parece?

—¿Detective? —Uno de los policías indica a Mills que se acerque al hoyo que han excavado. Hay una mancha blanca en la tierra oscura.

—Pesa demasiado para moverlo.

—Entonces excaven alrededor de ello.

Me acerco al borde del hoyo mientras los policías retiran a mano la tierra que cubre el hueso, como niños que construyen un castillo de arena cuando el mar se acerca amenazando con destruirlo. Por fin, aparece una forma. Las cuencas de los ojos. Los orificios donde habrían estado los colmillos. El laberíntico cráneo, partido en la parte superior. La simetría, como una mancha de Rorschach. *¿Qué ve?*

—Ya se lo dije —observo.

A partir de ese momento, nadie duda de mi palabra. La excavación se mueve en unos cuadrantes, en sentido contrario al de las agujas del reloj. En el cuadrante 2, encuentran sólo un fragmento de un cubierto oxidado. En el cuadrante 3, escucho el rítmico murmullo y silbido de las palas al levantar la tierra y arrojarla, cuando el sonido cesa de pronto.

Al alzar la vista veo a uno de los policías sosteniendo el pequeño abanico de un tórax partido.

—Jenna —murmuro, pero la única respuesta que oigo es el viento.

Durante días, trato de localizarla en el otro lado. Imagino que está disgustada y confundida, y, lo que es peor, sola. Suplico a Desmond y a Lucinda que me permitan comunicarme también con Jenna. Desmond me dice que ella se pondrá en contacto conmigo cuando esté dispuesta a hacerlo. Que tiene mucho que asimilar. Lucinda me recuerda que el motivo por el que mis espíritus guía han permanecido en silencio durante siete años es porque parte de mi periplo consistía en creer de nuevo en mí misma.

Si eso es cierto, le pregunto, *¿por qué no puedo hablar ahora con el espíritu con quien deseo comunicarme?*

Ten paciencia, dice Desmond. *Tienes que encontrar lo que se ha perdido.*

Había olvidado que Desmond es muy aficionado a esos criptocomentarios de la New Age. Pero en lugar de cabrearme con él, le doy las gracias por el consejo y sigo esperando.

Llamo a la señora Langham y propongo hacerle una lectura gratuita para compensarla por mis malos modales. Al principio se muestra reacia, pero es el tipo de mujer que va a Costco para aprovechar las degustaciones de comida que ofrecen en lugar de tener que pagar por comer en un restaurante, por lo que me consta que no rechazará mi oferta. Cuando viene, consigo hablar por primera vez con su marido, Bert, en lugar de fingirlo. Resulta que el tipo es tan gilipollas en el más allá como cuando estaba vivo. *¿Qué diablos quiere ahora de mí esa mujer?*, se queja. *No deja de atosigarme. Joder, pensé que cuando me muriera me dejaría al fin en paz.*

—Su marido —informo a mi clienta— es un cretino egoísta e ingrato que desea que deje de atormentarlo. —Repito, textualmente, lo que ha dicho.

La señora Langham guarda silencio un momento. Luego responde:

—Eso suena a Bert.

—Ya.

—Pero yo lo amaba —confiesa.

—Él no lo merece —le replico.

Cuando mi clienta regresa al cabo de unos días, para pedir consejo sobre su situación financiera y unas decisiones importantes que debe tomar, trae a una amiga. Esa amiga llama a su hermana. Antes de que me dé cuenta, vuelvo a tener clientes, más de los que puedo incluir en mi agenda.

Pero cada tarde me tomo un respiro para almorzar, y paso ese rato junto a la tumba de Virgil. No me costó localizarla, dado que en Boone sólo hay un cementerio. Le llevo cosas que sé que le gustan: rollos de primavera, el *Sports Illustrated*, incluso una botella de Jack Daniel's. Vierto las últimas gotas sobre la tumba. Al menos, matarán los hierbajos.

Hablo con él. Le cuento que toda la prensa ha destacado mi participación en el caso, puesto que conduje a la policía al lugar donde se hallaban los restos de Jenna. Que la historia del cierre de la reserva ha sido noticia de portada, como la versión de Boone de *Peyton Place*. Le explico que fui una persona de interés para la policía hasta que el detective Mills confirmó que me hallaba en Hollywood, grabando una edición de mi show televisivo, la noche en que murió Nevvie Ruehl.

—¿Has hablado con ella? —le pregunto una tarde en que el cielo está cubierto de nubarrones—. ¿La has localizado? Estoy preocupada por ella.

Virgil tampoco me ha respondido. Cuando se lo comento a Desmond y a Lucinda, me dicen que si ha logrado pasar al otro lado es posible que aún no sepa cómo visitar de nuevo la tercera dimensión. Requiere una gran energía y concentración. Es un proceso de aprendizaje.

—Te echo de menos —digo a Virgil, y lo digo en serio. He tenido colegas que fingían apreciarme cuando en realidad me tenían envidia; he tenido conocidos que querían codearse conmigo porque me invitaban a fiestas en Hollywood; pero no he tenido muchos amigos auténticos. Y menos uno tan escéptico pero que me aceptara sin reservas.

Casi siempre estoy sola en el cementerio, a excepción del portero, que se pasea por él armado con unas tijeras podadoras y unos auriculares Beats. Hoy, sin embargo, ocurre algo junto a la verja. Veo un pequeño grupo de gente. Quizá sea un funeral.

Conozco a uno de los hombres que está en el cementerio. Es el detective Mills.

Él me reconoce de inmediato. Es una de las ventajas de tener el pelo rosa.

—Me alegro de volver a verla, señora Jones —dice.

Yo le sonrío.

—Yo también me alegro de verlo a usted. —Al mirar a mi alrededor, compruebo que no hay tanta gente como pensé al principio. Una mujer vestida de negro, otros dos policías, y el portero, que se agacha para alisar la tierra que acaban de arrojar sobre un pequeño ataúd de madera.

—Ha sido un detalle por su parte venir hoy —declara el detective Mills—. Estoy seguro de que la doctora Metcalf le agradecerá su apoyo.

Al oír su nombre, la mujer se vuelve. Su rostro, pálido y demacrado, está enmarcado por una espesa cabellera roja. Es como volver a ver a Jenna, en carne y hueso, con unos años más, con unas cicatrices emocionales más.

Me ofrece la mano, esta mujer a la que he tratado de localizar con todas mis fuerzas, que ha aterrizado, literalmente, en mi camino.

—Me llamo Serenity Jones —me presento—. Soy la persona que encontró a su hija.

ALICE

No queda mucho de mi hijita.

Como científica, sé que un cadáver enterrado en una fosa poco profunda se descompone con más rapidez. Que los depredadores devoran trozos del esqueleto. Que los restos de una criatura son porosos, con más colágeno, y se descomponen más fácilmente en una tierra ácida. Sin embargo, no estoy preparada para lo que veo cuando examino el montón de estrechos huesos, como un juego de salón de palitos chinos. Una columna vertebral. Un cráneo. Un fémur. Seis falanges.

El resto ha desaparecido.

Para ser sincera, estuve a punto de no regresar. Una parte de mí tenía la sensación de que todavía podía pasar algo malo; tenía la persistente corazonada de que era una trampa, de que en cuanto bajara del avión me pondrían unas esposas. Pero se trataba de mi hijita. Ahora tenía la oportunidad de averiguar la verdad y alcanzar la conclusión emocional que llevaba esperando desde hacía muchos años. ¿Cómo no iba a acudir?

El detective Mills se ocupó de todos los trámites, y partí en avión desde Johanesburgo. Mientras observo cómo introducen el ataúd de Jenna en las fauces abiertas de la tierra, pienso: *Eso no es mi hija*.

Después del breve entierro, el detective Mills me pregunta si quiero comer algo. Yo meneo la cabeza.

—Estoy agotada —digo—. Quiero descansar un rato.

Pero en lugar de regresar al motel, me dirijo en el coche que he alquilado a Hartwick House, donde Thomas lleva viviendo diez años.

—He venido a visitar a Thomas Metcalf —informo a la enfermera en recepción.

—¿Usted es…?

—Su esposa —respondo.

La enfermera me mira estupefacta.

—¿Hay algún problema? —pregunto.

—No. —La mujer se recupera de su estupor—. Es que apenas recibe visitas. Siga por ese pasillo, la tercera habitación a la izquierda.

En la puerta de Thomas hay una pegatina, una carita sonriente. Abro la puerta y veo a un hombre sentado junto a la ventana, con las manos apoyadas en un libro que reposa sobre sus rodillas. Al principio pienso que debe de tratarse de un error: este hombre no es Thomas. Thomas no tiene el pelo blanco; Thomas no se sienta con la espalda encorvada, no tiene los hombros estrechos y el pecho hundido. Pero entonces se vuelve, y una sonrisa lo transforma, de modo que los rasgos del hombre que recuerdo se traslucen debajo de esta nueva superficie.

—¡Alice! —exclama—. ¿Dónde diantres estabas?

Es una pregunta tan directa, y tan absurda a tenor de todo lo que ha sucedido, que suelto una breve carcajada.

—En varios sitios —contesto.

—Tengo tantas cosas que contarte, que no sé por dónde empezar.

Pero antes de que pueda empezar, la puerta se abre de nuevo y entra un celador.

—Me han dicho que tienes visita, Thomas. ¿Quieres bajar a la sala comunitaria?

—Hola —digo, presentándome—. Soy Alice Metcalf.

—Te dije que vendría —añade Thomas, sonriendo.

El celador sacude la cabeza.

—Caramba, su marido me ha hablado mucho de usted, señora.

—Creo que Alice y yo preferimos conversar en privado —expone Thomas, y siento que se me forma un nudo en la boca del estómago. Había confiado en que una década suavizaría las aristas de la conversación que es preciso que tengamos, pero fui una ingenua.

—No hay problema —conviene el celador, guiñándome el ojo al tiempo que sale de la habitación.

Éste es el momento en que Thomas me preguntará qué sucedió esa noche en la reserva. Cuando retomaremos el hilo a partir del tenso y espantoso momento en que lo dejamos.

—Thomas —digo, armándome de valor—: lo siento mucho.

—Es natural —responde—. Eres la segunda autora del ensayo. Sé que tu trabajo es importante para ti, y no pretendo impedir que lo sea, pero deberías comprender mejor que nadie la necesidad de ser el primero en publicar antes de que otra persona te robe tus hipótesis.

Yo lo miro pestañeando.

—¿Qué?

Thomas me entrega el libro que sostiene.

—Por lo que más quieras, ten cuidado. Hay espías en todas partes.

Es un libro infantil de Dr. Seuss. *Huevos verdes con jamón.*

—¿Éste es tu artículo? —pregunto.

—Está cifrado —murmura Thomas.

Yo había venido confiando en encontrar a alguien que fuera un superviviente, alguien que pudiera ayudarme a soportar el recuerdo de la peor noche de mi vida. Pero compruebo que Thomas está tan atrapado en el pasado que no puede aceptar el futuro.

Quizá sea más saludable.

—¿Sabes lo que Jenna ha hecho hoy? —pregunta Thomas.

Los ojos se me llenan de lágrimas.

—No. Cuéntamelo.

—Ha sacado todas las verduras que no le gustan del frigorífico y ha dicho que iba a dárselas a las elefantas. Cuando le dije que tenía que comérselas porque le convenían, respondió que era un experimento y que las elefantas serían su grupo de control. —Thomas me mira sonriendo—. Si es así de lista a los tres años, ¿cómo será cuando tenga veintitrés?

Hubo un momento, antes de que todo se torciera, antes de que la reserva fracasara y Thomas cayera enfermo, cuando éramos felices juntos. Thomas había sostenido a nuestra hijita recién nacida en sus brazos, sin poder articular palabra. Me había querido, y a ella también.

—Será increíble —dice, respondiendo a su pregunta retórica.

—Sí —admito, con voz entrecortada—. Será increíble.

En el motel, me quito los zapatos y la chaqueta y bajo las persianas. Me siento en la silla giratoria delante de la mesa y me miro en el espejo. Éste no es el rostro de alguien que está en paz. De hecho, no me siento como supuse que me sentiría si recibía alguna vez una llamada informándome de que habían encontrado a mi hija. Pensé que esto era lo que necesitaba para dejar de alimentar la distancia entre la *realidad* e *¿y si…?* Pero sigo sintiéndome paralizada. Atrapada.

La cara en blanco del televisor se ríe de mí. No quiero encenderla. No quiero oír a los presentadores de los informativos refiriéndome un nuevo desastre que ha ocurrido en el mundo, otra muestra del ilimitado cúmulo de tragedias.

Al oír que llaman a la puerta, me sobresalto. No conozco a nadie en esta ciudad. Sólo puede ser una cosa.

Han venido a detenerme, porque saben lo que hice.

Respiro hondo, resuelta. En realidad, da lo mismo. Lo esperaba. Y pase lo que pase, ahora sé dónde está Jenna. En Sudáfrica los bebés están a cargo de personas que saben cuidar de ellos. Lo cierto es que estoy preparada para lo que sea.

Pero cuando abro la puerta, veo a la mujer con el pelo rosa.

Su cabello parece algodón de azúcar. Yo se lo daba a Jenna, que era muy golosa. En afrikáans se llama *spook asem*. «Aliento de fantasma».

—Hola —saluda la mujer.

Su nombre. Se parece a Tranquilidad… Sinceridad…

—Soy Serenity. Nos conocimos hace un rato.

La mujer que había hallado los restos de Jenna. La miro, preguntándome qué quiere de mí. ¿Una recompensa, quizá?

—Sé que le dije que yo había hallado a su hija —dice con voz temblorosa—. Pero mentí.

—El detective Mills dijo que le mostró usted un diente…

—Así es. Pero lo cierto es que fue Jenna quien me encontró a mí. Hace algo más de una semana. —La mujer duda unos instantes—. Soy vidente.

Quizá sea el estrés de haber asistido al entierro de los huesos de mi hija; de haber comprendido que Thomas tiene suerte de estar atrapado en un lugar donde nada de esto sucedió nunca; quizá sean las veintidós horas de vuelo y el jet lag que aún no me he sacudido de encima. Por todos estos motivos, siento que la ira estalla en mí como un géiser. Agarro a Serenity de los brazos para propinarle un empujón.

—¿Cómo se atreve? —le espeto—. ¿Cómo se atreve a bromear con el hecho de que mi hija ha muerto?

La mujer retrocede tambaleándose, sorprendida por mi agresión física. Su gigantesco bolso cae el suelo entre las dos.

Se apresura a arrodillarse y mete de nuevo el contenido dentro del bolso.

—Jamás se me ocurriría hacer semejante cosa —responde—. He venido a decirle lo mucho que Jenna la quería. Ella no se daba cuenta de que estaba muerta. Pensaba que usted la había abandonado.

Lo que hace esta embaucadora es muy peligroso, un crimen. Soy una científica, y lo que dice es imposible, pero eso no impide que me destroce el corazón.

—¿A qué ha venido? —pregunto con amargura—. ¿Por dinero?

—Yo podía verla —insiste la mujer—. Podía hablar con ella, y tocarla. No sabía que Jenna era un espíritu; pensé que era una adolescente. La observé comer y reír y montar en bicicleta y consultar los mensajes de voz en su teléfono móvil. Me parecía tan real como usted en estos momentos.

—¿Por qué a usted? —me oigo preguntarle—. ¿Por qué acudió precisamente a usted?

—Porque yo era una de las pocas personas que se fijó en ella, supongo. Hay muchos fantasmas a nuestro alrededor, conversando entre sí y alojándose en hoteles y comiendo en McDonald's y haciendo lo que usted y yo solemos hacer, pero sólo los ven las personas capaces de creer en ellos. Como los niños. Como las personas con trastornos mentales. Y los videntes. —Duda unos segundos antes de continuar—. Creo que Jenna acudió a mí porque yo podía oírla. Pero creo que se quedó porque sabía, aunque yo no lo supiera, que podía ayudarla a encontrarla a usted.

Rompo a llorar. No veo con claridad.

—Váyase. Váyase y déjeme tranquila.

Ella se incorpora, abre la boca para decir algo, pero recapacita, agacha la cabeza y echa a andar por el pasillo.

Bajo la vista y veo algo en el suelo. Un papelito, que se le ha caído del bolso y se ha dejado sin querer.

Debería cerrar la puerta. Debería entrar en la habitación. Pero en vez de ello me agacho y lo recojo: un diminuto elefante doblado al estilo de la papiroflexia.

—¿Dónde consiguió esto? —murmuro.

Serenity se detiene. Se vuelve hacia mí para ver qué sostengo en la mano.

—Era de su hija.

El noventa y ocho por ciento de la ciencia es cuantificable. Puedes investigar hasta la extenuación; puedes enumerar comportamientos reiterativos o enajenantes o agresivos hasta que se te nubla la vista, puedes catalogar esos comportamientos como indicadores de un trauma. Pero jamás podrás explicar qué hace que una elefanta deje su adorado neumático junto a la fosa de su mejor amiga; o qué hace que una madre se aleje al fin de su cría muerta. Es el dos por ciento de la ciencia que no puede ser medida ni explicada. Pero no significa que no exista.

—¿Qué más le dijo Jenna?— pregunto.

Lentamente, Serenity avanza un paso hacia mí.

—Muchas cosas. Me contó cómo trabajaba en Botsuana. Que tenía unas deportivas idénticas a las suyas. Que la llevaba a los establos de las elefantas, y que su padre se enfadaba porque no quería que estuviera allí. Que nunca había dejado de buscarla.

—Entiendo —digo, cerrando los ojos—. ¿Le dijo también que soy una asesina?

Cuando Gideon y yo llegamos a la casa, la puerta de entrada estaba abierta de par en par, y Jenna había desaparecido. Yo no podía respirar; no podía pensar con claridad.

Entré apresuradamente en el despacho de Thomas, pensando que la niña quizás estaba allí. Pero Thomas estaba solo, con la cabeza apoyada en los brazos, con un confeti de pastillas desparramadas sobre la mesa y una botella medio vacía de whisky junto a él.

Mi alivio al verlo inconsciente y que mi hija no estaba allí se desvaneció al caer en la cuenta de que seguía sin saber dónde se hallaba Jenna. Al igual que la vez anterior: se había despertado y había comprobado que yo no estaba. Su peor pesadilla se había transformado ahora en la mía.

Gideon fue quien ideó un plan; yo era incapaz de pensar con claridad. Llamó por radio a Nevvie, a quien esa noche le tocaba hacer guardia, y en vista de que no respondía, nos separamos para ir en busca de la niña. Gideon se dirigió al establo asiático; yo corrí hacia el establo africano. Todo me producía la sensación de déjà vu, tan parecido a la última vez que Jenna había desaparecido que no me sorprendió ver a Nevvie junto a la valla del recinto africano. ¡¿Está la niña contigo?!, *grité.*

Era negra noche, y las nubes se deslizaban frente a la luna, de modo que lo poco que alcanzaba a ver era plateado y errático, como una película antigua cuyos fotogramas no encajan bien. Pero observé que Nevvie se quedó helada cuando pronuncié la palabra «niña». La forma en que su boca se curvó en una sonrisa afilada como un cuchillo. ¿Qué sientes al haber perdido a tu hija?, *me preguntó.*

Miré a mi alrededor, desesperada, pero estaba muy oscuro y no veía más que unos pocos metros frente mí. ¡Jenna!, *grité, pero no obtuve respuesta.*

Agarré a Nevvie. ¡Dime qué le has hecho!. *Traté de zarandearla para arrancarle una respuesta. Pero ella se limitaba a sonreír.*

Nevvie era muy fuerte, pero al fin conseguí agarrarla por el cuello. Dímelo, *grité. Empezó a boquear, a revolverse. Si de día era peligroso caminar por los recintos, debido a los hoyos que excavaban las elefantas en busca de agua, de noche era un campo minado. Pero no me importaba. Sólo quería obtener respuestas.*

Avanzamos tambaleándonos; retrocedimos tambaleándonos. De pronto tropecé.

En el suelo yacía el cuerpecito de Jenna, cubierto de sangre.

El sonido que hace un corazón, al partirse, es horrible y siniestro. Y la angustia es como una catarata.

¿Qué sientes al haber perdido a tu hija?

La furia hizo presa en mí, me recorrió el cuerpo, elevándome cuando me abalancé sobre Nevvie. ¡Has sido tú!, *grité mientras pensaba en silencio*: No, he sido yo.

Nevvie era más fuerte que yo, forcejeaba para salvar su vida. Yo forcejeaba por la muerte de mi hija. De repente caí en una vieja charca. Traté de agarrarme a Nevvie, a lo que fuera, antes de que la oscuridad me engullera.

No recuerdo lo que pasó después, aunque Dios sabe que me he esforzado en recordarlo durante los diez últimos años.

Cuando recobré el conocimiento, aún estaba oscuro, y la cabeza me dolía. Por la cara y la nuca me corrían unos hilos de sangre. Logré salir de la charca en la que había caído, demasiado mareada para sostenerme derecha, procurando recobrar la serenidad mientras me arrastraba a gatas.

Nevvie me miraba fijamente, con la parte superior del cráneo partida en dos.

Y el cuerpo de mi hija había desaparecido.

Grité, retrocediendo, sacudiendo la cabeza, tratando de no ver el lugar vacío donde había yacido Jenna. Me incorporé y eché a correr. Eché a correr porque había perdido a mi hija; en dos ocasiones. Eché a correr porque no recordaba si había matado a Nevvie Ruehl. Eché a correr hasta que el mundo se desplomó sobre mí y me desperté en el hospital.

—La enfermera me dijo que Nevvie había muerto, y que Jenna había desaparecido —explico a Serenity, que está sentada en la silla giratoria mientras yo estoy sentada en el borde de la cama—. No sabía qué hacer. Había visto el cadáver de mi hija, pero no podía decírselo a nadie, porque entonces sabrían que yo había matado a Nevvie y me habrían arrestado. Pensé que quizá Gideon había encontrado a Jenna y la había trasladado a otro lugar, pero en tal caso también habría visto que yo había matado a Nevvie, y no sabía si había avisado a la policía.

—Pero usted no la mató —dice Serenity—. El cuerpo estaba destrozado, pisoteado por una elefanta.

—Después de que yo la matara.

—Quizá Nevvie se cayó, al igual que usted, y se golpeó en la cabeza. Y aunque usted la hubiera matado, la policía lo habría comprendido.

—Hasta que hubieran averiguado que me acostaba con Gideon. Y si yo había mentido sobre eso, supondrían que había mentido sobre todo lo demás. —Bajo la vista y la fijo en mi regazo—. Me entró el pánico. Fue una estupidez echar a correr, pero quería despejarme, pensar en lo que debía hacer. Sólo veía lo egoísta que había sido, el precio que había pagado por ello: el bebé que esperaba. Gideon. Thomas. La reserva. Jenna.

¿Mamá?

Miró más allá del rostro de Serenity el espejo que cuelga detrás de la mesa en la habitación del motel. Pero en vez de su moño alto de color rosa, veo la borrosa imagen de una trenza castaña medio deshecha.

Soy yo, afirma.

Yo ahogo una exclamación.

—¿Jenna?

Su voz estalla triunfante. *Lo sabía. Sabía que estabas viva.*

Sus palabras bastan para que reconozca de qué huí hace una década, lo que me indujo a huir.

—Yo sabía que *tú* no lo estabas —musito.

¿Por qué te fuiste?

Las lágrimas afloran a mis ojos.

—Esa noche, vi en el suelo tu... Comprendí que habías muerto. De lo contrario jamás me habría marchado. Habría dedicado toda mi vida a tratar de encontrarte. Pero era demasiado tarde. No podía salvarte, de modo que traté de salvarme yo.

Pensé que no me querías.

—Claro que te quería —digo con voz entrecortada por la emoción—. Muchísimo. Pero no muy bien.

En el espejo detrás de la mesa del motel, detrás de la silla en la que está sentada Serenity, la imagen se cristaliza. Veo una camiseta sin mangas. Unos pequeños pendientes de oro en sus orejas.

Giro la silla para que Serenity vea el espejo.

Tiene la frente despejada y el mentón afilado, como Thomas. Tiene las pecas que me amargaron la existencia en Vassar. Sus ojos tienen la misma forma que los míos.

Se ha convertido en una mujer muy guapa.

Mamá, replica. *Me quisiste perfectamente. Me retuviste aquí el tiempo suficiente para que te encontrara.*

¿Es tan sencillo como dice? ¿Es posible que el amor no consista en gestos grandiosos o promesas huecas, unas promesas destinadas a romperse, sino en un rastro de perdón? ¿Una hilera de migas hechas de recuerdos, para que te conduzcan a la persona que te espera?

No fue culpa tuya.

Entonces me derrumbo. No creo, hasta que Jenna pronuncia esas palabras, que yo supiera lo mucho que anhelaba oírlas.

Te esperaré, dice mi hija.

Mi mirada se cruza con la suya en el espejo.

—No —respondo—. Ya has esperado bastante. Te quiero, Jenna. Siempre te he querido y siempre te querré. El hecho de abandonar a alguien no significa que dejes jamás de querer a esa persona. Incluso cuando no podías verme, en tu fuero interno sabías que yo seguía ahí. Y cuando yo no pueda verte —la voz se me quiebra—, también lo sabré.

Tan pronto como digo eso, dejo de ver su rostro, sólo la imagen de Serenity junto a la mía. Serenity parece conmocionada, vacía.

Pero no me mira a mí. Mira un punto de fuga en el espejo, donde ahora aparece Jenna caminando, una joven larguirucha, todo codos y rodillas, en la que nunca se convertirá. Conforme se hace más pequeña, me doy cuenta de que no se aleja de mí sino que se dirige hacia alguien.

No reconozco al hombre que la está esperando. Lleva el pelo casi al rape y luce una camisa de franela azul. No es Gideon; es una persona que no he visto nunca. Pero cuando agita la mano para saludarla, Jenna le devuelve el saludo, eufórica.

Pero reconozco a la elefanta que está junto a él. Jenna se detiene delante de *Maura*, que enrosca la trompa alrededor de mi hijita, dándole el abrazo que yo no puedo darle, antes de que los tres den media vuelta y se alejen.

Yo observo. Mantengo los ojos muy abiertos hasta que ya no puedo verla.

JENNA

A veces, regreso a visitarla.

Voy durante las horas intermedias, cuando no es de noche ni por la mañana. Siempre se despierta cuando me presento. Me habla sobre los huérfanos que han llegado a la reserva. Sobre la conferencia que dio la semana pasada a los servicios de la reserva natural. Me habla sobre una cría de elefante que ha adoptado a un perrillo como amigo, como hizo *Syrah* con *Gertie*.

Pienso que esas historias son los cuentos infantiles que nunca me contó cuando me acostaba.

Mi favorita es una historia auténtica sobre un hombre en Sudáfrica al que llamaban el Susurrador de los Elefantes. Su verdadero nombre era Lawrence Anthony, y, al igual que mi madre, no estaba dispuesto a arrojar la toalla con respecto a los elefantes. Cuando dos manadas especialmente salvajes iban a ser abatidas a tiros debido a los destrozos que habían causado, él las salvaba y las llevaba a su reserva de animales para rehabilitarlas.

Cuando Lawrence Anthony murió, las dos manadas caminaron a través del matorral de Zululandia durante más de media jornada hasta llegar al muro que rodeaba su finca. Hacía más de un año que no se habían acercado a la casa. Los elefantes permanecieron allí dos días, en silencio, para presentarle sus respetos.

Nadie podía explicarse cómo sabían los elefantes que Anthony había muerto.

Yo sé la respuesta.

Si piensas en alguien a quien has querido y perdido, estás con esa persona.

El resto son meros detalles.

Nota de la autora

Aunque éste es un libro de ficción, por desgracia la grave situación de los elefantes en todo el mundo no lo es. La caza furtiva provocada por el comercio del marfil no ha hecho sino intensificarse, debido a la creciente pobreza en África y al pujante mercado de marfil en Asia. Hay casos documentados en Kenia, Camerún y Zimbabue; en la República de África Central; en Botsuana y Tanzania, y en Sudán. Corre el rumor de que Joseph Kony financió su ejército de resistencia ugandés con la venta ilegal de marfil obtenido de la caza furtiva en la República Democrática del Congo. La mayoría de los cargamentos ilegales son enviados a través de fronteras poco reguladas a puertos en Kenia y Nigeria, y enviados a países asiáticos como Taiwán, Tailandia y China. Aunque las autoridades chinas afirman que han prohibido el comercio de artículos de marfil, las autoridades de Hong Kong se incautaron recientemente de dos cargamentos de marfil ilegal procedente de Tanzania cuyo valor ascendía a más de dos millones de dólares. Poco después de escribir yo este libro, cuarenta y un elefantes fueron exterminados en Zimbabue envenenando con cianuro la charca a la que iban a beber, lo cual reportó a los autores ciento veinte mil dólares en marfil.

La prueba de que una sociedad de elefantes es objeto de la caza furtiva la tenemos cuando vemos que la dinámica demográfica se altera. A los cincuenta años, el colmillo de un elefante macho pesa siete veces más que el de una hembra, por lo que los machos siempre son los primeros objetivos. Luego los cazadores furtivos van a por las hembras. La matriarca es la de mayor tamaño y suele tener los colmillos más pesados, y cuando las matriarcas son abatidas, no son las únicas víctimas de la matanza. Es preciso calcular el número de crías que se quedan huérfanas. Joyce Poole e Iain Douglas-Hamilton son algunos de los expertos que han trabajado con elefantes en el medio silvestre, además de dedicarse a tratar de detener la caza furtiva y difundir los resultados de los efectos del comercio ilegal del marfil, incluyendo la desintegración de la sociedad de elefantes. En la actualidad se calcula que treinta y ocho mil elefantes son abatidos cada año en África. A este ritmo, los elefantes desaparecerán en ese continente en menos de veinte años.

Con todo, la caza furtiva no es la única amenaza contra los elefantes. Son capturados para venderlos a los safaris en que los cazadores montan en elefantes, a parques zoológicos y a circos. En los años noventa, en Sudáfrica, cuando la población de elefantes creció en exceso, hubo matanzas selectivas sistemáticas. Familias enteras fueron sacrificadas disparándoles desde helicópteros dardos con succinicolina, una sustancia que los paralizaba pero no les dejaba inconscientes. De modo que estaban plenamente conscientes cuando los humanos aterrizaban y abatían sistemáticamente a la manada, disparando a los elefantes detrás de la oreja. Cuando los cazadores se dieron cuenta de que las crías se negaban a separarse de los cuerpos de sus madres, las ataban a los cadáveres, mientras se disponían a trasladarlas a otro lugar. Algunas eran vendidas en el extranjero a circos y zoológicos.

Algunos elefantes tienen la suerte de terminar sus días en cautividad en lugares como La Reserva de Elefantes de Hohenwald, Tennessee. Aunque La Reserva de Elefantes de Nueva Inglaterra fundada por Thomas Metcalf es ficticia, La Reserva de Elefantes de Tennessee por fortuna es real. Asimismo, los elefantes ficticios que he creado se basan en historias tan auténticas como desgarradoras de los elefantes acogidos en la reserva de Tennessee. Al igual que *Syrah* en este libro, una elefanta llamada *Tara* gozaba de una compañera canina. La homóloga real de *Wanda*, *Sissy*, sobrevivió a una inundación. *Lilly* está basada en *Shirley*, que sobrevivió a un incendio a bordo de un barco y a un ataque que le produjo una grave lesión en una pata trasera, debido a lo cual se mueve renqueando. *Olive* y *Dionne*, que a lo largo de este libro siempre vemos juntas, son los seudónimos de las inseparables *Misty* y *Dulary*. *Hester*, la elefanta africana de marcada personalidad, está basada en *Flora*, que se quedó huérfana en Zimbabue a consecuencia de una matanza selectiva. Estas señoras tuvieron suerte, pues residen en las escasas reservas que existen en el mundo cuya finalidad es que unos elefantes que han vivido y trabajado en cautividad se jubilen en paz. Sus historias constituyen sólo un pequeño ejemplo del incontable número de elefantes que siguen padeciendo malos tratos en circos o que viven en pésimas condiciones en parques zoológicos.

Animo a todos los amantes de los animales a visitar www.elephants.com, la página web de La Reserva de Elefantes en Hohenwald, Tennessee. Además de ver vídeos de elefantes en directo (ojo, perderéis muchas horas del tiempo de trabajo contemplándolos), podéis «adoptar» a un elefante, o hacer una donación en memoria de un amante de los animales, o alimentar a todos los elefantes durante un día; ninguna cantidad de dinero es demasiado pequeña, y todas se agradecen profundamente. Podéis visitar también The Global Sanctuary for Elephants (www.globalelephants.org), que contribuye a fundar reservas naturales y holísticas de elefantes en todo el mundo.

Quienes deseen averiguar más datos sobre la caza furtiva y/o los elefantes en el medio silvestre, o bien contribuir a luchar por la promulgación de leyes que prohíban la caza furtiva, pueden visitar www.elephantvoices.org, www.tusk.org, www.savetheelephants.org.

Por último, deseo enumerar las obras de referencia cuya ayuda fue decisiva para mí a la hora de escribir esta novela. Buena parte de los trabajos de investigación de Alice la tomé prestada de los magníficos estudios y aportaciones de estos hombres y estas mujeres.

Anthony, Lawrence, *The Elephant Whisperer*, Thomas Dunne Books, 2009.

Bradshaw, G. A., *Elephants on the Edge*, Yale University Press, 2009.

Coffey, Chip, *Growing Up Psychic*, Three Rivers Press, 2012.

Douglas-Hamilton, Iain y Oria Douglas-Hamilton, *Among the Elephants*, Viking Press, 1975.

King, Barbara J., *How Animals Grieve*, University of Chicago Press, 2013.

Moss, Cynthia, *Elephant Memories*, William Morrow, 1988.

Moss, Cynthia J., Harvey Croze y Phyllis C. Lee, editores, *The Amboseli Elephants*, University of Chicago Press, 2011.

Masson, Jeffrey Moussaieff y Susan McCarthy, *When Elephants Weep*, Delacorte Press, 1995.

O'Connell, Caitlin, *The Elephants Secret Sense*, Free Press, 2007.

Poole, Joyce, *Coming of Age with Elephants*, Hyperion, 1996.

Sheldrick, Daphne, *Love, Life, and Elephants*, Farrar, Strauss & Giroux, 2012.

Y docenas de artículos académicos escritos por investigadores que continúan estudiando a los elefantes y la sociedad de elefantes.

Hubo muchos momentos, mientras escribía este libro, en que pensé que los elefantes quizás estén más evolucionados que los humanos, cuando estudié sus rituales de duelo, las habilidades maternales de las hembras y sus recuerdos. Si te quedas con algo de esta novela, confío en que sea el hecho de que estos hermosos animales poseen una inteligencia cognitiva y emocional, y que todos tenemos el deber de protegerlos.

JODI PICOULT, *septiembre de 2013*

Agradecimientos

Se requiere la participación de toda la manada para cuidar de una cría de elefante. Asimismo, fueron muchas las personas que participaron en la creación de este libro. Estoy en deuda con todas esas alomadres que contribuyeron a la publicación de mi libro.

Gracias a Milli Knudsen y a la asistente del fiscal del Distrito de Manhattan, Martha Bashford, por la información que me proporcionó sobre casos que estaban cerrados; al sargento detective John Grassel de la Policía Estatal de Rhode Island por su exhaustivo tutorial sobre el trabajo de investigación y por responder siempre a mis frenéticas preguntas. Gracias a Ellen Wilber por los rudimentos sobre deportes y a Betty Martin por saber (entre otras cosas) de hongos. Jason Hawes, de *Ghost Hunters*, que era amigo mío mucho antes de convertirse en una estrella de televisión, me presentó a Chip Coffey, un asombroso y talentoso vidente que me fascinó con sus habilidades, que compartió sus experiencias conmigo y me permitió comprender cómo funcionaba la mente de Serenity. Basta una hora en presencia de Chip para que hasta el más escéptico cambie de opinión.

La Reserva de Elefantes es un lugar real en Hohenwald, Tennessee; mil cien hectáreas de refugio para elefantes africanos y asiáticos que han pasado buena parte de sus vidas trabajando en circos o en cautividad. Les estoy profundamente agradecida por permitirme entrar en sus instalaciones y contemplar la increíble labor que realizan con el fin de sanar a estos animales física y psicológicamente. He hablado con personas que siguen trabajando allí o que están vinculados con la reserva: Jill Moore, Angela Spivey, Scott Blais, y una docena de cuidadores que están empleados en dicha reserva. Gracias por ofrecerme la oportunidad de centrar mi obra de ficción en la realidad, pero más importante aún, gracias por la labor que lleváis a cabo todos los días.

Gracias a Anika Ebrahim, mi publicista en Sudáfrica por esa época, que no pestañeó cuando le dije que necesitaba a un experto en elefantes. Gracias a Jeanetta Selier, científica jefa del Applied Biodiversity Research Division en el South African National Biodiversity Institute, por ser una mina de conocimientos sobre elefantes salvajes, por presentarme personalmente a las manadas del Tuli Block en Botsuana y por verificar el rigor de este libro. Agradezco a Meredith Ogilvie-Thompson de Tusk el haberme presentado a Joyce Poole, lo más parecido a una estrella de rock en el mundo de la investigación y conservación de los elefantes. El hecho de poder hablar con alguien que ha escrito algunas de las obras más importantes sobre el comportamiento de los elefantes fue increíble.

Quiero dar las gracias a Abigail Baird, profesora adjunta de psicología en Vassar Collage, por ser mi «fuente de documentación», por explicarme unos artículos académicos sobre cognición y memoria de manera que pudiera comprenderlos, y por llevar como nadie un forro polar negro a una temperatura de 43 grados: no hay nadie más con quien me gustaría reconstruir el esqueleto de un elefante. Otros miembros de la Brigada de Botsuana: mi hija, Samantha Van Leer, la «brujita», gracias por seguir mis instrucciones, por ilustrar los trabajos de documentación con más de mil fotografías, por poner el nombre de Bruce a la funda de felpa azul del volante del coche de Serenity, y por tener siempre lo que yo necesitaba en los bolsillos de tus voluminosos pantalones. En el medio silvestre, una madre y su hija permanecen cerca una de otra todas sus vidas; espero ser tan afortunada como ellas.

Este libro marca el comienzo de un nuevo hogar para mí en Ballantine Books/Random House. Me siento honrada de formar parte de este increíble equipo, que ha trabajado en un segundo plano durante un año con gran entusiasmo con respecto a esta novela. Gracias a Gina Centrello, Libby McGuire, Kim Hovey, Debbie Aroff, Sanyu Dillon, Rachel Kind, Denise Cronin, Scott Shannon, Matthew Schwartz, Joey McGarvey, Abbey Cory, Theresa Zoro, Paolo Pepe y docenas de otros soldados de infantería en ese ejército invencible. Vuestro entusiasmo y creatividad me asombran todos los días; no todos los autores tienen esta suerte. Gracias al *dream team* de PR:

Camille McDuffie, Kathleen Zrelak y Susan Corcoran: las mejores animadoras que jamás han existido.

Trabajar con un nuevo editor es un poco como una boda ortodoxa clásica. Confías en otras personas para que elijan a tu compañera, pero hasta que no levantas el velo, no sabes lo que te llevas. Pues bien, Jennifer Hershey es sin duda una editora espectacular. Su perspicacia, amabilidad e inteligencia brillan a través de todos los comentarios y sugerencias. Creo que el corazón de Jen está tan presente en cada página de esta novela como el mío.

¿Qué puedo decir a Laura Gross, salvo que mi vida no sería lo que es sin su apoyo y su tenacidad? Te adoro.

A Jane Picoult, mi madre, que fue mi primera lectora hace cuarenta años y sigue siéndolo hoy. Gracias a la relación y al cariño que hay entre nosotras pude desarrollar el personaje de Jenna.

Por último, al resto de mi familia, Kyle, Jake, Sammy (de nuevo) y Tim, este libro versa sobre la importancia de conservar a las personas que queremos junto a nosotros; vosotros sois la razón por la que me consta que esto es lo más importante del mundo.